KB262468

유비(161~223) 한나라 황실의 종친으로 가난한 집에서 태어나 관우, 장비와 의형제를 맺고 황건적 토벌에 공을 세웠다. 그 후 여러 제후에게 의탁하며 고초를 겪었지만 삼고초려로 제갈량을 얻고부터 세력을 확장했다. 손권과 연합해 적벽대전에서 조조를 격파한 후, 형주와 서천을 차지해 촉한의 황제로 즉위함으로써 위, 오와 함께 천하를 삼분한다. 그러나 관우의 원수를 갚으려고 오를 정벌하다가 패하여 백제성에서 병사한다.

관우(?~219) 여포, 장비, 조자룡 등과 함께 삼국시대에 무예가 가장 뛰어났던 명장. 젊은 시절 유비, 장비와 도원결의를 맺고 전투마다 큰 공을 세운다. 도중에 유비와 헤어져 조조에게 투항하지만, 유비의 거처를 알게 되자 조조의 회유를 뿌리치고 홀로 다섯 개 관문을 돌파해 돌아간다. 유비가 서천을 차지한 뒤에는 형주를 지키는 중책을 맡지만, 조조와 손권의 협공에 패하여 죽임을 당한다.

장비(?~221) 관우와 함께 유비의 충성스러운 의형제로, 장판교 전트에서 호통으로 조조의 100만 대군을 물리쳤다는 일화가 유명하다. 유비의 익주 공략 때 노장 엄안을 설득해 귀순시키고, 조조의 맹장 장합을 계략으로 격파하는 등 무수한 공을 세워 촉한의 건국에 이바지했다. 그러나 술이 과하고 성미가 급해 부하를 혹독히 대하는 단점 때문에, 관우의 원수를 갚으러 출정하기 전 앙심을 품은 부하들에게 살해당한다.

제갈량(?~234) 유비의 최고 모사이자 촉의 승상. 재주를 숨기고 융중에 은거하다가 유비의 삼고초려에 응해 한평생 유비를 섬긴다. 그는 맨 처음 천하삼분의 계책을 세우고, 신출귀몰한 병법으로 적벽대전을 승리로 이끌며, 서천을 빼앗아 촉한의 기틀을 닦는다. 유비가 죽은 뒤에는 그 아들 유선을 보좌하며 남만을 정벌하고 여섯 번에 걸쳐 중원정벌을 단행하지만 결국 천하통일의 뜻을 이루지 못하고 오장원에서 병사한다.

조조(155~220) 일세를 풍미한 정치가이자 군사전략가. 권모술수에 능하고 인재를 적재적소에 등용하는 능력이 뛰어났다. 황건적 토벌에 큰 공을 세우고 한나라 조정을 장악한 후 원소, 여포, 마등 등 제후들을 연이어 격파하며 중원의 지배자로 군림한다. 적벽대전에서 패하여 천하통일에는 실패했지만, 그가 기틀을 닦은 위나라는 삼국 중 가장 큰 세력을 자랑했다.

손권(182~252) 손견의 둘째아들로 동오의 맹주. 눈이 파랗고 수염이 붉어서 젊은 시절부터 제왕의 기상이라는 평을 들었다. 형 손책의 뒤를 이어 동오를 잘 다스렸고, 적벽에서 조조의 대군을 격파하여 천하삼분의 틀을 확립한다. 권모와 실리에 뛰어나, 조비에게 신하를 자칭함으로써 위와의 마찰을 피했고, 촉과 이릉대전을 벌였지만 이후 줄곧 화친 관계를 유지했다.

조자룡(?~229) 본명은 조운趙雲. 공손찬의 부하일 때 유비와 인연을 맺고 그의 부하가 되겠다고 자청했다. 후에 관우, 장비, 황충 마초와 함께 촉의 오호五虎 대장군으로 불렸다. 장판교 전투에서 유비가 조조의 공격을 받고 달아날 때, 단신으로 적진에 뛰어들어 어린 유선을 구해낸 일화가 유명하다. 한중 쟁탈전에서는 황충과 함께 선봉을 맡아 조조의 대군을 격파했고, 유비 사후에 제갈량의 중원 정벌에도 참가했다.

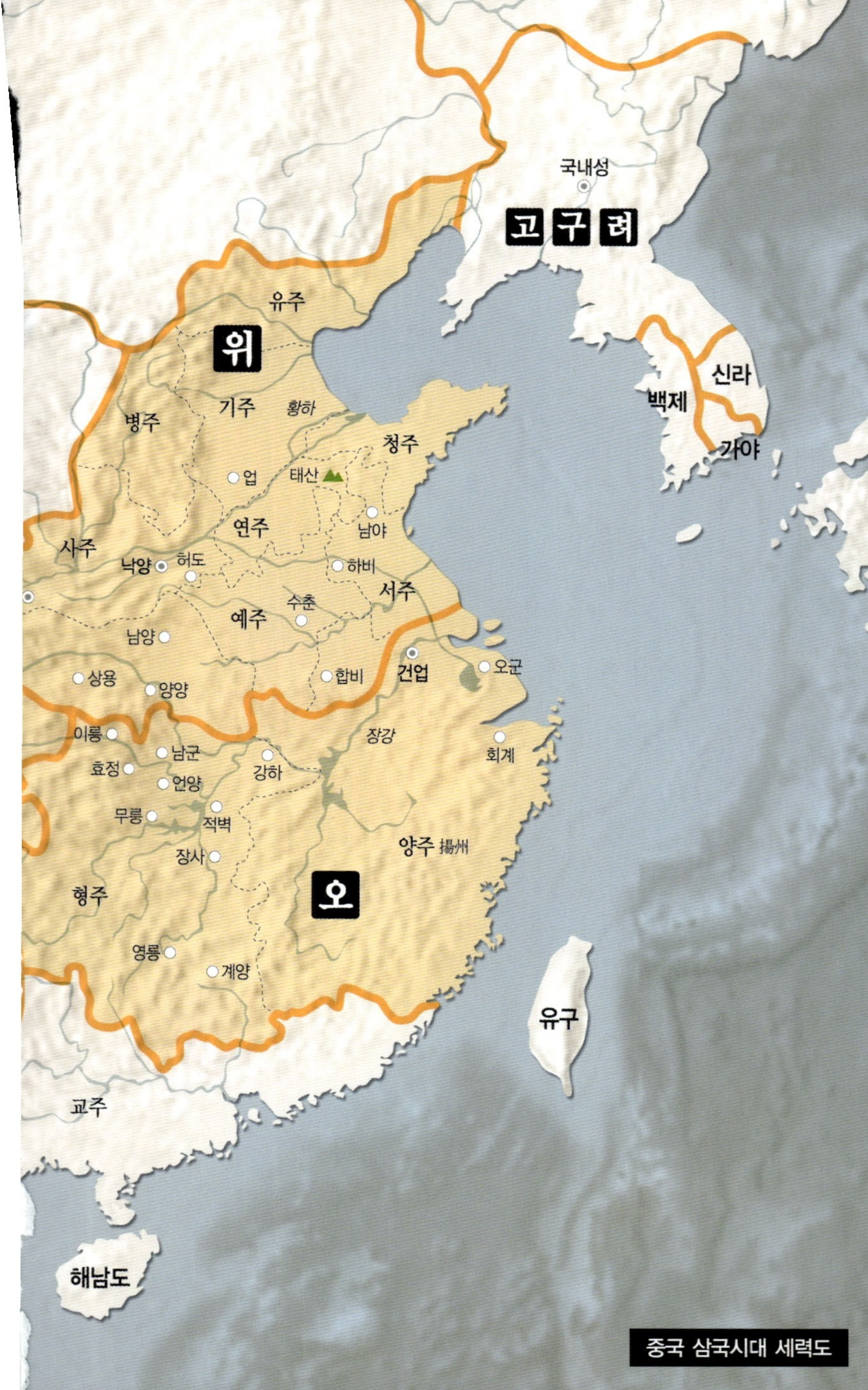

고구려
국내성
위
백제
신라
가야
유주
병주
기주
황하
청주
업
태산
연주
남야
사주
낙양
허도
하비
서주
예주
수춘
남양
합비
건업
오군
상용
양양
장강
회계
이릉
효정
남군
강하
언양
무릉
적벽
양주 揚州
장사
형주
오
영릉
계양
유구
교주
해남도

중국 삼국시대 세력도

선비족
양주 凉州
강호
서량
옹주
농서
천수
장안
정군산
기산
한중
면죽
익주
가맹
성도
가릉
파군
아미산
익주
촉
강족
운남
건녕
영창
천축

황충(?~220) 촉의 노장으로 활의 명수였다. 장사 태수 한현의 부하 장수였지만 유비군과 싸우던 중 적과 내통한다는 누명을 쓴다. 이때 위연이 한현을 죽이고 그를 구출했으며, 이후 그는 유비에게 귀순하여 유비가 서천을 점령할 때 혁혁한 공을 세운다. 유비가 한중을 공략할 때도 정군산에서 하후연의 목을 베고 촉군을 승리로 이끈다. 노장이었지만 전장에서 과감하게 적을 공격하는 용맹함은 실로 장수들 중에서 으뜸이었다.

여포(?~198) 삼국시대 가장 무예가 뛰어났던 장수 중 한 명이다. 무예와 용모가 출중했지만, 절개가 없고 물욕이 많아 유혹에 쉽게 넘어가곤 했다. 처음에는 동탁의 신임을 받았지만 그가 폭정을 일삼자 왕윤과 모의하여 그를 살해한다. 그러나 곧 이각, 곽사에게 패해 서주의 유비에게 투신했고, 유비가 원술과 싸우는 틈을 타서 서주를 탈취하기도 했다. 그러나 후에 부하들의 반란으로 조조에게 사로잡혀 처형된다.

동탁(?~192) 처음에는 변경의 장수였으나 대장군 하진의 환관 토멸에 호응하여 낙양에 입성한 뒤, 헌제를 옹립하고 한나라의 정권을 잡는다. 그러나 이에 맞서 원소를 맹주로 하는 동탁 토벌군이 조직되었고, 동탁 자신도 갈수록 횡포가 심해져 부하 여포와 왕윤의 모략에 걸려들어 살해된다. 동탁의 사후 헌제는 조조에게 투신했는데, 이로써 조조가 천하를 주도하는 계기가 마련되었다.

주유(175~210) 오의 명장. 손책과 동서간으로, 손책이 요절하고 손권이 계승하자 충심으로 그를 보좌했다. 장소 등의 반대를 물리치고 손권이 조조와 맞서도록 유도했으며 적벽대전에서 화공으로 조조의 80만 대군을 격파했다. 그 후 서천을 병합하고 위를 점령해 천하를 통일하겠다는 원대한 계획을 세우지만, 36세의 젊은 나이에 병사한다.

육손(183~245) 오의 모신. 촉과 위의 침공을 여러 차례 격퇴하여 오를 지켜냈으며, 형주를 탈취해 관우를 죽음으로 몰아넣었고, 이릉대전에서 유비의 복수를 좌절시킨 장본인이다. 그 후 오의 군권을 총지휘하고 승상의 자리에까지 오르지만, 태자 책봉 문제로 손권에게 아무 이유 없이 문책을 당해 화병으로 숨을 거둔다.

사마의(179~251) 위의 정치가이자 전략가. 조조, 조비, 조예, 조방 등 4대를 보필하며 큰 공을 세웠다. 대장군으로서 제갈량의 중원 정벌을 번번이 저지했으며 요동을 정벌해 위에 병합하기도 했다. 권신 조상을 살해하고 정권을 장악함으로써 아들 사마사, 사마소의 집권을 거쳐 손자인 사마염이 서진을 세우는 데 기틀을 마련한다.

강유(202~264) 제갈량의 후계자. 원래 위의 무장이었지만 제갈량이 중원을 정벌할 당시 사로잡혀 그의 부하가 되었다. 강유는 제갈량의 중원 정벌을 계승해 수차례 출전했지만 매번 진퇴만 반복했다. 촉의 후주 유선이 위에 항복한 후에는 종회에게 귀순하여 촉의 재건을 도모하지만, 종회가 부하들의 모반으로 죽임을 당하자 스스로 목숨을 끊는다.

한권으로 읽는 삼국지

편역_ 장연
그림_ 김협중

1판 1쇄 발행_ 2010. 6. 30.
1판 10쇄 발행_ 2022. 3. 10.

발행처_ 김영사
발행인_ 고세규

등록번호_ 제406-2003-036호
등록일자_ 1979. 5. 17.

경기도 파주시 문발로 197(문발동) 우편번호 10881
마케팅부 031)955-3100, 편집부 031)955-3200, 팩스 031)955-3111

값은 뒤표지에 있습니다.
ISBN 978-89-349-3993-1 03820

홈페이지_ www.gimmyoung.com   블로그_ blog.naver.com/gybook
인스타그램_ instagram.com/gimmyoung   이메일_ bestbook@gimmyoung.com

좋은 독자가 좋은 책을 만듭니다.
김영사는 독자 여러분의 의견에 항상 귀 기울이고 있습니다.

三國志

한권으로 읽는
삼국지

장연 편역 – 김협중 그림

김영사

《삼국지》는 중국의 책이지만 한국과 일본을 포함한 동양 3국에서 수백 년간 애독되어온 고전문학 필독서다.

《삼국지》의 본래 이름은 '삼국지통속연의三國志通俗演義'이고 줄여서 '삼국지연의'라고도 부른다. 명나라 때 나관중羅貫中이 정사正史인 진수陳壽의 《삼국지》를 바탕으로 독자들이 재미있게 읽을 수 있도록 통속적으로 엮은 소설이다. 수많은 영웅호걸이 온갖 책략과 전투를 벌이며 장대한 드라마를 연출하고 있어서, 누구든 한번 읽기 시작하면 좀처럼 손에서 놓지 못한다.

무엇보다도 한漢나라의 쇠망과 함께 각지에서 할거하던 군웅들이 점차 삼국으로 정립되다가 마침내 하나로 통일되는 변화와 곡절, 책략과 쟁취의 과정 속에서 역사의 맥락과 흥망성쇠의 이치를 배울 수 있다. 나아가 개별적인 영웅과 호걸들의 행동 속에서 인성의 진실함과 도덕의 귀중함을 깨우칠 수 있다. 그래서 《삼국지》를 천천히 읽다 보면, 자기도 모르게 그 속의 인물들과 동고동락하게 된다.

이 방대한 분량의 《삼국지》를 한 권으로 축약하기란 벅차고 힘든 일이었지만, 원작에 충실하였다고 자부한다. 역사의 진실에서 벗어난 듯한 내용과 미신적인 부분은 과감히 생략했고, 반복되는 전투의 세세한 묘사도 가능한 한 압축했다. 또 내용을 줄이고 생략할 때 문어체를 사용하는 것이 불가피하긴 했지만, 그래도 독자들이 보다 쉽게 읽을 수 있도록 최대한 대화체를 살렸다. 아울러 관직 이름, 직함, 지명 등 전문적인 용어도 가능하면 적게 사용하려고 노력했다.

이 《한권으로 읽는 삼국지》에는 몇 가지 특징이 있다. 첫째, 중국의 유명 화가 김협중金協中의 삼국지 그림을 삽화로 사용해서 독자들이 각 장의 핵심을 더 생생하게 음미할 수 있도록 했다. 둘째, 각 장 말미에 '삼국지 깊이 읽기' 란을 마련해 독자들이 더 깊이 본문을 해석할 수 있도록 도왔다. 셋째, 오늘날에도 우리의 일상생활 속에 녹아 있는 명언을 선별해서 부록으로 실었다. 넷째, 삼국시대의 자세한 연표를 실어서 삼국의 역사를 더 풍부하게 이해할 수 있도록 했다.

필자는 이 《한권으로 읽는 삼국지》를 일반인만이 아니라 특히 청소년들을 위해 엮었다. 젊은 층이 보다 많이 애독하기를 바란다.

장연

머리말…4

부록

1

도원결의

예로부터 천하의 대세는 분열이 오래면 반드시 통합되고, 통합이 오래면 반드시 분열된다고 했다. 주周나라가 무려 800년이나 건재했지만 결국 쇠망하여 일곱 나라로 나뉘었다가 진秦나라로 통일되었다. 진나라도 진시황秦始皇이 죽자 초楚나라와 한漢나라로 나뉘었다가 다시 한나라로 통일되었다.

한나라도 분열의 운명을 피하지 못했다. 중간에 왕망王莽이 국권을 찬탈했다가 광무제光武帝가 다시 나라를 일으켰지만, 영제靈帝 때에 이르러 환관이 득세하고 황건적黃巾賊의 난까지 일어나 나라가 크게 어지러웠다. 결국 헌제獻帝 때 천하가 세 나라로 나뉘었으니, 후대 역사가들은 이때를 '삼국시대' 라고 부른다.

한나라의 국운이 기운 것은 13세에 즉위한 영제가 십상시十常侍라는 환관의 무리에 놀아났기 때문이다. 그들은 온갖 간교한 짓을 일삼고 백성들을 수탈했지만 황제는 환관 장양張讓을 '아버지' 라고 부르며 꼭두각시 노릇을 했다. 이에 하늘이 노했는지, 몇 년 사이에 온갖 기이한 길과 천재지변이 일어났다. 황제의 옥좌에 푸른 구렁이가 도사리고 있는가 하면, 난데없는 우박에 궁궐의 전각들이 무너졌다. 또 지진과 해일이 일어나고 산이 무너져내렸다. 이렇게 혼란한 상황에서 나라 안의 민심은 극도로 흉흉해졌다.

이때 장각張角이라는 선비가 신선에게 신통력을 익혔다며 나타나 '태평도太平道'라는 무리를 만들었다. 그는 부적과 약물로 사람들의 병을 치료하여 인심을 선동하고 교세를 확장하다가 결국 반란을 일으켰다. '황건적'이라고 불린 이 무리는 그 수가 40~50만 명에 이를 정도로 기서가 대단했다.

이때 영웅호걸들과 일부 뜻있는 인사들이 몸을 던져 나라의 위급한 국면을 돌려세우려 했다 장각의 무리가 유주幽州까지 접근하자 유주 태수 유언劉焉은 도처에 방문榜文을 붙이고 의병을 모집했다. 방문이 탁현涿縣의 거리에도 나붙자 많은 사람이 발길을 멈추고 그것을 읽었다. 그들 중에 한나라 황실의 후손이 있었는데 성은 유劉, 이름은 비備, 자字는 현덕玄德이었다. 그는 키가 여덟 자나 되고 두 귀가 어깨까지 늘어졌으며 입술이 붉고 얼굴은 옥같이 희었다. 이미 28세였던 유비가 방문을 보고 자기도 모르게 길게 탄식하는데, 등 뒤에서 누가 큰 소리로 외쳤다.

"사나이 대장부라면 나라를 위해 힘을 바쳐야 하거늘, 탄식만 하고 있으면 되겠습니까?"

유비가 고개를 돌려 보니 키가 여덟 자가 넘고 표범 머리에 눈을 부릅뜬 거구의 사내였는데, 그 목소리는 마치 웅장한 종소리

같고 우레가 울리는 듯했다.

"나 장비張飛는 자가 익덕翼德으로 천하의 호걸 사귀기를 좋아
합니다. 방금 당신이 길게 탄식하는 소리를 들었는데, 보아하니
당신도 포부가 있는 사람이로군요! 내 집에 밭이 조금 있으니
그것을 팔고 고향 사람들을 불러모아 함께 대사를 도모하면 어
떻겠습니까?"

이 말을 듣고 유비는 몹시 기뻐했다. 의기투합한 두 사람은 근
처 주막에서 함께 술을 마시며 앞일을 의논했다. 한참 흥이 도도
할 때 가게 밖에서 키가 아홉 자나 되는 사나이가 들어왔다. 구
레나룻을 가슴팍까지 드리우고 봉황의 눈에 눈썹은 누에가 누운
듯했는데, 그 모습이 위풍당당하고 늠름했다.

사나이가 성큼성큼 안으로 들어오며 소리쳤다.

"주인장, 얼른 술을 갖고 오게! 빨리 마시고 성에 가서 의병에
지원하려고 하네."

이 말을 들은 유비가 황급히 자리에 청하고 이름을 물었다.

"내 이름은 관우關羽고 자는 운장雲長입니다. 집은 하동河東인
데 고향의 호족 하나가 세력을 믿고 사람을 업신여기기에 화가
나서 때려죽인 뒤 5~6년간 도피생활을 했습니다. 그러다가 이
번에 의병을 모집한다는 소식을 듣고 지원하러 가는 길입니다."

유비는 더할 나위 없이 기뻐하며 자신의 생각을 관우에게 들려
주었다. 결국 세 사람은 함께 장비의 집에 가서 대사를 의논했다.

장비는 세 사람의 뜻이 일치한다며 이렇게 제안했다.

"우리 집 뒤에 도원(桃園, 복숭아 동산)이 있는데 마침 복숭아꽃

유비, 관우, 장비,
도원에서 결의형제를 맺다

이 한창입니다. 우리 세 사람이 내일 그 도원에서 천지신명께 제사를 지내고 의형제를 맺은 뒤, 힘을 합쳐 대사를 도모하는 게 어떻겠습니까?"

유비와 관우는 크게 기뻐하며 한목소리로 말했다.

"좋소. 내일 세 사람이 결의형제를 맺읍시다."

이튿날 장비는 도원에 검은 소와 흰 말 등 제물을 준비했고, 세 사람은 향을 태우고 천지의 모든 신에게 절한 후 맹세했다.

"유비, 관우, 장비 세 사람은 비록 성은 다르나 이미 결의형제가 되었으니 마음을 함께하고 힘을 합쳐서 위로는 나라의 은혜에 보답하고 아래로는 백성을 편안하게 하겠습니다. 비록 같은 해, 같은 달, 같은 날에 태어나지는 못했지만 같은 해, 같은 달, 같은 날에 죽기를 바라니 천지신명은 굽어살피소서. 만약 우리 중에 은혜를 잊고 의리를 저버리는 자가 있다면 하늘과 사람이 함께 죽여주소서."

맹세를 마친 세 사람은 나이에 따라 유비가 큰형, 관우가 둘째, 장비가 막내가 되었다. 이어서 소를 잡고 주연을 베풀어 마을의 장정 300여 명과 함께 질탕하게 마셨다.

한창 주흥이 도도할 때 손님 두 명이 찾아왔다. 한 사람은 장세평張世平이고 다른 한 사람은 소상蘇雙으로 모두 말장사였다. 유비는 두 사람에게 술을 대접하면서, 함께 황건적을 토벌해 백성들을 편안하게 하자고 이야기했다. 그들은 마침 여느 해처럼 북방으로 말을 팔러 갔다가 황건적의 난 때문에 길이 막혀 돌아오는 길이었기 때문에, 흔쾌히 좋은 말 50필과 금은 500냥, 무쇠

1천 근을 군용으로 내놓았다.

손님을 배웅한 후 세 사람은 대장장이에게 명하여 유비는 검 두 자루가 한 쌍을 이루는 쌍고검을, 관우는 82근짜리 청룡언월도를, 장비는 길이가 1장 8척인 장팔사모를 만들어 가졌다. 그리고 모집한 병사 500여 명을 이끌고 유주성으로 달려갔다. 태수 유언은 몹시 기뻐하며 유비를 친구로 삼아 가까이 두었다.

며칠 후, 황건적의 장수 정원지程遠志가 군사 5만 명을 이끌고 탁현을 공격해왔다. 유언은 유비 형제 세 사람에게 군사 500명을 인솔하여 적과 싸우라고 명했다.

유비의 군대는 대흥산大興山 기슭에서 적과 마주쳤다. 산발한 머리에 누런 두건을 두른 도둑의 무리는 기세가 흉흉했다. 좌우 양쪽에서 관우와 장비의 호위를 받으며 앞으로 나선 유비가 채찍을 들어 황건적을 가리키며 큰 소리로 호통을 쳤다.

"이 도둑놈들아! 어찌하여 아직도 항복을 하지 않느냐?"

정원지의 부장副將 등무鄧茂가 말을 타고 달려나왔다. 장비가 즉각 장팔사모를 들고 달려가서 가슴팍을 찍자 등무는 말에서 굴러떨어졌다. 이 광경을 본 정원지가 크게 놀라서 말을 몰고 칼을 휘두르며 달려나왔다. 그러자 이번에는 관우가 재빨리 달려나가서 청룡언월도를 휘둘러 정원지를 두 동강 내버렸다. 정원지가 죽자 적군은 크게 어지러워져서 저마다 무기를 버리고 도망치기에 급급했다. 유비가 때를 놓치지 않고 군사를 이끌고 추격하자 항복하는 적군도 적지 않았다. 유비의 군대가 승리를 거두고 돌아오자 유언은 크게 기뻐하며 직접 군사들을 위로했다.

이튿날 유언은 청주靑州 태수 공경龔景의 편지를 받았다. 청주가 황건적에게 포위되어 지탱하기 어려우니 구원을 바란다는 내용이었다. 유언은 즉각 유비 일행을 청주로 보냈다. 유비는 군사 5천 명을 이끌고 청주에 도착하자마자 적군과 혼전을 벌였으나, 적은 군사로 많은 적을 이겨낼 수 없자 군사를 뒤로 물리고 영채를 세웠다. 그리고 관우와 장비에게 말했다.

"적군은 많고 아군은 적으니 아무래도 기발한 병법을 써야 이길 것 같네."

그래서 관우가 군사 1천 명을 거느리고 산 왼쪽에, 장비도 군사 1천 명을 거느리고 산 오른쪽에 매복해 있다가 징소리를 신호로 좌우에서 협공하기로 했다.

다음 날 유비와 추정이 군사를 이끌고 북과 징을 울리며 나가자 적군도 마주 나와 응전했다. 한참을 싸우다가 유비가 패한 척하며 퇴각하자 적군은 속임수인 줄 모르고 다급히 추격했다. 서로 쫓고 쫓기면서 산모퉁이를 돌 때 유비의 군대에서 징소리가 울렸다. 그러자 관우와 장비의 군사가 산 왼쪽과 오른쪽에서 쏟아져나오며 적을 공격했고, 달아나던 유비와 추정의 군사들도 방향을 돌려 적군과 싸웠다. 세 방향에서 협공하자 황건적의 군사는 견디지 못하고 크게 패했으며, 마침내 청주의 포위도 풀렸다.

청주 태수 공경은 잔치를 베풀어 유비의 군사들을 치하했다. 이때 추정이 유주로 회군하려고 하자 유비가 말했다.

"듣자하니 중랑장中郞將 노식盧植 선생이 황건적의 우두머리 장각과 광종廣宗에서 전투를 벌이고 있다는데, 저는 일찍이 그분을 스승으로 섬겼습니다. 그곳으로 가서 작은 도움이라도 되어드리고 싶습니다."

그래서 추정은 유주로 돌아가고 유비는 관우, 장비와 함께 군사 500명을 이끌고 광종에 가서 노식을 만났다. 노식이 유비에게 말했다.

"나는 이곳에서 적을 포위하고 있네. 하지만 장각의 동생 장량張梁과 장보張寶가 지금 영천穎川에서 우리 장수 황보숭皇甫嵩, 주준朱雋과 대치하고 있는데 이곳보다 상황이 급한 형편이네. 내가 병마 1천을 줄 테니 자네가 영천으로 가서 적의 정황을 탐지한 뒤 시일을 정해 적을 소탕해주기 바라네."

유비는 즉각 황보숭과 주준이 있는 곳을 향해 말을 달렸다.

이때 전세가 불리했던 황건적의 군대는 장사長社로 물러나 풀이 무성한 곳에서 야영을 하고 있었다. 황보숭은 주준과 대책을 논의했다.

"도적의 군대가 풀 속에 주둔하고 있으니 화공火攻을 합시다."

그들은 즉각 군사들에게 명하여 일인당 풀 한 묶음씩을 들고 어둠 속에 매복하게 했다. 이날따라 바람이 거세게 불었다. 2경(二更, 밤 9~11시)이 되자 매복한 군사들이 적진에 다가가 불을 질렀다. 불길이 치솟자 황보숭과 주준은 군사를 이끌고 기습을 감행했다. 황건적의 군대는 당황한 나머지 제대로 싸워보지도 못한 채 달아나기 바빴다. 게다가 야영지에서 불길이 솟구치자 군심이 크게 어지러워졌다. 황보숭은 날이 밝을 때까지 적을 무찔렀고 장량과 장보는 남은 군사를 이끌고 허겁지겁 도망쳤다.

바로 이때 붉은 깃발을 든 한 무리의 군마가 그들을 막아섰다. 고개를 들어 보니 7척의 키에 눈이 가늘고 긴 수염을 드리운 장수가 선두에 서 있는데, 이름은 조조曹操 자는 맹덕孟德으로, 중상시中常侍 조등曹騰의 양자였다. 황건적이 난을 일으키자 기도위騎都尉로 임명되어 군사 5천 명을 이끌고 영천으로 싸우러 왔다가, 마침 도주하는 장량과 장보의 군대를 만난 것이다. 하늘이 내린 좋은 기회였다. 조조는 장량과 장보의 군대와 크게 싸워 만 명을 참수하고 깃발, 징, 북, 말 따위를 무수히 빼앗았다. 장량과 장보가 사력을 다해 도주하자 조조는 급히 군사를 인솔해 뒤쫓았다.

한편, 유비 일행도 영천으로 오고 있었는데 갑자기 산 너머에서 함성이 한바탕 들리고 불길이 솟구쳤다. 유비 일행이 신속히 산을 넘어가 보니 황건적의 무리는 이미 관군에게 패하여 달아난 뒤였다.

유비가 황보숭을 만나 노식의 뜻에 따라 지원하러 왔다고 하자 황보숭이 대답했다.

"장량과 장보가 크게 패했으니 필경 광종에 있는 장각에게 의지하러 갔을 것이오. 그러니 다시 그곳으로 가서 노식 장군을 돕는 게 낫겠소."

유비 일행은 황보숭의 말대로 다시 광종을 향해 말을 달리다가 병사들이 호송하는 수레 한 대와 마주쳤다. 그런데 수레 안의 죄수가 바로 노식이었다! 깜짝 놀란 유비는 말에서 급히 뛰어내려 까닭을 물었다. 노식이 대답했다.

"우리 군사가 장각을 포위하고도 그자의 요술 때문에 뚜렷한 전과가 없자 조정에서는 그 이유를 알아보려고 환관 좌풍左豊을 보냈네. 그런데 그가 뇌물을 요구하지 뭔가! 내가 '군량도 부족한데 무슨 돈이 있어서 사신에게 드리겠소?'라고 하자 좌풍은 앙심을 품고 돌아가서, 내가 군사를 다스리는 데 힘을 쓰지 않아 군기가 타락했고 또 성만 높이 쌓은 채 적과 싸우지 않는다고 보고했다네. 그래서 황제께서는 중랑장 동탁董卓을 보내 나를 대신하게 하고, 아울러 죄를 묻기 위해 나를 수도로 압송하는 거라네."

노식의 말을 듣고 화가 난 장비는 호송병들을 죽이고 노식을 구하려 했다. 유비가 깜짝 놀라서 황급히 그를 제지했다.

"조정에서 당연히 공적으로 논의할 터인데 네가 어찌 함부로 설치는 게냐?"

이때 관우가 말했다.

"노식 선생이 저렇게 잡혀가고 또 새로운 중랑장이 부임했다는데 광종으로 가서 무엇을 하겠습니까? 차라리 탁군으로 돌아가서 앞날을 도모하는 게 낫지 않겠습니까?"

유비는 관우의 의견대로 군사를 이끌고 북쪽으로 방향을 잡았다. 이튿째 되는 날, 어느 산모퉁이를 지나는데 갑자기 산 너머에서 함성소리가 크게 들렸다. 세 사람이 급히 말을 달려 높은 언덕에 올라서 살펴보니, 산과 들을 뒤덮은 황건적에게 수만 명의 관군이 쫓기고 있었다. 황건적의 깃발에는 '천공天公 장군'이라고 씌어 있었다. 유비가 말했다.

“장각의 군사다. 어서 내려가 맞서 싸우자!”

세 사람은 군사를 휘몰아 장각을 맞받아쳤다. 동탁의 군대를 무찌른 후 그 기세를 타고 추격하던 장각의 군대는 유비 일행의 갑작스러운 반격에 크게 패해 물러났다. 유비는 관우, 장비와 함께 동탁을 구해서 함께 군영으로 돌아왔다.

동탁이 따로 유비를 장막으로 불러 물었다.

“세 사람은 지금 무슨 직책을 맡고 있는가?”

유비가 대답했다.

“지금은 아무 벼슬도 맡고 있지 않습니다.”

이 말을 들은 동탁은 몹시 깔보는 기색으로 목숨을 구해준 데 대해서도 전혀 감사를 표하지 않았다. 이 일을 전해들은 장비가 크게 노해서 말했다.

“이 자식은 너무나 교만하고 무례합니다! 우리가 적진에 뛰어들어 죽기살기로 싸워서 목숨을 구해주었는데도 말입니다. 내, 당장 저놈의 목을 쳐 죽이겠소!”

장비는 말을 마치자마자 칼을 빼들고 장막으로 들어가려 했으나, 유비와 관우가 황급히 앞을 막아섰다.

“동탁은 조정에서 임명한 관리다. 그런 자를 어찌 함부로 죽인단 말인가?”

“그렇다고 저놈의 수하로 있어야 한단 말이오? 나는 싫소! 두 형님이나 남아 계시오. 나 혼자라도 다른 곳으로 떠나겠소!”

유비가 장비를 달랬다.

“우리 세 사람은 의형제가 되어 한날 죽기로 천지신명께 맹세했네. 그런데 지금 헤어진다는 것이 말이 되는가? 차라리 다 함께 떠나세.”

유비 일행은 밤새 말을 몰아 주준을 찾아갔다. 주준은 세 사람을 매우 예우했다. 이후 네 사람은 힘을 합쳐 장각의 동생 장보가 이끄는 8~9만 명의 대군을 격파했다. 이어서 양성陽城을 공략하고 황건적의 잔당인 한충韓忠의 항복을 받았다. 주준이 유비 일행의 공로를 보고하자 조정에서는 유비에게 중산부中山府 안희현安喜縣 현위縣尉라는 벼슬을 내렸다. 유비가 현위가 된 뒤에도 관우와 장비는 늘 그의 곁을 지키며 한 식탁에서 음식을 먹고 한 침대에서 잠을 잤다.

유비는 안희현을 다스린 지 몇 달 되지 않아 인심을 얻었다. 그런데 이때 감찰을 나온 조정의 사신 독우督郵가, 유비에게서 뇌물을 받지 못하자 ‘백성을 박해한다’는 억지 죄명을 덮어씌우려고 했다. 이에 분기탱천한 장비는 독우를 붙들어매고 호되게 매질을 했다. 겨우 목숨을 건진 독우가 조정에 보고를 올려 유비, 관우, 장비를 체포하라는 명이 떨어졌다. 세 사람은 결국 어쩔 수 없이 대주代州로 도망쳐서 유회劉恢에게 잠시 몸을 의탁하기로 했다. 유비와 마찬가지로 한나라 황실의 종친인 유회는 나중에 유비의 죄를 벗겨주고 평원平原 현령으로 추천했다. 황건적의 난이 일어난 지 5년이 지난 때였다.

도원결의는 역사적 사실일까?

유비, 관우, 장비 세 영웅이 의기투합해 복숭아 동산에서 같은 날, 같은 시간에 죽기를 맹세했다는 도원결의 이야기는 영웅호걸들의 의리에 관한 최고의 미담으로 전해내려온다. 하지만 이 이야기는 역사적 사실일 가능성이 희박하다.

정사《삼국지》〈관우전〉을 보면, 유비와 관우가 '같은 침대에서 자고 형제처럼 다정했으며' 조조가 투항을 권했을 때 관우가 "나는 유비 장군의 두터운 은혜를 입고 함께 죽기로 맹세했으니 배반할 수 없다"고 말했다는 기록이 있다. 또 같은 책 〈장비전〉에는 장비가 '젊어서 관우와 함께 유비를 모셨고, 관우가 몇 살 많아서 그를 형으로 섬겼다'고 적혀 있다. 하지만 도원결의에 관해서는 어디에도 구체적인 언급이 없다.

즉, 도원결의 이야기는 원래 유비, 관우, 장비 세 사람의 각별했던 우정을 토대로 만들어진 민간의 전설이며, 이것이 14세기에 소설《삼국지》에 실림으로써 역사적 사실처럼 널리 알려진 것이라고 할 수 있다.

2
조조가 동탁에게 보검을 바치다

중평 6년 4월, 병이 심해진 영제는 대장군 하진何進을 궁중으로 불렀다. 원래 백정이었던 하진은 후궁으로 들어간 여동생이 영제에게 귀인으로 간택되어 황자皇子 변辨을 낳고 하황후가 된 덕에 권력을 장악하게 되었다.

훗날 영제는 또 왕미인王美人을 총애했는데, 왕미인이 황자 협協을 낳자 하황후가 시샘해 왕미인을 독살했고, 황자 협은 이로 인해 영제의 어머니인 동태후董太後의 궁궐에서 자랐다. 동태후는 영제를 만날 때마다 황자 협을 태자로 봉하라고 압박했으며 영제도 황자 협을 편애해서 태자로 세우려 했다.

영제의 병이 심해지자 환관 건석蹇碩이 은밀히 아뢰었다.

"황자 협을 태자로 세우시려면 먼저 하진을 죽여서 후환을 없애야 합니다."

그래서 영제는 조서를 내려 하진을 궁중으로 부른 것이다. 조서를 받은 하진이 궁중에 들어가려 하는데 평소 사이가 좋은 사마司馬 반은潘隱이 제지하고 나섰다.

"들어가지 마십시오. 건석이 장군을 죽이려 합니다."

하진은 크게 놀라서 집으로 돌아간 뒤 대신들을 소집해 환관을 죄다 죽이려 했다. 그때 좌중에서 한 사람이 일어나 말했다.

"환관을 어찌 쉽사리 다 죽일 수 있겠습니까? 충제沖帝, 질제質帝 때부터 환관은 조정의 권력을 속속들이 장악하고 있으니, 만약 비밀이 누설되기라도 하면 멸문지화를 초래할 것입니다. 장군께서는 잘 생각하시기 바랍니다!"

하진이 자세히 보니 바로 전군典軍 교위 조조였다. 하진은 조조를 꾸짖었다.

"너 따위 아랫것들이 어찌 조정의 대사를 알겠느냐!"

좌중이 망설이고 있을 때 반은이 들어와서 고했다.

"황제께서는 이미 붕어하셨습니다. 지금 건석과 십상시는 이 사실을 숨긴 채 장군을 불러들여 후환을 없앤 후 황자 협을 황제로 세우려 합니다."

반은이 말을 끝맺기도 전에 궁중의 사신이 와서, 황제가 붕어하셨으니 하진은 궁중으로 들어와 후계자를 의논하라는 조서를 전했다. 그러나 하진은 자신이 직접 새 황제를 세울 생각으로 사예司隸 교위 원소袁紹에게 어림군御林軍 5천 명을 주어 먼저 궁중을 장악하게 했다. 그리고 자신은 하옹何顒, 순유荀攸 등 30여 명을 인솔해서 궁중으로 들어가 영제의 영구 앞에서 자신의 조카인 황자 변을 황제로 세웠다.

같은 해 6월, 하진은 또 사람을 보내서 동태후를 독살하고, 얼마 후에는 외지의 병사들을 불러들여 환관들을 모두 죽이려 했다. 이때 조조가 또 하진에게 간언했다.

"환관이 나라에 해를 끼친 것은 예르부터 늘 있어온 일입니다. 하지만 황제가 그들에게 쉽사리 권세를 주지 않았다면 그런 일이 없었을 겁니다. 이제 장군께서 그들의 죄를 다스리시겠다면 그 우두머리만 없애면 되는데 어찌하여 외지의 병사들까지 부른단 말입니까? 환관을 다 죽이려다간 필경 비밀이 누설되어 오히려 실패를 볼 것입니다!"

조조의 간언은 마치 머리에 찬물을 쏟아부은 것과 같았다. 하진은 크게 노했다.

"맹덕, 네놈이 사심私心이 있는 게 아니냐?"

조조는 하진이 이렇듯 성을 내리라곤 생각지 못했다. 그래서 한 마디 대꾸도 못하고 물러나면서 속으로 한탄했다.

'앞으로 천하가 어지러워진다면 바로 저 하진 때문이리라.'

하진은 환관들을 죽이기 위해 서주西州의 동탁을 불러들이려 했다. 원래 황건적 토벌에 아무 공로도 세우지 못한 동탁은 환관들에게 뇌물을 바치고 겨우 죄를 면했다. 그 후에는 조정의 요직에 있는 관리와 결탁해 관직까지 받고 서주의 20만 군사를 통솔하고 있었다. 하진이 그런 동탁을 불러들이려 하자 시어사侍御史 정태鄭泰가 반대했다.

"동탁은 늑대와 같은 자니 수도에 끌어들이면 안 됩니다."

그러나 하진은 대수롭지 않게 대꾸했다.

"그대는 의심이 많아서 큰일을 도모할 수 없네."

노식도 나서서 간언했다.

"저는 동탁이 어떤 자인지 잘 알고 있습니다. 그는 얼굴은 양처럼 선량하게 생겼지만 마음은 이리처럼 고약합니다. 조정에 들여놓으면 필경 화근이 될 것입니다. 뜻밖의 변란을 피하시려면 그를 끌어들이지 마십시오."

그러나 하진은 노식의 권고도 듣지 않았다. 그의 고집 때문에 정태와 노식은 물론 많은 사람이 관직을 버리고 떠났다. 그때 동탁은 민지澠地에 주둔한 채 기회를 엿보고 있었다.

한편, 장양 등 환관들은 하진의 음모를 간파하고 하태후를 찾아가 말했다.

"지금 하진 대장군이 거짓 조서로 외지의 군사를 끌어들여 우리를 모두 죽이려 하니 태후께서 소신들의 목숨을 구해주소서."

"너희가 대장군을 찾아가 사죄드려보아라."

"저희가 가면 죽임을 당할 터이니 태후께서 대장군을 궁궐로 불러 소신들을 죽이지 말게 하소서."

이에 하태후가 조서를 내려 하진을 궁궐로 불렀다. 이번에는 주부主薄 진림陳琳이 하진을 막아섰다.

"태후의 조서는 필경 환관들의 계략이니 절대로 가시면 안 됩니다!"

그러나 하진은 이를 가볍게 받아넘겼다.

"태후가 나를 부르는데 무슨 나쁜 일이 있겠는가? 게다가 내가 이미 천하의 권력을 장악하고 있는데 환관 따위가 나를 어찌

할 수 있단 말인가?"

이에 원소와 조조가 500명의 정병을 선발해서 하진을 호위해 궁궐로 갔다. 환관 하나가 앞에 나와서 조서를 전했다.

"태후께서는 대장군만 부르셨으니 다른 사람은 들어갈 수 없습니다."

원소와 조조는 궁궐 밖에서 멈췄고 하진 혼자 의기양양하게 안으로 들어갔다. 가덕전嘉德殿에 이르렀을 때 장양과 단규段珪가 좌우에서 하진을 둘러싸고 꾸짖었다.

"동태후께 무슨 죄가 있다고 네놈이 독살하였느냐!"

하진은 황급히 도주하려 했지만 매복해 있던 병사들에게 이내 참살당하고 말았다. 원소와 조조는 아무리 기다려도 하진이 나오지 않자 큰 소리로 외쳤다.

"장군께서는 빨리 나오십시오."

그러자 장양이 담 너머로 하진의 수급을 던지며 소리쳤다.

"하진은 모반죄로 이미 죽었으니 나머지는 용서하겠노라."

원소가 날카롭게 외쳤다.

"환관들이 대장군을 살해했다. 병사들은 모두 나와 싸워라!"

이에 병졸 500명이 호응하여 청쇄문靑鎖門 밖에 불을 질렀다. 원소와 조조는 군사를 이끌고 궁궐로 들어가 환관이 보이기만 하면 가차 없이 죽였다. 이날 십상시 중 조충趙忠, 정광程曠, 하운夏惲, 곽승郭勝이 도륙되었고 궁궐의 불길은 하늘을 찌를 듯했다. 장양은 새 황제와 진류왕(陳留王, 왕미인이 낳은 예전의 황자 협)을 인질로 삼아 달아났다. 원소는 군사들에게 명하여 궁중의 수염

없는 사내는 죄다 죽이게 했고, 조조는 궁궐의 불을 끄면서 하태후에게 잠시 정사를 돌보게 하는 한편 군사를 풀어 장양을 추격해서 황제를 찾아오게 했다.

장양이 새 황제와 진류왕을 끌고 북망산까지 갔는데 갑자기 뒤에서 함성이 들리면서 한 무리의 군마가 달려왔다. 빠져나갈 길이 없게 된 장양은 강물에 뛰어들어 자살했다.

황제와 진류왕은 계속 도망쳤지만 밤새 걸은 다리가 아파서 더 이상 나아갈 수가 없었다. 두 사람은 길가에 쌓인 건초더미 위에 누워 잠이 들었다. 얼마 후 근처 장원의 주인인 최의崔毅가 그들을 발견하고는 집으로 모시고 가 술과 음식을 올렸다. 마침내 두 사람을 찾아다니던 민공閔貢이라는 사람이 우연히 최의의 장원에 들렀다가 황제에게 아뢰었다.

"나라에는 하루라도 임금이 안 계시면 안 됩니다. 폐하께서는 빨리 궁궐로 돌아가십시오."

황제는 최의가 내준 여윈 말을 타고 민공, 진류왕과 함께 수도를 향해 출발했다. 하지만 채 몇 리도 가기 전에 갑자기 깃발들이 해를 가리고 먼지가 하늘을 뒤덮으며 한 무리의 인마가 달려왔다. 황제는 온몸을 떨며 한 마디도 하지 못했다. 이때 진류왕이 말고삐를 당겨 앞으로 나아가며 외쳤다.

"그대는 누구냐?"

인마 속에서 한 사람이 뛰쳐나와 대답했다.

"저는 서량西凉 자사刺史 동탁입니다."

"그대는 황제를 호위하러 왔는가, 아니면 핍박하러 왔는가?"

"황제 폐하를 특별히 호위하러 왔습니다!"

"그렇다면 여기 황제가 계신데 어찌하여 말에서 내리지 않는 것인가?"

동탁은 황급히 말에서 내려 큰절을 올렸다. 진류왕은 부드러운 어조로 그와 이야기를 나누었는데, 단 한 마디도 실언을 하지 않았다. 그러나 황제는 부들부들 떨고 있을 뿐이었다. 이때부터 동탁은 속으로 황제를 폐하고 진류왕을 옹립할 뜻을 품었다. 당시 그는 하진의 병사들을 포섭해 병권을 장악한 상태였기 때문에 기세가 등등했다.

결국 같은 해 9월, 동탁은 황제를 폐하고 진류왕 협을 황제로 옹립했으니 그가 바로 헌제獻帝다. 이때 헌제의 나이 겨우 아홉 살이었다. 동탁은 스스로 상국相國으로 칭하면서 조회 때에도 절을 하지 않고 위세를 부렸다. 또한 이유李儒를 시켜서 폐위된 황제와 하태후에게 독주를 먹여 살해했다. 동탁은 밤마다 궁궐에 들어가 궁녀들을 겁탈하고 무고한 백성들을 제멋대로 죽이고 약탈을 자행했다.

뜻있는 인사들은 저마다 동탁의 만행에 치를 떨었는데, 월기越騎 교위 오부伍孚도 그중 한 사람이었다. 그는 기회만 오면 동탁을 죽이려고 조복朝服 속에 늘 단도를 숨기고 다녔다. 어느 날 아침, 동탁이 조정에 들어서자 전각 아래에 있던 오부가 재빨리 달려들어 칼로 찔렀다. 하지만 동탁이 창졸간에 두 손으로 오부의 팔을 잡았고, 동탁의 양자 여포呂布가 달려와서 단숨에 오부를 잡아 내동댕이쳤다. 동탁이 크게 화를 내며 물었다.

"누가 너에게 역모를 사주했느냐?"

오부가 눈을 부릅뜨고 소리쳤다.

"너는 나의 임금이 아니고, 나 역시 너의 신하가 아니다. 그런데 어찌 역모라고 말할 수 있느냐? 네놈의 죄가 극악하기 짝이 없어 누구나 너를 죽이려 한다! 나 역시 너를 찢어죽이지 못하는 게 한스러울 뿐이다!"

동탁은 버럭 화를 내고 오부를 끌어내 능지처참하게 했다. 오부는 숨이 끊어지는 순간까지 욕을 멈추지 않았다. 이때부터 동탁이 밖을 출입할 때에는 갑옷 입은 무사가 한시도 곁을 떠나지 않고 호위했다.

한편, 원소는 사도司徒 왕윤王允에게 몰래 밀서를 보내 동탁을 죽일 방법을 함께 모색하자고 했다. 어느 날 궁궐에 들어갔다가 여러 대신을 만난 왕윤은 그들을 집으로 초대했다.

"오늘이 이 늙은이 생일이니 오셔서 술이나 한잔 나눕시다."

밤이 되어 대신들이 하나둘 찾아와 연회가 시작되었다. 술이 몇 순배 돌자 왕윤이 갑자기 얼굴을 감싸쥐고 통곡했다. 놀란 대신들이 사연을 물으니 왕윤은 이렇게 대답했다.

"사실 오늘은 내 생일이 아니오. 그저 여러분을 모시고 조용히 회포를 풀고 싶었지만, 동탁이 의심할까 두려워 그렇게 둘러댄 것이오. 동탁, 이 도둑놈이 임금을 속이고 권력을 전횡하니 나라의 앞날이 암담합니다! 지난날 고조께서 진시황을 멸하고 항우를 격파해 한나라 황실을 세웠는데, 이토록 아름다운 강산이 오늘날 동탁의 손에 망가질 줄 누가 알았겠습니까? 이를 생각하면 나도 모르게 눈물이 나옵니다."

대신들 역시 감정이 북받쳐서 저마다 눈물을 흘렸다. 그런데 유독 한 사람만 손뼉을 치며 웃어젖혔다.

"그만들 하시오. 이 자리의 대신들이 밤새 운다고 한들 동탁이 저절로 죽기라도 하겠습니까?"

왕윤이 쳐다보니 뜻밖에도 조조였다! 왕윤이 크게 화를 내며 말했다.

"너의 조상 역시 한나라의 봉록을 받고 벼슬을 지냈는데, 이제 나라에 보답할 생각은 하지 않고 도리어 우리를 비웃는단 말이냐?"

조조가 정색하며 말했다.

"제가 왜 웃겠습니까? 동탁을 죽일 계책 하나 못 내놓는 여러분이 딱해서 그럽니다. 제가 재주는 없지만 기필코 동탁의 수급을 베어 성문에 걸고 천하 사람들에게 보이겠습니다."

조조의 당당한 말에 왕윤은 손님들을 물리친 후 단독으로 그와 밀담했다. 왕윤이 물었다.

"맹덕에게 무슨 뛰어난 계책이라도 있는가?"

"요즘 제가 동탁을 받들고 그의 밑에서 일하는 것은 기회를 틈타 그 간사한 도둑놈을 제거하기 위해서입니다! 지금 동탁은 저를 무척 신뢰하고 있으니 그에게 접근할 기회는 얼마든지 있습니다. 사도께 칠성보도七星寶刀라는 칼이 한 자루 있다고 들었는데, 제게 잠시 빌려주시면 승상부로 가지고 들어가서 틈을 노려 그놈을 찔러 죽이겠습니다. 그래야만 제 가슴속에 쌓인 분노가 씻길 것입니다!"

왕윤은 크게 기뻐하며 직접 잔에 술을 부어 조조에게 권했다. 조조는 술을 바닥에 뿌리며 결의를 다졌다. 왕윤은 더 이상 망설이지 않고 칠성보도를 그에게 건넸다.

이튿날 조조는 칠성보도를 차고 승상부로 들어가 호위병에게 물었다.

"승상께서는 어디 계신가?"

"누각에 계십니다."

조조가 곧장 누각으로 들어가니, 동탁은 평상에 걸터앉았고 여포가 그 뒤에 서 있었다. 동탁이 이상하게 여겨 물었다.

"맹덕, 오늘은 왜 이리 늦었나?"

"말이 늙은 탓에 늦었습니다."

동탁이 여포를 돌아보며 말했다.

"서량에서 바친 좋은 말이 몇 필 있으니 네가 직접 한 필 골라 맹덕에게 주어라."

여포가 밖으로 나가자 조조는 속으로 생각했다.

'이것이야말로 하늘이 내린 기회로다.'

조조는 허리에서 칼을 뽑으려다 잠시 망설였다. 동탁도 워낙 힘이 세기 때문에 감히 경거망동할 수가 없었다. 몸집이 큰 동탁은 오래 앉아 있기가 힘들어 옆으로 몸을 눕히면서 침대 쪽으로 얼굴을 돌렸다. 조조는 다시 생각했다.

'이놈, 오늘이 바로 네 제삿날이다!'

조조, 동탁에게 칠성보도를 바치고 위기를 넘기다.

조조가 급히 칼집에서 칼을 뽑아 막 찌르려고 할 때, 동탁은 벽에 걸린 거울을 통해 조조가 뒤에서 칼을 뽑는 것을 보고 황급히 몸을 돌리며 외쳤다.

"지금 무슨 짓을 하는 게냐?"

이때 여포가 이미 말을 끌고 누각 밖에 와 있었다. 당황한 조조는 즉시 칼을 두 손으로 받들고 무릎을 꿇었다.

"저에게 보도 한 자루가 있는데 승상께 바치려 합니다."

동탁은 칼을 받아 살폈다. 길이가 한 자 남짓인 그 칼은 자루의 장식이 아주 화려하고 칼날이 몹시 예리했다. 동탁은 속으로 미심쩍으면서도 한편으로는 기뻤다. 그는 여포에게 칼을 건넨 다음, 조조와 함께 밖으로 나가 말을 살펴보았다. 조조는 동탁에게 허리를 굽혀 감사를 표했다.

"정말 좋은 말입니다. 한번 타보게 해주십시오!"

동탁이 말고삐를 넘겨주자, 조조는 말을 끌고 승상부를 나선 후 곧장 말 잔등에 뛰어올라 동남쪽으로 쏜살같이 달렸다.

얼마 후 조조가 자기를 암살하려 했다는 것을 깨닫고 대노한 동탁은 전국에 영을 내려 조조를 수배했다.

조조, 간웅인가 영웅인가?

소설 《삼국지》에서 당대의 명사 허소許劭가 조조에 대해 예언한 내용과 조조의 반응은 후대 사람들이 조조를 간웅, 즉 간사한 영웅으로 단정짓게 만들었다. 허소는 조조에 대해 "당신은 태평성대에는 유능한 신하가 되겠지만 난세에는 간웅이 될 것이오"라고 했는데, 조조는 이 말을 듣고 '크게 기뻐했다'고 한다. 그러나 역사서인 《후한서》의 〈조조전〉을 보면, 허소가 "그대는 태평성대에는 간적, 난세에는 영웅이 될 것이오"라고 했고, 조조가 이를 '매우 즐거워했다'고 적혀 있다.

당시는 당연히 태평성대가 아닌 난세였다. 따라서 소설 《삼국지》에서는 조조가 자신이 '간웅'이 된다는 말을 듣고 기뻐했다는 것으로, 《후한서》에서는 조조가 자신이 '영웅'이 된다는 말을 듣고 즐거워했다는 것으로 읽힌다.

역사적으로 조조는 영웅과 간웅의 성격을 겸비한 다면적인 인물이다. 그러나 소설 《삼국지》의 작가는 본래 조조를 부정적인 관점으로 보았기에, 처음부터 그를 '스스로 간웅이기를 원했던 천생 악인'으로 묘사한 것이다.

3
손견이 옥새를 감추다

황건적이 난을 일으킬 때 오군吳郡 부춘富春 지역에 손견孫堅이
라는 젊은이가 있었다. 그는 전국시대의 대병법가 손자孫子의 후
예였는데, 열일곱 살 때 부친을 따라 전당錢唐에 갔다가 해적 10
여 명이 상인들의 재물을 강탈해 강기슭에서 나누는 장면을 목
격했다. 손견이 즉각 칼을 들고 강기슭에 올라가 마치 여러 사람
을 지휘하듯이 동서로 큰 소리를 지르자 해적들은 관병이 온 줄
알고 재물을 버린 채 도주했다. 이로 인해 손견은 교위로 천거되
었고, 황건적의 난이 한창일 때는 용사 1,500명을 모아 회계會稽
에서 주준을 도와 완성宛城을 공략했다.

조조가 동탁을 암살하려다 실패한 후 다른 영웅들도 저마다
군사를 일으켜 동탁을 응징하고 한나라 황실을 회복하려고 했
다. 손견도 그들 중 하나였다.

이때 고향으로 돌아가 군사를 일으킨 조조는 각지의 영웅들을
불러 큰 연회를 베풀면서 앞으로의 계책을 논의했다. 먼저 회중

會中 태수 왕광王匡이 계책을 내놓았다.

"대의를 받들어 난세의 도둑 동탁을 토벌하려면 먼저 맹주를 세워야 하오."

이에 조조는 원소를 맹주로 추천했다. 원소는 거듭 사양했지만 사람들이 하나같이 "원소가 아니면 안 된다"고 하자 결국 단壇에 올라가 군웅과 함께 향을 태우고 맹세의 피를 마셨다. 이윽고 좌중이 직위와 나이 순서대로 앉자 조조가 말했다.

"오늘 맹주를 세웠으니 각자 명령을 받들어 나라를 구할 뿐이오. 누구의 힘이 강하고 약한지 따지지 말고 한마음으로 협력합시다."

원소도 사방을 돌아보며 말했다.

"덕행도 모자라고 재능도 없지만 여러분의 추대로 맹주가 되었으니, 앞으로 공이 있으면 반드시 상을 내리고 죄가 있으면 반드시 벌하겠소. 나라에는 국법이 있고 군대에는 군기가 있으니 나와 함께 준수해서 어기는 일이 없기를 바랄 뿐이오."

좌중이 한목소리로 대답했다.

"명령대로 따르겠습니다."

원소는 다시 명을 내렸다.

"동생 원술袁術은 군량과 사료의 감독을 맡아서 각 군영에 공급하되 부족함이 없게 하라. 또 누구든 선봉이 되어 사수관汜水關에 가서 싸움을 청하고, 나머지는 각자 요충지를 지키고 있다가 지원하시오."

이때 장사長沙 태수 손견이 자진하여 나섰다.

“제가 선봉에 서서 적을 유인하겠습니다.”

“그대의 용맹함이라면 이 일을 충분히 감당할 것이오.”

원소의 허락을 받은 손견은 본부의 군마를 인솔해 사수관으로 쳐들어갔다. 손견의 수하에는 네 장수가 있었다. 정보程普는 철척사모鐵脊蛇矛를 잘 썼고, 황개黃蓋는 무쇠채찍을 썼으며, 한당韓當은 큰 칼을 썼고, 조무祖茂는 쌍칼을 잘 썼다. 손견은 은빛 갑옷에 붉은 두건을 두르고 허리에 큰 칼을 찬 채 갈기 날리는 명마를 탔다. 그는 관문에서 적진을 향해 욕지거리를 퍼부었다.

“이 역적들아, 빨리 항복하지 못할까?”

그러자 동탁의 수하인 화웅華雄의 부장 호진胡軫이 병사 5천 명을 거느리고 관문을 나와 응전했다. 정보가 창을 휘두르며 달려나가 호진의 목을 찔렀다. 호진은 이내 말에서 굴러떨어졌다. 손견은 이 승세를 타고 군사를 지휘해 관문을 공략했다. 하지만 적은 관문 위에서 크고 작은 돌멩이를 던지고 화살을 비 오듯 쏘았다. 손견은 어쩔 수 없이 군사를 이끌고 양동梁東으로 돌아왔다. 그리고 원술에게 사람을 보내 승전을 알리는 한편 군량을 보급해달라고 요청했다.

이때 원술의 수하 하나가 계책을 내놓았다.

“손견은 강동의 사나운 호랑이입니다. 그가 낙양洛陽을 공략해서 동탁을 죽이면, 이리의 화근은 사라지겠지만 대신 호랑이의 근심이 들어서는 셈이지요! 그러니 군량을 지원하지 마십시오. 그러면 손견의 군사는 저절로 흩어질 겁니다.”

원술은 그의 말에 일리가 있다고 생각해 군량을 보내지 않았다. 이로 인해 손견의 군영은 크게 어지러워졌다. 낌새를 알아챈 화웅이 다음 날 군사를 이끌고 관문을 나왔다. 그가 손견의 군영 앞에 이르렀을 때는 한밤중이었다. 화웅이 북을 울리며 공격하자 손견은 부랴부랴 말에 올라 응전했다. 쌍방이 한창 뒤엉켜 싸우는데 화웅의 모사謀士 이숙李肅이 병사들에게 불을 지르라고 명했다. 불길이 치솟자 손견의 부하들은 좌충우돌하면서 사방으로 도망쳤다. 손견도 조무와 함께 포위를 뚫고 달아났다. 이때 조무가 손견에게 말했다.

"머리에 쓰신 붉은 두건이 너무 눈에 띄어 적의 표적이 되고 있습니다. 두건을 벗어서 저를 주십시오."

손견은 붉은 두건을 조무에게 주고 자신은 조무의 투구를 쓴 채 두 갈래로 나뉘어 도주했다. 화웅의 군사들은 그것도 모른 채 그저 붉은 두건만 뒤쫓았다. 손견은 그 기회를 틈타서 샛길로 빠져 위기에서 벗어났다.

화웅의 추격대가 점점 다가오자 조두는 붉은 두건을 벗어 불에 타다 만 민가 기둥에 걸어놓고 숲 속으로 들어가 숨었다. 화웅의 군사들은 달빛 아래 멀리 붉은 두건이 보이자 사방을 에워싸고 활을 쏘았다. 그러나 아무 움직임이 없었다. 화웅은 가까이 다가가 자세히 살펴보고서야 속았다는 걸 알았다. 그가 기둥에서 붉은 두건을 벗기는데 갑자기 조무가 숲에서 뛰쳐나와 쌍칼을 휘둘렀다. 그러나 화웅이 먼저 괴성을 지르면서 조무를 단칼에 두 동강 냈다.

날이 밝을 무렵 정보, 황개, 한당은 손견을 찾아 군마를 수습하고 다시 진영을 세웠다. 손견은 조무가 자기를 위해 죽은 것을 알고는 몹시 슬퍼했다.

　손견이 화웅에게 패했다는 소식을 듣고 원소는 여러 제후를 불러 논의했다. 그때 갑자기 전령이 들어와 보고했다.
　"화웅이 긴 장대에 손견 태수의 두건을 걸고 욕지거리를 하며 싸움을 청하고 있습니다."
　원소는 용맹한 장수 유섭兪涉과 반봉潘鳳에게 명해 응전하게 했다. 그러나 두 장수는 불과 3합도 싸우지 못하고 화웅의 칼에 목이 날아갔다. 원소를 비롯해 사람들이 모두 대경실색하고 있는데 문득 단 아래서 누가 큰 소리로 외치며 뛰쳐나왔다.
　"제가 나가서 화웅의 머리를 베어다 바치겠습니다."
　좌중이 일제히 소리 나는 곳을 보니, 키는 9척에 두 자 길이의 수염, 봉황의 가는 눈매에 누에 눈썹, 붉은 대추 같은 얼굴빛, 쇠북소리 같은 목소리의 거한이 서 있었다. 바로 관우였다. 원소가 부하에게 물었다.
　"저 용사는 누구고, 무슨 직책을 맡았는가?"
　"그의 이름은 관우로, 궁수입니다."
　원소는 기분이 언짢았다.
　"일개 궁수가 어찌 용맹한 화웅을 당할 수 있겠는가?"
　이때 조조가 말했다.
　"이 사람도 평범하게 보이지는 않으니 화웅이 어찌 궁수인 줄 알겠습니까?"

관우도 결연한 표정으로 말했다.

"화웅을 이기지 못하면 참수를 받겠습니다."

조조는 사람을 시켜 술 한 잔을 데워서 관우에게 권했다.

"한잔 마시고 나가시오."

"그냥 두십시오. 갔다 와서 마시지요."

말을 마친 관우는 큰 칼을 들고 몸을 날려 말에 올랐다. 관문 밖에서 북소리가 크게 울리고 함성이 진동했다. 제후들은 금방이라도 하늘이 무너지고 땅이 꺼질 듯해서 서둘러 소식을 알아보려는데, 마침 관우가 화웅의 수급을 들고 와서 땅바닥에 내동댕이쳤다. 조조가 따라놓은 술은 아직 다뜻했다.

화웅이 죽었다는 소식을 들은 동탁은 급히 이유와 여포를 불러 의논했다. 이유가 말했다.

"원소의 숙부 원외袁隗가 조정의 태부로 있으니 그들과 내통이라도 하면 상황은 더욱 심각해집니다. 먼저 원외를 죽인 후 승상께서 직접 군사를 이끌고 적을 무찌르십시오."

동탁은 그 말을 받아들여 원외를 죽이고, 병사 20만 명을 두 갈래로 나누어 원소를 공격했다. 한 갈래는 이각李催과 곽사郭汜가 5만 명의 병사를 거느리고 사수관을 지켰으며, 나머지 15만 명은 동탁이 직접 이끌고 여포, 번조樊稠, 장제張濟 등과 함께 호뢰관虎牢關으로 향했다. 군마가 호뢰관에 이르자 동탁은 여포에게 3만 명의 병사를 인솔해서 먼저 관문 앞에 진영을 세우고 주둔하게 했다.

원소의 염탐꾼이 여포가 이미 관문 앞에 이른 것을 보고 급히 와서 보고했다. 원소는 왕광, 공융孔融, 장양張楊, 공손찬公孫瓚 등 여덟 명의 제후에게 호뢰관을 치게 하고, 조조의 군대로 하여금 뒤를 지원하도록 했다. 여덟 명의 제후는 각자 군사를 이끌고 호뢰관으로 향했다.

가장 먼저 왕광이 이끄는 군사들이 호뢰관에 도착하자 여포가 3천 명의 철기군을 이끌고 나는 듯이 달려나왔다. 여포는 비녀 세 개로 나누어 묶은 머리에 자줏빛 금관을 쓰고, 붉은 비단에 온갖 꽃을 수놓은 도포를 입고, 머리를 삼키는 동물 얼굴 모양의 고리를 이어 만든 갑옷을 걸치고, 허리에는 영롱한 사자 모양의 오랑캐 띠를 차고, 어깨에는 활과 화살통을 메고, 손에는 방천화극方天畵戟을 들고 포효하는 적토마 위에 앉아 있었다. 과연 '사람 중에는 여포, 말 중에는 적토마'였다.

여포는 용맹하고 싸움에 능했다. 왕광의 부하들은 순식간에 여포의 창에 찔려 말 아래로 굴러떨어졌다. 그러자 여덟 명의 제후는 일제히 군대를 여덟 갈래로 나누어 언덕 위에 진을 쳤고, 이를 본 여포는 다시 깃발을 날리며 돌진해왔다. 장양의 부장인 목순穆順이 나가서 여포와 싸웠지만 힘 한번 제대로 써보지 못하고 그의 창 아래 원혼이 되었으며, 공융의 부장 무안국武安國도 한쪽 팔이 잘린 채 패퇴했다. 이때 조조가 제안했다.

"여포를 더 이상 당할 수 없으니 이제 다들 모여 계책을 논의해야 합니다. 여포만 사로잡으면 동탁은 죽이기 쉽습니다!"

제후들이 의논하고 있는데 여포가 다시 와서 싸움을 청했다.

이에 여덟 제후가 함께 전장에 나섰고, 공손찬이 먼저 창을 휘두르며 여포와 맞섰다. 그러나 채 몇 합도 싸우지 못하고 도주하자 여포가 적토마를 타고 맹렬히 뒤쫓았다. 하루에 천 리를 달린다는 천리마인지라 순식간에 거리가 좁혀지면서 여포의 방천화극이 공손찬을 덮치려는 찰나, 한 장수가 크게 외치며 달려왔다.

"이놈, 거기 서라! 장비가 여기 있다."

장비를 본 여포는 이내 말 머리를 돌려 격전을 벌였다. 장팔사모와 방천화극이 수십 번 부딪쳤지만 승부가 나지 않았다. 이를 본 관우가 82근짜리 청룡언월도를 춤추듯 휘두르며 여포를 협공했다. 셋이 30여 합을 싸웠지만 여포는 여전히 물러날 기미를 보이지 않았다. 그러자 유비도 쌍고검을 들고 누런 갈기의 말을 몰아 싸움에 끼어들었다. 세 형제는 여포를 둘러싼 채 번갈아가며 전력을 다해 싸웠다.

여덟 제후와 병사들이 모두 취한 듯 이를 바라보고 있는데, 여포는 더 이상 버틸 수 없는 지경에 이르자 짐짓 유비의 얼굴에 방천화극을 들이밀었다. 유비가 질겁하여 몸을 비키자 여포는 그 틈을 타 방천화극을 거꾸로 든 채 말 머리를 돌려 달아났다. 유비, 관우, 장비는 급히 그의 뒤를 쫓아 관문 아래까지 갔다. 세 사람이 관문 위를 쳐다보니 푸른 비단으로 만든 깃발이 때마침 불어오는 서풍에 휘날리고 있었다. 장비가 외쳤다.

"저곳에 동탁이 있으니 먼저 그를 잡아 없애야 하오."

그러고는 말을 몰아 관문으로 달려갔다. 그러나 관문 위에서 화살과 돌이 비 오듯 쏟아지자 유비, 관우, 장비 그리고 여덟 제후는 퇴각할 수밖에 없었다.

여덟 제후는 원소에게 호뢰관에서의 승리를 보고했다. 원소는 손견에게 즉시 공격을 하라고 명했다. 그러나 손견은 정보와 황개를 데리고 원술에게 가서 항의했다.

"나는 본래 동탁과 원한이 없는데도 몸을 아끼지 않고 결사적으로 싸웠소. 위로는 나라를 위하고 아래로는 장군 가문과의 의리 때문이었소. 그러나 장군이 참언을 믿고 군량을 조달하지 않은 탓에 내 군대가 적에게 패했는데, 장군은 그래도 마음이 편안하시오?"

원술이 당황해서 어쩔 줄 몰라하고 있는데, 손견의 부하가 들어와 보고했다.

"관문에서 장수 한 사람이 말을 타고 와서 손 장군을 만나고자 합니다."

손견이 원술과 헤어지고 돌아와서 그를 만나보니 뜻밖에도 동탁이 아끼는 장수 이각이었다. 손견이 물었다.

"무슨 일로 왔는가?"

"승상이 감복하는 사람은 제후들 중에 장군 한 분밖에 없습니다. 지금 특별히 저를 보내신 까닭은 승상의 따님과 장군의 혼사를 논의하기 위해서입니다."

이 말을 듣고 손견은 버럭 화를 냈다.

"동탁은 하늘의 뜻을 거스른 천하의 역적이다. 내가 그의 구족九族을 멸하여 천하 사람들에게 보답하려 하거늘, 어찌 역적과 혼인을 맺는단 말이냐! 내가 너를 죽이지 않고 돌려보내니 속히 돌아가서 호뢰관을 내놓아라!"

관문으로 돌아간 이각은 동탁에게 손견의 말을 전하면서 무례하기 짝이 없다고 투덜거렸다. 동탁 역시 화를 내면서 이유를 불러 앞날을 의논했다. 이유가 말했다.

"하루속히 낙양으로 돌아가 황제를 장안長安으로 옮기십시오. 지금 조정에는 돈과 양식이 부족합니다. 낙양에는 부자가 많이 살고 있으니 그들을 원소의 무리로 몰아 재산을 몰수하십시오."

동탁은 이유의 말을 받아들여 수도를 옮기기로 했다. 당시 낙양에는 부호가 수천 가구나 되었다. 동탁은 그들의 머리에 '반역의 무리'라고 쓴 깃발을 꽂은 뒤 성 밖으로 끌어내 참수하고 재물을 빼앗았다. 이각과 곽사는 낙양의 백성 수백만 명을 이끌고 먼저 장안으로 떠났는데, 백성들을 너무 잔혹하게 다루는 바람에 도중에 쓰러져 죽은 자가 부지기수였다. 또 군사들이 식량과 재물을 빼앗고 부녀자를 겁탈하는 통에 백성들의 울부짖음이 하늘과 땅을 뒤흔들었다.

동탁은 낙양을 떠나기 전에 모든 성문에 불을 질렀다. 불길이 번지면서 민가와 종묘, 관부, 나아가 남북의 두 궁전까지 태우니 낙양은 일시에 폐허가 되었다. 동탁은 또 여포를 시켜 역대 황제와 황후, 비빈들의 무덤까지 파헤쳐 그 속의 보물들을 취했다. 이를 본 군사들도 앞다투어 관리와 백성들의 무덤을 파헤쳤다. 그리하여 동탁은 수천 대의 수레에 금과 진주, 비단을 싣고서 황제와 비빈들을 협박해 장안으로 출발했다.

이때 동탁의 장수 조잠趙岑은 동탁이 낙양을 버리고 가는 것을 보고 손견에게 사수관을 고스란히 바쳤다. 그래서 손견은 군사를 인솔해 가장 먼저 낙양에 입성했다. 낙양은 가는 곳마다 불길이 하늘을 찌르고 검은 연기가 자욱했다. 손견은 일단 불부터 끈 다음, 불에 탄 곳에서나마 제후들이 숙영하게 했다.

조조가 원소를 찾아가 물었다.

"왜 여세를 몰아 동탁을 쫓지 않습니까?"

"군사와 말들이 모두 지쳐서 승산이 없을 것이오."

다른 제후들도 함부로 움직이지 말아야 한다고 주장했다. 조조는 혼자 탄식하며 중얼거렸다.

"애송이들과는 함께 일을 도모할 수 없구나!"◆

조조는 직접 1만여 명을 이끌고 하후돈夏侯惇, 하후연夏侯淵, 조인曹仁, 조홍曹洪 등과 함께 밤새 동탁을 쫓았다.

한편, 동탁 일행이 형양滎陽에 이르자 태수가 나와 영접했다. 이때 이유가 다시 계책을 올렸다.

"원소의 군사가 반드시 쫓아올 테니, 형양성 밖 산등성이에 군사를 매복하되, 일단 추격해오는 적군을 그냥 내버려두라고 하십시오. 그런 다음 제가 앞에서 막고 있을 때 퇴로를 끊어 공격하십시오."

동탁은 이유의 말을 받아들여, 여포에게 군사를 이끌고 뒤를 막도록 했다. 여포가 계책대로 움직이니 과연 조조의 군사가 추격해왔다. 먼저 하후돈이 여포와 싸우고 하후연도 이각과 싸웠지만, 조조의 군사는 세 방면에서 달려드는 여포의 군사를 막을 수가 없었다. 결국 조조는 참패를 당해 형양까지 달아났다.

어느 황량한 산기슭을 지날 무렵, 조조의 군사들은 너무나 춥고 배가 고파서 솥을 걸고 밥을 지었다. 이때였다. 매복해 있던 서영徐榮의 복병들이 사방에서 쏟아져나왔다. 조조가 황급히 말에 올라 도주하는데, 서영이 쏜 화살이 그의 어깨를 맞혔다. 화살이 꽂힌 채로 정신없이 산등성이를 넘어서는데 매복해 있던 병사 둘이 또 튀어나와 조조의 갈을 창으로 찔렀다. 말이 거꾸러져 그 또한 나뒹구는 위기의 순간, 조홍이 달려와서 칼을 휘둘러 두 병사를 물리쳤다.

겨우 살아난 조조는 조홍과 함께 강을 건너 달아나다가 다시 서영을 만나 위기를 겪었지만, 하후돈과 하후연이 기병을 몰고 와 그들을 구원했다. 조조는 겨우 진영으로 돌아와서 남은 병사들을 수습해 하내河內로 돌아갔다.

이때 다른 제후들은 낙양에서 저마다 진을 치고 주둔해 있었다. 손견은 궁전의 남은 불길을 잡은 후 군사들에게 명해 깨진 기와조각들을 치우게 했다. 그리고 동탁이 파헤친 무덤을 모두 덮게 하고, 태묘가 있던 자리에 간소하게나마 세 칸짜리 전각을 지어 역대 황제들의 위패를 모신 뒤 제후들과 함께 제사를 지냈다.

이날 밤, 손견은 교교한 달빛 아래 검을 찬 채 땅에 앉아 천문을 살폈다. 자미원(紫微垣, 황제를 상징하는 별) 주변에 부연 기운이 서려 있었다. 손견은 눈물을 흘리며 탄식했다.

"황제의 별이 저렇듯 밝지 못해 역적이 나라를 그르치고, 백성은 도탄에 빠지고, 수도는 폐허가 되고 말았구나!"

손견이 애수에 잠겨 있을 때 한 병사가 말했다.

"전각 남쪽의 우물에서 오색 빛이 나옵니다."

손견이 즉시 우물을 뒤져보게 하니 한 여인의 시체가 나왔는데, 그 여인의 목에 걸린 비단주머니에 옥새가 들어 있었다. 옥새는 둘레가 4촌에 다섯 마리의 용이 새겨져 있고 떨어져나간 한 귀퉁이에는 황금이 메워져 있었다. 자세히 보니 전서篆書로 새겨진 '수명우천 기수영창(受命于天 旣壽永昌, 하늘의 명을 받으니 그 수명이 영원히 번창하리라)'이라는 글이 눈에 띄었다. 손견은 옆에 있던 정보에게 옥새의 내력을 물었다. 정보는 그것이 진시황이 만들고 한 고조와 광무제가 이어받은 전국새戰國璽라고 설명한 뒤 이렇게 덧붙였다.

"오늘 주공께서 이런 보물을 얻었으니 이는 하늘이 내리신 것으로, 주공께서는 앞으로 반드시 천자의 자리에 오르실 겁니다! 하오니 여기 머물지 마시고 속히 강동으로 돌아가 대사를 도모하십시오."

이튿날 손견은 원소에게 작별을 고하러 갔다가 옥새를 탐내는 그와 한바탕 다툰 뒤 바로 낙양을 떠났다. 화가 치민 원소는 형주荊州 자사 유표劉表에게 사신을 보내, 손견의 길을 막고 옥새를 빼앗으라고 지시했다.

손견, 전국새를 두고 원소와 다투다.

이때 조조는 원소를 비롯한 제후들이 각기 다른 마음을 품고 있어서 힘을 합쳐 대사를 이루기 어렵다고 판단했다. 그래서 군사를 거느리고 양주로 떠났다. 유비와 관우, 장비도 공손찬의 제의를 받아들여 원소의 곁을 떠났다. 유비는 즉각 숙영지를 떠나 북쪽으로 가서 평원平原 땅을 지키며 군사를 길렀다.

이렇게 제후들이 모두 뿔뿔이 흩어지자 원소도 군사를 거느리고 낙양을 떠나 관동으로 갔다.

형주 자사 유표는 원소의 요구대로 손견을 포위해 옥새를 빼앗으려고 했다. 유표의 공격으로 손견은 군사의 태반을 잃었지만 정보와 황개, 한당의 도움으로 위험에서 벗어나 목숨을 건졌다. 이 일로 인해 유표와 손견은 원수 사이가 되었다.

얼마 후 원술은 유표에게 군량을 빌리려 했지만 유표는 군량을 내주지 않았다. 그러자 원술은 손견에게 비밀 편지를 보내 유표를 정벌하라고 충동질했다. 유표와의 원한을 잊지 않고 있던 손견은 네 아들 중 첫째인 손책孫策과 함께 배를 타고 번성樊城으로 쳐들어갔다. 이때 유표의 장수 황조黃祖는 번성을 버리고 등성鄧城으로 달아났지만, 등성에서도 손견의 군사에게 크게 패해 보병들 사이에 섞여서 도주했다. 손견은 달아나는 적들을 뒤쫓다가 한수漢水에 이르자 즉시 황개를 시켜 강기슭에 전선戰船을 배치했다.

돌아온 황조가 손견의 군대가 만만치 않다고 보고하자 유표는 황급히 모사 괴량蒯良을 불러 의논했다. 괴량은 원소에게 구원을 청하자는 계책을 올린 뒤, 그 임무를 맡은 장수 여공呂公에게 말했다.

"너에게 500명의 군사를 줄 테니 100명은 현산峴山에 올라가
돌을 준비하게 하고, 또 100명은 활을 갖고 숲 속에 매복시켜라.
적병이 다가오면 매복 지점까지 유인해서 위에서는 돌을 떨어뜨
리고 좌우에서는 화살을 쏘게 하여라. 그러면 우리가 성 안에서
나가 응전할 터인데, 적병이 네 뒤를 쫓지 않으면 가던 길을 곧
장 가라."

과연 여공이 성문을 빠져나오자 손견은 기병 30여 명만 거느
린 채 뒤를 쫓았다. 여공은 도망하는 척하면서 손견을 유인했다.
한참을 추격하던 손견이 두리번거리며 산을 오르려는데 갑자기
징소리가 한 번 울리더니 산 위에서 돌이 마구 쏟아지고 숲에서
는 일제히 화살이 날아왔다. 온몸에 돌과 화살을 맞은 손견은 뇌
수가 흘러나오면서 말과 함께 최후를 맞았다. 이때 그의 나이 겨
우 37세였다.

손책은 강동으로 돌아가 손견을 곡아曲阿의 들판에 매장한 후,
강도江都로 돌아가서 널리 훌륭한 인재를 모았다. 그는 스스로를
낮춰 다른 사람을 대했기 때문에 천하의 호걸들이 점차 그의 곁
에 모여들었다.

손견의 안타까운 최후

　동탁 암살에 실패하고 고향에 돌아와 의병을 일으킨 조조는 각지의 제후들에게 동탁을 응징하고 한나라 황실의 위엄을 회복하자고 호소한다. 이에 원소, 원술, 장막 등 10여 명의 제후가 호응해 10여만 명의 연합군을 일으키니, 이를 역사에서는 '관동의군關東義軍'이라고 부른다.

　그러나 맹주 원소를 비롯한 제후들은 대의보다는 각자의 실리를 따지며 서로 눈치만 보고 군사를 움직이지 않았다. 날마다 성대한 연회를 열어 먹고 마시는 데만 열중했다. 이때 목숨을 걸고 동탁군과 싸운 인물은 조조와 손견, 두 사람뿐이었다. 특히 손견은 조조가 완패를 당한 것과는 달리, 적을 여러 차례 격파하는 한편 연합군의 낙양 입성에 앞장을 서기도 했다. 이런 용맹함에 더해 전국새라는 보물까지 손에 넣었으니, 그가 온전히 강동에 돌아가 실력을 키웠다면 누구보다 먼저 난세의 영웅으로 떠올랐을 것이다. 하지만 적을 얕잡아보고 거의 필마단기로 적진에 들어갔다가 요절했으니, 그의 치명적인 약점은 바로 교만이었다.

4
여포와 초선

장안에 입성한 후 동탁의 생활은 몹시 사치스럽고 오만방자했다. 손견이 죽었다는 소식을 듣고 그는 매우 기뻐하며 부하에게 물었다.

"뱃속의 우환을 하나 없앴구나. 그 아들은 몇 살이냐?"

"열일곱 살이라고 합니다."

이 말을 듣고 동탁은 더더욱 교만해져서 스스로를 '상보(尙父, 주나라 때 강태공의 존칭이었던 상보를 차용한 것임)'라고 칭했다. 외출할 때는 황제의 의전儀典을 갖췄으며, 동씨 일족은 노소를 불문하고 열후列侯에 봉했다.

또한 장안성 250리 밖에 25만 명을 동원해 미오郿塢라는 성을 쌓고 살았다. 그 성은 성곽이 높고 두터워서 장안성과 완전히 똑같았다. 성 안에는 궁실과 창고를 지어 20년간 먹을 수 있는 식량을 저장했고, 민간의 아름다운 소년소녀 800명을 징발해 그 안에서 살게 했다. 미오성에 쌓긴 금은보화의 양은 이루 헤아릴 수 없을 정도였으며, 동탁이 간혹 장안성에 드나들 때는 모든 대신이 성문 밖까지 나와 배웅하거나 영접해야 했다.

어느 날, 동탁이 성문을 나서기 전 자신을 배웅하는 대신들과 잔치를 벌이고 있었다. 그때 북방에서 투항한 병사 수백 명이 이곳을 지나갔다. 동탁은 그들을 불러 손발을 자르고 눈알을 파냈으며 혹은 혀를 베어 끓는 솥에 던져버렸다. 여기저기서 비명소리가 울리며 하늘과 땅을 뒤흔들었다. 대신들은 이 장면을 보고 부들부들 떨면서 안절부절못했으며 심지어 손에 든 젓가락을 땅바닥에 떨어뜨리기도 했다. 그러나 동탁은 태연하게 웃고 떠들었다.

이날 집에 돌아온 사도 왕윤은 술자리에서 있었던 일만 생각하면 좌불안석이었다. 밤이 깊어 달이 밝자 그는 홀로 후원에 들어가 덩굴 옆에서 하늘을 보며 눈물을 흘렸다. 그때 갑자기 정자 쪽에서 누가 한숨짓는 소리가 들렸다. 왕윤이 살며시 가보니 바로 자신의 집에서 노래하는 기생 초선貂蟬이었다. 초선은 어릴 때 뽑혀와 춤과 노래를 익힌 탓에 자색과 기예가 모두 뛰어났다. 왕윤도 그녀를 각별히 사랑해서 마치 친딸처럼 대했다.

왕윤이 초선에게 물었다.

"무슨 이유로 이 밤중에 한숨을 짓고 있느냐?"

초선이 대답했다.

"첩은 나리의 은혜로 어릴 때부터 노래와 춤을 익히고 예로써 대접받았으니 분골쇄신한들 만분의 일도 그 은혜를 갚기 어렵습니다. 요즘 나리의 미간에 수심이 깊은 걸 보고 필경 나라의 대사 때문인 줄 알면서도 감히 묻지를 못했는데, 오늘 저녁에는 더더욱 불안해하셔서 저도 모르게 한숨이 나왔습니다. 혹시라도 나리께서 첩을 쓰실 곳이 있다면 만 번 죽어도 사양하지 않겠습니다."

이 말을 듣고 왕윤은 갑자기 지팡이로 땅을 내리쳤다.

"한나라의 천하가 네 수중에 있는 걸 몰랐구나! 이리 오너라, 나를 따라 화각(畵閣, 단청을 한 느각)으로 가자꾸나!"

왕윤은 초선을 데리고 화각으로 갔다. 그리고 털썩 꿇어앉아 초선에게 절을 했다. 초선이 깜짝 놀라며 일으켜세우자 그가 말했다.

"지금 백성들은 거꾸로 매달린 듯 위험에 처해 있고, 황제와 신하는 누란지위◆에 놓여 있는데 오직 너만이 이를 구할 수 있구나. 지금 역적 동탁이 감히 황제의 지위를 찬탈하려 하는데도 조정의 문무백관은 아무 대책도 내지 못하고 있다. 그런데 동탁에게는 여포라는 양아들이 있고, 내가 보건대 여포와 동탁은 모두 호색한이다. 나는 연환계◆를 써서, 먼저 너를 여포에게 시집보낸 후, 다시 동탁에게 바쳐서 그들 부자의 감정을 이간질하려고 한다. 그들 부자가 반목해서 여포가 동탁을 죽인다면 기울어진 한나라의 사직을 바로잡아 천하가 편안해질 터인데, 너는 천하의 백성을 구할 생각이 있느냐?"

삼국지 고사성어

누란지위累卵之危 : 알을 쌓아놓은 것처럼 위태로운 상태.
연환계連環計 : 여러 가지 계책을 교묘하게 연결해 적을 교란시킨 뒤 공격하는 책략.

"첩은 만 번 죽어도 사양치 않겠다고 이미 말씀드렸습니다. 어서 저를 그들에게 바치세요. 첩에게도 생각이 있습니다!"

이튿날 왕윤은 집에서 소장하던 명주明珠 몇 개를 장인匠人에게 맡겨서 금관에 박아넣게 한 뒤, 그 금관을 은밀히 여포에게 보냈다. 뜻밖의 선물을 받은 여포가 직접 왕윤을 찾아와 감사를 표하자, 왕윤은 그를 뒤채로 안내해 정성스럽게 술을 권했다. 술이 웬만큼 거나해지자 청의靑衣를 입은 시녀 둘이 초선을 데리고 나왔다. 초선을 본 여포는 그녀를 하늘에서 내린 미인으로 여겼다. 왕윤이 말했다.

"제 작은딸 초선입니다. 평소에 장군께서 저를 친척처럼 가까이 대해주시니 이참에 인사를 시키려고 불렀습니다."

왕윤은 초선을 시켜서 여포에게 술을 권하게 했다. 초선은 잔에 술을 가득 따르며 추파를 던졌다. 왕윤이 술에 취한 척하며 말했다.

"애야, 장군을 잘 모시도록 해라."

여포가 초선에게 자리에 앉으라고 하자, 초선은 짐짓 사양하며 안으로 들어가려고 했다. 그러자 왕윤이 그녀를 나무랐다.

"장군은 나의 가장 친한 벗이니 네가 잠시 앉아도 흉이 되지 않는다."

그 말에 초선은 비로소 왕윤 옆에 앉았다. 여포는 뚫어져라 그녀를 쳐다보고 있었다. 술이 또 서너 순배 돌자 왕윤이 여포에게 말했다.

“이 아이를 장군의 첩으로 보내고 싶은데…… 장군 생각은 어떠십니까?”

여포는 크게 기뻐하며 고마워했다.

“그렇게만 해주시면 사도를 위해 견마지로◆를 다하겠소이다.”

“그럼 조만간 좋은 날을 잡아서 보내겠습니다.”

술자리가 파할 무렵 왕윤이 다시 말했다.

“장군을 하룻밤 묵게 하고 싶지만 동董 태사太師의 의심을 살까 두렵습니다.”

여포는 거듭 감사를 표하고 돌아갔다.

며칠 후, 조회에 참석한 왕윤은 여포가 자리에 없는 틈을 타서 동탁에게 말했다.

“누추하지만 제 집에서 작은 연회를 베푸는데 참석해주시겠습니까?”

동탁이 허락하자 왕윤은 집에 돌아가 산해진미를 마련하라고 지시하는 한편, 바닥에 비단을 깔고 수를 놓은 휘장을 치는 등 만반의 준비를 했다.

이튿날 점심 무렵에 동탁이 왔다. 왕윤은 조복을 입고 최대한 예를 갖춰 맞이했다. 술자리에서는 쉬지 않고 동탁을 칭송하여 그의 기분을 돋우었다. 날이 저물고 술이 거나해지자 왕윤은 동탁을 뒤채로 청하여 거듭 술을 권하면서 아첨했다.

"이제 한나라의 운세는 기울었습니다. 순임금이 요임금을 잇고 우임금이 순임금을 이었듯이, 태사께서 나라를 이어받는 것이야말로 하늘의 뜻이라고 생각합니다."

"내가 어찌 감히 그것을 바라겠소?"

겸양하는 말을 하면서도 동탁은 기쁨을 감추지 못했다.

이윽고 뒤채에 촛불이 켜지자 왕윤이 말했다.

"제 집에 뛰어난 기생이 있는데 한번 감상해보시지요."

왕윤이 주렴을 내리자 생황소리가 울리고 초선이 주렴 너머에서 춤을 추었다. 춤을 다 춘 후 초선은 주렴 안으로 들어와 동탁에게 큰절을 올렸다. 동탁이 그녀를 보고는 물었다.

"올해 몇 살인가?"

"열여섯 살입니다."

"참으로 신선의 세계에 노니는 선녀 같구나."

이때 왕윤이 말했다.

"이 아이를 태사께 바치려고 하는데 받아주시겠습니까?"

동탁은 크게 기뻐하며 재삼 감사를 표했다. 왕윤은 즉시 사람을 시켜 초선을 승상부로 보냈다. 그리고 자신도 동탁을 승상부까지 전송하고 돌아오는데, 맞은편에서 여포가 말을 타고 방천화극을 든 채 달려왔다. 그는 왕윤을 보자마자 대뜸 멱살을 잡고 물었다.

"초선이를 승상부로 보냈다는 이야기를 들었소. 이미 나에게 주기로 해놓고 태사에게 보내다니, 어찌하여 나를 이토록 우롱하는 것이오?"

왕윤은 황급히 여포를 데리고 집으로 들어가 말했다.

"어제 조회 때 태사께서 의논할 일이 있으니 이 늙은이의 집에 오시겠다고 했습니다. 그래서 조촐한 연회를 마련했는데, 태사께서 술을 마시다가 '초선이라는 딸을 내 아들에게 주었다고 들었소. 그 아이를 한번 보고 싶구려'라고 하시지 뭡니까. 이 늙은이는 감히 거역할 수 없어서 초선이를 불러 태사님을 뵙게 했습니다. 태사님은 또 '오늘이 길일이니 지금 당장 데리고 가서 내 아들과 짝을 지어주겠소'라고 하시더군요. 장군, 생각해보시오. 이 늙은이가 어찌 응하지 않을 수 있었겠습니까?"

왕윤의 설명을 듣고 여포는 자신의 경솔함을 사과한 뒤 집으로 돌아갔다.

이튿날 여포는 승상부로 가서 동탁의 부름을 기다렸지만 아무 기별도 없자, 직접 중당中堂에 들어가 시첩侍妾들에게 물었다.

"지난밤 태사께서는 새로 온 사람과 잠자리에 들어 아직 일어나지 않으셨습니다."

크게 노한 여포는 은밀히 동탁의 침실에 들어가 안을 엿보았다. 초선이 창가에서 머리를 빗고 있었다. 창가 앞 연못에 사람 그림자가 어른거리는 걸 보고 이내 여포가 온 것을 안 그녀는, 즉시 우수에 잠긴 표정으로 손수건을 들어 눈물을 닦았다. 여포는 한참을 훔쳐보다가 밖으로 나왔다.

잠시 후, 동탁이 침실에서 나와 식사를 할 때 여포는 그 뒤에 시립했다. 그때 주렴 너머에서 초선이 반쯤 얼굴을 내밀고 정이 가득한 눈빛으로 추파를 던졌다. 여포는 그야말로 정신이 아득해서 넋을 잃고 서 있었다. 이를 본 동탁은 꺼림칙한 기분이 들어서 여포에게 말했다.

"별일 없으면 너는 물러가거라."

이때부터 동탁은 여색에 빠져서 한 달 넘게 정사政事를 돌보지 않았다. 한번은 동탁이 사소한 병에 걸려 앓아누웠는데 초선은 옷도 갈아입지 않은 채 지극정성으로 간호했다. 그 모습을 보고 동탁은 몹시 기뻐했다.

어느 날, 여포가 병문안을 하러 찾아왔을 때 마침 동탁은 잠을 자고 있었다. 초선은 침상 뒤에 앉아서 손가락으로 자기 가슴을 가리키고 이어 동탁을 가리키면서 눈물을 줄줄 흘렸다. 여포는 가슴이 찢어지는 듯했다. 그때 몽롱한 가운데 여포를 발견한 동탁이 그의 시선을 따라 고개를 돌리다가 침상 뒤에 서 있는 초선을 보았다. 그는 크게 노하여 여포를 꾸짖었다.

"네가 감히 내 애첩을 희롱하다니!"

동탁은 시종들을 불러 명했다.

"이놈을 문밖으로 끌어내고 다시는 내실에 들어오지 못하게 하라."

여포는 가슴 가득 원한을 품고 돌아갔다.

병이 나은 뒤 어느 날, 동탁은 조정에 들어가 헌제와 국사를 의논했다. 여포는 그 틈을 타서 은밀히 승상부로 들어가 초선을 찾았다. 초선이 말했다.

"후원에 있는 봉의정鳳儀亭으로 가서 기다리세요."

여포는 방천화극을 든 채 후원의 봉의정으로 갔다. 얼마 후 초선이 꽃밭 사이로 버드나무 가지를 헤치며 오는데, 참으로 달나라의 선녀 같았다. 그녀는 눈물을 흘리면서 여포에게 말했다.

"저는 왕윤 사도의 친딸은 아니지만 사도께서는 저를 친딸처럼 대해주셨습니다. 그러다 장군을 뵙고 배필이 되어 평생의 소원을 이룰까 했는데, 뜻밖에도 태사께서 좋지 않은 마음으로 첩을 더럽혔으니, 첩은 죽지 못한 게 한스럽습니다. 다만 장군을 한번 뵙고 싶어 목숨을 연명했을 따름인데 이제 다행히 장군을 뵈었군요. 이 몸은 이미 더럽혀져서 다시는 장군을 섬길 수 없사오니, 장군 앞에서 자결함으로써 첩의 뜻을 밝히렵니다."

초선은 말을 마치자마자 연못에 뛰어들려고 했다. 여포는 황급히 그녀를 끌어안으며 울부짖었다.

"내가 금생에 너를 아내로 삼지 못하건 영웅이 아니다!"

"첩은 하루를 1년처럼 보내고 있으니 장군께서 불쌍히 여겨 저를 구해주십시오."

"알겠다. 하지만 지금은 잠시 짬을 내 온 것이기 때문에 늙은 도적이 의심할까 두렵구나. 일단은 빨리 가야겠다."

한편 동탁은 여포가 보이지 않자 의심이 일었다. 그래서 급히 헌제에게 작별을 고하고 수레를 몰아 승상부로 돌아왔다. 과연 여포의 말이 문 앞에 매여 있었다. 황급히 문지기에게 여포가 어디 있느냐고 물으니 후원에 있다고 했다. 부랴부랴 후원으로 달려간 동탁은 마침 여포와 초선이 봉의정 앞에서 다정하게 껴안

동탁, 여포와 초선의 밀회를 엿보다.

고 이야기하는 모습을 보았다. 동탁은 화가 머리끝까지 치밀어 고함을 질렀다.

"여포, 이놈!"

여포는 동탁을 보고 깜짝 놀라서 몸을 돌려 도망쳤다. 동탁은 옆에 놓여 있던 방천화극을 들고 여포를 뒤쫓았지만 몸이 너무 무거워서 따라잡을 수가 없었다. 그래서 여포를 겨누어 방천화극을 던졌지만 맞히지 못했다. 동탁이 다시 방천화극을 집어들고 뒤쫓았지만 여포는 이미 멀리 가버린 후였다.

동탁은 어쩔 수 없이 뒤채로 가서 초선을 불러 물었다.

"네가 어찌하여 여포와 사사로이 만나느냐?"

초선은 울며 대답했다.

"첩이 후원에서 꽃구경을 하는데 그가 갑자기 왔어요. 즉시 피하려 했지만 그가 '나는 태사의 아들인데 어찌하여 피하느냐?'고 하면서 방천화극을 들고 봉의정까지 쫓아왔습니다. 첩은 그가 안 좋은 마음을 품은 것을 알고 욕을 당하기 전에 연못에 뛰어들어 자결하려고 했지요. 하지만 그는 저를 끌어안고 놓아주지 않았어요. 이런 생사의 고비에 마침 태사께서 오셔서 목숨을 구한 것입니다!"

동탁은 의심스러웠지만 짐짓 이렇게 물었다.

"내가 너를 여포에게 주려고 하는데 어떻게 생각하느냐?"

크게 놀란 초선이 통곡하며 말했다.

"첩은 이미 귀인貴人을 섬겼습니다. 그런데 이제 갑자기 집안의 노복奴僕에게 하사하신다니, 차라리 죽어버리겠습니다!"

초선은 벽에 걸린 보검을 뽑아 자결하려 했다. 동탁이 황급히 칼을 빼앗으며 그녀를 끌어안았다.

"아니다, 아니야. 내가 농담으로 한 말이다."

"하지만 첩이 태사의 사랑을 받더라도 이곳에 오래 머문다면 결국 여포의 손에 죽고 말 것입니다."

그래서 동탁은 초선을 데리고 미오성으로 향했다. 대신들이 배웅할 때 수레에 탄 초선은 멀리 사람들 속에서 자기를 바라보고 있는 여포를 발견하고는 즉시 얼굴을 가리고 통곡하는 시늉을 했다. 여포는 먼지를 날리며 멀어져가는 수레를 망연히 바라보면서 탄식했다. 그때 등 뒤에서 왕윤의 목소리가 들렸다.

"태사가 음심을 품고 양아들의 아내를 강탈하다니, 정말로 천하의 웃음거리입니다! 하지만 태사를 비웃는 게 아니라 저와 장군을 비웃는 것이겠지요! 늙고 무능한 저는 비웃음을 당해도 괜찮지만 개세영웅♦이신 장군께서 이런 모욕을 당하다니, 참으로 안타깝습니다."

이 말을 듣자 여포는 더욱 화가 치밀었다.

"맹세코 그 늙은 도둑놈을 죽여서 이 치욕을 씻겠소! 하지만 부자의 정을 맺은 터라 후세 사람들의 뒷말이 두렵구려."

왕윤이 미소를 지으며 말했다.

"장군은 여씨고 태사는 동씨입니다. 게다가 태사는 장군에게

개세영웅蓋世英雄 : 기개가 온 세상을 뒤덮을 정도의 최고 영웅. 원래 항우를 묘사한 '역발산 기개세力拔山氣蓋世', 즉 '힘은 산을 뽑아버릴 정도고 기개는 온 세상을 뒤덮을 정도다'라는 말에서 유래했다.

방천화극을 던져 죽이려 했는데 어찌 부자의 정이 남아 있겠습
니까?"

여포는 이때 결심이 섰다. 그래서 기도위騎都尉 이숙과 동탁을
없앨 계획을 논의한 후, 그를 미오성으로 보내 헌제의 거짓 조서
로 동탁을 조정으로 유인했다.

이숙의 꾐에 빠진 동탁은 이튿날 조정으로 들어갔다. 이숙은
손에 보검을 들고 수레를 따르다가 북액문北掖門에 이르자 호위
대를 문밖에 머물게 하고는 수레를 몰던 20명과 함께 안으로 들
어갔다. 동탁은 멀리서 왕윤 등이 검을 들고 궁전 문 앞에 서 있
는 것을 보고 크게 놀랐다. 그때 왕윤이 소리쳤다.

"역적이 여기 있다! 무사들은 어디 있는가?"

말이 끝나자마자 양쪽에서 100여 명의 무사가 나타나 칼과 창
으로 동탁을 찔렀다. 그러나 뜻밖에도 동탁이 갑옷을 입고 있어
서 몸을 꿰뚫지 못했다. 동탁이 되쳤다.

"내 아들 여포는 어디에 있느냐?"

그러자 여포가 수레 뒤에서 나오며 말했다.

"어명을 받들어 도적놈을 베노라!"

그러고는 단번에 동탁의 목을 찔렀고, 이어서 이숙이 동탁의
수급을 잘라 손에 들었다.

동탁이 죽은 후 병사들은 그의 배꼽에 심지를 박고 불을 붙여
서 등불로 삼았는데 기름이 흘러 땅에 흥건했다. 백성들은 동탁
의 시체 옆을 지날 때마다 그의 더리를 때리고 발로 짓밟았다.

초선의 수수께끼

남성 캐릭터 중심의 소설 《삼국지》에서, 초선은 역사적 사건에 영향을 끼친 몇 안 되는 여성 중 하나다. 그녀는 서시, 왕소군, 양귀비와 함께 중국 역사상 4대 미인으로 일컬어지기도 한다. 그러나 정사 《삼국지》에는 '동탁의 시녀'라고만 기록되어 있다. 따라서 초선이라는 이름은 민간 전설에서 창작된 것으로 보인다.

당대의 영웅 동탁과 여포 사이를 이간질해 동탁의 몰락을 재촉한 그녀의 치명적인 매력은 독자들로 하여금 줄곧 그녀의 말로를 궁금해하도록 만든다. 그러나 소설 《삼국지》에서는 여포가 그녀를 첩으로 삼아 서주로 데려간 이후 그녀의 행적에 대해서는 전혀 다루지 않았다. 여포가 조조의 포위 공격으로 붙잡혀 죽임을 당한 후 그녀는 어떻게 되었을까? 이와 관련해 아무 언급이 없기 때문에 후대의 문인들이 임의로 그녀의 나머지 생애를 상상해 글로 남기기도 했다.

5
조조, 대권을 잡다

동탁이 죽은 후 그의 심복인 이각과 곽사는 섬서陝西로 도주한 뒤 장안에 표문表文을 올려 죄를 사면해달라고 청했다. 그러나 왕윤이 동의하지 않자 군사 20만 명을 이끌고 네 갈래로 나뉘어 장안을 공격했다. 왕윤은 여포에게 군사를 인솔해서 적과 싸우게 했다. 그러나 며칠 후 동탁의 잔당인 이몽李夢과 왕방王方이 적과 내통하여 성문을 열어주는 바람에 이각과 곽사의 군사가 성 안으로 밀려들었다. 중과부적으로 도저히 막아낼 수 없었던 여포는 원술에게 도망쳤다. 이각과 곽사는 왕윤을 죽인 후 헌제까지 죽이려고 했지만 장제와 번조가 달렸다. 권력을 장악한 이각과 곽사는 헌제 주변에도 측근을 심어두고 계속 감시했다.

한편, 이 무렵 청주에서 황건적 수십만 명이 난을 일으켜 백성들을 괴롭혔는데, 주준은 황건적을 소탕할 만한 인물로 조조를 추천했다. 이각과 곽사는 황제의 이름을 빌린 조서를 밤새 작성해서 조조와 포신鮑信이 함께 황건적을 토벌하라고 명했다. 그러

나 포신은 적진에 잘못 진입했다가 적병에게 살해당하고 말았
다. 반면 조조는 파죽지세로 적을 격파하여 100일 만에 30만 명
을 항복시켰다. 이때부터 조조의 명성은 나날이 높아졌고, 조정
에서는 그를 진동鎭東 장군에 봉했다.

조조는 의도적으로 세력을 확장하면서 인재를 널리 끌어모았
다. 이 시기에 순욱荀彧·정욱程昱·전위典衛 등이 조조에게 투신했
고, 그 후 용사 허저許褚 등이 가담하면서 조조의 위세는 호랑이
가 날개를 단 것처럼 막강해졌다. 얼마 후 조조가 산동까지 평정
하고 표문을 올리자 조정은 그에게 건덕建德 장군 비정후費亭侯의
벼슬을 내렸다.

당시 이각은 스스로 대사마가 되고 곽사도 스스로 대장군이
되어 권력을 전횡했다. 하지만 조정에서는 아무도 이들을 막지
못했는데, 이때 태위 양표楊彪와 대사마 주준이 몰래 헌제에게
아뢰었다.

"지금 조조에게는 군사 20만 명에 모사와 장수가 수십 명 있
으니, 그의 도움을 받는다면 사직을 보존하고 간적들을 없애 천
하를 안정시킬 수 있습니다!"

헌제가 울면서 말했다.

"짐은 두 도적놈에게 능멸을 당한 지 오래이니, 그들을 죽일
수만 있다면 정말로 다행이겠소!"

양표가 아뢰었다.

"신에게 계책이 하나 있습니다. 먼저 두 도적놈을 서로 싸우
게 한 뒤 조조에게 군사를 이끌고 그들을 죽이라고 명한다면 놈

들을 소탕할 수 있습니다."

"어떤 계책인지 소상히 말해보시오."

"신이 듣건대, 곽사의 아내는 질투가 아주 심하다고 합니다. 그녀에게 사람을 보내서 반간계◆를 쓰면 두 도적은 서로 다툴 것입니다."

헌제는 곧 비밀 조서를 써서 양표에게 주었다.

얼마 후 양표의 아내가 기회를 틈타 곽사의 아내에게 말했다.

"듣자하니 곽 장군과 이 사마의 부인이 은밀한 정을 나누고 있답니다. 만에 하나 이 사실을 이 사마가 알기라도 하면 필경 큰 해를 당할 터이니 부인께서는 어서 드 사람이 왕래를 끊게 하십시오!"

곽사의 아내가 깜짝 놀라 말했다.

"요즘 밤새도록 들어오지 않는 날이 많아 수상하다 했더니 그런 부끄러운 짓을 하고 다녔군요! 부인께서 알려주지 않았으면 계속 속을 뻔했네요. 당장 손을 쓰겠습니다."

곽사의 아내는 양표의 아내에게 거듭 감사 인사를 했다.

며칠 후, 곽사가 이각이 초대한 연회에 가려 하자 그의 아내가 말했다.

"이각의 속내는 알기가 힘들어요! 더구나 한 시대에 두 영웅은 양립하지 못한다고 하니, 혹시라도 그가 술에 독을 타면 첩의

삼국지 고사성어

반간계反間計 : 간첩을 이용해 거짓 정보나 유언비어를 퍼뜨려서 적을 교란시키는 책략.

신세는 어찌 되나요?”

곽사는 아내가 한사코 막아서자 결국 외출을 포기했다.

저녁때 이각은 사람을 시켜 술과 요리를 곽사에게 보냈다. 곽사의 아내는 여기에 몰래 독을 타고는, 곽사가 그 음식을 먹으려고 하자 끼어들었다.

“밖에서 보낸 음식을 어찌 함부로 드시려 합니까?”

곽사의 아내는 먼저 개에게 그 음식을 던져주었다. 개는 즉각 죽어넘어졌고, 이때부터 곽사는 이각을 의심하게 되었다.

어느 날, 이각이 다시 곽사를 집으로 청해 술을 마셨다. 밤늦도록 마신 곽사는 만취하여 집으로 돌아왔다. 그런데 우연인지 갑자기 복통이 일어났다. 곽사의 아내가 말했다.

“필경 독을 넣었을 거예요.”

그러고는 다급히 똥물을 퍼다 곽사의 입에 들이부었다. 잔뜩 토하고 나서야 속이 가라앉은 곽사는 크게 성을 냈다.

“이각은 나와 함께 대사를 도모했는데, 이제 아무 연유도 없이 나를 죽이려 드는구나! 내가 먼저 손을 쓰지 않으면 필경 놈의 독수毒手에 당하고 말 것이다.”

곽사는 남몰래 군대를 정돈해서 이각을 공격하려 했다. 하지만 누군가 이 소식을 이각에게 알렸고, 이각 역시 화가 나서 말했다.

“곽사가 감히 이런 짓을 꾀하다니!”

이각 또한 병마를 거느리고 곽사를 죽이려 했다. 결국 수만 명의 군사가 장안성 아래서 혼전을 벌이는 한편 기회를 틈타 노략

질까지 일삼았다.

이각의 조카 이섬李暹은 수레 두 대를 마련해 각각 황제와 황후를 태우고 궁녀와 환관을 이끌고 궁궐 문을 나섰다. 그러나 곽사의 군사들이 달려와 마구 화살을 쏘아대는 바람에 많은 궁녀와 환관이 죽었다. 그러나 이때 이각이 곽사의 배후를 공격해 조금 물러서게 한 다음, 재빨리 황제와 황후가 탄 수레를 몰아 자기 진영으로 데리고 갔다. 그러자 곽사는 군사를 인솔해 궁중으로 들어가서 궁녀와 비빈들을 사로잡아 자기 진영으로 데려간 뒤 불을 질러 궁궐을 태워버렸다. 또 이튿날에는 이각의 진영으로 쳐들어가 한바탕 혼전을 벌였다. 황제와 황후는 모두 공포에 질려 덜덜 떨기만 했다.

전세가 불리해진 곽사가 군사를 조금 물리자 이각은 그 틈을 타 황제와 황후를 미오성으로 옮긴 뒤 이섬에게 감시하도록 했다. 그런데 이섬이 출입을 너무 철저히 통제하고 음식도 제대로 공급하지 않는 바람에 많은 시종과 신하가 굶주림에 시달렸다. 이에 헌제는 이각에게 사람을 보내 쌀 다섯 섬과 소뼈 다섯 짝을 요구했는데, 이각은 대신 썩은 고기와 상한 쌀을 보냈다. 악취가 심해서 도저히 먹을 수가 없자 헌제는 분노와 상심으로 눈물을 뚝뚝 흘렸다. 이때 한 사람이 들어와서 코고했다.

"한 무리의 군마가 오고 있습니다. 칼과 창이 번쩍이고 북소리가 하늘을 찌르는데 아마도 황제 폐하를 구하러 오는 것 같습니다!"

헌제가 누구인지 알아보니 뜻밖에도 곽사였다. 헌제는 더욱 낙담했다. 이때 미오성 밖에서 함성이 크게 일어났다. 이각이 군사를 이끌고 곽사와 싸우러 나가는 참이었다. 이각은 채찍을 들어 곽사를 가리키며 꾸짖었다.

"내가 너를 야박하게 대하지 않았거늘 어찌하여 나를 죽이려 하느냐?"

"너는 역적이거늘 어찌 죽이지 않을 수 있겠느냐!"

"나는 여기서 황제를 보호하고 있는데 어찌하여 나를 역적이라고 하느냐?"

"황제를 납치해놓고 보호라니 당치 않다!"

"더 이상 말할 필요 없다! 우리 둘이 겨뤄서 이긴 자가 황제를 모셔가기로 하자!"

두 사람은 진영 앞에서 10합을 싸웠지만 승부가 나지 않았다. 이때 양표가 말을 채찍질하여 다가와서 큰 소리로 말했다.

"두 분 장군은 잠시 멈추시오. 이 늙은이가 특별히 대신들과 상의해 두 분을 화해시키고 싶소."

이 말을 듣고 이각과 곽사는 싸움을 멈추고 각자 자기 진영으로 돌아갔다. 양표는 주준과 함께 조정 대신 60여 명을 모아 먼저 곽사의 진영으로 가서 화해를 권했다. 그러나 곽사는 도리어 그들을 감금해버렸다.

"우리는 좋은 뜻으로 화해를 권하러 왔는데 어찌하여 이렇게 대합니까?"

이에 곽사가 호기롭게 대답했다.

"이각은 천자까지 납치했는데 내가 공경公卿들을 가둬둘 수 없단 말인가?"

이후 이각과 곽사는 50일 넘게 싸웠고 사상자가 속출했다.

이각의 군사들은 대부분 서량 출신이었다. 헌제는 모사 황보
력皇甫酈을 서량으로 보내, 이각이 역적이라는 소문을 퍼뜨렸다.
그러자 서량 출신 군사들은 차츰 마음이 흐트러져서 끝내 떠나
버렸다. 게다가 곽사가 수시로 공격해오는 통에 이각의 기세는
차츰 쇠약해졌다. 이때 섬서에 있던 장제가 대군을 이끌고 와서
이각과 곽사를 화해시키는 한편, 헌제에게 동도(東都, 낙양)로 옮
길 것을 청했다. 이에 헌제가 말했다.

"짐이 동도를 그리워한 지 오래다. 이제나마 돌아갈 수 있다
니 천만다행이구나."

그러나 황제의 어가御駕가 이각의 진영을 벗어나 낙양으로 가
고 있을 때, 곽사가 와서 어가를 납치하려 했다. 다행히 때맞춰
양봉楊奉이 서황徐晃을 앞세우고 나타나 어가를 보호하여 홍농弘
農으로 향했다. 얼마 후 패잔병을 데리고 돌아가던 곽사는 우연
히 이각과 마주쳤는데, 두 사람은 다시 손을 잡고 홍농으로 가서
황제를 죽인 다음 천하를 반씩 나누자고 약속했다.

헌제와 황후의 어가는 양봉과 새로 합류한 동승董承과 이락李
樂, 한섬韓暹 등의 보호 아래 황하 기슭에 이르렀다. 이때 곽사의
군사가 쫓아오자 이락은 급히 작은 배를 한 척 구해와서는 헌제
에게 강을 건너라고 청했다. 그러나 황제와 황후가 강 언덕에 올
라가 보니 밑이 가파른 내리막이라서 배를 타러 갈 수가 없었다.

어쩔 수 없이 행군行軍 교위 상홍尙弘이 비단으로 황제와 황후를 감싼 후 사람들을 시켜 배로 내려보냈다. 이어서 다른 사람들도 저마다 배를 타려고 줄을 잡고 내려왔지만, 이락은 칼을 휘둘러 그들을 물속에 빠뜨렸다. 기를 쓰고 뱃전에 매달리는 사람들도 손을 마구 찍어 타지 못하게 했다. 마침내 배가 움직이자 배에 못 오른 사람들의 울음소리가 천지간에 진동했다!

헌제는 겨우 강을 건넜지만 곁에 있는 대신과 시종은 10여 명에 불과했다. 양봉이 달구지를 한 대 얻어와서 헌제와 황후를 태웠고, 저녁때에는 빈 기와집 한 채를 찾아 묵었다. 이때 마을의 한 노인이 와서 조밥을 바쳤지만 황제와 황후는 너무 깔깔해서 목으로 넘기지 못했다.

이튿날 헌제는 조서를 내려 이락을 정북征北 장군으로, 한섬을 정동征東 장군으로 봉했다. 그러나 산적 출신인 이락은 이때부터 자신의 공을 내세우며 함부로 날뛰었다. 헌제가 보는 앞에서 함부로 사람들을 욕하고 때렸으며, 일부러 탁주와 거친 음식을 헌제에게 바치기도 했다. 안읍安邑에 잠시 머문 뒤 동승과 양봉이 다시 어가를 호위해 낙양으로 향할 때에도 이락은 불쾌해하며 따르지 않았다.

"어가를 모시고 가시오. 나는 이곳에 남겠소."

그리하여 동승과 양봉만이 어가를 모시고 낙양으로 떠났는데, 이락은 남몰래 이각·곽사와 내통하여 어가를 납치하려 했다. 이락이 이각과 곽사를 사칭하며 군사를 몰고 쫓아오자 헌제는 질겁했다. 하지만 양봉은 대번에 이락의 궤계를 간파했다.

"저자는 이락입니다."

그러고는 서황에게 명을 내려 출전하게 했다. 이락은 1합도 버티지 못하고 서황의 도끼에 쩍혀 말에서 굴러떨어졌다.

마침내 헌제는 낙양으로 돌아왔다. 하지만 궁궐은 몽땅 타버렸고 거리는 황폐했으며 온통 잡초만 므성했다. 양봉은 급한 대로 황제를 위한 작은 거처를 마련하고, 조정의 문무백관은 모두 가시덤불 속에서 예를 올렸다. 헌제는 경령을 내려 연호를 흥평興平에서 건안建安으로 고쳤다.

이 해에는 기근이 크게 들어 성 안의 주민들은 나무껍질을 벗기고 풀뿌리를 캐서 겨우 연명했다. 관리들도 성을 나가서 풀뿌리를 캘 정도였다. 수많은 사람이 굶주림으로 쓰러져 죽었다. 한나라 말엽, 나라의 운세는 더없이 쇠락했다.

이때 조조는 산동에 있었다. 거가가 이미 낙양으로 돌아갔다는 소식을 듣고 그는 모사들을 불러 의논했다. 순욱이 나서서 말했다.

"옛날 진晉나라 문공文公은 주周나라 양왕襄王을 잘 받들었기 때문에 제후들이 복종했으며, 한나라 고조는 의제義帝의 장례를 잘 지냈기 때문에 천하의 민심을 얻었습니다. 지금 천자가 위험에 처해 있는데 장군께서 이 기회에 의병을 일으켜 천자를 받든다면 민심을 얻을 수 있습니다. 이건 대사를 이루는 절호의 방법이니 지금 도모하지 않으면 남이 먼저 할 것입니다."

조조가 크게 기뻐하며 바로 군사를 일으키려는데 갑자기 사신이 도착해 황제의 조서를 전했다. 자신을 부르는 내용이었다. 조조는 그날로 군사를 일으켜 서쪽으로 진군했다.

이때 낙양의 헌제는 산적한 일들로 골머리를 앓고 있었다. 무너진 성곽조차 아직 보수하지 못하고 있었는데 이각과 곽사가 또 군사를 거느리고 공격해왔다. 이때 동승이 말했다.

"성곽도 허술하고 군사도 적어 이길 수 없으니 차라리 산동으로 피신하는 것이 낫겠습니다."

헌제는 그날로 산동을 향해 출발했다. 문무백관들은 타고 갈 말이 없어 걸어서 뒤를 따랐다. 그런데 낙양을 떠난 지 얼마 되지 않아 앞에서 무수한 인마가 달려왔다. 황제와 황후가 또 부들부들 떨면서 말도 못하고 있는데, 누군가 말을 달려와 보고했다. 바로 산동의 조조에게 보냈던 사신이었다.

"조조 장군이 조서를 받자마자 산동의 군사를 일으켜 오는 중에 이각과 곽사가 공격해온다는 소식을 듣고 먼저 하후돈을 선봉으로 삼아 정병 5만 명을 보냈습니다."

곧 하후돈과 조홍 등이 도착해 헌제를 배알했다. 이들이 헌제의 어가를 호위하여 앞으로 나아가는데, 얼마 후 파발마가 와서 보고했다.

"이각과 곽사의 군사들이 몰려오고 있습니다."

헌제는 하후돈에게 두 갈래로 나누어 응전하라고 명했고, 이 전투에서 하후돈은 크게 승리하여 적군을 만여 명이나 죽였다.

헌제는 다시 낙양으로 돌아왔고, 이튿날에는 조조의 대군이 낙양에 도착했다. 이각과 곽사는 조조의 군대가 왔다는 소식을 듣고 속전속결하려고 했다. 먼저 이각의 군사가 와서 도전하자 조조의 명을 받은 허저와 조인이 철기병 300명을 거느리고 돌격했다. 이각의 진영에서도 이섬과 이별李別이 출전했지만, 아직 욕설을 퍼붓기도 전에 허저의 번개 같은 칼이 날아들어 둘 다 목이 날아갔다. 허저가 진영으로 돌아오자 조조는 몹시 기뻐하며 그의 등을 두드렸다.

"그대는 진정 나의 번쾌(樊噲, 한나라 때 유방의 장수)일세."

조조는 또 하후돈은 왼쪽에서, 조인은 오른쪽에서 공격하게 하고 자신은 중앙에서 직접 군사를 인솔해 적진으로 돌진했다. 이에 적군은 대패하여 도주했으며, 조조는 직접 보검을 들고 밤새 추격하여 수많은 적병을 죽였다. 도저히 이길 수 없음을 깨달은 이각과 곽사는 상갓집 개 신세가 되어 산으로 숨었다.

조조가 공을 세우고 돌아오자 헌제는 사신을 보내 그를 궁중으로 불러서 대사를 의논하려 했다. 조조는 직접 사신을 맞이했는데 그의 이름은 동소董昭로, 미간이 맑고 얼굴이 수려했다. 동소가 말했다.

"장군께서 의병을 일으켜 역적을 제거하셨고, 이제 조정에 들어가 천자를 보좌한다면, 이는 오패(五霸, 춘추시대의 다섯 패권자)의 공로와 다를 바 없습니다. 다간 장수들마다 사람도 다르고 의견도 제각각이어서 장군의 뜻에 반드시 복종하지는 않을 터이니, 낙양에 머물면 불편한 점이 많을 것입니다. 따라서 장군의 본거지인 허도許都로 어가를 옮기는 것이 상책이겠지만, 지금 또 천도하면 당연히 반대 의견이 많겠지요. 그래도 남다른 일을 해야만 남다른 공로를 세울 수 있는 법이니, 장군께서는 결단하시기 바랍니다."

조조는 동소의 손을 잡고 웃으며 말했다.

"그거야말로 내 뜻이오."

이후 조조는 매일같이 모사들과 만나 천도에 대해 은밀히 논의했다. 그러던 어느 날 마침내 결단을 내리고 헌제를 만나 아뢰었다.

"동도는 너무 오래 황폐해서 복원할 수 없고 양식을 운반하기도 어렵습니다. 이에 비해 허도는 성곽과 궁궐이 갖춰져 있고 물자도 풍부하니 감히 도읍을 옮기길 간청합니다."

헌제는 감히 따르지 않을 수 없었다. 다른 신하들도 조조의 세력이 두려워서 이견을 내놓지 못했다.

마침내 날을 잡아서 출발하는데, 조조가 어가를 호송하고 문무백관이 뒤를 따랐다. 그러나 채 몇 리도 가지 못해서 양봉과 한섬이 군사를 이끌고 들이닥쳐 길을 막았다. 양봉의 부하 서황이 앞에 서서 큰 소리로 외쳤다.

"조조는 어가를 어디로 납치하려 하느냐?"

서황의 늠름한 기풍을 보고 조조는 허저를 내보내 싸우게 했다. 두 사람은 도끼와 칼로 50여 합을 겨뤘으나 승부가 나지 않았다.

조조는 징을 울려 일단 군사를 거둔 뒤 모사들과 의논했다.

"서황은 참으로 뛰어난 장수로군. 힘으로 굴복시키고 싶지 않

조조, 헌제를 허도로 모시다.

으니 계책들을 내놓게나."

그러자 만총萬寵이 예전부터 서황을 안다면서 설득을 자원했다. 곧장 은밀하게 서황의 장막을 찾아간 그는, 조조와 양봉·한섬을 비교하며 투항을 권유했다. 서황이 대답했다.

"나도 그들이 대업을 세울 만한 인물이 아니라는 건 알지만, 그들을 따른 지 오래여서 차마 버리고 갈 수가 없구려."

"하지만 옛말에도 '훌륭한 새는 나무를 가려서 깃들고, 어진 신하는 주인을 가려서 섬긴다'고 했으니, 섬길 만한 주인을 만나고도 놓친다면 어찌 장부라 하겠소."

마침내 서황이 결단을 내려 만총을 따라서 귀순해오자 조조는 몹시 기뻐하며 그를 후히 대접했다.

반면, 서황을 잃고 한쪽 날개가 꺾인 양봉과 한섬은 군사를 이끌고 원술에게 의탁하러 갔다.

조조는 어가를 모시고 허도에 이른 뒤 궁전과 전각은 물론 종묘와 사직, 각 관청 등을 새로 짓고 성곽과 창고를 보수했다. 또 동승 등 열세 사람을 열후列侯로 책봉하는 한편, 공이 있는 자에게는 상을 내리고 죄를 지은 자는 벌하였다. 그리고 스스로를 대장군 무평후武平侯에 봉했는데, 이때부터 대권은 그의 수중에 떨어져 조정의 큰일은 먼저 그에게 알린 뒤에야 황제에게 아뢸 수 있었다.

조조는 왜 황제가 되지 않았을까?

동탁이 죽은 뒤 헌제를 자신의 근거지인 허도로 데려와 옹립한 조조는 천하의 대권을 손에 쥐었다. 이후 황제를 등에 업고 조정의 대사를 결정하고 멋대로 조서를 꾸며 각지의 제후를 호령했다. 하지만 위왕魏王의 자리에 오른 뒤에도 조조는 끝내 스스로 황제가 되지는 않았다.

이것은 바로 조조의 현실주의적 정치감각 때문이었다. 각지에 할거해 있던 제후들을 제압하려면 정치적 명분이 필요했다. 만약 그가 성급하게 한나라 황실을 찬탈하여 황제가 되었다면, 제후들은 그를 역적으로 몰아 서로 연합하여 공죽했을 것이다. 또한 그가 이끌던 권력집단 내부에도 여전히 한나라 황실을 추종하는 세력이 존재했다.

그래서 조조는 황제의 야망은 아들 조비에게 넘기고 자신은 오랫동안 그 준비 작업에 매달렸다. 65세를 일기로 숨을 거두기까지 그는 유비와 손권을 제외한 전국의 제후들을 정리하는 한편 동승, 마등, 복황후 등 한나라 황실 추종 세력을 차례로 제거해 위나라 건국의 기틀을 다졌다.

6

황제의 밀서

허도로 천도한 조조는 모사들을 불러 유비와 여포를 어떻게
처리할지 논의했다.

"평원에 있던 유비가 도겸陶謙이 죽은 뒤 서주徐州를 물려받았
고, 여포가 나에게 패한 뒤 유비에게 몸을 의탁하고 있소. 혹시
이 둘이 힘을 합쳐 쳐들어온다면 큰 걱정거리가 될 것이오. 무슨
묘책이 없겠소?"

모사 순욱이 대답했다.

"두 마리 호랑이가 먹이를 다투게 하는◆ 계책이 있습니다. 유
비가 서주를 다스리고는 있지만 아직 황제의 명을 받지 못했으
니, 주공께서 황제에게 청하여 유비를 서주목으로 임명하신 다
음, 은밀히 서신을 보내 여포를 죽이라고 명하십시오. 이 일이
이루어지면 유비는 여포의 힘을 얻지 못할 것이고, 일이 이루어
지지 않으면 필경 여포가 유비를 죽일 겁니다."

조조는 순욱의 계책에 따랐다. 그러나 유비는 여포를 죽이지 않았을 뿐만 아니라 도리어 여포에게 조조의 술책을 알려주었다. 그러자 순욱이 다시 계책을 올렸다.

"유비가 황제에게 은밀히 표문을 올려 회남淮南을 치려 한다고 원술에게 알려주십시오. 그러면 원술이 분노하여 유비를 공격할 터인데, 그때 주공께서는 유비에게 황제의 조서를 내려 원술을 토벌하게 하십시오. 양편이 서로 다투게 되면 여포는 반드시 다른 마음을 품을 겁니다. 이것이 바로 호랑이를 몰아서 늑대를 삼키게 하는◆ 계책입니다."

조조는 크게 기뻐하며 그의 계책대로 움직였다. 결국 유비는 조조의 계략인 줄 알면서도 황명을 거역하지 못하고 원술을 토벌하러 갔다. 그런데 뒤에 남아 성을 지키던 장비가 술에 취한 틈을 타서 여포가 서주를 차지해버렸다. 유비는 할 수 없이 군사를 돌려 조조에게 의탁할 수밖에 없었다.

한편, 죽은 손견의 아들 손책은 원술에게 의탁하고 있었는데, 아버지의 유품인 전국새를 원술에게 맡기는 대가로 군사를 빌려 강동으로 갔다. 그리고 주유周瑜와 태사자太使慈 등의 인재를 적극적으로 끌어들여, 오랫동안 '동오東吳의 덕왕德王'이라 불리던 엄백호嚴白虎를 격파하고 강동 지역을 수중에 넣었다. 그 후 손책은 원술에게 전국새를 돌려달라고 했지만 원술은 응하지 않았다.

원술이 웅거하던 회남은 땅이 넓고 곡물이 풍성했다. 게다가 이제 전국새까지 얻었으므로 원술은 이 기회에 황제가 되고 싶어서 부하들을 불러 의논했다.

"옛날 한나라 고조는 사상泗上의 일개 정장(亭長, 작은 행정 단위인 역정驛亭의 장)에 지나지 않았지만 천하를 손에 넣었소. 그러나 400년이 흐른 지금 한나라의 기운도 이미 쇠진하고 말았소. 우리 가문은 4대에 걸쳐서 삼공三公을 배출하여 천하 사람들의 존경을 받고 있으니, 이제 내가 하늘의 뜻에 순응하여 천자의 자리에 오르려는데 여러분의 생각은 어떠시오?"

부하들이 대부분 묵묵히 앉아 있는 가운데 주부 염상閻象이 간언했다.

"천부당만부당합니다! 주나라 문왕文王은 천하의 3분의 2를 차지했지만 오히려 신하의 예로 은殷나라를 섬겼습니다. 주공의 가문이 비록 고귀하지만 문왕에 미치지 못하고, 한나라 황실이 쇠미하지만 은나라 주왕만큼 난폭하지는 않으니 절대로 그래서는 안 됩니다."

이에 원술이 화를 내며 말했다.

"우리 원씨 성은 원래 진陳씨에서 비롯되었고 진씨는 순임금의 후예다. 게다가 옥새까지 나에게 있으니 내가 천자가 되지 않는 것이야말로 하늘의 뜻을 거스르는 것이다. 내 뜻은 이미 정해졌으니 군말을 하는 자는 참수하겠다!"

마침내 원술은 연호를 중씨仲氏라 하고 관청을 세우는 한편, 천자의 가마인 용봉연龍鳳輦을 타고 다녔다. 또 풍방馮方의 딸을 황후로, 자기 아들을 동궁으로 삼았다. 그리고 군사를 일곱 갈래로 나누어 서주의 여포를 정벌했다. 하지만 여포는 진등陳登의 계략에 따라, 원술에게 의탁해 있던 한섬·양봉과 내통하여 원술의 군사를 격파했다. 원술은 어쩔 수 없이 회남으로 퇴각한 뒤 강동으로 사자를 파견해 도움을 청했다. 그러나 손책은 화를 내며 말했다.

"원술은 내 옥새를 갖고 황제를 참칭하여 한나라 황실을 배반했다. 이런 대역무도한 자를 내가 응징하기는커녕 어찌 도와준단 말이냐?"

이 말을 전해들은 원술도 크게 노했다.

"어린놈이 감히 나에게 이럴 수가 있단 말이냐! 내가 네놈부터 치리라."

손책은 원술의 습격을 막기 위해 병사를 파견하여 강어귀를 지켰다. 그러던 어느 날, 갑자기 조조의 사신이 와서 손책을 회계 태수로 봉하니 원술을 토벌하라는 칙명을 전했다. 이에 장소張昭가 손책에게 계책을 올렸다.

"먼저 조조에게 남쪽으로 와서 원술을 치게 하십시오. 그 다음에 우리가 협공하면 쉽게 원술을 물리칠 수 있을 것입니다."

마침내 조조가 군사를 일으켜 남쪽으로 정벌을 떠나는데 기병과 보병이 17만 명, 양식을 실은 수레가 1천여 대에 달했다. 그는 손책, 유비, 여포에게도 함께 원술을 치자고 요청했다.

그러나 원술이 수춘壽春 성을 굳게 지키며 상대의 식량이 떨어지기를 기다리는 전략을 쓰는 바람에, 조조의 군사는 싸워보지도 못한 채 한 달 만에 양식이 바닥났다. 군량 담당자 왕후王垕가 조조에게 말했다.

"군사는 많고 양식은 적으니 어찌합니까?"

"작은되로 식량을 배급해서 일단 허기나 면하게 하라."

그러나 배급량이 줄어들자 군사들은 조조가 자신들을 속였다며 원망했다. 조조는 은밀히 왕후를 불러들였다.

"내가 너에게 물건을 하나 빌려서 병사들의 마음을 진정시키려고 하니 인색하게 굴지 마라."

"무슨 물건입니까?"

"바로 네 머리다. 네 머리를 베어 병사들에게 보이려고 한다."

"제가 무슨 죄가 있습니까?"

"네가 죄가 없다는 건 나도 안다. 하지만 너를 죽이지 않으면 병사들의 마음이 변할 것이다. 네 가족은 내가 잘 돌봐줄 테니 염려하지 마라."

그러고는 도부수를 불러 왕후의 목을 베어서 장대 끝에 달아 높이 매단 뒤 이런 방문을 붙였다.

'왕후가 작은되로 병사들의 양식을 도적질했으므로 군법에 의거해 처형하노라.'

그제야 조조에 대한 군사들의 원망도 가라앉았다.

이튿날 조조는 각 진영의 장수들에게 명을 내렸다.

"사흘 안에 수춘을 공략하지 못하면 모두 참수할 것이다!"

조조는 직접 성 아래로 가서 군사들을 독려하며 흙과 돌을 날라다 구덩이를 메우게 했다. 이때 성 위에서 화살이 비 오듯 쏜아지자 두 부장副將이 겁을 먹고 물러섰다. 조조는 직접 검을 휘둘러 두 사람의 목을 베고 말에서 내려와 직접 흙을 날라다 구덩이를 메웠다. 이 모습을 본 병사들이 모두 성으로 돌진하니 사기가 천지를 진동할 정도였다. 조조의 병사들이 마침내 성벽에 올라가 성문의 자물쇠를 깨뜨리자 더군이 물밀듯이 밀려가 궁실과 누각을 다 태우고 수춘성을 폐허로 만들어버렸다.

이때 갑자기 사신이 와서 조조에게 급히 보고했다.

"달아난 장수(張秀, 동탁의 부하 장제의 조카. 장제가 죽은 후 그 군사를 물려받았다)가 형주의 유표에게 의탁해 반란을 일으켰습니다."

조조는 즉시 손책에게 강을 건너가 진을 쳐서 유표를 저지하라고 명했다. 그리고 자신은 군사를 이끌고 허도로 돌아가서 따로 장수를 칠 대책을 논의하려고 했다. 떠날 즈음에 또 유비에게 소패小沛에 주둔하면서 여포와 형제의 의를 맺고 더 이상 싸우지 말라고 명을 내렸다. 그리고 여포가 군사를 거두어 서주로 돌아가자 은밀히 유비를 불러서 말했다.

"내가 그대에게 소패에 주둔하라고 한 것은 함정을 파놓고 호랑이를 기다리는 계책이오. 그대는 진규陳珪, 진등 부자와 의논하시오. 내가 외부에서 지원하겠소."

서주로 돌아온 여포는 늘 연회를 열었는데, 그때마다 진규 부자가 아첨을 늘어놓았다. 모사 진궁陳宮은 그들 부자의 속셈이 의심스러워 여포에게 간했다.

"진규 부자의 마음은 예측할 수 없으니 조심하셔야 합니다."

그러나 여포는 그의 말을 믿지 않고 오히려 꾸짖었다.

"너는 어찌하여 좋은 사람들을 까닭 없이 해치려 드느냐?"

진궁은 물러나와 탄식했다.

"충언을 받아들이지 않으니 우리는 필경 화를 당할 것이다."

어느 날, 진궁은 사냥을 나갔다가 수상한 사람을 붙잡았다. 바로 유비의 사신이었다. 사신의 품속에서 유비가 조조에게 보내는 밀서를 찾아낸 진궁은 사신을 여포에게 끌고 갔다. 여포가 뜯어보니 밀서의 내용은 이러했다.

승상의 명을 받들어 여포를 도모하는데 어찌 밤낮으로 마음을 쓰지 않을 수 있겠습니까? 다만 병사와 장수가 너무 적어서 경거 망동할 수 없습니다. 승상께서 대군을 일으킨다면 유비는 달갑게 선봉에 서겠습니다. 삼가 군대를 정비해서 명령을 기다리고 있겠습니다.

여포는 놀랍고 화가 났다.

"조조, 이 역적이 감히 내게 이럴 수 있단 말이냐?"

그는 즉시 사신을 참수한 뒤, 진궁과 장패張霸 등으로 하여금 먼저 산동 연주兗州의 고을들을 치게 하고, 고순高順과 장요張遼에게는 소패성으로 가서 유비를 치도록 했다.

다급해진 유비는 즉시 편지를 써서 조조에게 구원을 청했고, 관우와 장비는 성을 굳게 지키면서 출전하지 않았다. 조조는 유비의 서신을 보고 측근들과 의논했다.

"내가 직접 여포를 친다면 원소는 걱정이 되지 않으나 유표와 장수가 배후를 칠까 걱정이오."

순유가 나서서 말했다.

"유표와 장수는 이미 크게 패해서 경거망동하지 못할 겁니다. 그러나 여포가 원술과 결탁하여 회수淮水와 사수 지역을 종횡무진 휘젓는다면 쳐부수기 어려울 겁니다."

조조는 순유의 계책을 받아들여 유비를 돕기로 했다. 하후연과 하후돈에게 군사 5만 명을 주어 먼저 가게 한 뒤 직접 대군을 거느리고 뒤를 따랐다. 그러나 하후돈은 고순의 군사를 만나서 격전을 벌이다가 크게 패하고 말았다.

대승한 고순은 여포의 대군이 도착하자 함께 유비, 관우, 장비를 공격했다. 먼저 고순과 장요가 관우의 진영을 공격하고 여포는 직접 장비의 진영을 공격했다. 나중에 여포가 군사를 나누어 배후를 치자 관우와 장비의 군사들은 궤멸하고 말았다. 유비는 전세가 위급해지자 소패성으로 달아났지만 여포가 뒤따라 성에 진입하자 할 수 없이 처자식을 버리고 서문으로 도주했다.

여포가 유비의 처소에 이르자 미축糜竺이 황급히 나와 간곡하게 고했다.

"장군과 천하를 다투는 자는 조조일 뿐 유현덕께서는 늘 장군의 은혜를 잊지 않고 있습니다. 지금 부득이해서 조조에게 투신했을 뿐이니 장군께서는 가엾게 여기소서."

여포가 대답했다.

"나와 현덕은 오랜 친구인데 어찌 아녀와 자식을 해치겠소?"

여포는 미축에게 유비의 아내와 자식을 서주로 데려가서 편안히 지내도록 하고, 고순과 장요에게 소패를 지키도록 명한 뒤 산동 연주로 떠났다. 이때 관우와 장비는 각자 군사와 말을 수습해 산속에 숨어 있었다.

한편, 유비가 말을 타고 도망치는데 뒤에서 누가 따라왔다. 돌아보니 부하 손건孫乾이었다. 유비가 말했다.

"두 아우의 생사도 모르고 처자도 잃었으니 어찌하면 좋은가?"

"우선 조조에게 의탁해 후일을 도모하십시오."

유비는 추격군을 피하기 위해 오솔길을 통해서 허도로 향했다. 도중에 식량이 떨어지자 마을을 찾아 음식을 구했는데, 마을 사람들은 그가 유비인 것을 알고 저마다 음식을 바쳤다. 유비는 양성梁城을 향해 가다가 조조가 인솔하는 대군을 만났다. 조조는 조인에게 군사 3천 명을 주어 소패성을 치게 하고, 자신은 대군을 거느리고 유비와 함께 여포를 치기 위해 진군했다.

이때 여포는 서주로 돌아왔다가 소패가 위급하다는 보고를 받고는 진규에게 서주를 맡기고 급히 구하러 나서려고 했다. 이때 아버지 진규와 함께 이미 조조와 내통하고 있던 진등이 짐짓 여포에게 말했다.

"조조는 사방에서 서주를 포위하고 전력을 다해 공격할 터이니 일단 재물과 군량을 하비성으로 옮기는 것이 어떨까요? 설사 포위를 당하더라도 하비성에 양식만 넉넉하면 충분히 버틸 수 있습니다."

여포는 재물과 군량을 하비성으로 옮기게 한 후 진등과 함께 소패로 향했다. 진등이 다시 말했다.

"제가 먼저 가서 조조의 허실을 알아볼 테니, 제가 돌아온 후에 진군하십시오."

여포가 허락하자 진등은 즉시 소관(蕭關, 소패성으로 통하는 관문)으로 가서 그곳을 지키던 진궁에게 말했다.

"온후(溫候, 여포)께서 그대들이 나가 싸우지 않는다고 처벌하러 오시고 있소."

진궁이 대답했다.

"지금은 조조의 세력이 막강해서 경거망동할 수 없소. 지금은 관문을 굳게 지키는 것이 상책이라고 전해주시오."

진등은 고개를 끄덕였다. 밤에 진등이 관문 위에 올라가 보니 조조의 군사들이 관문 아래까지 와 있었다. 진등은 화살에 서신 세 통을 매달아 조조의 진영으로 쏘았다. 그리고 다음 날 진궁과 작별한 뒤 여포에게 가서 말했다.

"진궁에게 관문을 단단히 지키라고 했으니 장군께서는 날이 저물면 가서 구하십시오."

여포는 그에게 다시 소관으로 가서 횃불을 신호 삼아 안팎에서 호응하자고 진궁에게 일러놓으라고 말했다. 진등은 다시 말을 타고 소관으로 가서 진궁에게 전했다.

"큰일났소! 조조가 샛길을 통해 나아가 서주를 공략하고 있소. 서주가 위태로우니 어서 돌아오라고 주공께서 명하셨소."

진궁은 황급히 소관을 버리고 밖으로 나갔다. 그러자 진등은 곧장 관문 위로 올라가서 횃불로 신호를 보냈다. 여포는 신호를 보자마자 공격을 시작했다. 진궁과 여포는 서로를 적으로 알고 어둠 속에서 죽이고 또 죽였다.

한편, 전날 밤 진등의 서신을 받은 조조군은 횃불을 보고 일제히 소관을 공격해 손쉽게 함락시켰다.

여포는 날이 밝아서야 계략에 빠진 것을 알고 황급히 진궁과 함께 서주로 돌아갔다. 그러나 성 밑에 이르자 갑자기 위에서 화살이 어지러이 쏟아졌다. 미축이 성루에서 소리쳤다.

"네가 우리 주공의 성을 빼앗았으니 응당 돌려주어야 하지 않겠느냐!"

여포가 성을 내며 말했다.

"진규는 어디 있느냐?"

"이미 내 손에 죽었다."

여포가 진궁을 돌아보며 물었다.

"진등은 어디 있는가?"

"장군은 아직도 미련을 버리지 못하셨습니까? 그 간사한 도적놈에 대해 묻다니요!"

여포는 군중을 샅샅이 뒤졌지만 진등을 찾지 못했다. 결국 여포는 진궁의 말을 받아들여 소패로 향했으나, 절반도 못 가서 요란하게 달려오는 고순과 장요의 군대와 마주쳤다. 여포가 소패성은 어떻게 하고 왔느냐고 묻자 고순이 대답했다.

"진등이 주공께서 포위되었으니 빨리 가보라고 했습니다."

진궁이 말했다.

"이것도 그 간사한 도적놈의 계략입니다."

여포는 반드시 진등을 죽이겠다고 이를 갈면서 질풍같이 소패 성으로 달려갔다. 그러나 성 위에는 이미 조조의 깃발이 나부끼고 있었다. 조조가 조인을 시켜 성을 차지하게 했던 것이다. 여포가 대노하여 성을 치려는데 갑자기 등 뒤에서 함성이 일며 군사들이 몰려왔다. 바로 장비의 군사였다. 여포가 직접 나가 장비와 접전을 벌이는데, 다시 진영 밖에서 함성이 일며 조조의 대군이 밀려들었다. 도저히 당해낼 수 없다고 판단한 여포가 동쪽으로 달아나자 조조는 그 뒤를 쫓았다. 그때 다시 한 무리의 군사가 나타나 여포의 앞을 가로막았다. 늠름한 장수 하나가 칼을 비껴들고 큰 소리로 외쳤다.

"여포는 도망가지 마라. 관운장이 여기 있다."

여포는 더 이상 싸울 엄두를 내지 못하고 진궁과 함께 사선을 뚫고서 하비성으로 달려갔다. 싸움이 끝나자 장비와 관우는 조조 진영에 있던 유비를 찾아가 눈물로 해후했다. 유비는 두 사람을 조조에게 인사시킨 뒤 조조를 따라 서주로 갔다.

하비성에 머물게 된 여포는 풍족한 식량과 사수 지역의 험난한 지형만 믿고서 편안하게 지내고 있었다.

어느 날, 진궁이 간했다.

"조조의 군사가 이쪽으로 오고 있답니다. 그들이 진영을 세워 자리 잡기 전에 피로한 적을 공격하면 반드시 승리할 겁니다."

그러나 여포는 진궁의 간언을 듣지 않았다. 마침내 조조의 군사들이 하비성을 공격하기 시작하자 진궁이 다시 간했다.

"조조의 군사는 먼 길을 와서 그 위세가 오래갈 수 없습니다. 장군께서 보병과 기병을 거느리고 성 밖에 주둔하시면 저는 나머지 군사를 데리고 성을 지키겠습니다. 만약 조조가 장군을 공격하면 제가 그들의 배후를 칠 것이고, 반대로 성을 공격해오면 장군이 뒤에서 구원해주십시오. 조조 진영은 열흘도 지나지 않아서 양식이 떨어질 것이니 그때는 단번에 격파할 수 있을 겁니다. 이것이 바로 기각지세◆입니다."

여포는 그의 계책을 받아들이기로 하고 거처로 돌아와 싸울 준비를 했다. 한겨울이라서 솜옷을 많이 내오라고 하니 아내 엄씨가 나와서 물었다.

"남에게 성을 맡기고 처자도 버린 채 멀리 나갔다가 무슨 변고라도 생기면, 첩이 어떻게 다시 장군을 모시겠습니까?"

여포가 주저하면서 집에서 사흘이나 나오지 않자 진궁이 찾아와 말했다.

"조조가 성을 포위하고 있으니 빨리 나가지 않으면 곤경에 처할 것입니다."

"내가 생각해보니, 멀리 나가는 것은 성을 굳게 지키는 것만 못하오."

"요즘 조조 진영에 양식이 부족해서 군량을 수송해올 모양입니다. 그 보급로를 끊어야 합니다."

여포는 진궁의 말이 옳다고 여겨 그의 계책을 따르려 했다. 그러나 아내 엄씨가 다시 통곡을 하며 만류하고 초선도 옆에서 거들자 다시 마음이 돌아서서 진궁에게 말했다.

"조조는 계략이 많으니 함부로 움직일 수 없소."

진궁이 밖으로 나와서 탄식했다.

"우리는 죽어서 묻힐 곳조차 없겠구나."

이후 여포는 종일토록 엄씨, 초선과 함께 술을 마시며 답답함을 달랬다.

조조는 두 달 넘게 하비성을 공격했으나 함락하지 못하자 장수들을 불러 상의했다.

"두 달이 넘도록 성을 함락하지 못하고 있으니 그냥 허도로 돌아가 잠시 쉬려고 하오. 그대들은 어떻게 생각하시오?"

순유가 급히 제지하고 나섰다.

"안 됩니다! 여포의 기세가 꺾였고 진궁도 아직 계책을 세우지 못했으니 속공으로 치면 여포를 사로잡을 수 있습니다."

이때 여포는 매일 술타령을 하느라 몸이 많이 상하여 몰골이 말이 아니었다. 어느 날 그는 거울에 비친 자기 모습을 보고 깜짝 놀랐다.

"주색으로 몸이 너무 상했구나. 이제 끊어야겠다!"

여포는 즉시 전군에 금주령을 내렸다. 이때 부하 후성侯成이 담가둔 술을 여포에게 바치려다가 곤장 50대를 맞았다. 이에 후성은 동료 장수 송헌宋憲, 위속魏續과 함께 여포를 배반하기로 마음먹었다.

“내가 먼저 적토마를 훔쳐내 조조를 만나보겠소.”

후성은 몰래 적토마를 빼내 조조의 진영으로 찾아가 바치면서 말했다.

“송헌과 위속이 백기를 꽂고 성문을 열기로 했습니다.”

이튿날 새벽, 성 밖에서 함성이 천지를 진동했다. 조조의 군사들이 공격해오자 여포는 직접 적을 맞이하여 싸웠다. 전투는 새벽부터 정오까지 계속되었다. 조조의 군사가 잠시 물러가자 여포는 성문 누각에서 잠깐 쉬다가 자기도 모르게 의자에 앉은 채 잠이 들었다. 이때를 놓치지 않고 송헌과 위속이 밧줄로 그를 꽁꽁 묶었다. 송헌은 곧 성문을 열고 위속은 백기를 흔들면서 큰 소리로 외쳤다.

“여포를 생포했다!”

마침내 조조의 군사들이 성문 안으로 밀려들어 성을 함락했다. 조조가 유비와 함께 문루 위에 앉으니 관우와 장비가 양쪽에 서서 호위했다. 포로 1천 명이 끌려나오는데 진궁도 그중에 있었다. 진궁은 옛날 동탁에게 쫓기던 조조의 목숨을 구해주고 모사로서 보좌한 인연이 있었다. 조조가 안타까워하며 물었다.

“그대는 스스로 지모가 많다고 자처했는데 어쩌다 오늘 이렇게 되었는가?”

진궁이 곁에 있던 여포를 돌아보며 말했다.

“이 사람이 내 말을 듣지 않은 것이 한스럽구나! 내 말만 들었다면 지금 이 지경이 되지는 않았을 것이다.”

"이제 어찌하겠는가?"

"기꺼이 죽겠노라."

"그대가 죽으면 노모와 처자는 어떻게 되는가?"

"효로써 천하를 다스리는 자는 남의 부모를 죽이지 않고, 천하에 인정仁政을 베푸는 자는 남의 후손을 끊지 않는다고 들었소. 내 노모와 처자의 생사는 그대의 손에 달렸을 뿐이오. 나는 그저 죽기를 청할 뿐, 아무 미련이 없소."

조조는 진궁에게 미련이 남았지만, 진궁은 스스로 문루 아래로 내려갔다. 조조의 뜻을 헤아린 장수들이 만류하고, 조조가 자기도 모르게 일어나 울며 보내는데도 끝내 돌아보지 않았다. 조조가 부하들에게 말했다.

"진궁의 노모와 처자를 허도로 모셔다 편안하게 봉양하라. 소홀히 하는 자는 참수하겠다."

그러나 진궁은 아무 말도 하지 않고 목을 늘여 형벌을 받았다.

이때 여포가 조조에게 말했다.

"공은 이 여포를 내내 근심해왔소. 이제 내가 항복했으니 공이 대장이 되고 내가 부장이 되면 천하를 쉽게 평정할 것이오."

조조가 유비를 돌아보며 물었다.

"어떻게 생각하오?"

유비가 대답했다.

"공께서는 동탁의 일을 보지 못하셨습니까?"

여포가 유비를 노려보며 말했다.

"정말 신의 없는 놈이로구나!"

조조가 부하들에게 명했다.

"여포를 끌고 가서 목을 베어라."

마침내 여포는 모든 사람이 보는 가운데 도부수에게 참수를 당했다.

조조는 하비성 전투에서 승리한 후 군사들을 크게 위로했다. 그가 군사를 이끌고 허도로 돌아가던 중 서주를 지나는데, 서주 백성들이 길옆에서 향을 태우고 절을 하면서 유비를 서주 목사로 남겨달라고 청했다. 조조가 대답했다.

"유현덕의 공적이 크니 황제를 뵙고 작위를 받은 후에 돌아와도 늦지 않을 것이다."

허도에 도착한 조조는 공이 있는 사람들에게 상을 내렸는데, 유비에게는 특별히 승상부 부근에 저택을 마련해주었다.

이튿날 조회 때 조조는 유비를 헌제에게 소개했다. 헌제가 가문의 내력을 묻자 유비가 대답했다.

"소신은 중산정왕中山靖王의 후예이고 효경孝景 황제의 현손입니다. 할아버지는 유웅劉雄이고 아버지는 유홍劉弘입니다."

사람을 시켜 족보를 따져보니, 유비는 헌제의 숙부뻘이었다. 헌제는 크게 기뻐하면서 유비를 편전으로 불러 조카의 예로 대했다. 이때부터 사람들은 유비를 유 황숙皇叔이라고 불렀다.

조조가 승상부로 돌아오자 모사 정욱이 물었다.

"지금 승상의 명성이 하루가 다르게 높아지고 있는데, 어찌하여 이 기회에 패업을 이루려 하지 않습니까?"

"조정에 아직 황제에게 충성하는 고굉지신♦이 많아서 경거망동할 수 없네. 황제를 모시고 사냥을 나가서 사람들의 동정을 살펴야겠네."

조조는 좋은 말과 날쌘 매, 사냥개를 고르고 활과 화살을 갖춘 뒤에 병사들을 성 밖에 집결시켰다. 조조가 궁궐에 와서 사냥을 가자고 청하자 헌제는 내심 불편했지만 거절할 수도 없어서 의장을 갖추고 성을 나섰다. 유비, 관우, 장비도 각자 활과 화살을 메고 뒤를 따랐다. 조조는 10만 군사를 인솔해 헌제와 함께 허전許田에서 사냥을 했다. 조조와 황제는 단지 말 머리 하나를 사이에 두고 함께 움직였다. 사방이 모두 조조의 심복이라서 문무백관은 감히 얼씬도 하지 못했다. 헌제가 유비에게 말했다.

"짐이 황숙의 활 솜씨를 보고 싶소."

유비가 명을 받들고 말에 오르자 갑자기 풀숲에서 토끼 한 마리가 튀어나왔다. 유비가 활을 쏘아 맞히자 헌제는 갈채를 보냈다. 이어서 인마가 산비탈을 도는데 가시덤불 속에서 갑자기 큰 사슴 한 마리가 뛰쳐나왔다. 헌제가 연속 세 번을 쏘았지만 빗나가자 조조를 돌아보며 말했다.

"경이 쏘아보시오."

조조는 헌제의 보석 박힌 활과 금촉 화살을 빌려서 재빨리 활시위를 당겼다. 사슴은 등을 맞고 그대로 풀숲에 쓰러졌다. 군사와 신하들은 금촉 화살을 보고 황제를 향해 만세를 외쳤다. 그런데 조조가 말을 달려 황제의 앞을 가로막고서 갈채를 받는 것이 아닌가! 사람들은 모두 대경실색했다. 특히 관우는 눈을 부릅뜨고 당장 달려나가서 조조를 벨 기세였다. 유비는 황급히 눈짓을 보내 그를 만류했다.

사냥이 끝나고 처소로 돌아온 뒤 관우가 유비에게 물었다.

"조조란 놈이 황제를 업신여기기에 제가 죽여서 나라의 화근을 없애려 했거늘, 어찌하여 형님은 저를 말리셨소?"

"쥐를 잡겠다고 그릇을 깨지는 말라♦고 했다. 그때 황제 곁에는 조조와 그의 심복들만 있었는데 함부로 움직이다가 황제가 다치기라도 했으면 그 죄는 우리가 뒤집어썼을 것이다."

"하지만 오늘 그놈을 못 죽였으니 훗날 반드시 화근이 될 것이오."

"그래도 오늘 일은 비밀에 부치고 함부로 말하지 마라."

헌제는 궁중에 돌아와서 눈물을 흘리며 복황후에게 말했다.

"짐이 즉위한 후 간웅들이 계속 일어났소. 먼저 동탁이 있었고 나중에 이각과 곽사가 일어나서 짐과 황후는 일반인들이 겪지 못할 고난을 당했소! 그 후 조조를 얻고 사직을 지켜줄 신하라 여겼는데 뜻밖에도 권력을 전횡하고 있으니 짐은 그를 볼 때마다 가시방석에 앉은 기분이오. 조만간 다른 음모를 꾀할 텐데 그때 황후와 짐은 어디서 죽을지 모르겠구려!"

"조정의 문무백관 중에 국난을 해결할 사람이 한 명도 없다는 말씀이십니까?"

복황후의 말이 끝나자마자 누군가 문밖에서 들어왔다. 황후의 부친 복완伏完이었다. 그가 말했다.

"도처에 조조의 심복이 깔려 있는 지금, 폐하의 친족이 아니면 역적을 치기 어렵습니다. 소신은 힘이 미약하지만 거기車騎장군 동승(헌제의 귀비의 오빠)이라면 중임을 맡길 만합니다!"

이에 헌제는 동승에게 밀서를 전하고자 했지만, 비밀이 샐까 두려워서 혈서로 쓴 밀서를 옥대玉帶에 넣고 꿰맨 뒤 그 위에 비단 도포를 걸쳤다. 그러고서 동승을 궁궐로 부르라고 시종에게 명했다. 동승이 입궐하자 헌제는 비단 도포와 옥대를 하사하며 말했다.

"집으로 돌아가 잘 살펴보고 부디 짐의 뜻을 저버리지 말라."

동승은 즉시 그 뜻을 알아챘다. 그는 비단 도포를 입고 옥대를 찬 후 작별을 고했다. 그러나 누군가 이 사실을 조조에게 보고했고, 의심이 인 조조는 급히 궁궐로 달려왔다. 마침 궁궐을 나가다가 조조와 마주친 동승은 할 수 없이 길옆에 서서 인사를 했다. 조조가 다가와 물었다.

"국구께서는 무슨 일로 오셨소?"

"황제께서 부르셔서 이 비단 도포와 옥대를 하사하셨소."

"무슨 일로 하사하신 것이오?"

"지난번에 서도(西都, 장안)에서 황제를 구해드린 공로를 치하하며 주셨소."

"그 옥대를 풀어서 내게 보여주시오."

옥대에 밀서가 있다고 생각한 동승은 머뭇거리면서 풀지 않았다. 조조는 더욱 의심이 나서 측근을 시켜 억지로 풀게 한 뒤 이리저리 살펴보고는 말했다.

"과연 좋은 옥대로다! 그 비단 도포도 보여주시오!"

동승은 따르지 않을 수 없었다. 조조는 두 손으로 비단 도포를 받아들고 햇빛에 자세히 비춰본 뒤 스스로 입고 옥대를 두르고서 측근들에게 물었다.

"꼭 맞느냐?"

측근들이 훌륭하다고 칭찬하자 이번에는 동승에게 물었다.

"이 비단 도포와 옥대를 내게 줄 수 있겠소?"

"황제께서 하사하신 것을 어찌 함부로 드릴 수 있겠소? 제가 따로 한 벌 지어드리지요."

"국구께 이 도포와 옥대를 하사하신 데에 무슨 사연이 있는 게 아니오?"

동승이 깜짝 놀라면서 말했다.

"어찌 그런 일이 있겠소? 정 그렇다면 승상에게 이 도포와 옥대를 드리지요."

"황제의 하사품을 어찌 뺏을 수 있겠소? 그저 농담으로 해본 소리요!"

조조는 도포와 옥대를 벗어 동승에게 돌려주었다.

동승은 집에 돌아온 후 자정 무렵까지 서재에 앉아 도포와 옥대를 샅샅이 훑어보았지만 이상한 점을 발견하지 못했다. 오랫동안 살피다 보니 몹시 피곤해서, 탁상에 기대어 잠시 눈을 붙이려는 참에 갑자기 등불의 불똥이 옥대에 떨어지면서 자주색 비단 안감을 태워 작은 구멍이 생겼다. 동승은 깜짝 놀랐다. 자주색 비단 안으로 흰색 명주천이 살짝 드러나면서 보일락말락 혈흔이 비쳤다. 그것은 놀랍게도 황제가 직접 쓴 혈서였다.

짐이 듣건대 인륜은 부모와 자식의 관계가 으뜸이며, 존비의 차이는 임금과 신하의 관계가 중요하다. 요즘 조조가 권력을 전횡하며 임금을 속이고 붕당을 만들어 조정의 기강을 무너뜨리는 한편, 사사로이 상벌을 행하면서 짐의 뜻을 무시하니 짐은 천하가 위기에 처할까 밤낮으로 근심하노라.

경은 나라의 대신이자 짐의 가까운 친척이다. 응당 고조 황제의 창업의 어려움을 생각하고 충의를 갖춘 열사를 결집하여 간사한 무리를 없애고 사직의 안녕을 회복한다면 이보다 다행스러운 일이 없을 것이다. 이제 손가락을 깨물어 피로써 조서를 쓰나니 경은 재삼 신중을 기하여 짐의 뜻을 저버리지 갈라.

동승은 밀서를 읽고 눈물을 줄줄 흘리던서 뜬눈으로 밤을 지새웠다.

이튿날 새벽, 그는 다시 밀서를 읽으며 조조를 없앨 계책을 생각하다가 깜빡 잠이 들었다. 이때 시랑侍郎 왕자복王子服이 찾아왔다. 평소 동승과 사이가 좋았던 그는 거침없이 서재에 들어왔다가 탁상에 기대 자고 있는 동승을 보았다. 그때 동승의 소매 밑에 깔려 있는 하얀 비단에 '짐朕'이라는 글자가 흐릿하게 적혀 있는 것이 보였다. 이상하게 생각한 왕자복은 그 비단을 꺼내 오랫동안 살펴보다가 소맷자락에 감추고 말했다.

"국구께서는 참 태평하시오. 지금 어떻게 잠이 온단 말이오!"

깜짝 놀라 깬 동승은 밀서가 보이지 않자 혼이 달아난 듯 어쩔 줄을 몰라했다. 그때 왕자복이 말했다.

"그대가 조조를 죽이려 하다니, 내가 가서 고발하겠소!"

동승은 눈물을 흘리며 말했다.

"형님이 그렇게 하시면 한나라 황실은 끝장이오!"

"농담이오. 조상 대대로 한나라의 봉록을 받았는데 어찌 충성을 바치지 않겠소!"

동승은 크게 기뻐하며 대신 오석吳碩과 충집种輯, 장군 오자란吳子蘭, 서량 태수 마등馬騰을 불렀다. 모두 여섯 사람이 모인 가운데 마등이 술에 피를 떨어뜨리며 말했다.

"죽을 각오로 오늘의 맹세를 저버리지 맙시다."

그리고 나머지 다섯 사람을 가리키며 말했다.

"열 사람만 얻어도 충분히 대사를 이룰 수 있을 것이오."

이에 동승이 말했다.

"충성스럽고 의로운 인재는 쉽게 얻을 수 없소. 사람을 잘못 선택하면 오히려 해를 입을 것이오."

마등이 대신들의 이름이 적힌 인명록을 뒤지다가 유씨 일족에 이르자 손뼉을 치며 말했다.

"어찌하여 이 사람과 상의하지 않소?"

동승이 물었다.

"누구를 말하는 것이오?"

"예주 목사 유현덕 말이오. 지금 가까이 있는데 어찌하여 찾지 않는 것이오?"

이튿날 캄캄한 밤에 동승은 황제의 밀서를 품고 직접 유비의 거처를 찾아갔다. 유비가 동승에게 물었다.

"이런 야밤에 웬일이십니까?"

"대낮에 오면 조조의 의심을 살까 봐 일부러 밤에 왔습니다."

유비가 술을 내와 대접하자 동승이 다시 말했다.

"예전에 사냥터에서 관운장이 조조를 죽이려 할 때 장군께서는 어찌하여 눈짓으로 그를 제지했습니까?"

유비가 깜짝 놀라서 말했다.

"그걸 어떻게 아셨습니까?"

"남들은 보지 못했지만 저는 분명히 보았습니다."

동승은 비단 도포와 옥대를 끌러서 황제의 밀서를 유비에게 보였다. 유비는 그야말로 비분에 잠겼다. 동승이 다시 여섯 사람이 맹세한 서약서를 보여주자 유비도 '좌장군 유비'라고 서명했다. 동승이 말했다.

"세 사람을 채워서 열 명이 되면 나라의 역적을 토벌할 수 있습니다."

"차근차근 천천히 해야지, 서두르다 누설이 되면 안 됩니다."

동승은 유비와 의논하다 새벽이 되어서야 집으로 돌아갔다.

그 후 유비는 조조의 의심을 피하기 위해 뒤뜰에 밭을 마련하여 직접 농사를 지었다. 관우와 장비가 이를 이해하지 못하고 물었다.

"천하의 대사는 모른 척하시고 왜 소인의 일을 하십니까?"

"동생들은 알 바 아니네."

두 사람은 더 이상 묻지 않았다.

어느 날, 관우와 장비는 집에 없고 유비 혼자 밭에서 채소에 물을 주고 있는데 허저와 장요가 와서 승상이 부른다고 전했다. 유비는 두 사람을 따라 승상부로 가서 조조를 만났다. 조조가 웃으면서 말했다.

"요즘 집에서 훌륭한 일을 하고 있더군요!"

유비는 놀라서 안색이 흙빛이 되었다. 조조는 유비의 손을 잡고 후원으로 가면서 말했다.

"농사일도 쉽지 않지요?"

유비는 그제야 마음을 놓고 말했다.

"그저 소일거리입니다."

"저 뜰의 푸른 매실을 보다가 작년에 장수를 치던 도중에 물이 떨어졌던 일이 생각났소. 군사들이 목이 말라 애를 태우기에 내가 한 가지 꾀를 내었소. 무조건 채찍을 들어 앞을 가리키면서 '저기 매화나무 숲이 있다'고 했더니, 군사들은 시큼한 매실 생각에 침이 고여 갈증을 풀었소. 이제 저 매실을 보니 그때 생각

이 나는데다 마침 담가둔 술도 잘 익어서 그대와 함께 한잔 하려
고 청했소."

두 사람은 마주 앉아서 질탕하게 마셨다. 술이 거나해졌을 때
조조가 갑자기 유비에게 물었다.

"현덕은 오랫동안 천하를 편력했으니 당대의 영웅이 누구인
지 알 것이오. 한번 말씀해보시오."

"제가 어찌 영웅을 알아보겠습니까?"

"알아보진 못해도 세간의 평판은 들었을 것 아니오?"

"회남의 원술이 병사와 식량이 풍족하니 영웅이라고 할 수 있
겠지요."

"무덤 속의 마른 뼈다귀에 지나지 않소! 조만간 내가 사로잡
을 것이오."

"하북의 원소는 그 가문이 4대에 걸쳐 삼공을 배출했고, 지금
은 기주冀州를 점거한데다 부하들도 유능한 자가 많으니 영웅이
라고 할 수 있겠습니다."

"원소는 위엄이 있어 보이지만 담력이 부족하오. 일을 도모하
길 좋아하나 결단력이 없고, 큰일에는 몸을 아끼고 조그만 이익
에 목숨을 거니 어찌 영웅이라 하겠소?"

"그 명성이 구주九州를 진동하는 유경승劉景升이라면 영웅이라
고 할 수 있겠지요."

"유표는 허명만 있을 뿐 실력이 없으니 결코 영웅이 아니오."

"혈기왕성한 강동의 우두머리 손책은 어떻습니까?"

"손책은 부친의 명성에 의지할 뿐 영웅이 아니오."

유비와 조조
천하의 영웅을 논하다.

"익주益州의 유계옥劉季玉은 영웅이라고 할 수 있나요?"

"유장劉璋은 비록 황실의 친족이지만 그저 문을 지키는 개일 뿐이니 어찌 영웅이라 할 수 있겠소?"

"장수張繡나 장로張魯, 한수韓遂 같은 이들은 어떻습니까?"

조조가 손뼉을 치면서 크게 웃었다.

"그런 보잘것없는 소인들을 어찌 입에 올릴 수 있겠소?"

"그들 외에는 아는 사람이 없습니다."

"이른바 영웅이란 가슴속에는 큰 뜻을 품고 뱃속에는 좋은 계책을 갖고 있어서 우주의 기틀을 갈무리하고 천지의 뜻을 뱉었다 삼켰다 하는 사람이오."

"누가 그에 해당하는 인물입니까?"

조조는 손가락으로 유비를 가리킨 다음 또 자기를 가리키면서 말했다.

"지금 천하에서 영웅은 그대와 나 둘뿐이오!"

유비는 깜짝 놀라서 손에 들고 있던 젓가락을 부지불식간에 떨어뜨렸다. 그때 마침 큰비가 오려는지 우렛소리가 크게 울렸다. 유비는 조용히 고개를 숙여 젓가락을 집으며 말했다.

"우렛소리가 이 정도로 대단할 줄이야!"

조조가 그 모습을 보고 웃으며 말했다.

"장부도 우렛소리를 무서워하오?"

"성인도 우렛소리와 세찬 바람에는 안색이 변했다고 하는데, 제가 어찌 두려워하지 않을 수 있겠습니까?"

사실 유비는 조조의 말에 놀라서 젓가락을 떨어뜨렸지만 때마침 울린 우렛소리를 핑계로 위기를 넘겼다. 조조도 더 이상 그를 의심하지 않았다.

술자리가 파하고 집에 돌아온 유비는 관우와 장비에게 자기가 겪은 일에 대해 말했다.

"내가 뒤뜰에서 농사를 지은 것은 큰 뜻이 없다는 걸 조조에게 알리기 위해서였는데, 뜻밖에도 그는 나를 영웅이라고 하더구나. 다행히 우렛소리를 빙자해 그의 의심을 피할 수 있었다."

이튿날 조조는 다시 유비를 청하여 술을 마셨다. 이때 원소를 정탐하러 갔던 자가 돌아와 공손찬이 원소에게 크게 패해 죽었다는 소식을 전했다. 아울러 회남에서 사치스러운 생활로 크게 인심을 잃은 원술이 황제의 칭호와 옥새를 원소에게 넘기겠다고 했다는 소식을 전하면서 이렇게 말했다.

"원소와 원술이 힘을 합치면 수습하기 어려우니, 승상께서는 한시바삐 대책을 세우십시오."

공손찬이 죽었다는 소식을 듣고 유비는 예전에 자신을 현령으로 추천해준 그의 은혜가 생각나서 슬픔에 잠겼다. 그때 마음속에 한 가지 생각이 떠올랐다.

'지금 조조에게서 벗어나지 못하면 언제 벗어나겠는가!'

그는 즉시 일어나서 조조에게 말했다.

"원술이 원소에게 가려면 반드시 서주를 지나야 합니다. 저에게 군사를 주시면 중도에서 길을 끊고 공격하여 원술을 사로잡겠습니다."

조조가 웃으며 대답했다.

"내일 황제께 아뢰고 즉시 떠나시오."

다음 날 유비가 군사 5만 명을 이끌고 떠나는데 동승이 10리 밖까지 전송을 나왔다. 유비가 말했다.

"국구께서는 조금만 참으십시오. 제가 이번 길에 반드시 좋은 소식을 전하겠습니다."

"지난번 맹세를 잊지 말고 황제의 뜻을 저버리지 마시오."

유비가 마침내 서주에 이르자 서주 자사 차주車胄가 영접을 나왔다. 환영회가 끝나자 손건과 미축도 와서 인사를 했다.

유비는 정탐꾼을 보내 원술의 근황을 알아보게 했다. 얼마 후 정탐꾼이 돌아와서 보고했다.

"원술이 인마와 재물을 수습해 곧 이곳을 지날 것입니다."

유비는 5만 군사를 이끌고 성 밖으로 나갔다. 마침 원술의 선봉장 기령紀靈과 마주쳤는데, 장비가 아무 말도 없이 곧장 쳐들어갔다. 10합도 되지 않아 장비가 크게 소리를 지르며 기령을 말 아래로 거꾸러뜨렸다. 기령의 군사들이 사방으로 달아나자 이번에는 원술이 직접 군사를 이끌고 싸우러 나왔다. 유비는 군사를 세 갈래로 나누어 전투태세를 갖춘 뒤 원술을 향해 큰 소리로 꾸짖었다.

"이 대역무도한 놈! 황제의 명을 받아 너를 토벌하러 왔으니 당장 두 손을 묶고 항복해 죄를 면하라."

"돗자리나 짜고 짚신이나 삼던 소인배가 어찌 나를 업신여기려 드느냐?"

　원술이 크게 화를 내면서 먼지바람을 일으키며 대거 공격해왔다. 유비가 잠시 군사를 물리자 좌우에 있던 관우와 장비가 일제히 덮치면서 원술의 군사를 쳤다. 이때 유비도 군사를 돌려 협공하자 원술의 군사들이 흘린 피가 강을 이루고 시체가 들판을 덮었다.

　원술이 도주해서 살아남은 자들을 살펴보니 겨우 1천여 명에 불과하고 그것도 대부분 노약자였다. 게다가 양식도 다 떨어져서 보리 30섬밖에 남지 않았는데 그나마 군사들에게 나눠주다 보니 그 식구들은 먹지 못해 굶어죽는 이가 많았다. 원술은 거친 밥이 목으로 넘어가지 않자 하인에게 말했다.

　"목이 마르니 꿀물을 가져오너라."

　"꿀물이 어디 있습니까! 있는 것이라고는 핏물뿐입니다."

　하인의 말에 원술은 버럭 소리를 지르다가 땅에 고꾸라져 피를 한 말 이상 토하고 죽었다. 건안 4년 6월의 일이다.

인내의 영웅 유비

적벽대전 전까지 유비는 영웅이라고 불리기에는 부족해 보이는 인물이었다. 변변한 규모의 군대도, 뚜렷한 근거지도 가져본 적이 없으며 적과 싸우면 매번 도망치기에 급급했다. 그래서 계속 공손찬, 도겸, 여포, 조조, 원소, 유표에게 몸을 의탁하는 처지였다. 그가 가진 것이라고는 충성스러운 두 다우, 관우와 장비뿐이었다.

그러나 이 와중에도 그는 당대의 영웅들에게 높은 평가를 받았다. 원소는 그에 대해 "고아高雅하며 신의가 있다"고 했고, 동소는 "유비는 용맹하고 야망이 크다"고 했다. 심지어 조조는 빈털터리인 그에게 "지금 천하에서 영웅은 그대와 나 둘뿐이오"라고 했다.

사실 유비를 영웅이라고 할 수 있는 까닭은, 위의 말들 속에 일부 포함되어 있다. 그는 당장 내일을 장담할 수 없는 처지에서도 항상 야망을 잃지 않았고, 남다른 신의로 당대의 용장인 관우와 장비의 충성을 이끌어냈다. 특히 그는 갖은 고난과 굴욕을 끝까지 인내하며 기회를 기다림으로써 마침내 제갈량을 만나 천하통일의 꿈을 펼칠 수 있었다.

7

예형이 조조를 비웃다

원술을 격퇴시킨 후 유비는 진등의 도움을 받아 차주를 죽이고 서주를 차지했다. 그리고 조조의 공격에 대비하기 위해 원소와 손을 잡았다.

원소는 곧 안량顔良과 문추文醜를 장군으로 삼아 기병 15만 명과 보병 15만 명을 일으켜서 조조를 토벌하러 나섰다. 출발하기 전에 모사 곽도郭圖가 말했다.

"대의大義로써 조조를 치려면 반드시 조조의 악행을 낱낱이 적어 각 군郡에 격문을 돌리십시오."

원소는 그의 말에 따라 서기書記 진림陳琳에게 격문을 작성하게 했다. 진림이 즉각 격문을 지으니 내용은 이러했다.

조조는 본래 미덕이 없고 교활하고 표독해서 난세의 재난을 좋아하고 즐기는 자다. 더구나 방자하게도 멋대로 권력을 휘둘러 도읍을 옮겼으며, 스스로 승상이 되어 황실을 업신여기고 법도와 기강을 어지럽혔다. 이에 오늘 유주, 병주, 청주, 기주의 군사가 함께 진격하니 이 글이 형주에 이르면 건충建忠 장군 장수도 힘을 합치리라. 향후 조조의 수급을 취하는 자는 5천 호戸의 제후로 봉하고 5천만 금을 상으로 내릴 것이며, 조조의 장병들 중 항복하는 자는 죄를 묻지 않을 것이다.

이를 보고 원소는 기쁨을 감추지 못했고, 즉시 사람이 많이 지나다니는 관문과 나루터에 붙이게 했다.

격문은 허도까지 전해졌다. 두통으로 누워 있던 조조는 격문을 보고 모골이 송연해지면서 온몸에 식은땀이 줄줄 흘렀다. 급히 모사들을 불러 대책을 논의한 뒤에 먼저 유대劉岱와 왕충王忠에게 군사 5만 명을 거느리고 서주로 가서 유비를 공격하게 했다. 그리고 자신은 직접 20만 명을 인솔하고 여양呂梁에 가서 원소를 치기로 했다. 그러나 유대와 왕충은 제대로 싸워보지도 못하고 유비에게 생포되었다. 이후 풀려난 그들은 조조의 진영에 돌아와서 도리어 유비를 위해 유세했다.

"유비는 결코 승상을 배신하지 않았습니다."

이에 조조는 대노하여 유대와 왕충을 참수하려고 했지만 공융이 만류하고 나섰다.

"유대와 왕충은 원래 유비의 적수가 아닌데 이들을 참수한다면 군사들의 마음을 잃을까 두렵습니다."

조조는 두 사람의 죄를 사면했지만 대신 관직과 봉록을 박탈했다. 그리고 스스로 군사를 일으켜 유비를 치려고 하는데 다시 공융이 말했다.

"지금은 엄동설한이어서 군사를 움직일 수 없으니 내년 봄까지 기다리십시오. 그리고 먼저 장수와 유표를 회유한 뒤에 다시 서주를 도모하십시오."

조조는 공융의 말을 받아들여 유엽劉曄을 장수에게 보내 유세하도록 했다. 유엽을 따라 허도로 와서 조조를 만난 장수는 섬돌 아래 무릎을 꿇고 절을 올렸다. 조조는 황급히 부축하며 말했다.

"사소한 허물은 마음에 두지 마시오."

조조는 즉시 장수를 양무揚武 장군으로 삼았다. 그리고 장수를 보내 유표를 회유하려는데 모사 가후賈詡가 이의를 제기했다.

"유표는 특별히 명사들과 사귀길 좋아하니 가장 명망 있는 인사를 보내서 유세해야 항복시킬 수 있습니다."

조조가 순유에게 물었다.

"누가 가는 것이 좋겠소?"

공융을 추천한 순유는 그길로 그를 찾아갔지만 공융은 또 다른 사람을 추천했다.

"내 친구 예형禰衡은 나보다 열 배나 능력이 뛰어나다오. 사신의 임무뿐만 아니라 황제를 보필할 수도 있으니, 내 이 사람을 황제께 추천하겠소."

공융은 헌제에게 예형을 추천하는 표문을 올렸고, 헌제는 그 표문을 본 다음 조조에게 주었다. 조조는 곧 예형을 불렀고, 예형이 찾아와 예를 표했지만 조조는 그에게 자리도 권하지 않았다. 이에 예형이 하늘을 보면서 탄식했다.

"천지가 드넓어도 사람 하나 없구나!"

그 말을 듣고 조조가 물었다.

"내 수하 수십 명은 저마다 당대의 영웅이거늘 어찌하여 사람이 없다고 말하는가?"

"누가 당대의 영웅이란 말입니까?"

"순욱·순유·곽가郭嘉·정욱은 생각이 깊고 지혜가 많아서 한나라 때의 소하蕭何나 진평陳平도 따를 수 없고, 장요·허저·악진樂進·이전李典은 용맹이 뛰어나서 잠팽岑彭이나 마무馬武도 견줄 수 없다. 여건呂虔과 만총은 일처리를 잘하고, 우금于禁과 서황은 늘 선봉에 서고, 하후돈은 천하의 기이한 인재이며 조자효曹子孝는 복 많은 장수이거늘, 어찌하여 사람이 없다고 하는가?"

"승상의 말씀은 틀렸습니다. 말씀하신 인물들을 저도 다 알고 있습니다. 순욱은 문상이나 병문안을 시키면 제격이고, 순유는 무덤이나 지키게 하면 제격이며, 정욱은 관문이나 닫게 하면 제격이고, 곽가는 시나 부賦를 읽게 하면 제격이며, 장요는 전투에서 북을 치거나 종을 울리게 하면 제격이고, 허저는 소나 말을 기르게 하면 제격이며, 악진은 조칙이나 읽게 하면 제격이고, 이전은 서신이나 전하게 하면 제격이며, 여건은 칼을 갈고 검을 만들게 하면 제격이고, 만총은 술이나 지게미를 먹게 하면 제격이며, 우금은 등짐을 메고 성벽을 쌓게 하면 제격이고, 서황은 개나 돼지를 잡게 하면 제격이며, 하후돈은 '덩치만 큰 장군'으로 칭하고, 조자효는 '돈만 긁어모으는 태수'라고 부르니, 그 나머지도 허우대만 멀쩡한 술통이거나 고기주머니일 뿐입니다!"

조조는 노기가 충천하여 예형에게 반문했다.

"그럼 너는 무슨 재능이 있는가?"

"나는 천문지리에 통하지 않음이 없고 삼교三敎와 구가九家를 밝히지 못함이 없습니다. 위로는 임금을 보좌하여 요임금과 순임금처럼 만들 수 있으며, 아래로는 공자나 안연처럼 덕을 갖추게 할 수 있으니, 어찌 세속의 무리와 논할 수 있으리오?"

그러자 곁에 있던 장요가 발끈하여 예형을 베려고 했다. 조조가 제지하며 말했다.

"마침 북 치는 관리 하나가 부족하니, 앞으로 아침 조회 때와 연회를 베풀 때 예형으로 하여금 북을 치게 하라."

예형은 사양하지 않고 답한 뒤 물러갔다. 장요가 조조에게 물었다.

"저런 불손한 자를 왜 죽이지 않습니까?"

"이자는 그 허명이 워낙 대단하니, 오늘 내가 죽이면 천하가 다 나를 도량이 좁다고 할 걸세. 그는 스스로 능력이 뛰어나다고 자부하니 일부러 북을 치게 해서 모욕을 주고자 하네."

다음 날 조조는 큰 연회를 베풀어 손님을 대접하면서 북을 치라고 명했다. 예형이 북을 치러 가려는데 고참 관리가 한 마디 했다.

"북을 치러 갈 때는 새 옷으로 갈아입어야 하오."

그러나 예형은 그대로 헌 옷을 입고 들어가서 북을 쳤는데, 그 음색이 묘하고 은은해서 참석자들이 모두 감격에 겨워 눈물을 흘렸다. 이때 조조의 측근들이 고함을 질렀다.

"왜 새 옷으로 갈아입지 않았느냐?"

예형은 즉시 헌 옷을 벗고 벌거숭이로 섰다. 실오라기 하나 걸치지 않은 그 모습에 좌중은 저마다 손으로 얼굴을 가렸다. 그러나 예형은 천연덕스럽게 천천히 서 옷으로 갈아입었다. 조조는 몹시 난처해하며 예형을 꾸짖었다.

"어찌 이리 무례한가?"

"임금을 속이고 미혹하는 것이야말로 두례한 짓이오. 나는 단지 부모가 물려준 청백한 몸을 드러냈을 뿐이오."

"네가 청백하다면, 그럼 누가 혼탁하다는 말이냐?"

"그대가 현명함과 어리석음을 분별하지 못하니 바로 눈이 혼탁한 것이요, 《시경》과 《서경》을 읽지 않으니 바로 입이 혼탁한 것이요, 충언을 받아들이지 않으니 바로 귀가 혼탁한 것이요, 고금의 역사를 통달하지 못했으니 바로 몸이 혼탁한 것이요, 제후들을 용납하지 못하니 바로 배가 혼탁한 것이요, 늘 황제의 지위를 찬탈할 뜻을 품고 있으니 바로 마음이 혼탁한 것이다! 나는 천하의 명사인데 북이나 치게 했으니, 이는 마치 양화陽華가 공자를 깔보고 장창臧倉이 맹자를 폄하한 것과 같다. 패업을 이루려는 자가 어찌하여 이렇게 사람을 깔본단 말인가?"

이때 조조가 예형을 죽일까 걱정하여 공융이 조용히 나아가 말했다.

"예형에게 징역형을 내리십시오.'

하지만 조조는 성이 나서 예형을 가리키며 말했다.

"지금 당장 형주에 사신으로 가라. 만일 유표의 항복을 이끌어낸다면 공경公卿의 작위를 내리겠다.”

예형은 가려고 하지 않았지만 조조는 사람을 시켜 억지로 말에 태워서 전송하게 했다. 그리고 문무백관들도 동문 밖에서 연회를 열어 배웅하도록 했다. 순욱이 사람들에게 말했다.

“예형이 오면 앉은 채로 일어나지 맙시다.”

얼마 후 예형이 와 말에서 내렸는데 사람들이 앉은 채로 일어나지 않자 큰 소리로 곡을 했다. 순욱이 물었다.

“어찌하여 곡을 하는가?”

“관 속을 지나가는데 어찌 곡을 하지 않을 수 있단 말인가?”

예형의 비웃음에 사람들은 저마다 화가 나서 말했다.

“우리가 죽은 시체라면 너는 머리 없는 미친 귀신이다!”

“나는 한나라의 신하로서 조조의 일당이 아닌데 어찌 머리가 없겠느냐?”

사람들은 저마다 대노하여 그를 죽이려고 했지만 순욱이 황급히 막고 나섰다.

“쥐새끼나 다름없는 자 때문에 어찌 칼을 더럽히려 하는가?”

예형이 다시 비꼬았다.

“내가 쥐새끼 같다고 해도 아직 인성은 있다. 그러나 염치라곤 모르는 너희는 벌레에 지나지 않는다.”

사람들은 분노를 삭이지 못하고 돌아갔다.

예형은 형주로 가서 유표를 만났다. 그는 겉으로는 유표를 칭송했지만 실제로는 말 한 마디 한 마디에 조롱이 담겨 있었다.

그러나 유표는 자기 손을 빌려 예형을 죽이려는 조조의 속셈을 알아챘으므로, 예형을 곧바로 강하江夏의 황조에게 보냈다. 황조는 예형을 맞이해 대작하다가 술기운이 오르자 물었다.

"당신이 있던 허도에는 어떤 인물이 있스?"

"큰 아이라면 공문거(孔文擧, 공융), 작은 아이라면 양덕조(楊德祖, 양수)가 있으니 이 둘을 제외하던 별다른 인물이 없습니다."

"나는 어떤 인물 같소?"

"당신은 사당의 토지신 같소이다. 비록 제사를 받기는 하지만 전혀 영험이 없으니."

예형이 이렇게 자신을 산송장으로 취급하자 황조는 대노하여 그를 죽여버렸다. 예형은 죽으면서도 욕설을 멈추지 않았다.

예형이 죽었다는 소식을 듣고 조조는 웃으며 말했다.

"썩어빠진 유생이 입만 날카로워서 도리어 자기를 해쳤구먼!"

조조는 조금도 아쉬운 마음이 없었다. 그리고 유표가 끝내 항복하지 않자 군사를 일으켜 죄를 둘으려 했다. 이때 순욱이 반대하고 나섰다.

"원소와 유비를 멸하지 못한 채 유표를 친다면, 이는 심장은 버려둔 채 팔다리만 돌보는 것과 같습니다. 먼저 원소를 멸한 뒤 유비를 없애면 강한江漢 일대를 일거에 평정할 수 있습니다."

조조는 그의 말을 따르기로 했다.

한편, 동승은 유비가 떠난 후 왕자복 등과 함께 조조를 없앨 궁리를 했지만 뚜렷한 묘책이 서지 않았다. 게다가 건안 5년 정월 초하룻날에 조회를 나갔다가 조조의 오만방자한 태도에 울분을 참지 못해 그만 병이 들고 말았다. 헌제는 그 소식을 듣고 어의 길평吉平을 보내 진찰하게 했다. 길평은 밤낮으로 동승의 곁을 떠나지 않고 병을 살폈다. 그는 동승이 늘 한숨을 쉬는 것을 보았지만 감히 그 까닭을 묻지는 못했다.

어느 날, 동승은 꿈속에서 조조를 꾸짖다가 눈을 떴는데 그때까지도 "조조, 이 역적아!"라는 말이 그치지 않았다. 이를 들은 길평이 그를 향해 소리쳤다.

"국구는 조조를 해치려는 것입니까?"

동승이 깜짝 놀라 아무 말도 못하자 길평이 또 말했다.

"염려하지 마십시오. 제가 비록 일개 의원에 불과하나 한나라를 잊은 적이 없습니다. 이제 국구의 뜻을 알았으니 저를 쓰실 곳이 있으면 말씀하십시오."

동승이 울며 말했다.

"그대의 마음이 진심이 아닐까 두렵네."

그러자 길평은 손가락을 깨물어 피로써 맹세했다. 동승이 황제의 밀서를 보여주자 길평은 비분강개하여 울면서 말했다.

"염려하지 마십시오. 조조의 목숨은 제 손에 달려 있습니다."

"그게 무슨 말인가?"

"조조는 심한 두통 때문에 수시로 저를 불러 약을 씁니다. 그때 독약 한 첩만 쓰면 죽일 수 있는데, 어찌 군사를 일으킬 필요가 있겠습니까?"

동승은 그 말에 기쁨을 감추지 못했다. 그런데 길평이 돌아가고 나서 뒤뜰로 들어가다가 인기척이 느껴져 자세히 살펴보니, 젊은 머슴이 자신의 첩과 밀어를 속삭이고 있었다. 화가 난 동승은 곧장 40대를 친 후 머슴을 쇠사슬에 묶어 차가운 방에 가뒀다. 이에 원한을 품은 머슴이 밤에 쇠사슬을 끊고 담을 넘어 달아나버렸다. 그리고 그길로 조조를 찾아가 동승과 다섯 사람의 맹세, 그리고 길평의 일 등을 고해바쳤다.

다음 날, 조조는 머리가 아프다견서 길평을 승상부로 불러들였다. 길평은 독약 한 첩을 숨겨서 승상부로 들어가 조조에게 말했다.

"이 약을 복용하면 나으실 겁니다."

길평은 조조 앞에서 직접 약을 달이다가 암암리에 독약을 탔다. 그리고 직접 두 손으로 약을 바쳤다.

"따뜻할 때 드시지요. 드시고 나서 땀을 약간 내면 나아지실 겁니다."

조조가 침상에서 일어나 말했다.

"임금이 약을 먹을 때는 신하가 먼저 맛을 보고, 아버지가 약을 먹을 때는 자식이 먼저 맛을 본다. 너는 내 심복 부하이거늘 어찌하여 먼저 맛을 보지 않고 권하는가?"

일이 발각된 것을 알고 길평은 억지로 조조의 귀를 잡고 독약을 부으려 했다. 그러나 조조가 손으로 밀치는 바람에 약사발은 땅에 떨어져 박살이 났다. 뒤이어 조조의 측근들이 들어와 길평을 포박했다. 조조는 후원으로 그를 끌고 가서 고문할 준비를 한 뒤에 물었다.

"누가 너를 사주했느냐? 이름을 대면 용서해주마."

"너는 임금을 속이는 역적이라서 천하 사람들이 다 죽이려 한다. 어찌 사주한 사람이 따로 있겠느냐?"

조조가 화가 나서 옥졸을 시켜 고문을 하게 했다. 옥졸은 길평을 살이 찢어지고 피가 흘러넘칠 때까지 때린 후 가뒀다.

다음 날 조조는 연회를 베풀어 대신들을 모두 초청했다. 동승만 병을 핑계로 오지 않았을 뿐, 왕자복 등 네 사람은 조조의 의심을 살까 두려워 모두 참석했다. 그 자리에서 조조는 옥졸에게 길평을 끌고 와 고문을 하게 했다. 얼마 지나지 않아 길평은 정신을 잃었으나 옥졸들이 얼굴에 차가운 물을 붓자 다시 깨어났다. 그러고는 눈을 부릅뜨고 이를 갈면서 욕을 해댔다.

"조조, 이 역적아! 어찌하여 아직 날 죽이지 않는 게냐?"

"공모자가 여섯이라 하던데 너까지 합하면 모두 일곱이냐?"

길평은 대답은 하지 않고 꾸짖기만 했다. 다시 매질이 시작되었으나 길평은 몇 번이나 기절을 하면서도 조금도 굽히지 않았다. 조조는 옥졸에게 길평을 다시 가두라고 지시했다. 그러고는 왕자복 등 네 사람을 동승의 집 젊은 머슴과 대질시켜 추궁했지만, 그들도 모르는 일이라고 끝까지 잡아뗐다. 결국 조조는 그들도 모두 옥에 가두라고 명했다.

다음 날 조조는 동승의 집을 찾아가서 물었다.

"어제 연회에는 어찌하여 나오지 않았소?"

"몸이 낫지 않아서 나가지 못했소이다."

"국구께서는 길평의 일을 아시오?"

"잘 모르오."

그러자 조조가 옥졸을 시켜 길평을 섬돌 밑에 세웠다. 조조가 길평에게 물었다.

"누가 너에게 나를 독살하라 했느냐? 빨리 실토하지 못할까!"

"하늘이 나를 시켜 역적을 죽이라 하셨다!"

조조가 다시 매질을 하게 하니 길평의 몸은 성한 데가 하나도 없었다. 이 광경을 지켜보며 동승은 가슴이 칼로 에이는 듯 아팠다. 조조가 또 길평에게 물었다.

"손가락은 본래 열 개이거늘 너는 어찌하여 아홉 개더냐?"

"역적을 죽이기로 손가락을 끊어 맹세했기 때문이다."

조조는 부하를 시켜서 길평의 나머지 아홉 손가락을 다 끊어버린 뒤 다시 말했다.

"손가락을 다 끊었으니 어디 다시 맹세해보아라."

"아직 입이 있으니 역적을 삼킬 수 있고, 아직 혀가 있으니 역적을 욕할 수 있다!"

조조가 성이 나서 혀를 뽑아버리라고 명하자 길평이 황급히 소리쳤다.

"멈춰라! 더 이상 견딜 수 없어 실토할 테니 결박을 풀어라."

조조의 명으로 결박이 풀리자 길평은 황제가 있는 궁궐을 향해 절을 올리며 말했다.

"나라를 위해 역적을 없애지 못했으니 이것도 하늘의 운수입니다."

그러고는 섬돌에 머리를 부딪쳐 죽고 말았다.

길평이 죽자 조조는 측근에게 동승의 머슴을 끌고 오게 했다.

"국구는 이자를 알아보겠소?"

동승이 화를 내며 말했다.

"이놈이 여기 있었구나! 당장 죽여버리겠다."

그러나 조조는 동승을 끌어낸 뒤 집 안을 샅샅이 뒤지게 했다. 마침내 동승의 방에서 비단 도포와 옥대, 헌제의 밀서가 발견되었다. 조조가 한껏 비웃으며 말했다.

"쥐새끼 같은 자들이 감히 이런 짓을 하다니!"

조조는 동승의 가족을 전부 감금하게 했다.

승상부로 돌아온 조조는 모사들과 함께 헌제를 폐하고 새 황제를 세우는 일을 논의했다. 정욱이 나서서 간했다.

"승상이 천하를 호령할 수 있는 것은 한나라 황실의 기치를 들었기 때문입니다. 아직 제후들을 다 평정하지 못했는데 갑자기 황제를 폐한다면, 이 일을 핑계로 제후들이 전쟁을 일으킬 것입니다."

조조는 그의 말을 따랐다. 대신 동승 등 다섯 사람의 가족을 모두 참수하니 죽은 자가 700명이 넘었다. 그 참상을 본 성의 관리나 백성 중에 눈물을 흘리지 않는 자가 없었다. 그러나 조조는 동승 등을 죽이고도 화가 풀리지 않자 다시 검을 들고 궁궐로 들어갔다. 동승의 여동생 동귀비를 죽이려는 것이었다. 이때 동귀비는 잉태한 지 5개월째였다. 조조가 헌제에게 말했다.

"동승이 모반한 일을 폐하께서는 알고 계십니까?"

"동탁은 이미 처형되지 않았소?"

조조, 임신한 동귀비를 죽이다.

“동탁이 아니라 동승 말입니다!”

헌제는 온몸을 떨며 말했다.

“짐은 정말 모르는 일이오.”

“폐하는 손가락을 깨물어 밀서를 쓴 일을 잊었습니까?”

헌제는 대답을 하지 못했다. 조조가 병사들을 불러 동귀비를 붙잡게 하자 헌제가 사정했다.

“동귀비는 지금 임신한 지 다섯 달째이니 승상께서 가엾이 여겨주시오.”

복황후도 빌었다.

“가두었다가 출산한 뒤 죽여도 늦지 않을 겁니다.”

조조가 씩씩거리며 말했다.

“반역의 종자를 남겨두었다가 훗날 어미를 위해 복수를 하게 만들란 말씀이오?”

조조는 당장 동귀비를 끌어내 목을 졸라 죽이게 했다.

죽음을 자초한 예형

소설 《삼국지》의 서술만 보면, 예형은 간웅 조조의 죄를 당당히 꾸짖은 정의로운 선비로 보인다. 독자들은 그의 거침없는 언행을 통해 일종의 카타르시스를 느낀다. 따라서 황조에 의한 죽음도 억울한 죽음 내지는 시대적 희생으로 읽히곤 한다.

그러나 《후한서》와 정사 《삼국지》를 검토해보면, 예형은 정의로운 선비가 아니라 히스테리에 휩싸인 '욕쟁이'였던 것으로 보인다. 일찍이 그는 형주와 허도를 거치며 자신을 써줄 주군을 찾아다녔다. 그러나 기회는 쉽게 오지 않았고, 이후 그는 닥치는 대로 당대의 인물들을 욕하곤 했다. 그를 알아준 공융과 양수조차 그에게 '큰 아이', '작은 아이'라는 조롱을 면치 못했다. 더구나 조조, 유표, 황조는 사실 처음에는 예의를 갖춰 예형을 인재로 대접했다. 그런데도 예형은 그들에게 대뜸 욕을 하거나 에둘러 인신공격을 해댔으니, 이는 정의나 명분과는 무관한 자살행위였을 뿐이다.

8

천하명장 관우

동귀비를 죽인 뒤 조조는 궐문을 지키는 자에게 말했다.

"앞으로는 외척이라 해도 내 명령 없이 궁궐을 드나드는 자는 참수하라! 경비를 소홀히 하는 자도 똑같이 참수하라."

조조는 또 심복 3천 명을 어림군으로 삼아 궁궐을 드나드는 자들을 철저히 감시하게 했다. 그리고 모사 정욱을 불러 말했다.

"지금 동승 일당을 죽이긴 했지만 아직 마등과 유비가 남았으니 없애지 않을 수 없네. 지금 서주의 유비는 아직 강대하지는 않아도 원소보다 먼저 제거해야 할 인물일세."

마침내 조조는 20만 대군을 다섯 갈래로 나누어 서주를 공격했다. 유비는 원소에게 구원을 청했지만 원소는 자식의 병을 이유로 군사를 보내려 하지 않았다. 유비가 몹시 상심하자 장비가 계책을 올렸다.

"조조의 군사는 먼 길을 온 탓에 매우 지쳤을 테니, 이때를 틈타 놈들의 진영을 공격하면 틀림없이 격파할 수 있을 겁니다."

하지만 조조는 유비의 기습을 예상하고 군사를 즉각 아홉 갈래로 나눈 뒤, 한 부대만 거짓으로 진영을 마련하고, 나머지 여덟 부대는 각기 다른 여덟 곳에 매복시켰다.

유비는 군사를 두 갈래로 나누어 왼쪽은 자신이, 오른쪽은 장비가 맡아서 진군했으며 손건은 소패성을 지키도록 남겨두었다.

장비는 자신의 계책이 성공할 줄로 굳게 믿고서 기병을 이끌고 조조의 진영으로 돌진했다. 그러나 조조의 진영에는 병마도 많지 않고 삭막한 분위기가 감돌았다. 이때 갑자기 사방에서 불빛이 크게 일어나며 함성이 하늘을 찔렀다. 그제야 장비는 계략에 빠진 줄 알고 급히 후퇴했다. 그러나 매복해 있던 여덟 곳의 군사들이 일제히 달려들자, 예전에 조조의 군사였던 장비의 수하들은 전부 항복했다. 장비는 포위를 뚫고 겨우 도망쳤지만 불과 수십여 명의 기병만이 그의 뒤를 따랐다.

유비도 조조의 진영을 치다가 배후에서 반격을 당하는 바람에 군사를 반 이상 잃었다. 하후돈과 하후연의 추격을 따돌리며 뒤를 돌아보니 겨우 30여 명의 기병만이 따르고 있었다. 얼마 후 조조의 군사들이 온 산과 들을 덮고서 퇴로를 막자 유비는 할 수 없이 혼자 도망쳐 원소에게 의탁했다. 원소는 직접 관리들을 인솔해 업군鄴郡 30리 밖까지 나와서 유비를 영접했다.

조조는 소패를 함락한 후 곧바로 서주를 공격했다. 미축은 승산이 없자 달아났고, 진등이 남아서 조조에게 서주를 바쳤다. 서주에 입성한 조조는 다시 하비성을 공략하기 위해 측근들과 의논했다. 순욱이 나서서 말했다.

“하비성은 관운장이 지키면서 유비의 처자를 보호하고 있으니 조속히 취하지 않으면 원소에게 빼앗길 것입니다.”

“나는 평소 관운장의 무예와 사람됨을 좋아해서 수하로 두고 싶소. 그러니 사람을 보내 항복을 권했으면 하오.”

조조의 말에 장요가 나섰다.

“제가 관운장과 일면식이 있으니 항복을 권해보겠습니다.”

이에 정욱이 다른 계책을 내놓았다.

“관운장은 몇 마디 말로 설득할 수 있는 장수가 아닙니다. 그를 나아가지도, 물러서지도 못하는 상황에 빠뜨린 뒤 장요를 보내 설득해야 합니다. 그러니 지금 항복해온 유비의 병사들을 성 안으로 들여보내 우리와 내통하도록 하고, 관운장을 성 밖으로 유인한 다음 퇴로를 끊고 항복을 권해야 우리의 뜻을 이룰 수 있습니다.”

조조는 정욱의 말을 받아들였다.

이튿날 조조에게 투항한 유비의 군사들이 하비성으로 들어가서 싸움에 패하여 도망쳐왔다고 고했다. 예전의 수하들이라서 관우는 아무 의심 없이 그들을 받아들였다.

다음 날 하후돈이 군사 5천 명을 이끌고 와 싸움을 걸었지만 관우는 응하지 않았다. 그러나 하후돈이 계속 욕설을 퍼붓자 크게 노하여 군사 3천 명을 이끌고 성을 나와서 응전했다. 10여 합을 겨루고 나서 하후돈이 말 머리를 돌려 달아나자 관우는 그 뒤를 쫓았다. 약 20리를 쫓아가다가 관우는 혹시 하비성에 변이 생기는 건 아닐까 걱정이 되었다.

바로 그때 왼쪽에서 서황, 오른쪽에서 허저의 군사가 달려나와 길을 막았다. 관우는 길을 뚫고 나가려 했지만 양쪽에서 화살이 비 오듯 쏟아지자 군사를 되돌려 하비성으로 돌아가려 했다. 그러나 이마저도 하후돈이 가로막아서 여의치 않았다. 밤이 늦도록 하비성으로 돌아가지 못한 관우는 겨우 작은 흙산을 하나 찾아서 병사들을 주둔시켰는데 적군이 그곳을 겹겹이 에워쌌다. 관우가 산 위에 서서 굽어보니 하비성에서 치솟은 불길이 하늘을 찌르고 있었다. 조조에게 투항했다가 하비성으로 들어간 유비의 군사들이 몰래 성문을 열어주어 조즈가 대군을 이끌고 들어가서 성에 불을 놓은 것이었다.

관우는 성 안에 있는 유비의 가족이 걱정되어 몇 번이나 산 아래로 내려가려고 했다. 그러나 그때마다 화살이 비 오듯 쏟아져 다시 산 위로 돌아올 수밖에 없었다.

날이 밝을 무렵, 그래도 다시 산 아래로 돌진하려고 하는데 한 사람이 말을 타고 산으로 올라왔다. 바로 조조의 장수 장요였다. 관우가 물었다.

"투항을 권유하러 온 것이냐?"

"아닙니다. 유비와 장비는 지금 죽었는지 살았는지 모르고, 우리 주공은 이미 지난밤에 하비성을 함락했습니다. 그러나 군사와 백성은 하나도 해치지 않았고 유비의 가족도 보호하고 있습니다. 특별히 이 말을 전하기 위해 온 것입니다."

관우가 화를 내며 말했다.

"그게 투항을 권유하는 말이 아니고 무엇이냐? 내 비록 곤경에 처해 있지만 죽음을 고향에 돌아가는 정도로 여기니 그대는 속히 떠나라. 내가 즉시 산을 내려가 싸우겠다."

장요가 크게 웃으며 말했다.

"형의 그 말은 천하 사람들의 웃음거리가 될 것입니다."

"충성과 의리를 지키다 죽는 것이 어찌 천하 사람들의 웃음거리가 되겠는가?"

"형께서 지금 죽으면 세 가지 죄를 짓는 겁니다."

"무엇이 세 가지 죄인가?"

"애초에 형께서는 유사군(劉使君, 유비)과 생사를 함께하기로 맹세하지 않았습니까? 그런데 형께서 오늘 전사한다면 훗날 유사군이 와서 형의 도움을 받고 싶어도 받을 수 없을 터이니, 이 어찌 지난날의 맹세를 저버리는 일이 아니겠습니까? 이것이 첫 번째 죄입니다. 그리고 유사군께서 가족을 형에게 부탁했는데 형께서 싸우다가 죽는다면 두 부인은 누구에게 의지하겠습니까? 이것이 두 번째 죄입니다. 또한 형께서는 무예가 출중하고 경서와 역사에도 통달했습니다. 그런데 유사군을 도와 한나라 황실을 보좌하려 하지 않고 막무가내로 불바다에 뛰어들어 필부의 용기나 자랑한다면 어찌 충의에 부합한다고 하겠습니까? 이것이 세 번째 죄입니다."

관우가 한동안 침묵하다가 말했다.

"그럼 내가 장차 어찌해야 하오?"

"지금 사방이 우리 주공의 군대이니 형께서 항복하지 않으면 필경 죽음을 면치 못할 겁니다. 그러니 쓸데없이 죽기보다는 우리 주공에게 잠시 의탁하는 게 낫지 않겠습니까? 훗날 유사군의 종적을 알면 그때 다시 돌아가십시오."

"내가 동의하기에 앞서 세 가지 조건이 있소. 첫째, 나는 유 황숙과 함께 한나라 종실을 세우겠다고 맹세했으니, 지금의 항복은 한나라 황제에게 하는 것이지 조조에게 하는 게 아니오. 둘째, 두 분 형수에게 유 황숙의 봉록을 내리되 어느 누구도 함부로 거처에 들어가지 못하게 해야 하오. 셋째, 유 황숙의 종적을 알기만 하면 나는 천 리든 만 리든 바로 돌아갈 것이오. 이 세 가지 조건 중 하나라도 받아들여지지 않으면 나는 결단코 항복하지 않겠소."

장요가 관우의 말을 전하자 조조는 어쩔 수 없이 동의했다. 관우는 성에 들어가 두 형수를 만난 후 수십여 명의 기병을 데리고 조조에게 갔다. 조조는 군영 밖까지 나와서 영접했다. 관우가 말에서 내려 절하자 조조도 황급히 답례했다. 관우가 말했다.

"패장을 죽이지 않으니 그 은혜에 깊이 감사합니다."

"내 평소에 관운장의 충의를 사모했는데 오늘 이렇게 만나게 되니 평생의 소원이 이루어졌소."

관우가 다시 절을 하며 사례하자 조조는 연회를 베풀어 대접했다.

이튿날 조조는 군사를 이끌고 허도로 돌아갔다. 도중에 조조는 군신의 예의를 어지럽힐 속셈으로 관우와 두 형수를 일부러 한 방에 들게 했다. 그러나 관우는 등불을 들고 날이 밝을 때까지 문밖에 서 있으면서도 전혀 피곤한 기색이 없었다. 이를 본 조조는 더욱 관우를 공경하게 되었다.

허도로 돌아온 후 조조는 관우에게 집을 한 채 주었다. 관우는 그 집을 안채와 바깥채로 나누어, 병사 10여 명을 시켜 안채를 지키게 하고 자신은 바깥채에 기거했다. 또 조조가 미인 열 명을 뽑아서 보내자 그녀들을 안채에 들여보내 두 형수를 시중들게 했다.

어느 날, 조조는 관우가 입은 녹색 비단 전포戰袍가 해진 것을 보고 좋은 비단으로 새 전포를 만들어 선물했다. 관우는 그것을 받아 안에 입고 밖에는 여전히 해진 전포를 걸쳤다. 그것을 보고 조조가 말했다.

"관운장은 너무 검소하시구려."

"검소해서가 아니라 유 황숙이 준 전포이기 때문입니다. 저는 이 전포를 입으면 형을 만난 듯합니다."

조조가 감탄했다.

"참으로 의로운 선비시오!"

그러나 속으로는 불편함을 금치 못했다.

조조는 또 관우의 수염이 멋지다고 칭찬하면서 비단으로 수염 주머니를 만들어주었다. 어느 날 조회 때 헌제가 관우의 가슴에 길게 드리운 비단주머니를 보고 무엇인지 물었다.

"신의 수염이 길어서 승상이 주머니를 만들어주며 보호하라고 했습니다."

헌제가 그 자리에서 주머니를 풀어보게 하자 과연 관우의 수

관우, 조조가 보낸 선물을 사양하다.

염이 배까지 치렁치렁 드리웠다. 헌제가 탄성을 질렀다.

“정말 미염공(美髥公, 아름다운 수염을 지닌 사람)이구려!”

이때부터 사람들은 관우를 미염공이라고 불렀다.

조조는 또한 관우의 말이 여윈 것을 보고 여포의 적토마를 선물했다. 이에 관우가 크게 기뻐하며 두 번 절하여 감사를 표했다. 조조가 짐짓 불쾌한 얼굴로 물었다.

“내가 그대에게 미인과 비단, 금을 주었지만 한 번도 이렇듯 사례를 하신 적이 없소. 그런데 지금 말 한 필을 주자 두 번씩이나 절을 하니 사람은 천하고 말이 귀하단 말이오?”

“저는 이 말이 하루에 천 리를 달린다는 걸 알고 있습니다. 오늘 다행히 이 말을 얻었으니 형님의 행방만 알면 하루 만에 달려가서 뵐 수 있지 않겠습니까!”

조조는 깜짝 놀라서 적토마 준 것을 후회했다.

한편, 원소에게 의탁한 유비는 밤낮으로 시름에 잠겨 있었다. 어느 날 원소가 물었다.

“어찌하여 늘 시름에 잠겨 있소?”

“두 아우의 소식도 알지 못하고 처자도 조조에게 잡혀 있으니 어찌 시름에 잠기지 않을 수 있겠습니까?”

“내가 오랫동안 허도를 공격할 생각을 해왔소. 이제 따뜻한 봄이 되었으니 군사를 일으킬 때요.”

원소는 안량을 선봉으로 삼아 조조를 공격했다. 이때 조조가 여포의 옛 부하인 송헌에게 물었다.

"그대가 여포 수하의 맹장이었다는 이야기를 들었는데 안량과 한번 싸워보겠는가?"

송헌이 즉시 창을 들고 적진으로 달려가니 안량도 크게 소리를 지르며 맞이해 싸웠다. 그러나 채 3합도 지나지 않아 안량이 송헌의 목을 베니, 조조가 놀라서 감탄했다.

"참으로 용맹스러운 장수로다!"

이번에는 위속이 나서서 말했다.

"저자가 제 동료를 죽였으니 원수를 갚고 싶습니다."

조조가 허락하자 위속은 말을 타고 출전하여 안량을 큰 소리로 꾸짖었다. 그러나 안량은 한 마디도 대꾸하지 않고 단 1합으로 위속을 참수했다. 그 다음에 출전한 서황도 당해내지 못하고 본진으로 철수했다. 조조가 두 장수를 잃고 불안해하자 정욱이 나서서 말했다.

"안량과 대적할 장수가 한 명 있습니다."

"누구인가?"

"관운장입니다."

"나는 그가 공을 세우고 떠날까 걱정이오."

"유비가 살아 있다면 필경 원소에게 의탁했을 겁니다. 지금 관운장이 원소의 군사를 격파하면 원소는 반드시 유비를 의심하여 죽일 것입니다. 그러면 관운장이 어디로 가겠습니까?"

조조가 크게 기뻐하면서 관우를 청했다. 관우가 두 형수와 하직하고 백마를 타고 오자 조조가 맞이하며 말했다.

"안량이 잇달아 두 장수를 죽여서 그 용맹을 당할 자가 없소.

하여 관운장을 청했소."

"제가 나가겠습니다."

관우는 적토마에 올라 청룡언월도를 비껴들고 산 아래로 달려갔다. 봉황의 눈을 부릅뜨고 누에 눈썹을 치켜올리면서 단숨에 적진으로 뛰어들어 안량을 단칼에 베어버렸다. 그러고는 안량의 수급을 베어 말에 매달고 적진을 뚫고 나오는데, 그야말로 무인지경이었다. 안량의 군사들은 너무 놀라서 자중지란에 빠졌다. 조조의 군사들은 이 틈을 타 일거에 공격해서 대승을 거뒀다. 관우가 안량의 수급을 바치자 조조가 칭송해마지않았다.

"장군은 정말 신과 같은 사람이오."

관우는 겸손하게 대답했다.

"저는 제 아우 장비에게 미치지 못합니다. 그는 주머니를 뒤져 물건을 꺼내듯◆ 적장의 머리를 취하곤 합니다."

한편, 싸움에 패해 달아난 안량의 군사들이 도중에 원소를 만나서 그간의 상황을 보고했다.

"붉은 얼굴에 긴 수염을 드리운 장수가 필마단기로 우리 진영에 들어와서 번개처럼 안량 장군을 참수하는 바람에 크게 패했습니다."

원소가 놀라서 물었다.

"그가 누구인가?"

원소의 모사 저수沮授가 말했다.

"필경 유현덕의 아우 관우일 겁니다!"

원소가 크게 노해서 유비를 가리키며 말했다.

"네 아우가 내가 아끼는 장수를 참수했으니 필경 서로 내통했을 것이다. 너를 남겨둔들 무슨 쓸모가 있겠느냐!"

원소가 도부수를 시켜 죽이려 하자 유비가 조용히 말했다.

"저는 운장이 죽었는지 살았는지 모릅니다. 붉은 얼굴에 긴 수염을 드리웠다고 해서 어찌 운장이라고 할 수 있겠습니까?"

원소는 주관이 뚜렷하지 않은 사람이라 유비의 말을 듣고는 저수를 질책했다.

"네 말만 듣고 하마터면 좋은 사람을 죽일 뻔했다!"

원소는 다시 유비와 함께 안량의 원수를 갚을 계책을 의논하는데 장수 문추가 나섰다.

"안량은 저에게 형제와 같았습니다. 그가 이제 조조에게 죽임을 당했으니 제가 어찌 그 원한을 갚지 않을 수 있겠습니까?"

원소가 크게 기뻐하며 말했다.

"그대가 아니면 안량의 원수를 갚을 수 없으리라. 내가 군사 10만을 줄 터이니 지금 황하를 건너가 조조를 죽여라."

곁에 있던 유비도 말했다.

"저도 문추 장군과 동행해서 먼저 명공(明公, 원소)의 은혜를 갚고, 그 다음에 그 사람이 진짜 관운장인지 알아보겠습니다."

그리하여 문추가 7만 명의 군사를 이끌고 앞장서 나갔고, 유비는 3만 명의 군사를 이끌고 그 뒤를 따랐다. 문추는 황하를 건너 조조의 진영으로 쳐들어갔지만 조조는 군량과 마초를 일부러 내주는 교란책을 썼다. 문추의 군사들은 노략질을 하느라 싸움은 뒷전이었다. 이때를 틈타 조조는 대거 공격하라는 명령을 내렸다. 도저히 수습할 수 없게 된 문추가 혼자 달아나자 조조가 언덕 위에서 그를 가리키며 말했다.

"누가 문추를 사로잡아오겠는가?"

장요와 서황이 달려나가면서 소리쳤다.

"문추야, 거기 서라!"

그러나 문추는 첫 번째 화살로 장요의 투구 끈을 끊고 두 번째 화살로 장요의 말 머리를 맞혔다. 말이 거꾸러지면서 장요가 땅바닥에 떨어지자 문추는 말 머리를 돌려 달려들었다. 서황이 도끼를 휘두르며 앞을 가로막았지만 뒤에서 문추의 군사들이 들이닥치는 바람에 황급히 달아날 수밖에 없었다. 문추가 급히 뒤를 추격하여 황하 기슭에 이르렀는데 홀연히 기병 10여 명이 깃발을 펄럭이며 나타났다. 한 장수가 맨 앞에서 칼을 들고 나는 듯 달려오며 소리치는데, 바로 관우였다.

"역적의 장수는 달아나지 마라!"

어우러져 싸운 지 3합도 되지 않아서 문추는 말 머리를 돌리더니 황하를 따라 달아났다. 관우가 급히 쫓아가 청룡언월도를 한 번 휘두르자 문추의 머리가 굴러떨어졌다. 조조는 이 기세를 몰아 군사를 이끌고 적진으로 쳐들어가 적들을 마구 죽였다.

유비가 군사를 거느리고 오는데 정찰병이 달려와 보고했다.

"이번에도 붉은 얼굴에 긴 수염을 드리운 장수가 문추 장군을 참수했습니다."

유비가 황급히 달려가 황하 건너편을 바라보니 '한수정후漢壽亭候 관운장'이라는 깃발이 분명하게 보였다. 그는 급히 관우를 불러 만나고 싶었지만 조조의 군사들이 몰려오자 할 수 없이 군사를 거두어 돌아갔다.

이때 문추를 돕기 위해 관도官渡에 다다른 원소에게 곽도와 심배審配가 와서 보고했다.

"이번에도 관우가 문추의 목을 베었건만 유비는 짐짓 모른 척합니다."

"그 귀 큰 도적놈이 어찌 이럴 수 있단 말이냐!"

원소가 다시 죽이려고 하자 유비가 말했다.

"지금 조조가 관운장을 시켜 두 장수를 죽인 것은 제가 여기 있으면서 명공을 도울까 염려하기 때문입니다. 이는 명공의 손을 빌려 저를 죽이려는 계책이니 명공은 깊이 생각하십시오."

원소가 생각해보니 과연 일리가 있는 말이었다. 그래서 좌우를 꾸짖어 물리친 뒤 유비를 윗자리로 불렀다. 유비가 사례하며 말했다.

"제가 운장에게 밀서를 보내겠습니다. 제 소식을 알면 밤낮을 가리지 않고 달려올 터이니, 그때 운장을 시켜 명공과 함께 조조를 멸하는 것이 어떻겠습니까?"

원소가 기뻐하며 말했다.

"관운장을 얻는다면 안량이나 문추보다 열 배는 나을 거요."

유비의 밀서를 받은 관우는 승상부로 들어가 조조에게 작별 인사를 하려고 했다. 하지만 조조는 미리 관우의 뜻을 알고 문에 면회를 사절한다는 팻말을 걸어놓았다. 관우는 답답한 마음으로 돌아와 자신이 데리고 온 부하들에게 명했다.

"수레와 말을 수습하라. 그리고 승상에게 받은 물건은 그대로 남겨두고 하나도 가져가지 마라."

이튿날 관우는 다시 승상부로 가서 작별을 고하려 했지만 역시 조조를 만날 수 없었다. 조조의 뜻을 알아차린 관우는 마침내 사직서를 써서 승상부로 보냈다. 그리고 유비의 두 부인을 수레에 태우고 자신은 적토마를 타고서 북문으로 향했다.

이때 부하들과 관우에 대해 의논하던 조조는 관우의 서신을 받고 크게 놀랐다.

"관운장이 결국 떠났구려!"

평소에 관우를 못마땅하게 여기던 채양蔡陽이 나서서 말했다.

"저에게 철기병 3천 명만 주시면 관운장을 사로잡아 승상께 바치겠습니다."

조조는 고개를 저으며 오히려 채양을 꾸짖었다.

"옛 주인을 잊지 않고 이렇듯 오고 가는 것이 분명하니 관운장은 진정한 장부다. 너희도 응당 본받아야 한다."

그러고는 장요를 돌아보며 탄식하듯 말했다.

"운장은 나에게 받은 재물을 곳간에 넣어 봉하고 한수정후의 인印도 걸어놓고 떠났네. 이는 재물로도 그의 마음을 움직일 수 없고 작위와 봉록으로도 그의 의지를 바꿀 수 없다는 뜻이겠지.

이런 사람을 나는 깊이 존경하네. 그가 아직 멀리 가지 못했을 테니 그대가 쫓아가서 잠시 잡아두게. 내가 그를 전송하며 노잣돈과 전포를 주어 훗날의 기념으로 삼고자 하네.”

그리하여 조조는 허저, 서황, 우금, 이전 등과 급히 말을 몰아 달려갔다. 관우는 먼저 온 장요의 부탁대로 다리 위에 말을 세우고 남쪽을 바라보고 있었다. 조조가 다가가 물었다.

“운장은 어찌하여 이리 급하게 떠나시는가?”

관우는 말 위에서 허리를 굽히며 대답했다.

“옛 주인이 하북에 있어서 급히 떠나지 않을 수 없었습니다. 승상께서는 지난날의 약속을 잊지 마십시오.”

“천하의 신의를 얻고자 하는 내가 어찌 약속한 말을 저버릴 수 있겠소. 다만 장군이 먼 길을 가시니 노잣돈이나 드리며 전송할까 싶어 온 것이오.”

그러나 관우는 조조가 내미는 황금을 받지 않았다. 그러자 조조는 다시 비단 전포를 건네면서 말했다.

“운장은 천하의 의로운 무사인데 내가 복이 없어 붙잡지 못하는구려. 이 비단 전포 한 벌로 작은 성의를 표시할 따름이오.”

그 말을 듣자 관우는 선물을 받지 않을 수 없었다. 하지만 변고가 있을까 두려워 감히 말에서 내리지 못하고 청룡언월도 끝으로 전포를 걸쳐올려서 입었다.

“승상께서 내리신 이 전포를 잊지 않겠습니다. 훗날 다시 만날 날이 있겠지요.”

그러고는 말 머리를 돌려 황급히 수레를 쫓아 북쪽으로 떠났다. 그 후 관우는 다섯 관문을 지나면서 여섯 장수를 벤 끝에 먼저 장비를 만난 다음, 여남汝南으로 가서 근거지를 마련하고 몰래 유비를 불렀다. 이에 유비는 유표에게 가서 조조를 치게 만들겠다고 원소를 속여 여남으로 도망쳐왔다. 결국 극적으로 해후한 세 형제는 소와 말을 잡아 천지에 제사를 지내고 기쁨에 겨워 며칠 동안 술을 마셨다. 이 과정에서 관우는 용사 주창周倉과 양자 관평關平을 얻었으며, 유비는 한때 공손찬의 휘하에 있던 조자룡趙子龍을 우연히 만나 부하로 거두었다.

관우의 신격화

　제갈량과 함께 소설《삼국지》에서 가장 완벽한 인간으로 묘사된 관우는 후대에 무예와 충의의 화신으로 신격화되었다. 청룡언월도를 든 그의 늠름한 신상은 오늘날에도 중국 각지의 관제묘關帝廟에 안치되어 사람들의 숭상을 받고 있다. 심지어 유교, 불교, 도교 사원에도 따로 그의 신상이 마련되어 있을 정도다.

　흥미롭게도 그는 무예 또는 충의와 별로 상관이 없는 직종의 신으로도 떠받들어지고 있다. 예를 들어 그는 연초업, 교육업, 공예업, 점술업의 신이며 폭넓게는 재물의 신이기도 하다. 그만큼 소설《삼국지》에서 비롯되어 널리 알려진 그의 캐릭터에는 충성, 정의, 지혜, 용기, 신의, 너그러움 등 중국 전통문화에서 중시하는 모든 가치가 스며들어 있다.

9
강동의 맹주 손권

원소는 유비가 여남에 정착해 돌아오지 않자 크게 진노했다.

"내가 군사를 일으켜 이놈을 토벌하리라!"

그러나 곽도가 만류하고 나섰다.

"유비는 걱정할 게 없고 조조야말로 강적이니 반드시 제거해야 합니다. 지금 형주를 점거하고 있는 유표는 세력이 강하지 않습니다. 오히려 강동의 손책이 그 위세가 세 강을 흔들고 여섯 군郡을 장악하고 있는데다 모신과 무사도 많으니, 그와 연합해서 조조를 공격해야 합니다."

원소는 곽도의 말을 받아들여 손책에게 사람을 보냈다. 손책은 강동에 주둔한 뒤로 군사가 정예화되고 식량도 충분했다. 건안 4년에는 여강廬江을 습격해서 유훈劉勳을 제압했으며, 우번虞飜을 시켜 예장豫章에 격문을 띄우자 예장 태수 화흠華歆이 투항하니, 이때부터 명성과 위세를 크게 떨쳤다. 손책은 황제에게 승전을 알리는 표문을 올리면서 대사마의 관직을 내려달라고 청했지만 조조는 이를 허락하지 않았다. 이에 원한을 품은 손책은 늘 허도를 칠 마음을 품고 있었는데, 이를 눈치 챈 오군吳郡 태수 허공許貢이 은밀히 조조에게 서한을 보냈다.

'손책은 날래고 용감함이 항우와 비길 만하니 조정에서는 응당 큰 은총을 내려서 수도로 불러들여야 합니다. 그러지 않고 변방 강동에 방치해둔다면 후환을 면치 못할 것입니다.'

그런데 편지를 지닌 사신이 강을 건너다가 강변을 지키던 병사들에게 붙잡혀 손책에게 보내졌다. 손책은 편지를 보자마자 크게 격분해서 사신을 죽인 뒤, 논의할 일이 있다면서 허공을 불러들여 꾸짖었다.

"네놈이 날 사지死地로 보내려고 했더냐?"

손책은 부하를 시켜 허공을 목매달아 죽였다. 그 후 허공의 가족은 뿔뿔이 흩어졌지만 집안의 둔객 세 사람이 허공의 복수를 위해 호시탐탐 기회를 노렸다.

어느 날, 손책은 군사를 인솔해 단도현丹徒縣 서산西山으로 가서 사냥을 했다. 그가 큰 사슴을 한 마리 발견하고 말을 달려 숲 속으로 들어갔을 때 세 사람이 창과 활을 들고 있는 것이 보였다.

"너희는 누구냐?"

"저희는 한당의 군사인데 여기서 사슴을 잡고 있습니다."

손책이 막 자리를 뜨려는데 갑자기 한 사람이 창을 들어 그의 왼쪽 다리를 찔렀다. 깜짝 놀란 손책이 급히 검을 뽑아 말 위에서 내리쳤다. 이때 다른 한 사람이 화살을 날려 그의 뺨을 맞혔다. 그는 얼굴의 화살을 뽑아 자기 활에 장전해서 방금 활을 쏜

자에게 되쏘았다. 그자는 활시위 소리와 함께 땅에 쓰러졌다. 그러나 남은 두 사람이 창을 들어 그를 마구 찌르면서 외쳤다.

"우리는 허공의 문객으로, 주인의 원수를 갚고자 한다!"

이때 손책은 수중에 활 하나 말고는 무기가 전혀 없었다. 어쩔 수 없이 활을 휘둘러 막았지만 두 사람은 죽기살기로 맞서 물러나지 않았다. 손책은 온몸이 창에 찔리고 말도 상처를 입었다. 바로 이때 정보가 몇 사람을 데리고 나타나자 그는 큰 소리로 외쳤다.

"이놈들을 죽여라!"

정보는 당장 허공의 문객들을 난도질해 죽여버렸다. 손책은 위기를 벗어나긴 했지만 얼굴이 온통 피투성이인데다 상처도 아주 깊었다. 임시로 전포를 찢어 상처를 감싼 뒤 급히 오군으로 돌아와 병을 치료해야 했다.

손책은 명의名醫 화타華陀를 청해 치료를 받으려고 했다. 그러나 화타는 중원에 가 있어서 대신 그 제자가 와서 상처를 살펴보고 말했다.

"화살촉의 독이 이미 뼛속까지 침투해서 100일은 정양해야 치유할 수 있습니다. 만약 화를 내거나 충격을 받으면 치유하기 어렵습니다."

성질 급한 손책은 하루빨리 낫지 않는 걸 탓하며 20여 일을 쉬었다. 그러던 어느 날, 허도에 머물고 있던 부하 장굉張紘이 사자를 보내 전했다.

"조조와 그 수하들이 다 주공을 두려워하는데 곽가만은 예외입니다."

"곽가가 무슨 말을 했느냐?"

사자가 감히 말을 못하자 손책이 화를 내며 다그쳤다. 사자가 어쩔 수 없이 말을 전했다.

"곽가가 주공에 대해 말하기를 '경솔하여 준비가 없고 성질이 급해 책략이 부족하며, 오직 필부의 용맹만 있으므로 훗날 소인배의 손에 죽을 것이다'라고 했습니다."

노한 손책은 상처가 낫기도 전에 출병하려고 했다. 장소가 이를 만류하며 말했다.

"100일 동안 정양하라는 의원의 말이 있었는데 어찌하여 한때의 분노를 참지 못하고 귀한 몸을 함부로 하십니까?"

이때 원소의 사신이 와서 함께 조조를 공격하자는 말을 전했다. 손책은 크게 기뻐하며 군사를 일으키려고 했다. 그러나 때마침 도사 우길于吉의 사건이 터졌다.

당시 우길은 부적으로 병자를 치료하고 기도로 비바람을 부르는 기적을 일으켰다. 손책은 민심을 현혹한다는 이유로 그를 처단했지만, 그 후로 그의 귀신에 시달리다가 울화를 못 참고 쓰러졌다. 손책은 자신의 목숨이 얼마 남지 않았음을 깨닫고 동생 손권孫權과 부하들을 불러 말했다.

"천하가 혼란스러운 지금, 우리 오월吳越의 땅은 세 강의 요충지를 끼고 있어 큰 뜻을 펼칠 수 있소. 여러분은 내 동생을 잘 보좌해주시오."

그러고는 인수(印綬, 인과 인끈, 벼슬아치로 임명될 때 임금이 내리는 표지)를 손권에게 넘겨주며 말했다.

"강동의 대군을 인솔하여 적과 싸워서 천하를 쟁탈하는 일은 네가 나보다 못하다. 그러나 현명한 인재를 뽑아 등용해서♦ 그들로 하여금 전력을 다해 강동을 지키게 하는 일은 네가 나보다 낫다. 아버지와 형이 세운 창업의 어려움을 잊지 말고 잘 도모해 나가거라."

손권은 울면서 절하고 인수를 받았다. 손책은 또 모친에게 부탁했다.

"안의 일에 의문이 있으면 장소에게 묻고, 밖의 일에 어려움이 있으면 주유에게 물으십시오."

다른 동생들에게는 힘을 합쳐 손권을 보좌하고 딴마음을 품지 말라고 부탁했다. 마지막으로 아내 교喬 부인에게는 전력을 다해 손권을 보좌하는 것이 자신의 믿음을 저버리지 않는 것이라고 당부했다. 말을 마치고 손책은 눈을 감았다. 그의 나이 겨우 스물여섯 살이었다. 손권이 울면서 침상 앞에 쓰러지자 장소가 타일렀다.

"지금은 애통해하실 때가 아닙니다. 장례를 치르는 한편 나라와 군대도 다스려야 합니다."

손권은 그제야 울음을 그쳤다. 장소는 손권을 당堂으로 청하여 문무백관의 하례를 받게 했다. 손권은 얼굴이 네모나고 입이 크며 눈이 푸르고 수염이 자주색이었다. 거대한 몸집은 골격이 범상치 않았다. 이때 파구巴丘에서 군사를 인솔해 돌아온 주유가 손권에게 말했다.

"예로부터 사람을 얻는 나라는 번창하고 사람을 잃는 나라는 멸망한다고 했습니다. 우선 고명하고 안목이 원대한 사람을 찾아 보좌를 받아야만 앞으로 강동을 안정시킬 수 있습니다. 제가 유능한 인재로 노숙魯肅을 추천하고자 합니다. 이 사람은 가슴에 큰 책략을 품었고 병법에도 밝으니 주공께서는 그를 불러 쓰시기 바랍니다."

손권은 크게 기뻐하며 즉각 노숙을 청하여 만났다. 그는 노숙을 몹시 존경하여 종일토록 천하 대사를 이야기하면서도 싫증을 내지 않았다. 그러던 어느 날, 손권은 조회가 끝나자 따로 노숙을 불러 함께 술을 마신 뒤 같은 침상에 누웠다. 한밤중에 손권이 노숙에게 물었다.

"지금 한나라 황실은 기울고 천하가 혼란스러운데 나는 부친과 형의 대업을 이어받아 제齊나라의 환공桓公이나 진晉나라의 문공文公처럼 패업을 이루고자 하오. 이때 그대는 무엇으로 날 가르치려 하오?"

노숙이 침착하게 대답했다.

"제가 보건대 한나라 황실은 부흥할 수 없고 조조도 일거에 제거하기 어렵습니다. 주공은 오직 강동에 웅거하면서 천하의 정세를 관망하며 때를 기다려야 합니다. 또 북방이 소란스러운 틈을 타서 먼저 황조를 멸하고 나아가 유표를 정벌해 장강長江

유역을 차지한 뒤에 황제의 연호를 세움으로써 천하를 도모한다
면 가히 한나라 고조의 업적에 필적할 것입니다!"

손권은 너무나 기쁜 나머지 자리에서 일어나 옷을 여미고 노
숙에게 감사를 표했다.

노숙도 따로 한 사람을 손권에게 추천했는데, 바로 학문이 깊
고 효성이 지극한 제갈근諸葛瑾이었다. 제갈근은 손권에게 원소
와 관계를 끊고 조조를 따르다가 기회를 틈타 일을 도모하라고
권했다. 손권은 그의 말에 따라 원소에게 등을 돌렸고, 따로 고
옹顧雍이라는 인재를 얻어 승상으로 임용했다. 이때부터 손권은
강동에서 위세를 떨치며 널리 민심을 얻었다.

강동의 손권과 연합해 조조를 토벌하려던 원소는 결국 뜻을
이루지 못했다. 분노한 원소는 홀로 기주, 청주, 유주, 병주 등에
서 군사 70만 명을 동원해 허도를 치러 나섰다. 조조는 원소의
군사를 맞아 장요와 허저 등을 보내서 싸움을 청했고, 원소도 장
합張郃과 고람高覽을 보내 응전했다. 네 장수는 각각 두 패로 나
뉘어 싸웠지만 승부를 가리지 못했다. 그러자 조조는 하후돈과
조홍에게 각각 3천 명의 군사를 거느리고 적진을 돌파하라고 명
했다. 원소의 부하 심배는 조조의 군사들이 몰려오는 것을 보고
모든 궁수를 동원해 활을 쏘게 했다. 삽시간에 수만 대의 화살이
날아들자, 이를 당해내지 못한 조조의 군사들은 결국 관도로 퇴
각했다. 이때 심배가 원소에게 말했다.

"조조의 진영 앞에 흙산을 쌓아 아래로 화살을 쏘게 하십시

오. 관도는 요충지입니다. 이곳만 차지하면 허도까지 격파할 수 있습니다."

원소는 그의 말대로 흙산을 쌓았다. 조조의 군사들이 막으려고 했지만 심배가 궁수들을 거느리고 길목을 막고 있어서 전진할 수가 없었다. 열흘도 되지 않아 흙산 50여 개가 만들어졌다. 원소의 궁수들이 흙산 위에서 비 오듯이 화살을 쏘아대자 조조의 군사들은 방패를 뒤집어쓰고 땅에 납죽 엎드려야 했다. 조조는 할 수 없이 모사들을 불러 대책을 논의했다. 유엽이 간했다.

"바위를 쏘는 수레를 만들어 흙산을 격파해야 합니다."

조조가 허락하자 유엽은 며칠도 되지 않아 바위를 쏘는 수레 수백 대를 만들었다. 그러고는 원소의 궁수들이 화살을 날릴 때 일제히 바위를 쏘게 했다. 커다란 바위들이 수없이 날아가 흙산을 무너뜨리자 궁수들이 무수히 떨어져 죽었다. 원소의 군대는 그 수레를 벽력거霹靂車라고 부르면서 더 이상 흙산에 올라가 활을 쏠 엄두를 내지 못했다.

심배는 다시 땅굴을 파서 조조의 진영을 공격하는 계책을 세웠지만, 유엽은 이를 간파하고 진영 주변을 빙 돌아가며 참호를 팠다. 땅굴을 파던 원소의 군사들은 참호에 이르러 더 이상 팔 수 없게 되었으니 힘만 낭비한 꼴이 되고 말았다.

그 후에도 조조는 악전고투하며 관도를 지켰지만 점차 군량이 줄어들고 군사력도 더없이 피폐해졌다. 결국 허도에 있는 순욱에게 서신을 보내 대책을 물으니, 순욱은 죽기를 각오하고 지키면서 기회를 노리라고 간했다. 조조는 그의 말에 고무되어 계속 관도를 사수하라고 명을 내렸다.

어느 날, 서황이 원소의 염탐꾼을 붙잡아 원소의 군량이 운반된다는 정보를 얻었다. 조조는 군량의 보급로를 끊기 위해 서황과 사환史渙을 보내고 허저와 장요에게 그들을 돕게 했다. 결국 군량을 가득 실은 수천 대의 수레를 호송해오던 원소의 장수 한맹韓猛은 산골짜기에서 서황의 군사들과 마주쳤다. 두 장수는 즉시 어우러져 싸움을 벌였다. 사환은 그 틈을 타서 원소의 군사들을 물리치고 군량을 실은 수레에 불을 질렀다. 한맹은 수레들을 남겨둔 채 줄행랑을 칠 수밖에 없었다.

이때 군영에 있던 원소는 서북쪽에서 불길이 치솟자 깜짝 놀랐다. 얼마 후 군사 하나가 급히 와서 보고했다.

"군량과 마초를 운반하던 수레가 불타버렸습니다!"

노한 원소는 패하고 돌아온 한맹을 처형하려고 했지만 주위의 만류로 그만두었다. 심배가 간했다.

"군사가 이동할 때는 군량이 가장 중요합니다. 오소烏巢가 군량이 집결된 곳이니 많은 병사를 동원해서 지켜야 합니다."

원소는 그의 말을 좇아 순우경淳于瓊 등에게 2만 명의 군사를 주어 오소를 지키게 했다.

한편 조조는 군량이 바닥났다는 보고를 받고 급히 사신을 순욱에게 보내 군량을 조달하고자 했다. 그러나 사신은 채 30리도 가지 못해 원소의 모사 허유許攸에게 붙잡혔다. 허유는 사신이 가지고 가던 편지를 빼앗아 원소에게 보이며 말했다.

"조조가 관도에서 우리와 대치한 지 오래되었으니 허도가 텅 비어 있을 것입니다. 이때 군사를 나누어 캄새 기습한다면 허도를 함락할 수 있을 뿐 아니라 조조도 사로잡을 수 있습니다. 지금 양식과 마초까지 바닥난 것 같으니 이 기회에 양쪽으로 나눠 공격하는 게 좋겠습니다.”

하지만 원소는 허유가 어린 시절 조조의 친구였음을 알았기에 그의 의견을 받아들이지 않았다.

“조조는 원래 궤계詭計가 많으니. 이 편지도 우리를 속이려는 계책일세.”

“지금 공격하지 않으면 후에 반드시 해를 입을 것입니다!”

“너는 필경 조조에게 뇌물을 받아먹고 이간질을 하는 것이리라. 썩 물러가라!”

허유는 물러나오며 몰래 탄식했다.

“충언은 귀에 거슬리고, 어린아이와는 대사를 도모할 수 없다더니!”

이 일로 인해 허유는 원소를 배반하고 조조를 찾아갔다. 조조는 그가 왔다는 소식을 듣고는 너무나 기뻐서 옷도 걸치지 못하고 맨발로 나와서 맞이했다. 조조가 먼저 땅에 엎드려 절하자 허유는 황급히 부축하며 말했다.

“공은 한나라의 승상이고 저는 평범한 선비인데 어찌 이토록 겸양하십니까?”

“옛 벗이 찾아왔는데 어찌 벼슬로 위아래를 따지겠소.”

“제가 주인을 잘못 택해서 원소에게 의탁했지만 그는 제 계책도 듣지 않고 간언도 따르지 않았습니다. 이제 그를 버리고 옛

벗을 찾아왔으니 부디 거두어주십시오.”

“그대가 와주었으니 일은 이루어진 것이나 마찬가지요. 바라건대 원소를 격파할 계책이나 알려주시오.”

“저는 원래 원소에게 날랜 기병으로 허도를 공격하되 머리와 꼬리를 동시에 치라고 했습니다.”

조조가 크게 놀라며 감탄했다.

“어이쿠! 원소가 그대의 계책에 따랐더라면 나는 끝장이 날 뻔했소!”

“지금 승상의 군영에는 군량이 얼마나 있습니까?”

“1년쯤 유지할 수 있소.”

“그렇지 못한 것 같은데요.”

“아마 반년은 지탱할 거요.”

허유가 소매를 떨치고 일어나서 장막 밖으로 나가며 말했다.

“내가 진심으로 찾아왔건만 이렇게 사람을 속이다니, 이 어찌 내가 바라는 것이겠소?”

조조가 즉각 일어나 만류했다.

“화내지 마시오. 솔직히 석 달을 유지할 수 있을 뿐이오.”

허유가 웃으면서 말했다.

“사람들이 승상을 간웅이라고 하던데 과연 그렇군요!”

조조도 웃으면서 말했다.

“‘병법에서는 속임수를 꺼리지 않는다’는 말도 있지 않소!”

그러고는 허유의 귓가에 대고 낮은 목소리로 속삭였다.

“사실 이 달 식량밖에 안 남았소.”

허유가 크게 소리를 지르며 꾸짖듯 말했다.

“나를 속이지 마시오. 군량이 이미 거덜나지 않았소!”

조조가 깜짝 놀라서 물었다.

“어떻게 알았소?”

허유는 그제야 사신에게 빼앗은 편지를 보여주었다. 조조가 허유의 손을 잡고 말했다.

“지난날의 우정을 생각해서 이렇게 나를 찾아왔으니, 부디 원소를 격파할 계책을 가르쳐주시오.”

“제 계책대로 하면 사흘 안에 원소의 100만 대군을 싸우지 않고도 물리칠 수 있습니다.”

“그 계책을 듣고 싶소.”

“오소에 쌓여 있는 식량과 보급품을 태워버리면 원소의 군사는 사흘 안에 자중지란에 빠질 겁니다.”

조조는 크게 기뻐하면서 5천 명의 군사를 원소의 깃발로 위장시켜 오소로 보냈다. 그들이 밤길을 재촉하며 걷다가 원소의 별채別寨를 지나게 되었는데 그곳을 지키던 군사가 물었다.

“너희는 어디 소속인가?”

“장기蔣奇 장군의 명을 받고 오소의 군량을 지키러 가는 군사들이오.”

원소의 군사는 그들이 자기네 깃발을 든 것을 보고 전혀 의심하지 않았다. 이런 식으로 몇 초소를 연이어 통과한 조조의 군사들은 오소에 도착하자마자 불을 지른 뒤 적의 진영으로 쳐들어갔다. 그리고 군량을 지키던 순우경을 잡아서 귀와 코와 손가락

조조, 오소에 불을 지르다.

을 자른 뒤 말에 태워 원소에게 보냈다.

북쪽에서 불길이 치솟는 것을 보고 원소는 오소에 변란이 생겼음을 알았다. 그는 즉시 장합과 고람에게 군사 5천 명을 이끌고 관도로 가서 조조의 진영을 치게 하고, 장기에게는 군사 1만 명을 이끌고 가서 오소를 구하게 했다. 그러나 장기는 조조의 장수 장요의 칼날에 목숨을 잃었고, 장합과 고람도 하후돈과 조인, 조홍에게 포위되어 크게 패했다. 두 장수는 간신히 도망쳐 귀환했지만 원소가 죽이려는 것을 알고 조조에게 투항했다.

조조는 이어서 "한편으로 업군을 공략하고 한편으로 여양을 취한다"는 헛소문을 내서 원소의 군사력을 분산시킨 뒤, 군사를 여덟 갈래로 나누어 일제히 원소의 진영을 쳤다. 조조의 군사들이 물밀듯이 밀어닥치자 원소의 군사들은 제대로 싸워보지도 못하고 달아났다. 심지어 원소는 갑옷도 입지 못한 채 홑옷차림으로 강을 건너 기주로 도망쳤다.

대승한 조조는 원소의 막사를 뒤지다가 서신 한 묶음을 찾아냈다. 그것은 뜻밖에도 허도와 자신의 군대에 있는 몇몇 인사가 원소와 암암리에 내통한 밀서였다. 곁에 있던 측근이 조조에게 말했다.

"내통한 놈들을 빠짐없이 찾아내 참수하야 합니다."

그러나 조조는 고개를 가로저었다.

"원소의 세력이 너무 강해서 나 자신도 온전치 못할 것 같았는데 다른 사람들이야 오죽했겠느냐."

그러고는 밀서를 태워버리고 다시는 묻지 않았다.

조조는 승리한 병사들을 이끌고 하상河上에 진영을 세웠는데, 어느 날 급보가 날아들었다.

"원소가 기주, 청주, 유주, 병주의 군사 20~30만 명을 모아 창정倉亭에 영채를 세웠습니다."

조조는 곧 군사를 이동시켜 원소의 진영 맞은편에 진영을 세웠다. 이튿날 양쪽의 군사가 한바탕 싸움을 시작했는데 정욱이 '십면매복十面埋伏'의 계책을 조조에게 올렸다.

"군사를 강변까지 철수시키면서 열 개의 부대를 매복시키십시오. 그러고서 원소가 추격해오도록 유인하면 우리 군사는 퇴로가 없어 죽기살기로 싸울 것이니 반드시 승리할 겁니다."

결국 원소의 군대는 '십면매복'에 걸려들어 크게 패했고, 원소는 세 아들과 조카와 함께 황급히 혈로를 뚫으며 창정으로 도주했다. 원소는 너무나 참담한 패배로 통곡하던 끝에 기절하고 말았다. 다시 정신을 차린 그는 피를 토하며 말했다.

"내가 지금까지 10여 번 전투를 치렀으나 오늘 같은 낭패는 없었다. 이는 하늘이 날 버린 것이다! 하지만 이제 본거지로 돌아가서 힘을 길러 다시 조조와 자웅을 겨루리라."

원소는 셋째아들 원상袁尙을 데리고 기주로 돌아가서 상처를 치료했다.

창정 전투에서 크게 이긴 조조가 군사들을 위로하고 있는데, 허도에 있는 순욱에게서 서신이 왔다.

'유비가 우리의 빈틈을 노려 허도를 공격하러 오는 중이니 승상께서는 속히 군사를 돌려서 막으십시오.

조조는 직접 군사를 거느리고 여남으로 갔다. 이때 유비는 관우, 장비, 조자룡 등과 함께 허도로 진군하다가 조조의 군대와 마주쳤다. 유비가 북을 치며 출전하자 조조가 말에 올라 채찍으로 그를 가리키며 욕을 퍼부었다.

"내가 귀빈의 예로 너를 대했는데 어찌하여 이렇게 배은망덕한가?"

유비가 대답했다.

"너는 한나라 승상의 이름을 빌리고 있지만 실제로는 역적이다! 나는 한나라 황실의 종친으로 천자의 밀지를 받들어 역적을 토벌하러 왔다."

조조는 화가 치밀어 허저를 내보내 싸우게 했다. 그러자 유비의 등 뒤에 있던 조자룡이 달려나가 맞섰다. 30여 합이 되도록 승부를 내지 못하는데 홀연히 함성이 일어나면서 관우와 장비의 군사들이 들이닥쳤다. 먼 길을 오느라 피곤했던 조조의 군사들은 크게 패하여 달아났다.

다음 날, 유비는 다시 조자룡을 보내 싸움을 청했다. 하지만 조조는 응하지 않았고 그 후로 열흘 동안 꼼짝도 하지 않았다.

이때 유비에게 군량을 가져오던 공도龔都가 조조의 군사들에게 포위되고 또 하후돈이 배후에서 여남을 공격하고 있다는 소식이 전해졌다. 유비는 즉시 장비를 공도에게 보내고, 관우를 여남으로 보냈다. 그러나 하루도 지나지 않아 관우와 장비가 모두 조조의 군사들에게 포위되었다는 보고가 들어왔다. 마침내 유비는 군사를 철수하기로 하고 조자룡과 함께 길을 떠났지만, 조조의 군사들에게 쫓겨 몇 번이나 죽을 고비를 넘긴 후, 겨우 포위망을 뚫고 온 관우, 장비와 재회했다.

유비가 1천 명도 안 되는 병사들을 보면서 참담한 심정으로 탄식하는데 손건이 계책을 올렸다.

"형주의 유표가 군사가 강하고 식량이 풍부합니다. 게다가 같은 한나라 종친이니 그곳으로 가시지요."

유비는 그의 말에 따라 형주로 가서 유표에게 의탁했다. 이에 조조는 당장 형주를 치려고 했지만 정욱이 만류하고 나섰다.

"아직 원소를 없애지 못한 터에 경솔하게 형주를 친다면 원소가 북쪽에서 군사를 일으켜 협공할 경우 승부를 예측하기 어렵습니다. 차라리 허도로 돌아가 힘을 비축했다가 내년 봄 날씨가 따뜻해지면 먼저 원소를 공격한 후에 다시 형주를 취하십시오."

정욱의 말이 옳다고 여긴 조조는 군사를 인솔하여 허도로 돌아갔다.

손책이 손권을 후계자로 삼은 의미

손책이 임종을 앞두고 "강동의 대군을 인솔해 적과 싸워서 천하를 쟁탈하는 일은 네가 나보다 못하다. 그러나 현명한 인재를 뽑아 등용해서 그들로 하여금 강동을 지키게 하는 일은 네가 나보다 낫다"며 손권을 후계자로 삼은 것은 이후 동오의 앞날을 상징하는 중요한 사건이었다.

당시 손책의 부하들은 손책이 자신처럼 용맹하고 강직한 셋째 손엄에게 권력을 넘길 것으로 예상했다. 그러나 손책은 의외로 손권을 택함으로써, 향후 동오가 '수성'과 '안정'을 기본 정책으로 삼게 만들었고, 실제로 손권은 손책의 유훈을 훌륭하게 실행했다. 무려 71세까지 손책이 평정한 동오 6군을 탄탄히 지키면서 위·촉·오 삼국 중에 오나라를 가장 오랫동안 지속되도록 이끌었다. 위는 46년, 촉은 42년, 오는 51년간 유지되었다.

10
유비가 계곡을 뛰어넘다

　이듬해 정월, 조조는 다시 원소를 공격할 일을 논의했다. 먼저 하후돈과 만총을 여남으로 보내 유표를 막게 하고, 조인과 순욱을 남겨서 허도를 지키게 했으며, 본인은 직접 대군을 통솔해 관도로 가서 주둔했다.

　이때 몸이 조금 나아진 원소는 조조의 군대가 기주를 공격해 온다는 소식을 듣고는 급히 대군을 인솔해 나아가려 했다. 하지만 원상이 만류하고 나섰다.

　"병이 완전히 낫지 않으셔서 원정은 무리입니다. 제가 대신 가서 적과 싸우겠습니다."

　원소는 그의 청을 허락한 뒤 청주의 원담袁譚, 유주의 원희袁熙, 병주의 고간高幹에게도 사신을 보내 네 갈래에서 일제히 조조의 군대를 공격하게 했다. 그러나 원상은 말을 듣지 않고 단독으로 나가서 싸우다가 장요에게 크게 패하여 황급히 기주로 퇴각했다. 이 소식을 듣고 원소는 피를 여러 말 토하다가 정신을 잃고 쓰러졌다. 원소의 병세가 위독해지자 유劉 부인은 심배와 봉기逢紀를 불러서 후사를 의논했다. 원소가 말은 못하고 손짓만 하자 유 부인이 애가 타서 물었다.

"원상에게 뒤를 잇게 할까요?"

원소가 고개를 끄덕였다. 그래서 심배가 침상 앞에서 유서를 받아쓰고 있는데, 원소가 몸을 뒤집으며 큰 소리를 내더니 피를 토하고 죽었다.

원소가 죽은 후 심배와 봉기는 우서에 따라 원상을 대사마장군으로 받들어 기주, 청주, 유주, 병주의 일을 맡게 했다. 그러나 원소의 장남 원담은 이런 조치에 속으로 크게 불만을 품었다.

건안 8년 2월에 조조가 여러 갈래로 군사를 나누어 공격하니 원담, 원희, 원상, 고간의 군사는 크게 패하여 여양을 버리고 도주했다. 조조가 군사를 인솔하여 기주까지 추격해오자 원담과 원상은 성을 굳게 닫아걸고 지켰다. 조조가 며칠 동안 공격했으나 점령하지 못하자 곽가가 계책을 올렸다.

"원소가 맏아들 대신 막내를 후계자로 세우는 바람에 원씨 형제는 서로 권력을 다투고 있는 중입니다. 위급할 때만 서로 돕다가 조금만 여유가 생기면 서로 으르렁거리지요. 따라서 일단 남쪽의 형주를 쳐서 유표를 제압하는 것이 급선무입니다. 원씨 형제는 그들끼리 싸워 변화가 생긴 후 공격해야 일거에 평정할 수 있습니다."

그 말에 수긍한 조조는 대군을 인솔하여 형주로 진군했다.

원상과 원담은 조조의 군대가 퇴각한 걸 알고 서로 축하했다. 그러나 얼마 후 두 사람은 다시 사이가 벌어져 싸움을 벌였고, 원상에게 패한 원담은 급기야 조조에게 도움을 요청했다. 이에 조조는 크게 기뻐하며 원담에게 자기 딸을 주겠다고 약속했다. 그러나 원담은 조조가 원상을 격파하고 나면 조조를 칠 속셈이 었으며, 조조도 그런 원담의 속셈을 알고 암암리에 살의를 품고 있었다.

마침내 조조는 기주로 쳐들어가 원상을 격파하고 기주목이 되었다. 전의를 상실한 원상은 유주로 달아나 원희에게 의탁했다. 이때 원담은 조조가 불러도 응하지 않고 오히려 기주를 되찾으려고 도모했다. 화가 난 조조가 군사를 이끌고 원담이 있는 평원으로 진격해오자 다급해진 원담은 유표에게 도움을 청했다. 유표가 이 문제에 대해 묻자 유비가 대답했다.

"조조가 이미 기주를 평정했으니 원씨 형제는 머지않아 조조에게 붙잡힐 것입니다. 게다가 조조가 늘 형주와 양양을 노리고 있으니 경거망동하지 말아야 합니다."

"그럼 어떻게 거절해야겠소?"

"원씨 형제에게 각각 서신을 보내 화해를 명분으로 완곡하게 거절하십시오."

유표는 유비가 일러준 대로 서신을 써 원담과 원상에게 보냈다. 원담은 도움을 받을 수 없다는 것을 깨닫고 평원을 떠나 남피南皮로 도주했으나, 조조는 맹렬히 그 뒤를 추격했다. 더 이상 달아날 수 없게 된 원담은 승부를 겨루려고 남피성 밖으로 군사를 이끌고 나왔다. 양쪽 군사가 마주보고 있는데 조조가 채찍을 들어 원담을 가리키며 꾸짖었다.

"내가 너를 후히 대했는데 어찌하여 딴마음을 먹었느냐?"

"내 경계를 침범하고 내 성까지 빼앗은 놈이 도리어 나에게 딴마음을 먹었다고 비난하느냐?"

노한 조조가 대거 공격하자 원담의 군사는 크게 패해 성 안으로 밀려들어갔다. 조조는 남피성을 겹겹이 에워쌌다. 마침내 원담이 백성들까지 내몰면서 조조의 진영으로 쳐들어가 일대 혼전을 벌였다. 무려 네 시간을 싸웠지만 승부는 나지 않고 시체만 땅을 덮었다. 이때 조조는 몸소 산 위로 올라가 싸움을 격려하는 북을 쳤고 이에 고무된 그의 군사들은 당장 파죽지세로 원담의 군사들을 격파했다. 조홍도 달려드는 원담의 목을 단칼에 베어 버렸다. 마침내 조조는 남피성을 함락하고 원담의 머리를 북문 밖에 걸도록 했다.

조조는 이어서 초촉蕉觸·장남張南·마연馬延·장의張顗 등을 시켜 세 갈래로 나누어서 유주를 공격하게 하고, 이전과 악진에게는 병주를 공격하도록 했다. 결국 원상과 원희는 당해내기 어렵다는 것을 알고 오환烏桓으로 도주했다. 그러자 유주 자사가 조조에게 항복하고, 병주를 지키던 그간도 우인책에 빠져서 도주하다 살해되었다. 병주를 평정한 후 조조는 오환까지 공격하려고 했는데, 마침 원희와 원상이 먼저 수만 명을 이끌고 와서 큰 싸움이 벌어졌다. 그러나 원희와 원상은 역시 조조의 군사를 당해내지 못하고 요동으로 도망쳤다.

요동 태수 공손강公孫康이 원희와 원상을 어떻게 처리할지 고심하고 있는데 공손공公孫恭이 계책을 올렸다.

"만일 조조의 군대가 요동을 공격하면 원씨 형제를 남겨서 우리를 돕게 하고, 조조의 군사가 그 자리에 머물면 원씨 형제를 죽여서 조조에게 보내면 됩니다."

조조는 요동을 치지 말고 기다리자는 곽가의 계책을 받아들여 군사를 움직이지 않았다. 이에 공손강은 원씨 형제를 유인해 죽인 뒤 수급을 베어 조조에게 보냈다.

조조는 군사를 수습해 기주로 돌아갔다. 이때 정욱이 말했다.

"북방은 이미 평정했으니 이제는 허도로 돌아가 강남을 도모해야 합니다."

"나도 그대와 생각이 같네."

조조는 항복한 원소의 병사 50~60만 명까지 인솔해 허도로 돌아간 뒤 모사들을 불러 유표를 어떻게 정벌할지 논의했다. 순욱이 나서서 말했다.

"대군이 북정北征을 하고 돌아와 매우 피곤한 상태이니 반년이라도 쉬면서 힘을 길러야 합니다. 그렇게 하면 유표나 손권쯤은 북 한 번 울리는 것으로도 격파할 수 있습니다."

조조는 그의 말을 받아들여, 군사를 나누어 둔전(屯田, 군량을 마련하기 위해 군사들이 경작하는 토지)을 시행하면서 힘을 비축했다.

한편, 자신에게 의탁한 유비가 강하 일대를 평정해 큰 공을 세우자 유표는 크게 연회를 베풀며 말했다.

"아우가 영웅이니 형주는 근심이 없지만, 남월南越이 불시에 기습할 수도 있고 장로와 손권도 걱정이오."

이에 유비가 대답했다.

"이 아우의 세 장수는 충분히 믿고 쓸 만합니다. 장비에게 남월의 경계를 순시케 하고, 관우에게 장로를 진압하게 하고, 조자룡에게 손권을 막게 한다면 무슨 근심이 있겠습니까?"

유표가 크게 기뻐하면서 그 말대로 하려고 하자 채모蔡瑁가 누이인 채 부인에게 이 사실을 고했다.

"유비가 수하의 세 장수를 외부에 머물게 하고 자신은 형주에 머무는 상황이 오래 지속되면 반드시 우환이 있을 겁니다."

채 부인은 밤이 깊기를 기다려 유표에게 말했다.

"많은 형주 사람이 유비를 좋아하고 만나고자 하니 막지 않을 수 없습니다. 유비를 형주성에 머물게 하는 건 백해무익하니 다른 곳으로 보내시지요."

유표는 나중에 유비를 만나 이렇게 제안했다.

"아우가 오랫동안 형주에 머물러 있으면 무예를 썩힐 수도 있지 않겠소. 양양 부근의 신야新野가 물자와 양식이 풍부하니, 병마를 인솔하여 그곳에 주둔하는 게 어떻겠소?"

유비는 흔쾌히 승낙하고 이튿날 신야로 떠났다. 유비가 오자 그곳 백성들은 모두 기뻐했다. 이듬해 봄에는 감甘 부인이 유선劉禪을 낳고 아명을 아두阿斗라고 했다.

이때 조조가 또 군사를 통솔하여 북정에 나서자 유비는 형주에 가서 유표에게 말했다.

"지금 조조가 북정을 나가서 허도가 비었으니 이 틈에 형주와 양양의 군대로 기습하면 대사를 이룰 수 있습니다."

그러나 유표는 채 부인이 두려워 움직이려고 하지 않았다.

이 해 겨울의 어느 날, 유비와 유표는 후원에서 술을 마셨다. 조금 거나해졌을 때, 유표가 갑자기 눈물을 흘렸다. 유비가 연유를 묻자 그는 이렇게 대답했다.

"전처 진陳씨가 낳은 맏아들 유기劉琦는 재능은 있지만 나약해서 대사를 이루기 어렵고, 후처 채씨가 낳은 막내아들 유종劉琮은 꽤 총명하다오. 그래서 맏아들을 폐하고 막내아들을 세우고 싶지만 예법에 어긋날까 두렵구려."

유비가 정색을 하며 말했다.

"예로부터 맏아들을 폐하고 작은아들을 세우면 반드시 혼란이 있었습니다. 지금 채씨 일가의 권세가 너무 강하니 앞으로 차차 약화시키십시오! 정에 치우쳐 어린 자식을 세우는 건 옳지 않습니다."

유표는 묵묵히 듣고만 있었다. 그런데 이 이야기를 채 부인이 병풍 뒤에 숨어서 다 듣고 있었다. 그녀는 속으로 유비를 몹시 원망했다.

유비는 잠시 측간에 갔다가 허벅지에 살이 붙은 걸 보고 자기도 모르게 눈물을 흘렸다. 잠시 후 그가 자리로 돌아오자 유표는 그의 얼굴에 남은 눈물자국을 보고 물었다.

"무슨 일이오?"

유비가 길게 탄식하며 말했다.

"예전에는 말안장을 떠날 새가 없어서 허벅지의 근육이 아주 단단했는데 지금은 오래 말을 타지 않아서 허벅지에 살이 붙었습니다. 세월이 가면서 나이만 먹을 뿐 공을 세우지 못하는 것이 슬플 뿐입니다!"

유표는 예전에 유비와 조조가 허도에서 술을 마시며 영웅에 대해 논한 이야기를 꺼냈다. 그리고 마지막에 이렇게 말했다.

"그때 동생은 천하의 영웅을 모두 거론했지만 조조는 '지금 천하에서 영웅은 유현덕과 나 둘뿐이오!'라고 하지 않았소. 권력을 장악한 조조도 아우를 만만하게 보지 못하는데 어찌하여 공을 세우지 못할까 근심하오?"

유비는 술기운 탓인지 그만 실언을 하고 말았다.

"저에게 기반만 있다면 천하의 용렬한 무리 따위야 더 볼 것도 없지요."

유표는 침묵했다. 유비는 자기가 실언을 한 것을 알고 취했다는 핑계로 급히 숙소로 돌아갔다. 유표는 속으로 몹시 불쾌했다. 더구나 채 부인이 그를 더욱 부추겼다.

"유비가 형주를 삼킬 뜻이 분명해 보이니, 지금 그를 없애지 않으면 반드시 후환이 될 것입니다."

유표가 침묵을 지키자 채 부인은 동생 채모를 은밀히 불러 의논했다. 채모가 말했다.

"일단 죽인 뒤에 주공에게 알립시다."

그런데 이 이야기를 이적伊籍이 엿듣고 급히 유비를 찾아가 알려주었다. 유비는 밤새도록 말을 달려 신야로 도주했다.

암살 계획이 실패하자, 채모는 다시 양양에서 풍년대회를 연다는 명분으로 유비를 초청하여 죽이려고 했다. 유비는 조자룡과 함께 기병과 보병 300명을 거느리고 대회에 참가했다. 채모는 성을 나와 매우 공손하게 영접했지만, 조자룡은 갑옷을 입고 검을 착용한 채 앉으나서나 유비 곁을 떠나지 않았다.

다음 날 9개 군 42개 주의 관원들이 모이자 채모가 모사 괴월蒯越에게 말했다.

"유비가 이곳에 오래 머물면 반드시 후환이 있을 터이니 오늘이라도 그를 없애야겠소."

"그러다가 백성들의 인심을 잃을까 두렵소이다."

"이미 주공께서도 유비를 없애라고 지시하셨소."

"정말이오? 그렇다면 준비를 해야지요."

"지금 동문 현산峴山의 대로를 내 아우 채화蔡和가 지키고 있고, 남문은 채중蔡中, 북문은 채훈蔡勛이 지키고 있소. 그리고 서쪽 문은 단계檀溪가 그 앞으로 흐르고 있어서 수만 명일지라도 쉽게 건널 수 없기 때문에 지킬 필요가 없소."

이날은 소와 양을 잡아 연회를 크게 베풀었다. 사람들이 자리에 앉은 뒤 채모가 사람을 시켜 조자룡을 억지로 다른 자리에 앉게 하고서 삼엄하게 경비했다. 그리고 유비가 데리고 온 군사 300명도 관저로 돌아가게 했다. 채모의 음모를 간파한 이적은 술이 세 순배쯤 돌자 유비에게 다가가서 낮은 목소리로 말했다

"옷을 바꿔입으시지요."

유비는 눈치를 채고 즉각 몸을 일으켜 측간에 가는 척하며 후

원으로 갔다. 이적은 술잔을 한 바퀴 돌리고 나서 다급히 후원으로 쫓아와 말했다.

"어서 피하십시오. 채모가 공을 죽이려 합니다. 동쪽과 남쪽, 북쪽 문은 군사가 지키고 있으니 서쪽 문으로 나가십시오."

크게 놀란 유비는 몸을 날려 애마인 적로마(駒盧馬, 주인을 해치는 말로 알려진 천리마)를 타고 곧장 서문으로 달려갔다. 문을 지키는 관리가 어디로 가는지 물었지만 유비는 대꾸도 하지 않고 채찍을 가해 말을 달렸다. 관리가 허겁지겁 가서 이 사실을 알리자 채모는 군사 500명을 이끌고 두를 쫓았다. 유비가 서문을 지나 몇 리를 달리자 앞에 큰 계곡물이 나타나 길을 막았다. 계곡은 너비가 몇 길이나 되고 양강襄江으로 흘러드는 곳이어서 물살이 몹시 거셌다. 유비가 말 머리를 돌리려는데 멀리서 추격군이 먼지를 일으키며 뒤쫓아오는 게 보였다.

"이번에야말로 죽겠구나!"

마음이 조급해진 유비는 적로마를 몰고 강물로 뛰어들었다. 몇 걸음 가자 말의 앞발이 푹 빠지면서 전포가 다 젖었다. 유비는 채찍을 휘두르며 큰 소리로 외쳤다.

"적로마야, 적로마야! 오늘 나를 해칠 셈이냐!"

그러자 말이 갑자기 물속에서 벌떡 몸을 일으키더니 단번에 세 길이나 솟구쳐 서쪽 기슭으로 뛰어올랐다. 유비는 마치 구름과 안개를 탄 듯 정신이 아득했다. 채모가 뒤따라왔지만 유비는 이미 계곡을 넘어간 뒤였다.

유비, 단계를 뛰어넘다.

유비는 곧장 말을 달려 남쪽으로 갔다. 해는 어느덧 서쪽으로 넘어가고 있었다. 유비는 길에서 어린 목동을 만났는데, 그의 소개로 수경水鏡 선생 사마휘司馬徽를 만나게 되었다. 유비가 양양에서 겪은 일을 상세히 이야기하자 사마휘가 물었다.

"공의 명성을 들은 지 오래인데 어찌하여 이런 곤경에 처하셨습니까?"

"운명이 기구해서 그런가 봅니다."

"아닙니다. 장군 곁에 사람이 없기 때문입니다."

"저는 비록 재능이 없습니다만, 문사로는 손건·미축·간옹 등이 있고, 무사로는 관우·장비·조자룡 등이 있습니다. 이들은 모두 저에게 충성을 다하고 전력으로 보좌하고 있습니다."

"관우·장비·조자룡은 확실히 만 명을 대적할 수 있는 용감한 장수지만, 애석하게도 그들을 제대로 쓸 줄 아는 사람이 없습니다. 그리고 손건이나 미축은 백면서생일 뿐, 세상을 구할 인재는 아닙니다."

"저도 뛰어난 인재를 구하고 싶지만 불행히도 아직 만나지 못했습니다."

"천하의 기재들이 이곳에 있으니 공께서는 찾아보십시오."

"그 기재가 누구입니까?"

"복룡伏龍과 봉추鳳雛 중에 하나만 얻어도 천하를 안정시킬 수 있습니다."

"복룡과 봉추가 어떤 사람입니까?"

수경 선생은 대답은 하지 않고 손뼉을 치면서 말했다.

“좋아, 좋다니까!”

그날 저녁 유비는 누군가 수경 선생을 찾아와 이야기 나누는 소리를 들었다. 원직元直이라는 그 사람은 유표를 찾아갔다 실망하고 돌아가는 길이었다.

이튿날 유비가 수경 선생을 찾아가 물었다.

“지난밤에 온 사람이 누굽니까?”

“내 벗입니다.”

유비가 그 사람을 만나게 해달라고 청하자 수경 선생은 그가 이미 훌륭한 군주를 찾아 떠났다고 말했다. 유비가 다시 물었다.

“복룡과 봉추는 과연 어떤 사람입니까?”

그러나 수경 선생은 그저 웃으면서 같은 말만 되풀이했다.

“좋아, 좋다니까!”

결국 유비는 수경 선생과 작별하고 신야를 행해 출발했다. 도중에 그는 갈건葛巾을 쓰고 베로 짠 도포를 입은 사람이 소리 높여 노래하며 오는 것을 보았다. 가사를 들어보니 명철한 군주에게 의탁하려는 뜻이 있는 듯했다. 유비는 그를 청하여 함께 성으로 돌아가서 군사軍師로 삼았는데, 그의 이름은 단복單福이었다.

조조는 반년 넘게 군사를 기르고 있었다. 그는 늘 형주를 함락할 궁리를 하며 조인, 이전 등을 번성에 주둔시켜 형주와 양양을 감시하도록 했다. 그러나 조인은 적을 경시하여 여광과 여상 형제에게 군사 5천 명을 주고 신야에 가서 싸우게 했다. 이때 단복은 계략을 써서 여광과 여상을 죽이고 그 군사들을 크게 격파했다. 조인은 이 소식을 듣고 분노한 나머지 재차 유비의 진영을 공격했지만, 이번에도 단복의 계책에 빠져 크게 패했을 뿐 아니라 번성까지 관우에게 빼앗겼다.

유비가 군사를 인솔하여 번성에 들어가자 번성 현령 유심劉沁이 그를 집으로 청해 연회를 베풀었다. 이때 유심의 조카 관봉冠封이 뒤에 시립하고 있었는데 풍채가 늠름했다. 그가 몹시 마음에 든 유비는 관우의 만류를 뿌리치고 양자로 받아들여 이름도 유봉劉封으로 고치게 했다.

조인은 허도로 돌아가서 조조에게 죄를 청했다. 그러나 조조는 대수롭지 않게 말했다.

"승패는 병가兵家에서 늘 있는 일이니 너무 자책하지 말게. 그런데 유비를 위해 계책을 세운 자가 누구인가?"

"단복이라는 자입니다."

정욱이 나서서 대답했다.

"단복은 어떤 사람인가?"

"그는 사실 영천潁川 사람 서서徐庶입니다 단복은 가명일 뿐입니다."

"서서의 재능을 그대와 비교하면 어떠한가?"

"저보다 열 배 낫습니다!"

"아깝구나, 그토록 훌륭한 인재가 유비에게 가서 그의 날개가 되다니!"

"하지만 승상께서 그를 청해오는 건 힘든 일이 아닙니다. 그는 원래 효성이 지극하니 홀어머니가 오라고만 하면 오지 않을

리가 없습니다.”

조조는 크게 기뻐하면서 서서의 어머니를 허도로 데려왔다. 그리고 편지를 써서 서서를 부르라고 했지만 서서의 어머니는 따르지 않고 오히려 조조에게 벼루를 던졌다. 분노한 조조가 그녀를 죽이려 하자 정욱이 황급히 만류한 뒤 그녀를 별실로 데려가 극진히 예우했다. 그 후에도 정욱은 수시로 편지를 동봉한 선물을 보냈는데, 서서의 어머니도 그때마다 편지를 써서 답례했다. 이런 식으로 그녀의 필적을 얻은 정욱은 그것을 본뜬 가짜 편지를 써서 서서에게 보냈다.

‘네가 투항해야만 이 어미가 죽음을 면할 수 있다. 이 편지를 보고 내가 너를 낳아 길러준 은혜를 생각한다면 밤을 낮 삼아 달려오너라.’

편지를 읽은 서서는 그것이 거짓 편지인 줄도 모르고 비 오듯 눈물을 흘렸다. 그는 편지를 들고 유비를 찾아가 말했다.

“저는 본래 영천 출신 서서이며 자字는 원직입니다. 예전에 수경 선생을 찾아갔을 때 ‘어찌하여 유 황숙을 섬기지 않느냐’는 말씀을 듣고, 그때부터 미친 척하며 노래를 불러 유 황숙의 귀에 들어가게 했는데, 다행히 저를 버리지 않고 중용해주셨습니다. 그러나 지금 늙은 어미가 조조의 간계에 빠져 저를 부르고 있으니, 제가 어찌 가지 않을 수 있겠습니까.”

서서가 작별을 고하자 유비는 송별의 연회를 베풀었다. 그리고 둘이 마주 앉아 날이 밝을 때까지 슬피 울었다. 떠나기 전에 서서가 말했다.

“조조가 아무리 핍박하더라도 그를 위해서는 어떤 계책도 세우지 않을 것입니다.”

유비는 서서의 손을 잡고 비 오듯이 눈물을 흘리며 말했다.

“이렇게 가시면 언제 다시 만날 수 있겠소?”

유비는 물기 어린 눈으로 서서의 멀어지는 뒷모습을 바라보았다. 그런데 갑자기 서서가 말 머리를 돌려 돌아왔다.

“무슨 일로 돌아오셨소?”

유비가 묻자 서서가 대답했다.

“제가 마음이 산란해서 깜박 잊었습니다. 양양성 20리 밖 융중隆中에 기이한 인재가 있으니 직접 가서 도움을 청하십시오! 그를 얻는다면 주나라 문왕이 여망呂望을 얻고, 한나라 고조가 장량張良을 얻은 것과 다름없습니다.”

“그 사람의 재능은 선생과 비교해 어떻습니까?”

“저를 그분과 비교하는 것은 마치 노둔한 말을 기린과 비교하고 까마귀를 봉황에 비하는 것과 같습니다. 그는 천하에 둘도 없는 기재로, 성명은 제갈량諸葛亮이고 자는 공명孔明입니다. 지금 동생 제갈균諸葛均과 남양南陽에서 밭을 가꾸며 글을 읽고 있는데, 자신의 거처가 와룡강臥龍崗이라서 스스로 호를 ‘와룡 선생’이라고 합니다. 그 사람이 도와주기만 한다면야 어찌 천하를 평정하지 못할까 근심하겠습니까!”

“예전에 수경 선생께서 복룡과 봉추 중 하나만 얻어도 천하를 안정시킬 수 있다고 했는데, 지금 말한 분이 그중 하나입니까?”

“그렇습니다. 봉추는 양양의 방통龐統이고 복룡이 바로 제갈공명입니다.”

서서는 말을 마치고 다시 말을 달려 떠나갔다. 유비는 한동안 술에서 깨어난 듯, 꿈에서 깨어난 듯했다.

신야로 돌아온 유비는 풍성한 선물을 마련해서 관우, 장비와 함께 제갈량을 청하러 갈 준비를 했다.

불우한 인재 서서

소설 《삼국지》에서 서서에 관해 언급한 부분은 별로 많지 않지만, 많은 독자가 조조의 모략 때문에 유비의 곁을 떠나야 했던 그에 대해 애석해할 것이다. 서서의 일생은 정사 《위략魏略》에 좀더 자세히 기술되어 있다.

가난한 집에서 태어난 그는 어릴 적부터 협객이 되고 싶어 각 유파의 검술을 섭렵했다. 그런데 어느 못된 부자에게 패가망신당한 친구가 대신 복수해주기를 청했다. 그는 서슴지 않고 집으로 쳐들어가 그 부자를 살해했지만 불행히도 관원들에게 포위되어 옥에 갇히고 만다. 관아에서는 사건의 진상을 밝히려고 그에게 모진 고문을 가했다. 그러나 그는 노모에게 해가 될까 봐 입을 굳게 다물었고, 관아에서는 할 수 없이 그에 대해 아는 사람을 찾으려고 수레에 그를 싣고 거리로 내보냈지만 아무도 밀고를 하지 않았다.

후에 친구들의 도움으로 석방된 그는 크게 깨달은 바가 있어서 무예를 버리고 학문에 전념해 제갈량, 방통 등과 친구가 되었다. 만약 그가 계속 유비 곁에 남아 있었다면, 제갈량보다는 못해도 방통이나 법정과는 어깨를 나란히 할 만한 모사가 되었을 것이다.

11
삼고초려

다음 날 유비는 관우, 장비와 함께 융중으로 갔다. 멀리서 산기슭을 바라보니 농부들이 호미로 밭을 매며 노래를 부르고 있었다.

"푸른 하늘은 둥근 덮개와 같고 땅은 바둑판과 같네. 세상 사람들은 흑백으로 나뉘어 영욕을 다투니, 영예를 얻은 자는 스스로 평안하고 치욕을 당한 자는 바쁘기만 하구나. 남양에 은거하는 사람이 있으니 높이 베개 베고 누워 있더라."

유비가 농부들에게 물었다.

"이 노래를 누가 지었소?"

한 농부가 대답했다.

"와룡 선생이 지은 것입니다."

"와룡 선생은 어디 사시오?"

"이 산 남쪽 일대에 높은 둔덕이 있는데 그곳이 바로 와룡강입니다. 그 앞 숲 속의 초가집이 바로 와룡 선생의 거처지요."

그 집 앞에 도착한 유비는 말에서 내려 직접 사립문을 두드렸다. 한 동자가 나와서 누구냐고 묻자 유비가 대답했다.

"한나라 좌장군이자 의성정후이며 예주목인 황숙 유비가 특별히 선생을 뵙고자 한다."

"저는 그렇게 많은 칭호를 기억할 수 없습니다."

"그럼 유비가 왔다고 전해라!"

"선생님은 아침 일찍 외출하셨습니다."

"어디로 가셨느냐?"

"행적이 정해진 것이 아니어서 어디로 가셨는지 저도 모르겠습니다."

"언제 돌아오시느냐?"

"돌아오시는 시간도 일정치 않아서 사흘도 걸리고, 닷새도 걸리고, 열흘 넘게 걸릴 때도 있습니다."

유비는 실망을 금치 못했다. 장비가 귀찮다는 듯이 말했다.

"만날 수 없다니 돌아갑시다."

"조금 더 기다려보자."

유비의 말에 관우가 의견을 냈다.

"일단 돌아갔다가 사람을 보내 알아보고 다시 오는 게 좋을 듯합니다."

유비는 관우의 말을 따르기로 하고 동자에게 당부했다.

"제갈 선생이 돌아오면 유비가 뵈러 왔었다고 전해다오."

그러고는 말을 타고 몇 리를 가다가 융중의 풍경을 돌아보았다. 산은 높지 않지만 수려하고 운치가 있었으며, 물은 깊지 않지만 맑았다. 또한 땅은 넓지 않지만 평탄했으며, 숲은 크지 않지만 무성했다. 숲에서는 원숭이와 학이 어울리고 소나무와 대나무가 신록을 다투고 있었다. 이때 누가 산모퉁이 오솔길을 내려왔다. 그 용모가 늠름하고 풍채가 훤칠해서 유비는 속으로 그가 제갈량이라고 짐작하고 얼른 말에서 내려 물었다.

"혹시 와룡 선생이 아니십니까?"

"저는 박릉博陵 사람 최주평崔州平으로, 공명은 제 친구입니다."

원래 제갈량과 박릉의 최주평, 영천의 서서는 서로 친밀한 벗이었다. 최주평이 유비에게 물었다.

"공은 어찌하여 공명을 만나려고 하십니까?"

"지금 천하가 동란에 빠져 전쟁이 그칠 새가 없어서 공명 선생을 뵙고 천하를 안정시킬 책략을 구하고자 합니다."

"공의 뜻은 인의의 마음이지만, 예로부터 치세治世와 난세亂世는 무상했습니다. 한나라 고조가 진나라 2세를 멸하여 천하를 평정한 건 난세에서 치세로 들어간 것이며, 200여 년 후 왕망이 황제의 지위를 찬탈한 건 치세에서 난세로 들어간 것입니다. 그후 광무제가 대업을 재정비하여 다시 난세에서 치세로 들어갔지만, 200여 년이 지난 지금 전쟁이 빈발하여 또 치세에서 난세로 들어갔으니, 이는 일시에 평정할 수 없습니다. 장군은 공명을 얻어 천하를 바로잡으려 하지만 이는 결코 쉬운 일이 아니라서 헛되이 힘만 낭비할 수도 있습니다!"

"선생의 말씀은 정말 고견이십니다. 그러나 저는 황실의 후예로서 나라를 바로잡아야 할 처지이니 어찌 운명에만 맡겨두겠습니까?"

유비는 최주평을 신야로 청하려 했지만 그는 명예에 뜻이 없다면서 크게 읍하고 돌아갔다. 장비가 투덜거렸다.

"공명은 못 만나고 저따위 진부한 유생을 만나 한담이나 늘어놓다니!"

세 사람은 할 수 없이 신야로 돌아갔다. 유비는 자주 사신을 보내 제갈량의 소식을 알아보게 했다. 어느 날 사신이 돌아와서 말했다.

"와룡 선생이 돌아오셨습니다."

유비가 사람을 시켜 말을 준비하게 하자 장비가 말했다.

"그따위 시골뜨기를 왜 직접 만나러 가십니까? 사람을 시켜 부르시죠!"

유비가 장비의 무례함을 꾸짖고 재차 제갈량을 찾아 길을 나섰다. 관우와 장비도 다시 그의 뒤를 따랐다. 때는 한겨울이라서 날씨가 몹시 추웠다. 하늘에 구름이 짙게 깔리고 눈보라가 휘몰아쳤다. 장비가 또 투덜거렸다.

"날씨가 춥고 땅이 얼어서 군사도 일으킬 수 없는데 어찌하여 멀리 쓸모없는 자를 만나러 가십니까?"

"공명에게 나의 성의를 알리려는 것이니 추위가 무서우면 먼저 돌아가라."

어느덧 제갈량의 초가집 앞에 이르러서 유비가 사립문을 두드려 동자에게 물었다.

"선생은 오늘 집에 계시느냐?"

“지금 초당에서 책을 읽고 계십니다.”

유비는 크게 기뻐하며 동자를 따라 사립문 안으로 들어섰다. 안을 들여다보니 한 젊은이가 초당의 화로 옆에서 무릎을 끌어안고 노래를 읊조리고 있었다. 유비는 노래가 끝나기를 기다려 인사를 건넸다.

“오랫동안 선생을 흠모했습니다. 오늘 눈보라를 무릅쓰고 와서 이렇게 만나뵙게 되니 정말 다행입니다.”

젊은이가 황급히 답례하며 물었다.

“장군께서는 유 예주(한때 예주 목사였던 유비를 가리킴)가 아니십니까? 형님을 만나러 오셨습니까?”

유비가 놀라서 물었다.

“그럼, 와룡 선생이 아니십니까?”

“저는 동생 제갈균입니다. 저희는 삼형제인데 맏형 제갈근은 강동의 손권에게 가서 모사로 있고, 찾으시는 분은 제 둘째형입니다.”

“와룡 선생은 집에 계신가요?”

“어제 최주평과 약속이 있어 놀러 나가셨습니다.”

“어디로 가셨나요?”

“배를 타고 강이나 호수에서 노닐지 않으면 산에 올라가 승려나 도인을 방문하고, 마을의 친구를 찾아가 거문고를 타거나 바둑을 두기도 합니다. 자유롭게 다니기 때문에 정확히 어디 계신지는 모릅니다.”

“이 유비가 인연이 없는지 두 번이나 찾아왔는데도 만나뵙지 못하는군요."

유비는 필묵과 종이를 빌려서 다시 찾아오겠다는 내용의 편지
를 남겼다. 그러고서 다시 눈보라를 헤치고 돌아가는 길에 와룡
강을 보니 심사가 몹시 울적했다.

어느덧 겨울이 가고 봄이 왔다. 유비는 길일을 선택해 목욕재
계한 다음 다시 와룡강을 찾아가려고 했다. 이번에는 관우도 말
리고 나섰다.

"이미 두 번이나 찾아가셨으니 예의가 지나칠 정도입니다."

장비도 거들었다.

"그깟 촌놈이 무슨 현자라고 그러십니까? 이번에는 형님이 가
실 필요 없습니다. 제가 가서 묶어서라도 데려오지요!"

유비는 다시 한 번 장비의 무례함을 꾸짖으며 말했다.

"이번에는 너는 갈 필요 없다. 운장과 함께 다녀오겠다."

"두 형님이 가시는데 아우가 어찌 떨어질 수 있습니까?"

"함께 가려거든 절대로 실례하지 말아야 한다."

"알겠습니다."

세 사람은 다시 말을 타고 융중으로 출발했다. 초가집에서 약
반 리쯤 떨어진 곳에 이르러 유비가 말에서 내려 걸어가다가 마
침 제갈균을 만났다. 유비가 급히 인사하며 물었다.

"형님은 댁에 계십니까?"

"어제 저녁에 돌아오셨으니 오늘은 만나실 수 있습니다."

말을 마친 제갈균은 표연히 제 갈 길을 갔다. 유비는 제갈량의

유비, 세 번 찾아가 제갈량을 얻다.

집에 이르러 동자에게 말했다.

"수고스럽겠지만 유비가 선생을 만나러 왔다고 전해다오."

"선생님은 오늘 집에 계시긴 하지만 지금 초당에서 낮잠을 주무시고 계십니다."

"그렇다면 아직 알리지 마라."

유비는 관우와 장비를 문가에 세워둔 채 자기 혼자 안으로 들어갔다. 제갈량은 초당의 평상 위에 누워 있었다. 유비는 섬돌 아래서 손을 맞잡고 기다렸지만 반 식경이 지나도 제갈량은 깨어나지 않았다.

기다리다 못해 들어온 관우와 장비는 그 모습을 보고 기가 막히지 않을 수 없었다. 장비가 노하여 관우에게 말했다.

"이자는 너무 오만하오! 내가 집 뒤로 가서 불을 지르겠소. 어디, 그래도 안 일어나나 두고 봅시다!"

관우가 말렸지만 장비는 여전히 노기를 참지 못하고 씩씩거렸다. 유비는 두 사람에게 다시 문밖으로 나가 기다리라고 명했다. 이때 제갈량이 몸을 뒤척이더니 벽을 향해 돌아누워 계속 잠을 잤다. 동자가 깨우려고 하자 유비가 만류했다.

"놀라시게 하지 마라."

그 후로 두 시간이 더 흐른 뒤에야 제갈량은 잠에서 깨어나 시 한 수를 읊조렸다.

"큰 꿈을 뉘라 먼저 깰 것인가. 평생 나 스스로 알았노라. 초당의 봄잠이 깊으니 창밖의 해는 더디 지는구나."

제갈량이 동자를 돌아보며 물었다.

"손님이 오셨느냐?"

"유 황숙께서 이곳에 서 계신 지 이미 오래입니다."

제갈량은 급히 몸을 일으켜 의관을 갖춘 뒤 손님을 맞이했다. 유비가 살펴보니 키는 8척이고 얼굴은 마치 관옥 같았다. 머리에는 두건을 쓰고 몸에는 흰 도포를 걸쳤는데 그 표표한 모습이 신선과 흡사했다. 유비가 절을 하며 말했다.

"저는 한나라 황실의 후예로 어리석은 필부인데, 오래전부터 선생의 명성을 들었습니다. 예전에 두 번이나 찾아왔지만 만나뵙지 못하고 이름만 적어놓고 갔습니다."

"남양의 이 촌사람이 천성이 게을러서 몇 번이나 장군을 오시게 했으니 참으로 부끄럽습니다."

두 사람은 각기 자리에 앉았다. 유비가 도움을 얻고 싶다고 하자 제갈량이 웃으면서 말했다.

"먼저 장군의 뜻을 듣고 싶습니다."

"저는 한나라 황실의 부흥을 위해 천하에 대의를 펼치려 했지만 지혜가 부족해 이루지 못하고 있습니다. 선생께서 저의 어리석음을 깨우쳐 나라를 구할 수 있게 도와주신다면 천만다행이라 하겠습니다."

"동탁이 반역을 꾀한 이래 천하의 호걸들이 저마다 봉기했습니다. 특히 조조가 원소에게 세력이 못 미치면서도 끝내 원소를 이길 수 있었던 것은, 하늘의 운도 따랐지만 사람의 힘이 컸습니다. 지금 조조는 100만 대군을 거느린 채 천자를 끼고 제후들을 호령하고 있으니, 그와는 실로 함부로 힘을 다툴 수 없습니다.

또한 손권은 강동에서 3대를 거치면서 험준한 요충지를 차지하고 백성의 지지를 받고 있으니, 그와 화친하여 도움을 받을 수는 있어도 함께 도모하기는 어렵습니다. 형주는 지형적으로 군사를 일으키고 천하를 다스릴 만한 땅입니다. 이는 하늘이 장군에게 내리신 곳인데 어찌하여 망설이십니까? 그리고 익주는 험준한 요새지만 비옥한 토지가 천 리나 이어져 있어서 고조께서도 이곳을 차지해 황제의 대업을 이루셨습니다. 그러나 지금 익주의 유장은 어리석고 유약해서, 백성이 많고 나라가 부유한데도 돌볼 줄을 모릅니다. 그래서 지혜롭고 유능한 선비들은 명철한 군주를 기다리고 있지요. 장군께서는 신의를 사해에 떨쳐 영웅들을 얻으시고 현명한 사람을 목마르게 구하시니, 우선 형주와 익주의 험난한 지형을 차지하고 서융西戎·남월과 화합을 도모하는 한편, 밖으로는 손권과 연합하고 안으로는 정치를 탄탄히 하시면서 천하의 변고를 기다리십시오. 그러다가 한 장수에게 명을 내려 형주의 군사를 이끌고 낙양에 가게 하고, 장군께서는 직접 익주의 무리를 인솔해 진천秦川으로 나간다면, 어느 백성이든 밥 한 그릇, 물 한 바가지로라도 장군을 환영할 것입니다. 진실로 이렇게 하면 대업을 이룰 수 있고 한나라 황실을 부흥시킬 수 있습니다! 이것이 제가 장군을 위해 세운 계책이니 오직 장군만이 도모할 수 있습니다."

말을 마친 제갈량이 동자에게 일러 그림 한 폭을 중당中堂에 걸게 한 후 유비에게 말했다.

"이것은 서천(西川, 익주) 54주州의 지도일니다. 장군께서 패업

을 이루고자 하신다면 북으로는 천시天時를 차지한 조조에게 양
보하고, 남으로는 지리적 이점(地利)을 얻은 손권에게 양보한 후
인화人和를 차지하십시오. 먼저 형주를 취해 근거지로 삼은 뒤
서천을 취해 기반을 구축해야 하니, 이렇게 조조·손권과 정족
지세◆를 이룬 뒤에야 중원을 도모할 수 있습니다."

이 말을 듣고 유비는 자리에서 일어나 손을 맞잡고 감사를 표
했다.

"선생의 말씀을 들으니 앞이 확 열리면서 구름과 안개를 헤치
고 푸른 하늘을 보는 것 같습니다. 그러나 형주의 유표와 익주의
유장은 모두 한나라 황실의 종친이니 제가 어찌 땅을 빼앗을 수
있겠습니까?"

"유표는 오래지 않아 세상을 떠날 것이고 유장은 대업을 이룰
만한 사람이 못 됩니다. 결국 형주와 익주는 반드시 장군에게 돌
아갈 것입니다."

유비는 머리를 숙여 감사를 표한 뒤 제갈량에게 말했다.

"산에서 내려와 저를 도와주십시오. 반드시 가르침을 따르겠
습니다."

"오랜 세월 밭이나 갈아서 세상일에는 게으른 터라 명을 받들
수 없습니다."

유비가 눈물을 흘리며 부탁했다.

"선생이 세상에 나오지 않으시면 천하의 백성들은 어찌하란
말입니까?"

유비의 눈물이 도폿자락을 적시고 옷깃마저 적셨다. 제갈량은

마침내 그의 진실한 뜻을 받아들였다.

"장군께서 버리지 않으신다면 전력을 다해 돕겠습니다!"

유비는 크게 기뻐하면서 관우와 장비를 불러 절하게 한 뒤 가져온 선물을 전했다. 그날 밤 세 형제는 제갈량의 집에서 묵었다. 이튿날 제갈균이 돌아오자 제갈량이 당부했다.

"유 황숙께 세 번이나 내 초가집을 찾아주신◆ 은혜를 입었으니 나가지 않을 수 없구나. 너는 여기서 밭을 잘 가꾸어 황폐하게 만들지 마라. 공을 이루면 즉시 돌아와 은거하겠다."

마침내 유비는 제갈량을 데리고 신야로 돌아왔다. 그는 제갈량을 스승의 예로 대했을 뿐 아니라, 한 식탁에서 먹고 한 침상에서 자면서 종일토록 천하의 대사를 의논했다.

삼국지 고사성어

정족지세鼎足之勢 : 솥의 세 발처럼 셋이 맞서 대립한 형세를 뜻한다.
삼고초려三顧草廬 : '세 번 찾아온 은혜'라는 뜻에서 '삼고지은三顧之恩'이라고도 하며, 7듭 간절하게 인재를 청할 때 쓰는 말이다.

제갈량이 유비를 택한 까닭

소설 《삼국지》의 독자들은 융중 은거 시절의 제갈량이 원래 어떤 배경을 가진 인물이었는지에 대해서는 그다지 주의를 기울이지 못했을 것이다. 그가 유비의 참모가 된 것도 유비가 삼고초려로 그를 초빙했기 때문이라고만 생각할 것이다. 하지만 전후 사정을 고려해 보면 오히려 제갈량이 유비를 선택했다고 보는 게 옳을 것이다.

조실부모하고 태수인 숙부 제갈현의 손에서 자란 제갈량은 아내의 이모부가 형주 태수 유표였고, 사마휘·방덕공 같은 형주의 명사들을 잘 알고 지냈다. 따라서 손쉽게 유표의 휘하에 들어갈 수 있었을 것이다. 또한 형인 제갈근이 손권의 참모였기 때문에 동오에서 출세하는 것도 어려운 일이 아니었을 것이다.

하지만 제갈량은 유표가 보잘것없는 인물임을 간파하였고, 손권도 훌륭한 인물이기는 하지만 주위에 장소와 주유 같은 쟁쟁한 인재가 넘쳐나서 자신이 크게 쓰일 자리가 없다고 판단한 것으로 보인다. 이때 유비가 한나라 황실의 종친으로서 영웅의 자질이 있고 자신 같은 전략 참모를 갈구한다는 것을 알고서 유비를 자신의 주군으로 '선택'한 것이다.

12

장판교 전투

조조는 삼공三公의 직책을 폐지하고 자신이 모두 겸했으며, 모개毛玠·최염崔琰·사마의司馬懿를 중용했다. 어느 날 조조가 무장들과 남정南征에 대해 논의하는데 하후돈이 나서서 말했다.

"근래에 유비가 신야에서 날마다 병사들을 훈련시키고 있답니다. 틀림없이 후환이 될 것이니 일찌감치 해치워야 합니다."

조조는 즉시 하후돈을 도독으로, 우금과 이전 등을 부장으로 삼아 군사 10만 명을 거느리고 박당성博望城에 가서 신야의 동태를 살피라고 명했다. 이때 순욱이 간하고 나섰다.

"유비는 당대의 영웅인데다 제갈량까지 군사로 삼았으니 가볍게 보지 마십시오."

"유비는 쥐새끼 같은 자에 불과하니 반드시 사로잡겠소!"

서서가 다시 간했다.

"유현덕을 경시하지 마십시오. 게다가 제갈량을 얻었으니 호랑이가 날개를 단 격입니다."

그러나 하후돈의 생각은 달랐다.

"나는 제갈량을 지푸라기처럼 보고 있으니 두려울 게 없소. 이번에 유비와 제갈량을 사로잡지 못하면 내 머리를 베어 승상께 바치겠소!"

마침내 조조가 허락하자 하후돈은 분연히 군사를 이끌고 원정길에 올랐다.

한편, 유비가 제갈량을 늘 스승의 예로 대하자 관우와 장비는 기분이 좋지 않았다.

"공명은 나이도 어린데 무슨 재주가 있겠습니까? 형님의 대우가 지나치십니다."

하지만 유비는 이렇게 답했다.

"내가 공명을 얻은 것은 물고기가 물을 만난 것과 같으니 두 아우는 달리 말하지 말라."

관우와 장비는 더 이상 말하지 못하고 물러났다.

제갈량이 백성들 중에서 3천 명을 뽑아 군사 훈련을 시키고 있는데, 하후돈이 10만 명의 군사를 이끌고 신야로 온다는 소식이 전해졌다. 장비가 말했다.

"공명이 가서 대적하면 되겠네요."

유비가 정색하며 말했다.

"내가 지혜는 공명에 의지하고 용맹은 두 아우에게 의지하는데, 어찌하여 일을 미룬단 말인가?"

세 사람은 제갈량을 청하여 의논했다. 제갈량이 말했다.

"관우와 장비가 명령을 따르지 않을까 걱정이니, 주공께서 제가 군사를 지휘하길 바라신다면 검과 인印을 빌려주십시오."

유비가 검과 인을 주자 제갈량은 명령을 내리기 위해 장수들을 불렀다. 장비가 관우에게 작은 소리로 말했다.

"저자가 어떻게 지휘하는지 한번 들어봅시다."

제갈량이 장수들에게 명했다.

"박망성 왼쪽에는 예산豫山이 있고 오른쪽에는 안림安林이 있어서 군마를 매복할 수 있소. 관운장은 군사 1천 명을 이끌고 예산에 매복해 있다가 적군이 오면 그냥 지나가게 내버려두시오. 뒤이어 적의 수레와 군량이 대오를 따라올 터인데, 남쪽에서 불이 일어나면 즉각 군량에 불을 지르시오. 익덕도 1천 명을 이끌고 안림에 매복해 있다가 남쪽에서 불이 일어나면 박망성으로 가서 적들이 군량과 마초를 쌓아놓은 곳을 찾아 불을 지르시오. 관평과 유봉은 군사 500명을 데리고 박망파博望坡 양옆에서 기다리고 있다가 초경(밤 8시) 무렵에 적군이 침범해오면 즉시 불을 지르시오."

제갈량은 번성에서 돌아온 조자룡에게 선봉을 맡으라고 명하면서 이렇게 당부했다.

"적군과 싸우게 되면 이기려고 하지 말고 막기만 하시오."

관우는 제갈량의 명령을 선뜻 받아들이지 않고 물었다.

"우리가 모두 적과 싸우고 있을 때 군사께서는 무슨 일을 하십니까?"

"나는 여기 앉아서 성을 지킬 뿐이오."

장비가 크게 웃으며 말했다.

"우리가 나가서 싸우는 동안 당신은 집에 앉아 있겠다니, 정말 편안하겠소!"

"여기 검과 인이 있소. 명령을 어기는 자는 참수할 것이오!"

이때 유비가 끼어들었다.

"장막 안의 계책으로 천 리 밖의 승리를 결정한다는 말도 듣지 못했느냐? 두 아우는 명을 어기지 마라."

이에 관우가 장비에게 작은 소리로 말했다.

"저자의 계책이 맞는지 틀리는지 한번 두고 보자. 그때 가서 따져도 늦지 않을 것이야."

다른 장수들도 제갈량의 계책에 관해 속으로 의심을 품고 있었다. 하지만 제갈량은 짐짓 모르는 척 유비에게 말했다.

"오늘 주공은 군사를 인솔하여 박망산 아래에 주둔하십시오. 적군을 보면 즉시 숙영지를 버리고 떠나셨다가 불이 일어나면 즉각 군사를 돌려 싸우십시오. 저는 성을 지키면서 손건과 간옹에게 승리의 축하연을 준비시키는 한편, 공로부功勞簿를 마련해 기다리겠습니다."

기꺼이 그러겠다고 했지만, 사실 유비도 속으로 한 가닥 의혹이 일었다.

이때 하후돈과 우금이 군사를 이끌고 박망에 도착했다. 그들은 군사를 둘로 나누어 절반은 전위부대로 삼고 나머지 절반은 군량을 보호하게 했다. 한참을 전진하다가 앞을 바라보니 멀리서 한 무리의 군사가 다가왔다. 하후돈이 그들을 보고 갑자기 크게 웃자 수하들이 물었다.

"어찌하여 웃으십니까?"

"저런 부대를 전위로 삼아 우리와 대적하겠다니, 마치 개와 양을 몰아 호랑이나 표범과 싸우는 것과 같구나. 내가 유비와 제갈량을 산 채로 잡아오겠다고 했는데, 틀림없이 내 말대로 되겠구나. 하하하!"

말을 마친 하후돈이 말을 몰아 앞으로 달려나가자 저쪽에서는 조자룡이 달려나왔다. 두 사람은 이내 맞붙어 싸웠고, 조자룡이 일부러 패한 척 달아나자 하후돈이 계속 쫓아가 박망파에 이르렀다. 이때 유비가 끼어들었지만 하후돈은 웃으면서 거뜬히 응전했다. 이윽고 유비와 조자룡이 다시 달아나자 하후돈은 쉬지 않고 군사를 몰아 전진했다. 그런데 우금과 이전이 그 뒤를 따르면서 보니 길이 협소해지고 양쪽이 모두 갈대밭이었다. 이전이 적군의 화공火攻을 걱정하자 우금은 대뜸 앞으로 달려가서 몇 번이나 소리쳤다.

"전위부대는 멈추시오!"

그러나 하후돈은 한참 후에야 알아듣고 물었다.

"무슨 일인가?"

"길이 협소한데다 갈대숲이 이렇듯 무성하니 적의 화공에 대비해야 합니다."

하후돈이 말 머리를 돌리며 행군을 멈추라고 명령하자마자 등 뒤에서 함성이 일어나며 불길이 치솟았다. 불길은 순식간에 갈대숲에 옮겨붙어 사방이 불바다를 이루었다. 조조의 군사와 말들은 불길 속에서 서로 밟고 밟히면서 무수히 죽어갔다. 이 틈을 타 조자룡이 군사를 돌려 급습하니 하후돈은 달아나기에 바빴다. 우금과 이전도 형세가 불리해지자 박망성으로 달아났다. 날이 밝자 조조 군사들의 시체가 온 산과 들을 뒤덮었고 그 피가 강을 이루었다.

제갈량이 군사를 거두자 관우와 장비는 번갈아가며 감탄했다.

"공명은 참으로 영걸英傑이네."

제갈량은 신야로 돌아와서 유비에게 말했다.

"하후돈이 패하고 돌아갔지만 조조는 필시 대군을 이끌고 다시 쳐들어올 겁니다."

"그럼 어떻게 해야겠소?"

"신야는 작은 고을이어서 오래 머물 곳이 못 됩니다. 요즘 유표의 병세가 심하다고 하던데, 이 기회에 형주를 취하여 근거지로 삼는다면 조조를 막아낼 수 있을 것입니다."

"군사의 말씀이 옳긴 하지만, 내가 어찌 그의 은혜를 저버리고 땅을 차지할 수 있겠소?"

"지금 차지하지 못하면 나중에 후회해도 소용없습니다."

"내가 죽을지언정 의리를 배반하지는 못하겠소."

"이 일은 나중에 다시 논의하지요."

허도로 돌아간 하후돈은 스스로 몸을 묶고 조조 앞에 나아가 죽기를 청했다. 조조는 그를 몹시 꾸짖었다.

"자네는 어릴 때부터 병법을 배웠는데, 어찌하여 협소한 곳에 서는 화공을 조심해야 한다는 걸 몰랐는가?"

"이전과 우금이 말해주었지만 때를 놓쳤습니다. 후회막급입니다."

조조는 하후돈의 죄를 사하고 이전과 우금에게 큰 상을 내렸다. 하후돈이 다시 말했다.

"유비의 세력이 강해졌으니 하루빨리 도모해야 합니다."

"나도 늘 유비와 손권에 대해 걱정했다. 이번에 아예 강남을 쓸어버려야겠다."

조조는 즉시 명을 내려 50만 대군을 일으켰다. 또 허저를 절충折衝 장군으로 삼아서 군사 3천 경의 선봉대를 이끌고 강남을 평정하게 했다. 이때가 건안 13년 7월이었다.

한편, 유표는 병이 심해지자 유비를 불렀다. 유비가 관우, 장비와 함께 형주로 오자 그가 말했다.

"나는 죽을 날이 머지않았으니 자식들을 부탁하오. 내가 죽은 뒤에는 아우가 형주를 다스려주시오."

"전력을 다해 조카를 도울 뿐, 어찌 다른 뜻을 품겠습니까?"

이렇게 서로 이야기를 나누는데, 조조가 직접 군사를 이끌고 온다는 소식이 전해졌다. 유비는 급히 하직하고 신야로 돌아갔다. 이후 유표는 맏아들 유기를 형주의 주인으로 삼고 유비로 하여금 보좌하게 하라고 결정했다. 그러나 쵀 부인은 이 말을 듣고 크게 화가 나서, 채모와 장윤張允을 시켜 강하에서 달려온 유기가 유표를 만나지 못하게 막았다. 이에 유기는 한바탕 통곡을 한 뒤 강하로 돌아갔다. 결국 유표는 유기를 기다리다가 크게 몇 마디를 외치고 숨을 거뒀다.

유표가 죽은 뒤 채 부인은 거짓으로 유서를 꾸며 둘째아들 유종을 형주의 주인으로 삼았다. 그리고 채씨 일족에게 형주를 지키게 해놓고, 자신은 유종과 함께 양양으로 가서 유기와 유비를 방비했다. 그녀는 두 사람에게 부고조차 보내지 않았다.

그런데 이때 조조가 대군을 이끌고 양양으로 오고 있다는 소식이 전해지자, 유종은 형주와 양양의 아홉 군郡을 바친다는 항복 문서를 써서 조조에게 보냈다. 조조는 크게 기뻐하며, 자신을 영접하면 유종을 형주의 주인으로 삼겠다고 약속했다

유종이 조조에게 항복한 사실을 전해들은 유비는 크게 울었다. 이때 마침 유기의 명으로 유표의 부고를 알리러 온 이적은 조문을 구실로 형주를 빼앗으라고 유비에게 권했다. 제갈량 역시 이적의 말이 옳다고 거들었다. 그러나 유비는 계속 눈물을 흘리며 말했다.

"형님은 임종하면서 자식들을 나에게 맡겼소. 이제 와서 형님의 아들을 사로잡고 땅까지 강탈한다면 훗날 구천에서 무슨 면목으로 그분을 뵐 수 있겠소?"

제갈량이 말했다.

"형주로 가지 않는다면 조조의 대군을 어떻게 막아낸단 말입니까?"

"번성으로 가서 잠시 피하는 게 좋겠소."

이렇게 의논하고 있을 때 염탐꾼이 달려와 조조의 군대가 박망파에 이르렀다고 보고했다. 유비는 이적에게 황급히 강하로 돌아가서 군마를 정돈하라고 한 뒤 제갈량과 계책을 상의했다. 제갈량이 말했다.

"신야에는 더 이상 머물 수 없으니 일찌감치 번성으로 가야 합니다!"

제갈량은 사람을 시켜서 신야성의 네 문에 방문을 붙이게 했다. 남녀노소를 막론하고 즉시 번성으로 가서 난리를 피하라는 내용이었다. 그 다음에는 장수들을 모아놓고 명을 내렸다.

"관운장은 군사 1천 명을 인솔해서 백하白河 상류에 매복하는 한편, 군사들 모두 포대에 모래와 흙을 가득 담아 강물을 막게 하시오. 그리고 내일 3경(밤 11시~새벽 1시)에 하류에서 사람과 말발굽 소리가 들리면 포대를 치워 물길을 터놓고 하류로 내려와 응전하시오."

제갈량은 또 장비에게 명했다.

"군사 1천 명을 인솔하여 박릉 나루터어 매복해 있다가 조조의 군사가 백하의 물을 피해 도망쳐오면 공격하시오."

이어서 조자룡에게 명했다.

"군사 3천 명을 넷으로 나누어 성의 동둔, 서문, 남문, 북문에 매복하시오. 그리고 성 안 민가의 지붕에 유황이나 염초 같은 인화물질을 많이 숨겨두시오. 조조의 군사들은 성에 들어오면 반드시 민가에서 쉴 텐데, 내일 황혼이 지나면 반드시 큰바람이 불 것이니 그때 서문, 남문, 북문에 매복한 병사들을 시켜 성 안으로 불화살을 쏘게 하시오. 그래서 성에 큰불이 나면 성 밖에서 소리쳐 기세를 돋운 뒤 동문 하나만 남겨두어 조조가 그쪽으로 도망쳐오면 공격하시오. 그리고 날이 밝으면 관우, 장비 두 장수와 함께 군사를 거두어 번성으로 돌아오시오.”

제갈량은 또 미방麋芳과 유봉에게도 명했다.

“군사 2천 명을 거느리되 반은 붉은 기를, 반은 푸른 기를 들게 해 신야성 30리 밖 작미파鵲尾坡에 주둔하시오. 조조의 군사들이 도착했을 때 붉은 기를 든 군사는 왼쪽으로, 푸른 기를 든 군사는 오른쪽으로 달아나면 조조의 군사들은 의심이 생겨 감히 뒤쫓지 못할 것이오. 그대들은 양쪽에 매복해 있다가 성에서 불이 나는 즉시 적의 패잔병들을 공격한 뒤 백하 상류로 가서 아군을 지원하시오.”

배치를 마친 제갈량은 유비와 함께 높은 곳에 올라가서 관망했다.

이때 조인과 조홍은 10만 군사를 인솔하여 전진하고 있었고, 그 앞에서는 허저가 3천 명의 철갑군을 거느린 채 거침없이 신야로 달려왔다. 작미파에 이르자 한 무리의 군마가 푸른 기와 붉은 기를 들고 있는 것이 보였다. 허저가 군사를 휘몰아 다가가자 유봉과 미방은 군사를 네 부대로 나누더니 푸른 기와 붉은 기의 군사들이 좌우로 돌아가게 했다. 허저가 급히 외쳤다.

“멈춰라! 앞에 복병이 있다.”

그러고는 급히 조인에게 가서 보고했다. 조인이 말했다.

“의심스럽긴 하지만 매복은 없을 것이오. 서둘러 진군하면 내가 뒤를 따르겠소.”

허저는 계속 작미파로 나아갔지간 숲 아래에 이를 때까지 적군은 단 한 명도 보이지 않았다. 이때 해는 이미 서쪽으로 기울고 있었다. 허저가 계속 전진하려고 하는데 갑자기 산 위에서 나팔과 북 소리가 울렸다. 고개를 들어 보니 유비와 제갈량이 마주 앉아 술을 마시고 있는 게 아닌가. 대노한 허저가 군사를 이끌고 산 위에 오르려 했다. 그러자 산 위에서 통나무와 돌덩이가 쏟아져내렸다. 이렇게 반나절이나 접전을 벌이는데 어느덧 날이 어두워졌다. 마침 뒤쫓아온 조인이 말했다.

“신야성부터 빼앗아 말을 쉬게 합시다.”

그리하여 허저와 조인, 조홍의 군사들이 신야성에 이르렀는데, 네 성문이 활짝 열려 있었다. 성 안에 들어가 보니 쥐새끼 한 마리도 보이지 않았다. 조홍이 말했다.

“오늘은 여기서 쉬고 내일 날이 밝으면 다시 진군합시다.”

그런데 초경이 지나자 갑자기 큰바람이 일어났다. 이때 문을 지키던 군사가 나는 듯이 달려와 불이 났다고 보고했지만 조인은 대수롭지 않게 말했다.

“필경 군사들이 밥을 짓다가 부주의해서 불이 났을 것이다. 놀라지 마라.”

그러나 그 말이 끝나기도 전에 서문과 남문, 북문에서 불이 났다는 소식이 들어왔다. 조인이 급히 장수들과 함께 말에 올랐을 때는 이미 온 성이 불바다가 되어 하늘과 땅이 온통 붉은색이었다. 동문에만 불이 나지 않았다는 보고를 받고 조인 등은 급히 그쪽으로 달려갔다. 조인과 장수들은 겨우 불길을 뚫고 빠져나 갔지만 서로 먼저 빠져나가려다 밟혀 죽은 군사가 부지기수였 다. 그런데 조인 등이 채 숨을 돌리기도 전에 배후에서 큰 함성 이 들리더니 조자룡이 군사를 이끌고 공격해왔다. 조인이 제대 로 싸워보지도 못하고 길을 찾아 도주하는데, 이번에는 미방과 유봉의 군사들이 몰려와 가차 없이 살육했다.

겨우 목숨을 건져 도망친 조조군은 4경(새벽 1시~3시)이 되자 모두 지칠 대로 지쳤다. 그들은 머리카락이 그을리거나 이마에 화상을 입은 채 백하 강변으로 달려갔다. 다행히 강물은 깊지 않 았다. 사람과 말이 모두 물을 마시는데 그 시끄러운 소리가 상류 까지 전해졌다. 이때 상류에 있던 관우가 급히 군사들에게 명하 여 강물을 막고 있던 포대를 치우게 했다. 그러자 물살이 하늘로 솟구치면서 하류를 향해 쏟아져내려갔다. 조조의 군사들은 숱하 게 물에 빠져 죽었다. 조인은 남은 병사들을 이끌고 물살이 약한 곳을 찾아서 도주했다. 그러나 박릉 나루터에 이르자 다시 장비 가 나타나 소리쳤다.

"역적 조조의 군사들은 빨리 목숨을 내놓아라!"

조조의 군사들은 저마다 도주하느라고 바빴다. 장비는 적군을 추격하다가 유비와 제갈량을 만나자 함께 상류로 간 뒤 배를 타 고 번성으로 향했다. 강을 건넌 후 제갈량은 배에 불을 질러 몽 땅 태워버리게 했다.

조조는 조인이 참패했다는 소식을 듣고는 삼군에 명을 내려 신야에 진영을 세웠다. 온 산과 들이 조조의 군사들로 덮일 정도였다. 조조가 명했다.

"한편으로는 산을 수색하고 한편으로는 백하를 메워라. 그리고 대군을 여덟 갈래로 나누어 일제히 번성을 공격하라."

이때 조조를 물리칠 계책을 묻는 유비에게 제갈량은 이렇게 대답했다.

"속히 번성을 버리고 유종이 있는 양양을 취하여 숨을 돌려야 합니다."

유비가 길을 떠나는데 신야와 번성의 백성들이 울면서 뒤를 따랐다. 노인은 부축하고 아이는 손잡아 끌며 강을 건너는데 양쪽 기슭에서 울음소리가 그치질 않았다.

유비는 마침내 양양성 동문에 이르렀다. 성 위에는 깃발이 가득 꽂혀 있고 해자(垓子, 성 밖을 둘러 파서 못으로 만든 곳) 가장자리에는 녹각(鹿角, 방어용 울타리)이 빽빽이 세워져 있었다. 유비는 말을 세우고 외쳤다.

"유종 조카, 나는 백성을 구하려 할 뿐 다른 뜻은 없으니 어서 문을 열어주게."

그러나 유종은 두려워서 감히 나오지 못했고, 채모와 장윤은 성루에 올라가서 군사들에게 마구 활을 쏘게 했다. 유비를 따라온 백성들은 모두 성루를 바라보며 울었다. 그런데 이때 갑자기 위연魏延이라는 장수가 성 안에서 수백 명의 군사를 데리고 성벽에 올라가 수문장을 죽이고 성문을 열었다. 그러고는 구름다리를 내리며 소리쳤다.

"유 황숙은 빨리 들어오셔서 나라를 팔아먹은 역적들을 죽이시오."

이때 채모의 수하 문빙文聘이 크게 소리치며 위연에게 달려들었다. 이어서 양쪽의 군사들이 함성을 지르며 싸우는 가운데 유비가 제갈량에게 말했다.

"본래 백성을 보호하려 했는데 도리어 해치게 되었으니, 나는 양양에 들어가고 싶지 않습니다."

제갈량이 대답했다.

"강릉江陵이 형주의 요충지이니 먼저 강릉을 취해서 근거지로 삼으시지요."

유비는 다시 백성들을 이끌고 양양을 떠나 강릉으로 향했다. 유비를 따르는 군사와 백성은 10만여 명에 달했으며 크고 작은 수레가 수천 대인데다 짐을 멘 사람도 부지기수였다. 유비는 시종일관 백성들과 함께하며 천천히 움직였다. 제갈량이 말했다.

"적병이 곧 추격해올 것이니 우선 관운장을 강하로 보내서 유기에게 구원을 청하여 배를 타고 강릉으로 모이게 하십시오."

유비는 제갈량의 말대로 조치한 뒤 장비에게는 후방을, 조자룡에게는 백성들을 보호하라고 명했다. 그런데 아무리 길을 재촉해도 하루에 10여 리를 갈 수 있을 뿐이었다.

조조는 번성에서 강 건너 양양으로 사람을 보내 유종을 불렀다. 유종이 감히 만나러 갈 생각을 못하고 있는데 채모와 장윤이 자신들이 가겠다고 자청했다. 이때 왕위王威가 은밀히 계책을 올렸다.

"장군은 이미 항복했고 유비도 떠났으니 조조는 필경 나태해져 방비가 허술할 겁니다. 이때를 틈타 기습하면 조조를 잡을 수 있고, 조조만 제압하면 중원이 아무리 넓다 한들 모두 장군에게 복종할 것입니다. 다시 만나기 어려운 기회이니 놓치지 마십시오."

그러나 유종은 이 일을 채모와 논의했고, 채모는 펄쩍 뛰며 왕위를 죽이려 했지만 괴월의 만류로 그만두었다. 얼마 후 채모와 장윤은 조조를 찾아가 아첨을 늘어놓았다. 조조가 물었다.

"형주의 군마와 양식, 금전은 지금 어느 정도인가?"

"기병이 5만, 보명이 15만, 수군이 8만으로 도합 28만 명이고 금전과 양식은 대부분 강릉에 있습니다."

"전선은 몇 척이고, 누가 관리하는가?"

"크고 작은 전선 7천여 척을 저흐 둘이 관리하고 있습니다."

조조는 즉시 채모를 수군 대도독으로, 장윤을 수군 부도독으로 삼았다. 채모와 장윤이 크게 기뻐하며 절을 올리자 조조가 말했다.

"유표는 죽고 그 아들은 항복했으니 내가 천자에게 표문을 올려서 영원히 형주의 주인이 되게 해주겠소."

채모와 장윤이 감사하며 물러나자 순유가 물었다.

"어찌하여 저런 아첨꾼들을 수군의 도독으로 삼으십니까?"

"우리 북쪽 군사들이 수전水戰에 익숙하지 않아서 일부러 저 둘을 쓰는 것이오. 일이 이루어지고 나면 따로 조치할 것이오."

채모와 장윤은 돌아가서 유종에게 보고했다.

"조조는 주공께서 영원히 형주와 양양을 다스릴 수 있도록 천자에게 아뢰겠다고 했습니다."

이에 크게 고무된 유종은 다음 날 채 부인과 함께 강을 건너 조조를 만나러 갔다. 조조는 유종을 좋은 말로 위로했지만, 난데없이 청주 자사로 임명해 즉각 떠나라고 명했다. 유종이 크게 놀라서 사양했다.

"저는 벼슬도 원치 않고 오직 고향을 지키길 바랄 뿐입니다."

"청주는 황제가 계신 허도와 가깝네. 앞으로 그대에게 조정의 벼슬을 내리기 위함일세."

유종이 재삼 사양했으나 조조는 끝내 허락하지 않았다. 유종은 할 수 없이 채 부인과 함께 청주로 향했다. 조조는 즉시 우금을 불러서 명했다.

"날랜 기병들을 데리고 유종 모자를 추격해서 죽여라."

결국 유종과 채 부인은 우금의 칼 아래 죽고 말았다.

양양을 얻은 후 조조는 모든 장수에게 밤을 새서라도 유비를 쫓으라고 명했다. 유비는 아직도 10만여 명의 백성과 3천여 군마를 이끌고 천천히 강릉으로 가고 있었다. 양현陽縣의 경산景山에 이르렀을 때 유비는 길을 멈추고 숙영했다.

그런데 4경 무렵 갑자기 서북쪽에서 하늘을 찌를 듯한 함성이 들려왔다. 바로 조조의 군사들이었다. 유비는 2천 명의 군사를 이끌고 싸웠지만 적의 기세를 당해내지 못해 위기에 빠졌다. 다행히 장비가 도와서 겨우 혈로를 뚫고 동쪽으로 탈출할 수 있었다. 날이 밝을 무렵, 유비가 휴식을 취하며 돌아보니 따르는 자라고는 기병 100여 명에 지나지 않았다. 수많은 백성은 물론 조자룡을 비롯한 1천여 명의 행방이 묘연했다.

한편, 4경 무렵부터 조조의 군사들과 좌충우돌하며 싸우던 조자룡은 날이 밝고서야 유비와 그 가족들이 사라진 것을 알아차렸다. 그래서 유비의 두 아내 감 부인, 미 부인과 유비의 아들 아두를 찾아 한참을 헤매다가, 백성들 속에 섞여 피난을 가는 감 부인을 발견했다. 조자룡은 급히 말에서 내려 창을 땅에 꽂고 울면서 말했다.

"주모主母님을 흩어지게 한 것은 제 죄입니다. 미 부인과 작은 주인은 어디 계십니까?"

"미 부인, 아두와 함께 쫓기다가 수레를 버리고 백성들 틈에 섞여 걸었습니다. 그러다 다시 적군을 만나는 바람에 둘의 행방도 모른 채 나 홀로 도망치던 중입니다."

조자룡은 다시 여기저기 다니면서 백성들을 만날 때마다 미부인의 행방을 물었다. 그때 어떤 사람이 손가락으로 가리키며 말했다.

"아기를 안은 부인이 왼쪽 다리를 창에 찔려 꼼짝도 못하고 있더군요. 저 앞 우물가에 있습니다."

조자룡이 급히 말을 달려 가보니, 마른 으물가에서 미 부인이 아두를 안은 채 울고 있었다. 조자룡이 급히 말에서 내려 절하자 미 부인이 말했다.

"장군을 만났으니 이제 아두는 살았구려. 주공의 일점혈육이니 장군께서 잘 보호해 아버지를 만나게 해준다면 나는 죽어도 여한이 없습니다."

"부인이 수난을 당한 것은 다 제 죄입니다. 자, 말에 오르시지요. 제가 죽기를 각오하고 포위를 뚫겠습니다."

"말도 안 타고 어떻게 싸운단 말입니까? 나는 상처가 너무 깊어서 지금 죽어도 아까울 게 없습니다! 장군은 아이를 안고 어서 가세요."

"안 됩니다. 추격병이 곧 닥칠 테니 빨리 말에 오르십시오!"

그러나 아무리 재촉을 해도 미 부인은 말을 듣지 않았다.

"이 아이의 목숨은 오로지 장군 손에 달렸습니다."

그러고는 아두를 내려놓고 마른 우물에 몸을 던져 스스로 죽고 말았다.

조자룡은 미 부인의 죽음을 슬퍼할 겨를도 없이 아두를 품에 안고, 수많은 조조의 장수와 혈전을 벌이면서 겹겹이 둘러싸인 포위망을 뚫고 나아갔다. 이때 그가 칼로 쓰러뜨린 대형 깃발이 두 개, 빼앗은 창이 세 자루, 창과 검으로 죽인 장수가 50여 명이나 되었다.

마침내 포위를 뚫은 조자룡은 온몸이 피투성이인 채로 장판교長坂橋를 향해 달렸다. 뒤에서는 문빙이 군사를 이끌고 쫓아오고 있었다. 장판교 근처에 도착했을 때 조자룡은 기진맥진해 싸울 힘이 없었는데 뜻밖에도 장비가 장판교 위에서 창을 꼬나들고 서 있었다! 조자룡이 다급하게 외쳤다.

조자룡, 아두를 구하다.

“익덕은 나를 도우시오!”

“자룡은 빨리 가거라. 추격병은 내가 막겠다.”

조자룡이 다리를 건너 20여 리를 달리자 유비가 나무 아래서 쉬고 있는 것이 보였다. 조자룡은 그에게 그간의 사정을 보고한 뒤 품 안에서 아두를 꺼내 내밀었다.

“다행히 공자께서는 무사하십니다.”

그러나 유비는 아두를 받자마자 땅바닥에 내던지며 말했다.

“이 어린 놈 때문에 훌륭한 장수를 잃을 뻔했구나!”

조자룡은 황급히 아두를 안고서 눈물을 흘리며 말했다.

“이 몸, 간뇌도지◆하더라도 주공의 은혜를 다 갚을 수 없을 것입니다!”

한편 조자룡을 피신시킨 장비는 장팔사모를 들고 장판교 위에 서서 눈을 부릅뜨고 수염을 꼿꼿이 세운 채 조조의 군사들을 쏘아보았다. 또 다리 뒤 숲 속에서 20여 명의 기병들로 하여금 나뭇가지를 말 꼬리에 묶고 달리게 하여 먼지를 일으켰다. 이는 조조의 군대로 하여금 매복을 의심하게끔 하려는 책략이었다. 아니나 다를까 조인, 이전, 하후돈, 하후연, 장요, 허저 등은 제갈량의 계책이 아닐까 두려워서 감히 다가오지 못했다. 장비가 그들을 향해 큰 소리로 외쳤다.

“나는 장익덕이다. 누가 감히 나와 일전을 겨루겠느냐?”

우레와 같은 장비의 고함에 조조의 군사들은 주춤주춤 물러났다. 장비가 더 큰 소리로 싸움을 걸자 조조는 놀란 나머지 말 머리를 돌려 달아났다. 어찌나 놀랐는지 쓰고 있던 관이 떨어지고

머리가 산발이 되었는데, 장요와 허저가 쫓아와 말고삐를 잡고
서야 놀란 가슴이 진정되었다. 조조는 장요와 허저에게 다시 장
판교에 가서 상황을 알아보라고 명했다.

장비는 장판교를 끊어서 일시적이나마 조조군의 추격을 막을
수 있었다. 그러나 유비가 오솔길을 통해 한진漢津을 향해 달아
나고 있는데 갑자기 뒤에서 먼지가 일어나고 함성이 천지를 뒤
흔들었다. 조조의 군사들이 임시로 부교를 만들어서 강을 건너
쫓아온 것이다.

"앞은 큰 강이고 뒤는 적군이니 어찌해야 좋을꼬?"

유비가 한탄하며 급히 조자룡에게 싸울 준비를 하라고 했다.

조조 역시 군중에 영을 내렸다.

"유비는 솥 안에 든 물고기◆요, 함정에 빠진 호랑이다. 지금
사로잡지 못하면 물고기를 바다로 놓아버리고 호랑이를 산으로
돌려보내는 것과 마찬가지다. 장수들은 전력을 다해 전진하라."

조조의 장수들은 서로 분발하며 앞을 다투어 진군했다. 그러
나 10리도 못 가서 적토마를 타고 청룡언월도를 든 관우와 마주
쳤다. 장판교에서 싸움이 벌어졌다는 소식을 듣고 와서 기다리
고 있었던 것이다. 조조는 관우를 보자 고개를 돌려 장수들에게
말했다.

"또 제갈량의 계책에 빠졌구나."

그러고는 전군에 명령을 내려 후퇴했다.

관우는 군사를 돌려 유비와 합류해서 한진에 이르렀다. 이때 수많은 배가 이쪽으로 오는 것이 보였다. 유비가 자세히 보니 바로 유기였다. 유비가 배에 오르자 유기가 울면서 절했다.

"숙부님께서 조조에게 쫓긴다는 소식을 듣고 왔습니다."

유비는 크게 기뻐하면서 유기와 함께 항해했다. 그런데 이번에는 서남쪽에서 전선戰船이 일자로 늘어서서 다가오는 것이 보였다. 유기가 놀라서 말했다.

"저 전선은 필경 조조 아니면 강동의 군사일 텐데, 어찌하면 좋을까요?"

그러나 그것은 제갈량이 이끌고 온 배였다. 유비는 크게 기뻐하면서 제갈량과 함께 조조의 군사를 쳐부술 계책을 논의했다. 제갈량이 말했다.

"하구夏口가 성이 험하고 금전과 식량도 풍부해서 오래 지킬 수 있으니 주공께서는 먼저 하구로 가서 주둔하십시오. 유기 공자는 강하에 돌아가 전선을 정비하고 군대를 수습하십시오. 서로 기각지세를 이루면 능히 조조를 막아낼 수 있지만 같이 강하로 돌아가면 오히려 고립될 수 있습니다."

유기가 대답했다.

"군사의 말씀이 옳습니다. 그러나 숙부님은 일단 저와 함께 강하로 가서 군마를 정비한 후 다시 하구로 돌아가셔도 늦지 않을 겁니다."

그래서 관우에게 군사 5천 명을 주어 하구를 지키게 하고 유비는 제갈량, 유기와 함께 강하로 갔다.

이때 조조는 유비가 수로를 타고 이동해 강릉을 빼앗을까 두려워 먼저 강릉으로 갔다. 강릉에 와보니 형주를 지키던 등의鄧義와 유선劉先이 조조를 당해낼 수 없다는 것을 알고 성을 나와 항복했다. 이로써 조조는 형주까지 손에 넣었다.

두 얼굴의 장비

삼국시대 최고의 맹장으로 꼽히는 장비는 역대의 그림과 공연예술에서 보통 검은 피부의 털북숭이 거한으로 묘사되었다. 성격도 용모와 어울리게 난폭하고 거칠며 성급했다고 알려져 있다.

그러나 최근 사천성 일대에서 출토된 자료를 보면, 장비는 옥처럼 깔끔한 피부의 미남자였을 가능성이 크다. 삼국시대 그림 속의 장비는 놀랍게도 수염이 없고 얼굴이 보름달 같으며 부드러운 표정을 보여준다. 그의 두 딸이 모두 후주 유선의 황후가 된 것도 그가 추남이 아니었음을 알려주는 증거다. 더구나 장비는 서예에 뛰어나 지금도 그의 글씨가 전해내려오며 그림에도 재질이 있었다고 한다.

성격도 소설 《삼국지》에 묘사된 것과는 다소 차이가 있었던 것으로 보인다. 유비가 서천을 점령했을 때 장비는 유명한 선비 유파를 찾아가 투항하기를 권했다. 그러나 유파는 그를 본체만체하고 한 마디도 하지 않았다. 장비는 내심 화가 치밀었지만 그 사람됨을 공경하여 불만을 표하지 않았다. 비록 만년에 부하들을 난폭하게 다뤄 죽음을 자초하긴 했지만 장비에게는 이처럼 온유한 면도 있었던 것이다.

13
유비, 손권과 손을 잡다

조조는 형주성에 들어간 후 수하 장수들을 모아 상의했다.

"지금 유비가 강하로 갔으니 강등의 손권과 결탁할까 매우 걱정이오. 어떻게 해야 그를 격파할 수 있겠소?"

순유가 계책을 내놓았다.

"먼저 강동에 격문을 보내서, 손권에게 강하에서 만나 함께 사냥하는 척하다가 유비를 사로잡은 뒤 형주를 반으로 나누고 영원히 동맹을 맺자고 하십시오. 손권이 따르기만 하면 거의 성공한 것이나 다름없습니다!"

조조는 순유의 말대로 강동에 격문을 보내는 한편, 보병·기병·수병 등 모두 83만 명을 일으키고는 100만 명이라고 거짓소문을 낸 뒤 수로와 육로로 나누어 출병했다. 전선과 기병, 보병이 강을 따라 진군하는데 그 길이가 무려 300여 리나 되었다.

이때 손권은 시상柴桑에 주둔하고 있었다. 이미 조조의 대군이 양양을 함락한 뒤 다시 강릉과 형주까지 취하고 이제 강남을 공격하려 한다는 사실을 잘 알고 있었다. 그래서 모사들을 모아 대책을 논의했다. 노숙이 말했다.

"형주는 지세가 험하고 백성들이 부유해서 우리가 차지하기만 하면 제왕의 대업을 이룰 수 있습니다. 지금 유표가 이미 죽고 유비마저 크게 패한 터입니다. 제가 강하로 가서 유비를 만나 함께 조조를 격파하자고 청하겠습니다. 유비가 기꺼이 동의한다면 큰일을 이룰 수 있습니다."

손권의 허락을 받고 노숙이 강하에 왔을 때 유비는 제갈량, 유기와 함께 대책을 논의하고 있었다. 제갈량이 말했다.

"조조의 세력이 커서 대적하기 어려우니 동오의 손권에게 도움을 청해야 합니다. 남쪽의 손권과 북쪽의 조조를 서로 싸우게 하고 우리는 중간에서 이익을 취한다면 결코 나쁘지 않습니다."

"강동에는 인물이 많아서 꼼꼼히 따져볼 터인데 우리의 요청을 순순히 받아들이겠소?"

"지금 조조가 100만 대군을 이끌고 가까이 웅거하고 있는데 강동에서 어찌 사람을 시켜 허실을 정탐하지 않겠습니까? 만약 우리 쪽으로 오는 사람이 있다면 저는 그를 따라 강동에 가서 세 치의 썩지 않는 혀♦를 놀려 남북의 군사가 서로 싸우도록 만들겠습니다. 남쪽 군사가 승리하면 우리는 그들과 함께 조조의 군대를 멸하여 형주 땅을 빼앗을 것이고, 북쪽 군사가 승리하면 우리는 그 승리의 여세를 타고 강남을 빼앗을 수 있을 것입니다.”

“뛰어난 생각이오만 과연 강동에서 사람이 올까요?”

이때 아랫사람이 와서 보고했다.

“강동의 손권이 조문 사절로 노숙을 보냈는데 배가 이미 기슭에 닿았다고 합니다.”

제갈량이 웃으면서 말했다.

“대사가 이루어졌습니다! 만일 노숙이 조조의 동정을 물으면 그저 모른다고 하십시오. 그래도 계속 물어보면 제갈량에게 물어보라고 하십시오.”

노숙은 유비에게 인사를 마치자마자, 과연 제갈량의 추측대로 조조군의 허실을 물었다. 유비가 모른다고 하자 노숙이 말했다.

“제갈공명이 두 번이나 화공을 써서 조조의 혼을 쏙 빼놓았다는 소문을 들었는데, 황숙께서는 어찌하여 조조군의 허실을 모른다고만 하십니까?”

“공명에게 물으시면 상세히 알 겁니다.”

“공명은 어디 계십니까? 한번 만나고 싶습니다.”

유비가 제갈량을 불러 소개하자 노숙은 인사를 나눈 뒤에 물었다.

“선생의 재능과 덕을 흠모해왔습니다. 이제 다행히 만나게 되었으니 목전의 정세가 어떤지 듣고 싶습니다.”

“조조의 간계를 다 알고 있지만 힘이 모자라 잠시 피해 있을 뿐입니다.”

“황숙은 앞으로 강하에 남으실까요?”

“아닙니다. 창오蒼梧 태수 오신吳臣과 오랜 교분이 있으셔서서 그에게 의탁할 생각입니다.”

“오신은 군사도 적고 식량도 부족해서 자기 한 몸도 보존하기 어려운데 어찌하여 그에게 의탁한단 말씀입니까?”

“그저 잠시 의탁하려 할 뿐입니다.”

“우리 손권 장군은 여섯 군을 거느리고 호랑이처럼 웅거하고 있으며, 군사가 정예하고 식량도 충분한데다 현자를 공경해서 강동의 모든 영웅이 따르고 있습니다. 그러니 믿을 만한 사람을 보내어 함께 대사를 의논해보시는 게 어떻겠습니까?”

“우리 주공은 손 장군과 본래 교분이 없으니, 가더라도 공연히 입만 쓸데없이 놀리게 될까 걱정이고, 또 보낼 만한 사람도 마땅치 않습니다.”

“마침 선생의 형님이신 제갈근도 손 장군의 참모로 있으면서 날마다 선생 만나기를 학수고대하고 있습니다. 제가 재주는 없습니다만 선생을 모시고 가서 손 장군과 대사를 의논하고 싶습니다.”

이때 유비가 끼어들었다.

“공명은 나의 스승이라서 잠시라도 떨어져 있을 수 없는데 어디를 간단 말이오?”

그래도 노숙이 고집스레 청하자 제갈량이 못 이기는 척 대답했다.

“사정이 급하니 명을 받들어 한번 다녀오겠습니다.”

유비는 그제야 마지못한 듯 허락했다.

두 사람이 배를 타고 가는 중에 노숙이 저갈량에게 말했다.

"손 장군을 뵙더라도 결코 조조에게 군사와 장수가 많다고는 하지 마십시오."

"걱정 마십시오. 내 나름대로 대답할 말이 있습니다."

배가 기슭에 오르자 노숙은 제갈량을 숙소로 보내 쉬게 한 뒤 손권에게 갔다. 손권은 그를 보자마자 조조가 보내온 격문을 보였다. 양쪽의 군사가 강하에서 모여 사냥을 하다가 함께 유비를 토벌한 뒤 그 땅을 반씩 나누고 동맹을 맺자는 내용이었다. 격문을 다 읽은 노숙이 손권에게 어찌할 것인지 물었다.

"아직 잘 모르겠소."

이때 장소가 나서서 말했다.

"조조는 100만 대군을 거느리고 천자의 이름으로 사방을 정벌하고 있으니 막기가 쉽지 않습니다. 또한 주공께서 조조를 막으려면 장강을 이용해야 하는데 지금 조조도 형주와 장강의 험준함을 얻었으니 우리와 다를 바 없습니다. 도저히 대적할 수 없으니 항복하는 것이 최선입니다."

다른 모사들도 장소의 말에 찬동했다. 그러나 손권은 머리를 숙이고 아무 말도 하지 않았다. 얼마 후 그가 옷을 갈아입으러 일어나자 노숙이 뒤를 따랐다. 손권은 노숙의 뜻을 알기에 그의 손을 붙잡고 물었다.

"그대는 어떻게 생각하오?"

"장소 등의 생각은 주공을 그르칠 수 있습니다. 그들이 다 조조에게 항복해도 주공만은 항복하지 말아야 합니다!"

"어째서 그렇소?"

"우리 같은 자들은 조조에게 항복하더라도 돌아갈 고향이 있고 말단 관직이나마 누릴 수 있습니다. 그러나 주공은 조조에게 항복하면 어디로 가시렵니까? 기껏해야 후(侯)에 봉해져 수레 한 대에 말 한 필, 수행원 몇을 얻을 뿐이니 어떻게 남면(南面, 임금이 앉는 자리의 방향)하여 왕을 칭할 수 있겠습니까?"

손권이 탄식하며 말했다.

"그대만이 나와 뜻이 같구려. 그러나 조조가 원소와 형주의 군사까지 손에 넣어 그 세력이 대적할 수 없을 정도니 어찌하면 좋단 말이오."

"제가 이번에 강하에 갔다가 제갈량을 데려왔습니다. 주공께서 물으시면 조조의 허실을 알 수 있을 겁니다."

이튿날 노숙은 제갈량을 찾아가 재차 당부했다.

"주공을 뵈면 절대로 조조의 군사가 많다고 하지 마십시오."

제갈량은 웃으면서 응낙했다. 노숙이 제갈량을 데리고 손권에게 가니 장소, 고옹 등 문무대신들이 의관을 갖춰입고 단정히 앉아 있었다. 장소는 속으로 제갈량이 유세하러 온 것이라고 생각해 먼저 말을 건넸다.

"유 예주가 세 번 초가집을 찾아가 선생을 얻었다고 들었습니다. 마치 물고기가 물을 만난 듯해서 금세 형주와 양양을 석권할 것 같더니 하루아침에 조조의 차지가 되어버렸군요. 이것이 도대체 어찌 된 일입니까?”

“우리 주공께서는 차마 같은 한나라 종실의 터전을 빼앗을 수 없어서 일부러 사양한 것입니다. 하지만 어린 유종이 간사한 말을 듣고 몰래 투항하여 조조의 기세를 살려주었지요.”

“유 예주는 신야를 버리고 번성으로 달아났다가 당양當陽에서 패하고 몸 둘 곳조차 없게 되었으니, 오히려 선생을 얻은 뒤에 예전만도 못하게 되었습니다.”

“유 예주가 유표에게 의탁할 때 병사는 1천 명에 불과했고 장수는 관우, 장비, 조자룡뿐이었습니다. 그 후 박망파에서 적군을 불사르고 백하에서 강물을 이용하여 하후돈과 조인의 간담을 서늘하게 했는데 저 역시 작게나마 힘을 보탰습니다. 당양에서 패한 것은 수십만 명의 백성이 따라와서 하루에 10리밖에 가지 못했기 때문입니다. 어쨌든 국가의 대계와 사직의 안위는 전적으로 계책을 세우는 데 달려 있습니다. 말만 번드르르한 무리들이 헛된 명성으로 사람을 속이는 것과는 거리가 멀지요!”

이 말을 듣고 장소는 꿀 먹은 벙어리처럼 아무 말도 하지 못했다. 손권의 다른 모사들도 저마다 제갈량을 공격했지만 제갈량은 도도한 언변으로 그들을 꺾었다. 이때 누군가 밖에서 들어오면서 큰 소리로 말했다.

“공명이야말로 당대의 기재인데 당신들이 세 치 혀로 어렵게 하니 손님을 공경하는 예의가 아니오. 조조의 대군이 코앞에 닥쳤는데 함께 물리칠 생각은 하지 않고 입씨름만 한단 말이오?”

사람들이 바라보니 바로 황개였다. 그가 제갈량에게 말했다.

"많은 말로 이익을 얻는 것은 입을 다물고 침묵하느니만 못하다고 했소. 어찌하여 우리 주공께 금석 같은 계책을 올리지 않고 쓸데없이 논쟁만 하고 있는 것이오?"

황개는 노숙과 함께 제갈량을 데리고 손권을 만났다. 손권이 물었다.

"선생은 조조와 여러 번 싸웠으니 조조의 허실을 잘 알 것이오. 조조의 군사가 어느 정도요?"

"기병, 보병, 수병이 100만 이상입니다."

"그건 조조가 거짓으로 퍼뜨린 소문 아니오?"

"아닙니다. 조조는 연주에 있을 때 이미 청주의 군사 20만 명이 있었고, 원소를 평정해서 50~60만 명을 얻었으며, 또 중원에서 새로 모집한 병사가 30~40만 명에 형주의 병사 20~30만 명까지 더했으니 사실상 150만 명이 넘습니다."

옆에서 듣고 있던 노숙이 깜짝 놀라 눈치를 주었지만 제갈량은 짐짓 모르는 체했다. 손권이 또 물었다.

"그럼 조조의 수하 장수들은 얼마나 됩니까?"

"지모가 풍부한 모사와 싸움에 능한 장수가 1~2천 명이 넘습니다."

"조조가 이미 형荊과 초楚를 공략하였는데 다음 계획은 무엇이겠소?"

"지금 강을 따라 진영을 세우고 전선을 준비하고 있으니 강동이 아니면 또 어디를 공략하려 하겠습니까?"

"그가 우리를 삼키려 한다면 싸울 것인지 말 것인지 말씀해주시오.”

“얼마 전에 천하가 크게 어지러울 때 손책 장군은 강동에서 군사를 일으켰고 유 예주는 한남을 거두어 조조와 천하를 다퉜습니다. 지금 조조는 큰 난관을 제거하여 천하를 대부분 평정한 데다 최근에는 형주까지 새로 얻어 그 위세가 천하를 뒤흔드니, 설혹 영웅은 있어도 무력을 쓸 땅이 없기에 유 예주는 강하로 피신하신 것입니다. 장군께서는 부디 강동의 힘을 헤아려 처신하십시오. 만일 강동의 군사로 조조의 대군에 맞설 수 있다면 일찌감치 조조와 관계를 끊어야 하지만, 반대로 그렇지 않다면 모사들의 말대로 신하의 예로 조조를 섬기는 것이 옳다고 봅니다.”

“조조가 평생 미워한 사람이 여포, 유표 원소, 원술, 우 예주와 나였소! 지금 다른 자들은 이미 죽었고 유 예주와 나만 살아 있을 뿐이오. 오나라 땅을 다스리고 있는 나는 결코 남의 통제를 받고 싶지 않소. 결정은 이미 내려졌소. 그런데 지금 유 예주가 아니면 함께 조조를 대적할 자가 없소. 다만 유 예주는 얼마 전에 조조에게 패했는데 아직 조조와 싸울 능력이 있소?”

“유 예주가 비록 패하긴 했지만 관운장이 여전히 정병 1만여 명을 거느리고 있고 유기가 거느린 강하의 병사도 1만 명이 넘습니다. 게다가 조조의 군대는 먼 길을 와서 지쳐 있지요. 또 북방 사람들은 수전에 익숙지 않고 형주의 백성들도 정세의 핍박 때문에 조조에게 붙은 것이라서 큰 도움이 안 될 겁니다. 이제 장군께서 유 예주와 마음을 합치면 반드시 조조의 군대를 격파할 수 있습니다. 그리고 조조가 패하여 북쪽으로 돌아가면 형주

와 강동의 세력이 강해져서 조조와 함께 정족지세를 이룰 터이
니, 성패의 관건은 그야말로 지금에 달려 있습니다! 장군께서는
결단을 내리십시오.”

손권은 유비와 연합하여 조조를 공격할 생각을 하면서도 속으
로는 여전히 우려가 가시지 않았다. 그래서 주유를 불렀는데, 주
유는 조조가 보낸 격문을 보고 나서 웃으며 말했다.

“늙은 도둑놈이 강동에는 사람이 없다고 여기는군요. 감히 이
런 모욕을 하다니!”

이때 장소가 끼어들어 말했다.

“조조는 천자를 끼고 사방을 정벌하면서 툭하면 조정을 명분
으로 내세우는데다 최근에는 형주까지 얻어서 위세가 더 커졌습
니다. 우리 강동이 조조를 막을 수 있는 것은 장강에서뿐입니다.
그러나 지금 조조의 전선은 1천 척이 넘을 뿐 아니라 수로와 육
로로 동시에 진군할 터인데 어떻게 막아낼 수 있겠습니까? 먼저
항복한 다음 나중에 다시 도모하는 게 좋을 듯합니다.”

주유가 되받았다.

“그건 진부한 유생의 견해일 뿐이오. 강동은 나라를 세운 이
래로 이미 3대를 거쳤는데 어찌 하루아침에 포기한단 말이오?”

그러자 손권이 말했다.

“그럼 장차 어떤 계책을 세워야겠소?”

“조조는 비록 한나라 승상의 명의를 빌리고 있지만 실제로
는 한나라의 역적입니다! 주공께서는 신령한 무예를 지닌 영
웅으로서 부친과 형님이 남긴 기반을 물려받아 강동을 차지하

고 있습니다. 병사가 정예하고 식량도 충분하니 천하를 주름잡고 나라의 역적을 없애야 하거늘 어찌 항복한단 말입니까? 게다가 이번에 조조의 군사는 병법상의 금기를 많이 범하고 있습니다. 북방을 아직 평정하지 못해 마등과 한수가 배후의 근심인데도 남쪽 정벌에 나선 것이 첫 번째 금기입니다. 북방의 군사는 물에 익숙하지 않은데도 수전으로 우리 동오와 겨루려는 것이 두 번째 금기입니다. 또한 지금은 엄동설한이어서 말에게 줄 마초가 없으니, 이것이 세 번째 금기입니다. 중원의 군사를 데리고 멀리 강과 호수를 건너오는 바람에 물과 풍토가 맞지 않아 질병에 많이 걸릴 테니, 네 번째 금기입니다. 지금 조조는 이런 상황에서도 우리와 싸우려 하니 반드시 패하고 말 것입니다. 주공께서 조조를 사로잡을 기회는 바로 지금입니다! 저는 정예 병사 수천 명을 데리고 파구에 주둔하여 조조를 격파하겠습니다."

이 말을 듣고 손권은 자리에서 벌떡 일어나 말했다.

"나는 이미 그 늙은 역적과 공존할 수 없다고 맹세했는데 지금 그대가 그자를 치라고 하니, 내 뜻과 같소!"

손권은 허리에 찬 검을 뽑아서 책상 모서리를 내려치고는 부하들에게 말했다.

"다시 조조에게 항복하자는 사람이 있다면 이 꼴이 되고 말 것이오!"

그리고 주유를 대도독으로, 정보를 부도독으로, 노숙을 찬군贊軍 교위로 삼은 뒤에 주유에게 검을 하사하며 말했다.

손권, 조조와 싸울 결심을 굳히다.

“문관이든 무관이든 명령을 따르지 않는 자는 이 검으로 죽이시오!”

주유가 파구로 돌아와 군사를 정비하고 있을 때 조조가 사신을 통해 편지를 보내왔다. 봉투에는 ‘한나라 대승상이 주 도독에게 보냄’이라고 씌어 있었다. 대노한 주유는 편지를 갈기갈기 찢고 사신을 죽여버렸다. 그리고 조조에게 사신의 수급을 보내고는 감녕甘寧을 선봉으로, 한당과 장흠蔣欽을 좌우 날개로 삼아서 직접 군사를 인솔해 출전했다.

조조는 주유가 편지를 찢고 사신을 죽였다는 소식에 크게 분노했다. 즉시 형주에서 항복한 차모와 장윤을 전위부대로 삼고 자신은 후위부대를 이끌고 전선을 재촉해 삼강三江 어귀에 이르렀다. 맞은편에서 동오의 전선이 강을 뒤덮을 정도로 몰려오는데, 한 장수가 뱃머리에 앉아 크게 소리쳤다.

“나는 감녕이다. 누가 나와 싸우겠느냐?”

그러면서 군사 1만여 명에게 명을 내려 일제히 화살을 쏘게 했는데, 조조의 군사들은 도저히 막아낼 수가 없었다. 그들은 대부분 북방에서 와 수전에 익숙지 못했다. 강물 위에서 배가 기우뚱거리자 바로 서 있기도 어려웠다. 장흠과 한당이 적진으로 쳐들어가니 조조의 군사들은 화살과 포에 맞아 쓰러지는 자가 부지기수였다. 크게 패하고 물러난 조조는 채모와 장윤을 불러서 질책했다.

“동오의 군사가 적은데도 오히려 패했으니 이는 너희가 만전을 기하지 못했기 때문이다."

채모가 대답했다.

"향후 강물 위에 영채를 세워 북방의 군사는 그 안에서, 형주의 군사는 그 밖에서 날마다 훈련을 시키면 반드시 이길 수 있습니다."

"그대가 수군 도독이니 알아서 하라!"

그날부터 채모와 장윤은 수군을 조련하기 시작했다. 밤에도 배마다 등불을 달고 훈련을 하게 해 수면에 비치는 붉은빛이 300리나 이어졌다.

한편 주유는 승리한 날 밤, 높은 곳에 올라가 조조의 진영을 살피다가 서쪽 하늘가에 무수한 불빛이 어른거리는 것을 보았다. 주유의 물음에 측근들이 대답했다.

"모두 조조군의 불빛입니다."

몹시 놀란 주유는 이튿날 직접 작은 배를 타고 조조 진영의 동정을 염탐했다. 그가 측근들에게 물었다.

"적의 수군 도독이 누구인가?"

"채모와 장윤입니다."

주유는 수전에 능한 채모와 장윤을 없애야 조조를 이길 수 있다고 생각했다. 이때 주유가 엿보는 걸 탐지한 조조의 군사가 달려가 보고했다.

"주유가 우리 진영을 엿보고 있습니다."

조조는 당장 배를 띄워서 사로잡으라고 명했다. 그러나 주유는 미리 눈치 채고 재빨리 자기 진영으로 도주했다.

조조가 장수들에게 물었다.

"어제의 일전에서 예기가 꺾였고 오늘은 우리 진영까지 염탐을 당했소. 이제 어떤 계책을 써야 적을 격파할 수 있겠소?"

이때 한 사람이 나와서 말했다.

"제가 주유와 한 스승 밑에서 공부한 교분이 있으니 세 치 혀로 그를 설득해 투항시키겠습니다.'

조조가 쳐다보니 바로 장간蔣干이었다. 조조는 몹시 기뻐하며 그를 주유의 진영으로 보냈다. 이대 주유는 막사에서 대책을 논의하던 중에 장간이 왔다는 소식을 듣고 웃으면서 말했다.

"유세객이 왔군!"

주유는 부하들에게 은밀히 지시를 내린 뒤에 옷매무새를 단정히 하고 수백 명의 호위를 받으며 장간을 맞으러 갔다. 장간은 푸른 옷의 동자 하나만을 데리고 당당히 와서 주유에게 말했다.

"공근(公瑾, 주유의 자字)은 별고 없는가?"

주유가 즉각 대답했다.

"그대가 이렇게 멀리까지 온 것은 조조를 위해 유세하려는 것인가?"

장간이 깜짝 놀라서 변명했다.

"오랫동안 만나지 못해서 특별히 옛정을 나누려고 왔는데 어찌하여 나를 유세객으로 의심하는가? 옛 친구를 이렇게 대접한다면 그만 돌아가겠네."

이에 주유가 웃으면서 장간의 팔을 잡았다.

"자네가 조조를 위해 유세할까- 걱정한 것뿐일세. 이왕 옛정을 나누러 왔는데 어찌하여 급히 돌아가려 하는가?"

주유는 장간을 막사 안으로 청하고 수하들을 다 불러 연회를 베풀었다. 풍악이 울리는 가운데 그가 수하들에게 장간을 소개했다.

"이 사람은 나와 동문수학한 옛 친구요. 비록 강북에서 왔지만 조조의 유세객은 아니니 걱정할 것 없소."

그러고는 허리의 검을 풀어 태사자에게 주면서 분부했다.

"이 검을 차고 술자리를 감독하시오. 오늘 나는 벗과 정을 나눌 것이니 누구라도 조조와 동오의 군사에 관해 언급하면 즉시 참수하시오."

장간은 너무 놀라서 감히 다른 말을 꺼내지 못했다. 주유가 다시 말했다.

"군사를 인솔한 이래로 술 한 방울도 마시지 않았지만 오늘은 옛 친구를 만났으니 실컷 마시고 취해야겠네."

술이 거나해지자 주유는 장간의 손을 잡고 막사 밖으로 나갔다. 밖에는 군사들이 갑옷을 입고 창을 든 채 숙연하게 서 있었다. 주유가 물었다.

"어떤가? 위용이 웅장하지 않은가?"

"정말 곰과 호랑이 같은 병사들이군!"

그 다음에는 막사 뒤로 데리고 갔는데, 그곳에는 군량과 마초가 산처럼 쌓여 있었다. 주유가 다시 물었다.

"이만하면 군량과 마초도 충분치 않은가?"

"군사가 정예하고 식량도 충분하니 그야말로 명불허전일세!"

주유는 취한 척하며 장간의 손을 잡고 말했다.

"대장부가 자기를 알아주는 주군을 만나서 밖으로 임금과 신하의 의리에 의지하고 안으로 골육의 은혜를 맺는다면, 반드시 말과 계책을 실행하고 화와 복을 함께해야 하네. 설사 소진蘇秦이나 장의張儀 같은 뛰어난 유세객이 와서 강물이 쏟아지듯 도도하게 유세하고 칼날처럼 날카롭게 혀를 놀린들 어찌 내 마음을 움직일 수 있겠는가?"

주유가 말을 마치고 크게 웃자 장간은 일시에 얼굴이 흙빛으로 변했다. 주유는 다시 장간을 데리고 막사 안으로 들어가서 술을 마셨다. 그렇게 밤이 깊어지자 장간은 술을 사양했다.

"더 이상 술을 이기지 못하겠네."

주유는 술자리를 거두고 수하들을 물러가게 한 뒤 장간에게 말했다.

"오늘 밤은 옛날처럼 같이 발을 맞대고 자보세."

그러고는 크게 취한 척 비틀거리면서 장간을 침상으로 데려갔다. 주유가 옷을 입은 채 침상에 쓰러져서 심하게 토하는 바람에 장간은 잠을 이룰 수가 없었다. 베개에 얼굴을 묻고 조용히 귀를 기울이고 있는데 2경을 알리는 소리가 들렸다. 장간이 일어나서 보니 등불이 아직 타고 있었고 주유는 천둥처럼 코를 골며 자고 있었다. 그리고 탁자 위에는 문서 두루마리들이 놓여 있었다. 가만히 살펴보니 오고간 서신들이었는데, 그중 한 통에 '채모, 장윤이 삼가 봉함'이라고 씌어 있었다. 장간이 크게 놀라 읽어보니 대략 이런 내용이었다.

우리가 조조에게 항복한 것은 벼슬이나 봉록을 탐해서가 아니라 상황이 여의치 않았기 때문입니다! 지금 속임수로 조조의 군사를 강물 위 영채 안에 가두어놓았으니 기회만 오면 역적 조조의 수급을 베어다 장군께 바치겠습니다. 조만간 사람을 보내 소식을 전하겠으니 의심치 마소서.

장간은 속으로 생각했다.
'채모와 장윤이 동오와 내통하고 있었구나.'
장간이 그 서신을 몰래 옷 속에 감추고 다른 서신도 뒤져보려는 찰나, 자고 있던 주유가 몸을 뒤척이며 돌아누웠다. 그가 급히 등불을 끄고 자리에 눕자 주유가 뭐라고 웅얼거렸다.
"자익(子翼, 장간의 자)이, 며칠 내로 역적 조조의 수급을 보여주겠네!"
장간은 억지로 수긍하는 척하며 그게 무슨 말인지 물었지만 주유는 다시 잠에 빠져든 듯 대답이 없었다.
얼마 후 4경 무렵, 누군가 막사에 들어와서 나지막이 주유를 불렀다.
"도독께서는 깨셨습니까?"
주유가 갑자기 꿈에서 깨어난 듯 짐짓 물었다.
"침상에서 자고 있는 사람이 누군가?"
"장간을 청해 함께 주무시고서 잊으셨습니까?"
주유가 몹시 후회하는 투로 말했다.
"나는 평소 술에 취하지 않는데 어제저녁에는 크게 취해서 아무 기억도 없구나. 내가 실언을 하지는 않았는지 모르겠다.”

“강북에서 사람이 와서 만나뵙고자 합니다.”

“쉿, 소리를 낮추게!”

주유가 조용히 막사를 나가자 장간은 숨을 죽인 채 막사 밖 이야기에 귀를 기울였다. 누군가 말하는 소리가 들렸다.

“장윤과 채모 두 도독께서는 기회가 없어 아직 손을 쓰지 못하고 있다고 말씀하셨습니다.”

그 다음 이야기는 소리가 너무 낮아서 잘 들리지 않았다. 잠시 후 주유가 돌아와서 다시 침상에 누웠다. 장간은 계속 자는 시늉을 하며 속으로 생각했다.

‘주유는 빈틈없는 사람이니, 늘이 밝은 후 서신을 찾지 못하면 필시 나를 죽일 것이다.’

장간은 5경(새벽 3~5시)까지 누워 있다가 가만히 일어나서 주유를 불렀다. 주유는 깊이 잠들었는지 대답이 없었다. 장간은 급히 옷을 챙겨입고 몰래 막사를 나왔다. 그리고 동자를 불러 함께 군영의 문을 나서려는데 문을 지키던 병사가 물었다.

“선생은 어디를 가십니까?”

“내가 오래 있으면 도독의 일을 방해할까 염려되어 먼저 작별을 하는 것일세.”

병사는 그를 막지 않았고 장간은 곧 나는 듯이 배를 타고 돌아가서 조조를 만났다. 조조가 물었다.

“일이 어떻게 되었는가?”

“주유의 의지가 확고해서 말로는 움직일 수 없었습니다.”

“그렇다면 일도 이루지 못하고 웃음거리만 되지 않았는가!”

“주유를 설득시키지는 못했지만 승상께 한 가지 드릴 말씀이 있으니 좌우를 물리쳐주십시오.”

조조가 좌우의 시종을 물리치자 장간은 문제의 서신을 꺼내 보이며 자기가 보고 들은 것을 설명했다. 조조가 크게 노하여 말했다.

“이 두 도적놈이 이토록 무례하다니!”

조조는 즉각 채모와 장윤을 불러오게 했다. 두 사람이 오자 조조가 말했다.

“나는 그대들을 즉각 출병시키고 싶네.”

채모가 대답했다.

“아직 훈련이 충분치 않아 경솔하게 출병할 수 없습니다.”

“그래, 훈련이 충분해지면 내 머리를 주유에게 바치겠구나!”

조조는 무슨 뜻인지 몰라 당황스러워하는 두 사람을 끌고 나가 참수하라고 명했다. 잠시 후 군사가 두 사람의 수급을 바치자 조조는 문득 깨달았다.

“어이쿠, 내가 계략에 빠졌구나!”

조조는 속으로 몹시 후회했다. 그러나 잘못을 인정하고 싶지 않아서 수하들에게는 이렇게 말했다.

“두 사람은 군법을 무시했기 때문에 참수하였다.”

장수들은 속으로 탄식을 금치 못했다. 조조는 새로 모개와 우금을 선발해 수군 도독으로 삼았다.

제갈량과 노숙의 천하삼분지계

소설 《삼국지》에서 제갈량과 노숙은 만나자마자 의기투합하여, 조조에 대항해 손권과 유비가 손을 잡도록 동분서주한다. 그들은 서로 다른 주군을 모시고 있으면서도 조조라는 공동의 적을 물리치기 위해 제휴했다. 이때 그들의 머릿속에는 향후 천하의 대세와 관련해 비슷한 계획이 서 있었다. 그것은 바로 '천하삼분지계'로, 유비와 손권이 손을 잡고 조조를 물리친 뒤 세 진영이 천하의 3대 세력으로 정립하는 것이었다.

물론 두 사람의 천하삼분지계는 각자의 입장에 따라 사뭇 차이가 있었다. 제갈량은 향후 유비가 형주를 기반으로 서천까지 점령해서 조조와 손권에 버금가는 세력으로 성장하기를 바랐다. 반면에 노숙은 유비를 오직 형주의 주인으로 국한하고 조조와 손권 사이에서 잠시 완충 세력으로 기능해주기를 바랐다. 그가 보기에 유비는 언제든 적당한 때 손권이 복속해야 할 상대에 불과했던 것이다. 하지만 이런 생각의 차이에도 불구하그 제갈량과 노숙은 유비와 손권의 동맹이라는, 삼국시대 가장 중요한 외교적 성과를 이루어냈다.

14

적벽대전

　다음 날, 주유는 여러 장수를 불러모은 뒤 제갈량을 청해 대사를 논의했다. 주유가 제갈량에게 물었다.

　"이제 곧 조조의 군사와 수전을 벌일 텐데, 우선 어떤 병기로 적을 막아야 할까요?"

　"큰 강에서는 당연히 화살이 최고지요."

　"선생의 견해는 저의 뜻과 맞습니다. 그러나 지금 군중에 화살이 부족하니, 번거롭겠지만 선생께서 화살 10만 대를 만들어 적과 싸울 수 있도록 해주시겠습니까? 이는 공적인 일이니 부디 거절하지 말아주십시오."

　"도독의 부탁이니 모든 힘을 다해야겠지요. 그런데 화살 10만 대를 언제 쓰실 생각입니까?"

　"열흘 안에 마련하실 수 있겠습니까?"

　"조조의 대군이 곧 닥칠 텐데 열흘씩이나 기다리면 대사를 그르칠까 두렵습니다."

"그럼 며칠 내에 마련하실 수 있겠습니까?"

"사흘 안에 화살 10만 대를 바치겠습니다."

"군중에서는 희롱하는 말이 있어서는 안 됩니다!"

"제가 어찌 도독을 희롱하겠습니까? 사흘 안에 마련하지 못하면 기꺼이 중벌을 받겠습니다."

주유가 크게 기뻐하자 제갈량이 다시 말했다.

"오늘은 늦었으니 내일부터 시작하겠습니다. 사흘째 되는 날 도독께서는 군사 500명을 강변으로 보내 화살을 나르십시오."

제갈량이 작별 인사를 하고 떠나자, 노숙이 걱정이 되어 찾아왔다. 이에 제갈량이 말했다.

"주유는 나를 해치려는 뜻이 있는 게 분명합니다! 사흘 안에 어떻게 화살 10만 대를 마련한단 말입니까? 그대가 나를 구해주십시오!"

"선생 스스로 화를 자초해놓고 어째서 저에게 구해달라고 하십니까?"

"저에게 배 20척만 빌려주십시오. 또한 배 한 척마다 병사 30명을 배치하고 배 위에는 푸른 천을 둘러친 다음, 풀더미 천여 개씩을 배 양편에 쌓아주십시오. 그러면 제가 따로 묘책을 써서 사흘 안에 화살 10만 대를 반드시 구하겠습니다. 하지만 이 일은 절대 주유에게 알리지 마십시오. 그가 알면 허사가 될까 두렵습니다."

노숙은 그 말대로 비밀리에 일을 추진해놓고 제갈량이 움직이기를 기다렸다. 그러나 첫날에는 어떤 움직임도 없었다. 이튿날

도 마찬가지였다. 사흘째 되는 날 새벽 4경에야 제갈량은 은밀히 노숙을 청했다. 노숙이 와서 물었다.

"무슨 일로 저를 불렀습니까?"

"함께 화살을 가지러 갑시다."

"어디로 가자는 겁니까?"

"묻지 말고 따라만 오십시오."

제갈량은 부하들에게 명하여 20척의 배를 긴 밧줄로 함께 묶은 다음 곧장 북쪽으로 몰아갔다. 짙은 안개가 끼어서 얼굴을 마주하고도 알아보기 어려울 정도였다. 5경 무렵 조조의 진영에 접근하자 제갈량은 군사들에게 명하여, 배들을 머리는 서쪽, 꼬리는 동쪽으로 향한 채 일자로 늘어서게 한 후 북을 치고 소리를 지르게 했다. 노숙이 크게 놀라서 물었다.

"조조의 군사들이 쳐들어오면 어찌합니까?"

제갈량이 웃으며 대답했다.

"안개가 짙어서 감히 그러지 못할 겁니다. 우리는 그저 술이나 마시다가 안개가 걷히면 돌아갑시다."

잠시 후, 북소리와 함성을 들은 모개와 우금이 황급히 조조에게 달려가 보고했다. 조조가 말했다.

"안개가 이렇게 짙은데도 적군이 온 걸 보면 필경 매복이 있을 것이다. 함부로 경거망동하지 말고 궁수들을 시켜 화살을 쏘게 해라."

그리고 육군 진영에 있던 장요와 서황에게도 각자 궁수 3천 명씩을 데리고 강변에 나가 화살을 쏘게 하니 도합 1만여 명이

제갈량, 계책을 써서 화살 10만 대를 얻다.

비 오듯 화살을 퍼부었다. 이때 제갈량은 다시 뱃머리를 동쪽, 배꼬리는 서쪽을 향하도록 명령을 내렸다. 그리고 배들을 조조의 진영에 더 근접시켜 화살을 받는 한편, 계속 북을 치고 함성을 지르게 했다.

이윽고 해가 솟으면서 안개가 걷히기 시작하자 제갈량은 급히 회항하라고 명령을 내렸다. 이때 20척의 배 양쪽에 쌓인 풀더미에는 화살이 가득 박혀 있었다. 제갈량은 군사들에게 명하여 일제히 외치게 했다.

"승상의 화살에 감사드립니다!"

조조가 이 사실을 보고받았을 때는 이미 제갈량의 배들이 20여 리를 가버린 뒤여서 쫓아갈 수도 없었다. 조조는 후회가 막심하였다.

제갈량은 돌아가는 배 위에서 노숙에게 말했다.

"배마다 5~6천 대의 화살이 박혔을 테니 강동은 전혀 힘들이지 않고 화살 10만 대를 얻은 셈이지요. 내일 이 화살로 조조의 군사들을 쏠 수 있으니, 이 얼마나 좋은 일입니까?"

노숙이 탄복했다.

"선생은 정말로 신인神人입니다. 그런데 오늘 새벽에 안개가 낄 줄은 어떻게 아셨습니까?"

"장수로서 천문을 통달하지 못하고, 지리적 이점을 알아채지 못하고, 기문奇門을 알지 못하고, 음양에 밝지 못하고, 진세를 살피지 못하고, 군사의 세력에 밝지 못하면 용렬한 재능에 불과합니다. 저는 사흘 전에 벌써 오늘 짙은 안개가 낄 줄 알았기 때문에 주유에게 사흘을 기한으로 정하여 화살 10만 대를 마련하겠다고 한 것입니다."

노숙은 감탄한 나머지 벌떡 일어나 그에게 절을 했다. 배가 강 기슭에 이르자 주유가 보낸 병사 500명이 기다리고 있었다. 병사들이 세어보니 화살이 도합 15~16만 대나 되었다. 노숙에게 보고를 받은 주유는 크게 놀라면서도 탄식을 금치 못했다.

"공명의 신기묘산◆을 따를 수가 없구나."

얼마 후 제갈량이 찾아오자 주유는 막사에서 나와 그를 맞이했다.

"선생의 신묘한 계산은 정말로 놀랍습니다."

"사소한 속임수를 어찌 신묘하다고 하십니까?"

주유는 제갈량을 막사로 청해 함께 술을 마시면서 말했다.

"어제 주공께서 저에게 출병을 재촉하셨는데 저는 아직 기이한 계책이 없으니 선생께서 가르쳐주십시오."

"저는 보잘것없는 재주밖에 없는데 어찌 묘한 계책이 있겠습니까?"

"제가 조조의 진영을 자세히 살펴보니 아주 엄격하고 법도가 있어서 쉽게 공략할 수 없을 것 같았습니다. 저에게 계책이 하나 있긴 하지만 아직 결단을 내리지 못하그 있으니 선생께서 저를 위해 결단해주십시오."

"일단 말하지 말고 각자 생각하는 계책을 손바닥에 쓴 후 비교해봅시다."

제갈량의 제안에 주유는 몹시 기뻐하면서 필묵을 가져오게 했다. 그리고 서로 손바닥에 글씨를 쓴 뒤 동시에 손바닥을 펼쳤다. 글자를 보고서 두 사람은 호탕하게 웃었다. 주유의 손바닥에도, 제갈량의 손바닥에도 모두 '화火' 자가 씌어 있었던 것이다. 주유가 말했다.

"우리 두 사람의 생각이 같으니 더 이상 의심할 것 없습니다. 절대로 누설하지 마십시오!"

주유와 제갈량이 계책을 상의하고 있을 때, 조조는 제갈량에게 속아 화살을 허비한 일로 화를 내고 있었다. 이에 순유가 진언했다.

"강동은 제갈량과 주유가 계략이 뛰어나서 격파하기 어렵습니다. 그러므로 사람을 골라서 동오에 보내 거짓 투항을 시킨 뒤에 그와 내통하여 일을 도모해야 합니다."

"자네의 말이 내 뜻과 맞네. 하지만 과연 누구를 보내야 좋겠는가?"

"채모의 친척동생인 채중과 채화에게 은혜를 베풀어 마음을 사로잡은 후에 동오로 보내십시오."

이튿날 채중과 채화는 각각 군사 500명을 데리고 배를 몰아 남쪽 기슭으로 갔다. 이때 주유는 마침 남쪽 기슭의 진영에서 공격 방법을 논의하고 있었는데 갑자기 급박한 보고가 들어왔다.

"채모의 동생 채중과 채화가 배를 몰고 항복하러 왔습니다."

잠시 후, 두 사람이 와서 주유 앞에 엎드려 울며 말했다.

"저희 형님 채모는 죄가 없는데도 조조에게 살해당했습니다. 저희는 형님의 원수를 갚고자 항복하러 왔으니 부디 거두어주십시오."

주유는 두 사람에게 큰 상을 내린 뒤 감녕 부대의 선봉으로 삼았다. 두 사람은 감사를 표하면서 계책이 성공했다고 생각했다. 그러나 두 사람이 물러간 후 주유는 감녕을 불러 지시했다.

"저 둘은 가족을 데리고 오지 않았으니 조조가 보낸 첩자가 분명하오. 내가 이제 장계취계◆로, 저들을 통해 우리 소식을 조조에게 통보할 터이니, 그대는 저들을 대접하면서 잘 살피시오. 군사를 움직이는 날, 두 사람을 죽여 깃발에 제사를 지낼 것이오!"

이날 저녁, 주유가 막사에 앉아 있는데 황개가 은밀히 찾아왔다. 주유가 물었다.

"이 밤중에 찾아오다니 필경 좋은 계책이 있겠구려."

"적은 많고 아군은 적어서 오래 끄는 것은 좋지 않은데 어찌하여 화공을 쓰지 않습니까?"

"누가 그 계책을 알려주었소?"

"제 생각이지 남이 알려준 것이 아닙니다."

삼국지 고사성어

장계취계將計就計 : 상대편의 계교를 미리 알아채고 그것을 역이용하는 계교.

"내 뜻도 마찬가지요. 그래서 거짓으로 항복해온 채중과 채화를 통해 우리 소식을 조조 진영에 전하게 하려는데, 유감스럽게도 나를 위해 저쪽에 거짓 투항할 사람이 없소."

"제가 그 일을 맡겠습니다."

"큰 고통을 겪어야 저들이 믿을 거요."

"저는 손씨 집안에 두터운 은혜를 입었습니다. 설사 간뇌도지하더라도 결코 후회하지 않을 것입니다."

주유가 몸을 일으켜 감사를 표했다.

"그대가 기꺼이 이 고육지계◆를 행해준다면 실로 강동의 복이오!"

이튿날 주유는 북을 울려 장수들을 불렀다. 그 자리에는 제갈량도 있었다. 주유가 말했다.

"지금 조조가 끌고 온 100만 대군의 진영이 무려 300리에 걸쳐 있어서 짧은 시간 내에 공략할 수 없소. 지금 여러 장수에게 석 달치 군량과 마초를 줄 터이니 적과 싸울 준비를 하시오."

말이 채 끝나기도 전에 황개가 끼어들었다.

"석 달이 아니라 서른 달치 군량을 준다고 해도 성공하기 어려울 것입니다. 만약 이 달 안에 조조를 격파할 수 있으면 하는 것이고, 이 달 안에 격파할 수 없다면 장소의 말대로 갑옷을 버리고 창을 거꾸로 들어 조조에게 항복하는 게 낫소."

고육지계苦肉之計 : 자기 몸을 상해가면서까지 꾸며내는 방책. 보통 어려운 상황에서 벗어나기 위해 어쩔 수 없이 택하는 계책을 말한다.

주유가 발끈해서 소리쳤다.

"내가 주공의 명을 받들 때 감히 항복이라는 말을 다시 거론하는 자가 있으면 반드시 참수하겠다고 했다! 지금 양쪽 군대가 대치하고 있는 이때 네가 감히 군심을 어지럽히는 말을 하다니! 너를 죽이지 않으면 내가 어떻게 부하들을 이끌겠느냐!"

그러고는 좌우에 명했다.

"황개를 끌어내 참수하라!"

황개 역시 화를 내며 맞섰다.

"내가 파로破虜 장군 손견을 따라 동쪽과 남쪽을 종횡하며 3대를 모셔온 터인데, 그동안 너는 무슨 일을 했더냐?"

주유가 화가 치밀어 빨리 참수하라고 재촉하자 감녕이 만류하고 나섰다.

"황개는 동오의 오랜 신하이니 너그러이 용서하십시오."

"네가 어찌 여러 말로 나의 법도를 어지럽히느냐?"

주유는 또 명을 내려 감녕에게 곤장을 쳤다. 다시 모든 부하가 무릎을 꿇고 간했다.

"황개는 죽어 마땅하나 지금은 때가 아니니 죄를 기록해두었다가 조조를 물리친 후 참수해도 늦지 않습니다."

주유는 마지못해 물러서는 척하며 말했다.

"마땅히 참수해야겠지만 다른 사람들의 낯을 봐서 죽음만은 면해주겠다. 대신 곤장 100대를 쳐서 그 죄를 다스려라."

관리들이 거듭 황개를 위해 빌었지만 주유는 탁상을 엎으면서 꾸짖었다.

“어서 빨리 곤장을 쳐라!”

결국 황개는 옷을 벗긴 채 끌려가서 곤장 100대를 고스란히 맞았다. 살이 터지고 피범벅이 된 그는 부축을 받으며 진영으로 돌아가는 도중에 몇 번이나 까무러쳤다. 나중에 동료들이 줄줄이 위문을 왔지만 그는 한숨을 쉬며 탄식할 뿐이었다. 그때 참모 감택闞澤이 따로 와서 그에게 물었다.

“장군께서 오늘 받은 벌은 고육지계가 아닙니까?”

황개가 깜짝 놀라 물었다.

“어떻게 알았소?”

“도독의 거동을 보고 알았습니다.”

“조조를 격파하기 위해 그런 고통을 받긴 했지만 아무 원망도 없소. 다만 군중에 내 심복이 한 명도 없는 터라, 평소 충의의 마음을 갖고 있는 그대를 심복으로 여겨 털어놓을까 하오.”

“저에게 비밀을 털어놓으신다는 것은 혹시 저보고 조조에게 거짓 항복 문서를 바치라는 뜻입니까?”

“바로 그렇소! 해줄 수 있겠소?”

감택은 흔쾌히 승낙했다.

“공이 이미 몸을 던져 주공께 보답하려는 터에 제가 어찌 미천한 목숨을 아끼겠습니까?”

황개가 황급히 침상에서 내려와 감사를 표하자 감택이 다시 말을 이었다.

“시기를 늦출 일이 아니니 지금 당장 가지요.”

“항복 문서는 이미 써놓았소.”

황개가 내미는 항복 문서를 품에 챙긴 감택은 그날 밤 어부로 가장하고 작은 배를 몰아 북쪽 기슭으로 갔다. 조조의 진영에 도착하자 병사 하나가 그를 붙잡아놓고 조조에게 가서 보고했다.

"자칭 동오의 참모 감택이라는 자가 기밀을 가져왔답니다."

조조는 그를 불러들여 물었다.

"네놈은 동오의 참모라면서 여기는 웬일로 왔느냐?"

감택이 실망한 표정으로 혼잣말하듯 말했다.

"조 승상은 목마른 사람이 물을 찾듯 현명한 인재를 구한다고 하더니 전혀 그렇지 않구나. 황개여, 그대가 잘못 알았다!"

"나는 동오와 교전을 벌이기 직전이다. 이럴 때 네가 사사로이 이곳에 왔으니 어찌 묻지 않을 수 있겠는가?"

감택은 황개가 주유에게 겪은 일을 고하고 그가 '승상에게 항복하여 원수를 갚겠다'고 한 말을 전하며 항복 문서를 바쳤다. 조조는 그것을 10여 차례 되풀이해 읽다가 갑자기 상을 내리치며 화를 냈다.

"황개가 고육지계를 써서 너에게 거짓 항복 문서를 전달하게 한 것이 아닌가? 네가 감히 나를 우롱하다니!"

조조는 즉시 좌우에 명하여 감택을 끌어내서 참수하라고 했다. 그러나 감택은 안색 한 번 변하지 않고 하늘을 향해 크게 웃었다. 조조가 다시 그를 꾸짖었다.

"내가 이미 너희의 간사한 계략을 간파하였거늘 어찌하여 웃는가?"

"당신을 보고 웃은 게 아니오. 황개가 사람을 제대로 알아보지 못한 걸 웃었소이다!”

“나는 어려서부터 병서를 숙독해서 간사한 속임수에 대해 깊이 알고 있다. 너희의 계책이 다른 사람은 속일 수 있을지 몰라도 나를 속이지는 못한다. 너희가 진심으로 항복하려 한다면 어찌하여 시기를 분명히 약속하지 않는 게냐?”

이 말에 감택은 또 크게 웃었다.

“당신은 이토록 계책을 모르고 이치에 밝지 않으면서 어찌 병서를 배웠다고 할 수 있소?”

“내가 무엇을 모르는지 한번 말해보아라.”

“‘주인을 배반하고 도적질을 할 때는 시기를 정할 수 없다’는 말도 못 들어보았소? 사전에 약속했다가 일이 잘못되면 몽땅 탄로가 날 터인데 어찌 항복 날짜를 미리 약속할 수 있단 말이오?”

조조는 그제야 얼굴색을 바꾸고 술을 대접하며 위로했다.

“만일 두 사람이 큰 공을 세우기만 한다면 훗날 다른 사람보다 큰 벼슬을 받을 것이네.”

이때 누군가 조조에게 밀서를 올렸다. 바로 채중과 채화가 보낸 것으로, 황개가 곤장을 맞은 일이 적혀 있었다. 조조는 더욱더 감택의 말을 믿어마지않았다. 조조가 다시 감택에게 말했다.

“다시 강동으로 돌아가 황개와 약속을 정한 후 소식을 전해주게. 내가 군사를 이끌고 응하겠네.”

며칠 뒤, 조조는 또 채중과 채화의 밀서를 받았다. 감녕도 함께 내통하기로 했다는 소식이었다. 이어서 감택도 다음과 같은 서신을 보냈다.

황개가 떠나려 하지만 아직 기회를 잡지 못하고 있습니다. 다만 뱃머리에 청룡아기(靑龍牙旗, 대장 깃발을 뜻함)를 꽂고 가는 배가 있으면 바로 황개의 배인 줄 아십시오.

조조는 두 통의 밀서를 받고도 의심이 가시지 않아서 모사들을 불러 상의했다.

"감녕의 일이든 황개의 일이든 모두 그대로 믿기는 어렵다. 누가 직접 주유의 진영에 들어가 내막을 알아보겠는가?"

장간이 나서서 말했다.

"지난번에 주유를 설득하러 갔다가 성공하지 못하고 돌아와 얼굴을 들 수가 없었습니다. 이번에야말로 실정을 알아내 보고하겠습니다."

조조는 즉시 장간을 배에 오르게 했다.

주유는 장간이 다시 왔다는 소식을 듣고 몹시 기뻐했다.

"나의 성공 여부는 오직 이 사람에게 달렸구나!"

그러고는 노숙에게 방통을 청해오라고 했다. 난리를 피해 강동에 머물고 있던 방통은 일전에 주유로부터 조조의 군대를 격파할 방법에 대해 문의를 받은 적이 있다. 그때 방통은 이렇게 대답했다.

"조조의 군대를 격파하려면 반드시 화공을 써야 합니다! 그러나 큰 강물에서는 배 한 척이 불에 타도 나머지 배들은 사방으로 도망칠 수 있으니 반드시 배들을 쇠고리로 연결해 한곳에 묶어두어야 성공할 수 있습니다."

당시 주유는 몹시 탄복했지만 마땅히 그 계책을 실행할 방도가 없어 애를 채우던 차에 장간이 왔다는 소식을 듣고 급히 방통을 부른 것이다.

주유는 일부러 막사에서 나오지 않고 사람을 시켜 장간을 맞이하게 했다. 장간은 주유가 직접 마중하지 않자 마음이 몹시 불안했다. 아니나 다를까, 막사에 들어서자마자 주유가 안색을 바꾸며 그를 꾸짖었다.

"자네는 어째서 이처럼 나를 속이는가? 지난날의 정을 생각해 자네와 흔쾌히 술을 마시고 한 침상에서 잠이 들었는데 자네는 오히려 나에게 온 서신을 훔치고 작별 인사도 없이 가버리지 않았나? 이번에 자네가 다시 온 것도 필경 좋은 뜻이 아닐 것이야. 마음 같아서는 한칼에 자네를 두 동강 내야겠지만 옛정을 생각해 그만두겠네. 하지만 하루이틀 사이에 조조의 군대를 공격할 참인데, 자네를 이대로 군영에 남겨둘 수는 없지. 기밀을 빼돌릴 수도 있으니까."

그는 좌우의 시종에게 명했다.

"장간을 서산의 암자에 보내 쉬게 하라. 조조를 격파하고 나서 돌려보내도 늦지 않으리라."

장간은 뭔가 말하려고 했지만 주유는 그가 입을 열 겨를도 주지 않고 사라졌다.

서산에 끌려간 뒤로 장간은 자지도, 먹지도 못할 정도로 우울했다. 그러던 어느 날 밤, 홀로 암자를 나와 산책하다가 산기슭의 초가집에서 흘러나오는 글 읽는 소리를 들었다. 살며시 다가

가 안을 들여다보니 한 사람이 등불 앞에 검을 걸어놓고 손오병서(孫吳兵書, 춘추시대 손무孫武와 오기吳起의 병법)를 낭송하고 있었다. 장간은 호기심이 일어 문을 두드렸다. 그 사람이 문을 열고 나와 맞이하는데 그 의표가 비범했다.

장간이 성명을 묻자 그가 대답했다.

"성은 방龐이고 이름은 통統이며 자는 사원士元이오."

장간이 몹시 놀라서 물었다.

"혹시 봉추 선생이 아니십니까?"

"그렇소."

"어찌하여 이런 황량하고 궁벽한 곳에 계십니까?"

"주유가 자기 재능만 믿고 남을 용납하지 않기에 이곳에서 은거하고 있소."

"선생의 재능이라면 어디로 간들 크게 쓰이지 않겠습니까? 조승상에게 의탁하실 생각이 있으면 제가 모시고 가겠습니다."

"벌써부터 강동을 떠나고 싶었소. 그대가 안내할 마음이 있다면 지금 당장 갑시다. 지체하다가 주유에게 들키면 필경 해를 당할 것이오."

두 사람은 그날 밤 산을 내려와서 장간이 타고 온 배를 타고 나는 듯이 강북으로 갔다. 방통이 왔다는 소식을 듣고 조조는 직접 막사에서 나와 맞이했다. 다들 자리에 앉자 조조가 말했다.

"주유는 어린 나이에 자기 재능만 믿고 선생의 훌륭한 계책을 쓰지 않았다지요. 내 일찍부터 선생의 경성을 들었으니, 부디 나에게 가르침을 내려주시오."

"승상의 용병은 법도가 있다고 들었습니다. 지금 군사의 진용을 한번 보고 싶습니다."

조조는 방통과 함께 말을 타고서 먼저 육군의 진영을 보여주었다. 방통이 말했다.

"산을 끼고 숲에 의지해 앞뒤가 서로 마주하고, 또 출입 통로가 있고 진퇴가 가능한 길도 굽이굽이 있으니, 설사 손무와 오기가 다시 세상에 와도 이를 넘어서지는 못할 것입니다."

두 사람은 또 수군의 진영에 가보았다. 남쪽을 향해 24개의 수문을 만들고 전선들을 성곽처럼 세워두었는데, 그 안에서 작은 배들이 마치 골목을 드나들듯 질서정연하게 다니고 있었다. 방통이 또 말했다.

"승상의 용병이 이러하니 과연 명불허전입니다."

조조는 크게 기뻐했다. 그들은 다시 막사로 돌아와 진세와 병법을 논했는데 방통은 흐르는 물처럼 거침없이 조조의 질문에 답했다. 조조는 감복한 나머지 저절로 존경심이 우러나왔다. 그때 방통이 취한 척하며 물었다.

"군중에 훌륭한 의사가 있습니까?"

"왜 그런 것을 묻소?"

"수군에는 병이 많으니 반드시 훌륭한 의사가 있어 치료를 해야 합니다."

사실 조조의 군사들 중에는 물과 풍토가 맞지 않아서 구토하는 병에 걸려 죽는 자가 많았다. 조조가 그 대책을 묻자 방통은 이렇게 대답했다.

"승상께서 수군을 조련하는 방법이 아주 묘하기는 하지만, 큰 강에서는 밀물과 썰물이 오가는데다 바람과 파도가 그치질 않으니 배가 낯선 북방의 군사들은 풍랑에 시달리다 병을 얻을 수밖에 없습니다. 아예 큰 배 한 척에 작은 배 30척이나 50척을 한 묶음으로 하여 쇠고리로 연결하십시오. 그리고 그 위에 넓은 판자를 깔아놓으면 사람은 물론 말도 달릴 수 있고 풍랑이 치거나 조수가 밀려들어도 두려울 게 없습니다."

조조는 자리에서 일어나 고마움을 표시했다.

"선생의 좋은 계책이 아니면 내가 어찌 동오의 수군을 깨뜨릴 수 있겠소?"

조조는 대장장이에게 명하여 밤새 쇠고리와 큰못을 만들어 배들을 묶게 했다. 군사들도 이 소식을 듣고 모두 기뻐했다.

방통이 또 조조에게 말했다.

"제가 보건대 강동의 호걸 중에 주유에게 원한을 품은 자가 적지 않습니다. 제가 세 치 혀를 놀려 승상께 투항하도록 그들을 설득하겠습니다. 그러면 주유는 고립무원의 처지에 빠져서 결국 승상께 사로잡힐 것입니다. 주유를 격파하고 나면 유비도 걱정할 게 없습니다."

"선생이 크나큰 공을 세우면 황제께 아뢰어 삼공의 반열에 들게 하겠소."

방통은 강동으로 떠나기 전 작별 인사를 하며 말했다.

"제가 떠나자마자 속히 진군하십시오. 주유가 계책을 눈치 채지 못하도록 서두르셔야 합니다."

며칠 뒤, 수군 도독 모개와 우금이 조조를 찾아와 말했다.

"크고 작은 배들을 모두 엇물려 이어놓았고 깃발과 무기도 준비가 끝났습니다. 승상께서 지휘하시면 며칠 안에 군사를 움직일 수 있습니다."

조조는 중앙의 커다란 전선 위에 앉아서 모든 장수에게 임무를 맡겼다. 먼저 수군의 중앙은 모개와 우금이 맡고, 전위부대는 장합, 후위부대는 여건, 좌군은 문빙, 우군은 여통呂通이 통솔했다. 기병과 보병은 전위부대는 서황, 후위부대는 이전, 좌군은 악진, 우군은 하후연이 통솔했다. 하후돈과 조홍은 수륙 두 갈래로 군사를 접응하게 하고, 허저와 장요에게는 승상의 호위와 왕래를 맡겼으며, 다른 장수들에게도 각각 임무를 부여했다.

조조가 명령을 마치자 수군 진영에서 북소리가 세 번 울리고 전선들이 여러 문으로 나뉘어 진영을 나섰다. 이날 갑자기 서북풍이 불었지만 쇠고리로 서로 묶인 배들은 마치 평지를 걷는 듯 평온하게 나아갔다. 북방의 군사들도 배 위에서 평지처럼 창을 찌르고 칼을 쓰는 등 몸놀림이 무척 기민했다. 조조는 크게 기뻐하면서 승리를 확신하고는 수군에게 돛을 내리고 순서에 따라 진영으로 돌아가라고 명했다.

이때 정욱이 와서 진언했다.

"배들을 쇠고리로 묶어 아주 안정적이긴 하지만 혹시 상대가 화공을 쓰면 막기 어려우니 대비하셔야 합니다!"

조조가 크게 웃으면서 말했다.

"무릇 화공은 바람의 힘을 빌려야 하네. 그러나 지금은 엄동설한이라 서풍이나 북풍만 불 뿐 어디 동풍이나 남풍이 불겠는가? 우리 측은 장강 북쪽에 있고 동오의 군대는 남쪽 기슭에 있으니 화공을 써도 자기네 군대를 불태울 뿐이지 않겠는가?"

사람들은 모두 조조의 견해에 탄복했다. 이때 두 장수가 나서서 말했다.

"소장들은 비록 북방 출신이지만 순시선 20척만 내주시면 곧장 강남으로 가서 적의 깃발과 북을 빼앗아 돌아오겠습니다."

조조가 쳐다보니 본래 원소의 장수였던 초촉과 장남이었다.

"너희는 북방에서 태어나고 자라 배를 타는 데 익숙지 못하지만 강남의 군사들은 물 위를 오가며 훈련한 자들이다. 목숨을 아이들 장난하듯 가볍게 여기지 마라."

"만약 승리하지 못하면 군법에 따르겠습니다."

조조가 마침내 승낙하자 두 장수는 배 20척을 이끌고 남쪽 기슭으로 향했다.

주유는 적진에서 떠들썩한 북소리가 들리자 높은 곳에 올라가 관망했다. 이윽고 작은 배들이 물결을 헤치고 오는 모습이 보였다. 주유는 장수들을 돌아보며 물었다.

"누가 먼저 적을 물리치겠는가?"

한당과 주태周泰가 동시에 답했다.

"제가 선봉에 서서 적을 격파하겠습니다."

주유가 승낙하자 두 장수는 순라선 다섯 척을 인솔하여 좌우로 나눠 출발했다. 초촉과 장남은 자신들의 용맹만 믿고 급히 배를 몰고 왔다. 초촉의 배가 먼저 한당의 배를 향해 어지럽게 화살을 날렸다. 한당이 방패로 화살을 막자 초촉은 긴 창을 휘두르며 달려들었다. 그러나 한당이 번쩍 창을 들어 찌르자 초촉은 그만 찔려 죽고 말았다. 뒤이어 장남이 크게 소리를 지르며 다가오자 이번에는 주태가 황급히 몸을 날려 장남의 배에 뛰어올랐다. 그의 칼이 번쩍하자 장남도 목숨을 잃고 물에 떨어졌다. 초촉과 장남의 이 허무한 죽음은 조조로 하여금 더욱 방통의 계책을 믿게 만들었다.

주유는 조조의 전선들이 진영으로 돌아가는 광경을 지켜보면서 수하 장수들에게 말했다.

"강북의 전선이 갈대숲처럼 빽빽하고 조조의 꾀가 남다르니 어떤 계책을 써야 격파할 수 있겠는가?"

장수들이 미처 대답하기 전에 조조 진영 한가운데의 황색 깃발이 큰 바람에 꺾여 강물 위로 날아갔다. 주유는 이를 보고 크게 웃으며 말했다.

"조조에게는 실로 상서롭지 못한 조짐이다!"

주유가 말을 마치기가 무섭게 광풍이 또 크게 불어 파도가 강 기슭을 때리는가 싶더니 세찬 바람이 곁의 깃발을 휘감아 주유의 얼굴을 후려쳤다. 그 순간 주유는 어떤 생각이 머릿속을 스치는 것과 동시에 큰 소리를 지르며 쓰러졌다. 그의 입에서 피가 쏟아져나왔다.

막사에 누워 있는 주유에게 제갈량이 위문을 왔다.

"며칠 동안 못 뵈었는데 이렇게 편찮으신 줄은 몰랐습니다."

"사람은 아침저녁으로 화와 복이 바뀐다고 하니 스스로를 보존하기가 어찌 쉽겠습니까?"

"하늘의 예측할 수 없는 풍운을 사람이 짐작하기는 어렵지요. 혹시 열이 나고 답답하십니까?"

주유가 고개를 끄덕이자 제갈량이 다시 말했다.

"그럼 열 내리는 약을 써야 합니다."

"이미 썼으나 전혀 효험이 없습니다."

"먼저 기운을 다스려야 합니다. 기운이 순해지면 호흡하는 사이에 자연히 나을 수 있습니다."

주유는 제갈량이 자기 속내를 아는 것 같아 슬쩍 떠보았다.

"기운을 순하게 하려면 어떤 약을 써야 합니까?"

"제가 가지고 있는 처방이 도독의 기운을 순하게 다스릴 수 있습니다."

"부디 가르쳐주십시오."

제갈량은 종이와 붓을 가져오게 한 뒤에 좌우를 물리치고 종이 위에 '조조를 격파하려면 반드시 화공을 해야 하건만, 모든 준비가 갖춰졌는데 오직 동풍만 빠졌구나'라고 썼다. 그 글을 보고 크게 놀란 주유가 웃으면서 말했다.

"이미 제 병의 뿌리를 알고 계셨군요. 그럼 무슨 약을 써서 다스리시겠습니까?"

"저는 비록 재능은 없지만 일찍이 이인異人의 가르침을 받아 비와 바람을 부를 수 있습니다. 도독께서 남병산南屛山에 누대를 세우면 제가 도독을 위해 사흘 낮 사흘 밤 동안 동남풍을 불게 하겠습니다."

주유는 크게 기뻐하면서 당장 병사들에게 명해 남병산에 단을 만들게 하고 그 이름을 칠성단七星壇이라고 지었다. 제갈량은 11월 20일 길한 시각에 목욕재계를 하고 칠성단 앞에 나가 하늘을 바라보며 기도했다.

제갈량이 칠성단에서 기도를 하고 있을 때 주유는 정보와 노숙을 비롯한 모든 군관을 불러놓고 동남풍만 불면 언제든 출병할 수 있게 만반의 준비를 갖춰놓고 기다렸다. 황개도 화선火船 20척을 준비했다. 뱃머리에는 큰 쇠못을 빽빽하게 박았고, 배 안에는 갈대와 마른 땔나무를 가득 쌓은 뒤 고기기름을 부었으며, 그 위에는 유황과 초석硝石 등 인화물질을 바른 뒤 푸른 천으로 덮어 위장했다. 만반의 준비를 갖춘 황개는 막사 밑에서 주유의 명령이 떨어지기만 기다렸다.

3경이 될 무렵, 갑자기 바람이 불고 깃발이 날렸다. 주유가 막사를 나와 살펴보니 과연 깃발이 서북쪽 조조의 진영을 향해 휘날리고 있었다. 삽시간에 동남풍이 크게 일어났다. 주유가 장수들에게 명했다.

"먼저 감녕은 채중과 항복해온 병사들을 데리고 남쪽 기슭으로 가서 조조 군대의 기를 세우고 곧장 오림烏林을 빼앗아라. 그 다음에는 조조가 군량을 쌓아둔 곳에 침투해서 불을 질러 신호하라. 그리고 채화는 내가 쓸 곳이 있으니 막사에 남겨두어라."

다음에는 태사자에게 분부했다.

"군사 3천 명을 이끌고 곧장 황주黃州토 가서 조조를 도우러 오는 지원군을 막아라. 역시 불을 질러 신호를 삼되, 다만 붉은 깃발이 보이면 주공이 도우러 온 것으로 알라."

갈 길이 가장 먼 까닭에 감녕과 태사자가 제일 먼저 떠났다. 주유가 다시 명을 내렸다.

"여몽呂蒙은 군사 3천 명을 인솔하여 오림으로 가서 감녕을 도와 조조의 진영을 불사르라. 또 능통凌統은 군사 3천 명을 이끌고 직접 이릉彝陵의 경계로 가서, 오림에서 불이 일어나면 즉시 지원하라. 또 동습董襲은 군사 3천 명을 데리고 직접 한양漢陽을 취하고 한천漢川을 따라 조조의 진영을 쳐라. 흰색 깃발을 보면 원군인 줄 알라. 마지막으로 반장潘璋은 흰색 깃발을 앞세우고 군사 3천 명과 함께 한양에 가서 동습을 도와라."

여섯 갈래의 군마가 길을 떠나자 주유는 황개에게 명했다.

"화선을 잘 배치한 뒤 오늘 밤 항복하겠다고 조조에게 밀서를 보내시오."

그리고 다시 명을 내렸다.

"전선 네 척을 선발해 황개 장군의 배를 뒤따르면서 후원하게 하라!"

그러고는 각 부대의 지휘관을 임명하니 제1대는 한당, 제2대는 주태, 제3대는 장흠, 제4대는 진무陳武였다. 이 네 갈래 부대가 각각 전선 300척을 거느리그 선두에는 화선 20척을 배치했다. 주유와 정보는 사령선에서 전투를 지휘하고 노숙과 감택 등의 모사들은 영채를 지키기로 했다.

이때 유비는 하구에서 제갈량을 맞이했다. 제갈량은 군영에 돌아오자마자 모든 장수를 소집해 지시를 내렸다.

"조자룡은 군사 3천 명을 이끌고 강을 건너 오림의 오솔길에서 나무와 갈대가 많은 곳을 찾아 매복하시오. 오늘 밤 4경 이후 조조가 반드시 그곳으로 도주할 테니, 그대는 기다렸다가 반쯤 지나간 뒤에 불을 지르시오."

조자룡이 물었다.

"오림에는 두 갈래 길이 있어서 하나는 남군南郡으로 통하고 하나는 형주로 통하는데 어느 길을 지켜야 합니까?"

"조조는 형세가 급박해 남군으로는 못 가고 반드시 형주로 가서 군사를 모아 허도로 돌아가려 할 것이오."

조자룡이 명을 받고 출발하자 제갈량은 다시 장비에게 지시했다.

"그대는 군사 3천 명을 이끌고 강을 건너 이릉으로 가는 길을 끊고 호로곡葫蘆谷 어귀에 매복하시오. 조조의 군사들이 그곳에 이르러 밥을 지을 때 연기가 피어오르면 즉시 산기슭에 불을 지르고 공격하시오."

장비가 떠나자 제갈량은 또 미축과 미방, 유봉에게 지시했다.

"그대들은 각기 배를 몰고 강을 돌면서 패한 적군을 사로잡고 무기를 빼앗으시오."

세 사람이 물러가자 제갈량은 또 유기에게 말했다.

"무창武昌은 요충지이니 공자는 그곳을 지키면서 패주해오는 조조의 군사들을 사로잡고, 결코 성곽을 떠나지 마십시오."

유기가 하직하고 돌아가자 제갈량이 유비에게 말했다.

"주공께서는 번구樊口에 주둔하시어 높은 곳에서 오늘 밤 주유가 큰 공을 이루는 걸 구경하시지요!"

이때 관우도 자리에 있었지만 제갈량은 눈길 한번 주지 않았다. 관우가 참다못해 큰 소리로 말했다.

"제가 형님을 따라 오래 전장을 누비면서 일찍이 남에게 뒤진 적이 없습니다. 그런데 오늘 대적을 만나고도 저를 쓰지 않으시니 대체 무슨 이유입니까?"

제갈량이 웃으며 대답했다.

"이상하게 생각지 마십시오. 원러는 가장 중요한 길목을 지키게 하려고 했지만 걸리는 점이 있어서 못 보내는 것입니다."

"도대체 뭐가 걸린다는 겁니까? 갈씀해보시지요."

"지난날 조조가 그대를 후히 대했으니 그대도 마땅히 보답할 생각을 하고 있겠지요. 이번에 조조가 패하면 화용도華容道로 달아날 게 분명한데, 그대가 그곳을 지키고 있으면 틀림없이 놓아줄 것입니다."

"지나친 생각입니다! 조조가 저를 후하게 대해준 건 사실입니다. 하지만 저는 안량과 문추를 죽여 그 은혜를 갚았는데 어찌 쉽사리 놓아준단 말입니까?"

"그대가 정말 놓아주면 어찌하겠습니까?"

"기꺼이 군법의 제재를 받겠습니다!"

그리하여 제갈량은 관우에게 군령장을 쓰게 했고 관우는 관평, 주창과 400명의 군사를 데리고 화용도로 가서 매복했다.

이때 조조는 군영에서 황개의 소식을 기다리고 있었다. 이날 동남풍이 강하게 불자 정욱이 조조에게 말했다.

"오늘 동남풍이 부니 미리 방비하셔야 합니다."

그러나 조조는 웃으면서 대답했다.

"동짓날은 음양이 바뀌는 때이니 어찌 동남풍이 불지 않을 수 있겠는가? 이상할 것 없다!"

이때 갑자기 한 병사가 와서 보고했다.

"강동에서 작은 배가 왔는데 황개의 밀서를 가져왔답니다."

조조는 급히 밀서를 받아 읽었다.

그동안 주유의 감시가 몹시 심하여 몸을 뺄 수 없었으나, 오늘 파양호鄱陽湖에서 식량이 새로 들어오자 주유가 저에게 순찰을 지시했습니다. 그래서 기회를 틈타 강동의 명장을 죽여 그 수급을 갖고 항복하려 합니다. 오늘 밤 청룡아기를 꽂고 가는 배가 바로 제가 탄 군량선입니다.

조조는 크게 기뻐하며 장수들과 함께 큰 전선에 올라 황개의 배가 오기를 기다렸다.

이날 밤, 주유는 갑자기 채화를 결박하라고 명했다. 채화가 죄가 없다고 항변하자 주유가 말했다.

"너는 감히 거짓 항복을 하지 않았느냐? 내 오늘 너의 수급으로 깃발에 제사를 지내야겠다."

주유는 채화의 피로 깃발에 제사를 지낸 뒤 출정 명령을 내렸다. 세 번째 화선에 탄 황개는 갑옷을 입고 날카로운 칼을 들고는 '선봉 황개'라고 쓴 깃발을 배에 꽂고서 적벽赤壁으로 출발했다. 이때 동풍이 크게 일어나 파도가 무섭게 소용돌이쳤다.

조조가 멀리 맞은편 기슭을 바라보니 달빛에 비친 강물이 마치 수만 마리 금빛 뱀이 파도를 희롱하며 춤을 추는 듯했다. 조조가 바람을 맞으며 득의양양한 웃음을 터뜨리는데 갑자기 군사가 와서 보고했다.

"멀리 한 무리의 돛단배가 바람을 타고 오고 있습니다."

조조는 높은 곳에 올라가서 바라보았다. 과연 뱃머리에 청룡 아기가 꽂혀 있고 '선봉 황개'라는 글자가 크게 씌어 있었다. 조조가 웃으며 말했다.

"황개가 항복하러 오다니, 그야말로 하늘이 나를 돕는구나!"

배가 점차 다가오자 정욱이 오랫동안 지켜보다가 조조에게 말했다.

"지금 오는 배에 분명 속임수가 있으니 절대로 진영에 다가서지 못하게 하십시오!"

"무슨 연유로 그렇게 말하는가?"

"분명 군량선을 타고 온다고 하지 않았습니까? 식량이 배에 쌓여 있다면 배가 몹시 무거울 텐데 지금 저 배는 가볍게 떠 있습니다. 더구나 오늘 밤에는 동남풍이 강하게 부니 저들이 계략이라도 쓰면 어떻게 막아내겠습니까?"

조조가 정신이 번쩍 들어 좌우를 돌아보며 물었다.

"누가 가서 제지하겠는가?"

문빙이 나섰다.

"제가 물에 익숙하니 가보겠습니다."

문빙은 10여 척의 순라선을 이끌고 나가며 뱃머리에서 크게 외쳤다.

"승상의 분부시다. 남쪽에서 온 배들은 가까이 오지 말고 강 복판에 머물라!"

그 순간, 활시위 소리가 들리더니 문빙이 왼쪽 팔에 화살을 맞고 쓰러졌다. 배 위의 군사들도 갈팡질팡했다. 이때 쌍방은 수면에서 2리밖에 떨어져 있지 않았다.

황개가 칼로 신호하자 앞서가던 배에서 일제히 불을 지폈다. 불은 바람의 기세를 타고 급격히 번졌고 배들은 더욱 쏜살같이 내달렸다. 불길과 연기가 하늘을 뒤덮으면서 20척의 작은 배가 저마다 조조의 진영에 충돌했다. 조조 진영의 배들은 삽시간에 불길에 휩싸였다. 더구나 모든 배가 쇠고리에 묶여 있어 어디로 피할 수도 없었다.

강 건너 주유의 진영에서 화포 소리가 들리고 사방에서 화선들이 일제히 몰려들었다. 불길이 바람을 따라 강의 수면 위를 치달리면서 하늘과 땅을 붉게 물들였다.

궁지에 몰린 조조는 강 언덕으로 도망치려 했다. 이때 장요가 작은 배를 몰고 와서 갈아타게 했다. 황개가 그 뒤를 쫓으며 외쳤다.

"역적 조조는 달아나지 마라. 황개가 여기 있다!"

조조가 괴로운 탄식을 뿜어내고 있는데 장요가 활을 당겨 황개의 어깨를 맞혔다. 황개는 물에 떨어졌지만 한당이 와서 그를 구했다.

강이 온통 불길에 뒤덮인 상태에서 왼쪽에서는 한당과 장흠의 군대가 적벽 서쪽에서 쳐들어왔고, 오른쪽에서는 주태와 진무의 군대가 적벽 동쪽에서 쳐들어왔으며, 한복판에서는 주유와 정보가 인솔하는 대규모 선단이 다가왔다. 이렇게 세 방향에서 격전이 벌어졌다. 조조의 군사들은 창에 찔리고 화살에 맞고 불에 타고 물에 빠져 죽는 자가 부지기수였다.

이때 강기슭에서는 감녕이 채중을 앞세워 조조 진영 깊숙이 쳐들어간 뒤 한칼에 채중을 죽이고 군량에 불을 질렀다. 멀리서 그 불을 본 여몽도 10여 곳에 불을 지르며 달려왔다. 게다가 반장과 동습까지 양쪽으로 갈라져 불을 지르며 함성을 지르니 사방에서 북소리와 고함소리가 진동했다.

진퇴양난에 빠진 조조가 기병 100여 명을 거느리고 불길 속에서 우왕좌왕하는데 장요가 앞쪽을 가리키며 말했다.

"오림이 넓으니 거기로 가면 도주할 수 있습니다."

조조는 급히 오림으로 달려갔다. 그러나 얼마 못 가서 한 무리의 군사가 뒤에서 쫓아오며 소리쳤다.

"역적 조조야, 서라!"

바로 여몽이 이끄는 군사들이었다. 조조는 장요에게 여몽을 대적하게 하고 자신은 힘껏 앞으로 달렸다. 하지만 이번에는 능통이 앞에서 군사를 이끌고 달려왔다. 조조는 간담이 서늘했다.

다행히 산기슭에서 서황이 나타나 혼전을 벌이며 그를 호위하여 북쪽으로 달아났다. 곧 마연과 장의가 인솔하는 군사들도 합류했다. 조조는 그 두 사람에게 1천 명의 군마를 인솔해 앞에서 길을 열게 하고 나머지 군마는 뒤에서 자기를 보호하게 했다.

그러나 채 10리도 못 가서 함성이 일어나더니 적군의 장수가 소리쳤다.

"나는 동오의 감녕이다."

마연과 장의가 즉시 뛰쳐나가 맞서 싸웠다. 그러나 두 사람은 연이어 감녕의 칼에 맞아 말에서 굴러떨어지고 말았다. 크게 놀란 조조는 합비合肥에서 지원군이 오기를 고대했지만 이미 손권이 합비의 길목을 지키며 지원군을 차단하고 있었다. 조조는 어쩔 수 없이 말 머리를 돌려 이릉을 향해 밤새 말을 달렸다.

조조는 새벽이 되어 오림의 서쪽에 이르렀다. 주위에는 나무와 풀이 무성하고 산세가 험했다. 이때 갑자기 조조가 하늘을 향해 크게 웃자, 장수들이 물었다.

"승상께서는 어찌하여 웃으십니까?"

"주유와 제갈량의 지모가 보잘것없어서 웃었다. 내가 용병을 했다면 이곳에 미리 매복을 해두었을 것이다."

그 말이 끝나기도 전에 서쪽에서 북소리가 울리고 사방에서 불길이 치솟았다. 조조는 깜짝 놀라 하마터면 말에서 떨어질 뻔했다. 곧이어 한 무리의 군사가 뛰쳐나오더니 앞에 선 장수가 큰 소리로 외쳤다.

"나는 조자룡이다! 이곳에서 기다린 지 오래다!"

조조는 장합과 서황에게 대적하라고 명한 뒤 화염을 뚫고 도주했다. 조자룡은 서황, 장합과 싸울 뿐 뒤를 쫓지는 않았다.

동이 틀 무렵이었으나 검은 구름이 하늘을 덮고 있었다. 동남풍도 여전히 그치지 않았으며 큰비가 쏟아져 갑옷을 흥건히 적셨다. 조조와 군사들은 피로와 굶주림에 시달렸다. 조조는 군사들에게 명하여 마을에 가서 쌀을 빼앗고 산기슭의 마른 곳에서 불을 지펴 밥을 짓게 했다. 그래서 모두 배불리 먹고 젖은 옷을 말리고 있는데 조조가 또 웃음을 터뜨렸다. 장수들이 이유를 묻자 조조가 대답했다.

"역시 주유와 제갈량은 지모가 부족한 자들이다. 내가 용병을 했다면 이곳에 매복을 두어 지친 적군을 공격했을 것이다."

그 말이 끝나기가 무섭게 앞뒤에서 함성소리가 크게 울렸다. 조조는 크게 놀라 갑옷도 버린 채 말에 올랐고 군사들도 갈팡질팡했다. 곧 사방에서 불과 연기가 치솟으면서 산어귀에 한 무리의 군사가 나타났다. 맨 앞에 선 장수는 바로 장비였다.

"역적 조조야, 어디로 가느냐!"

조조의 군사들은 간담이 서늘했다. 허저와 장요, 서황이 달려나가 장비와 혼전을 벌였고 그 틈에 조조는 말을 달려 도주했다. 한참을 달리는데 앞서가던 군사가 와서 보고했다.

"길이 두 갈래로 나뉘는데 어디로 가시렵니까?"

"어느 길이 가까우냐?"

"큰길은 평탄하지만 50여 리를 우회해야 하고, 좁은 산길을 취해 화용도로 접어들면 50여 리가 줄어들지만 길이 좁고 험해서 행군하기 어렵습니다."

조조는 즉시 산에 올라가 주위를 살펴보라고 명했다. 얼마 후 군사가 돌아와 보고했다.

"좁은 산길 주변은 곳곳에서 연기가 피어오르지만 큰길에는 별다른 움직임이 없습니다."

"그럼 화용도로 가자."

"연기가 피어오르는 걸 보면 필시 군마가 있을 터인데 어찌하여 그 길로 가시려 합니까?"

"제갈량은 계략이 많은 자다. 일부러 좁은 길에 연기를 피워 매복을 위장했을 것이다."

마침내 조조는 험난한 산길로 들어섰다. 군사들은 추위와 굶주림, 화상에 시달리며 힘겹게 행군했다. 그런데 얼마 가지 못해 갑자기 앞서가던 군사들이 멈춰서자 조조가 소리쳤다.

"무슨 일이냐?"

"앞쪽 비탈길이 새벽에 내린 비로 진흙구덩이가 되는 바람에 물이 고여 흐르지 못하고 있습니다. 말발굽이 진흙에 빠져 꼼짝도 못합니다."

조조는 크게 노해 호통을 쳤다.

"군대는 산을 만나면 길을 내서 나아가고 물을 만나면 다리를 만들어 건너는 법이다. 어찌 진흙구덩이 때문에 나아갈 수 없다고 하느냐?"

그러고는 풀과 갈대를 베어다 진흙구덩이를 메우라고 명령했다. 조조의 군사들은 진흙구덩이를 메우면서 계속 험한 비탈을 올라갔다. 하지만 군사들이 진흙구덩이에 빠져 수없이 죽어나가는 바람에, 비탈길을 다 뚫고 나왔을 때는 겨우 300명만이 조조의 뒤를 따르고 있었다. 그나마 제대로 갑옷과 투구를 갖춘 자는 몇 되지 않았다. 그래도 조조가 계속 길을 재촉하자 수하 장수들이 간했다.

"말들이 지쳤으니 잠시 쉬었다 가시지요."

"형주까지 가서 쉬어도 늦지 않다."

어쩔 수 없이 다들 조조의 명을 따랐지만, 너무 지친 상태여서 행군은 더디기 짝이 없었다. 그렇게 몇 리를 갔을 때 조조가 다시 큰 소리로 웃었다. 수하들이 물었다.

"승상께서는 어찌하여 또 웃으십니까?"

"주유와 제갈량의 지모가 뛰어나다고 하지만, 내가 보기에는 무능한 자들에 불과하다. 이곳에 군사를 매복했다면 우린 속수무책이었을 것이다."

그 말이 채 끝나기도 전에 포성이 울리더니 양쪽에서 500명의 군사가 나타났다. 관우가 청룡언월도를 들고 적토마에 앉아서 그들을 이끌고 있었다. 조조가 어쩔 줄을 몰라하자 정욱이 나서서 간했다.

"지난날 승상께서 관운장에게 은혜를 베푸셨으니 이제 친히 살려달라고 간청하시면 난국에서 벗어날 수 있을 것입니다."

조조는 정욱의 말대로 직접 앞으로 나아가 관우에게 허리를 숙였다.

"그동안 별고 없으셨소?"

"관우가 군사軍師의 명을 받고 여기서 오래 기다렸소."

"내가 싸움에 패해 더 이상 빠져나갈 길이 없소. 장군께서는 부디 옛정을 생각해주시오."

"나는 이미 안량과 문추를 베어 은혜를 갚았다고 생각하오. 게다가 오늘 일은 공적인 것이오."

그러나 조조는 계속 "대장부는 신의를 중시한다"면서 길을 터 달라고 간청했다. 의리를 중시하는 관우는 옛날 조조가 베푼 은혜가 떠올라 마음이 움직였다. 게다가 조조의 군사들이 처량한 기색으로 눈물 흘리는 것을 보고는 더더욱 불쌍한 생각이 들어 마음이 흔들렸다. 결국 그는 고개를 돌려 군사들에게 명했다.

"사방으로 흩어져 있어라!"

관우가 길을 터주자 조조는 급히 장수들을 거느리고 달아났다. 이어 장요와 그 부하들이 도착했을 때도 관우는 장요와의 옛정을 생각해 놓아주었다.

조조가 화용도의 위기에서 벗어나 뒤따르는 병사들을 헤아려보니 겨우 스물일곱 명이었다. 조조는 이들을 데리고 남군으로 들어가서 휴식을 취한 뒤 조인에게 명령을 내렸다.

"그대는 전력을 다해 남군을 지키고 형주를 이끌라. 그리고 내가 계략을 하나 적어 금낭에 넣어줄 테니, 급한 일이 생기면 열어서 그 계책대로 하라."

아울러 조조는 하후돈에게 양양을, 장요에게 합비를 지키라고 명한 뒤 허도로 돌아가서 복수의 날을 기다렸다.

　한편, 조조를 살려보내고 빈손으로 하구에 돌아온 관우는 묵묵히 제갈량 앞에 섰다. 제갈량이 노하여 언성을 높였다.
　"군령장까지 써놓고 가서 조조를 놓아주다니, 당장 군법대로 시행하겠소!"
　제갈량은 무사들에게 관우를 끌고 나가 목을 베라고 명했다. 이때 유비가 끼어들어 만류했다.
　"운장이 군법을 어기기는 했으나 지난날 나와 장비와 함께 도원에서 같은 날 죽기로 맹세를 했습니다. 군사께서는 부디 운장에게 공을 세워 속죄할 기회를 주시기 바랍니다!"
　유비의 간청에 제갈량은 못 이기는 척 관우를 용서해주었다.

적벽대전의 진실

적벽대전은 소설 《삼국지》에서 다른 어떤 사건보다 많은 인물이 참여하고 내용이 방대한 사건이다. 작가 나관중은 방통의 연환계, 황개의 고육계, 주유의 반간계, 동오군의 화공, 그리고 제갈량이 풀배로 10만 대의 화살을 얻은 일화까지, 실로 웅대하고 다채로운 이야기를 펼쳐간다.

그러나 역사적 기록과 현대의 과학적 연구는 그 이야기들의 상당 부분이 사실이 아님을 증명한다. 예를 들어, 조조에게 연환계를 바쳐 참패의 원인을 제공한 방통은, 정사 《삼국지》의 기록을 보면 당시 적벽대전에 참여조차 하지 않았다. 또 주유의 친구로서 동오군의 실정을 염탐하러 왔다가 거꾸로 주유의 반간계에 이용당한 장간은 실존 인물로, 동오군을 방문한 것은 사실이지만, 유감스럽게도 그 시기가 적벽대전이 끝난 뒤였다.

풀더미를 실은 배의 양쪽에 화살 10만여 대를 박히게 하는 것이 과학적으로 불가능하다는 것도 최근 실험을 통해 입증된 바 있다. 마지막으로 조조군의 참패가 과연 동오군의 화공 때문이었는지도 확실치 않다. 학계에서는 전염병의 창궐을 또 하나의 유력한 원인으로 보고 있다.

15
주유의 최후

적벽대전에서 승리한 주유는 군사를 거두어 점검하고 장수들 각각의 공로를 기록해서 손권에게 보고했다. 그리고 전리품을 모아 강동에 실어보낸 뒤 삼군을 크게 위로했다. 이제는 군사를 일으켜 남군을 공략하는 일만 남아 있었다. 주유는 강어귀에 전위부대를 주둔시키고 앞뒤로 영채 다섯 개를 세운 뒤 자신은 그 한가운데에 자리를 잡았다.

주유가 장수들과 함께 남군을 공략할 계책을 논의하고 있을 때 군사가 와서 보고했다.

"유현덕의 사자 손건이 도독의 승리를 축하하러 왔습니다."

주유는 즉각 손건을 불러들여 물었다.

"현덕은 지금 어디 계십니까?"

"지금은 군사를 이동해 유강油江 어귀에 주둔하고 계십니다."

주유가 깜짝 놀라서 물었다.

"그럼 공명도 유강에 계십니까?"

"두 분 다 유강 어귀에 계십니다."

주유는 잠시 침묵하다가 손건에게 말했다.

"그대는 먼저 돌아가시오. 내가 직접 찾아뵙고 사례하리다."

손건이 돌아간 후 노숙이 물었다.

"도독께서는 아까 왜 그토록 놀라셨습니까?"

"유비가 유강에 주둔하고 있다니, 이는 필시 남군을 취할 뜻이 있는 것이오. 우리가 많은 군마와 식량을 허비하고 이제 남군을 얻으려 하는데 저 두 사람은 좋지 않은 마음을 품고 있군."

"그럼, 어떤 계책으로 물리치실 생각입니까?"

"내가 직접 가서 그들의 이야기를 들어보겠소. 여의치 않으면 남군을 내주느니 유비부터 없애야 할 것이오."

"저도 함께 가겠습니다."

주유는 노숙과 함께 기병 3천 명을 데리고 유강 어귀로 갔다.

한편 손건은 돌아와서 유비를 만났다.

"주유가 직접 와서 사례하겠다고 했습니다."

제갈량은 주유가 남군 때문에 온다는 걸 알고 있었다. 그래서 유비에게 대처 방법을 알려준 뒤, 유강에 전선을 벌여놓고 언덕 위에는 군마를 늘어세웠다.

얼마 후 유강 어귀에 도착한 주유는 유비군의 위세가 웅장한 걸 보고 속으로 몹시 불안했다. 유비가 그를 위해 마련한 연회에서 술이 서너 순배 돌았을 때, 주유가 유비에게 물었다.

"유 예주께서 이곳에 주둔하신 것은 남군을 취할 뜻이 있어서입니까?"

"도독께서 남군을 취하려 한다는 소식을 듣고 도울 일이 있을
까 해서 온 겁니다. 만일 도독께서 남군을 취하지 않는다던 그때
가서 취하겠습니다."

"지금 남군은 우리 동오의 손안에 들어온 것이나 다름없는데
어찌 취하지 않겠습니까?"

"이기고 지는 것은 예측하기 어렵습니다. 조조가 허도로 돌아
가면서 조인에게 남군을 지키라고 명했다는데, 반드시 기이한
책략이 있을 겁니다. 게다가 조인도 용맹이 만만치 않으니 도독
께서 남군을 취하는 것이 그리 쉽지는 않을 겁니다."

주유가 발끈해서 말했다.

"내가 남군을 취하지 못하면 그때는 마음대로 하시오!"

"지금 공명과 노숙이 듣고 증인이 되었으니 도독께서는 후회
하지 마십시오!"

노숙이 왠지 불안하여 어쩔 줄을 몰라하고 있는데 주유가 호
기롭게 말했다.

"대장부가 이미 한 말을 어찌 후회하겠습니까?"

제갈량이 끼어들었다.

"도독의 말씀은 정말 공정합니다! 먼저 동오가 남군을 공략했
다가 뜻을 이루지 못했을 때 주공께서 공략한다면 무슨 문제가
있겠습니까?"

주유와 노숙이 돌아가자 유비가 제갈량에게 말했다.

"군사께서 하라는 대로 하긴 했지만 도무지 영문을 모르겠군

요. 지금 나는 외롭고 곤궁한 처지로, 마땅히 발붙일 곳도 없어서 남군을 취해 잠시 머물까 했는데, 이제 주유가 먼저 남군을 취한다면 나는 어디에 머물러야 합니까?"

제갈량이 크게 웃으며 대답했다.

"애초에 형주를 공략하시라고 권했을 때는 거절하지 않으셨습니까. 지금은 생각이 달라지셨나요?"

"그때는 같은 한나라 종실 유표의 소유였기 때문에 차마 취할 수 없었지만, 지금은 조조의 것인데 어찌 취하지 않겠습니까?"

"염려 마시고 주유가 뜻대로 싸우게 내버려두십시오. 조만간 주공이 남군성 높이 앉으실 수 있도록 해드리겠습니다."

"무슨 계책이라도 있습니까?"

제갈량이 귓속말로 계책을 들려주자 유비는 크게 기뻐하면서 제갈량의 말대로 유강 어귀에 주둔한 채 꼼짝도 하지 않았다.

영채로 돌아온 후 노숙이 주유에게 물었다.

"어째서 유현덕에게 남군을 취하라고 하셨습니까?"

주유가 자신감에 찬 목소리로 대답했다.

"손가락만 한 번 튕기면 남군을 얻을 수 있겠기에 생색이나 한번 내보았소."

주유가 수하 장수들을 돌아보며 물었다.

"누가 가서 남군을 먼저 취하겠는가?"

이에 한 사람이 대답하고 나섰는데 바로 장흠이었다. 주유가 말했다.

"그대가 선봉장으로서 서성徐盛과 정봉丁奉을 부장으로 삼아 군마 5천을 이끌고 먼저 강을 건너게. 내가 곧 뒤따라가며 도울 테니."

이때 남군을 지키고 있던 조인은 조홍어게 이릉을 지키게 하여 서로 기각지세를 이루었다. 이떠 시종이 와서 보고했다.

"동오의 병사가 이미 한강漢江을 건넜습니다."

조인이 수하들에게 말했다.

"싸우지 말고 성을 지키는 것이 상책이다."

그러자 용장 우금이 분연히 나섰다.

"적군이 성 밑까지 왔는데 싸우지 않는다면 비겁한 짓이오. 내게 정병 500명을 주면 당장 나가 결사적으로 싸우겠소."

조인이 군사 500명을 내주자 우금은 성을 나와 동오의 장수 정봉과 접전을 벌였다. 정봉이 못 이기는 척하면서 퇴각하자 우금은 즉시 뒤를 쫓았다. 그러나 정봉은 우금이 자신의 진영으로 들어오자 군사들을 지휘하여 철통같이 포위했다. 성 위에서 내려다보던 조인은 우금이 포위되자 수백 명의 군사를 이끌고 동오의 진영으로 돌격해 들어갔다. 동오군에서 서성이 나와 싸웠으나 조인을 막지는 못했다. 결극 조인은 적진 한가운데로 들어가 우금을 구원했지만 다시 장흠이 막아섰다. 때마침 조인의 동생 조순曹純도 와서 도우니 쌍방은 한바탕 혼전을 벌였다. 그 결과, 동오가 패하고 조인은 승리를 거두어 돌아갔다.

장흠의 패배에 주유는 크게 노했다.

"내가 직접 조인과 싸우겠다!"

이때 감녕이 나서서 말렸다.

“도독께서는 서두르지 마십시오. 조인이 조홍에게 이릉을 지키게 했으니 제가 정병 3천 명을 데리고 가서 이릉을 함락하겠습니다. 도독께서는 그 후에 남군을 치십시오.”

주유는 감녕의 말대로 군사 3천 명을 주어 이릉을 공격하게 했다. 이 사실을 보고받은 조인은 즉시 진교陳矯를 불러 상의했다. 진교가 말했다.

“이릉을 잃으면 남군도 지키기 어려우니 속히 구원하십시오.”

조인은 조순과 우금에게 명해 은밀히 군사를 데리고 가서 조홍을 돕게 했다. 조순은 이릉에 닿기 전에 먼저 사람을 보내 조홍에게 이를 알리고 성을 나와 적을 유인하게 했다.

감녕이 군사를 인솔하여 이릉에 도착하자 조홍이 성을 나와서 그와 싸웠다. 20합을 싸우다가 조홍이 패한 척하며 성이 아닌 다른 쪽으로 도주하자 감녕은 조홍을 쫓지 않고 성으로 쳐들어가 이릉성을 함락했다. 그러나 황혼 무렵에 도착한 조순과 우금의 군사가 조홍의 군사와 함께 이릉성을 포위했다.

주유는 감녕이 포위되었다는 소식을 듣고 크게 놀랐다. 정보가 나서서 말했다.

“군사를 나누어 신속히 구원해야 합니다!”

주유는 고개를 저었다.

“이곳은 요충지인데 군사를 나누었다가 혹시 조인의 대군이 습격해오면 어찌하겠는가?”

이에 여몽이 말했다.

"감녕은 강동의 큰 장수인데 어찌 구하지 않을 수 있습니까?"

"그야 그렇지만 누가 여기 남아서 나를 대신한단 말인가?"

"능통에게 맡기십시오. 그리고 제가 선봉에 서고 도독께서 뒤를 끊으시면 열흘 안에 승리할 겁니다."

주유가 능통을 돌아보며 말했다.

"나 대신 이곳을 맡아줄 수 있겠소?"

"열흘이라면 맡아볼 만하나 열흘이 넘으면 감당하기 어렵습니다."

주유는 즉시 1만여 명의 군사를 능통에게 주고, 나머지 군사를 이끌고 이릉으로 달려갔다. 여몽이 주우에게 말했다.

"적군이 패하면 이릉 남쪽의 산길로 빠져나갈 것이니 나무를 베어 그 길을 막아두십시오."

주유는 그 말을 받아들여 그대로 실행했다.

대군이 이릉에 도착하자 주유가 돌아보며 말했다.

"누가 포위를 뚫고 들어가 감녕을 구하겠느냐?"

주태가 자원한 뒤 즉시 말을 몰아 적진으로 쳐들어갔다. 그가 포위를 뚫고 성 밑에 이르자 감녕이 성을 나와 맞이했다. 주태가 말했다.

"도독께서 직접 군사를 이끌고 오셨소."

감녕은 즉시 군사들에게 무장을 갖추라 명령하고 배불리 먹여 주유의 군사와 호응할 준비를 마쳤다.

조순과 조홍, 우금은 주유의 군사가 도착했다는 소식을 듣고 남군에 사람을 보내 조인에게 알리는 한편, 군사를 나누어 적을 막았다. 그러나 주유의 군사들이 사방에서 밀려들며 공격을 가하자 더 이상 버티지 못하고 도주했다. 그들은 여몽이 예견한 대로 남쪽의 산길로 갔지만 나무로 막혀 있어 더 이상 나아갈 수 없었다. 결국 그들은 말을 버리고 도망쳤다.

주유는 그 기세를 타고 남군까지 쳐들어갔다. 이때 남군 쪽에서는 마침 조인의 군대가 이릉을 구원하러 오고 있었다. 양쪽의 군사들은 한바탕 혼전을 벌이다 날이 어두워지고 나서야 진영으로 돌아갔다.

조인은 성에 돌아가자마자 수하들을 불러 대책을 논의했다. 조홍이 말했다.

"이제 이릉까지 잃어 위급한 상황인데 어찌하여 승상께서 남긴 계책을 보지 않으십니까?"

조인은 그제야 조조가 남긴 금낭을 열어보고는 크게 기뻐했다. 그리고 즉시 군사들에게 5경에 밥을 지어먹고 동이 틀 때 모두 성을 버리고 나가라고 명령했다. 이때 성 위에는 깃발을 꽂아 허장성세를 부리고 군사들은 오직 세 문을 통해서만 나가도록 했다.

남군성 아래까지 추격해온 주유의 군사들은 성 밖에 주둔하면서 날이 밝기만을 기다리고 있었다. 그런데 새벽 무렵 성문 세 곳에서 조인의 군사들이 나오는 모습이 보였다. 주유가 높은 곳에서 살펴보니 성 위에 깃발만 꽂혀 있을 뿐 지키는 군사는 하나도 없었으며, 성문을 나서는 군사들은 각자 보따리를 하나씩 허리에 차고 있었다. 주유는 속으로 생각했다.

'분명히 도주할 생각이구나.'

주유는 즉시 군사를 둘로 나누어 쳐들어갔다. 상대 진영에서도 북소리가 크게 울리며 조홍이 나왔다. 주유는 한당에게 나가서 싸우라고 명했다. 두 사람이 싸우다가 조홍이 패하여 달아나자 이번에는 조인이 나와서 접전을 벌였다. 그러자 주유의 진영에서도 주태가 나와 맞서니 조인은 이기지 못하고 달아났다. 그런데 성 안으로 들어가는 것이 아니라 서북 방향으로 도주했다. 한당과 주태는 군사를 인솔하여 추격했다. 주유는 성문이 활짝 열리고 성 위에도 사람이 없는 것을 보고 마침내 성을 함락하라고 명령을 내렸다. 그리고 자신도 기병 수십 명을 앞세우고 성으로 들어갔다.

이때 성루 위에 숨어 있던 진교는 주유가 들어오는 모습을 보고 속으로 감탄을 금치 못했다.

'승상의 묘책이 과연 신과 같구나!'

딱따기 소리가 한 번 울리더니 갑자기 양쪽에서 화살이 빗발치듯 쏟아졌다. 앞다투어 성으로 들어오던 주유의 군사들은 모두 함정에 빠져버렸다. 주유가 급히 말고삐를 채어 돌아서려는데 어디선가 화살이 날아와 그의 왼쪽 옆구리에 꽂혔다. 주유는 그만 말 아래로 굴러떨어졌다. 우금이 뛰쳐나와 주유를 사로잡으려고 하자 서성과 정봉이 죽음을 무릅쓰고 구해냈다. 이때 성 안에 숨어 있던 조인의 군사들이 몽땅 뛰쳐나오자 주유의 군사들은 자기들끼리 밟고 밟히며 도주하다가 수없이 죽어나갔다.

정보는 급히 군사를 거두려 했지만, 이번에는 조인과 조홍이

두 갈래로 나누어 협공했다. 다행히 능통이 달려와 조인의 군사
들을 막고서야 정보는 간신히 군사를 거두어 군영으로 돌아갈
수 있었다.

군영으로 돌아온 주유의 옆구리에서 의원이 쇠집게로 화살촉
을 뽑아냈다. 주유는 통증이 심해서 먹지도 마시지도 못했다. 의
원이 말했다.
"화살촉에 독이 묻어 있어 쉽게 낫기 어렵겠습니다. 갑자기
화를 내시면 상처가 터질 수도 있고요."
정보는 삼군에게 진영을 고수할 뿐 함부로 출전하지 못하게
했다.
사흘 뒤, 우금이 군사를 인솔하여 싸움을 청해왔지만 정보는
꼼짝도 하지 않았다. 우금은 날이 어두워질 때까지 욕을 퍼붓다
가 돌아갔다. 이튿날도, 그 다음 날도 와서 욕을 퍼부었지만 정
보는 일절 대응하지 않았다. 그사이 주유에게 보고도 하지 않았
는데, 혹시 주유의 화를 돋울까 두려웠기 때문이다. 하지만 주유
는 적들이 욕하는 소리를 들어 이미 알고 있었다.
어느 날, 조인이 직접 대군을 이끌고 와서 북을 치고 함성을
지르며 싸움을 청했다. 주유가 장수들을 불러 물었다.
"어디서 이렇듯 북소리와 함성이 나는 것이냐?"
"군중에서 병사들을 훈련하는 중입니다."
주유가 버럭 화를 냈다.
"어째서 날 속이느냐? 조인의 군사들이 매일 와서 욕하는 걸

이미 알고 있는데 나에게 병권을 받은 정보는 어찌하여 좌시한 단 말이냐?”

주유가 정보를 불러서 물었다.

“왜 나에게 아무 말도 하지 않았소?”

“도독께서 충격을 받으면 상처가 터질 수 있다고 해서 그랬습니다.”

“싸우지 않으면 어찌할 작정이오?”

“잠시 강동으로 돌아갔다가 도독께서 회복하신 뒤에 다시 나서는 것이 좋을 듯합니다.”

주유가 분연히 자리를 박차고 일어나면서 말했다.

“대장부가 나라의 녹을 먹는 이상 전장에서 죽어야 마땅하니, 말가죽에 시체가 싸여 돌아오기만 해도 다행이다. 나 하나로 인해 나라의 큰일을 망칠 수는 없다!’

주유는 침상에서 벌떡 일어나 갑옷을 입고 말에 올랐다. 장수들은 황급히 군사를 이끌고 뒤를 따랐다.

조인은 아직도 채찍을 휘두르며 욕을 퍼붓고 있었다.

“주유, 이 애송이야! 필경 뒈졌나 보구나. 다시는 감히 우리 군을 넘보지 못하겠지!”

그의 욕설이 끝나기도 전에 주유가 기마병 속에서 튀어나와 외쳤다.

“조인, 이 필부야! 나 주유도 못 알아보느냐?”

조인의 군사들은 주유를 보고 크게 놀랐다. 조인은 수하 장수들을 돌아보며 말했다.

"저놈의 상처가 터지게 욕설을 퍼부어라."

조인의 군사들이 일제히 욕설을 퍼붓자 주유는 크게 화를 내면서 반장에게 명하여 출전하게 했다. 그러나 반장이 미처 싸움을 시작하기도 전에 크게 부르짖더니 피를 뿜으며 말에서 굴러떨어졌다. 이때를 틈타 조인의 군사들이 공격해오자 동오의 군사들은 한바탕 혼전 끝에 간신히 주유를 구해 군영으로 돌아갔다.

군영에 돌아온 주유에게 정보가 급히 물었다.

"도독, 몸은 좀 어떠십니까?"

주유가 은밀히 정보에게 말했다.

"이건 내가 꾸민 계책이오."

"계책이라니요?"

"내 병세를 위장해 적을 속이려는 것이오. 이제 심복 병사들을 남군성으로 보내 거짓으로 항복하고 내가 죽었다는 소문을 퍼뜨리게 하시오. 그럼 조인은 오늘 밤 반드시 우리 진영을 칠 것이오. 그때 우리는 사방에 매복하고 있다가 조인을 단번에 사로잡는 거요."

"정말 묘한 계책입니다."

정보는 막사에서 나오자마자 크게 곡을 하며 슬피 울었다. 군사들은 저마다 놀라 수군거렸다.

"도독께서 상처가 터져 돌아가셨다!"

소문은 즉각 퍼져나갔고 막사마다 조기를 내걸었다.

한편, 남군성에서는 조인이 장수들과 상의를 하고 있었다.

"주유가 화를 내다가 피를 뿜으며 낙마했으니 머지않아 반드시 죽을 것이오."

이때 동오의 병사 10여 명이 투항해왔다는 보고가 들어왔다. 조인이 그중 두 명을 불러 동오의 사정을 묻자 한 군사가 대답했다.

"주유는 상처가 터져서 진영에 돌아오자마자 죽었습니다. 지금 병사들은 모두 상복을 입고 애도하고 있습니다."

조인은 크게 기뻐하며 장수들에게 말했다.

"오늘 밤 적진을 기습해 주유의 시체를 뺏은 뒤 그 목을 베어 허도로 보냅시다."

진교가 신이 나서 맞받았다.

"빨리 시행하시지요. 지체하다간 일을 그르칠 수 있습니다."

조인은 초경 무렵 주유의 진영어 이르렀다. 그런데 사람은 하나도 안 보이고 깃발과 창만 꽂혀 있었다. 조인은 계략에 빠진 것을 알고 급히 퇴각 명령을 내렸지만, 그 순간 사방에서 일제히 포성이 울리면서 동오의 군사들이 쏟아져나왔다. 조인은 군사를 거의 잃고 겨우 10여 명과 함께 포위를 뚫고 빠져나왔다. 하지만 이미 남군성으로는 돌아갈 수 없음을 깨닫고 하후돈이 있는 양양으로 향했다.

대승을 거둔 주유의 군사들은 의기양양하게 남군성으로 향했다. 그런데 성 앞에 당도해보니 깃발이 가득 나부끼는 성루에서 한 장수가 크게 외쳤다.

"도독께 미안하오. 제갈 군사의 명을 받아 내가 이미 성을 함락했소. 나는 상산常山 조자룡이오!"

주유는 크게 노해서 성을 공격하려 했지만 성 위에서 화살이 비 오듯 쏟아져 접근할 수가 없었다. 어쩔 수 없이 군사를 거둔 주유는 감녕에게 형주를, 능통에게 양양을 공격하라고 명령했다. 그 다음에 남군성을 공격해도 늦지 않다고 생각한 것이다. 그런데 갑자기 전령이 와서 소식을 전했다.

"남군을 얻은 제갈량이 조인의 병부(兵符, 장수가 군대를 동원할 때 쓰는 징표)를 이용해, 형주를 지키는 조조의 군사들에게 남군성이 위험하니 원군을 보내달라고 한 후 그 틈을 타서 장비에게 형주를 공략하도록 했습니다."

말이 채 끝나기도 전에 또 다른 전령이 와서 고했다.

"제갈량이 양양에 있는 하후돈에게도 병부를 주면서 조인이 원군을 요청했다고 속여 그를 성 밖으로 끌어낸 뒤 관우를 시켜 양양을 함락했습니다! 남군을 비롯해 형주와 양양도 전혀 힘들이지 않고 유비가 차지했습니다."

주유가 급히 물었다.

"제갈량이 어떻게 병부를 얻었단 말인가?"

정보가 말했다.

"남군성을 공격할 때 진교를 붙잡았다면 자연히 병부를 수중에 넣었겠지요."

주유는 크게 비명을 지르더니 정신을 잃고 쓰러졌다. 한참 뒤에 깨어난 주유는 다시 남군성을 치려고 했지만 노숙이 나서서 만류했다.

“지금 동오는 조조와 맞서고 있으나 아직 승패가 나지 않았습니다. 이럴 때 유현덕을 적으로 돌렸다가 그가 조조와 손이라도 잡으면 참으로 큰일입니다.”

“우리가 그토록 고생을 해서 결국 남 좋은 일만 시켜준 꼴이니 어찌 분하지 않겠소?”

“그래도 참으십시오. 제가 당장 현덕을 찾아가 좋은 말로 사리를 따져보겠습니다.”

노숙은 먼저 남군으로 갔다가 유비가 형주로 떠났다는 조자룡의 말을 듣고 다시 형주로 갔다. 그곳에서 반가이 맞이하는 제갈량에게 노숙이 따져물었다.

“우리 동오가 조조의 군사를 물리쳤으니 형주와 양양 아홉 군은 당연히 동오의 것입니다. 한데 유 황숙은 계책을 세워 힘들이지 않고 형주와 양양 아홉 군을 수중에 넣었으니 이는 이치에 어긋나지 않습니까?”

“무슨 말씀이십니까? 형주와 양양 아홉 군은 원래 동오의 땅이 아니고 유경승(유표)의 땅이었습니다. 우리 주군께서는 같은 한나라 황실의 종친으로서 돌아가신 유경승의 아우이자, 그 아들인 유기 공자의 숙부가 됩니다. 숙부가 조카를 도와 형주를 되찾은 것이 어찌 이치에 어긋난단 말입니까?”

“그렇다면 유기 공자가 안 계시다면 필경 이 땅을 우리 동오에 돌려주시는 게 맞겠지요?”

“그 말씀이 옳습니다.”

노숙은 유기가 병이 깊어 얼마 못 살 것이라고 판단했다. 그래서 이 정도로 이야기를 마무리하고 밤새 영채로 돌아와 주유에게 보고했다. 주유는 무척 못마땅했지만 마침 원군을 보내라는 손권의 명이 있어, 정보에게 대군을 수습해 가보라고 한 후 자신은 상처를 치료하기 위해 시상으로 돌아갔다.

형주와 남군, 양양을 얻은 유비는 크게 기뻐하며 수하 장수들과 함께 장기적인 대책을 논의했다. 이에 이적이 말했다.

"형주를 오랫동안 지키려면 훌륭한 인재를 찾아야 합니다. 형주와 양양에 마씨 5형제가 있는데, 그중 가장 어린 사람은 마속馬謖이고, 가장 유능한 사람은 마량馬良으로 눈썹에 흰 털(白眉)이 섞여 있습니다. 그래서 사람들은 '마씨 5형제 중에서 눈썹에 흰 털이 난 사람이 가장 낫다'고 합니다. 주공께서는 왜 이 사람을 불러 논의하지 않으십니까?"

유비는 즉시 마량을 청해 후한 예의로 맞이하며 물었다.

"형주와 양양을 지킬 책략이 있습니까?"

"형주와 양양은 사방이 적의 공격에 노출돼 있어 오랫동안 지키기 어렵습니다. 이제 지병이 있는 공자 유기를 이곳에 머물며 병을 치료하게 하고, 계속 남쪽으로 영릉零陵과 무릉武陵, 계양桂陽과 장사長沙 네 고을을 차례로 정벌해서 재물과 식량을 충분히 비축하십시오. 이것이 근본 대책이라고 봅니다."

유비는 마량의 식견에 탄복하여 그를 종사從事로 임명하고 이적을 부종사로 삼았다. 그리고 제갈량과 의논하여 유기를 양양으로 돌려보내고 관우를 형주로 불렀다. 유비는 영릉을 치러 가면서 장비를 선봉으로 삼고 조자룡은 뒤에서 따르게 했다. 제갈 량과 유비는 중군을 인솔했다. 그리고 관우는 형주를, 미축과 유봉은 강릉을 지키게 했다.

영릉 태수 유도劉度와 그의 아들 유현劉玄은 유비의 군마가 온다는 소식을 듣고 군사 1만여 명을 인솔해 성 밖 30리 되는 곳에 물을 끼고 산을 의지하여 영채를 세웠다. 양쪽 군사는 곧 원을 그리며 대치하다가 접전을 벌였다. 그러나 유도의 장수 형도영邢道榮은 장비와 조자룡을 당해낼 수 없자 말에서 내려 항복했다. 조자룡이 형도영을 묶어 데려오자 제갈량이 그에게 말했다.

"네가 유현을 잡아온다면 목숨을 살려주겠다."

형도영은 연신 고개를 끄덕이며 그렇게 하겠다고 했다.

"군사께서 저를 놓아주시면 돌아가서 그들을 속이겠습니다. 오늘밤 군사께서는 영채를 공격하십시오. 저는 그때 유현을 사로잡아 바치겠습니다."

제갈량은 이 제안을 받아들여 형도영을 풀어 보내주었다. 그러나 영채로 돌아간 그는 그간의 일을 있는 그대로 유현에게 보고했다. 유현이 형도영에게 물었다.

"그럼 이제 어찌해야 하겠는가?"

"상대의 계책을 역이용해야지요. 영채 밖에 군사를 매복해두고 영채 안에는 거짓으로 깃발을 세워서 공명이 오면 사로잡으십시오."

2경이 되자 한 무리의 군사가 유현의 영채에 쳐들어와 불을 질렀다. 기회를 엿보던 유현과 형도영이 양쪽에서 덮치자 불을 놓던 군사들은 그대로 퇴각했다. 유현과 형도영은 그 뒤를 쫓아 10여 리를 달렸는데, 문득 앞을 바라보니 단 한 명의 군사도 보이지 않았다. 두 사람은 크게 놀라 급히 영채로 돌아갔다. 그러나 진중에서 장수 한 명이 말을 몰고 나오는데 바로 장비였다. 유현이 형도영에게 말했다.

"영채로 들어갈 수 없으니 이 길로 공명의 영채나 칩시다!"

두 사람이 군사를 돌려 10여 리를 가는데, 갑자기 옆길에서 조자룡이 뛰쳐나와 형도영을 창으로 찔러 죽였다. 유현은 혼비백산하여 달아나다가 장비에게 잡혔다. 얼마 후 유도는 풀려난 유현의 권유를 받아들여 항복했다. 제갈량은 유도를 계속 영릉의 태수로 있게 하고 유현은 형주로 보내 군사 일을 맡게 했다.

영릉을 차지한 후 유비가 다시 장수들에게 물었다.

"영릉을 취했으니 계양은 누가 취하겠소?"

조자룡이 나섰다.

"제가 가고 싶습니다."

마침내 조자룡은 정병 3천 명을 이끌고 계양성을 공격했고, 계양 태수 조범趙範은 얼마 못 견디고 항복했다. 일이 끝난 뒤 유비는 조범을 계속 계양 태수로 삼고, 공을 세운 조자룡에게 후한 상을 내렸다. 그러자 장비가 큰 소리로 외쳤다.

"나에게도 군사 3천 명을 주면 즉시 무릉을 취하고 태수 김선金旋을 사로잡아 바치겠소."

제갈량이 대답했다.

"조자룡이 계양을 취할 때 군령장을 두고 갔으니, 그대도 무릉을 취하러 갈 때 군령장을 쓰고 가시오."

장비는 즉시 군령장을 써놓고 무릉으로 향했다.

한편, 김선은 투항하자는 부하 공지鞏志의 권유를 묵살하고 직접 군사를 이끌고 성을 나섰지만 장비의 기세에 겁을 먹고 말 머리를 돌려 달아났다. 그가 성 앞에 당도해서 막 들어가려는데 갑자기 성 위에서 화살이 빗발쳤다. 놀라서 쳐다보니 위에서 공지가 자기를 가리키며 소리쳤다.

"너는 천시天時에 순응하지 않고 스스로 패망을 자초했다. 나는 백성들과 함께 유 황숙에게 항복하겠다."

공지는 말을 채 끝내기도 전에 화살을 쏘아 김선의 얼굴을 맞혔다. 김선이 죽자 공지는 무릉의 백성들을 인솔하여 항복했다.

장비가 무릉을 취하자 이번에는 관우가 자청하여 장사를 공략하겠다고 나섰다. 유비는 크게 기뻐하면서 허락했으나 제갈량은 관우에게 군사를 더 데려가라고 권했다.

"조자룡과 장비는 모두 군사 3천 명을 이끌고 갔습니다. 하지만 장사 태수 한현韓玄의 수하 장수인 황충黃忠은 1만 명도 못 당할 용맹을 갖추고 있습니다. 관운장은 적을 경시하지 말고 군마를 더 데려가십시오!"

그러나 관우는 제갈량이 적은 칭찬하고 아군은 얕본다고 생각해, 자신은 오히려 군사 500명만 인솔해 가겠다고 고집했다. 그가 떠난 후 제갈량이 유비에게 말했다.

"관운장이 황충을 우습게 보다가 실수할까 걱정이니 주공께서 뒤따라가 도와주시지요."

한편, 장사 태수 한현은 관우의 군사가 도착했다는 소식을 듣고 노장 황충을 불러 상의했다. 황충이 말했다.

"주공께서는 우려하실 필요 없습니다. 저의 이 칼과 활이면, 천 명이 오면 천 명을 다 죽일 수 있습니다!"

황충은 육순이 가까운 나이에도 이석궁(二石宮, 두 사람이 당길 만큼 강한 활)을 쏘아 백발백중이었다.

처음에는 교위 양령(楊齡)이 자청해서 출전했으나 3합도 싸우지 못하고 관우의 청룡언월도에 찍혀 말에서 굴러떨어졌다. 한현은 크게 놀라 급히 황충을 출전시켰다. 황충은 기병 500명을 거느리고 나는 듯이 성 밖으로 달려나갔다. 관우는 노장이 출전하자 그가 황충인 줄 짐작하고 500명의 군사를 일자로 벌려세운 뒤 말을 세우고 물었다.

"거기 오는 장수는 황충이 아닌가?"

황충이 대답했다.

"내 이름을 알고 있다면 어찌하여 감히 우리 영토를 침범한 것이냐?"

"특별히 너의 수급을 취하러 왔다!"

말을 마친 두 장수는 서로 어우러져 싸웠다. 그러나 100여 합이 넘어서도 승부는 좀처럼 나지 않았다. 싸움을 지켜보던 한현은 황충을 잃을까 두려워서 급히 징을 울려 군사를 거뒀다. 관우도 군사를 철수해 성에서 10리 떨어진 곳에 주둔했다. 그는 속으로 생각했다.

'노장 황충은 과연 명불허전이구나. 내일은 타도계◆를 써서 반드시 그의 등을 동강 내리라.'

이튿날 관우는 다시 성 아래로 가서 싸우기를 청했다. 황충이 다시 출전해서 50～60합을 싸웠으나 역시 승부가 나지 않았다. 이때 북소리가 급히 울리자 관우는 돌연 말 머리를 돌려 달아났다. 황충은 급히 그 뒤를 쫓았다. 관우가 어느 정도 달리다가 홱 몸을 돌려 청룡언월도로 찍으려는 순간, 갑자기 뒤에서 큰 소리가 났다. 알고 보니 말이 앞발을 접질리는 통에 황충이 땅에 굴러떨어진 것이었다. 관우는 말을 돌린 후 청룡언월도를 치켜들며 큰 소리로 외쳤다.

"목숨을 살려줄 테니 내일 말을 바꿔타그 와서 다시 겨루자!"

황충은 급히 성으로 돌아갔다. 한현은 크게 놀란 나머지 자기가 타는 청마靑馬 한 필을 황충에게 주었다. 황충은 감사를 표하고 속으로 생각했다.

'관운장이 이렇듯 의로운 줄 몰랐구나! 그가 차마 나를 죽이지 않았는데 내가 어찌 그에게 화살을 쏜단 말인가? 그러나 쏘지 않으면 군령을 어기는 것인데…….'

황충은 밤새 잠을 이루지 못했다.

이튿날 날이 밝을 무렵, 관우가 또 와서 싸움을 청했다. 황충은 군사를 인솔하여 성을 나섰다. 관우는 이틀이나 싸웠는데도

타도계拖刀計 : 힘이 부친 척 도망치다가 기회를 보아 기습하는 계책.

황충을 이기지 못하자 몹시 초조한 상태였다. 대략 30합을 싸우다가 황충이 패한 척 도주하자, 관우는 재빨리 뒤를 쫓았다.

황충은 활을 쏠 기회를 잡았지만 전날의 은혜가 생각나 차마 그럴 수가 없었다. 그래서 빈 활시위만 핑핑 퉁겼다. 그 소리를 듣고 관우가 급히 피했지만 화살이 보이지 않았다. 관우가 또 뒤를 쫓자 황충은 또 활시위를 퉁겼다. 이번에도 관우는 급히 피했지만 역시 화살은 보이지 않았다. 결국 관우는 황충이 활을 쏠 줄 모른다고 생각하여 안심하고 뒤를 쫓았다.

그런데 성 앞의 다리 위에서 황충이 이번에야말로 화살을 먹여 활을 쏘았다. 시위 소리와 함께 화살이 날아와 관우의 투구 끈을 맞혔다. 관우는 깜짝 놀라서 투구 끈에 화살이 꽂힌 채로 말을 달려 진영으로 돌아왔다. 그제야 관우는 황충이 100보 밖에서도 버들잎을 맞히는 명궁이지만 전날의 은혜 때문에 화살을 먹이지 않았다는 것을 알았다.

황충이 성에 돌아오자마자 한현은 황충을 붙잡아 꿇어앉히라고 주위에 명했다. 황충이 크게 외쳤다.

"저는 죄가 없습니다!"

한현이 화를 누르며 말했다.

"내가 사흘이나 지켜보았는데도 감히 나를 속이려는 게냐? 그저께 네가 힘을 다해 싸우지 않은 것은 사사로운 마음을 가졌기 때문이고, 어제 말에서 떨어졌을 때 관우가 너를 죽이지 않은 것은 둘이 내통했기 때문이고, 오늘도 두 번 활시위만 퉁기고 세 번째에야 그의 투구 끈을 맞혔으니, 이 어찌 적과 결탁한 게 아니란 말이냐?"

한현은 도부수에게 황충을 성문 밖으로 끌고 가서 참수하라고 명했다. 이때 한 장수가 칼을 휘둘러 도부수를 죽이고 황충을 구하고는 소리쳤다.

"황충 장군은 이곳 장사를 보호해온 담장이니, 지금 그를 죽이는 것은 장사의 백성을 죽이는 것과 마찬가지다! 한현은 잔혹하고 어질지 못하니 마땅히 죽여야 한다!"

이 사람은 위연魏延으로, 한현이 평소 자신을 중용하지 않는 것에 대해 불만을 품고 있었다. 그의 외침에 평소 한현을 원망하던 수백 명이 호응했다. 이에 위연은 한칼에 한현을 두 동강 내버린 뒤 백성들을 이끌고 관우에게 항복했다.

관우는 즉시 사람을 보내 유비와 제갈량을 청했다. 유비는 장사에 오자마자 황충의 집을 찾아가 만나기를 청했다. 황충은 그제야 항복한 뒤 한현의 시신을 거두어 장례를 지낼 수 있게 해달라고 부탁했다. 유비는 흔쾌히 승낙하고 그를 극진히 예우했다.

이렇게 영릉, 무릉, 계양, 장사를 평정한 유비는 승리한 군사들을 인솔하여 형주로 돌아갔다. 이때부터 재물과 식량이 풍성해지고 현명한 인재가 많이 찾아왔다. 유비는 각처에 군마를 보내 요충지를 지키게 했다.

한편, 시상으로 돌아온 주유는 감녕에게 파릉巴陵을, 능통에게 한양을 지키게 했다. 그리고 정보는 나머지 장수와 군사들을 데리고 손권을 돕게 했다. 적벽대전 이후 손권은 합비에 군사를 주둔시키고 조조의 군사와 10여 차례 크고 작은 싸움을 벌였으나 승부를 내지 못한 상태였다. 그런데 정보가 이끄는 원군이 도착하자마자 적장 장요가 편지를 보내 싸움을 청했다. 이에 손권은 불같이 화를 내며 말했다.

"정보의 원군이 도착했다는 걸 알고 일부러 나에게 싸움을 청하는 모양이로구나. 장요가 이토록 나를 멸시하다니! 오냐, 내일은 원군은 한 명도 동원하지 않고 너를 대적해주마!"

손권은 다음 날 5경에 군사를 이끌고 합비로 진군했지만, 합비성까지 반도 채 가지 못해서 조조의 군사와 마주쳤다. 손권 진영에서는 태사자, 송겸, 정보가 나가고 조조 진영에서는 장요, 악진, 이전이 나와서 접전을 벌였다. 그런데 이 전투에서 송겸이 이전의 화살에 맞아 죽고 말았다. 영채로 돌아온 손권이 죽은 송겸을 생각하며 우는데 장굉이 나서서 간했다.

"주공은 젊은 기운만 믿고 적을 경시하셨습니다. 오늘 송겸이 죽은 것도 다 그 때문이니 앞으로는 부디 자중하십시오."

"그대 말이 옳소. 앞으로 반드시 고치겠소."

잠시 후 태사자가 들어와 말했다.

"제 부하 과정戈定은 장요의 부하 후조後槽와 형제지간입니다. 후조는 장요에게 원한이 있어, 오늘 밤 장요를 죽인 뒤 불을 질러 신호를 보내겠다고 했습니다. 제가 군사를 이끌고 가서 그를 돕겠습니다."

옆에서 제갈근이 끼어들었다.

"장요는 지모가 많아서 대비하고 있을지도 모르니 경거망동하지 마십시오."

그러나 태사자는 제갈근의 말을 듣지 않고 자기 고집대로 군사 5천 명을 이끌고 떠났다.

태사자와 동향이기도 한 과정은 이날 합비성에 잠입해 후조를 만나서 장요를 죽일 계책을 논의했다. 과정이 후조에게 물었다.

"태사자 장군께서 오늘 밤 우리를 도우러 올 텐데 형님은 어쩔 셈이오?"

"내가 먼저 마초에 불을 지를 테니 너는 불길을 보면 반란이 일어났다고 외쳐라. 성 안이 혼란해진 틈을 타서 내가 장요를 찔러 죽이겠다."

"과연 묘한 계책이오."

그날 밤, 전투에서 이기고 돌아온 장요는 수하 장수들에게 말했다.

"오늘 밤은 갑옷을 벗지 마라."

장수들이 저마다 이상히 여겨 물었다.

"오늘 승리로 적군을 멀리 격퇴했는데 어찌하여 갑옷을 벗고 편히 쉬라고 하지 않으십니까?"

"장수의 길은 이겼어도 기뻐하지 않고 패했어도 근심하지 않는 것이다. 승리했다고 방심하다가 동오의 군사가 쳐들어오면 어떻게 막겠는가?"

바로 그때 갑자기 뒤채에서 불길이 치솟으며 반란이 일어났다고 외치는 소리가 들렸다. 장요가 막사 밖으로 나가서 말에 오르자 수하 장수들이 호위하면서 말했다.

"함성이 저렇게 다급한 걸 보니 직접 가서 보셔야겠습니다."

그러나 장요는 고개를 흔들었다.

"설마 성 안 전체가 반란을 일으켰겠는가? 반란을 꾀하는 몇 놈이 군사들을 어지럽게 하는 것이다."

얼마 후 과연 이전이 과정과 후조를 잡아왔다. 장요는 그들을 심문한 뒤 죽여버렸다. 그때 성 밖에서 북소리가 들리고 함성이 크게 울려퍼졌다. 장요가 말했다.

"동오의 군사들이 도우러 온 것이니 내가 계책을 써서 격파하겠다."

그러고는 성문 안쪽에 일부러 불을 질러 모반이 일어난 것처럼 꾸민 뒤, 성문을 열고 다리를 내리게 했다. 기다리고 있던 태사자는 추호도 의심치 않고 성 안으로 뛰어들어왔다. 그런데 갑자기 성 위에서 포성이 울리고 화살이 빗발쳤다. 태사자는 급히 후퇴했지만 이미 온몸에 화살이 박혀 있었다.

손권은 중상을 입고 돌아온 태사자를 보고 몹시 슬퍼했다.

장소가 군사를 거두자고 청하자 손권은 그 말을 좇아 남서南徐의 윤주潤州로 돌아갔다. 그리고 얼마 후 태사자의 병이 위독해지자 장소를 보내 위문했는데, 태사자는 장소를 보고 크게 외쳤다.

"대장부가 난세에 태어났으니 응당 3척 검을 차고 불세출의 공적을 세워야 하거늘, 이제 뜻을 이루지 못하고 죽는 걸 어이하겠는가!"

말을 마치고 세상을 떠나니, 그의 나이 41세였다.

유비는 손권이 합비에서 패하고 남서로 돌아갔다는 소식을 듣고는 제갈량과 함께 대책을 논의했다. 이때 갑자기 사신이 와서 유기가 병으로 죽었다는 소식을 전했다. 유비가 통곡을 그치지 않자 제갈량이 위로했다.

"태어나고 죽는 것은 이미 정해진 일이니 주공은 너무 슬퍼하지 마십시오. 일단 사람을 보내 성을 지키고 장례를 치르게 해야 합니다."

그리하여 유비는 관우를 양양으로 보내서 그곳을 지키게 했다. 유비가 다시 제갈량에게 물었다.

"이제 유기가 죽었으니 동오가 필경 형주를 달라고 할 텐데 어떻게 대처해야 하겠습니까?"

"동오에서 사람이 오면 제가 대처할 말이 있습니다."

과연 보름 뒤 노숙이 조문을 왔다. 제갈량과 유비는 성 밖에서 그를 맞이한 뒤 술자리를 마련해 대접했다. 노숙이 단도직입적으로 말했다.

"지난번 유 황숙께서는 유기 공자가 안 계시면 형주를 동오에 돌려주겠다고 하셨습니다. 이제 공자께서 돌아가셨으니 언제쯤 돌려주시겠습니까?"

"일단 술을 좀 드시지요. 천천히 상의해봅시다."

노숙이 마지못해 몇 잔 마시고 나서 다시 묻자 이번에는 제갈량이 정색을 하고 말했다.

"우리 주공은 중산정왕의 후예로서 효경 황제의 현손이자 현황제의 숙부인데 어찌 형주의 주인 될 자격이 없겠습니까? 더구나 유표는 우리 주공의 형님뻘이니 동생이 형의 사업을 물려받는 것이 어찌 이치에 어긋난단 말입니까? 솔직히 그대의 주인은 한낱 전당錢塘 아전의 아들로서 아무 공덕이 없는데도 6군과 81주를 점거했으며, 그것으로도 모자라 한나라의 땅을 삼키려 하고 있습니다! 우리 주공은 유씨인데도 나눠 가진 땅이 없고, 당신의 주공은 손씨인데도 우리 주공이 가진 땅조차 빼앗으려 하고 있습니다. 적벽대전에서도 우리 주공과 장수들이 전력을 다했기에 조조를 격파한 것 아닙니까? 어찌 동오의 힘만으로 가능했겠습니까?"

노숙은 입을 다물고 대꾸조차 못하다가 한참이 지난 뒤에야 어렵게 말문을 열었다.

"공명의 말에 이치가 없는 게 아닙니다. 하지만 저는 이럴 수도 저럴 수도 없어서 난처하기 짝이 없습니다."

이에 제갈량이 물었다.

"뭐가 난처하다는 겁니까?"

"예전에 유 황숙께서 당양에서 어려움을 당했을 때 제가 공명과 함께 강을 건너 우리 주공을 만나게 했고, 그 후 주 도독이 군사를 일으켜 형주를 취하려 했을 때도 제가 막고 나섰으며, 유기가 작고하면 형주를 돌려주겠다는 말씀을 전한 것도 접니다. 그런데 지금 약속을 지키지 않으시면 제가 돌아가서 뭐라고 말씀을 올린단 말입니까? 제가 죽는 것은 상관없지만 이로 인해 동오가 군사를 일으켜 정벌에 나선다면 유 황숙께서도 형주에 편안히 계실 수는 없을 겁니다."

"조조가 천자를 끼고 100만 군사를 움직일 때도 나는 안중에 두지 않았는데 하물며 주유를 두려워하겠습니까? 그러나 선생의 체면을 봐서 우리 주공께 특별히 문서를 써달라고 청하겠습니다. 잠시 형주를 빌려 지내다가 다른 성읍을 얻으면 동오에 돌려주겠다는 내용으로 말입니다. 어떻습니까?"

"어디를 빼앗으면 형주를 돌려주신다는 겁니까?"

"중원은 급히 도모하기 힘들지요. 다만 서천의 유장은 우둔하고 나약해서 쉽게 도모할 수 있으니, 서천을 얻게 되면 그때 형주를 돌려드리지요."

노숙은 어쩔 수 없이 제갈량의 말을 따르기로 했다. 유비가 친필로 문서를 쓰고 서명한 뒤 제갈량과 노숙도 증인으로 서명을 했다. 그러나 노숙이 먼저 시상에 들러 이 문서를 보였을 때 주유는 발을 동동 구르며 한탄했다.

"제갈량의 계책에 빠졌군. 명목상으로 땅을 빌린다고 했을 뿐 실제로는 어물쩍 넘어갈 속셈이 아니오. 서천을 취하면 형주를 돌려주겠다고 하는데 도대체 언제 서천을 취한단 말이오? 이런 문서가 무슨 쓸모가 있겠소? 게다가 그자들을 위해 증인까지 섰으니 그들이 형주를 안 돌려주면 그 책임이 반드시 그대에게도 미칠 것이오."

노숙은 한참 동안 멍하니 있다가 말했다.

"그래도 현덕이 날 저버리지는 않을 겁니다."

그러면서도 내심 불안해하는 노숙을 주유가 위로했다.

"내가 그대를 돕겠소. 강북으로 보낸 염탐꾼이 돌아오면 다시 생각해봅시다.”

그런데 며칠 뒤 돌아온 염탐꾼이 뜻밖의 소식을 전했다.

“형주성에서는 지금 장례를 치르고 있습니다.”

주유가 놀라서 물었다.

“누가 죽었단 말이냐?”

“유현덕이 감 부인을 잃었답니다.”

주유가 노숙에게 말했다.

“좋은 계책이 있소. 유비를 속수무책으로 묶어 손쉽게 형주를 취합시다.”

“어떤 계책입니까?”

“상처를 했으니 유비는 필경 새로 아내를 얻을 거요. 그런데 우리 주공의 누이동생은 매우 용기 있는 여자로, 평소 방에 병기를 가득 진열하고 있지 않소? 내가 주공에게 글을 올려 유비와 주공의 누이동생 사이에 중매를 서겠소. 일이 잘돼 유비가 남서로 오면 연금을 한 뒤 형주와 맞바꾸자고 할 것이오.”

주유는 편지를 써서 노숙을 통해 손권에게 보냈다. 손권도 주유의 의견에 동의해 여범呂範을 중매쟁이로 삼아 형주로 보냈다. 그러나 유비는 완곡하게 거절의 뜻을 표했다.

“아직 아내의 시신이 식지도 않았는데 어찌 감히 혼사를 논하겠소?”

“하지만 양가가 혼사를 이루면 조조가 함부로 동남쪽을 넘보지 못할 겁니다.”

“나는 이미 나이가 반백에 가까워 귀밑머리가 희끗희끗한데

오후(吳侯, 손권)의 누이는 한창나이일 터이니 어울리는 혼사가
아니오."

"주공의 누이동생은 비록 아녀자지만 그 마음은 대장부 못지
않아서 평소에 천하의 영웅이 아니면 절대 섬기지 않겠다고 했
습니다. 지금 유 황숙께서는 사해에 명성을 떨치고 계시니 그야
말로 훌륭한 배필입니다."

"나도 생각할 시간이 필요하니 조금만 기다리시오. 내일 답하
리다."

그날 저녁 유비는 제갈량을 청해 이 일을 의논했다. 제갈량이
말했다.

"좋은 일이니 응낙하십시오. 먼저 손건을 보내 손권을 만나게
하고, 날을 택해 동오로 가서 혼례를 치르십시오."

"나를 해치려는 주유의 계략임이 분명한데 어찌 경솔하게 그
위험한 곳에 갈 수 있습니까?"

"주유의 계략이 어찌 저의 예상을 벗어나겠습니까? 제가 작은
계략을 써서 주유를 꼼짝 못하게 하겠습니다. 손권의 누이동생
도 주공께 속하게 하고 형주도 결코 잃지 않을 것입니다."

제갈량은 바로 손건을 파견했다.

손건이 동오에 도착하자 손권이 맞이하며 말했다.

"내 누이동생을 현덕과 맺어주고자 할 뿐 다른 마음은 없소."

손건은 다시 형주로 돌아와 유비에게 보고했다.

"주공께서 혼사를 치르러 오시길 기다린답니다."

유비가 여전히 의심을 버리지 못하자 제갈량이 말했다.

"제가 세 가지 계책을 마련했으니 조자룡과 함께 가십시오!"

제갈량은 조자룡을 불러서 비단주머니 세 개를 주며 귀에 대고 말했다.

"주공을 모시고 동오로 가시오. 여기에 세 가지 묘책이 들어 있으니 그대로 행하면 됩니다."

마침내 유비는 빠른 배 열 척과 500여 명의 수행원을 거느리고 남서로 향했다. 배가 남서에 도착하자 조자룡은 기슭에 이른 후 첫 번째 비단주머니를 풀어보라던 제갈량의 지시를 떠올렸다. 비단주머니를 열어 계책을 본 그는 군사 500명에게 일일이 지시를 내렸다. 그리고 유비에게는 먼저 이교(二喬, 재색을 겸비했던 동오의 교씨 자매를 뜻함. 언니는 손책에게, 동생은 주유에게 시집갔다)의 부친인 교국로喬國老를 만나라고 권했다.

유비는 술과 고기를 마련해 교국로를 찾아가서는 자신이 여범의 중매로 손권의 누이동생을 부인으로 맞게 되었다고 말했다. 그리고 500명의 병사는 저마다 붉은 옷으로 갈아입고 남서성에 들어가 물건을 사면서 유비가 동오의 사위가 된다는 소문을 퍼뜨렸다.

유비를 만난 후 교국로는 그길로 태太 부인(손권의 이모이자 계모. 손권의 누이동생의 친모)을 만나 축하 인사를 했다. 태 부인은 어리둥절해하며 물었다.

"무슨 기쁜 일이 있다는 것이오?"

"따님을 유현덕의 부인으로 허락하지 않았습니까! 유현덕이 이미 여기 와 있거늘 어찌하여 감추려 하십니까?”

태 부인은 크게 놀라서 사람을 시켜 사실을 알아보게 했다. 과연 유비가 와 역참에서 쉬고 있었으며 그 수행 군사 500명은 돼지, 양, 과일 등을 사서 혼례를 준비하고 있었다. 중매를 선 신부 쪽 사람은 여범이고 신랑 쪽 사람은 손건이라고 했다.

얼마 후 손권이 자신에게 문안을 왔을 때 태 부인은 가슴을 치며 크게 울었다. 손권이 깜짝 놀라 물었다.

“어머님, 무슨 일로 이렇게 괴로워하십니까?”

“뜻밖에도 네가 이처럼 나를 업신여기다니! 사내가 성장하면 장가를 들고 여자가 성장하면 시집을 가는 것은 고금의 정해진 이치다. 그러나 혼사가 있으면 어머니인 나에게 먼저 알려야 하는 것 아니냐! 네가 유현덕을 매부로 삼으려 하면서 어찌하여 나를 속이는 게냐? 그 애는 내 딸이 아니더냐!”

손권은 크게 놀라면서, 이번 혼사 이야기는 형주를 얻기 위한 주유의 계책일 뿐이라고 말했다. 그러자 태 부인은 더욱 화를 내며 주유를 욕했다.

“그는 6군과 81주의 대도독으로 있으면서 형주를 취할 계책이 그토록 없단 말이냐? 기껏 내 딸을 내세워 미인계를 쓰다니 말이다. 유현덕을 죽여서 네 누이동생이 과부가 되면 어떻게 다시 시집을 간단 말이냐? 내 딸의 일생을 그르친다면 그건 모두 너희 탓이다.”

교국로도 거들었다.

“그 계책으로는 형주를 취하더라도 천하의 비웃음을 살 텐데 어찌 일을 그렇게 하는가?"

태 부인은 주유에 대한 욕설을 그치지 않았고, 교국로가 다시 손권에게 말했다.

"유 황숙은 당대의 호걸이니 그를 매부로 삼는다면 누이동생에게도 욕된 일은 아니오."

태 부인이 끼어들었다.

"나는 유 황숙을 알지 못하니 내일이라도 그를 감로사甘露寺로 불러 만나봐야겠다. 내 마음에 들지 않으면 너희 뜻대로 하고, 내 마음에 들면 내 딸을 시집보내겠다."

효자인 손권은 감히 모친의 뜻을 어기지 못했다. 손권은 여범을 불러 지시했다.

"내일 감로사에 연회를 마련하게. 어머니께서 유비를 보겠다고 하시는군."

"그렇다면 가화賈華에게 명하여 도부수 300명을 복도 양쪽에 매복시키는 게 좋겠습니다. 태 부인께서 유비를 탐탁지 않게 여기시면 일제히 나와 유비를 사로잡으면 되지 않겠습니까?"

손권은 여범의 말대로 가화를 불러 도부수를 감로사 복도에 매복시키게 했다.

한편, 교국로는 태 부인과 헤어진 후 유비에게 그 경과를 알려주었다. 유비가 조자룡을 불러 이제 어떻게 할지 묻자 조자룡이 대답했다.

"내일은 길보다 흉이 많으니 제가 직접 500명을 이끌고 가 주공을 보호하겠습니다."

이튿날 유비는 감로사로 갔다. 손권은 의표가 비범한 유비를 보고 속으로 은근히 두려움을 느꼈다. 그러나 태 부인은 유비를 보자마자 크게 기뻐하면서 교국로에게 낮은 목소리로 말했다.

"이 사람은 실로 내 사윗감입니다!"

이어서 연회가 벌어졌는데, 얼마 후 조자룡이 검을 차고 들어와 유비 옆에 섰다. 그리고 기회를 틈타 은밀히 유비에게 말했다.

"방금 복도를 순시했는데 양쪽 방 안에 도부수들이 매복해 있습니다. 필시 좋은 뜻은 아니니 주공께서는 이 상황을 태 부인께 알리십시오."

유비는 태 부인 앞에 꿇어앉아 울면서 말했다.

"지금 복도에 도부수가 매복되어 있습니다. 만일 이 유비를 죽이시려거든 당장 죽이십시오."

태 부인은 대노하여 손권을 꾸짖었다. 손권은 모르는 일이라고 발뺌하며 여범을 불러 따졌고 여범은 또 가화에게 책임을 미뤘다. 태 부인은 다시 가화를 불러 꾸짖고는 당장 끌어내 참수하라고 호령했다. 그녀는 유비와 교국로가 무진 애를 쓰며 만류하고서야 가화를 살려주었다.

이튿날 유비는 다시 교국로를 찾아가 말했다.

"동오 사람들 중에 저를 모해하려는 자가 많아서 오래 머물 수가 없겠습니다."

"염려 마십시오. 제가 즉시 태 부인을 찾아뵙고 말씀드리겠습니다."

교국로는 당장 태 부인을 찾아가서 유비가 모해가 두려워 일

찍 돌아가고 싶어 한다고 말했다. 이에 태 부인이 크게 노해서
말했다.

"내 사위를 누가 감히 해친단 말이오?"

그러고는 즉각 유비를 서원書院으로 옮기게 한 뒤 길일을 택해
혼례를 치르게 했다.

그리하여 며칠 후 유비는 마침내 손권의 누이동생과 혼례식을
올렸고, 두 사람은 밤새 넘치는 정을 나누었다.

손권은 시상으로 사람을 보내 주유에게 이 소식을 전했다.

'모친이 강력하게 주장하여 누이동생을 유비에게 시집보냈으
니, 거짓으로 한 일이 진짜가 되고 말았소◆. 이 일을 어찌하면
좋겠소?'

주유는 크게 놀라서 불안해하다가 마침내 계책을 하나 떠올려
은밀히 손권에게 보냈다.

화려한 궁실을 지어서 유비의 의지를 흐트러뜨리고 미녀들과
좋은 물건으로 그의 눈과 귀를 즐겁게 하십시오. 이로써 관우, 장
비와의 정을 갈라놓고 제갈량과도 멀어지게 한 뒤 군사를 일으켜
공격하면 대사를 이룰 수 있을 것입니다.

삼국지 고사성어

농가성진弄假成眞 : 장난삼아 한 일이 진정으로 한 일처럼 된 것을 뜻한다.

손권은 주유의 계책대로 동쪽 저택을 수리한 뒤 꽃과 나무를 심고 화려한 기물을 갖추고서 유비와 손 부인을 머물게 했다. 아울러 무희를 수십 명으로 늘리고 금과 옥, 비단 등도 넉넉히 대주었다. 유비는 과연 음악과 미색에 현혹되어 형주로 돌아갈 생각을 하지 않았다.

이때 조자룡과 500명의 군사는 동쪽 저택 앞에 머물고 있었다. 그들은 온종일 할 일이 없어서 성 밖으로 나가 활을 쏘고 말을 달렸다.

어느새 연말이 되자 조자룡은 불현듯 연말에 두 번째 비단주머니를 열어보고, 위기에 빠져 속수무책일 때 세 번째 비단주머니를 열어보라는 제갈량의 당부가 떠올랐다. 그는 두 번째 비단주머니를 열고 그 안에 적힌 계책대로 움직였다.

조자룡은 유비를 만나서 짐짓 놀란 기색으로 말했다.

"오늘 일찍 제갈 군사께서 사람을 보냈는데 조조가 적벽대전의 원한을 갚기 위해 정병 50만 명을 인솔하여 형주로 쳐들어오고 있답니다. 정세가 몹시 위급하니 주공께서 빨리 돌아가셔야겠습니다."

"그럼 부인과 상의해보겠네."

"부인은 주공을 돌려보내려 하지 않을 겁니다. 아무 말 없이 오늘 밤 즉시 떠나시지요. 지체하면 일을 그르칩니다."

"잠시 물러나 있게. 내가 알아서 처리하겠네."

조자룡은 몇 번이나 재촉한 뒤에야 물러나왔다. 유비는 손 부인에게 상황을 이야기한 후 이렇게 말했다.

"내가 떠나지 않으면 형주를 잃고 천하의 비웃음거리가 될 것이고, 떠나면 부인과 헤어질 수밖에 없으니 괴롭구려."

손 부인이 대답했다.

"첩은 이미 부군을 섬기는 몸이니 응당 따라가야지요."

"그러나 태 부인과 손권은 부인을 보내려 하지 않을 것이오. 부인이 나를 불쌍히 여긴다면 잠시 이별합시다."

말을 마친 그가 눈물을 비 오듯 흘리자 손 부인이 위로했다.

"괴로워하지 마십시오. 첩이 어머님께 간곡히 말씀드리면 함께 가라고 하실 겁니다."

"태 부인은 허락할지 몰라도 손권은 반드시 막을 거요."

"그럼 정월 초하루에 하례를 드릴 때 첩이 강변에 나가 조상님께 제사를 지낸다고 하고 몰래 떠나면 어떨까요?"

"그렇게만 해주면 그 은혜는 죽어도 잊지 않겠소. 하지만 이 일은 결코 누설하지 말아야 하오."

손 부인과 상의를 마치고 유비는 조자룡을 불러 지시했다.

"정월 초하루에 성 밖으로 나가 관도官道에서 기다리고 있게. 제사를 지내러 간다고 하고서 부인과 함께 떠날 테니까."

건안 15년 정월 초하루, 손권은 당상堂上에 문무백관을 불러모아 크게 연회를 베풀었다. 이때 유비는 손 부인과 함께 태 부인을 만나러 갔다. 손 부인이 태 부인에게 말했다.

"부군께서는 부모와 조상의 묘소가 모두 탁군에 있어 밤낮으로 슬퍼합니다. 그래서 오늘 강가로 나가 북쪽을 향해 제사를 지낼까 합니다."

“이는 효성스러운 일이니 너는 아내로서 함께 가 제사를 지내
는 것이 도리니라.”

유비와 손 부인은 태 부인과 작별하고 은밀히 강가로 갔다. 손
권은 전혀 눈치 채지 못하게 했다. 유비 부부가 몇몇 시종을 데
리고 성을 나섰을 때 조자룡은 이미 관도에서 기다리고 있었다.
유비 일행은 군사 500명의 호위를 받으며 남서를 떠나 형주로
향했다.

이날 손권은 크게 취해서 측근들의 부축을 받으며 잠자리에
들었고 문무백관도 모두 흩어졌다. 관리들이 유비 부부가 달아
난 사실을 알았을 때는 이미 날이 어두워진 후였다. 급히 손권에
게 보고하려 했지만 그는 술에 취해서 깨어나지 못했다.

손권은 새벽 무렵에야 잠에서 깼다. 그제야 유비가 떠났다는
소식을 듣고 그는 급히 문무백관을 불러 상의했다. 장소가 나서
서 말했다.

“오늘 이자를 놓쳤다가는 반드시 화를 당할 테니 뒤를 쫓아야
합니다.”

손권은 즉시 진무와 반장에게 정병 500명을 주어 뒤쫓게 했
다. 그는 아무리 생각해도 화가 가라앉지 않아 탁상에 놓인 옥벼
루를 집어던져 산산조각을 냈다. 이때 정보가 말했다.

“진무와 반장이 두 사람을 사로잡을 수 있을 것 같지가 않습
니다.”

“그들이 내 명을 어긴단 말인가?”

“손 부인은 평소에 무술을 좋아하고 엄격해서 모든 장수가 두

려워했습니다. 필경 유비와 한마음이 되어 도망쳤을 텐데, 아무리 명을 받은 장수라 할지라도 손 부인에게 어찌 손을 댈 수 있겠습니까?"

손권은 더욱 노해서 허리에 차고 있던 검을 풀어 장흠과 주태에게 주면서 말했다.

"이 칼로 내 누이동생과 유비의 목을 베어오너라."

이때 유비는 이미 시상의 경계에 이르렀는데, 갑자기 뒤에서 먼지가 크게 일어나자 황급히 조자룡에게 물었다.

"추격병이 쫓아오는데 어찌해야 하겠는가?"

"주공께서는 먼저 가십시오. 제가 뒤를 막겠습니다."

그러나 유비가 앞산 기슭을 돌 무렵 갑자기 군사들이 나타나 길을 막더니 두 장수가 큰 소리로 외쳤다.

"유비는 어서 말에서 내려 포박을 받으라. 주유 도독의 명을 받고 여기서 기다린 지 오래다!"

원래 주유는 유비가 도주할까 걱정이 되어, 서성과 정봉에게 병마 3천을 주고 요로를 지키게 했다. 유비는 몹시 놀라서 말을 멈추고 조자룡에게 또 물었다.

"앞에서 막고 뒤에서 쫓으니 어찌해야 좋겠는가?"

조자룡은 문득 세 번째 비단주머니가 생각났다. 그는 급히 주머니를 열어 유비에게 바쳤다. 유비는 그 안의 계책을 보고 나서 눈물을 흘리며 손 부인에게 말했다.

"지난날 손권과 주유는 함께 모략을 꾸며 나로 하여금 부인을 얻게 했지만, 이는 부인을 위한 것이 아니라 나를 연금해 형주를 빼앗으려는 것이었소. 그런데도 내가 죽음을 무릅쓰고 형주에 온 것은, 부인에게 사내 못지않은 기백이 있어서 나를 구해주리라 굳게 믿었기 때문이오. 지금 손권은 사람을 시켜 내 뒤를 쫓고 주유는 또 내 앞을 막고 있으니, 오직 부인만이 나를 구할 수 있소."

이 말을 듣고 손 부인은 몹시 화가 났다.

"오라버니가 나를 골육으로 여기지 않으니 그를 다시 볼 필요가 없겠군요. 어쨌든 오늘의 위기는 제가 풀어드리겠습니다."

손 부인은 자신이 탄 수레를 몰고 나가게 하여 서성과 정봉을 가로막고는 주렴을 걷고 꾸짖었다.

"너희 두 놈이 지금 반역을 하려는 것이냐?"

서성과 정봉은 황급히 말에서 내려 무기를 내려놓고 말했다.

"당치도 않은 말씀이십니다! 저희는 다만 주유 도독의 명을 받고 여기서 유비를 기다리고 있었을 뿐입니다."

"너희는 주유만 두렵고 나는 두렵지 않으냐? 주유가 너희를 죽일 수 있다면 나는 주유를 죽일 수 있다!"

서성과 정봉은 속으로 생각했다.

'우리는 아랫사람에 지나지 않으니 어찌 부인의 말을 어기겠는가?'

게다가 조자룡이 잔뜩 화가 나 씩씩거리는 모습을 보고는 할 수 없이 군사들에게 명하여 길을 열어주었다.

그러나 유비와 손 부인이 채 5~6리도 더 가지 못했을 때, 이번에는 진무와 반장이 서성과 정봉을 데리고 뒤를 쫓아왔다. 손

부인은 유비를 먼저 보낸 뒤 조자룡과 함께 뒤에 남아 기다렸다
가 그들을 꾸짖었다.

"나는 지금 어머니의 허락을 받아 남편과 함께 형주로 돌아가
는 중이다. 따라서 오라버니라도 예를 갖춰 배웅해야 마땅하다.
그런데도 너희가 군사들의 위세를 빌려 우리를 해치려는 게냐!"

진무와 반장은 서로 얼굴을 쳐다보며 속으로 생각했다.

'주공과 손 부인은 천년만년이 지나도 남매 사이가 아닌가!
게다가 태 부인이 주관한 일이라니, 효자인 주공이 어찌 모친의
말을 어기겠는가! 내일이라도 안면을 바꾸어 우리 탓이라고 하
지 않겠는가! 그냥 인정을 베푸는 편이 낫겠다.'

게다가 조자룡이 옆에서 눈을 부릅뜨고 싸우기를 기다리고 있
었다. 그 서슬에 눌린 그들은 결국 주춤주춤 물러섰고 손 부인은
큰 소리로 명했다.

"어서 수레를 몰아라!"

유비 일행은 이렇게 위기에서 벗어나 다시 길을 떠났으나, 반
나절 뒤에 또 한 무리의 군사가 바람처럼 달려왔다. 바로 장흠과
주태가 이끄는 군사들이었다. 그들은 오는 길에 서성을 비롯한
네 장수를 만나 그간의 사정을 듣고 다음과 같이 계책을 짠 뒤
추격해온 것이었다.

"서성과 정봉은 수로로 바꾸어 쾌속선을 타고 추격하시오. 우
리 네 사람은 강기슭을 따라 쫓겠소. 수로든 육로든 가리지 말고
그들을 잡으면 가차 없이 죽이시오!"

이때 유비는 시상을 벗어나 유랑포劉郎浦에 이르렀다. 수면에

안개가 잔뜩 끼어 있고 배는 한 척도 보이지 않자 유비는 고개를 떨어뜨렸다. 이때 조자룡이 말했다.

"주공께서는 이미 호랑이 입을 벗어나 형주 경계에 이르렀습니다. 아마 제갈 군사께서 대비책을 마련해놓았을 터이니 너무 염려하지 마십시오."

그런데 갑자기 뒤에서 먼지가 하늘로 치솟더니 한 무리의 군마가 땅을 뒤덮으며 달려왔다. 유비는 속으로 생각했다.

'며칠 내내 달려오느라 사람과 말이 다 지칠 대로 지쳤는데 또다시 이렇게 추격병이 몰려오니 죽을 수밖에 없겠구나.'

바로 이때 돛단배 20여 척이 나타나 이쪽 기슭에 닿았다. 조자룡이 유비를 돌아보며 말했다.

"다행히 배가 도착했으니 어서 오르시지요. 속히 강을 건넌 뒤에 다시 대책을 세우는 게 좋겠습니다."

유비 일행이 배에 오르자 윤건을 쓰고 도복을 입은 제갈량이 크게 웃으며 맞이했다.

"주공께서는 안심하십시오. 제갈량이 이곳에 와서 기다린 지 오래입니다."

유비가 찬탄하며 크게 기뻐하는테 마침 동오의 네 장수가 도착했다. 제갈량이 그들을 가리키며 말했다.

"내가 예상한 지 오래다. 너희는 주유에게 돌아가서 앞으로 미인계 따위는 쓰지 말라고 전해라."

장흠의 군사들이 언덕 위에서 마구 화살을 쏘았지만 배는 이미 멀리 떨어져 있었다. 장흠 등 네 장수는 멀어지는 배의 뒷모습만 멍하니 바라보았다.

유비와 제갈량이 배를 타고 나아가는데 문득 강물 위에서 큰 함성이 들려왔다. 고개를 돌려 보니 강 위에 수많은 전선이 포진해 있었다. 주유가 직접 수군을 이끌고 나왔는데 왼쪽에는 황개, 오른쪽에는 한당이 호위하고 있었다. 그들은 달리는 말처럼 빠르게 접근해왔다. 이에 제갈량이 말했다.

"배를 북쪽 기슭에 대라."

유비 일행은 급히 뭍에 올라 말과 수레를 타고 형주를 향해 달아났다. 주유 등도 뭍에 올라 신속히 뒤를 쫓았지만 대부분 수군이어서 말을 탄 사람은 장수 몇 명에 불과했다.

주유가 선두에 서서 죽을힘을 다해 뒤쫓는데 돌연 북소리가 크게 울리더니 산골짜기에서 한 무리의 군사가 쏟아져나왔다. 선두에 선 장수는 바로 관우였다.

"주유는 게 섰거라!"

관우가 청룡언월도를 거머쥐고 쫓아오자 주유는 황급히 말 머리를 돌려 달아났다. 다른 장수들도 주유를 따라 배를 타기 위해 정신없이 도망쳤다. 그런데 이번에는 왼쪽에서 황충, 오른쪽에서 위연이 군사를 이끌고 덮쳐왔다. 동오의 군사들은 크게 패했고 주유는 가까스로 배에 올랐다. 이때 언덕 위까지 쫓아온 형주의 병사들이 일제히 외쳤다.

"주유가 계책을 잘 쓰는 줄 알았더니 손 부인을 놓치고 군사마저 잃었구나!"

주유는 화가 잔뜩 치밀어서 말했다.

"다시 뭍에 올라 결전을 벌이리라!"

그러나 황개와 한당이 말리고 나섰다. 주유는 참담한 심정으로 혼자 생각했다.

'계책이 실패했으니 무슨 면목으로 주공을 뵙는단 말인가!'

주유는 일시에 치밀어오른 고통과 분노를 다스리지 못하고 외마디 비명과 함께 배 위에 까무러쳤다. 상처가 터진 것이다.

남서에서 보고를 받은 손권은 분을 참지 못하고 당장 군사를 일으켜 형주를 공격하려 했지만 장소가 만류했다.

"한때의 분노를 참지 못하고 형주를 공격하면 조조가 그 틈을 노려 쳐들어올 것입니다."

고옹도 나섰다.

"우리가 유비와 화합하지 못하면 조조는 반드시 유비와 결탁할 겁니다. 유비도 동오를 꺼려 조조와 손을 잡는다면 동오는 편할 날이 없을 것입니다. 오히려 허도로 사람을 보내 유비를 형주 목사로 천거하십시오. 조조가 이를 알면 두 집안의 유대가 공고하다고 생각해 함부로 군사를 일으키지 못할 것이고, 유비도 주공을 원망하지 않을 것입니다. 그 다음에 반간계를 써서 조조와 유비가 서로 싸우게 하십시오."

손권은 그 말에 따라 화흠을 허도로 보내 조조를 만나게 했다.

조조는 적벽대전에서 패한 후 늘 복수를 꿈꿨지만 손권과 유비가 손을 잡고 대응할까 두려워 감히 공격하지 못했다.

때는 건안 15년 봄, 조조는 업군에 장대하고 화려한 동작대銅

雀臺를 만들고 문무백관을 청하여 큰 연회를 열었다. 이때 누군가 화흠이 왔다고 보고했다. 조조가 그가 온 뜻을 궁금해하자 정욱이 나서서 말했다.

"손권은 본래 유비를 꺼려서 형주를 공략하려 했지만 승상께서 틈을 타 공격할까 두려워 화흠을 사신으로 보낸 겁니다. 유비를 천거해 그의 마음을 안정시킴으로써 승상의 희망을 꺾으려는 것이지요! 지금 저에게 손권과 유비가 서로 싸우게 할 계책이 있습니다. 그들이 싸우는 틈을 이용해 승상께서는 단번에 그 두 적을 다 깨뜨릴 수 있습니다."

"그 계책이 무엇인가?"

"승상께서는 표문을 올려 지금 유비가 차지하고 있는 남군과 강하의 태수로 주유와 정보를 각각 임명하십시오. 그리고 화흠은 조정에 남겨 중용하십시오. 그러면 주유는 유비를 적으로 삼을 것입니다!"

조조는 고개를 끄덕여 동의했다. 이날 연회가 끝난 뒤 조조는 황제에게 표문을 올려 주유, 정보, 화흠에게 각각 벼슬을 내리게 했다.

남군 태수가 된 주유는 호시탐탐 유비에게 복수할 기회를 노렸다. 그는 손권에게 글을 올려, 노숙을 보내 형주를 돌려받으라고 청했다. 손권은 노숙을 불러 말했다.

"지난날 그대는 형주를 유비에게 빌려주는 데 증인을 섰소. 이제 유비가 질질 끌면서 돌려줄 생각을 않고 있으니 도대체 언제까지 기다려야 하오?”

“문서에는 서천을 얻은 후에 돌려준다고 씌어 있습니다.”

손권은 노기에 차서 꾸짖었다.

“서천을 취한다고 말만 하고 군사를 전혀 움직이지 않으니, 설마 늙어 죽을 때까지 기다려야 한단 말이오?”

노숙은 할 수 없이 배를 타고 형주로 갔다. 이때 유비는 제갈량과 함께 형주에서 군량을 비축하고 군마를 조련하고 있었다. 노숙이 도착했다는 소식을 듣고 유비가 제갈량에게 물었다.

“무슨 일로 찾아왔을까요?”

“주유가 남군 태수로 임명되었으니 형주를 돌려달라는 것이겠지요.”

“그럼 뭐라고 대답하면 좋겠습니까?”

“노숙이 형주를 언급하기만 하면 목놓아 우십시오. 그때 제가 나와서 적절히 말하겠습니다.”

노숙은 유비를 만나자마자 대뜸 말했다.

“이번에 명을 받들어 형주를 돌려받으러 왔습니다. 황숙께서는 잠시 빌렸다 돌려주기로 약속했는데 어째서 아직도 돌려줄 생각을 안 하십니까? 지금 두 집안이 사든의 연을 맺었으니 혼인의 정을 봐서라도 일찌감치 돌려주십시오.”

이 말을 듣고 유비는 울음을 터뜨렸다. 노숙이 몹시 당황스러워하고 있는데 제갈량이 병풍 뒤에서 나오며 말했다

“우리 주공께서 우는 까닭을 아십니까?”

“모르겠습니다.”

"당초 우리 주공께서 형주를 빌릴 때 서천을 취한 후에 돌려주겠다고 약속했습니다. 그러나 자세히 생각해보니 유장은 한나라 황실의 골육으로서 우리 주공의 동생뻘이 됩니다. 만일 우리 주공이 군사를 일으켜 그의 성읍을 취한다면 사람들이 침을 뱉고 욕을 할 것이며, 반대로 서천을 취하지 않은 채 형주를 돌려준다면 어디에 몸을 의탁하겠습니까? 게다가 형주를 돌려주지 않으면 처가에 미안한 일이니 실로 진퇴양난이라 이렇듯 통곡을 하시는 겁니다."

제갈량의 말은 정말로 유비의 심사를 움직였다. 처량한 생각이 든 유비는 가슴을 치고 발을 구르면서 더 크게 통곡했다. 노숙이 위로의 말을 건넸다.

"황숙께서는 너무 괴로워하지 마십시오. 공명과 함께 좋은 대책을 의논해보겠습니다."

제갈량이 기회를 놓치지 않고 얼른 말했다.

"수고스럽겠지만 돌아가셔서 기한을 조금만 더 늦춰달라고 전해주십시오."

노숙은 너그러운 사람인지라 이 말을 듣고 곧 돌아갔다. 그러나 먼저 시상에 들러 주유에게 경과를 말하자 주유는 발을 구르며 탄식했다.

"이번에도 제갈량에게 속았소. 유비는 유표에게 의탁해 있을 때도 늘 형주를 삼키려는 뜻을 품었는데 서천의 유장이야 말할 나위가 있겠소? 나에게 계책이 하나 있으니 다시 한 번 형주를 다녀오시오."

"어떤 계책입니까?"

"유비에게 가서 이렇게 전하시오. '손씨와 유씨는 이미 사돈을 맺었으니 한집안입니다. 유현덕께서 차마 서천을 취하지 못하겠다면 우리 동오가 군사를 일으켜 서천을 취해서 혼인 예물로 삼겠으니 그때는 형주를 돌려주십시오'라고 말이오."

"하지만 서천은 길이 멀고 험준하서 쉽게 취할 수 없습니다."

노숙의 말에 주유가 웃으며 대답했다.

"내가 정말로 서천을 취하러 갈 거라고 생각하오? 그건 핑계에 불과하고 실제로는 형주를 취할 생각이오. 서천을 취하려면 반드시 형주를 지나야 하는데 동오의 병마가 형주를 지나면서 군량을 빌려달라고 하면 유비가 성에서 나와 우리 군사를 위로하지 않겠소. 바로 그 틈을 타서 유비를 죽이고 형주를 빼앗을 생각이오."

노숙은 그길로 형주에 가서 제갈량과 상의했다. 제갈량은 연신 고개를 끄덕였다.

"동오의 군사가 도착하면 반드시 성을 나가 위로하겠습니다!"

노숙은 내심 기뻐하면서 돌아갔다. 유비가 노숙이 전한 말이 무슨 의미인지 묻자 제갈량이 크게 웃으며 말했다.

"이것이 바로 가도멸괵◆의 계척입니다! 서천 공격을 구실로

삼국지 고사성어

가도멸괵假道滅虢 : 춘추시대 때 진晉나라는 괵虢나라를 공격해야 하니 길을 빌려달라고 우虞나라에 요청해놓고 괵나라를 멸한 뒤 돌아오는 길에 우나라까지 멸했다. 군사 계획을 숨기기 위해 구체적인 수단으로 쓰이는 계책이다.

삼아서 실제로는 형주를 취하려는 것이지요. 주공께서 성을 나가 동오의 군사를 위로하면 그 틈을 타서 주공을 붙잡고 성을 공략하려는 겁니다."

"그럼 어떻게 해야 합니까?"

"아무 걱정 마시고 그저 와궁(窩弓, 굴 안에 숨어서 쏘는 활)을 갖춰 맹호를 잡으시고, 맛있는 미끼로 자라와 고기를 낚으시면 됩니다. 주유가 오면 죽이지는 않더라도 기력을 송두리째 빼놓겠습니다."

제갈량은 즉시 조자룡을 불러서 구체적인 계책을 일러주었다.

제갈량과 작별한 후 노숙은 주유에게 가서 그간의 경과를 낱낱이 보고했다. 주유는 당장 군사를 일으켜 감녕을 선봉으로 삼고, 자신은 서성·정봉과 함께 중군을 거느리는 한편, 능통과 여몽에게는 후위부대를 맡겼다. 이렇게 수륙 병사 5만 명을 거느리고 형주로 출발했다.

전군이 하구에 이르자 주유가 좌우에 물었다.

"형주에서 우리를 맞으러 나온 사람이 없느냐?"

한 군사가 보고했다.

"유 황숙이 미축을 보내 도독을 뵙고자 합니다."

주유는 미축을 불러들여 물었다.

"우리 군사를 어떻게 위로해주시겠소?"

"주공께서 모두 준비해놓으셨습니다."

"유 황숙은 어디에 계시오?"

제갈량, 주유를 세 번 화나게 하다.

“지금 형주성문 밖에서 기다리고 계십니다. 도독과 술잔을 기울일 준비를 하고 계시지요.”

“이번 출전은 당신들을 위한 것이니 우리 군사를 위로하는 일에 소홀하면 아니 되오.”

미축이 돌아간 후 주유는 강물 위에 전선을 가득 늘어세우고 천천히 움직이기 시작했다. 그런데 강에는 배 한 척 보이지 않고 마중 나온 사람도 눈에 띄지 않았다. 주유는 이상한 생각이 들었지만 계속 전선을 재촉해 나아갔다. 그러나 형주까지 10여 리가량 떨어진 곳에 이르러서도 강은 조용하기 그지없었다. 이때 염탐꾼이 와서 보고했다.

“형주성 양쪽에 흰 깃발이 꽂혀 있을 뿐 사람이라곤 그림자도 보이지 않습니다.”

의심이 인 주유는 전선을 기슭에 대게 한 뒤 감녕, 서성, 정봉 등과 정병 3천 명을 인솔해 형주로 향했다. 하지만 성 아래에 도착했는데도 아무 움직임도 없었다. 주유가 병사들을 시켜 성문을 열라고 소리치게 하자 갑자기 징소리가 울리더니 성 위에 창칼을 든 병사들이 일제히 나타났다. 동시에 조자룡이 성루에 나서서 외쳤다.

“우리 제갈 군사께서는 당신이 가도멸괵의 계책을 쓴다는 걸 알고서 나를 여기에 남겨두셨소. 우리 주공께서는 ‘유장과 나는 같은 한나라 황실의 종친인데 어찌 의로움을 버리고 서천을 취하겠는가? 만일 동오가 정말 서천을 공략한다면 나는 머리를 풀어헤치고 산에 들어갈지언정 신의를 저버리지는 않겠다!’고 하셨소."

주유가 이 말을 듣고 놀라서 말 머리를 돌리려는데 갑자기 한 군사가 달려와 보고했다.

"적의 군마가 네 갈래로 쳐들어오고 있습니다. 관우는 강릉에서, 장비는 자귀秭歸에서, 황충은 공안公安에서, 위연은 잔릉屛陵에서 오고 있습니다. 그 수가 얼마나 되는지는 알 수 없으나 주유를 잡으라는 함성이 100여 리에 걸쳐 울리고 있습니다."

순간 주유는 크게 비명을 지르더니 말에서 굴러떨어졌다. 상처가 터진 것이다. 부하들은 급히 그를 구하여 배로 돌아갔다. 이때 한 군사가 또 소식을 전했다.

"유현덕과 제갈량이 앞산 정상에서 풍악을 울리며 술을 마시고 있습니다."

주유는 크게 노하여 이를 갈았다.

"내가 서천을 못 취할 것 같은가? 기필코 취하고 말리라!"

주유는 즉시 진군 명령을 내렸다. 그런데 주유의 군사들이 파구에 이르렀을 때, 유봉과 관평이 군사를 이끌고 상류에서 물길을 막고 있다는 소식이 전해졌다. 이에 주유가 화를 참지 못하고 씩씩거리는데 제갈량의 사신이 와서 편지를 전했다.

도독께서 서천을 취하러 가는 것은 불가합니다. 서천은 백성들이 용감하고 지세가 험준한데다, 유장이 비록 약하긴 하지만 자기 자신은 충분히 지킬 수 있습니다. 오늘 수고스럽게 머나먼 원정을 가시지만 이는 실로 '오기'라도 전략을 세우기 어렵고 '손무'라도 성공을 장담할 수 없습니다. 게다가 적벽에서 패한 조조가 어찌 한시라도 복수를 잊겠습니까? 원정을 가신 틈에 조조가 빈틈을 노려 공격하면 동오는 가루가 될 수도 있습니다. 차마 좌시할 수 없어서 특별히 이렇게 알려드리니 부디 잘 살피십시오.

주유는 편지를 읽은 후 길게 탄식했다. 그리고 종이와 붓을 들어 손권에게 올리는 글을 쓴 후 장수들을 불러서 말했다.

"충성을 다해 나라에 보답하려 했지만 천명이 이미 다해서 어쩔 수 없구려. 그대들은 주공을 잘 섬겨 대업을 이루시오."

말을 마치고 그는 다시 혼절했다. 그리고 얼마 후 천천히 깨어나서 하늘을 바라보며 탄식했다.

"아아, 하늘은 이미 주유를 낳고서 어찌하여 제갈량을 또 낳았는가!"

이렇게 몇 번을 외치다가 죽으니, 이때 그의 나이 36세였다. 손권은 그가 죽었다는 비보를 받고 목놓아 울었으며, 그의 유언에 따라 노숙을 도독으로 삼아 병마를 통솔하게 했다.

주유가 평가절하된 까닭

소설 《삼국지》에 묘사된 주유의 모습은 그에 관한 역사적인 기록과는 사뭇 다르다. 소설 《삼국지》의 작가 나관중은 주유가 젊은 나이에 성공하여 오만하기 짝이 없었고, 제갈량을 질투한 나머지 화병에 걸려 죽음에 이르렀다고 기술했다.

그러나 실제로 주유는 타고난 겸손함과 친화력으로 동오의 무장들을 감화시킨 인물로, 제갈량에 대해서도 당시 나이로나 지위로나 훨씬 우위에 있었기 때문에 전혀 질투할 이유가 없었다. 그리고 죽음의 원인도 화병이 아니라 조인과의 전투에서 얻은 부상 때문이었다.

나관중이 주유를 이처럼 지나치게 평가절하한 것에 대해서 최근 재미있는 연구 결과가 발표되었다. 일찍이 나관중이 실의를 맛본 과거에서 장원을 차지한 사람이 공교롭게도 주유의 후손 주서周敍였다고 한다. 나관중은 그 결과에 불만을 품고 소설 《삼국지》에서 일부러 주유를 헐뜯었다는 것이다 이 연구는 이밖에도 족보 분석을 통해 홍콩의 영화배우 주윤발이 주유의 직계후손이라는 사실도 밝혀냈다.

16
유비가 촉을 취하다

제갈량은 주유를 조문하러 시상에 갔다가 봉추 선생 방통을 만나 형주에 와서 유비를 도와달라고 청했다. 얼마 후 방통은 노숙의 천거로 손권을 만났지만, 손권은 그가 주유를 폄하하고 자신을 높이자 건방지다는 생각에 중용하지 않았다. 결국 방통은 형주로 갔고, 유비는 그를 부군사로 삼아 제갈량과 함께 책략을 세우고 군사를 조련하게 했다.

한편, 조조는 유비와 손권이 연합해 북쪽 정벌에 나서지 않을까 두려워했다. 그래서 모사들을 불러 남쪽 정벌을 상의하는데 순유가 나서서 말했다.

"먼저 손권을 취하고 그 다음에 유비를 공격해야 합니다."

"그러나 서량의 마등이 걱정이오. 원정을 나가면 그자가 기회를 틈타 허도를 습격할 수도 있지 않겠소."

"그럼 마등을 정남征南 장군으로 삼고 손권을 치라는 거짓 조서를 내리십시오. 그렇게 마등을 허도로 유인해 없애버리고 원

332

정에 오르면 됩니다."

조조는 무척 흡족해하며 서량으로 조서를 보내 마등을 불렀다. 이에 마등은 아들 마철馬鐵, 마휴馬休와 함께 서량의 군사 5천 명을 이끌고 허도에 왔다가 그만 조조의 함정에 빠져 살해되었다. 마등을 죽인 후 조조가 다시 남정 계획을 세우고 있는데 갑자기 보고가 들어왔다.

"유비가 군마를 조련하고 무기를 수습해서 서천을 취하려고 합니다."

조조가 놀라서 물었다.

"유비가 서천을 얻으면 날개를 다는 격인데, 앞으로 어찌해야 하는가?"

이때 모사 진군陳群이 나서서 말했다.

"지금 유비와 손권은 순망치한*의 관계입니다. 유비가 서천을 취하고자 하면 승상께서는 합비의 군사와 힘을 합쳐 동오를 치십시오. 그럼 손권은 유비에게 도움을 청하겠지만, 유비는 서천 때문에 구할 생각이 없을 테니, 그 결과 손권의 군사력이 약화되면 동오 땅은 필경 승상의 차지가 될 것입니다. 이렇게 강동을 얻고 나면 형주는 북 한 번 치는 것으로 평정될 것이고, 형주를 평정한 후에 서서히 서천을 도모하면 천하를 평정하실 수 있습니다."

"그대의 말이 내 뜻과 맞구려."

조조는 즉시 군사 30만 명을 일으켜 동오를 향해 진군하는 한편, 합비성의 장요에게 군량을 준비하라고 명했다.

정탐꾼으로부터 이 소식을 전해들은 손권은 노숙을 유비에게 보내 도움을 청했다. 이때 제갈량이 유비에게 말했다.

"동오와 형주의 군사를 움직이지 않고도 조조가 동남쪽을 엿보지 못하도록 하겠습니다."

유비가 의아해하며 물었다.

"조조의 30만 대군이 쳐들어오는데 군사께서는 무슨 묘한 계책이 있어서 쉽게 물리칠 수 있다고 하십니까?"

"조조에게 가장 큰 걱정은 사실 서량의 군사입니다. 조조가 마등을 죽이는 바람에 그의 아들 마초馬超가 이를 갈고 있을 터이니, 주공께서는 그에게 편지를 보내 허도를 공격하도록 하십시오. 그러면 조조가 남쪽을 정벌할 겨를이 있겠습니까?"

유비는 크게 기뻐하며, 힘을 합쳐 조조를 멸하자는 내용의 편지를 서량으로 보냈다. 과연 마초는 유비의 제의를 받아들였다. 그는 죽은 아버지의 의형제인 서량 태수 한수의 도움을 받아 20만 군사를 거느리고 장안으로 쳐들어가 성을 함락시켰다. 이 소식을 들은 조조는 황급히 조홍과 서황을 보내 동관潼關을 지키게 했지만, 마초는 열흘도 안 되어 동관마저 함락했다.

나중에 대군을 이끌고 동관 앞에 도착한 조조는 흰 전포에 은빛 갑옷을 입고 긴 창을 든 늠름한 모습의 마초를 보고 속으로 탄복했다. 하지만 곧장 말을 몰고 앞으로 나가면서 큰 소리로 꾸짖었다.

"너는 한나라 명장의 자손(마초는 후한의 명장 마원馬原의 자손이었다)이면서 어찌하여 모반을 꾀하느냐?"

마초는 이를 갈며 욕을 퍼부었다.

"역적 조조야! 너는 위로는 황제를 속이고 아래로는 백성들을 못살게 구니 실로 죽어 마땅하다. 게다가 나의 아버지와 아우를 죽였으니 네놈은 하늘 아래 같이 살 수 없는 원수◆일 뿐이다!"

말을 마치고서 마초는 긴 창을 들고 조조에게 달려들었다. 이때 조조의 뒤에 있던 우금이 나와서 맞섰지만 8~9합을 채 못 견뎠고, 다음에 나온 장합도 20여 합을 견디지 못하고 달아났다. 마초는 그 다음에 나온 이통李通을 몇 합 만에 죽이고, 군사를 휘몰아쳐 조조군을 공격했다. 조조의 군사들은 용기백배한 서량군의 공격을 당해내지 못하고 이리저리 흩어졌다. 이때 마초는 기병 100여 명을 거느리고 조조를 잡기 위해 중군으로 뛰어들었다. 혼전 속에서 갈팡질팡하고 있는 조조를 보고 서량의 군사들이 외쳤다.

"붉은 전포를 입은 자가 조조다!"

이 말을 듣고 조조는 황급히 붉은 전포를 벗어버렸다. 또 누군가 외쳤다.

"수염을 길게 기른 자가 조조다!'

불공대천지수 不共戴天之讐 : 반드시 죽여야만 하는 찰천지원수를 비유하여 이르는 말.

조조는 당황한 나머지 칼을 들어 수염을 잘라버렸다. 그러나 서량 군사 하나가 이 광경을 보고 마초에게 가서 알렸다. 마초가 외쳤다.

"수염 짧은 놈이 조조다!"

조조는 깜짝 놀라 허둥지둥 달아났지만 마초가 곧바로 뒤따라오며 소리쳤다.

"조조야, 거기 서라!"

혼비백산한 조조가 채찍까지 떨어뜨리며 달아나는데 마초가 긴 창으로 조조를 겨누어 찔렀다. 하지만 조조가 급히 나무를 끼고 도는 바람에 마초의 창은 나무에 꽂히고 말았다. 마초가 급히 창을 빼들었으나 조조는 이미 멀리 달아나 있었다. 마초가 다시 추격하는데 이번에는 조홍이 나타나 길을 가로막았다. 마초는 조홍과 싸우다가 하후연까지 가세하자 말 머리를 돌려 자기 진영으로 돌아갔다.

영채로 돌아온 조조는 한동안 방비만 하고 나가서 싸우지 않았다. 그러다가 며칠 후 위수渭水를 건너 적의 배후인 하북河北을 칠 심산으로 출전했다. 그러나 조조가 배로 강을 건너려고 기다리고 있을 때, 이미 그의 계책을 간파한 마초가 군사들을 이끌고 맹렬히 달려왔다. 허저는 무조건 조조를 끌고 허둥지둥 배에 올랐다. 마초의 군사들이 도착했을 때 조조의 배는 이미 강 한복판에 떠 있었다. 마초는 당장 궁수들에게 명하여 화살을 쏘게 했다. 배 안으로 화살이 빗발치자 허저는 말안장을 방패 삼아 조조를 보호했다. 이렇듯 허저의 도움으로 조조는 간신히 영채로 돌아갈 수 있었다.

이후에도 두 진영은 여러 차례 맞서 싸웠지만 번번이 조조가 패했다. 그리고 다시 양군이 대치하고 있는 상황에서, 허저가 다음 날 둘이 결전을 치르자는 도전장을 마초에게 보냈다. 서신을 받은 마초는 크게 노해서 말했다.

"이놈이 감히 나를 업신여기다니!"

마초는 '내일 맹세코 너를 죽이겠다'고 답신을 보냈다.

다음 날, 양쪽 군사가 진영을 나와 포진했다. 방덕龐德을 왼쪽 날개, 사촌동생 마대馬岱를 오른쪽 날개, 한수를 중군으로 삼은 마초가 창을 들고 나서며 큰 소리로 외쳤다.

"호치(虎痴, 허저의 별명으로 건장하지만 미련하다는 뜻)야, 썩 나서지 못할까!"

허저가 춤추듯 칼을 휘두르며 나왔고, 두 사람은 맞서 싸웠다. 그러나 100여 합이 지났는데도 승부는 나지 않았고 말이 먼저 지쳐버렸다. 두 장수는 진영으로 돌아가 말을 갈아타고 와서 다시 100여 합을 겨뤘지만 역시 승부가 나지 않았다. 급기야 허저는 갑옷과 투구를 벗고 맨몸으로 마초와 30여 합을 겨뤘다. 어느 순간, 마초가 가슴을 향해 창을 찔러오자 허저는 칼을 버리고 그의 창자루를 잡고서 쟁탈전을 벌였다. 허저가 크게 힘을 쓰며 소리를 지르자 창자루가 뚝 부러져버렸다.

싸움을 지켜보던 조조는 허저가 혹시 실수할까 봐 하후연과 조홍에게 협공을 지시했다. 하지만 두 사람이 움직이자 마초의 진영에서도 방덕과 마대가 철기병을 몰고 나와 좌충우돌하며 조조의 군사들을 무찔렀다. 이로써 조조의 진영은 크게 어지러워졌고 허저도 팔에 화살을 두 대 맞았다. 급기야 조조의 군사들은 사기가 크게 떨어져서 영채로 돌아가 문을 굳게 닫아걸었다.

승리를 거두고 진영으로 돌아온 마초가 한수에게 말했다.

"허저처럼 사납게 싸우는 자는 본 적이 없습니다. 호치라는 말이 정말 맞더군요."

한편 조조는 마초를 무찌르려면 계책을 쓰는 수밖에 없다고 생각했다. 그래서 은밀히 서황을 시켜 황하 서쪽에 영채를 세우게 한 다음, 앞뒤에서 마초를 협공하기로 했다. 이 소식을 듣고 마초는 즉시 한수와 의논했다.

"조조가 빈틈을 타서 황하 서쪽을 건넜습니다. 우리 군사가 앞뒤로 적을 맞게 되었으니 어찌해야 좋을까요?"

한수는 주변 참모들의 권유를 받아들여 조조와 화친할 것을 주장했다. 마초가 망설이다가 동의하자 한수는 바로 화친의 편지를 써서 양추楊秋를 통해 조조에게 보냈다. 편지를 받은 조조는 양추에게 말했다.

"그대는 돌아가라. 내일 답신을 보내겠다."

양추가 돌아가자 가후가 들어와서 조조에게 물었다.

"승상의 뜻은 어떠신지요?"

"그대의 소견은 어떠한가?"

"병법에서는 속임수를 꺼리지 않는다고 했습니다. 우선 받아들이는 척하다가 반간계를 써서 한수와 마초를 이간질하면 북 한 번 울리는 것만으로도 저들을 격파할 수 있습니다."

조조가 손뼉을 치며 크게 기뻐했다.

"그대의 계책이 내 뜻과 맞구려!"

조조는 즉시 다음과 같은 내용의 답신을 보냈다.

천천히 군사를 철수할 테니 황하 서쪽의 땅을 돌려주시오.

그러나 마초는 의심이 풀리지 않아 한수에게 말했다.

"조조는 간웅이라서 대비하지 않으면 당하고 맙니다. 저와 숙부님이 번갈아가며 조조와 서황의 동태를 살피도록 하지요."

한수는 마초의 계책에 따르기로 했다. 정탐꾼을 통해 이 소식을 들은 조조는 그 정탐꾼에게 물었다.

"그럼 내일 나를 살필 자는 누구냐?"

"한수입니다."

이튿날 영채를 나온 조조는 멀리서 자기를 지켜보고 있는 한수에게 사람을 보내 말을 전했다.

"승상께서 장군과 이야기를 나누고 싶어 하십니다."

한수는 말을 몰아 조조를 만나러 갔다. 조조는 지금 상황에 대해서는 아무 말도 하지 않고, 지난날 한수와 그의 부친과 함께 수도에서 지냈던 이야기만 했다. 그렇게 두어 시간 이야기하고 나서 조조는 영채로 돌아갔다.

이 일을 보고받은 마초가 다급히 한수를 찾아와서 물었다.

"오늘 조조의 진영에 가서 무슨 이야기를 나누셨습니까?"

"옛날 수도에서 함께 지냈던 이야기만 했네."

“어째서 군무軍務에 대해서는 말씀하지 않으셨습니까?”

“조조가 말하지 않는데 나 혼자 무슨 말을 하겠는가?”

마초는 의심이 들었지만 아무 말 없이 물러나왔다.

한편 조조가 진영으로 돌아오자 가후가 다시 계책을 올렸다.

“친필로 한수에게 편지를 쓰시면서 중간중간 흐릿하게 쓰거나 고친 흔적을 남기십시오. 이를 마초가 알면 반드시 한수가 중요한 대목을 숨겼다고 생각할 겁니다. 그때 한수의 장수들을 매수해 둘 사이를 이간질하십시오.”

“정말 묘한 계책이네.”

조조는 가후의 말대로 편지를 써서 일부러 여러 사람을 시켜 한수의 진영에 보냈다. 염탐꾼에게서 이 소식을 전해들은 마초는 한수를 찾아와 사실을 확인하고자 했다. 한수가 편지를 내줘서 살펴보니 중간중간 글씨가 뭉개지고 고쳐쓴 것이 도무지 무슨 말인지 알 수가 없었다. 마초가 한수에게 물었다.

“편지가 왜 이렇습니까?”

“원래 그랬다네. 나도 이유를 모르겠군.”

“그럴 리가요. 조조처럼 빈틈없는 자가 어찌 이런 잘못을 범했겠습니까? 저는 숙부와 합심하여 역적을 죽이려 했는데 어찌하여 다른 마음을 품으십니까?”

마초의 계속된 의심에 난처해진 한수는 수하의 다섯 장수를 불러 의논했다.

“이 일을 어찌하면 좋겠는가?”

양추가 나서서 말했.

“마초는 자기 용맹만 믿고 늘 주공을 업신여겼으니 차라리 조
조에게 투항해서 훗날 벼슬을 받는 게 낫지 않겠습니까?”

“내가 마등과 의형제를 맺었는데 어찌 배반하겠는가.”

“일이 이 지경이 되었으니 그렇게 할 수밖에 없습니다.”

“그럼 누가 조조 진영에 가서 소식을 전하겠는가?”

양추가 자청하며 나서자 한수는 마침내 그에게 밀서를 써주어
조조에게 보냈다. 조조는 크게 기뻐하면서 한수를 서량후로, 양
추를 서량 태수로 삼았다. 그리고 양추가 불을 놓는 것을 신호로
삼아서 양군이 합세하여 마초를 치기로 했다.

그러나 염탐꾼이 이를 알아채고 마초에게 보고하니, 마초가
몇몇 수하를 거느리고 한수의 막사로 들이닥쳤다. 그때 한수는
다섯 장수와 은밀히 이야기를 나누고 있었고, 마침 양추가 말하
는 소리가 밖으로 들렸다.

“더 이상 지체할 수 없으니 빨리 행합시다.”

이 말을 들은 마초가 크게 화를 내며 칼을 빼들고 안으로 들어
갔다.

“이 도적놈들아! 어찌하여 나를 해치려 하느냐?”

마초가 내리치는 칼에 한수는 왼쪽 팔이 잘려나갔다. 이에 다
섯 장수가 한꺼번에 마초에게 달려들었지만 둘은 죽고 셋은 도
주했다. 마초는 다시 한수를 찾았지만 이미 달아난 뒤였다. 이때
막사 뒤에서 불길이 치솟더니 한수 휘하의 군사들이 쏟아져나왔
다. 마초가 황급히 말을 타고 빠져나가려는데 마침 방덕과 마대
가 나타나서 일대 혼전이 벌어졌다

마초의 군사와 한수의 군사가 한창 싸우는 가운데 이번에는 조조의 군사가 들이닥쳐 마초에게 화살을 쏘아댔다. 마초가 창을 휘둘러 화살을 쳐내니 바닥에 떨어진 화살이 헤아릴 수 없이 많았다. 급기야 말이 화살에 맞아 거꾸러지자 마초는 사로잡힐 위기에 처했다. 하지만 때마침 방덕과 마대의 원군이 나타나서 마초를 구해 서북쪽으로 달아났다.

조조는 마초를 쫓아 안정安定까지 갔지만 더 이상 추격할 수 없게 되자 군사를 거두어 장안으로 돌아갔다. 그는 한수를 서량후로 책봉하고 양부楊阜에게 기성冀城을 지키게 함으로써 마초의 반격에 대비했다.

조조는 하후연에게 장안을 지키게 한 후 군사를 인솔하여 허도로 돌아왔다. 헌제는 성곽 밖까지 어가를 몰고 가서 조조를 맞이했다. 그리고 조조의 공로를 기리는 조서를 내렸는데, 그 내용은 첫째 황제에게 절을 하면서 이름을 고하지 않아도 되고, 둘째 조정에 들어올 때 종종걸음을 하지 않아도 되고, 셋째 칼을 차고 신을 신고도 전각에 오를 수 있다는 것이었다. 이후로 조조는 천하에 더욱 위세를 떨쳤다.

조조가 서량의 군사를 격파했다는 소식이 한중까지 전해졌다. 한녕漢寧 태수 장로는 깜짝 놀랐다. 그는 급히 부하들을 불러 상의했다.

"서량의 마등이 조조에게 죽고 마초도 패했으니, 이제 조조는 필경 우리 한중漢中을 침략할 걸세. 내가 한녕왕으로 칭하고 군사를 일으켜 조조와 싸우려 하는데 그대들의 생각은 어떠한가?”

염포閻圃가 나서서 말했다.

“우리 한중은 인구가 10만 명이 넘고 재물과 식량이 넉넉한데다 사면이 험한 천혜의 요새입니다. 제 생각에는 어리석고 나약한 익주의 유장을 쳐서 서천 41개 주를 취하여 근거지로 삼은 뒤에 왕으로 칭하셔도 늦지 않을 것입니다.”

장로는 크게 기뻐하며 동생 장위張衛와 함께 군사를 일으킬 의논을 했다.

한편, 장로가 쳐들어올 것이라는 소식에 질겁한 익주의 유장도 부하들을 불러 상의했다. 장송張松이 나서서 말했다. 그는 키가 5척도 안 되는데다 이마가 툭 튀어나오고 머리는 뾰족하며 납작코에 뻐드렁니였다.

“허도의 조조는 중원을 정벌하여 여포와 원씨 형제를 모두 멸했고, 얼마 전에는 마초까지 격파해서 천하에 적수가 없습니다! 주공께서 조조에게 바칠 예물을 준비해주시면 제가 직접 허도로 가서 조조에게 한중을 취하라고 유세하겠습니다. 조조가 공격하면 장로가 어떻게 감히 우리를 넘보겠습니까?”

유장은 매우 기뻐하며 금, 보석, 비단 등을 장만해 장송을 사신으로 보냈다. 장송은 남몰래 서천의 지도를 그려서 몸에 감추고 허도로 출발했다. 이 소식은 곧 염탐꾼에 의해 제갈량의 귀에 들어갔다. 제갈량은 지체 없이 바로 사람을 허도로 보내 상황을 정탐하게 했다.

허도에 도착한 장송은 매일 승상부에 가서 조조 만나기를 청했다. 그러나 사흘이나 기다려서야, 그것도 시종에게 뇌물을 바치고서야 겨우 조조를 만날 수 있었다. 조조가 물었다.

"네 주인 유장이 여러 해 동안 조공을 바치지 않은 이유가 무엇인가?"

"길이 험하고 도적이 자주 출몰해서 올 수가 없었습니다."

이에 조조가 꾸짖었다.

"내가 중원을 평정했는데 도적이 어디 있단 말이냐?"

"남쪽에는 손권, 북쪽에는 장로, 서쪽에는 유비가 있지 않습니까? 그들 중 군사가 가장 적은 자도 최소한 10만 명을 거느리고 있으니, 천하가 태평해지는 건 아직 멀었습니다."

조조는 장송이 괴상하게 생긴데다 말투까지 당돌하자 소매를 떨치고 일어나 훌쩍 자리를 떴다. 장송은 속으로 몹시 불쾌했지만, 양수楊修의 소개로 교련장에서 조조군의 위용을 보게 되었다. 조조가 5만여 명의 호위 군사를 사열하는데 그 위용이 사뭇 당당하였다. 조조가 장송에게 물었다.

"너희 서천에서 이런 영웅들을 보았는가?"

"우리 촉蜀 땅에서는 이런 군사와 무기를 본 적이 없습니다. 오직 인의로써 백성들을 다스릴 뿐이지요."

순간 조조의 안색이 변했지만 장송은 전혀 두려운 기색이 없었다. 조조가 다시 말했다.

"나의 대군은 가는 곳마다 승리하지 않음이 없고 공격해서 취하지 않음이 없으니 나에게 순종하는 자는 살고 나를 거스르는 자는 죽는다. 너는 이를 아느냐?"

"승상께서 싸울 때마다 승리하고 공격할 때마다 취하는 것은 저도 알고 있습니다. 예전에 복양濮陽에서 여포를 공격했고, 완성에서 장수와 싸웠으며, 적벽에서 주유를 만났고, 화용도에서 관우에게 막혔지요. 또한 동관에서는 수염을 자르고 전포를 버렸으며, 위수에서는 화살을 피하지 않았습니까? 실로 천하무적이라 할 수 있겠지요."

장송의 비웃음에 조조는 크게 노하여 사람을 시켜서 곤장을 치게 했다. 결국 장송은 곤장을 맞고 쫓겨났다. 장송은 서천으로 돌아가며 속으로 생각했다.

'서천을 조조에게 바치려 했건만 그가 이토록 거만할 줄은 생각도 못했다. 이대로 빈손으로 돌아가면 웃음거리가 될 터이니 차라리 유현덕을 찾아가는 편이 낫겠구나. 그는 인의가 있다고 소문이 자자하니 한번 만나보고 어떻게 할지 결정해야겠다.'

장송은 결국 말 머리를 돌려 형주로 향했다.

어느덧 영주郢州 근처에 이르렀을 때 한 장수가 500여 군마를 거느리고 마중을 나왔다.

"오시는 분이 장 별가(別駕, 장송의 벼슬명)가 아니신지요?"

"그렇소."

"조자룡이 이곳에서 기다린 지 오래입니다."

조자룡은 술과 음식을 가져와 그를 극진히 대접했다. 장송은 속으로 생각했다.

'사람들이 유현덕을 너그럽고 인자하다고 하더니 정말 그렇구나.'

장송은 술과 음식을 먹고서 조자룡과 함께 길을 떠나 형주의 역관에 이르렀다. 그런데 역관 밖에서 100여 명이 시립한 채 북을 울리며 그를 영접했다. 곧 한 장수가 다가와서 예를 올리며 말했다.

"역관 안팎을 깨끗이 쓸고 대부를 맞이하라는 형님의 분부를 받들고 이렇게 기다렸습니다."

장송이 답례를 하면서 바라보니 바로 관우였다. 관우와 조자룡은 술과 음식을 차려 밤새 장송을 대접했다.

다음 날, 장송은 아침을 먹고서 길에 올랐는데 얼마 가지 않아 한 무리의 군마가 또 나타났다. 바로 유비가 제갈량, 방통과 함께 직접 마중을 나온 것이었다. 장송과 유비는 서로 인사를 나누고 함께 형주성으로 들어가서 술자리에 마주 앉았다. 한동안 술잔이 돌았는데도 유비는 한담만 나눌 뿐 서천에 관한 이야기는 일절 입 밖에 내지 않았다. 장송이 먼저 말을 꺼냈다.

"지금 황숙께서 지키는 형주에는 고을이 몇 개나 있습니까?"

제갈량이 끼어들어 대답했다.

"형주도 동오에서 잠시 빌린 것으로, 저쪽에서는 되찾아갈 생각만 하고 있습니다."

"동오는 6군 81주를 차지하여 강하고 부유한데도 여태 만족하질 못한단 말입니까?"

이번에는 방통이 끼어들어 대답했다.

"우리 황숙은 한나라 황실의 종친인데도 오히려 발붙일 땅이 없으십니다. 다른 자들은 한나라의 도적인데도 강제로 땅을 점령하고 있고요."

이때 유비가 말했다.

"두 분께서는 그만하십시오. 내가 무슨 덕이 있다고 많은 것을 바라겠습니까?"

이날부터 사흘 연속 연회를 베풀어 술을 마셨지만 유비는 서천에 대해서는 전혀 언급하지 않았다. 드디어 작별하는 날, 유비는 10리 밖 정자까지 나와 장송을 배웅했다.

"대부께서 이제 떠나고 나면 언제 다시 뵙고 가르침을 받을 수 있겠는지요?"

유비가 말을 마치고 눈물을 흘리자 장송은 스스로 생각했다.

'현덕이 이토록 너그럽고 인자하니 어찌 그냥 갈 수 있겠는가? 차라리 서천을 취할 방도를 알려주리라.'

그러고는 유비에게 말했다.

"저도 아침저녁으로 모시고 싶으나 그럴 틈이 없는 게 한스럽습니다. 이번에 제가 형주를 살펴보니 동쪽에서는 손권이 늘 호랑이처럼 점거할 마음을 품고, 북쪽에서는 조조가 매양 고래처럼 삼키려 하고 있어서 오래 머물 곳이 못 됩니다."

"나도 알고 있지만 달리 편히 머물 곳이 없습니다."

"익주는 사방의 지형이 험하지만 땅이 비옥해서 백성들이 부유합니다. 더구나 지혜로운 인재들이 오래전부터 황숙의 덕을 흠모하고 있습니다. 만약 황숙께서 형주와 양양의 무리를 일으켜 멀리 서쪽으로 진출한다면 반드시 패업을 이루고 한나라 황실도 다시 일으킬 수 있을 것입니다!"

"하지만 유장이 한나라 황실의 종친으로서 오래 익주를 다스려왔는데 내가 어찌 공격할 수 있겠습니까?"

"유장은 익주를 차지하고 있으나 우매하고 나약합니다. 황숙께서 정말로 익주를 취할 뜻이 있으시다면 제가 견마지로를 아끼지 않고 돕겠습니다."

"뜻은 감사합니다만, 친척인 유장을 쳤다가 천하의 비난을 들을까 두렵습니다."

"대장부가 공적과 대업을 이루려면 반드시 남보다 앞서야 합니다. 지금 취하지 않고 남에게 빼앗긴다면 그때는 후회해도 늦습니다!"

"그러나 촉 땅으로 가는 길은 험난하기 짝이 없어서 수레와 말도 가기 힘들다고 하더군요."

장송은 당장 소매 속에서 지도를 꺼내 유비에게 바쳤다.

"이 지도를 보면 촉의 길을 다 알 수 있습니다."

그 지도에는 서천의 지리가 자세히 그려져 있었다. 거리의 멀고 가까움, 도로 폭의 넓고 좁음, 산천의 험준함, 관청 창고의 재물과 식량의 양까지 다 적혀 있었다. 유비는 크게 기뻐하며 그의 손을 잡고 사례했다.

"청산은 늙지 않고 녹수는 길이 흐르니 훗날 일이 성사되면 꼭 후히 보답하겠습니다."

이윽고 장송이 작별을 고하자 제갈량은 관우에게 명하여 수십 리 밖까지 배웅하게 했다.

장송이 익주에 돌아오자 유장이 물었다.

"갔던 일은 어찌 되었소?"

"조조는 한나라의 역적으로 천하를 찬탈하려 할 뿐 아니라 서천을 취할 마음도 갖고 있습니다."

"그럼 어찌해야 하오?"

"형주의 유 황숙은 적벽대전에서 조조의 간담을 찢어지게 했으니 장로쯤이야 무슨 문제겠습니까? 지금 주공께서 유 황숙과 손을 잡으시면 장로는 물론 조조도 물리칠 수 있습니다!"

"나도 그런 생각을 한 지 오래요. 그런데 누구를 사신으로 보내야겠소?"

"법정法正과 맹달孟達을 보내야 합니다."

사실 법정과 맹달은 장송의 친한 벗들로 그와 뜻을 같이했다. 유장은 법정에게 편지를 써주어 사신으로 보냈고, 맹달에게는 정병 5천 명을 주어 서천으로 들어오는 유비를 맞이하게 했다. 형주에 간 법정은 유비를 만나 편지를 전하면서 서천을 취할 것을 강력히 권했다. 그러나 유비는 고개를 저으며 말했다.

"작은 새라도 나뭇가지 하나를 차지하고, 교활한 토끼는 굴을 세 개나 갖고 있다♦고 하네. 난들 근거지를 마련할 생각이 왜 없겠는가?"

유비가 여전히 망설이자 방통이 들어와서 물었다.

교토삼굴狡兎三窟 : 꾀 많은 토끼는 굴을 세 개나 갖고 있어서 죽음을 면한다는 뜻. 재난이 발생하기 전에 미리 충분한 준비를 해두어야 한다는 의미다.

"결단해야 할 때 결단하지 못하면 우둔한 사람에 불과합니다. 주공께서는 고명하신 분인데 어찌하여 망설이십니까?"

"지금 나와 물과 불처럼 대적하는 자는 조조입니다. 조조는 성미가 급하나 나는 느긋하며, 조조는 난폭하나 나는 인자하며, 조조는 궤계가 많으나 나는 충직합니다. 이렇게 매양 조조와 반대되어야 일을 이룰 수 있는데, 지금 작은 이익을 탐하다 천하의 대의를 잃지나 않을까 두렵습니다!"

"난세에 군사를 일으켜 다투려면 상규常規에 얽매여서는 안 됩니다. 만약 오늘 취하지 못하면 끝내 남이 취할 것이니 주공께서는 깊이 생각하십시오."

마침내 마음이 움직인 유비는 제갈량을 불러서 군사를 일으킬 일을 논의했다. 제갈량이 말했다.

"형주는 매우 중요한 곳이니 반드시 군사를 나누어 지켜야 합니다."

"그럼 내가 방통, 황충, 위연과 함께 서천으로 갈 테니 군사께서는 관우, 장비, 조자룡과 함께 형주를 지켜주시오."

유비는 제갈량과 상의를 끝낸 뒤 보병과 기병 5만 명을 인솔하여 서쪽으로 출발했다. 황충을 선봉장으로 삼고, 후위는 위연에게 맡겼으며, 방통을 군사로 삼았다. 그리고 제갈량은 형주를, 관우는 양양을, 장비는 4군을, 조자룡은 강릉을 지키게 했다.

유비는 진군한 지 얼마 안 되어 유장의 명을 받고 자신을 영접하러 나온 맹달을 만났다. 유장은 각 고을에 공문을 보내 유비의 군사에게 군량과 편의를 제공하라고 지시했다. 막료인 황권黃權

방통, 유비에게 서천을 취할 것을 권하다.

과 이회李恢가 "유비를 서천에 들이는 것은 호랑이를 대문 안에 들여놓는 것과 같다"고 반대했지만 유장의 마음을 움직이지는 못했다.

유장은 3만 명의 군마를 인솔하여 성도成都에서 360리나 떨어진 부성涪城으로 유비를 맞으러 나왔다. 드디어 양쪽 군사가 만나 진을 치자 유비가 찾아와서 유장과 형제의 우애를 나누며 서로 술잔을 기울였다.

나중에 유비가 진영으로 돌아오자 방통이 물었다.

"오늘 연회에서 유장의 동정을 살펴보셨습니까?"

"유장은 참으로 진실한 사람이더군요."

"그가 착하다지만 그의 부하들은 모두 불만을 품고 있으니 앞으로의 길흉을 장담할 수 없습니다. 내일 우리가 연회를 베풀고 유장을 초청하여 주공께서 술잔을 던지는 것을 신호로 그를 죽인 다음, 단숨에 성도로 쳐들어가면 힘들이지 않고 뜻을 이룰 수 있습니다."

"유장은 나의 종친으로 성심껏 나를 대접했습니다. 그런데 내가 이제 그를 죽이면 위로는 하늘이 용납하지 않고 아래로는 백성이 원망할 것입니다. 그대의 계책으로 설사 패업을 이룰 수 있다 해도 나는 따를 수 없습니다."

"이건 저의 계책이 아닙니다. 장송의 밀서를 받은 법정이 지체 없이 행하라고 했습니다."

그러나 유비는 한사코 받아들이지 않았다.

이튿날 유장은 성에서 다시 연회를 베풀어 유비를 청했다. 좌중이 모두 술이 거나해지자 방통은 법정과 상의했다.

"더 이상 주공의 허락을 기다릴 수 없습니다!"

방통은 위연에게 검무를 추다가 기회를 엿보아 유장을 죽이라고 은밀히 지시했다. 그리고 무사들을 불러 당堂 아래에 세우고 위연의 신호를 기다리게 했다. 곧 위연이 검을 뽑아들고 유비와 유장 앞에 가서 말했다.

"연회에 풍악이 없으니 제가 검무라도 추어서 흥을 돋워보겠습니다."

이때 이상한 낌새를 챈 유장의 장수 장임張任도 검을 뽑아들고 함께 춤을 추었다. 두 사람이 서로 춤을 추다가 위연이 유봉을 돌아보며 신호를 보냈다. 그러자 유봉도 검을 뽑아들고 춤을 추었다. 이에 뒤질세라 유장의 장수 유괴劉瑰, 영포冷苞, 등현鄧賢도 각자 검을 뽑아들고 말했다.

"저희들도 춤을 추어서 군무로 흥을 돋울까 합니다!"

유비는 크게 놀라서 곁에 있던 시종의 검을 빼들고 말했다.

"우리 형제가 만나서 술을 마시는데 어떤 의혹도 있을 리 없다. 또 여기가 홍문연(鴻門宴, 항우와 유방이 홍문에서 만나 베푼 연회, 항우 측의 항장項莊이 검무를 핑계 삼아 유방을 죽이려 했다)도 아닌데 어찌 검무가 필요하단 말이냐? 검을 내려놓지 않으면 누구든 즉각 참수하겠다!"

유장도 함께 꾸짖었다.

"형제끼리 만났거늘 어찌 칼을 뽑느냐!"

그리하여 양쪽 장수들은 당 아래로 내려갔다.

진영으로 돌아온 후 유비는 방통을 꾸짖었다.

"어찌하여 나를 불의에 빠뜨리려 합니까? 앞으로는 절대 그러지 마시오."

방통은 어쩔 수 없이 장탄식을 하고 물러갔다.

며칠 뒤, 장로가 가맹관葭萌關을 공격한다는 보고가 들어왔다. 유장이 적을 막아달라고 청하자 유비는 그날로 부하들을 인솔하여 가맹관으로 갔다. 이때 유장의 장수들은 곳곳의 요충지를 지켜 유비의 변란을 막아야 한다고 권했다. 유장은 어쩔 수 없이 양회楊懷와 고패高沛를 부수관涪水關으로 보내 지키게 했다.

유비와 장로의 움직임은 곧바로 동오에 전해졌다. 손권이 문무대신을 불러 상의하는데 고옹이 나서서 말했다.

"군사를 풀어 유비가 서천에서 돌아오는 길을 막은 다음 형주와 양양을 공격하면 쉽게 함락할 수 있습니다."

"그것 참 묘한 계책이오!"

바로 그때 갑자기 병풍 뒤에서 한 사람이 나와 소리쳤다.

"누가 이 계책을 올렸느냐! 당장 목을 베야겠다. 이제는 내 딸의 목숨까지 해치려 드는구나!"

사람들이 놀라서 바라보니 바로 태 부인이었다. 그녀는 크게 화를 내며 말했다.

"딸 하나를 애지중지 키워 유비에게 시집보냈는데, 이제 군사를 일으키면 내 딸의 목숨은 어떻게 되겠느냐?"

태 부인이 쉴 새 없이 꾸짖자 손권은 그저 '네, 네' 하면서 고개를 주억거렸다.

"어머님의 말씀을 어찌 감히 어기겠습니까?"

그러고서 문무백관을 물러가게 하자 태 부인도 그제야 성난 표정으로 들어갔다. 손권은 난간 아래서 혼자 생각에 잠겼다.

'이 기회를 놓치면 형주와 양양을 언제 얻을 수 있겠는가?'

이때 장소가 들어와 물었다.

"주공께서는 무엇을 근심하십니까?"

"방금 있었던 일 때문일세."

"그건 그리 어려운 일이 아닙니다. 심복에게 군사 500명을 주어 형주에 잠입시키십시오. 그들에게 태 부인이 위독해 딸을 보고 싶어 한다는 밀서를 가지고 가 손 부인을 모셔오게 하고, 아울러 현덕의 외아들인 아두도 함께 데려오도록 하십시오. 그러면 현덕은 형주를 아두와 바꾸려 할 것이고, 설사 그렇게 하지 않더라도 우리가 군사를 움직이는 데는 아무 장애도 없습니다."

손권은 그의 계책을 받아들여 주선周善에게 500명의 군사를 주어 형주로 들어가게 했다. 군사들을 장사치로 꾸며 배를 타고 몰래 형주에 도착한 주선은 홀로 성에 잠입해 손 부인에게 거짓 밀서를 전했다.

모친이 위독하다는 소식에 손 부인은 다급하게 일곱 살 난 아두와 수행원 30명을 데리고 형주성을 빠져나와 배에 올랐다. 주선이 서둘러 배를 띄우려 할 때 누가 강 언덕에서 말을 몰고 따라오며 소리를 질렀다.

"배를 멈춰라. 부인을 전송해야겠다!"

바로 조자룡이었다. 순찰을 돌다가 소식을 전해들은 그가 기병 네댓 명만 데리고 바람처럼 달려온 것이다. 주선은 500명의 군사에게 명을 내려 숨겨둔 병장기를 꺼내게 했다. 배는 바람을 타고 계속 물살을 따라 내려갔다. 조자룡이 강변을 따라가며 소리를 질렀다.

"부인께서 가시겠다니 한 말씀만 올리겠습니다!"

그러나 주선은 거들떠보지도 않았다. 조자룡은 10여 리를 따라가다가 문득 강가에 어선 한 척이 매여 있는 것을 보았다. 그는 즉시 말을 버리고 어선에 뛰어올라 동오의 배를 쫓았다. 주선이 그 모습을 보고 군사들에게 활을 쏘게 하자 조자룡은 창을 휘둘러 화살을 막아냈다. 이윽고 동오의 배에 근접하자 조자룡은 창을 버리고 청강검靑剛劍을 빼든 채 훌쩍 뛰어올랐다. 동오의 군사들은 하나같이 놀라서 어쩔 줄을 몰라했다.

조자룡은 선실로 들어가 아두를 안고 있는 손 부인을 만났다. 손 부인이 대뜸 꾸짖었다.

"이 무슨 무례한 짓인가?"

"주모께서는 어디로 가십니까? 어찌하여 군사께 알리지 않으셨습니까?"

"어머니의 병이 위독해서 알릴 틈이 없었소."

"병문안을 가시는데 작은주인은 왜 데리고 가십니까?"

"아두는 내 아들이오. 여기 형주에 두고 가면 돌볼 사람이 없지 않소."

"주공의 일생에 혈육은 이분밖에 없습니다! 일찍이 소장이 당양 장판파에서 100만 대군 속을 누비며 겨우 구해낸 터인데 오늘 부인께서 동오로 데려가시는 것은 무슨 도리입니까?"

조자룡이 물러나지 않자 손 부인이 버럭 화를 내며 꾸짖었다.

"너는 일개 무장에 지나지 않거늘 어찌하여 감히 우리 집안일을 간섭하려 드느냐!"

"가시려면 혼자 가시고 작은주인은 남겨두십시오."

"네가 이렇게 내가 탄 배에 뛰어들었으니 필시 반역의 뜻이 있으렷다!"

손 부인은 시녀들에게 호령하여 가까이 다가오게 했으나 모두 조자룡에게 밀려 넘어졌다. 조자룡은 곧 손 부인의 품속에서 아두를 빼앗아 뱃전으로 나왔다. 그러나 배를 기슭에 대려고 해도 도와줄 사람이 없었다. 동오의 군사들과 싸울까도 싶었지만 이는 손 부인에 대한 도리가 아니었다.

조자룡이 이렇게 진퇴양난에 처해 있을 때 갑자기 하류의 포구에서 10여 척의 배가 일자형으로 늘어서서 다가왔다. 배 위에서는 깃발이 날리고 북이 울렸다. 조자룡은 속으로 '동오의 계책에 빠졌구나!'라고 생각했다. 그런데 선두의 배에서 한 장수가 긴 창을 들고 외쳤다.

"형수님은 조카를 두고 가시오!"

알고 보니 순찰 중이던 장비가 소식을 듣고 급히 강어귀로 달려온 것이었다. 배가 맞닿기도 전에 장비는 검을 뽑아들고 황급히 동오의 배에 뛰어올랐다. 주선이 칼을 들고 막았지만 장비의 검에 목이 댕강 날아갔다. 장비는 주선의 수급을 손 부인 앞에 던지며 말했다.

"형수님은 형님 생각은 하지 않고 멋대로 집에 돌아가시오?"

"어머니의 병이 위독하여 급히 돌아가는 것이오. 나를 막으면 이 자리에서 빠져죽겠소!"

장비는 조자룡과 급히 상의했다.

"부인을 핍박해 죽게 하면 신하의 도리가 아니니 아두나 데리고 돌아가세."

장비는 다시 손 부인을 돌아보며 말했다.

"형님은 한나라의 황숙으로 형수님을 욕되게 하지 않았소. 오늘 가시더라도 형님의 은정을 생각해 하루빨리 돌아오십시오!"

장비는 아두를 안고 조자룡과 함께 자기 배로 돌아갔다. 손 부인은 결국 아두를 남겨둔 채 동오로 향했다.

손 부인에게 장비와 조자룡이 주선을 죽이고 아두를 빼앗아갔다는 이야기를 들은 손권은 크게 노했다.

"누이동생이 돌아왔으니 유비와는 이제 남남이다. 어찌 주선의 원한을 갚지 않을 수 있겠는가!"

그러고는 문무백관을 불러 형주 공략에 대해 상의했다. 하지만 이때 갑자기 조조가 40만 대군을 일으켜 적벽대전을 복수하러 온다는 소식이 전해졌다. 손권은 할 수 없이 형주 공략은 제쳐놓고 조조를 막는 일에 전력을 기울였다.

얼마 후, 그는 도읍을 말릉(秣陵, 곧 건업建業으로 개명)으로 옮기고 석두성石頭城을 쌓게 했으며, 여몽의 진언에 따라 유수濡須에도 군사 수만 명을 보내 토성을 쌓게 했다.

한편, 조조는 허도에서 권세와 위엄이 나날이 높아지면서 더욱 거만하고 방자해졌다. 제후 자리에 오르려는 그를 만류한 순욱을 죽음에 이르게 하기도 했다.

건안 17년 10월, 조조는 대군을 이끌고 강남으로 출병하여 유수에 이르렀다. 먼저 조홍이 3만 명의 철갑병을 이끌고 강변을 살펴보고 와서 보고했다.

"곳곳에서 깃발이 무수히 펄럭이고 있지만 병사들이 어디에 있는지는 모르겠습니다."

조조는 안심할 수가 없어서 직접 군사를 이끌고 유수 어귀에 진을 친 뒤 100여 명을 데리고 산으로 올라갔다. 멀리 동오의 전선들이 늘어서 있었다. 오색 깃발이 하늘을 뒤덮고 병장기가 선명한데, 한복판의 큰 배 위에 손권이 푸른 일산 아래 앉아 있고 좌우에는 문무백관이 시립하고 있었다. 조조가 채찍으로 가리키며 말했다.

"아들을 낳으려면 모름지기 손권 같아야지, 유표의 아들 따위는 개돼지에 불과하도다!"

이때 갑자기 포 소리가 크게 울리더니 동오의 전선이 일제히 다가오고 유수의 토성에서 한 무리의 군사가 쏟아져나왔다. 조조의 군사들은 싸울 엄두도 내지 못하고 앞다투어 달아났다. 조조가 아무리 멈추라고 호통을 쳐도 듣지 않았다. 게다가 1천여 명의 기병이 산기슭을 향해 공격해오는데, 선두의 말 위에 앉은 장수는 바로 푸른 눈에 자줏빛 수염을 기른 손권이었다.

결국 조조군은 크게 패했고 조조는 허저의 도움을 받아 겨우 진영으로 돌아올 수 있었다. 동오의 군사들은 그날 밤 2경 무렵 다시 조조의 진영을 공격해왔다. 조조군은 날이 밝을 때까지 쫓기다가 많은 군사를 잃고 50여 리를 더 퇴각해 다시 영채를 지었다.

조조는 군사를 철수하고 싶었지만 동오의 비웃음이 두려워 결정을 내리지 못했다. 그 후로 양쪽 군사는 한 달 남짓 대치하면서 몇 번이나 접전을 벌였지만 승부가 나지 않았다.

이듬해 정월, 봄비가 구질구질 내리고 강물이 불어나면서 병사들은 진흙탕에서 말할 수 없는 고초를 겪었다. 조조는 이런 상황이 우려되어 모사들을 불러 논의했지만, 그들도 철수하자는 쪽과 더 기다려보자는 쪽으로 갈렸다. 조조가 이러지도 저러지도 못하고 있을 때 동오에서 사신을 보내 편지를 전했다.

나와 승상은 모두 한나라의 신하인데, 승상은 나라를 돕고 백성을 안정시킬 생각은 하지 않고 멋대로 군사를 움직여 잔혹하게 생명을 해치니 이것이 어찌 인자한 사람의 행위라고 할 수 있겠소? 이제 봄물이 넘쳐나고 있으니 공은 속히 물러나야 하오. 그러지 않으면 다시 적벽의 재앙이 있을 것이니 공은 잘 생각해보시오.

편지의 뒷면에는 또 두 줄의 문장이 적혀 있었다.

당신이 죽지 않으면
나는 편안할 수 없소.

편지를 보고 나서 조조는 크게 웃으며 말했다.

"손권이 나를 속이지는 않겠구나!"

조조는 동오의 사신에게 큰 상을 내린 뒤 대군을 거느리고 허도로 돌아갔다. 손권도 군사를 거두어 말릉으로 돌아가서 장수들과 상의했다.

"조조가 북쪽으로 가고 유비는 가맹관에서 아직 돌아오지 않았으니 조조를 막으려던 군사로 형주를 취하는 게 어떻겠소?"

이에 장소가 나서서 말했다.

"안 됩니다. 지금 군사를 움직이면 조조가 필경 기회를 틈타 다시 공격할 겁니다."

"그럼 어찌해야 되겠소?"

"저에게 계책이 하나 있습니다. 편지 두 통만 써서 보내면 앉아서 형주를 손에 넣을 수 있습니다."

"어디에 무슨 편지를 보낸단 말이오?"

"한 통은 유장에게 보내서 유비가 동오와 힘을 합쳐 서천을 취하려 한다고 하여 그로 하여금 유비를 의심하게 하고, 다른 한 통은 장로에게 보내서 형주를 공격하라고 권하는 겁니다. 이렇게 하면 유비는 앞과 뒤에서 적을 맞게 됩니다. 이때 우리가 군사를 일으켜 공격하면 형주를 취할 수 있습니다."

손권은 장소의 계책대로 유장과 장로에게 사신을 보냈다.

이때 유비는 가맹관에 오래 주둔하면서 널리 민심을 얻고 있었다. 손 부인이 동오로 돌아가고 조조가 유수를 공격한 사실도 알고 있었다. 유비는 방통을 불러 상의했다.

"조조가 손권을 이기면 반드시 형주를 취할 것이고, 손권이 이겨도 역시 형주를 취할 터인데 어떻게 대처해야 합니까?"

"제갈량이 형주에 있는데 어찌 동오가 범할 생각을 하겠습니까? 그러니 주공께서는 먼저 유장에게 이런 내용의 편지를 보내십시오. '조조에게 공격을 당한 손권이 형주에 도움을 청하고 있소. 우리는 동오와 순망치한의 관계라서 돕지 않을 수 없구려. 지금 장로는 자기를 지키기도 버거워 절대로 침범하지 못할 테니, 나는 지금 형주로 돌아가서 손권과 함께 조조를 격파할 생각이오. 다만 병사가 모자라고 식량이 부족하니 종친의 정을 생각해 정병 3~4만 명과 식량 10만 섬을 보내 도와주시오.' 만약 유장이 군사와 군량을 내주면 그때 다시 상의하지요."

유비는 방통의 말대로 편지를 써서 성도로 사신을 보냈다. 사신이 부수관에 이르렀을 때, 그곳을 지키던 양회는 사신의 입을 통해 유비의 뜻을 전해듣고는 사신과 함께 성도에 들어가서 유장에게 말했다.

"지금 군마와 식량으로 유비를 돕는 것은 섶을 지고 불에 뛰어드는 격입니다!"

게다가 유파劉巴와 황권까지 나서서 유비를 돕지 말라고 간언하자, 유장은 결국 늙고 약한 병사 4천 명과 쌀 1만 섬을 유비에게 주기로 결정하고, 양회와 고패에게는 부수관을 잘 지키라고 명령했다.

유장의 답신을 받은 유비는 대노했다.

"내가 저를 위해 적과 싸우면서 노심초사하고 있는데 이렇듯 인색해서야 어찌 군사들에게 목숨을 걸고 싸우라 하겠는가?"

유비가 답신을 찢고 벌떡 일어서자 사신은 도망치듯 성도로 돌아갔다. 이때 방통이 새 계책을 올리자 유비가 이를 취하였다. 거짓으로 형주로 돌아간다고 하고서 배웅하러 나오는 자들을 죽이고 부수관을 빼앗은 뒤 곧장 성도로 쳐들어가자는 것이었다.

유비는 유장에게 형주로 돌아가겠다는 편지를 보낸 뒤 군사를 거느리고 가맹관을 떠나 부성으로 갔다. 그러고는 관문을 나갈 터이니 작별 인사나 하자고 양회와 고패를 불렀다. 유비의 부름을 받고 양회가 고패에게 물었다.

"현덕이 돌아간다고 하니 어찌허야겠소?"

"현덕은 이번에 죽어야 하오. 같이 칼을 숨기고 가서 놈을 찔러 죽입시다. 그럼 우리 주공의 우환도 없어질 거요."

"아주 묘한 계책이오."

양회와 고패는 군사 200명을 데리고 유비에게 갔다. 이때 유비는 방통의 충고대로 보검을 차고 두터운 갑옷을 입어 대비하고 있었다. 또한 방통은 부수관에서 온 병사는 한 명도 놓치지 말라고 위연과 황충에게 지시해두었다.

이윽고 양회와 고패가 유비를 만나 공손하게 말했다.

"황숙께서 멀리 돌아가신다니 보잘것없는 예의나마 갖추어 배웅합니다."

"두 분 장군이 관문을 지키느라 고생이 많으니 먼저 술잔을 받으시오."

두 사람이 술잔을 비우자 유비가 주위를 돌아보며 말했다.

"두 분 장군과 은밀한 일을 상의해야 하니 다른 사람들은 물러가 있으시오."

이 말에 따라 양회와 고패가 이끌고 온 군사 200명이 중군 밖으로 물러나자 유비가 갑자기 고함을 질렀다.

"이 두 도적을 잡아라!"

그러자 장막 뒤에 매복해 있던 유봉과 관평이 뛰쳐나와 순식간에 두 사람을 붙잡았다. 유비는 두 사람의 몸에서 칼이 나오자 그들을 즉시 참수하게 했다. 황충과 위연도 이미 200명의 군사를 붙잡은 상태였다. 유비는 그들에게 술을 내려 놀란 마음을 가라앉힌 뒤, 그들을 설득하여 앞장서서 부수관으로 가게 했다. 그 200명의 군사가 관문 앞에 이르러 크게 소리를 질렀다.

"두 분 장군이 급한 일로 돌아오셨으니 빨리 관문을 열어라!"

성에서는 자기편 군사인 걸 확인하고는 아무 의심 없이 문을 열어주었다. 이때 유비의 대군이 일제히 들어가서 부수관을 함락했다.

유비가 부수관을 함락했다는 소식에 크게 놀란 유장은 황급히 문무백관을 불렀다. 먼저 황권이 나서서 말했다.

"군사를 낙성雒城에 주둔시키면 아무리 강한 군대와 장수라도 통과하기 힘들 것입니다."

유장은 즉시 유괴, 영포, 장임, 등현에게 5만 명의 대군을 주고 밤을 도와 낙성으로 가서 유비를 막게 했다.

낙성에 도착한 유괴가 말했다.

"낙성은 성도를 보호하는 장벽이어서 이곳을 잃으면 성도를 지킬 수 없소. 우리 넷 중에 둘은 성을 지키고 나머지 둘은 낙성 앞의 험난한 산세에 의지해 양쪽에 진을 쳐서 적군이 성에 접근하지 못하게 합시다."

그리하여 유괴와 장임은 낙성을 지키고, 영포와 등현은 성 밖 60여 리에 영채를 세워서 적군의 접근에 대비했다.

한편 낙성에 대한 소식을 들은 우비가 주위의 장수들을 돌아보며 물었다.

"먼저 영포와 등현 두 장수의 영채를 공격해야겠소. 누가 먼저 나서서 공을 세우겠소?"

노장 황충이 나서며 말했다.

"이 늙은이가 가고 싶습니다."

"노장군이 낙성으로 가서 영포와 등현의 영채를 격파한다면 큰 상을 내리겠소."

황충이 크게 기뻐하며 즉시 군마를 이끌고 가려는데 홀연히 한 사람이 뛰어나와 말했다.

"노장군은 연세도 많으신데 어찌 가실 수 있겠습니까? 소장이 재주는 없으나 대신 가겠습니다."

유비가 쳐다보니 바로 위연이었다. 황충이 노하여 외쳤다.

"네가 나를 늙었다고 하니 감히 나와 무예를 겨뤄보겠느냐?"

"좋습니다. 주공 앞에서 무예를 겨루어 이긴 사람이 갑시다."

이때 방통이 나서서 만류했다.

"다투지 말고 이렇게 하시오. 황충 장군은 영포의 영채를 공격하고 위연 장군은 등현의 영채를 공격해서 먼저 함락한 쪽이 이긴 것으로 하겠소.”

황충과 위연은 명을 받고 각자 맡은 곳으로 떠났다.

얼마 후, 황충이 5경에 진군한다는 소식을 들은 위연은 3경 무렵 적의 영채로 나아가면서 속으로 생각했다.

‘등현의 영채를 격파한들 그게 무슨 공이 되겠는가. 먼저 영포의 영채를 함락한 후 여세를 몰아 등현의 영채까지 빼앗는 게 좋겠다.’

위연은 두 곳에서 모두 공을 세울 욕심에 길을 바꿔 영포의 영채로 향했다. 그런데 뜻밖에도 영포의 영채는 만반의 준비를 갖추고 있었다. 포 소리를 신호로 영포의 군사들이 물밀듯이 몰려나와 위연의 군사들을 공격했다. 위연도 영포와 30합을 싸우다가 더 버티지 못하고 말 머리를 돌려 달아났다. 그러나 채 5리도 가지 못해, 이번에는 등현의 군사들이 나타나서 협공해왔다. 위연은 말의 발굽이 꺾이며 넘어지는 바람에 그만 땅으로 떨어졌다. 이 틈에 등현이 달려들어 창으로 그를 찌르려 했다. 바로 그 순간, 화살 소리가 들리더니 등현이 말에서 굴러떨어졌다. 뒤에 있던 영포가 막 등현을 구해내려는데 한 장수가 산등성이를 내려오며 큰 소리로 외쳤다.

“노장 황충이 여기 있다!”

황충의 칼이 춤을 추자 영포는 당해내지 못하고 달아났다. 황충이 그 여세를 몰아 추격하자 서천의 군사들은 혼란에 빠져 갈팡질팡했다. 결국 영포는 패잔병을 이끌고 등현의 영채 쪽으로 달아났다. 그런데 영채 앞에 유비가 유봉과 관평을 데리고 서 있는 것이 아닌가! 원래 뒤에서 지원하려고 오던 유비가 텅 빈 등현의 영채를 힘들이지 않고 빼앗은 것이다.

영포는 다시 낙성으로 도주했지만 매복해 있던 위연의 군사들에게 사로잡혀 유비 앞으로 끌려갔다. 유비가 항복을 권하자 영포가 대답했다.

"이렇듯 죽음을 면하게 되었으니 어찌 항복하지 않겠습니까! 다만 낙성의 유괴와 장임은 저와 생사를 같이하기로 한 사이니, 저를 놓아주신다면 두 사람을 설득해 낙성을 바치도록 하겠습니다."

그러나 풀려나 낙성으로 간 영포는 도리어 성도에 원군을 청했다. 유장의 명으로 오의吳懿가 군사 2만 명을 이끌고 오자 유괴와 장임은 그와 함께 대책을 논의했다. 이때 영포가 말했다.

"이 부근의 부강涪江은 물살이 급한데 적의 영채는 산기슭 낮은 곳에 있습니다. 저에게 군사 5천 명을 주시면 강둑을 터뜨려서 유비의 군사를 몰살시키겠습니다."

오의는 당장 이 계책에 따르기로 하고 영포에게 군사 5천 명을 주어 강둑을 무너뜨릴 준비를 시켰다.

한편 유비는 갑작스럽게 팽양彭羕이라는 사람의 방문을 받았다. 일찍이 유장에게 직언을 했다가 고초를 치른 바 있는 그 호걸은 다짜고짜 유비에게 경고했다.

"영채가 부강에 너무 붙어 있어서, 만약 적군이 강둑을 무너뜨리면 한 명도 살아남지 못할 것이오."

이 말에 크게 깨달은 유비는 위연과 황충에게 밀서를 보내 부강의 둑이 무너지지 않게 조심하라고 명했다.

비바람이 휘몰아치는 밤이었다. 영포가 5천 명의 군사를 이끌고 와서 삽과 괭이로 강둑을 터뜨리려는데 뒤에서 함성이 일어나며 위연의 군사들이 들이닥쳐 그들을 제압했다.

얼마 후 위연은 영포를 묶어 유비 앞에 데려갔다. 유비는 그를 크게 꾸짖었다.

"내가 너를 인의로 대했는데 돌아가서 나를 배신하다니!"

유비는 즉시 영포를 끌어내 참수하게 한 뒤 위연에게 큰 상을 내렸다.

방통은 다시 유비를 재촉해 낙성을 공격하게 했다. 그리하여 유비는 큰길로 낙성의 동문을 치고 방통은 작은길로 낙성의 서문을 치기로 했다. 날이 밝자 황충과 위연이 군사를 인솔해서 먼저 출발했고, 이어서 유비가 방통과 낙성에서 만날 약속을 정하는데 갑자기 방통이 탄 말이 날뛰면서 그를 땅에 내동댕이쳤다. 유비가 방통을 부축하면서 말했다.

"어찌하여 이런 볼품없는 말을 타십니까?"

"이 말을 오래 타왔지만 한 번도 이런 적이 없었습니다."

"내 백마는 잘 길들여졌으니 군사가 타십시오. 군사의 말은 내가 타겠습니다."

유비는 자신의 백마를 방통의 말과 바꾸었다.

당시 낙성을 지키던 장임은 유비의 군사가 온다는 소식을 들고 급히 군사 3천 명을 인솔해 오솔길에 매복했다. 얼마 후 위연의 군사가 나타났지만 그냥 지나가게 내버려두었다. 이어서 방통의 군사가 오자 장임의 병사 하나가 손가락으로 가리키며 말했다.

"백마를 탄 자가 유비입니다."

이때 방통은 앞쪽의 길이 좁고 수목이 빽빽한 것을 보고 이상한 생각이 들어 새로 항복해온 서천 군사에게 물었다.

"이곳의 지명이 무엇인가?"

"낙봉파落鳳坡라고 합니다."

"내 호가 봉추인데 낙봉파라니…… 내게 이롭지 않도다!"

방통은 즉시 후퇴 명령을 내렸다. 그때 갑자기 산비탈 앞에서 포성이 울리더니 백마를 탄 그에게 화살이 비 오듯 쏟아졌다. 불쌍하게도 방통은 이렇게 무수한 화살을 맞고 죽었다. 당시 그의 나이 36세였다.

방통을 잃고 혼전을 벌이던 유비는 결국 부관涪關으로 돌아와 성문을 닫아걸고 굳게 지켰다. 장임이 성 밑까지 와서 싸움을 걸었지만 응하지 않았다. 그리고 제갈량에게 보내는 편지를 관평에게 주며 말했다.

"형주에 가서 군사를 청해오라."

제갈량은 유비의 편지를 받고 방통의 죽음에 눈물을 흘리다가 주위를 돌아보며 말했다.

"주공께서 진퇴양난에 빠졌으니 내가 가지 않을 수 없소."

관우가 물었다.

"군사께서 가시면 형주는 누가 지킵니까?"

"주공이 관평에게 소식을 전하게 한 것은 그대에게 형주를 맡기라는 뜻 아니겠소."

그러고는 유비에게 받은 인수를 관우에게 주며 당부했다.

"북으로는 조조를 막고, 동으로는 손권과 화친하라는 말을 명심하시오."

제갈량은 다른 장수들에게도 각각 임무를 맡긴 뒤 군사들을 인솔하여 서천으로 갔다. 그곳에서는 먼저 장비로 하여금 정병 1만 명을 이끌고 파군巴郡을 거쳐 낙성으로 쳐들어가게 하고, 조자룡에게는 강을 거슬러 올라가 낙성으로 들어가게 했다.

장비는 거침없이 진군하여 파군에 도착했다. 파군 태수 엄안嚴顔은 그곳 촉 땅의 명장으로, 나이는 많지만 여전히 강궁을 잘 다루고 큰 칼을 썼으며 1만 명도 못 당할 용맹을 갖고 있었다. 장비가 쳐들어온다는 소식을 듣고 그는 모사의 권유를 받아들여 성을 지킬 뿐 나오려 하지 않았다. 장비가 성 밑에서 싸움을 걸며 온갖 욕설을 퍼부었지만 꿈쩍도 하지 않았다. 성미 급한 장비가 몇 번이나 해자를 건너려 했지만 그때마다 화살이 빗발쳐서 돌아올 수밖에 없었다.

이 궁리 저 궁리 하던 장비는 마침내 한 가지 계책을 떠올려 실행했다. 파군을 놔두고 샛길을 통해 낙성으로 갈 것이라는 거짓 소문을 퍼뜨린 것이다.

이 소문을 들은 엄안은 크게 기뻐했다.

"결국 그런 꼼수를 부리는구나. 놈이 샛길로 갈 때 중간을 끊어 군량과 마초를 빼앗는다면 행군을 막을 수 있으리라."

그는 즉시 군사들에게 명을 내렸다.

"오늘 밤 3경에 숲 속에 매복하라. 장비가 샛길을 지나가고 뒤이어 수레들이 지나갈 때 북소리를 신호로 일제히 공격하라."

이날 밤, 엄안도 직접 10여 명의 호위를 데리고 숲에 매복했다. 3경 무렵, 과연 장비가 장팔사모를 들고 앞장서서 은밀히 전진하는 모습이 멀리 보였다. 엄안은 장비의 군사들이 3~4리 정도 진군하자 북을 치게 했다. 이를 신호로 사방에 매복해 있던 병사들이 곧바로 크게 함성을 지르며 장비의 군사들을 덮치는데, 갑자기 뒤에서 징소리가 한 번 울리더니 한 무리의 군사가 돌진하며 큰 소리로 외쳤다.

"늙은 도적은 달아나지 마라. 내가 너를 기다리던 참이다!"

엄안이 고개를 돌려 보니 놀랍게도 표범 머리에 고리눈, 제비 같은 턱에 호랑이 수염을 기른 장비였다. 엄안은 순간 당황했지만 이내 장비와 맞붙어 싸웠다. 겨우 몇 합 만에 장비가 틈을 보이자 엄안이 얼른 칼로 찔렀지만 장비는 번개같이 몸을 비키면서 그의 갑옷 끈을 당겨 땅바닥에 내동댕이쳤다. 결국 그는 장비의 군사들에게 사로잡혔다.

사실 먼저 지나간 사람은 가짜 장비였다. 앞에 지나간 군사들까지 돌아와서 공격하자 서천의 병사들은 대부분 항복했다. 장비는 곧장 파군성으로 들어가서 백성들을 위로하고 엄안에게 항복을 권했다. 그러나 엄안은 무릎을 꿇으려 하지 않았다. 장비가 눈을 부릅뜨고 꾸짖었다.

“대장이라는 자가 이런 꼴이 되었는데도 어찌하여 항복을 하지 않는 것이냐?”

그러나 엄안은 두려운 기색도 없이 장비를 꾸짖었다.

“네놈들이 먼저 의리를 저버리고 우리 지역을 침범하지 않았느냐? 우리에게는 머리 잘린 장수는 있을지언정 항복하는 장수는 없다!”

그 목소리가 우렁차고 안색도 전혀 변하지 않는 것에 감동한 장비는 섬돌에서 내려와 포박을 풀어주었다. 그러고는 옷을 입혀주고 부축해서 높은 자리에 모시고 말했다.

“내가 평소부터 노장군이 호걸임을 알고 있었소.”

엄안은 장비의 후한 대우에 마음이 움직여 마침내 항복하고, 장비가 촉을 공략할 계책을 묻자 순순히 대답했다.

“여기부터 낙성까지의 모든 관문과 요충지는 이 늙은이의 소관이오. 이제 장군의 은혜를 입었으니 이 늙은이가 일일이 수비군을 불러내 항복을 받겠소.”

과연 엄안이 가는 곳마다 수비하던 장수들을 타일러 항복하게 하니, 장비는 싸우지 않고도 계속 진군할 수 있었다.

제갈량에게서 모두 낙성으로 오고 있다는 소식을 전해들은 유비는 부하들을 불러모았다.

“이제 곧 군사와 장비가 당도할 터이니 우리도 군사를 이끌고 공격해야겠소.”

황충이 나서서 말했다.

"우리가 한동안 싸움에 응하지 않아 장임도 방심하고 있을 터이니 밤을 택해 기습한다면 낮에 싸우는 것보다 큰 전과를 올릴 수 있을 겁니다."

유비는 황충의 말대로 그날 밤 2경에 장임의 진영을 급습해 불을 질렀다. 난데없는 화염에 혼비백산한 장임의 군사들은 허겁지겁 낙성으로 들어갔다. 유비는 이때부터 낙성을 포위하고 공격했지만 장임은 성 밖으로 나오지 않았다.

쌍방이 대치한 지 4일째 되던 날, 유비는 남문과 북문은 남겨두고, 황충과 위연에게는 동문을 공격하게 하고 자신은 서문을 공격했다. 남문 일대는 첩첩산중이고 북문 쪽에는 부강이 흐르고 있어서 도망갈 길이 없었다. 그러나 장임은 유비의 군사들이 싸우다가 지치기를 기다렸다가, 부하 장수들에게 명하여 북문을 나와 동문 쪽으로 우회해 황충과 위연을 공격하게 하고, 자신은 남문으로 나가서 서문 쪽으로 우회해 유비를 공격하기로 했다.

해가 서산에 기울어 유비가 철군하려 할 때, 갑자기 남문에서 장임이 이끄는 군마가 뛰쳐나왔다. 지쳐 있던 유비의 군사들은 크게 어지러워졌다. 이때 황충과 위연도 장임의 부하 장수들에게 막혀 도우러 올 수가 없었다. 다급해진 유비는 말을 몰아 산골의 좁은 길로 도망쳤다. 그는 혼자서 말을 달리고 있는 상황이라 몹시 위급했다. 하지만 때맞춰 장비의 군사들이 나타나 그를 구하고 장임의 군사들을 낙성 안으로 몰아넣었다.

얼마 후 제갈량과 조자룡도 도착했다. 제갈량은 장임이 몹시 담대하기 때문에 낙성을 취하려면 먼저 그를 붙잡아야 한다고 판단했다. 그래서 여러 장수에게 지시했다.

"낙성 동쪽의 다리에서 남쪽으로 5~6리쯤 가면 양쪽 기슭이 모두 갈대밭이라 매복하기가 좋소. 위연은 군사 1천 명과 함께 왼쪽 기슭에 매복했다가 적의 기병만 찌르고, 황충도 군사 1천 명을 데리고 오른쪽 기슭에 매복했다가 말의 다리만 찌르시오. 그러면 장임은 틀림없이 산 동쪽 오솔길로 달아날 터이니 장비도 1천 명을 이끌고 매복했다가 장임을 사로잡으시오."

제갈량은 또 조자룡에게 지시했다.

"조자룡은 다리 북쪽에 매복했다가 내가 장임을 유인해 다리를 건너게 하면 즉시 다리를 끊어 퇴로를 차단하시오. 그러면 장임은 감히 북쪽으로 달아날 엄두를 내지 못하고 남쪽 길을 택해 함정에 빠질 것이오."

마침내 장임이 군사를 움직이자 제갈량은 채 대오도 갖추지 못한 군사 100명만 거느리고 다리를 건너 진을 쳤다. 제갈량이 장임을 가리키며 말했다.

"100만 대군을 이끈 조조도 내 이름을 듣고 꽁지가 빠지게 달아났는데, 너는 무엇을 믿고 항복하지 않느냐?"

장임은 변변치 않은 제갈량의 군사들을 보고 냉소했다.

"제갈공명의 용병술이 신과 같다더니, 헛된 명성이었구나."

장임이 창으로 신호를 보내자 군사들이 일제히 돌진했다. 그러나 제갈량은 싸울 생각도 않고 다리를 건너 달아났다. 장임도 그 뒤를 쫓아 다리를 건넜다. 바로 그때 왼쪽에서 유비, 오른쪽에서 엄안이 쳐들어왔다. 당황한 장임은 다시 다리를 건너려 했지만,

어느새 다리가 끊어진데다 조자룡이 버티고 서 있었다. 어쩔 수 없이 남쪽으로 6~7리쯤 달리다가 갈대밭을 만났는데, 이번에는 위연과 황충의 군사가 나타나 무차별적으로 공격했다. 궁지에 몰린 장임은 산길로 달아나다가 결국 장비에게 사로잡혔다.

유비가 그를 꾸짖었다.

"촉 땅의 장수들이 다 항복했는데 어찌하여 너는 일찌감치 항복하지 않았느냐?"

"충신이 어찌 두 주인을 섬기겠는가!"

"너는 천시天時를 모르는구나! 지금 항복하면 죽음은 면해주겠다."

"지금 항복해도 나중에 다시 싸울 것이니 빨리 나를 죽여라!"

유비가 차마 못 죽이고 머뭇거리자 제갈량이 대신 부하에게 명하여 장임을 참수했다.

얼마 후 유비는 낙성으로 진군하여 힘들이지 않고 성을 점령했다. 이때 제갈량이 말했다.

"낙성을 이미 격파했으니 성도는 눈앞에 있습니다. 일단 주변 고을들을 안정시킨 뒤 성도를 공략하는 것이 좋겠습니다."

조자룡과 장비가 고을들을 안정시키는 임무를 받아 떠났다. 제갈량이 다시 주변 사람들에게 물었다.

"앞으로 유의해야 할 관문이 또 있는가?"

촉 땅에서 항복한 장수가 대답했다.

"면죽관綿竹關에만 군사가 꽤 있습니다. 면죽만 공략하면 성도는 쉽게 얻을 수 있습니다."

한편, 성도의 유장은 낙성이 함락되었다는 소식을 듣고 곧장 비관費觀에게 3만 명의 군사를 주어 면죽관을 지키러 가도록 했다. 그리고 동화董和와 의논을 하는데, 그는 한중의 장로에게 원군을 청하라고 권했다. 이에 유장이 물었다.

"장로는 우리와 대대로 원수지간인데 도와주겠소?"

"입술이 없으면 이가 시리다고 했으니, 촉이 망하면 한중도 위기에 빠집니다. 이를 잘 설명하면 도와줄 겁니다."

유장은 마침내 편지를 써서 한중으로 사신을 보냈다.

이때 한중에는 마초가 방덕, 마대와 함께 와서 장로에게 몸을 의탁하고 있었다. 장로는 처음에는 유장의 요구를 거절했다. 하지만 다시 황권이 사신으로 와서 만약 도와주면 서천 땅 20개 군을 주겠다고 하자 마음이 흔들렸다. 이때 마초가 선뜻 나서서 말했다.

"저에게 군사를 주시면 가맹관을 취해 유비를 사로잡은 뒤 유장에게 20개 군을 받아 주공께 바치겠습니다."

장로는 크게 기뻐하며 마초에게 군사 2만 명을 내주고 양백楊柏을 감군監軍으로 삼아 떠나도록 했다.

이때 유비는 황충과 위연을 거느리고 면죽관을 공격하러 나섰다. 면죽관을 지키던 비관은 이엄李嚴에게 출전 명령을 내렸다. 쌍방이 포진한 뒤 황충과 이엄이 각각 나와서 40~50합을 싸웠으나 승부가 나지 않았다. 제갈량이 황충을 불러들여 말했다.

"이엄의 무예를 보니 힘만으로는 꺾을 수 없겠소. 내일은 싸우다가 거짓으로 패한 척하면서 산골짜기로 유인하시오. 기습으로 승리를 취하겠소."

다음 날, 이엄과 황충은 다시 나와 싸웠다. 황충이 거짓으로 패한 척하며 달아나자 이엄은 그 뒤를 쫓다가 산골짜기로 들어가고 말았다. 이때 제갈량이 산 위에 나타나서 소리쳤다.

"항복하지 않으면 매복한 궁수들에게 명하여 방통의 원수를 갚겠노라!"

이엄은 황급히 말에서 내려 갑옷과 투구를 벗고 항복했다. 그는 또 자청하여 비관에게 가서 유비의 덕을 칭송하며 항복을 권했다. 비관은 그의 말을 받아들여 성문을 열고 항복했다.

마침내 면죽성을 차지한 유비가 성도를 공략할 계책을 마련하기 위해 부하들과 상의하고 있는데 급한 전갈이 날아왔다.

"장로가 마초와 양백을 보내 가맹관을 공격하고 있습니다. 원군이 늦으면 가맹관을 잃을 수도 있습니다."

제갈량이 황급히 말했다.

"장비와 조자룡을 보내야 상대할 수 있습니다."

이때 소식을 들은 장비가 큰 소리로 외치며 막사에 들어왔다.

"내가 가서 마초와 싸우겠소!"

제갈량은 장비를 선봉으로 삼는 한편, 위연에게 척후대를 맡겨 먼저 가게 했다. 위연은 가맹관에 도착해 양백의 군사와 맞붙어 싸웠지만 마대의 화살에 팔을 맞고 장비의 도움으로 간신히 위기를 면했다.

다음 날, 날이 밝자 북소리가 크게 울리더니 마초가 옆구리에 창을 낀 채 말을 몰고 나왔다. 사자머리 투구와 짐승 무늬 혁대, 은빛 갑옷과 흰색 전포를 차려입은 그는 한눈에도 비범해 보였다. 유비가 탄식했다.

"사람들이 서량에 '비단 같은 마초'가 있다고 하더니 정말 명불허전이군!"

마초를 본 장비는 단숨에 달려나가 싸울 기세였지만 유비가 만류했다.

"조금만 기다려라. 적의 예기銳氣는 피해야 한다."

유비가 몇 번이나 장비를 진정시키는 사이에 벌써 오후가 되었다. 마초의 군마가 다소 피곤해하는 것을 보고 유비는 비로소 장비에게 싸움을 허락했다. 이에 장비가 나는 듯 달려가서 마초와 100여 합을 싸웠지만 승부를 가리지 못했다. 지켜보던 유비가 자기도 모르게 말했다.

"정말 호랑이 같은 장수로다!"

잠시 쉬었다가 장비와 마초가 다시 맞붙어 100여 합을 싸우는데, 두 사람은 싸울수록 정신이 더 또렷해지는 것 같았다. 어느덧 하늘이 어두워지자 유비가 장비를 불러 말했다.

"마초는 영웅이라 가벼이 대적할 수 없으니 일단 성으로 돌아갔다가 내일 다시 싸우도록 해라."

그러나 장비는 발끈해서 소리쳤다.

"맹세코 죽기 전에는 돌아오지 않겠소!"

"날이 어두워 싸울 수가 없지 않은가."

"횃불을 밝히고 싸우면 됩니다."

이때 마초가 말을 바꿔타고 진영 앞에 나와 소리쳤다.

"장비야, 네가 감히 밤에 싸울 수 있겠느냐?"

성질 급한 장비는 다짜고짜 창을 들고 나가며 소리쳤다.

"너를 잡기 전에는 맹세코 돌아가지 않겠다!"

양 진영의 군사들이 함성을 지르는 가운데 두 장수는 계속 어우러져 싸웠다. 1천여 개의 횃불이 대낮처럼 싸움터를 밝히고 있었다. 그러나 끝내 승부가 나지 않자 유비가 진영 앞에 나서서 외쳤다.

"나는 인의로 사람을 대하고 속임수를 쓰지 않으니 마초는 군사를 거두고 잠시 쉬도록 하라. 결코 뒤쫓지 않을 것이다."

마초와 장비는 그제야 군사를 거두고 각자 진영으로 돌아갔다.

이튿날 제갈량이 도착해서 유비에게 말했다.

"마초와 장비가 사투를 벌이면 들 중 하나는 반드시 다칠 것이니 계책을 써서 마초가 귀순하도록 하겠습니다."

"어떻게 그를 얻을 수 있단 말이오?"

"한중의 장로는 왕이 되려 하고 수하의 모사 양송楊松은 재물을 몹시 탐하니, 사람을 한중에 보내서 뇌물로 양송의 환심을 사십시오. 또 장로에게는 '내가 서천을 취하면 당신이 왕이 되는 것을 보장하겠다'는 내용의 편지를 보내면서, 즉시 마초의 군대를 철수시키라고 종용하십시오. 그러면 제가 또 계책을 써서 마초를 항복시키겠습니다."

유비는 손건을 시켜 제갈량의 계책을 실행하게 했다. 손건은 한중에 가서 금은보화로 양송의 환심을 산 다음, 그의 안내를 받아 장로에게 유비의 편지를 전했다. 장로는 편지를 읽은 뒤 미심쩍은 듯 물었다.

"유현덕이 무슨 수로 내가 왕이 되는 걸 보장한단 말인가?"

양송이 나서서 설명했다.

"유현덕은 한나라의 황숙입니다. 따라서 황제께 주공을 왕으로 천거하고 보장할 자격이 충분합니다."

장로는 비로소 의심을 거두고 마초에게 철수 명령을 내렸다. 그러나 마초는 이를 듣지 않았다. 장로가 사람을 보내 세 번이나 소환했지만 공을 세우기 전에는 돌아갈 수 없다고 버텼다. 이때 양송이 장로와 마초를 이간질하는 유언비어를 퍼뜨렸다.

"마초는 서천을 빼앗아 왕이 되려는 것이지, 한중의 신하로 남을 생각은 없다."

이 소문을 듣고 크게 노한 장로가 계책을 묻자 양송은 이렇게 대답했다.

"한 달을 기한으로 세 가지 일을 시키고 완수하지 못하면 목을 벤다고 하십시오. 첫째는 서천을 취하는 것이고, 둘째는 유장의 수급을 취하는 것이고, 셋째는 유비를 격파하는 것입니다."

장로는 양송의 말대로 마초에게 사람을 보내 이 세 가지 조건을 전했다. 마초는 사신의 말을 듣고 크게 놀랐다.

"나를 대하는 태도가 어찌 이렇게 변했단 말인가?"

마초는 마대와 상의한 끝에 군사를 철수시키기로 했다. 그러나 양송이 다시 유언비어를 퍼뜨렸다.

"마초가 철수하는 것은 다른 마음을 품었기 때문이다."

이 소문을 들은 장로는 여러 장수에게 관문을 굳게 지키고 마초를 들이지 말라고 명했다. 이로써 마초는 진퇴양난에 빠졌다.

이때 서천에서 이회라는 사람이 마초를 찾아왔다. 면죽에서 유비에게 투항한 그는, 마초와 안면이 있어 마초를 항복시키는 임무를 띠고 유비에 의해 파견된 인물이었다. 이회가 당당히 막사로 들어오자 마초가 앉은 채로 소리쳤다.

"무슨 일로 왔느냐?"

"특별히 유세객으로 왔습니다."

"내가 보검을 방금 갈았는데, 어디 시험허보겠느냐?"

마초가 검을 들고 서슬이 퍼렇게 꾸짖었으나 이회는 두려운 기색 없이 말을 이어갔다.

"장군에게 화가 닥치고 있습니다! 새로 간 검이 제 목이 아니라 장군 자신에게 쓰일까 걱정입니다."

"나에게 도대체 무슨 화가 닥친단 말이냐?"

"지금 장군은 부친을 해친 조조와 철천지원수 사이입니다. 또한 앞으로는 유장을 도와 유비를 둘리치지 못했고, 뒤로는 양송을 눌러 장로의 얼굴을 대할 면목도 없으니, 세상이 넓어도 몸 하나 둘 곳이 없지 않습니까?"

정곡을 찔린 마초는 기가 죽어 고개를 떨어뜨렸다.

"공의 말이 맞소. 난 갈 곳이 없소이다."

"공의 부친은 지난날 유 황숙과 역적 조조를 토벌하기로 약속한 분인데, 공은 어찌하여 어둠을 버리고 광명을 찾아서 위로는 부친의 원수를 갚고 아래로는 공명을 이루려 하지 않습니까?"

이회의 말에 크게 깨달은 마초는 당장 그와 함께 유비를 찾아가 항복했다. 유비의 후한 대접에 감동한 마초는 유비가 다시 성도를 공격하려 할 때 선뜻 나서서 말했다.

"제가 가서 유장을 항복시키겠습니다. 만약 항복하지 않으면 성도를 함락해서 주공께 바치겠습니다."

유비가 크게 기뻐하며 종일 연회를 베풀었다.

얼마 후 유장은 마초가 군사를 거느리고 성 밑에 왔다는 소식을 들었다. 성 위에 올라가서 무슨 일이냐고 묻자 마초는 채찍으로 유장을 가리키며 말했다.

"나는 원래 장로의 군사를 이끌고 익주를 구하러 왔지만 장로가 양송의 말을 믿고 도리어 나를 해치려 했소. 나는 이미 유 황숙께 항복했으니 그대도 어서 항복하여 백성들의 고생을 면해주시오. 안 그러면 내가 성을 공격할 것이오."

유장은 너무 놀라서 안색이 흙빛으로 변하더니 그만 기절하고 말았다. 얼마 후 깨어난 그는 할 수 없이 항복할 뜻을 밝혔다.

"우리 부자가 촉 땅을 20여 년 동안 다스렸지만 백성들에게 은덕을 베풀지 못했소. 지난 3년간의 전쟁으로 피와 살이 들판에 널렸으니 그것은 모두 나의 죄요. 차라리 항복해서 백성들을 편안하게 하겠소."

유장은 성문을 열고 나와 유비에게 항복했다. 유비는 유장의 손을 잡고 눈물을 흘리며 말했다.

"내가 인의를 외면하려 한 것이 아니라 형세의 핍박으로 어쩔 수 없었소.”

두 사람은 어깨를 나란히 하고 성도성 안으로 들어갔다. 유비는 황권과 유파 같은 촉의 충신들을 감화시켜 직책을 주고, 유장은 가솔을 데리고 형주에 가서 살게 했다. 그리고 자신은 스스로 익주목이 되어 항복한 60여 명의 문무관원을 모두 임용했다. 또한 창고를 열어 백성들을 구제하니 성 안의 사람들이 모두 즐거워했다.

익주가 평정된 뒤 유비는 제갈량에게 나라를 다스리는 조례를 정하게 했는데, 그 형법이 몹시 무거워서 법정이 진언했다.

“군사께서는 형법을 너그럽게 하여 백성들을 위로하시지요.”

이에 제갈량이 대답했다.

“지난날 유장은 덕정을 베풀지 못하고 형법이 엄하지 못해서 임금과 신하의 도리가 점점 엉망이 되었소. 나는 이제 법으로 위엄을 세워서 그 은덕을 알게 하고, 벼슬의 위계를 세워 그 영광을 알게 할 것이니 이로써 나라를 다스리는 도로 삼으려 하오.”

법정은 제갈량의 말에 탄복했다. 과연 이때부터 군사와 백성이 안정되고 서천 41개 고을이 두루 평안했다.

유장은 왜 익주에 유비를 불러들였을까?

유장은 무능하고 유약한 인물로 알려져 있다. 소설 《삼국지》에서 그는 장로의 침공이 두려워서 유비를 익주로 끌어들여 화를 자초하는 것으로 그려진다. 유비는 장로를 치기는커녕 가맹관에서 오래 주둔하며 민심을 얻은 뒤 거꾸로 유장을 공격하여 익주를 차지한다. 이를 보면 유장은 지극히 멍청한 인물로 비칠 수밖에 없지만, 그가 황권과 유파 등의 극렬한 반대를 무릅쓰고 유비를 부른 것은 나름대로 이유가 있었다.

정사 《삼국지》〈유장전〉을 보면, 이미 유비와 결탁한 장송이 유비를 부르라고 유장을 설득하면서 "우리의 여러 장군은 적과 내통해 반란을 일으키려 하고 있습니다. 유비를 부르지 않으면 밖의 공격과 안의 반란을 다 감당해야 합니다"라고 한 대목이 나온다. 즉, 유장은 장로의 공격뿐 아니라 익주 안에서의 반란까지 고려해야 하는 상황이었던 것이다. 그만큼 그는 다급했고, 설사 유비가 장로와 싸워 한중을 점령하더라도 자신에게 손해가 될 것은 없다고 판단했다. 다만 유장의 치명적인 착각은 자신이 유비를 통제할 수 있다고 생각한 것이었다.

17
합비 전투

유비가 마침내 서천을 차지하자 손권은 다시 형주를 돌려받기 위해 부하들과 논의했다.

"애초에 유비는 서천을 얻으면 형주를 돌려주겠다고 했소. 이제 그가 서천 41주를 얻었으니, 반드시 우리의 모든 고을을 되찾아야 하오."

이에 장소가 계책을 내놓았다.

"유비가 두 손으로 주공께 형주를 바치게 할 계책을 말씀드리지요. 유비는 제갈량에게 절대적으로 의존하고 있으니, 그의 형 제갈근의 가족을 잡아놓고 제갈근을 서천으로 보내 제갈량을 설득시키십시오. 형주를 안 돌려줄 시에는 가족들이 다친다고 하면 제갈량도 육친의 정에 이끌려 응할 겁니다."

과연 제갈량은 제갈근의 호소에 마음이 움직인 듯, 유비에게 눈물로 호소하여 장사와 영릉, 계양을 돌려주겠다는 약속을 받아냈다. 제갈근은 곧 세 고을을 돌려주라는 유비의 편지를 가지

385

고 관우를 찾아갔다. 그러나 관우는 불같이 화를 내며 말했다.

"형주는 한나라 강토이고 우리 형님은 한나라 황실의 종친이니 단 한 치의 땅도 남에게 내줄 수 없소!"

허탕을 친 제갈근은 다시 배를 타고 서천으로 갔지만, 제갈량은 지방 순시를 나갔다고 하고 유비는 그의 호소에 짐짓 시치미를 떼며 말했다.

"내 아우는 한번 화가 나면 쉽게 풀리지 않소. 잠시 동오로 돌아가 계시는 게 낫겠소. 내가 장로의 한중 땅을 얻으면 관우를 거기로 보내고 형주를 돌려드리리다."

결국 제갈근은 아무 소득 없이 동오로 돌아올 수밖에 없었다.

이번에는 노숙이 새 계책을 올렸다.

"지금 군사를 육구陸口에 주둔시킨 뒤 관운장을 모임에 청하십시오. 관운장이 오면 형주를 돌려주는 일을 잘 의논하고, 혹시 그가 따르지 않으면 군사를 매복해두었다가 죽이십시오. 그리고 관운장이 오지 않으면 군사를 일으켜 형주를 빼앗으면 됩니다."

손권은 노숙의 계책을 받아들였다. 노숙은 곧 육구에 가서 여몽과 감녕을 불러 상의한 뒤 형주에 사람을 보내 관우를 청했다. 관우가 이를 쾌히 승낙하자 관평이 걱정스러워하며 물었다.

"노숙이 호의로 청한 것이 아닐 텐데 아버님은 어찌하여 허락하셨습니까?"

"물론 나를 초대해 형주를 내놓으라고 독촉할 속셈이겠지. 하지만 가지 않으면 나를 비겁하다고 말할 것이다. 내일 호위병 10여 명에 칼 한 자루만 들고 참석해서 어떻게 나오나 보겠다."

그리고 관우는 관평에게 쾌속선 열 척과 수군 500명을 선발해서 강 위쪽에 매복하라고 지시했다.

다음 날, 관우는 청색 두건을 쓰고 녹색 전포를 입고서 배를 몰아 강을 건넜다. 배 한쪽에서 붉은 깃발 한 폭이 바람에 나부끼며 커다란 '관關' 자를 드러냈다. 관우 옆에는 주창이 큰 칼을 들고 섰고, 그 외에는 8~9명의 병사가 허리에 칼을 차고 서 있을 뿐이었다.

노숙은 관우를 영접해 술자리로 인도한 뒤 술을 마시며 담소를 나누었다. 그리고 술이 어느 정도 거나해졌을 때 본론으로 들어갔다.

"서천을 얻은 후에도 형주를 돌려주지 않으니 유 황숙께서 신의를 저버린 게 아닙니까?"

관우가 대답했다.

"이는 나라 일이니 술자리에서 논할 바가 아니오."

"하지만 유 황숙께서 형주의 세 고을이라도 돌려주라고 하셨는데 그대가 따르지 않으니 이게 말이 됩니까?"

"적벽대전 때 유 황숙께서는 위험을 무릅쓰고 동오와 힘을 합쳐 적을 격파하셨는데 어찌하여 좁은 땅덩어리조차 가질 수 없단 말이오?"

"유 황숙이 형주를 빌리는 데 내가 보증을 선 것은 그분의 처지를 동정했기 때문입니다. 그런데 지금 약속을 지키지 않으시니 이것이야말로 탐욕 때문에 의리를 저버린 게 아닙니까?"

"그건 형님의 일이라 내가 관여할 바가 아니오!"

이때 주창이 섬돌 밑에서 큰 소리로 말했다.

"천하의 땅은 덕망 있는 사람이 차지해야 하오. 어찌하여 당신네 동오만 차지하겠다는 것이오?"

그 순간, 관우는 갑자기 안색을 바꾸더니 섬돌 아래로 내려가서 주창이 쥔 큰 칼을 빼앗고는 그를 쏘아보며 꾸짖었다.

"나라 일에 네가 어찌 감히 끼어드느냐? 썩 물러가라!"

주창은 관우의 뜻을 알아채고 얼른 강가로 가 맞은편 기슭에서 기다리고 있던 배를 불렀다. 이때 관우는 오른손에 칼을 들고 왼손으로는 노숙의 손을 끌어당기며 취한 척 말했다.

"그대가 성심껏 청하여 이 자리에 왔으니 더 이상 형주 일은 꺼내지 마시오. 서로 감정만 상할까 걱정이오. 다음에 내가 형주로 초청할 테니 그때 다시 상의합시다."

노숙은 혼이 나간 듯 관우에게 끌려 강가로 나갔다. 여몽과 감녕이 인솔한 매복군은 감히 나서지 못했다. 관우가 큰 칼을 들고 직접 노숙을 붙들고 있었기 때문이다. 배 앞에 이르러서야 관우는 노숙의 손을 놓아주었다. 노숙은 멍하니 서서 관우가 배를 타고 사라지는 것을 그저 바라볼 뿐이었다.

계책이 또 수포로 돌아가자 손권은 대노했다. 당장 대군을 움직여 형주를 취하려고 했다. 그런데 때맞춰 조조가 30만 대군을 인솔하여 공격해올 것이라는 첩보가 들어왔다. 손권은 크게 놀라 노숙에게 명했다.

"형주를 공격하려고 일으킨 군사를 합비와 유수로 옮겨 먼저 조조를 막으시오!"

조조는 남쪽 정벌을 준비하던 중에 참군參軍으로 있던 부간傅干의 편지를 받았다. '오는 장강을 사이에 두고 있고 촉은 산세가 험하여 평정하기가 쉽지 않습니다. 지금은 마땅히 덕을 닦고 군사를 쉬게 하고 인재를 기르면서 시기를 기다렸다가 움직여야 합니다.' 조조는 이 말을 받아들여 남쪽 정벌의 뜻을 접고 학교를 세워 선비들을 모으고 예의를 갖춰 대접했다.

하지만 조조의 권력욕은 점점 더 심해졌다. 제후인 위공魏公의 자리에 오른 것도 모자라 수시로 헌제와 복황후를 핍박하고 모욕을 주었다. 이에 격분한 복황후의 부친 복완은 환관 목순穆順과 함께 조조를 모살하려 했지만 사전에 들통이 나고 말았다. 조조는 당장 복황후를 붙잡아 꾸짖었다.

"나는 성심으로 너희를 대했거늘 너희는 거꾸로 나를 해치려 하다니! 내가 너를 죽이지 않으면 네가 나를 죽이겠구나!"

조조는 복황후를 몽둥이로 때려 죽이고, 그것도 모자라 그녀의 두 아들을 독살했다. 그리고 복완과 목순의 일족 200여 명을 저잣거리로 끌어내 참수했다. 이후 자신의 딸을 황후로 세운 조조의 권세는 나날이 커졌다.

복황후 사건 이후 조조는 하후돈을 불러 오와 촉을 멸할 일을 상의했다. 하후돈이 말했다.

"오와 촉을 일시에 공략할 수는 없으니 먼저 한중의 장로를 공략한 후에 그 승세를 타고 단숨에 촉을 공격해야 합니다."

조조는 그의 의견을 받아들여 군사를 일으켜서 서쪽 정벌에 나섰다. 출군할 때 군사를 세 갈래로 나누었는데 전위부대는 하

후연과 장합이 맡고, 조조는 직접 중군을 거느렸으며, 후위부대
는 조인과 하후돈이 인솔했다.

조조의 움직임을 감지한 한중의 장로는 동생 장위와 함께 적
을 물리칠 계책을 상의했다. 장위가 말했다.

"한중에서 제일 험한 곳은 양평관陽平關입니다. 저는 양평관
근처의 산기슭에 의지하여 10여 개의 영채를 세우고 조조의 군
사와 싸우겠습니다. 형님은 한녕을 지키면서 식량과 마초를 공
급해주십시오."

장로는 그의 말에 따라 대장 양앙楊昻과 양임楊任을 데리고 당
장 떠나게 했다.

장위가 양평관 부근에 영채를 세운 직후 조조의 전위부대가
도착했다. 그날 밤, 조조의 군사들은 몹시 피곤하여 먼저 휴식을
취하고 있었다. 그런데 갑자기 영채 뒤편에서 불이 솟구치면서
양앙과 양임의 군사들이 급습했다. 하후연과 장합은 일시에 밀
려든 적들을 막아내지 못하고 대패했다.

다음 날에는 조조의 대군이 도착했다. 조조가 양평관 주위를
살펴보니 산세가 험하고 수목이 우거져서 길이 거의 보이지 않
았다. 그는 복병이 두려운 나머지 즉각 군사를 돌려 영채를 세웠
다. 이튿날 그는 허저와 서황을 데리고 산 위에 올라가 장위의
영채를 살피며 말했다.

"저렇게 견고하니 급습하기가 쉽지 않겠구나!"

이 말이 끝나기도 전에 뒤에서 화살이 비 오듯 쏟아지면서 양
앙과 양임이 두 갈래로 나뉘어 쳐들어왔다. 조조가 깜짝 놀라 어

쩔 줄을 몰라하는데 허저가 두 장수와 맞서 싸우고 서황은 그를 보호하여 영채로 달아났다.

이때부터 양쪽 군사는 50여 일을 대치만 하고 싸우지 않았다. 마침내 조조가 철수 명령을 내리자 가후가 물었다.

"적의 세력이 강한지 약한지도 모르는데 어찌하여 스스로 철수하십니까?"

"적의 방어가 견고해서 급습하기 어려우니 철수한다는 소문으로 적의 방어를 흐트러뜨린 뒤에 날랜 기병으로 습격하면 필히 승리할 것이다."

조조의 군사가 영채를 거둬 철수하기 시작하자 양앙은 양임을 불러 말했다.

"승세를 타고 적을 칩시다."

"조조는 속임수가 많아 진상을 알 수 없으니 경솔하게 움직여서는 안 되오."

"그럼 나 혼자라도 가겠소!"

양앙은 공을 세우고 싶은 욕심에 급히 다섯 영채의 군마를 인솔하여 조조군을 추격했다. 영채에 남겨둔 군사는 얼마 되지 않았다. 그러나 이날은 안개가 짙게 끼어 앞사람의 얼굴도 알아볼 수 없을 정도였다. 양앙은 어쩔 수 없이 행군을 멈추고 중간에 새로 영채를 세웠다.

한편, 하후연의 군사들도 안개 때문에 길을 잘못 들었는데 공교롭게도 양앙이 두고 간 영채에 이르렀다. 영채를 지키던 군사들은 양앙이 돌아온 줄 알고 문을 활짝 열었다. 하후연의 군사들은 물밀듯이 안으로 들어가 불을 질렀다. 얼마 후 양임이 구하러 왔지만 하후연과 장합의 협공을 이기지 못하고 장로의 본거지인 남정南鄭으로 달아났다. 나중에 양앙이 회군했을 때는 이미 영채를 다 빼앗긴 상태였고, 뒤에서는 조조의 군사들이 쫓아왔다. 사면초가에 빠진 양앙은 장합과 일전을 벌이다가 결국 목숨을 잃었다.

조조는 이렇게 양앙과 양임의 군사를 격파하고 양평관에 무혈 입성했다. 양평관을 지키던 장위는 두 장수가 패했다는 소식을 듣고 이미 야반도주한 뒤였다.

그 후 조조가 남정으로 진격해 양임을 죽이고 영채를 세우자 장로는 방덕에게 명을 내려 응전하게 했다. 방덕은 원래 마초 수하의 맹장이었지만 마초가 유비에게 투항할 때 공교롭게도 병으로 누워 있어 따라가지 못했다. 조조는 지난날 마초와의 싸움을 통해 그의 용맹을 잘 알고 있었다.

"방덕은 서량의 용장이다. 나는 그를 내 사람으로 삼고 싶으니, 그대들은 돌아가며 그와 싸워 지치게 한 뒤 사로잡아오도록 하라."

조조의 지시에 따라 장합, 하후연, 서황, 허저가 차례로 방덕과 수십 합씩 싸웠다. 그러나 방덕이 전혀 지친 기색이 없자 조조가 물었다.

"어떻게 해야 이 사람을 투항시킬 수 있겠는가?"

가후가 대답했다.

"장로의 모사 양송을 뇌물로 매수해서 장로에게 방덕을 참소하게 하면 됩니다."

과연 조조의 정탐꾼에게 황금 갑옷을 받은 양송은 즉시 장로를 찾아가 말했다.

"방덕이 조조의 뇌물을 받아 전투를 등한시하고 있습니다."

장로는 크게 노해서 방덕을 불러 꾸짖었다.

"내일 출전해서 이기지 못하면 반드시 참수하겠다."

방덕은 마음속에 불만을 품고 물러났다.

이튿날 조조의 군사가 남정성을 공격하자 방덕은 군사를 인솔하여 성 밖으로 나왔다. 허저가 거짓으로 패한 척하면서 산비탈로 유인하자 방덕이 그 뒤를 쫓았다. 이때 조조가 산 위에서 얼굴을 내밀고 그를 불렀다.

"너는 어서 항복하라!"

방덕은 조조를 붙잡을 욕심에 계속 말을 달려 산비탈을 올랐다. 바로 그때 갑자기 함성이 울려 하늘이 무너지고 땅이 꺼지는 듯하더니 방덕이 말과 함께 함정에 빠졌다. 동시에 군사들이 일제히 갈고리를 던져 방덕을 잡아다가 조조 앞에 앉혔다. 조조는 말에서 내려 직접 포박을 풀어주며 말했다.

"그대는 나에게 항복하지 않겠는가?"

이미 장로에게 실망한 방덕은 조조에게 절을 올려 항복했다.

이튿날, 조조는 남군성 밖 세 방향에 구름사다리를 세우고 포를 마구 쏘아댔다. 장로와 장위는 관가의 창고를 모두 봉한 후 가솔을 데리고 남문을 빠져나와 파중巴中으로 달아났다. 마침내 남군성을 차지한 조조는 파죽지세로 파중까지 진격해 장로의 항복을 받아냈다.

조조가 한중을 얻자 사마의가 아뢰었다.

"유비가 속임수로 유장을 몰아낸 탓에 촉의 민심은 아직 그에게 승복하지 않고 있습니다. 지금 주공께서 한중을 얻으셨으니 이 승세를 타고 촉을 공격하면 반드시 와해시킬 수 있습니다. 지혜로운 사람은 시기를 중시하니 때를 놓치지 마십시오."

조조가 탄식하며 말했다.

"인생의 괴로움은 만족할 줄을 모르는 것이다. 한중을 막 얻었는데 또 촉 땅을 바라다니!"

이때 유엽이 나서서 말했다.

"사마의의 말이 옳습니다. 촉의 민심이 안정되고 적장들이 요충지를 튼튼히 지키면 더 이상 공략할 수 없습니다."

그러나 조조는 끝내 군사를 움직이지 않았다.

이때 서천의 백성들은 조조가 공격해온다는 소문에 몹시 두려워하고 있었다. 유비가 계책을 묻자 제갈량이 말했다.

"조조가 군사를 나누어 합비에 주둔시킨 것은 손권을 두려워한 탓입니다. 강하, 장사, 계양을 동오에 주고 말솜씨 좋은 유세객을 보내 이해관계를 설명하십시오. 그래서 동오의 군사가 합비를 공격하면 조조는 남쪽으로 군사를 돌릴 것입니다."

유비는 크게 기뻐하며 이적을 동오로 보냈다.

이적은 손권을 찾아가 예를 올리고 말했다.

"지금 강하, 장사, 계양을 돌려드리고 형주도 머지않아 돌려

드리겠습니다. 그런데 지금 합비의 방비가 허술하니 부디 군사를 일으켜 공격하셔서 조조가 남쪽으로 군사를 돌리도록 해주십시오. 우리 주공께서 한중을 취하면 바로 형주를 돌려드릴 것입니다."

손권은 모사들을 불러들여 대책을 논의했다. 장소가 말했다.

"이는 조조가 서천을 공략할까 두려워 내놓은 계책입니다! 하지만 그렇다고 하더라도 지금 조조가 한중에 있으니 이 틈에 합비를 빼앗는 게 상책인 것은 확실합니다."

손권은 노숙에게 명하여 강하, 장사, 계양을 취하는 한편, 여몽과 감녕, 능통을 불러 합비를 공격하게 하려 했다. 이때 여몽이 손권에게 말했다.

"조조는 환성皖城에 군사를 주둔시키고 능사를 지어 그 식량을 합비에 보냅니다. 따라서 먼저 환성을 취한 후 합비를 공격해야 합니다."

손권은 감녕과 여몽을 선봉으로 삼아서 먼저 환성을 공격하게 했다. 환성 태수 주광朱光은 합비에 구원을 요청하고 성문을 굳게 잠근 채 싸움에 응하지 않았다. 적의 원군이 도착하기 전에 성을 격파해야 한다고 판단한 여몽은, 군사들이 막 도착해 사기가 왕성한 때에 전력으로 성벽을 기어올라가게 했다. 그리하여 겨우 반나절 만에 환성을 얻었다.

손권은 여세를 몰아 감녕과 여몽을 전위부대로 삼고, 자신은 능통과 함께 중군을 거느리고, 나머지 장수들은 뒤를 따르게 하여 합비로 진군했다. 감녕과 여몽의 군대는 합비에 도착하자마자 악진이 이끄는 군대와 마주쳐 접전을 벌였다. 얼마 후 악진이 거짓으로 패한 척하며 도주하자 감녕과 여몽은 전력으로 그 뒤를 쫓았다.

이때 뒤에 있던 손권은 감녕과 여몽의 승전보를 듣고 급히 군사를 재촉해 소요진逍遙津 북쪽에 이르렀다. 그때 한바탕 포 소리가 울리더니 왼쪽에서는 장요, 오른쪽에서는 이전이 쳐들어왔다. 손권은 크게 놀랐지만 호위하는 능통에게는 기병 300여 명뿐이고 감녕과 여몽에게 구원병을 요청할 여유도 없었다. 능통이 앞쪽의 다리를 가리키며 외쳤다.

"주공은 빨리 다리를 건너십시오."

이때 장요의 기병 2천 명이 들이닥치자 능통은 죽기를 각오하고 싸웠다. 손권은 말을 몰아 다리로 들어섰지만 다리는 이미 끊겨 판자 한 장 남아 있지 않았다. 손권은 곧 말을 뒤로 멀찍이 물렸다가 채찍으로 후려쳤다. 말은 단숨에 훌쩍 뛰어 다리 반대편으로 건너갔다. 이렇게 손권은 가까스로 위험에서 벗어났지만, 이 싸움으로 동오의 군사는 절반이나 죽음을 당했다. 능통과 여몽, 감녕도 수하를 거의 잃고 간신히 목숨만 건져 하남河南으로 도주했다. 손권은 할 수 없이 군사를 유수 어귀로 철수시키고 배를 정돈했다. 그리고 육지와 강에서 함께 진격하는 방안을 논의하는 한편, 사람을 강남으로 보내 구원병을 요청했다.

한편, 장요는 손권이 유수에 머물면서 다시 합비를 공격하려 한다는 소식을 들었다. 그는 군사가 적은 것이 두려워 서둘러 한중의 조조에게 원군을 청했다. 조조가 부하들을 불러 물었다.

"이번에 서천을 거둘 수 있겠는가?"

유엽이 대답했다.

"촉은 이미 안정되어서 공략하기 어려우니 군사를 거두어 합비를 구하고 동오를 치는 것이 낫습니다."

조조는 하후연과 장합에게 요충지인 정군산定軍山과 몽두암蒙頭巖을 각각 지키게 하고, 나머지 군사는 모두 유수를 향해 진군하도록 했다.

손권은 조조가 한중에서 군사 40만 명을 인솔해 합비를 구원하러 온다는 소식을 듣고는 즉시 큰 배 50척을 유수 어귀에 매복시켰다. 장소가 말했다.

"조조의 군사들은 먼 길을 와서 지쳤을 테니 서둘러 그 예기를 꺾어야 합니다."

감녕과 능통이 먼저 공을 세우겠다고 손권 앞에서 다투었다. 원래 감녕은 강하의 황조 밑에 있을 때 능통의 아버지 능조凌操를 살해한 바 있었다. 이 때문에 능통은 걸핏하면 감녕에게 적의를 드러내곤 했다. 손권은 먼저 능통에게 3천 명의 군마를 인솔하여 유수 어귀에서 조조의 군사와 싸우게 했다. 능통은 가서 장요와 50여 합을 겨뤘지만 승부를 가리지 못했다. 능통이 돌아오자 이번에는 감녕이 나서서 손권에게 말했다.

"오늘 밤 제가 기병 100명을 이끌고 조조의 군영을 급습하겠습니다."

손권이 100명의 정예병을 뽑아주고 술 50병과 양고기 50근을 하사하자 감녕은 영채로 돌아와 군사 100명을 앉혀놓고 술을 마시며 말했다.

"오늘 밤 주공의 명을 받들어 적의 영채를 급습할 것이니, 한 잔 가득 술을 마시고 온 힘을 다해 싸워라!"

군사들은 저마다 죽기를 각오하고 싸우겠다고 맹세했다.

이날 밤 2경 무렵, 감녕과 100명의 군사는 흰 거위깃털 100개를 투구에 꽂아 표시로 삼고, 말에 올라 나는 듯이 조조의 진영으로 쳐들어갔다. 그들이 크게 소리치며 좌충우돌하자 조조의 군사들은 적이 몇 명인지도 모른 채 당황하여 달아나다가 자기들끼리 밟혀 죽은 자가 무수했다. 감녕은 보는 자마다 닥치는 대로 죽이면서 영채 남문으로 빠져나왔지만 누구도 감히 막아서지 못했다. 감녕이 돌아오자 손권은 직접 마중을 나가 그의 손을 잡고 말했다.

"조조에게는 장요가 있고 내게는 감녕이 있으니, 두 사람은 참으로 서로 대적할 만하오."

감녕이 공을 세운 것을 보고 능통이 자기도 한바탕 싸우겠다고 나섰다. 그래서 군사 5천 명을 인솔해 가서 악진과 맞붙어 싸웠다. 두 사람은 50여 합을 싸웠지만 승부를 가리지 못했다. 이때 친히 관전하러 나온 조조가 조휴曹休에게 넌지시 말했다.

"숨어서 몰래 화살을 쏘아라."

조휴는 장요 뒤에 숨어 활시위를 당겼다. 그의 화살은 능통이 탄 말을 맞혔고 그 바람에 능통은 말과 함께 땅바닥에 나뒹굴었다. 그 순간 악진이 재빨리 창을 들어 그를 찌르려 했다. 하지만

감녕, 군사 100명으로 조조군을 유린하다.

어디선가 활시위 소리가 울리더니 화살 한 대가 날아와 악진의 얼굴을 맞혔다. 결국 양쪽 진영에서 군사들이 우르르 몰려나와 각기 능통과 악진을 구해 돌아갔다.

돌아온 능통에게 손권이 말했다.

"활을 쏘아 자네를 구한 사람은 바로 감녕일세."

감격한 능통은 감녕에게 절하고, 그 후로는 묵은 원한을 깨끗이 잊었다.

다음 날, 조조는 군사를 다섯 갈래로 나누어 유수를 공격했다. 장요, 이전, 서황, 방덕이 각각 1만 명의 군마를 인솔해 일제히 강기슭으로 쳐들어갔다. 이때 동습과 서성은 큰 배 위에서 적의 대군이 쳐들어오는 것을 보았다. 서성은 즉각 작은 배에 병사 수백 명을 태우고 강기슭에 가서 이전의 군사들을 향해 쳐들어갔고, 동습은 배 위에 남아 북을 두드리게 해서 아군의 사기를 북돋웠다. 그런데 갑자기 세찬 바람이 몰아쳐 큰 배가 뒤집히면서 동습이 강에 빠져 죽고 말았다.

한편, 유수에 있던 손권은 조조의 군대가 강기슭에 도착했다는 소식을 듣고는 직접 군사를 이끌고 지원하러 왔다. 그러나 서성을 구하려다가 도리어 장요와 서황의 군사들에게 겹겹이 포위되고 말았다. 마침 악전고투 끝에 강기슭에 다다른 주태가 적의 포위를 뚫고 들어가 손권에게 말했다.

"주공은 제 뒤를 따라오십시오."

주태는 창에 여러 곳을 찔리고 화살에 갑옷까지 뚫리면서도 끝까지 손권을 보호하며 포위를 뚫고 강기슭에 이르렀다. 마침 여몽이 수군을 이끌고 도착한 참이었다. 손권은 배에 오르면서 말했다.

"서성이 아직 포위되어 있으니 어찌해야 구할 수 있겠소?"

그러자 주태는 다시 포위를 뚫고 들어가 서성까지 구해냈다. 두 장수는 모두 중상을 입었다.

손권이 도망치는 것을 보고 조조는 직접 말을 몰아 강기슭으로 달려와서 군사들에게 활을 쏘라고 명했다. 여몽도 화살을 쏘아 대응하려 했지만 이미 화살이 다 떨어진 상태였다. 다행히 마침 육손陸遜이 한 떼의 배를 이끌고 와서 일제히 화살을 날린 다음, 강기슭에 10만 대군을 상륙시켜 조조의 군사들을 추격했다. 조조는 말 수천 필과 헤아릴 수 없이 많은 병사를 잃고 대패하여 물러났다.

그 후로 손권은 유수에서 조조와 한 달 이상을 대치했지만 이기지 못했다. 장소와 고옹이 함께 와서 손권에게 간했다.

"조조는 세력이 커서 무력으로는 공략할 수 없습니다. 이대로 오래 싸우면 병력의 손실이 너무 크니 화친을 맺어 백성을 안정시키는 게 상책입니다."

손권은 두 사람의 권유를 받아들여 조조와 화친을 맺고 매년 공물을 바치겠다고 약속했다. 조조 역시 동오를 일시에 함락할 수 없다는 것을 알고 손권의 제안을 받아들였다. 마침내 손권은 군사를 인솔해 말릉으로 돌아가면서 장흠과 주태에게 유수 어귀를 지키게 했고, 조조도 허도로 돌아가면서 조인과 장요만 남겨 합비를 지키게 했다.

　조조가 돌아오자 여러 신하가 헌제에게 표문을 올려 조조를 위왕魏王으로 책봉해달라고 건의했다. 헌제는 어쩔 수 없이 조서를 내려 조조를 위왕으로 봉했다. 조조는 짐짓 사양하는 척했지만 조서를 세 번 받고서 위왕의 작위를 받아들였다. 이때부터 그는 열두 줄의 백옥이 달린 면류관을 쓰고 여섯 필의 말이 끄는 금수레를 타는 등 천자에 버금가는 의장을 갖췄다. 그리고 업군에 위왕의 궁전을 짓고 장남 조비曹丕를 세자로 삼았다.

제정일치의 제후였던 장로

삼국시대의 군웅들 중 한중의 장로는 다른 영웅들과는 그 배경이 판이했다. 그는 한중의 정치적 통치자이면서 도교적 종교집단인 오두미도五斗米道의 지도자였다.

오두미도는 장로의 조부 장릉이 세웠으며, 신도들에게 쌀 다섯 말을 기부받아 오두미도라는 이름이 붙었다. 이 종교집단은 장릉의 아들 장형을 거쳐 장로의 지도를 받았고, 장로는 한때 익주의 유언 밑에 있다가 그가 죽고 아들 유장이 자리를 이어받자 자립하여 한중을 30년간 다스렸다. 조조는 항복한 장로를 우대해서 그를 진남 장군에 봉하고 그의 딸을 며느리로 맞았다. 그가 한중의 창고를 나라의 재물이라는 이유로 불태우지 않고 남겨둔 것을 높이 샀기 때문이다.

이후 오두미도는 장로를 따라 중원으로 옮겨와 천사도天師道라는 이름으로 300년 넘게 번창했지만 서기 555년 불교와의 논전에서 패하여 도사들이 전부 머리를 깎고 중이 되면서 와해되었다.

18

제갈량이 한중을 취하다

위왕이 된 후 조조는 유비가 한중을 공격해온다는 소식을 듣고 조홍에게 군사 5만을 주어 한중으로 보냈다. 한중에 도착한 조홍은 장합과 하후연에게 각각 요충지를 지키게 한 뒤, 직접 군사를 인솔해 적을 막으러 갔다. 이때 장비는 파서巴西에, 마초는 하변下辨에 주둔해 있었다. 조홍은 먼저 마초를 자극하고 싸움을 걸었지만, 마초는 방비만 튼튼히 할 뿐 움직이지 않았다. 조홍은 마초가 나오지 않자 무슨 속임수가 있는 게 아닌가 두려워서 남정으로 퇴각했다. 이때 장합이 조홍에게 물었다.

"장군은 어찌하여 갑자기 군사를 거두셨소?"

"마초가 싸우지 않고 방어만 하니 무슨 계략이 있는 것 같아서 그랬소."

"그럼 내가 재간은 없지만 본부 군사를 데리고 가서 파서를 공략하겠소. 일단 파서를 얻으면 촉을 공략하기가 훨씬 쉬워질 것이오."

"파서를 지키는 장비는 결코 경시할 수 없는 인물이오."

조홍이 경고했지만 장합은 계속 큰소리를 쳤다.

"사람들이 다 장비를 두려워하지만, 내가 보기에 그자는 어린 애요. 이번에 반드시 사로잡겠소."

"만약 실패하면 어쩌겠소?"

"기꺼이 군법의 처분을 받겠소."

장합은 병사 3만 명을 인솔하여 험한 산지에 영채 세 개를 지은 뒤 군사 절반은 영채에 남겨두고 나머지 절반을 데리고 파서를 치러 떠났다. 장비는 이 소식을 듣고 급히 뇌동雷同과 함께 군사를 인솔하여 맞서 싸웠다. 장합은 장비와 싸우던 도중에 뒤에서 뇌동의 습격을 받아 크게 패했다.

그 후 뇌동과 장비가 산 아래로 와서 연이어 싸움을 걸었지만 장합은 세 영채를 굳게 지킬 뿐 나와 싸우려 하지 않았다. 이렇게 양쪽 군사는 50여 일을 싸우지 않고 대치했다.

마침내 장비는 산 아래에 영채를 세우고 날마다 술을 마셨다. 술이 거나해지면 늘 산 위의 장합을 향해 욕을 퍼부었다.

한편, 장비가 날마다 술타령을 하고 있다는 소식을 듣고 깜짝 놀란 유비는 제갈량에게 어찌해야 좋을지 물었다. 제갈량이 대수롭지 않게 말했다.

"그럴 줄 알았습니다. 군중에는 좋은 술이 없을 테니 술독 50개를 보내십시오!"

"내 아우는 술만 마시면 일을 그르치는데 오히려 술을 보내라니, 그게 무슨 뜻입니까?"

"염려 마십시오. 익덕이 그런 행동을 하는 것은 필시 장합을
쳐부술 계책입니다."

결국 유비는 위연에게 명하여 장비에게 술을 보냈다. 술을 받
은 장비는 위연과 뇌동에게 말했다.

"그대들은 왼쪽 날개와 오른쪽 날개로 매복해 있다가 군중에
서 붉은 깃발이 오르면 일제히 공격하시오."

그리고 군사들에게는 북을 치면서 술을 마시게 했다. 이때 장
합이 산 위에서 살펴보니 장비가 막사 앞에서 술을 마시며 두 병
사의 씨름을 구경하고 있었다. 그는 화가 나서 말했다.

"장비, 이놈이 나를 너무 업신여기는구나!"

장합은 그날 밤 두 영채의 군사는 남기고 자기 영채의 군사들
만 데리고 산기슭을 내려왔다. 멀리 장비가 등불을 켜고 여전히
막사 앞에서 술을 마시고 있는 것이 보였다. 장합은 크게 외치며
장비의 영채로 쳐들어갔다. 아울러 산 위에서는 북을 울려 기세
를 올리게 했다. 그런데 어찌 된 일인지 장비는 단정히 앉아서
꼼짝도 하지 않았다. 장합이 달려가 창으로 찔러보니 짚으로 만
든 허수아비였다!

그가 급히 말 머리를 돌리는데 막사 뒤에서 포가 울리더니 한
장수가 나서서 앞을 가로막았다. 고리눈을 부릅뜨고 뇌성 같은
목소리로 외치는 그 장수는 바로 장비였다. 장비가 창을 들고 말
을 달려 장합을 찔러왔다. 두 장수는 불빛 속에서 40~50합을
싸웠다. 장합은 다른 두 영채의 군사들이 와서 구원해주길 고대
했지만, 그들은 이미 위연과 뇌동의 급습으로 모두 달아난 뒤였

다. 장합은 어쩔 수 없이 와구관瓦口關을 향해 도망쳤다.

장합은 와구관에서 조홍에게 사람을 보내 구원을 청했다. 이에 조홍은 크게 화를 내며 말했다.

"내 말을 안 듣고 억지로 출병하더니 이제 와서 구원을 청한단 말인가!"

조홍은 구원병을 보내지 않고 장합의 출전만 독촉했다. 장합은 할 수 없이 군사를 나누어 매복시킨 뒤 직접 출전했다. 그리고 뇌동을 만나 싸우다가 거짓으로 패한 척하며 달아났다. 뇌동은 추격 도중에 그만 매복한 적군에 걸려서 결국 장합의 창에 찔려 죽고 말았다.

이 소식을 듣고 이번에는 장비가 직접 달려와서 싸움을 청했다. 장합은 또 거짓으로 패한 척했지만 장비는 계책인 줄 눈치채고 그냥 영채로 돌아와 위연과 상의했다.

"내가 내일 먼저 군사를 인솔해 나갈 터이니 그대는 정예 군사를 데리고 뒤따르다가 장합의 복병이 나타나면 군사를 나누어 공격하시오. 또 수레 열 대에 땔나무와 건초를 싣고 가서 좁은 길을 막고 불을 지르시오. 나는 기회를 틈타 장합을 사로잡아서 뇌동의 일을 복수하겠소."

이튿날에도 장합은 패한 척하며 장비를 유인했다. 산골짜기까지 유인한 장합은 숨겨놓은 병사들이 나타나기를 기다렸지만, 갑자기 좁은 길에 불이 나서 병사들이 나오지 못했다. 뒤이어 장비의 군사들이 달려와 좌충우돌하며 무찌르자 장합은 간신히 혈로를 뚫고 와구관으로 도주했다. 그리고 흩어진 병사들을 모아 성 안으로 들어가서는 성문을 굳게 닫아걸었다.

장비와 위연은 기병 수십 명을 데리고 성 양쪽에서 오솔길을 찾았다. 마침내 와구관 뒷산에 오솔길이 있는 것을 발견하고, 위연은 와구관 앞에서 공격하는 한편, 장비는 뒷산을 넘어 와구관의 배후를 쳤다. 이에 크게 패한 장합이 말을 버린 채 달아날 길을 찾으니, 그의 뒤를 따르는 자는 겨우 10여 명에 불과했다. 남정까지 걸어서 도착한 장합을 보고 조홍이 분노를 터뜨리며 꾸짖었다.

"대군을 모두 잃고 혼자 살아서 돌아왔단 말인가? 당장 이놈을 끌어내 참수하라!"

그러나 곽회郭淮가 나서서 간했다.

"장합은 주군이 아끼는 장수이니 죽여서는 안 됩니다. 그에게 다시 병사 5천 명을 주어 가맹관을 취하게 하십시오. 그것도 성공하지 못하면 그때 두 가지 죄를 모두 물으십시오."

조홍은 그의 말을 받아들여 장합에게 가맹관을 취하라고 명령했다.

이때 가맹관을 지키던 맹달과 곽준郭峻은 장합을 당해내지 못하고 성도의 유비에게 구원을 청했다. 유비가 이에 대해 묻자 제갈량이 말했다.

"장비가 아니면 장합을 막아낼 수 없습니다."

그러자 노장 황충이 큰 소리를 지르며 앞으로 나섰다.

"군사는 어찌하여 이토록 사람을 업신여깁니까? 내가 비록 재주는 없으나 장합의 수급을 베어다 바치겠소!"

“그대의 용맹이 뛰어나지만 나이가 많아 장합을 대적하지 못할까 걱정입니다.”

이 말에 부아가 치민 황충은 흰 수염을 꼿꼿하게 세우더니 선반에 있던 큰 칼을 들어 바람소리가 나도록 휘두르고, 벽에 걸린 강궁을 당겨서 연달아 두 개나 부러뜨렸다. 그러자 제갈량이 말했다.

“장군이 꼭 가시겠다면 누구를 부장으로 삼겠습니까?

“노장 엄안과 함께 가겠소. 만약 패하면 내 이 흰 머리를 바치겠소!”

유비는 크게 기뻐하며 두 사람을 가맹관으로 보냈다. 이때 조자룡이 나서서 말했다.

“지금 장합이 직접 군사를 인솔해 가맹관을 공격하고 있는데, 군사께서는 애들 장난을 하고 계십니까? 가맹관을 잃으면 당장 익주가 위험에 빠지는데 어찌하여 두 노인네를 보내 적과 싸우게 하십니까?”

제갈량이 대답했다.

“그대는 그들이 늙어서 감당하지 못할 거라고 생각하지만, 나는 그들이 반드시 한중을 공략할 수 있다고 생각하오!”

조자룡을 비롯한 여러 장수가 실소를 지으며 물러났다.

황충과 엄안이 가맹관에 도착하자 맹달과 곽준도 속으로 의아하게 생각했다.

‘이 요충지에 어찌하여 저런 늙은이들을 보냈단 말인가?’

황충과 엄안은 사람들의 생각을 눈치 채고 기어코 공을 세우리라 작심했다.

황충은 군사를 인솔하여 가맹관 밑에서 장합과 대치했다. 장합은 황충을 보고 피식 웃었다.

"그토록 많은 나이에 부끄러움도 모르고 출전했단 말이냐?"

"어린놈이 나를 늙었다고 업신여기다니! 내 손의 보도寶刀는 늙지 않았다!"

황충은 말을 달려 앞으로 나아갔다. 두 사람이 20여 합을 싸우고 있는데 갑자기 엄안이 샛길로 돌아와서 장합의 배후를 습격했다. 이 협공으로 장합은 대패하여 80~90리를 후퇴했다. 조홍은 이 소식을 듣고 하후상과 한호韓浩에게 5천 명의 군사를 주고 가서 돕게 했다.

황충은 연일 정탐병을 내보내 주변의 길과 지세를 완전히 파악했다. 이때 엄안이 황충에게 말했다.

"여기서 가다 보면 천탕산이 있는데 그 산 속에 식량과 마초를 쌓아둔 조조의 보급소가 있습니다. 그곳을 점령해 적의 보급을 끊는다면 쉽게 한중을 공략할 수 있습니다."

황충은 기뻐하며 계책을 세운 뒤 천탕산天蕩山으로 떠났다. 그런데 얼마 후 하후상과 한호가 습격해왔다. 황충은 출전하여 10여 합을 싸우다가 도망쳤고, 두 장수는 20여 리를 뒤쫓아 황충의 영채를 빼앗았다. 황충은 뒤로 물러나 다시 영채를 세웠다.

이튿날 하후상과 한호가 또 도전하자 황충은 몇 합을 싸우다가 다시 패하여 퇴각했다. 하후상과 한호는 또 수십 리를 뒤쫓아 황충의 새 영채를 빼앗았다. 이런 식으로 황충은 연전연패를 하다가 결국 가맹관으로 들어가서 아무리 싸움을 걸어도 나오지 않았다.

유비는 이 소식을 듣고 급히 유봉을 보내 돕게 했지만 황충은 웃으며 말했다.

"이건 이 늙은이의 계책입니다! 일부러 계속 영채를 내주어 저들이 군수품을 쌓아두게 했으니, 오늘 저녁에는 저들을 격파하고 영채를 되찾을 겁니다."

그날 밤 2경에 황충은 긴장이 풀린 적을 습격하여 잇달아 세 영채를 빼앗았다. 하후상과 한호는 도망치기에 급급해서 수많은 말과 안장을 버리고 갔다. 황충은 그것들을 수습해 가맹관으로 옮기게 하고 다시 군마를 재촉해 뒤를 쫓았다. 유봉이 말했다.

"군사들이 피로하니 잠시 쉬시지요."

"호랑이굴에 들어가지 않고 어찌 호랑이새끼를 얻겠소?"

그러고는 계속 말을 달려 추격하자, 장합마저 패잔병들이 몰려오는 통에 결국 영채를 버리고 한수 기슭까지 물러났다. 장합은 하후상과 한호를 만나 대책을 상의했다.

"천탕산은 식량을 쌓아둔 곳이고, 이어진 미창산米倉山도 마찬가지입니다. 이 두 곳은 한중 군사들의 목숨이 걸린 곳이니, 이곳을 잃으면 한중을 지켜낼 수 없습니다!"

이에 하후상이 말했다.

"미창산은 내 숙부 하후연 장군이 있는 정군산과 접해 있으니 걱정 없습니다. 또 천탕산은 내 형인 하후덕夏侯德이 지키고 있으니 우리도 그곳에 가서 함께 지킵시다."

세 사람은 밤을 도와 천탕산으로 달려갔다. 그리고 하후덕을 만나 대책을 논의하고 있는데, 갑자기 산 앞에서 북소리가 천지를 울리더니 "황충의 군사가 왔다!" 하는 소리가 들렸다. 하후덕이 크게 웃으며 말했다.

"멀리 와서 피곤할 터인데 함부로 적의 경계 깊숙이 들어오다니, 실로 병법을 모르는 자로군!"

"병사 3천 명만 빌려주시면 내가 가서 격파하겠소!"

한호가 장담을 하고 군사를 데리고 나갔다. 그러나 황충은 한호를 단 1합에 베어 말 아래로 떨어뜨렸다. 촉의 군사들이 크게 외치며 산으로 올라가자 장합과 하후상은 급히 군사를 이끌고 나와 싸웠다.

바로 이때 산 뒤에서 갑자기 불길이 하늘로 치솟으며 천지를 시뻘겋게 물들였다. 하후덕이 허겁지겁 불을 끄려고 달려갔지만 앞에서 노장 엄안이 나타나 한칼에 그를 베어버렸다. 원래 엄안은 미리 산 뒤에 매복해 있다가 황충의 군사가 움직이기를 기다려 불을 지른 것이다. 장합과 하후상은 더 버티지 못하고 천탕산을 버린 채 정군산으로 도주하여 하후연에게 의탁했다.

이 첩보가 성도에 전해지자 법정이 유비에게 말했다.

"지금 군사를 일으켜 직접 정벌에 나서면 한중을 취할 수 있습니다. 한중을 평정한 뒤 군사를 조련하고 양식을 비축했다가 시기를 봐서 전진하면 역적을 토벌할 수 있고, 물러서도 스스로를 지킬 수 있으니 실로 하늘이 내린 기회입니다."

그 말에 공감한 유비가 직접 10만 군사를 인솔하여 가맹관 앞에 영채를 세우고 황충과 엄안을 불러 상을 내렸다.

"과연 큰 공을 세웠구려. 이제 정군산만 얻으면 양평관으로 가는 것은 걱정 없을 텐데, 장군은 감히 취할 수 있겠소?"

황충이 흔쾌히 응낙하고 군사를 인솔해 떠나려 했다. 그러자 제갈량이 법정을 동행시켜 돕게 하고 조자룡에게도 지시했다.

"장군은 샛길로 가서 황 장군과 호응하되, 황 장군이 이기면 출전하지 말고 실수를 하면 구원하시오."

그리고 유봉과 맹달에게도 명령을 내렸다.

"그대들은 산의 험한 지역에 머물면서 깃발을 많이 꽂아 세력이 큰 것처럼 꾸미시오."

또한 하변의 마초에게 사람을 브내 작전을 지시하고, 엄안을 보내 파서를 지키게 했으며, 장비와 위연을 불러 함께 한중을 취하기로 했다.

유비가 직접 군사를 인솔해 한중을 공격한다는 소식이 허도에 전해지자 조조는 크게 놀라서 급히 군사 40만 명을 인솔하여 출정했다. 조조는 군사를 세 갈래로 나누었다. 전위부대는 하후돈이 맡고, 조조는 직접 중군을 인솔했으며, 후위부대는 조휴가 맡았다. 대군이 남정에 당도하자 조조는 하후연에게 '무릇 장수라면 강유상제◆해야지, 용기만 믿어서는 안 된다'는 편지를 보내

삼국지 고사성어

강유상제剛柔相濟 : 강함과 부드러움을 함께 갖춰 서로 보완한다는 뜻. 지도자의 중요한 덕목 중 하나다.

지혜롭게 대응할 것을 당부하고 싸움을 독려했다.

이때 황충과 법정은 정군산 어귀에 군사를 주둔시키고 몇 차례 싸움을 청했지만 하후연은 산채를 지키기만 하고 응하지 않았다. 법정이 황충에게 말했다.

"하후연은 경솔하고 조급해서 책략이 부족합니다. 우리가 병사들을 격려하여 영채를 옮기면서 조금씩 전진하면 하후연을 유인해 사로잡을 수 있습니다. 이것이 바로 손님이 도리어 주인이 된다는 객반위주◆의 계책입니다."

황충은 그의 말을 받아들여, 먼저 군중의 물건을 전부 군사들에게 상으로 내렸다. 군사들은 환호하며 죽기살기로 싸우겠다고 맹세했다. 그날부터 황충은 조금 나아가서 영채를 세우고, 또 조금 나아가서 영채를 세우기를 반복했다.

하후연은 이를 보다 못해 하후상에게 수천 명을 거느리고 출전하게 했다. 하지만 황충은 단 1합 만에 하후상을 사로잡아 영채로 돌아갔다. 이 사실을 보고받은 하후연은 포로로 잡고 있던 촉의 장수 진식陳式과 하후상을 다음 날 교환하자고 제안했다. 황충은 이를 쾌히 수락했다.

이튿날 양쪽 진영이 넓은 평지에 나와 진을 쳤을 때 황충과 하후연이 직접 하후상과 진식을 데리고 나와 동시에 놓아주었다. 두 장수는 각자 자기 진영을 향해 죽을힘을 다해 뛰어갔다. 그런

객반위주客反爲主 : 주객전도主客顚倒, 즉 손님이 도리어 주인이 된다는 뜻. 사물의 순서나 경중이 뒤바뀌는 것을 가리킨다.

데 하후상이 막 자기 진영 앞에 이르렀을 때 황충의 화살이 그의 등을 꿰뚫었다. 이를 보고 머리끝까지 화가 난 하후연은 당장 말을 몰아 황충에게 달려들었다. 두 장수가 어우러져 20여 합을 싸웠는데 갑자기 하후연의 진영에서 징소리가 울리며 군사를 거둬들였다. 하후연은 급히 영채로 돌아와서 큰 소리로 부하에게 물었다.

"어찌하여 징을 울렸느냐?"

"산골짜기 우묵한 곳에 촉군의 깃발이 도처에 있었습니다. 매복한 군사가 아닐까 두려워 급히 돌아오시게 한 겁니다."

하후연은 그의 말을 믿고 그 후로는 굳게 지키기만 할 뿐 싸우러 나오지 않았다. 황충은 일이 이렇게 돼버리자 법정과 다시 상의했다. 법정이 말했다.

"정군산 맞은편의 높은 산봉우리를 먼저 점령하십시오. 거기서는 정군산의 동태를 한눈에 내려다볼 수 있으므로 싸움에 유리합니다."

밤 2경 무렵, 황충은 군사들을 거느리고 산봉우리에 올라가 얼마 안 되는 적군을 내쫓았다. 이때 법정이 다시 말했다.

"장군은 산중턱을 지키십시오. 저는 산 정상에 있다가 하후연의 군사가 오면 흰 기를 들어 신호할 테니 그때는 군사를 움직이지 마십시오. 그가 지쳐서 방비가 허술할 깨에 붉은 기를 들 테니 그때 산을 내려가 공격하십시오. 쉬면서 힘을 비축했다가 피로한 적과 싸우면 반드시 이길 수 있습니다."

높은 곳의 황충에게 동태를 고스란히 노출시키게 된 하후연은

황충, 하후연을 베다.

아침부터 맞은편 산을 포위하고 욕을 퍼부으며 싸움을 걸었다. 그러나 법정이 흰 기를 든 것을 보고 황충은 꼼짝도 하지 않았다. 그러다가 점심때가 지나자 하후연의 군사들은 지치고 예기가 꺾여 대부분 말에서 내려 휴식을 취했다. 이를 보고 법정은 붉은 기를 휘둘렀고, 황충은 기다렸다는 듯이 산 아래로 쳐들어갔다. 마치 하늘이 무너지고 땅이 꺼질 듯한 기세였다. 하후연이 어쩔 줄 몰라하는 사이에 황충은 득달같이 그에게 달려들었다. 천둥 같은 호통소리와 함께 보검이 번뜩이더니 하후연은 머리부터 어깨까지 두 동강이 났다.

황충은 도망치는 적군을 추격하여 정군산까지 치고 올라갔다. 장합이 군사를 인솔해 내려와서 싸우긴 했지만 도저히 막아낼 수 없자 다시 산 위로 도주했다. 이때 산기슭에서 갑자기 한 무리의 군마가 나타나더니 앞장선 장수가 외쳤다.

"조자룡이 여기 있다!"

장합이 깜짝 놀라 패잔병을 이끌고 겨우 길을 뚫어 달아났는데, 기가 막히게도 정군산의 산채는 이미 유봉과 맹달에게 빼앗긴 뒤였다. 그는 어쩔 수 없이 패잔병들을 수습하고 한수 기슭까지 도망쳐 영채를 세웠다. 그리고 조조에게 사람을 보내 그간의 경과를 보고했다.

아끼는 장수 하후연이 죽었다는 소식에 조조는 충격을 받고 목놓아 울었다. 그리고 복수를 위해 직접 20만 대군을 인솔해 정군산으로 향하는 동시에 미창산의 식량과 마초를 북산北山 기슭으로 옮기게 했다.

이 소식을 들은 제갈량이 말했다.

"조조는 대군을 이끌고 와서 혹시 군량과 마초가 모자랄까 두려워 쉽사리 진군하지 못하고 있을 겁니다. 이때 북산에 가서 저들의 군량과 마초를 불사른다면 사기를 꺾을 수 있습니다."

황충이 일어나서 말했다.

"이 늙은이가 그 일을 맡겠소이다."

"그럼 조자룡과 함께 가 모든 일을 상의해서 행하십시오. 누가 공을 세우는지 지켜보지요."

떠나기 전, 조자룡과 황충은 서로 선발대가 되겠다고 다투다가 결국 제비뽑기로 황충이 앞장을 서게 되었다. 조자룡은 황충이 못내 미덥지 않아 다짐을 받았다.

"제가 뒤에서 돕긴 하겠지만, 장군이 북산에 가서 오시(午時, 정오)까지 돌아오지 않으면 즉시 군사를 거느리고 가겠습니다."

황충은 자기 영채로 돌아와 부장 장저張著에게 말했다.

"오늘 밤 3경에 군사들을 배불리 먹인 후 4경에 영채를 떠나 북산 기슭을 공격한다. 먼저 장합을 붙잡고 이어서 식량과 마초를 빼앗겠다."

이날 밤, 황충이 북산 기슭에 이르자 멀리서 새벽이 밝아왔다. 과연 그곳에는 군량과 마초가 산더미처럼 쌓여 있었다.

황충의 군사들이 막 불을 지르려는데, 장합의 군사들이 도착했다. 양쪽 군사들은 서로 어우러져 한바탕 혼전을 벌였다. 하지만 얼마 후 조조의 지시를 받은 서황이 장합을 도우러 와서 황충의 군사들을 포위해버렸다.

한편, 조자룡은 오시가 지나도 황충이 돌아오지 않자 3천 명의 군사를 거느리고 구원하러 나섰다. 부리나케 북산까지 달려가 보니, 과연 황충은 장합과 서황의 포위 속에서 지친 기색이 역력했다. 조자룡이 크게 호통을 치며 겹겹의 포위를 뚫고 창을 휘두르는데 마치 무인지경에 있는 듯했다. 이를 보자 장합과 서황은 간담이 서늘해져 감히 싸우러 나서지 못했다. 마침내 조자룡이 황충을 구해 돌아가는데 감히 그 앞을 막아서는 자가 없었다. 높은 곳에서 그 광경을 보고 있던 조조는 화가 나서 직접 군사를 이끌고 뒤를 쫓기 시작했다.

조자룡이 영채로 돌아오자 부장 장익張翼이 말했다.

"추격병이 오고 있으니 본채의 문을 닫고 성루에 올라 적을 막으시지요."

그 말을 듣고 조자룡이 호통을 쳤다.

"아니다! 문을 닫지 마라. 지난날 장판교에서 나는 혼자서도 조조의 83만 대군을 초개처럼 여겼는데, 지금 장수와 군사도 있는 마당에 무엇을 두려워하겠느냐?"

그러고는 궁수들을 영채 밖 참호 속에 매복시킨 뒤 자신은 창 하나만 들고 문 앞에 우뚝 섰다.

저물녘에 장합과 서황의 군사가 도착했다. 그런데 촉군의 영채에는 깃발도 보이지 않고 조자룡만 문 앞에 우뚝 서 있는 것이 아닌가! 게다가 영채의 문은 활짝 열려 있었다. 두 사람이 감히 앞으로 나아가지 못하는 사이 조조가 도착해 군사들에게 전진하라고 독촉했다. 마침내 군사들이 소리를 지르며 쳐들어가자 조자룡이 창을 번쩍 들었다. 순간 참호 속에 있던 궁수들이 일제히 화살을 퍼붓고 영채에서 촉의 군사들이 물밀듯이 쏟아져나왔다. 이미 날이 어두워서 조조의 군사들은 적의 수가 많은지 적은지 조차 알 수 없었다. 다들 우왕좌왕하며 자기들끼리 밟고 밟혀서 수없이 죽어나갔다.

조조는 정신없이 달아나는 수밖에 없었다. 조자룡은 여세를 몰아 조조의 영채를 모조리 점령하고, 황충은 북산의 군량과 마초를 빼앗았다. 실로 엄청난 승리였다.

남정으로 도망쳐온 조조는 다시 군사를 정비한 후 한수 기슭을 향해 나아갔다. 이때 유비의 군사는 그 맞은편 기슭에 진을 치고 조조의 군사가 오기를 기다리고 있었다. 그리하여 양쪽 군사들은 물을 사이에 두고 대치했다.

제갈량은 한수 부근의 정세를 관찰하다가 상류에서 1천여 명이 숨을 수 있는 흙산을 발견하고는 조자룡에게 500명을 데리고 가 매복하라고 하면서 지시했다.

"자정이나 황혼 무렵에 우리 군영에서 포성이 울리면 한바탕 북을 치고 피리를 불되 절대 나오지는 마시오."

이튿날 조조의 군사가 와서 도전했지만 유비의 진영에서는 아무도 움직이지 않았다. 조조의 군사들은 별수 없이 자기 진영으로 돌아갔다.

제갈량은 그날 밤 불이 꺼지고 모두 잠들었을 때를 기다려 포를 쏘게 했다. 이 신호를 듣고 조자룡은 군사들에게 일제히 북을 두드리고 피리를 불게 했다. 놀란 조조의 군사들은 습격을 당한 줄 알고 급히 군영을 뛰쳐나왔다. 그러나 조군은 한 명도 보이지 않았다. 이윽고 다들 군영으로 돌아가 쉬려고 하는데 또다시 포성이 울리고 북소리와 피리소리가 울려퍼졌다. 조조의 군사들은 불안에 떨면서 밤을 꼬박 새웠다. 이런 일이 잇달아 사흘이나 반복되자 조조는 두려워서 영채를 30리 밖으로 옮겼다. 이것을 보고 제갈량은 웃으며 말했다.

"조조가 병법을 안다고는 하지만 계략은 모르는군!"

제갈량은 유비에게 한수를 건너 강을 등지고 영채를 세우게 했다. 이를 보고 조조는 크게 의심해서 편지를 보내 도전했고, 제갈량도 이튿날 싸우자는 답신을 보냈다.

다음 날, 양쪽은 오계산五界山 앞에 진을 치고 대치했다. 조조가 명을 내렸다.

"유비를 잡는 자를 서천의 주인으로 삼겠다!"

조조의 대군이 일제히 소리치며 공격하자 유비의 군사들은 말과 병기를 내버린 채 한수를 향해 도주했다. 그런데 조조의 군사들은 유비군이 버리고 간 물건들을 챙기느라 싸움은 뒷전이었다. 조조는 덜컥 의심이 들어 징을 울려 군사를 물리면서 명했다.

"적의 물건을 줍는 자는 목을 베겠다. 모두 신속히 퇴각하라!"

이때 제갈량이 깃발을 들어 신호하자 유비는 중군, 황충은 좌군, 조자룡은 우군을 인솔하여 한꺼번에 쳐들어갔다. 조조의 군사들은 일시에 무너져서 도망치기에 바빴다. 제갈량이 밤새도록 추격하자 조조는 전군에 남정에서 모이라는 명을 내리려 했는데, 갑자기 남정으로 통하는 다섯 갈래 길에서 불길이 치솟는 것이 보였다. 위연과 장비가 벌써 남정을 점령한 것이었다. 조조는 어쩔 수 없이 양평관으로 달아났다.

양평관을 지키고 있던 조조에게 장비와 위연이 보급로를 끊고 있다는 첩보가 들어왔다. 조조는 허저에게 1천 명의 정병을 내주고 양평관으로 오는 식량과 마초를 호송하게 했다. 그러나 허저는 호송길에 술에 취해서 산골짜기를 가다가 장비를 만나 식량과 마초를 다 빼앗기고 부상까지 입고 말았다. 결국 조조는 친히 결전을 하리라 마음먹고 군사를 인솔하여 양평관을 나와서 유비의 군사와 맞붙었다.

양 진영에서 각각 서황과 유봉이 나와 싸우다가, 유봉이 몇 합 지나지 않아 패한 척 달아나자 조조는 전군을 몰아 추격했다. 바로 그때 유비군 쪽에서 포성, 북소리, 피리소리가 일제히 울려퍼졌다. 조조는 또 복병이 있지 않을까 두려워서 급히 군사를 물렸지만, 그 바람에 조조의 군사들은 서로 짓밟혀 죽은 자가 부지기수였다.

조조가 겨우 양평관에 돌아와 숨을 돌리는데, 유비군이 성 아래에 이르러 동문에 불을 지르고 서문에서는 고함을 질렀으며, 남문에도 불을 지르고 북문에서는 북을 두드렸다. 겁이 난 조조는 또다시 양평관을 버리고 달아나서 야곡斜谷 입구에 영채를 세웠다.

조조가 야곡 입구에 주둔한 지 며칠이 지났지만 앞에 마초의 군사가 포진해 있어서 진군하기가 어려웠다. 그렇다고 군사를 거둬 돌아가자니 웃음거리가 될 것 같았다. 고민하던 조조는 식사 때 닭국을 먹다가 계륵◆을 보고 느끼는 바가 있었는데, 마침 하후돈이 그날 밤 암호를 묻자 자기도 모르게 '계륵'이라고 말했다. 그런데 하후돈에게 이 암호를 전해들은 양수는 즉시 짐을 꾸려 돌아갈 준비를 했다. 깜짝 놀란 하후돈이 그 이유를 묻자 양수가 대답했다.

"위왕께서 계륵이라는 암호를 정한 것은 허도로 돌아갈 마음이 있어서요. 계륵은 먹자니 맛이 없고 버리자니 아까운 것이라, 앞으로 나아갈 수도 뒤로 물러설 수도 없는 지금의 형국과 흡사하오. 위왕께서는 아마 내일 퇴각 명령을 내리실 거외다. 더 있어봤자 이득이 없을 테니 말이오."

이 말에 탄복한 하후돈은 자기 부하들에게도 짐을 꾸리라고 명했다. 그런데 밤에 영채를 돌다가 이를 보고 깜짝 놀란 조조는 양수를 불러 추상같이 꾸짖었다.

"네가 감히 군심을 어지럽히다니!"

조조는 당장 양수의 목을 베고 밖에 내다걸게 했다.

이튿날 조조는 진군 명령을 내렸다. 조조의 군사들이 야곡 앞으로 나서자 위연이 맞서 싸우고 가초가 배후를 급습해 영채를 탈취했다. 이 와중에 조조는 위연의 활에 맞아 말에서 굴러떨어졌지만 다행히 방덕에게 구조되었다. 그제야 조조는 철군 명령

계륵鷄肋 : 닭의 갈비라는 뜻으로, 큰 쓸모나 이익은 없으나 버리기는 아까운 것을 의미한다.

을 내렸고 밤낮없이 길을 달려 허도에 도착한 뒤에야 겨우 마음을 놓았다.

조조가 한중을 버리고 달아났다는 소식이 전해지자 한중 각 고을의 수장들은 저마다 앞을 다퉈 유비에게 항복했다. 유비는 한중의 백성들을 안정시키고 군사들을 크게 위로했다. 이때 법정 등이 유비를 한중왕으로 추대했고, 제갈량도 유비가 이미 한중과 서천 지역을 안정시켰으므로 응당 한중왕이 되어야 한다고 주장했다. 유비는 그들의 간청을 끝내 사양할 수 없어 결국 응낙했다.

건안 24년 7월, 단壇을 세우고 의장을 갖춰 한중왕에 등극한 유비는 남쪽을 향해 앉아서 문무백관의 축하를 받았다. 그리고 유선을 세자로 정하고 공신들에게 작위를 수여했다.

양수의 억울한 죽음

양수의 가문은 원소의 가문과 함께 4대를 연이어 삼공의 지위에 오른 최고의 명문가였다. 양수 자신도 총명하고 재주가 뛰어난데다 겸허하고 예절이 바른 사람으로 평가받았다.

이처럼 당대의 기재였던 양수는 소설 《삼국지》에서 이른바 '계륵 사건'으로 인해 한중의 군중에서 즉결 처분된 것으로 묘사되었지만 실제로는 반년 뒤에 처형당했다. 당시 그의 죄명은 '기밀을 누설하고 제후와 내왕했다'는 것이었다.

지금까지 역사학자들은 그가 조조의 차남 조식의 편이었기 때문에, 이미 조비를 후계자로 낙점한 조조가 경계하여 처단한 것이라고 보았다. 그러나 양수의 죽음은 사실 그가 조조의 꿍꿍이속을 너무나 잘 파악했기 때문이었다.

《후한서》의 어느 일화에서는 양수가 조조의 비서 일을 맡고 있을 때, 조조가 매일 무슨 질문을 할 것인지도 미리 예상해 모범답안을 마련해놓았는데 그것이 번번이 들어맞았다고 한다. 조조는 이 사실을 알고서 그때부터 양수를 두려워했고 죽일 마음을 품기 시작한 것이다. 전제군주의 카리스마는 비밀스러움에서 나온다. 양수는 그 비밀스러움을 누구보다 정확히 꿰뚫어보았기에 결국 억울한 죽음을 당한 것이다.

19
관우의 최후

유비가 한중왕이 되었다는 소식을 듣고 조조는 크게 노하여 반드시 그와 자웅을 겨루겠다고 맹세했다. 이때 사마의가 계책을 내놓았다.

"유비와 손권은 서로 적대하고 있으니 손권에게 유세객을 보내 형주를 치도록 설득한다면 유비도 군사를 일으켜 형주를 도울 것입니다. 그때 한중과 서천을 공략하면 유비는 머리와 꼬리가 서로 도울 수 없게 되어 위기에 빠질 것입니다."

조조는 크게 기뻐하며 손권에게 서신을 보냈다. 손권은 형주를 칠 생각을 굳히고 신하들을 불러 상의했다. 이에 모사 보즐步騭이 말했다.

"지금 조인이 양양과 번성에 군사를 주둔하고 있으니 곧장 육로로 형주를 공격할 수 있습니다. 그런데도 조조는 주공께 군사를 움직이라고 하니 그 속셈을 알고도 남겠습니다. 주공께서는 먼저 허도로 사신을 보내서 조조에게 육로로 조인의 군사를 움

"

직여 형주를 치라고 권하십시오. 그러면 관우가 형주의 병사로 번성을 칠 것이니 그때 주공께서 공격하면 형주를 쉽게 취할 수 있습니다."

손권이 그의 계책대로 사신을 보내자 조조는 조인에게 지시를 내려 동오의 수군과 조응하게 했다.

이때 유비는 식량과 마초를 모으고 병장기를 만들어서 중원 공략을 준비하고 있었다. 조조가 손권과 결탁해 형주를 치려고 한다는 소식이 전해지자 제갈량은 관우에게 명을 내려 먼저 번성을 치게 했다.

관우는 명을 받자마자 군사를 일으켜 번성으로 진군했다. 관우가 쳐들어온다는 소식을 들은 조인은 군사를 인솔하여 맞서 싸웠다. 관우군이 거짓으로 패한 척하며 도주하자 조인은 20여 리를 추격했다. 그때 갑자기 뒤에서 함성과 북소리가 일제히 울리면서 관평과 요화廖化가 쳐들어왔다. 조인의 군사들은 크게 패해 번성으로 철수해서 성문을 굳게 잠그고 나오지 않았다. 관우는 양양을 차지해 거점으로 삼고 계속 번성을 공략했다.

번성이 위기에 처하자 조인은 허도로 사신을 보내 구원을 요청했다.

"양양을 손에 넣은 관우가 번성을 포위해서 위태로우니 당장 장수를 보내 구해주십시오."

조조는 우금을 대장으로 세우고 방덕을 선봉으로 삼아 군사를 보내려 했다. 그런데 누군가 우금에게 방덕을 선봉으로 삼으면 안 된다고 말했다. 방덕은 원래 마초의 부하였던데다 그의 친형도 촉의 관리로 있기 때문이라고 했다. 이 말을 전해들은 조조는 방덕을 불러 선봉의 직무를 반납하라고 명했다. 그러자 방덕은 관冠을 벗고 머리를 땅에 찧어서 피가 얼굴에 철철 흘렀다.

"제가 어질지 못한 형수를 죽여 형님과의 정은 이미 끊어졌고 마초와의 의리도 섬기는 주인이 달라 끊어졌습니다. 저는 대왕의 은혜에 감동해 죽음으로 보답하고자 할 뿐이니 부디 살펴주시옵소서!"

조조는 그를 부축해 일으키고 위로했다. 방덕은 곧 집에 돌아가서 사람을 시켜 관을 짜게 했다. 그리고 그 관을 갖고 출발하기 전에 부하 장수들에게 말했다.

"이번에 가면 나는 관우와 결사적으로 싸울 터이니 내가 죽으면 시체를 이 관에 넣어 수습하라. 내가 관우를 죽이면 나 역시 그의 수급을 이 관에 넣어 위왕께 바치겠다."

방덕이 군사를 몰고 온다는 소식을 들은 관우는 요화에게 번성을 공격하게 하고 자신은 직접 방덕과 싸우러 나갔다. 관우는 칼을 비껴들고 말을 달리며 호통을 쳤다.

"관운장이 여기 있다! 방덕은 어찌하여 일찌감치 목숨을 바치지 않는가!"

북소리가 울리면서 방덕이 말을 타고 나섰다. 두 사람은 100합이 넘게 싸웠으나 갈수록 투지가 샘솟았다. 양쪽 군사들은 모두 얼이 빠져 멍하니 그들의 혈전을 구경할 뿐이었다. 위군 진영에서는 방덕이 실수라도 할까 두려워서 징을 울려 군사를 거뒀다. 관평도 늙은 부친이 염려스러워 징을 울렸다. 방덕은 영채에 돌아온 후 부하들에게 말했다.

"사람들이 관공을 영웅이라고 하더니 오늘 내가 그 말을 믿게 되었네."

관우도 관평에게 말했다.

"방덕이 칼 쓰는 법이 능숙하니 실로 나의 적수더구나."

이튿날 관우가 말을 몰고 전진하자 방덕도 군사들을 인솔하여 맞섰다. 양쪽 군사들이 둥글게 진을 치자 두 장수는 다시 맞붙어 싸웠다. 50여 합이 지나자 방덕이 말 머리를 돌리고 칼을 끌면서 도주했다. 관우가 뒤쫓으면서 욕을 퍼부었다.

"방덕아, 네놈이 타도계를 쓴들 내가 어찌 두려워하겠느냐!"

방덕은 타도계를 쓰는 척 도망치다가 갑자기 칼을 말안장 고리에 걸고 재빨리 활을 꺼내 화살을 쏘았다. 관평이 이것을 보고 큰 소리로 외쳤다.

"이 역적아, 화살을 쏘지 마라!"

관우는 눈을 크게 부릅떴지만 미처 피하지 못하고 왼팔에 화살을 맞았다. 관평은 말을 몰아 아비를 구해서 영채로 돌아왔다. 그 후 관우가 장수들의 만류로 열흘 넘게 영채에서 움직이지 않자 방덕은 우금에게 말했다.

"관우가 화살에 맞은 상처가 덧나서 움직이지 못하는 것 같으니, 이 기회에 쳐들어가서 번성의 포위를 풉시다."

그러나 우금은 방덕이 자기보다 큰 공을 세울까 두려웠다. 그래서 이 핑계 저 핑계 대면서 미루다가 마침내 번성 북쪽으로 10리 정도 떨어진 산기슭에 영채를 세웠다. 하지만 방덕은 마음대로 움직이지 못하도록 산골짜기에 주둔하게 했다.

그날 관우는 기병 몇 명을 데리고 높은 둔덕에 올라가 적군의 동태를 살폈다. 군사들의 움직임이 어지러운데다 산골짜기에 군마가 주둔하고 있었다. 또 한쪽을 바라보니 강의 물살이 몹시 빨랐다. 관우는 수공水攻을 할 수 있다고 생각해 몹시 기뻐했다. 때는 마침 가을철이어서 큰비가 며칠 동안 계속 내렸다. 관우는 사람을 시켜 배와 뗏목을 준비하고 물에서 필요한 기구를 수습하게 했다. 옆에서 관평이 물었다.

"육지에서 싸우는데 그런 기구는 어디에 쓰시렵니까?"

"우금이 군사를 넓은 땅에 주둔시키지 않고 좁고 험한 산골짜기에 집결시켰다. 지금 가을비가 연일 내리고 있으니 필경 강물이 범람할 것이다. 나는 이미 사람을 시켜 둑 곳곳의 물구멍을 막게 했으니 물이 넘칠 때 배를 몰고 가서 둑을 터뜨리면 적군은 모두 물고기와 자라의 밥이 되고 말 것이다."

이날 저녁 비바람이 세차게 휘몰아쳤다. 방덕이 막사 안에 앉아 있는데 천군만마가 달리는 듯 천지가 진동하는 소리가 들렸다. 급히 막사 밖으로 나가서 보니 사면팔방에서 큰물이 쏟아지고 있었다. 병사들은 허둥지둥하다가 물살에 쓸려가는 자가 부지기수였다. 평지에서도 물의 깊이는 한 길이 넘었다. 우금과 방덕 등 장수들은 작은 산에 올라 겨우 물을 피했다.

날이 밝을 무렵, 관우와 그의 부하 장수들이 깃발을 흔들고 북을 울리며 큰 배를 타고 왔다. 관우가 군사들을 재촉해 사방에서 공격하니 화살과 돌이 비처럼 조조의 군사들에게 쏟아졌다.

방덕은 병사들에게 명을 내렸다.

"용맹한 장수는 죽음을 겁내 구차하게 살려고 하지 않으며, 장수는 절개를 굽히면서까지 살기를 바라지 않는다고 들었다. 오늘은 내가 죽는 날이다! 너희도 죽기를 각오하고 싸워라!"

그러나 우금을 비롯한 대부분의 장병들은 두려움에 떨다가 모두 항복하고 방덕 혼자만 한 손에 칼을 들고 작은 배를 빼앗아 번성으로 도주하려 했다. 그때 상류에서 큰 뗏목 하나가 내려와 방덕의 작은 배를 뒤집었다. 방덕이 물에 빠지자 뗏목에 탄 장수가 물에 뛰어들어 그를 산 채로 붙잡았다. 그 장수는 바로 물에 익숙한 주창이었다.

관우 앞으로 끌려온 방덕은 눈을 부릅뜬 채 버티고 서서 무릎을 꿇으려고 하지 않았다. 관우가 물었다.

"네 형이 한중에 있고 너의 옛 주인 마초도 촉의 대장으로 있는데 너는 어찌하여 항복하지 않느냐?"

"차라리 칼에 찔려 죽을지언정 어찌 너에게 항복하겠느냐!"

관우는 결국 도부수에게 호령하여 방덕을 참수하게 했다. 그리고 아직 물이 빠지지 않은 틈을 타서 군사들을 인솔해 번성을 공격했다.

이때 번성 주위에는 넘실거리는 흰 물결이 하늘에 닿을 정도였다. 수위는 갈수록 높아져서 점차 성벽을 침식해들어갔다. 성 안의 군사들은 도저히 막을 길이 없자 성을 빠져나가자고 아우성이었다. 그러나 모사 만총이 만류하고 나섰다.

"물은 열흘도 지나지 않아 빠질 겁니다. 지금 성을 버리면 황하 이남이 적군의 수중에 떨어질 테니 굳게 지켜야 합니다."

조인은 문득 깨달아지는 바가 있어서 장수들을 불러놓고 맹세했다.

"나는 이 성을 지킬 것이니, 누구든 성을 버리자고 하는 자가 있으면 참수하리라."

그러고 나서 성 위에 올라가 보니 관우의 군사들이 이미 북문에 이르러 있었다. 관우는 가슴을 막는 갑옷에 녹색 전포만 걸치고 있었다. 조인은 급히 궁수 500명을 불러 일제히 화살을 쏘게 했다. 관우는 급히 말 머리를 돌렸지만 오른팔에 화살을 맞고 말에서 굴러떨어졌다. 그런데 오른팔이 순식간에 시퍼렇게 붓고 움직일 수가 없었다. 화살촉에 독이 묻어 있었던 것이다. 장수들은 급히 관우를 부축하여 영채로 돌아가서 말했다.

"잠시 형주로 가서 몸을 돌보십시오."

그러나 관우는 불같이 화를 내며 말했다.

"번성 함락이 눈앞에 있다. 번성을 취하면 허도까지 진격해서 역적 조조를 멸하고 한나라 황실을 안정시킬 수 있는데, 어찌하여 이런 작은 상처로 큰일을 그르친단 말이냐?"

이에 장수들은 아무 말도 못하고 물러났다.

관우의 상처가 쉬이 낫지 않아 다들 사방으로 명의를 찾고 있는데, 어느 날 강동에서 화타라는 의원이 찾아왔다.

"관 장군은 천하의 영웅이라고 들었습니다. 이번에 독화살을 맞으셨다는 말을 듣고 특별히 치료하러 왔습니다."

이때 관우는 막사에서 바둑을 두고 있었다. 화타가 온 것을 보고 그는 팔을 내밀어 맡겼다. 곧 화타가 칼로 뼈를 긁어내기 시작했다. 그 사각사각 소리에 사람들은 모두 진저리를 치며 얼굴을 돌렸다. 그러나 관우는 태연히 술을 마시고 담소하면서 바둑을 두는데, 고통스러워하는 모습이 전혀 없었다. 화타는 뼛속의 독을 말끔히 긁어낸 후 약을 바르고 실로 살을 꿰맸다. 그리고 조용히 정양해야 하며 절대 화를 내면 안 된다고 당부했다.

조조는 우금이 잡히고 방덕이 죽었다는 소식을 듣고 깜짝 놀라 문무백관을 소집했다.

"관운장이 형주와 양양을 차지한 건 호랑이가 날개를 단 격이오. 이제 곧장 허도로 쳐들어오면 어찌하겠는가? 내가 도읍을 옮겨 피해야겠소."

사마의가 나서서 간했다.

"그러지 마십시오. 손권과 유비의 사이가 안 좋으니 사신을 동오에 보내서 손권으로 하여금 몰래 관우의 배후를 공격하라고 설득하면 번성의 위기는 저절로 풀릴 것입니다."

조조는 그 말을 받아들여 천도를 미루고 동오에 사신을 보냈다. 그리고 서황에게 정병 5만 명을 주어 동오와 호응하게 했다.

조조의 서신을 받은 손권은 문무백관을 모아 상의했다. 이때 갑자기 여몽이 육구에서 찾아와 손권에게 의견을 올렸다.

"지금 관우가 번성을 포위하고 있는 틈을 타 형주를 공격해야 합니다."

"나도 형주를 취하고 싶으니 그대가 나를 위해 빨리 일을 도모하시오."

여몽이 육구로 돌아오자 정탐꾼이 와서 보고했다.

"형주는 강기슭을 따라 20리나 30리마다 봉화대가 세워져 있고 군마가 삼엄하게 정비되어 있다고 합니다."

"그렇다면 일을 급히 처리하기는 힘들겠구나. 하지만 빨리 도모하기로 주공과 약속을 했으니 어찌하면 좋단 말인가?"

여몽이 마땅한 계책이 떠오르지 않아 끙끙대는데 육손이 찾아와 계책을 내놓았다.

"관우는 스스로 영웅인 체하며 자기를 당할 자가 없다고 여기지만 오직 장군만은 꺼리고 있습니다. 장군은 이 기회에 병을 핑계로 육구의 소임을 다른 사람에게 맡기십시오. 그리고 그로 하여금 관우를 칭송하게 하면 관우는 경각심을 늦추고 형주의 병사를 거두어 전력으로 번성을 공략할 것입니다. 그렇게 되면 우리는 적은 병사로도 형주를 칠 수 있습니다."

여몽은 크게 기뻐하며 병을 핑계로 사직했다. 손권은 계책대로 여몽을 불러오고 육손으로 하여금 그를 대신하게 했다. 여몽 대신 육구를 지키게 된 육손은 편지와 예물을 갖추어 관우에게 사신을 보냈다. 관우가 편지를 보니 그 내용이 매우 겸손했다. 관우는 크게 기뻐하며 예물을 받은 뒤 사신을 돌려보냈다.

사신이 돌아와 육손에게 보고했다.

"관우가 크게 기뻐하면서 이제 우리 동오에 대해서는 걱정하지 않는 듯했습니다."

얼마 후, 관우는 과연 형주의 군사를 대부분 번성으로 이동시켜 상처가 완쾌되면 대대적으로 진군하려 했다. 이 소식을 들은 손권은 마침내 여몽을 대도독으로 삼아 형주를 공격하게 했다. 여몽은 조조에게 관우의 배후를 쳐달라는 편지를 보내는 한편, 군사 3만 명과 쾌속선 80척을 점검했다. 또 자맥질에 능한 사람을 상인으로 가장시켜 배 위에서 노를 젓게 하고 정예병들은 배 안에 매복시켰다. 그리고 주야로 배를 몰아 강의 북쪽 기슭에 이르렀다. 강기슭에서 봉화대를 지키던 형주의 병사가 검문했다.

"어디로 가느냐?"

"우리는 장사꾼인데 강에서 풍랑이 일어 잠시 이곳으로 피했습니다."

그러고는 재물을 꺼내 병사들에게 주었다. 병사들은 그들의 말을 믿고 강가에 배들을 정박시키게 놔두었다.

2경이 되자 선실에 있던 정예병들이 뛰쳐나와 봉화대 위의 병사들을 묶고 암호를 외쳤다. 그 암호 소리에 80여 척의 배에 있던 정예병들이 일제히 뛰쳐나와 주요 거점을 지키던 형주의 병사들을 모두 잡아가뒀다. 그러고 나서 다시 유유히 형주로 출발했지만 아무도 알아채지 못했다.

형주에 도착하자 여몽은 포로로 잡힌 형주의 병사들에게 큰 상을 내리면서 밤에 성을 지키는 병사를 속여 성문을 열게 했다. 문이 열리자 여몽의 군사들이 성 안으로 쏟아져들어가 단숨에 형주를 점령했다. 여몽은 군사들에게 함부로 백성을 죽이거나 물건을 훔치지 말라고 명령했다. 그리고 관우의 식솔은 다른 곳으로 옮기고 문밖출입을 금했다.

얼마 후 손권이 형주에 와서 공을 세운 장수들을 위로한 뒤 여몽에게 물었다.

"이제 형주를 취했소만 공안과 남군은 또 어떻게 해야 수복할 수 있겠소?"

당시 공안과 남군은 관우의 부하 장수 부사인傅士仁과 미방이 각각 지키고 있었다. 손권의 말이 채 끝나기도 전에 우번이 나서서 말했다.

"제가 어릴 적부터 부사인과 친하게 지냈습니다. 세 치 혀로 그를 설득해보겠습니다."

마침 형주 함락 소식에 불안해하던 부사인은 우번이 와서 항복을 권하자 곧장 손권에게 투항했다. 부사인은 이어 미방까지 설득하여 투항하게 했다.

조조가 허도에서 모사들과 함께 형주 공략에 대해 논의하고 있을 때, 동오의 사신이 편지를 가지고 왔다. 장차 형주를 공격할 테니 협공을 부탁한다는 내용이었다. 동소가 나서서 말했다.

"번성이 포위되어 정세가 급박합니다. 먼저 편지를 매단 화살을 번성으로 쏘아 군사들을 안심시키고, 그런 다음 관우에게 동오가 형주를 습격한 사실을 알리십시오. 관우는 형주를 잃을까 두려워 즉시 군사를 퇴각시킬 것이니, 이때 서황을 보내 공격하면 성공할 수 있습니다."

조조는 그의 계책에 따라 서황을 출전시키는 한편, 직접 대군을 인솔하여 낙양 남쪽에 진을 치고 조인을 구하려 했다.

한편, 서황이 조조의 사신에게 관우와 싸우라는 명을 받고 있는데 염탐꾼이 와서 보고했다.

"관평은 언성偃城에, 요화는 사총四家에 주둔하고 있는데, 앞뒤로 열두 개의 영채를 세워놓고 서로 끊임없이 연락을 하고 있습니다."

서황은 부장 여건呂建과 서상徐商에게 언성으로 가서 관평과 싸우게 하고, 자신은 물길을 돌아 언성의 배후를 치러 갔다. 언성에 도착한 서상은 관평과 싸우다가 3합도 못 되어 패한 척 도주했다. 관평이 승세를 타고 20여 리를 추격하는데 갑자기 성에서 불이 났다는 소식이 들어왔다. 그제야 계책에 빠진 줄 알고 군사를 돌려 언성으로 돌아가려는데 갑자기 한 무리의 군마가 앞을 가로막았다. 그 선두에 선 장수는 바로 서황이었다.

"관평아, 너희 형주는 이미 동오에 빼앗겼는데 어찌하여 아직도 여기서 허튼짓을 하고 있느냐!"

관평은 어쩔 수 없이 사총으로 가서 요화의 군사와 합쳤지만 계속된 서황의 공격을 막아내지 못하고 결사적으로 도주해 관우의 영채로 갔다. 관우는 두 사람에게서 형주가 여몽에게 함락되었다는 말을 듣고 대노하여 외쳤다.

"이건 적들이 허튼소리로 우리 군심을 어지럽히려는 술책이다. 염려할 필요 없다!"

그가 말을 마치기도 전에 서황의 군사들이 들이닥쳤다. 관우는 즉시 말에 올라 응전했다. 그러나 서황과 싸우기 시작해 80여 합이 지나자 다친 팔에 무리가 왔다. 관평은 혹시 아비가 실수라도 할까 두려워서 급히 징을 울려 그를 불러들였다.

바로 그때 사방에서 크게 함성이 울렸다. 번성에 있던 조인이 구원병이 왔다는 소식을 듣고 성 밖으로 나와 서황과 호응한 것이었다. 두 군대의 협공으로 관우의 병사들은 크게 어지러워졌다. 관우가 급히 군사를 이끌고 양강을 건너 양양으로 가는데, 파발마가 달려와서 고했다.

"형주는 이미 함락되었고 장군의 식솔도 적에게 사로잡혔습니다."

관우는 크게 놀라서 감히 양양으로 가지 못하고 공안으로 향했다. 이때 다시 염탐꾼이 와서 보고했다.

"공안의 부사인과 남군의 미방이 다 동오에 항복했습니다."

이 말에 관우는 대노했고 결국 상처가 터져 혼절했다. 얼마 후 깨어난 그는 발을 구르며 탄식했다.

"내가 간사한 무리의 계책에 빠졌구나. 이제 무슨 면목으로 형님을 뵌단 말이냐!"

옆에서 조루趙累가 말했다.

"우선 성도로 사람을 보내 구원을 청하는 한편, 육로로 가서 형주를 취하시지요."

관우는 그의 말대로 성도에 편지를 보낸 뒤 자신은 남은 군사들을 이끌고 형주로 향했다.

번성의 포위가 풀렸다는 소식을 듣고 조조는 크게 마음을 놓았다. 그는 서황에게 양양에 주둔하며 관우의 군사를 막도록 하

관우, 맥성으로 달아나다.

고 자신은 마파馬坡에서 추이를 살피기로 했다.

이때 관우는 형주로 가다가 더 나아갈 수도 물러설 수도 없게 되자 조루에게 말했다.

"앞에는 동오의 군사가 있고 뒤에서는 위의 군사가 추격해오는데, 구원병이 오려면 아직 멀었으니 장차 이 일을 어찌해야 하겠느냐?"

"지난날 여몽은 우리와 동맹을 맺고 조조를 치자고 해놓고서 지금은 오히려 조조를 도와 우리를 공격하고 있습니다. 편지를 보내 여몽을 책망하고 그가 어떻게 나오는지 보십시오."

관우는 즉시 편지를 써서 사자를 형주로 보냈다. 여몽은 사자를 손님의 예로 맞아들여 극진히 대접하며 말했다.

"지난날 관 장군과 동맹을 맺자고 한 건 내 개인적인 생각이었고, 지금은 위의 명으로 싸우고 있는 것이니 어쩔 수 없소. 돌아가 내 뜻을 잘 말씀드리시오."

사자는 출정한 장수와 군사들의 가족이 여몽의 배려로 잘 지내는 것까지 보고 돌아와서 관우에게 보고했다.

"형주성 안에 계신 장군의 가솔은 물론, 장수와 군사들의 가족도 모두 잘 지내고 있었습니다."

관우는 이것이 여몽의 계책임을 알고 화가 치밀었다.

"내 이놈을 살아서 죽이지 못하면 죽어서라도 반드시 죽여 원한을 갚겠다."

가족들이 잘 있는 것을 확인한 관우의 군사들은 싸울 마음이 사라졌다. 그래서 관우가 계속 진군하는 동안 형주로 도망치는 병사가 속출했다. 게다가 도중에 장흠, 한당, 주태가 협공을 하고 정봉과 서성까지 가세하자 도저히 막아낼 도리가 없었다. 관우는 어쩔 수 없이 관평의 말을 받아들여 일단 맥성麥城으로 피신했다. 맥성은 매우 협소했지만 그곳을 거점으로 삼아 구원병을 기다리기로 한 것이다.

그러나 다시 동오의 군사들이 맥성을 포위하고 있다는 소식이 전해지자 관우는 장수들을 불러모아 대책을 물었다. 조루가 먼저 말했다.

"가까운 상용上庸에 유봉과 맹달이 있으니 그곳에 사람을 보내 원군을 청하십시오. 상용의 구원병이 오고 그 다음에 서천의 대군이 도착하면 위기를 넘길 수 있습니다."

관우는 그의 말대로 요화를 상용으로 보냈다. 요화는 어렵게 포위를 뚫고 상용에 가서 유봉과 맹달에게 간절히 출병을 청했다. 이에 맹달이 유봉에게 말했다.

"동오는 형주의 아홉 고을을 모두 차지했고 맥성은 다만 비좁은 땅에 불과합니다. 더구나 조조가 직접 40~50만 명의 대군을 거느리고 마파에 주둔하고 있다는데, 으리 병사로 어찌 동오와 위의 강한 군사를 물리칠 수 있겠습니까? 출병하지 않는 게 좋겠습니다."

"하지만 관운장은 나의 숙부인데 어찌 앉아서 구경만 할 수 있겠습니까?"

"장군은 관운장을 숙부라고 여기지만 관운장은 장군을 조카로 보지 않습니다. 애초에 한중왕이 등극해 후계자를 정할 때,

관운장은 장군이 한중왕의 양자이므로 후계자가 될 수 없다면서 이곳 상용으로 쫓아내 후환을 막으라고 하지 않았습니까."

결국 두 사람은 출병하지 않기로 결정했다. 요화는 통곡하며 애걸을 해도 소용이 없자 한바탕 욕을 퍼붓고는 다시 구원병을 청하러 급히 성도로 떠났다.

맥성의 관우는 상용에서 구원병이 오기를 밤낮으로 기다렸지만 아무 소식도 없었다. 그는 군사가 겨우 500~600명밖에 남지 않았고 양식도 끊겨 더없이 위태로운 상황이었다. 이때 제갈근이 와서 항복을 권유하자 관우는 정색을 하고 답했다.

"일개 무사였던 나를 한중왕께서는 혈육의 정으로 대해주셨는데 내가 어찌 의리를 버리고 항복하겠소? 성이 함락되면 죽는 길밖에 없소. 옥은 부술 수는 있어도 그 흰 빛깔은 바꿀 수 없으며, 대나무는 태울 수는 있어도 그 마디를 훼손할 수는 없으니 더 이상 말하지 말고 돌아가시오. 나는 손권과 결사적으로 싸우겠소!"

제갈근이 돌아가서 관우의 말을 전하자 손권이 말했다.

"그는 정말로 충신이구나. 장차 이 일을 어찌해야 하는가?"

여몽이 나서서 계책을 올렸다.

"관우는 더 버티지 못하고 달아날 겁니다. 병사가 적기 때문에 큰길을 피해 맥성 북쪽의 오솔길로 달아날 것입니다. 정예병 5천 명을 그곳에 매복시키고, 임저臨沮의 산골짜기 오솔길에도 정예병 500명을 매복시킨다면 관우를 붙잡을 수 있습니다."

이때 관우는 남아 있는 인원을 헤아려보았다. 병사가 300여 명에 불과했고 식량도 동이 났다. 도망치는 자도 갈수록 늘어났다. 이에 조루가 말했다.

"유봉과 맹달이 원군을 보내지 않는 것이 확실하니 속히 이곳을 버리고 서천에 가서 다시 군사를 모아 돌아오는 것이 상책입니다."

그의 말에 따라 관우는 관평 등과 함께 남은 병사 200여 명을 인솔하여 북문 밖 오솔길로 갔다. 그러나 20여 리쯤 가다가 과연 여몽의 매복에 빠졌다. 관평이 뒤를 막고 관우가 앞에서 길을 여는데 뒤따르는 병사는 10여 명에 불과했다. 조루도 이미 혼전 중에 목숨을 잃었다. 이때 다시 함성이 울리더니 양쪽에서 매복한 병사들이 쏟아져나와 긴 갈고리와 올가미를 던져 관우의 말을 넘어뜨렸다. 땅바닥에 떨어진 관우는 결국 생포되었고, 관평이 구원하려 했지만 그 역시 힘이 빠져 포로가 되었다.

두 사람이 끌려오자 손권은 간절히 항복을 권했다. 그러나 관우는 엄한 목소리로 꾸짖었다.

"나와 유 황숙은 도원에서 결의형제를 맺고 한나라 황실을 일으키기로 맹세했으니 어찌 너희 반역의 무리와 한데 어울리겠느냐? 내가 오늘 간계에 걸렸으니 오직 죽음이 있을 뿐이다. 더 이상 말하지 말라."

손권이 주위를 돌아보며 말했다.

"관운장은 당대의 호걸이라 죽이기어는 너무 아깝소. 예의로 대접하여 투항을 권하려는데 어떻게들 생각하오?"

그러나 좌함左咸이 나서서 말했다.

"불가합니다. 예전에 조조는 관우를 후候로 봉하고 사흘에 한 번 작은 연회를, 닷새에 한 번 큰 연회를 베풀었으며 말에 오르면 황금을, 말에서 내리면 은을 주었습니다. 이토록 우대했는데도 그를 붙잡지 못하고 여섯 장수를 참수하고 떠나는 걸 지켜보아야 했습니다. 얼마 전에는 도리어 관우의 핍박으로 천도까지 고려했을 정도입니다. 지금 그를 잡고서도 없애지 않으면 어떤 후환이 있을지 알 수 없습니다!"

손권은 반나절이나 고민하다가 말했다.

"그 말이 맞소!"

건안 24년 10월, 손권은 관우와 관평을 참수하게 했다. 이때 관우의 나이 불과 58세였다. 이후 맥성을 지키던 주창과 왕보王甫가 자결함으로써 형주는 완전히 동오의 관할 아래 들어갔다.

유비가 관우의 죽음을 막지 못한 까닭

관우가 여몽과 육손에게 패하여 맥성에서 죽음을 맞기까지 서천의 유비는 아무 조치도 취하지 못했다. 이에 대해 어떤 학자는 유비가 관우를 경계하여 일부러 죽음을 방조했다고 주장하기도 한다. 그러나 그것은 관우가 지키던 형주가 향후 유비의 중원 정벌을 위한 핵심 요충지였음을 감안하면 지나친 억측으로 보인다.

사실 관우의 몰락은 너무나 갑작스러웠다. 그 전까지 유비 진영은 서천, 한중, 양양을 잇달아 점령해 누구도 그 기세를 막을 수 없을 정도였다. 이때 조조와 손권이 손을 잡고 관우를 앞뒤에서 협공할 줄은 제갈량조차 예상하지 못했을 것이다.

건안 24년 5월 관우가 양양과 번성을 공격할 때부터 같은 해 10월 그가 맥성으로 패주하기까지, 그 기간은 거의 반년이었지만 전세의 반전은 순식간에 이루어졌다. 관우가 맥성에서 포위되어 죽음이 목전에 이르렀을 때는 유비로서는 이미 구원병을 파견할 여유가 전혀 없었던 것이다. 따라서 관우의 죽음은, 유비와 전략적 공조를 도모하지 않고 너무 오래 독단적으로 군사행동을 했던 그 자신에게 전적으로 책임이 있었던 것으로 보인다.

20
육손, 촉군을 무찌르다

　관우가 죽은 후 손권은 유비가 복수를 위해 대대적으로 공격
해오지 않을까 몹시 우려했다. 이때 장소가 계책을 내놓았다.

　"관우의 수급을 조조에게 보내십시오. 그러면 유비는 관우가
조조의 사주로 죽었다고 생각해 동오 대신 위를 공격할 겁니다.
우리는 그들의 싸움을 그저 지켜보다가 중간에서 이익을 취하면
됩니다."

　그러나 관우의 수급이 허도에 도착하자 사마의는 즉각 동오의
속셈을 간파했다.

　"이는 유비로 하여금 동오 대신 우리를 치게 하려는 술책입니
다. 그러니 대왕께서는 향나무로 관우의 몸을 조각한 후 그의 수
급을 붙여 대신의 예로 장례를 치르십시오. 유비가 이를 알면 반
드시 손권에게 복수할 터이니, 우리는 촉이 이기면 동오를 치고
동오가 이기면 촉을 치면 됩니다."

　조조는 그의 말을 따르기로 하고 관우의 수급이 담긴 나무상

446

자를 가져와 열게 했다. 관우의 얼굴은 생전과 다름이 없었다. 조조가 웃으며 말했다.

"관공은 그간 잘 있으셨소?"

순간 관우의 얼굴이 입을 벌리더니 눈동자가 움직이고 수염이 꼿꼿이 일어섰다. 조조는 놀라 기절했다가 겨우 깨어났다. 그는 곧 예의를 갖춰 직접 성대한 장례를 치르고 낙양성 남문 밖에 매장했다.

관우가 죽었다는 소식을 접한 유비는 사흘 동안 물 한 방울 넘기지 못하고 통곡했다. 제갈량과 관리들은 열과 성을 다해 그를 위로했다. 마침내 유비가 말했다.

"맹세코 동오와는 한 하늘 아래 살지 않겠다!"

옆에서 제갈량이 말했다.

"동오에서 관운장의 수급을 조조에게 보냈는데, 조조는 성대하게 관운장의 장례를 치렀다고 합니다."

"그게 무슨 뜻이오?"

"동오가 화를 조조에게 전가시키려 하자 그 속셈을 간파한 조조가 장례를 성대히 치름으로써 주공의 원한을 동오에 돌리려고 한 겁니다."

"즉시 군사를 일으켜 동오를 토벌해서 이 사무치는 원한을 씻겠소."

"두 나라의 간교한 계략에 넘어가면 안 됩니다. 오히려 지금은 군사를 움직이지 말고 동오와 위가 서로 불화할 때를 기다렸다가 기회를 틈타 공격해야 합니다."

유비는 어쩔 수 없이 가슴에 가득한 원한을 잠시 묻어두기로 했다. 그는 직접 남문에 가서 관우의 초혼제를 지내고 온종일 곡을 했다. 그리고 얼마 후에는 원군을 보내지 않아 관우를 죽게 한 유봉과 맹달을 응징하려 했지만, 맹달은 미리 눈치를 채고 위에 투항한 후였다.

한편 조조는 동오와 촉의 일로 고민하다가 두통이 생겼는데, 증상이 나날이 심해졌다. 이때 동오의 손권이 스스로 신하라고 칭하며 서신을 보내왔다. 조조가 촉을 평정하기만 하면 땅을 바치고 항복하겠다는 내용이었다. 서신을 읽은 조조가 크게 웃으며 말했다.

"나를 황제로 만들어 세상의 비난을 뒤집어씌우려는 수작이로군."

이에 진군 등이 간했다.

"손권이 신하를 자처하며 항복하겠다고 하니 이는 하늘의 뜻이며 백성들이 원하는 바입니다. 부디 하늘의 뜻과 백성들의 소망대로 황제의 자리에 오르소서."

"내 지위가 이미 왕에 이르렀는데 무엇을 더 바라겠는가? 진실로 천명이 나에게 있다면 나는 그저 주나라의 문왕처럼 될 것이오."

이때 사마의가 말했다.

"지금 손권이 신하로 칭하면서 의탁하려고 하니 대왕께서는 그에게 관직을 내리시고 유비를 치게 하십시오."

조조는 그 말에 따라 손권을 표기 장군 남창후南昌侯에 봉하고 형주를 다스리게 했다.

그 후 조조의 병세는 더욱 심해졌다. 어느 날 그는 조홍, 진군, 가후, 사마의 등을 침상 앞에 불러 뒷일을 당부했다.

"나는 30여 년 동안 천하를 종횡하며 수많은 영웅을 멸했는데 이제 동오의 손권과 서촉의 유비만 남았다. 하지만 더 이상 그대들과 함께 천하를 도모할 수 없으니 특별히 뒷일을 부탁한다. 내 맏아들 조비는 성실하고 신중해서 내 일을 계승할 만하니 그대들이 잘 보좌해주기를 바란다."

그리고 72개의 가짜 무덤을 만들어서 후세 사람들이 자기가 묻힌 곳을 모르게 하라고 당부했다. 이어서 길게 탄식하고 눈물을 비 오듯 쏟다가 곧 숨을 거뒀다. 건안 25년 정월이었고, 그의 나이는 66세였다.

대신들은 조조의 시신을 염한 뒤 조비가 있는 업군으로 갔다. 조비는 10리 밖까지 나와서 영구를 맞이하고 궁전으로 옮겼다. 그가 관리들과 함께 궁전에 모여서 우는데 갑자기 사마부司馬孚가 나서서 외쳤다.

"세자께서는 그만 울음을 그치시고 속히 왕위를 계승하셔야 합니다."

진교도 나서서 말했다.

"다른 아드님들이 변을 일으키기 전에 오늘 당장 왕위에 오르셔야 합니다!"

때마침 허도에 있던 화흠이 와서 조비를 위왕으로 삼는다는 헌제의 조서를 전했다. 그 조서는 화흠이 직접 적은 뒤 헌제를 핍박하여 억지로 승인하게 한 것이었다.

위왕이 된 조비는 연호를 건안에서 연강延康으로 고치고 가후와 화흠을 재상으로 삼았다. 그는 동생인 조식曹植이 난을 일으킬까 내심 두려워했는데, 이를 해결하기 위해 화흠이 계책을 내놓았다.

"아우님의 글 짓는 재주가 뛰어나서 입만 열면 문장이 나온다고 하니 불러서 시험해보십시오. 만약 문장을 짓지 못하면 즉시 죽이시고, 잘 지으면 깎아내려 천하 문인들의 입을 막으십시오."

잠시 후 조식이 들어오자 조비가 말했다.

"일곱 걸음을 걷는 동안 시를 한 수 지어라. 해내면 죽음을 면하겠지만 못하면 무거운 벌을 받을 것이다."

조식은 잠시도 생각하지 않고 즉각 시를 지어 읊었다.

"콩을 삶는데 콩깍지를 태워서 삶으니, 콩은 가마솥 안에서 우는구나. 본래 한 뿌리에서 태어났건만, 어찌 이다지도 볶아대는가!"

친형제를 핍박하는 것을 탓하는 이 시를 듣고서 조비는 처연히 눈물을 흘렸다. 결국 그는 조식을 안향후安鄕侯에 봉해 멀리 떠나보냈다.

위왕 조비는 멋대로 법령을 고치고 조조보다 더 헌제를 핍박했다. 급기야 이 해 8월, 화흠과 가후, 조홍 등은 헌제를 만나 주청했다.

"이제 한나라의 운세는 쇠진했으니, 응당 요임금이나 순임금을 본받아서 위왕 조비에게 황제의 지위를 선양하소서."

크게 놀란 헌제가 문무백관을 보면서 울며 말했다.

"짐이 비록 재주는 없으나 특별한 허물도 없거늘 어찌 조상의 대업을 버릴 수 있겠소? 다시 공정히 논의해보시오."

헌제는 협박에도 불구하고 옥새를 내놓지 않았다. 그러자 화흠이 성큼 다가가 용포를 부여잡고 안색을 바꾸며 말했다.

"선양을 할 것인지 말 것인지 빨리 말하시오!"

헌제가 벌벌 떨며 아래를 보니 갑옷을 입고 창을 든 병사들이 모두 조비의 수하였다. 헌제는 울면서 신하들에게 말했다.

"천하를 위왕에게 선양할 테니 여생이나 마치게 해주시오."

가후가 대답했다.

"위왕께서는 폐하를 저버리지 않을 것이니 한시바삐 조서를 내려 백성들을 안심시키십시오."

헌제가 어쩔 수 없이 조서와 옥새를 건네주니 화흠은 곧장 조비에게 가서 바쳤다. 조비는 마침내 천자의 자리에 등극하여 연호를 황초黃初라고 고치고 국호도 대위大魏라고 한 뒤 도읍을 낙양으로 옮겼다.

조비가 한나라 황실을 찬탈하고 헌제도 곧 시해되었다는 소식이 전해지자 한중왕 유비는 온종일 통곡했고, 이로 인해 병을 얻어 정사도 돌보지 못했다. 제갈량은 신하들과 상의하여 유비를 황제로 추대해서 한나라의 맥을 잇기로 하고 표문을 올렸다. 이를 보고 유비는 크게 놀라 말했다.

"경들은 어찌하여 나를 충성과 의리도 없는 사람으로 만들려 하오?"

이에 제갈량이 말했다.

"대왕께서 황제가 되지 않으면 오히려 관리들이 원망하여 흩어질 것이며, 그렇게 되면 촉은 오와 위의 협공을 받아서 머지않아 무너질 것입니다."

유비는 어쩔 수 없이 동의하고 황제의 옥새와 인수를 받았다. 그는 연호를 장무章武 원년으로 고치고, 유선을 태자로 삼았으며, 제갈량을 승상으로, 허정許靖을 사도로 삼았다.

황제가 된 유비는 한시라도 빨리 군사를 일으켜 동오를 공격하려 했다. 이에 조자룡이 지금 천하의 역적은 위나라지 동오가 아니니 먼저 위나라를 쳐야 한다며 반대했지만, 끝끝내 듣지 않았다. 결국에는 제갈량의 만류도 뿌리치고 대군 75만 명을 직접 거느리고 출병하기로 했다.

한편, 관우가 죽은 뒤 날마다 술에 취하고 성미가 포악해진 장비는 출병 전에 군중에 명을 내렸다.

"사흘 안에 흰 깃발과 흰 갑옷을 마련하라. 모든 군사는 흰 갑옷을 입고 동오를 정벌할 것이다."

다음 날 부하 장수인 범강范疆과 장달張達이 와서 보고했다.

"사흘 안에는 다 마련하기 어려우니 시간을 좀더 주십시오."

이 말에 대노한 장비는 두 사람을 나무에 묶고 채찍으로 등을 50대씩 친 뒤 다음 날까지 마련하라고 못을 박았다. 두 사람은 온몸이 피투성이가 되어 영채로 돌아왔다. 범강이 말했다.

"내일까지 무슨 수로 마련하겠는가? 아무래도 장비에게 꼼짝없이 죽게 생겼네."

장달이 대답했다.

"그가 우리를 죽이기 전에 우리가 그를 죽이세."

"하지만 어떻게 접근한단 말인가?"

"우리가 죽지 않을 운명이라면 장비가 취해 있을 것이고, 죽을 운명이라면 취해 있지 않을 걸세."

그날 밤에도 장비는 술에 취해서 자고 있었다. 범강과 장달은 단도를 품고 몰래 막사에 들어가 침상으로 다가갔다. 그런데 장비가 수염을 곤두세운 채 눈을 부릅뜨고 누워 있는 게 아닌가! 두 사람은 깜짝 놀라 뒤로 물러섰다. 하지단 코고는 소리가 천둥처럼 울리는 것을 듣고 장비가 깊이 잠들었다는 것을 알았다. 장비는 원래 눈을 뜨고 잠을 잤던 것이다. 두 사람은 용기를 내어 장비의 배에 단도를 꽂았다. 장비가 외마디 비명을 지르고 숨을 거두니, 이때 그의 나이 55세였다. 장비를 죽인 후 범강과 장달은 동오에 투항했다.

장무 원년 8월, 유비는 장비를 잃은 슬픔을 누르고 행군을 강행하여 백제성白帝城에 주둔했다. 오반吳班을 선봉으로 삼고 장비의 아들 장포張苞, 관우의 아들 관흥關興에게 어가를 따르게 하여 동오를 토벌하려 했다. 이때 동오에서 제갈근이 찾아왔다.

"청컨대 오와 촉 두 나라가 동맹을 맺고 힘을 합쳐 조비를 치기를 바랍니다.”

“동오가 내 동생을 죽이고도 그런 간교한 말로 나를 설득하려 드는가?”

“한나라를 찬탈한 조비를 치지 않고 동오를 치는 것은 큰 의리를 버리고 작은 의리를 취하는 것입니다.”

유비가 버럭 화를 내며 소리쳤다.

“내 동생을 죽인 원수와는 같은 하늘 아래 살 수 없다. 썩 물러가라!”

동오로 돌아간 제갈근은 손권에게 유비가 화친할 뜻이 없다고 전했다. 손권은 놀라 말했다.

“그렇다면 우리 동오는 이제 위태롭게 되었구려!”

그때 계단 밑에 있던 조자趙咨가 나서서 말했다.

“제가 위나라에 가서 한중을 공격하라고 조비를 설득하겠습니다. 그러면 촉군은 저절로 위기에 빠질 겁니다.”

조자가 사신으로 오자 조비는 조서를 내려 손권을 오나라 왕으로 책봉했다. 이때 유엽이 간했다.

“지금 손권이 사신을 보낸 것은 촉군이 두려워서입니다. 제가 보건대 촉과 동오가 싸우면 이는 하늘이 그들을 멸망시키고자 하는 것입니다. 지금 수만 명의 군사를 동원해서 동오를 치십시오. 그럼 촉은 밖을 공격하고 위는 안을 공격하는 형국이니, 동오는 열흘도 못 가서 망할 겁니다. 동오가 망하면 촉은 홀로 남을 텐데, 폐하께서는 어찌하여 속히 도모하지 않으십니까?”

“짐은 동오도 촉도 돕지 않고 두 나라의 싸움을 그저 구경할

것이오. 하나가 멸망하면 다른 하나만 남을 터이니 그때 공격하
면 무슨 어려움이 있겠소?"

조비는 생각을 정하고 어느 쪽도 공격하지 않았다. 손권은 비
록 왕의 작위를 받긴 했지만 조비가 출병하지 않자, 어쩔 수 없
이 수군과 육군 5만 명을 일으켜 손환孫桓을 좌도독, 주연朱然을
우도독으로 삼아 촉의 대군을 막게 했다.

촉의 장수 오반은 동오의 손환이 2만 5천 명의 군사를 이끌고
온다는 보고를 받았다. 두 진영이 대치한 가운데 장포가 큰 소리
로 꾸짖었다.

"이 어린놈이 죽음이 코앞에 닥쳤는데도 감히 황제의 병사에
항거하느냐?"

손환도 욕설을 퍼부었다.

"네 아비가 이미 머리 없는 귀신이 되었는데 너까지 죽으려고
왔느냐!"

장포는 지체 없이 달려나가 손환의 부장과 접전을 벌여 격퇴
했고, 손환은 크게 패하여 군사를 거뒀다. 다음 날에는 관흥이
손환과 싸워 역시 승리를 거뒀다. 대패한 손환은 이릉성으로 피
신하여 손권에게 구원을 청했다.

이때 유비는 무협巫峽, 건평建平어서부터 이릉 경계까지 700여
리에 걸쳐 40여 개의 영채를 줄지어 세웠다. 그 위세가 너무 대
단해서, 손권은 불안한 나머지 대신들을 불러 상의했다. 보즐이
나서서 간했다.

"형주를 반환하고 손 부인을 돌려보내면서 표문을 올려 화해

를 청하십시오. 그리고 함께 위를 도모하자고 하면 촉군은 스스로 물러갈 것입니다."

손권이 보즐의 말대로 사신을 보내 화해를 청했지만 유비는 화를 풀지 않았다.

"내가 이를 가는 원수는 바로 손권이다. 지금 화친을 맺는다면 두 동생과 맺은 맹세를 저버리는 것이다. 먼저 동오를 쳐부순 후 위를 멸하겠다."

유비는 사신을 죽여 결렬의 뜻을 공표했다. 손권이 크게 놀라 어쩔 줄 몰라하고 있을 때 감택이 육손을 추천하며 말했다.

"육손은 실로 경천지주◆의 인재입니다. 명색은 유생이지만 사실 큰 책략을 품고 있습니다. 지난번 관우를 격파한 책략도 그가 내놓았습니다. 주상께서 그를 쓰신다면 촉군을 물리칠 수 있을 겁니다."

손권은 육손을 대도독으로 임명하여 대군을 주관하게 했다. 그런데 육손은 장수들에게 요충지를 굳게 지킬 뿐 경솔하게 싸워서는 안 된다고 명을 내렸다. 한당과 주태 같은 백전노장들은 그가 어리고 경험이 없다는 이유로 내심 불복하였다.

유비는 정탐꾼에게서 동오의 동태를 보고받고 주위 사람들에게 물었다.

"육손은 어떤 사람인가?"

삼국지 고사성어

경천지주擎天之柱 : 하늘을 떠받치는 기둥이라는 뜻으로, 나라의 중추가 되는 인물을 의미한다.

마량이 말했다.

"어린 서생에 불과하지만 재능이 뛰어나고 책략이 깊습니다. 지난번 형주를 칠 때도 그가 계략을 짰다고 합니다."

"그 어린놈의 속임수에 두 동생을 잃었으니, 내 당장 그놈을 사로잡으리라!"

유비는 직접 군사를 이끌고 여러 나루와 요충지를 공격했다. 그러나 육손은 장수들이 출전해 싸우는 것을 허락하지 않았다. 유비는 동오의 군사들이 싸움에 응하지 않자 속으로 몹시 초조했다. 이를 보고 마량이 말했다.

"육손에게 뭔가 깊은 책략이 있는 듯합니다. 방비만 하고 출전하지 않는 것은 우리에게 무슨 변화가 생기길 기다리는 것입니다."

"그자에게 무슨 계책이 있겠소. 싸움마다 패했으니 겁이 나서 그럴 뿐이지!"

유비가 짐짓 대수롭지 않은 척 말했다. 이때 선봉장 풍습馮習이 간했다.

"날씨가 무더운데다 물이 너무 멀리 있어 불편합니다."

이에 유비는 숲이 무성하고 계곡이 가까운 곳으로 영채들을 옮기게 했다. 그러자 마량이 또 유비에게 말했다.

"영채를 어떻게 옮겼는지 제갈 승상에게 보내서 의견을 구하셔야 하지 않겠습니까?"

"짐도 병법을 알고 있는데 굳이 멀리 있는 승상한테까지 물을 필요가 있겠소?"

“여러 사람의 말을 들으면 명철해지지만 한쪽 말만 들으면 우매해진다고 했으니, 폐하께서는 잘 살피십시오.”

결국 유비는 마량의 말을 받아들여 영채의 지형도를 그려서 제갈량에게 보이도록 했다. 그런데 한중에 도착한 마량이 지형도를 보이자 제갈량은 탁자를 내리치며 소리를 질렀다.

“700여 리에 40개의 영채를 늘어세운 것도 모자라 영채를 다 숲이 무성한 곳에 짓다니! 대체 누가 이렇게 하라고 했는가?”

마량이 놀라서 대답했다.

“모두 주상께서 지시한 일입니다.”

“아, 촉의 운이 여기서 끝나는가…….”

제갈량은 탄식하며 말했다.

“숲이 무성한 곳에 영채를 늘어세우다니, 이러면 적의 화공을 피할 수 없네. 속히 황제께 영채를 옮기라고 말씀드려야 하네.”

“벌써 동오의 군사가 공격을 시작했으면 정말 큰일이로군요.”

마량은 제갈량의 편지를 가지고 다급히 유비의 영채를 향해 떠났다.

그사이 육손은 염탐꾼으로부터 유비가 영채를 옮겼다는 소식을 듣고 크게 기뻐했다.

반면 촉군은 동오의 군사들이 오래 싸움에 응하지 않아 점점 군기가 느슨해지고 나태해졌다. 이를 확인한 육손은 장수들을 불러서 말했다.

“지금까지 한 번도 싸우지 않았지만 이제 촉군의 동정을 알았으니 먼저 강 남쪽 기슭의 영채를 빼앗을 것이오.”

그러고는 한당과 주태, 능통을 제쳐놓고 순우단淳于丹에게 말했다.

"군사 5천 명을 줄 테니 적의 남쪽 영채 중 네 번째 것을 취하시오. 나도 군사를 이끌고 후원하겠소."

순우단의 군사들은 적진에 도착하자마자 일제히 함성을 지르고 북을 울리며 쳐들어갔다. 그러나 촉의 장수 부동傅彤이 반격해오자 당해내지 못하고 패주했다. 군사를 태반이나 잃고 사력을 다해 포위망을 뚫은 순우단은 서성과 정봉의 구원병을 만나 간신히 영채로 돌아왔다. 순우단이 죄를 그하자 육손이 말했다.

"그대의 잘못이 아니오. 적의 허실을 알아보려고 했을 뿐이오. 이제 촉군을 격파할 계책이 섰소."

서성과 정봉이 말했다.

"촉군이 예상보다 강해 격파하기 어려우니 쓸데없이 장수와 군사만 잃을 수도 있소."

"나의 계책으로 제갈량을 속이기는 어렵지만, 다행히 그가 여기에 없으니 성공할 수 있소!"

그러고는 장수들을 불러서 명했다.

"주연은 수로를 따라 공격하되 내일 오후 동남풍이 불면 배에 짚을 싣고 내 계책대로 행하시오. 한당은 강의 북쪽 기슭을 공격하고 주태는 강의 남쪽 기슭을 공격하되, 모두들 유황과 초석을 넣은 짚단 한 묶음과 부싯돌을 지닌 채 칼과 창을 들고 일제히 공격하시오. 촉군 진영에 이르면 동남풍을 따라 불을 지르는데 40개 영채 중 하나씩 건너뛰면서 20개에만 불을 붙이시오."

육손, 유비의 영채에 불을 지르다.

장수들은 군령을 듣고 제각각 계책대로 움직였다.

초경 무렵, 갑자기 동남풍이 불었다. 육손의 군사들은 계획대로 촉군의 영채에 불을 질렀다. 바람이 점점 거세지면서 불길은 순식간에 나무들로 옮겨붙었다. 비명소리가 크게 일어나면서 영채에 있던 군마들이 한꺼번에 도망치는 타람에 촉의 군사들은 자기들끼리 밟고 밟히면서 수없이 죽어나갔다. 유비는 풍습의 영채로 피했지만 그곳에서도 불길이 치솟고 있었다. 강남과 강북의 연안 일대가 대낮처럼 환해졌다.

유비는 서성과 정봉에게 쫓겨 마안산馬鞍山으로 도망쳤으나 결국 육손의 대군에게 포위되었다. 산 위에서 아래를 내려다보니 먼 들판까지 불길이 이어지면서 촉군의 시체가 산처럼 쌓여 있었다. 나중에 관흥과 장포가 유비를 호위해 포위를 뚫고 산을 내려왔는데, 동오의 장수 주연이 강기슭에서 달려와 앞을 가로막았다. 뒤쪽 산골짜기에서도 적군이 쏟아져나와 유비를 다시 포위했다.

이때 다행히 적진을 뚫고 한 무리의 군사들이 돌진해서 유비를 구해내니 바로 조자룡의 군사였다. 조자룡은 단숨에 주연의 가슴을 찔러 거꾸러뜨린 후 유비를 구해서 백제성으로 도주했다. 그러나 백제성에 도착했을 때 유비에게 남은 군사는 겨우 100여 명뿐이었다.

동오의 장수들은 승리의 여세를 몰아 추격하려고 했지만 육손은 도리어 철수 명령을 내려 군사를 거뒀다. 장수들이 물었다.

"유비가 크게 패하여 겨우 성 하나를 지키고 있을 뿐인데 어찌하여 군사를 철수합니까?"

"제갈량은 비범한 지략과 모략이 많아서 얕잡아볼 수 없소. 게다가 촉군을 계속 추격하다 보면 위나라의 조비가 반드시 빈틈을 타서 공격해올 것이오. 서천 깊숙이 들어갔다가는 되돌리기 힘드니 지금 돌아가야 하오."

육손이 철수한 지 이틀도 되지 않아 세 곳에서 파발마가 달려와 보고했다.

"위나라 군사가 드디어 움직였습니다. 조인, 조휴, 조진曹眞이 세 갈래로 나뉘어 수십만 명을 이끌고 동오의 접경지대에 이르렀습니다."

그러나 육손은 이미 계책을 세워놓고 있었다.

"내가 이미 군사들에게 명하여 위군을 막게 했소."

세 갈래 병마 중에서 조진의 군사가 남군을 포위하긴 했지만 성 안에서 육손의 복병이 몰려나오고 성 밖에서 제갈근의 복병이 덮치는 협공 작전에 대패했다. 조휴와 조인도 각기 여범과 주환에게 대패하여 도주했다. 조비는 세 갈래 병마가 모두 패하자 명을 내려 낙양으로 돌아오게 했다. 이때부터 오와 위는 사이가 더욱 나빠졌다.

한편, 유비는 백제성 영안궁永安宮에서 병이 들었는데 병세가 점차 심해졌다. 장무 3년 4월, 유비는 병이 골수에 퍼진 것을 알고 유언을 남기기 위해 성도로 사신을 보내서 제갈량과 이엄을 불렀다. 태자 유선은 성도에 남아 성을 지키게 했다.

제갈량이 영안궁에 도착했을 때 유비의 병세는 더욱 위급했다. 제갈량은 황급히 용상 아래 엎드려 절했다. 유비가 그의 등을 쓰다듬으며 말했다.

"짐은 승상을 얻은 후 다행히 제왕의 대업을 이루었지만, 지모와 식견이 짧아 승상의 말을 듣지 않다가 이렇게 패배를 자초하고 말았소! 회한이 병이 되어 목숨이 아침저녁에 달렸는데 태자의 나이가 아직 어리구려. 그러니 대사를 승상에게 부탁하지 않을 수 없소."

유비는 말을 마치고 비 오듯 눈물을 흘렸다. 그리고 신하들에게 필묵을 가져오게 해서 유서를 쓴 뒤 그것을 제갈량에게 건네며 탄식했다.

"성인이 이르기를 '새가 죽을 때면 그 울음이 슬프고, 사람이 죽을 때면 그 말이 착하다'고 했소. 부디 이 유서를 태자에게 전해서 깊이 명심하게 하고 모든 일을 승상이 잘 가르쳐주시오."

제갈량 등이 엎드려 울면서 말했다.

"폐하께서는 옥체를 보존하소서. 신들이 견마지로를 다하여 은혜에 보답하겠습니다."

유비는 한 손으로 흐르는 눈물을 닦고 다른 손으로는 제갈량의 손을 잡으며 말했다.

"짐은 이제 곧 죽을 텐데 마음속에 하고 싶은 말이 있소."

"무슨 말씀이십니까?"

"승상의 재능은 조비보다 열 배나 뛰어나서 반드시 천하를 안정시킬 것이오. 만약 태자를 도을 만하면 돕되, 그럴 필요가 없을 것 같으면 승상 스스로 성도의 주인이 되시오.”

이 말에 제갈량은 온몸에 땀을 흘리며 어찌할 바를 몰라했다. 그가 울면서 말했다.

“신이 어찌 대를 이어 충절을 다하지 않겠습니까!”

유비는 다른 신하들에게도 제갈량을 잘 받들라고 부탁한 뒤 끝내 숨을 거뒀다. 그의 나이 63세였다.

장무 3년 4월 24일, 태자 유선은 성을 나와 유비의 영구를 맞이해서 정전正殿에 안치했다. 제갈량이 여러 신하에게 말했다.

“나라에는 하루라도 임금이 없으면 안 되니 이제 태자를 세워 나라를 잇게 하겠소.”

그러고는 태자 선을 황제로 옹립했다. 새로 황제가 된 유선은 연호를 건흥建興으로 고치고, 제갈량을 무향후武鄕侯로 봉해 익주목으로 삼았다.

유비가 죽고 유선이 즉위했다는 소식이 중원에 전해지자 조비는 크게 기뻐하면서 기회를 틈타 촉나라를 정벌하려고 했다. 그러나 가후를 비롯한 신하들은 제갈량이 두려워 찬성하지 않았다. 유독 사마의만이 나서서 진언했다.

“이 기회에 출병하지 않으면 어느 때를 기다린단 말입니까?”

조비가 기뻐하며 물었다.

“그대에게 좋은 계책이 있는가?”

“중원의 병사만으로는 이기기 어려우니 반드시 다섯 갈래의 대군으로 사방에서 협공해야 제갈량을 도모할 수 있습니다.”

"다섯 갈래의 대군이라니?"

"동쪽의 선비鮮卑, 남만南蠻의 맹획孟獲, 동오의 손권, 항복한 장수 맹달, 대장군 조진이 다섯 갈래로 도합 50만 명의 군사를 일으켜서 일제히 서천으로 쳐들어가면 제갈량인들 어찌 막을 수 있겠습니까?"

이 소식이 서천에 전해지자 사람들은 크게 놀랐다. 후주(後主, 유선)가 이를 논의하려고 제갈량을 찾아갔는데 제갈량은 집에서 물고기를 구경하며 이미 계책을 구상하고 있었다. 제갈량이 후주에게 말했다.

"서번西番의 국왕이 쳐들어올 것을 알고 이미 마초를 기용해 상대하게 했습니다. 마초는 대대로 농서隴西에 살면서 인심을 얻어 서번의 백성들이 신처럼 떠받들고 있기 때문에, 그가 서평관西平關을 굳게 지키면 큰 문제가 없을 것입니다. 남만의 왕 맹획은 위연을 보내서 의병疑兵의 계책을 쓰게 했습니다. 이는 군사를 이리저리 들쑥날쑥 움직임으로써 수가 많은 것처럼 보이게 하는 병법입니다. 맹획은 의심이 많아서 감히 경거망동하지 못할 겁니다. 그리고 맹달은 이엄과 생사의 교분을 맺은 사이입니다. 제가 이미 이엄의 필체로 서신을 한 통 써서 맹달에게 보냈습니다. 맹달은 그 서신을 받으면 병을 핑계로 나서지 않을 것입니다. 조진은 양평관을 치려고 할 텐데 벌써 조자룡으로 하여금 그곳을 지키게 했습니다. 이 네 갈래 길은 전혀 근심할 것이 없습니다. 오직 동오만 남았는데 유세객을 보내 그들에게 이해관계를 납득시키려 합니다!"

후주는 우려가 금세 기쁨으로 바뀌어 궁궐로 돌아갔다. 제갈량은 곧 호부상서戶部尙書 등지鄧芝를 동오에 보내 손권에게 유세하게 했다.

동오로 간 등지는 손권에게 말했다.

"촉은 산천이 험난하고 동오는 세 강이 견고합니다. 만일 두 나라가 화합해서 '순망치한'의 관계를 맺는다면 나아가서는 천하를 삼킬 수 있고 물러서서는 세발솥의 형세로 자립할 수 있습니다. 그러나 대왕께서 위나라에 굴복한다면 위나라는 필경 대왕이 조정에 알현하기를 요구할 것이며 태자를 인질로 삼을 겁니다. 만약 따르지 않으면 수시로 출병하여 공격할 터이니 강남 지역이 더 이상 대왕의 소유가 아니게 될까 두렵습니다."

손권은 그의 말을 받아들여 촉과 화해했다. 이때부터 동오와 촉은 화목하게 지내면서 위와 대립각을 이루었다.

유비가 육손에게 대패한 이유

유비의 촉군이 육손의 동오군에게 대패하여 백제성으로 퇴각한 전쟁을 역사에서는 '이릉대전'이라고 부른다. 유비가 이릉대전에서 패한 원인은 준비 부족, 제갈량의 의견을 듣지 않은 독단, 육손의 냉정한 대응 등 여러 가지가 있지만 무엇보다도 유비 진영의 인재 고갈이 결정적이었다.

그때까지 유비의 성공에 기여했던 백전노장들, 특히 일명 오호장군 중에서 관우는 형주 쟁탈전에서 죽었고, 황충은 1년 전에 병사했으며, 장비는 출병 직전 부하의 배반으로 살해당했다. 나머지 두 명조차 조자룡은 유비의 출병에 반대해 뒤에 남겨졌고 마초는 북방에서 위나라를 막고 있었다. 또한 방통과 법정은 너무 일찍 죽었고, 제갈량도 성도를 지켜야 했기에 유비의 곁에는 변변한 모사도 없었다.

이처럼 믿을 만한 장수와 모사가 부족한 상태에서 동오 정벌을 강행했고, 전술적으로도 계속 패착을 둔 탓에 유비는 결국 겨우 100여 명의 군사와 함께 도망치는 신세가 되고 말았다.

21
제갈량의 중원 정벌

오와 촉이 화해하자 위의 조비는 두 나라가 연합해 중원 정벌
에 나서지 않을까 불안해했다. 이때 신비辛毗가 나서서 말했다.

"중원은 땅이 넓고 사람이 적어서 군사를 일으키기가 쉽지 않
으니, 군사를 기르면서 10년 동안 둔전을 실시해 양식을 비축해
야 합니다. 그래야만 오와 촉을 공략할 수 있습니다."

이에 조비가 화를 내며 말했다.

"어리석은 유생의 말이로구나! 오와 촉이 연합해 조만간 쳐들
어올 텐데 어떻게 10년을 기다린단 말이냐?"

조비는 즉시 군사를 일으켜 동오를 공격하라고 명했다. 이에
사마의가 의견을 올렸다.

"동오는 장강이 앞에 있어 배가 아니면 갈 수 없습니다. 폐하
께서 친히 정벌하시려면 크고 작은 전선을 골라 채하蔡河와 영수
潁水에서 회수淮水로 들어가 수춘을 공략하십시오. 그 다음 광릉
에 이른 후 장강을 건너서 남서를 취하는 것이 상책입니다."

그의 말에 따라 조비는 2천 명이 탈 수 있는 용주(龍舟, 임금이
타는 배) 열 척을 만들게 하고 전선 3천여 척을 모아들였다. 그리
하여 황초 5년 8월, 조진이 전군을 맡고 장요·서황·허저·조휴
등이 뒤를 받치는 수군과 육군 30만 명이 동오로 진군했다. 허
도에는 사마의가 남아 국정을 처리하게 되었다.

이 소식을 들은 손권은 제갈량에게 서신을 보내 구원을 청하
는 한편, 서성에게 건업과 남서 두 곳의 군마를 총지휘해 위나라
군사와 맞서게 했다.

한편 광릉에 도착한 조비는 배 위에 단정히 앉아 멀리 강남을
바라보았다. 그런데 군사들의 횃불 때문에 사방이 대낮처럼 환
한데도 사람은커녕 불빛 한 점 보이지 않았다. 조비가 측근을 돌
아보며 물었다.

"이게 무슨 연고냐?"

"폐하의 대군이 온다는 소문을 듣고 다들 쥐새끼처럼 달아난
것 같습니다."

조비가 회심의 미소를 짓고 있는데 어느덧 날이 밝았다. 사방
에 짙은 안개가 끼어 지척도 분간할 수 없던 참에 갑자기 바람이
불면서 안개가 싹 걷혔다. 그런데 놀랍게도 강남 일대에 성과 성
이 연이어 서 있고 성루 위에는 무수한 창과 칼이 번쩍이고 있었
다. 곧이어 군사들이 와서 보고했다.

"남서 일대에서 석두성까지 수백 리에 걸쳐 성곽이 늘어섰으
며 배와 수레가 끊임없이 오가고 있습니다. 이 모든 것이 하룻밤
사이에 이루어졌습니다."

조비는 대경실색했다. 사실 이것은 서성이 갈대를 묶어 사람 형상을 만든 뒤 푸른 옷을 입히고 창과 칼을 들려 성루 위에 세워둔 것이었다. 강 건너편에 있는 위나라 병사들에게는 이 모습이 성 위에 수많은 병력이 서 있는 것처럼 보였던 것이다. 이때 불현듯 광풍이 불면서 흰 파도가 하늘로 솟구쳤다. 그 바람에 조비가 탄 배가 하마터면 뒤집힐 뻔했다. 조진은 황급히 문빙에게 작은 배를 몰고 가서 조비를 구하게 했다. 조비가 나루터에 도착하자 염탐꾼이 와서 보고했다.

"조자룡이 군사를 이끌고 양평관을 나와 장안으로 쳐들어오고 있습니다!"

크게 놀란 조비는 급히 군사를 퇴각시켰다. 바로 이때 동오의 군사들이 북과 징을 치고 함성을 지르면서 쳐들어왔다. 위나라 군사들은 그들을 막아내지 못하고 물에 빠져 죽은 자가 부지기수였고, 몇몇 장수가 사력을 다해 조비를 구해서 가까스로 회하淮河를 건넜다. 그런데 채 30리도 가지 못해서 이번에는 강변 일대의 갈대숲에 불길이 치솟더니 바람을 타고 삽시간에 사방으로 번졌다. 조비가 황급히 강기슭에 올라 달아나려는데 정봉이 이끄는 군마가 덮쳐왔다. 조비는 이 싸움에서 대패하고 정봉의 화살에 장요까지 잃고 말았다.

한편, 양평관에서 군사를 이끌고 장안으로 가던 조자룡은 중간에 제갈량으로부터 급한 전갈을 받았다. 익주의 노장 옹개雍闓가 남만의 왕 맹획과 결탁해서 10만 대군을 일으켜 쳐들어온다는 소식이었다. 제갈량은 조자룡에게 즉시 회군하여 양평관을 굳게 지키라고 명했다. 그리고 자신은 성도에서 군마를 정비하여 직접 남쪽 정벌에 나설 계획을 세웠다.

제갈량은 즉시 조정으로 들어가 후주에게 아뢰었다.

"남만은 나라의 큰 우환이니 신이 직접 대군을 이끌고 가서 그들을 정벌하겠습니다."

"동쪽에는 손권이 있고 북쪽에는 조비가 있는데, 그동안 두 나라가 쳐들어오면 어찌합니까?"

"동오는 우리와 화친을 맺은 지 얼마 되지 않아서 다른 마음이 없을 것이며, 조비는 이번 싸움에서 타격이 컸으므로 이 먼 곳까지 노리지는 못할 겁니다. 이번 기회에 남만을 정벌하고 나서 다시 중원을 치겠습니다."

제갈량은 50만 대군을 일으키고 관우의 아들 관색關索을 선봉으로 삼아 남만 정벌에 나섰다. 이때 익주 경계에서 옹개는 고정高定, 주포周褒와 함께 각각 5~6만씩 군사를 나누어 제갈량과 맞섰다. 제갈량은 먼저 위연을 앞세워 싸우다가 고정의 부장 악환鄂煥을 생포한 뒤 잘 대접하여 돌려보냈다. 진영으로 돌아온 악환은 고정에게 제갈량의 덕을 칭송했고 고정도 감복해마지않았다. 그 다음에 제갈량은 매복 작전으로 고정과 옹개의 군사를 격파하고 사로잡은 적군들에게 은밀히 소문을 퍼뜨렸다.

"고정은 원래 충성스러운 인물인데 이번에 옹개의 꾐에 빠진 것이다. 따라서 고정의 군사들은 살려주고 옹개의 군사들은 전부 죽일 것이다!"

제갈량, 남만 정벌에 나서다.

이 때문에 옹개의 군사들은 저마다 고정의 군사라고 거짓말을 해서 풀려났다. 제갈량은 고정의 군사들을 풀어주며 짐짓 이렇게 말했다.

"오늘 옹개가 고정의 머리와 주포의 수급을 갖고 투항하겠다고 전해왔다."

풀려나 돌아온 군사들에게 이 말을 전해들은 고정은 불같이 노하여 옹개를 습격했다. 얼마 전 제갈량이 풀어준 옹개의 군사들은 고정 덕분에 목숨을 구했다고 생각해 오히려 고정을 도와 옹개를 잡으려 했다. 결국 고정은 옹개를 죽여 그 목을 갖고 제갈량에게 투항했다. 제갈량은 그를 내세워 주포까지 격파한 뒤 대군을 이끌고 남만으로 진격했다. 그리고 남만왕 맹획을 일곱 번 사로잡고 일곱 번 풀어준 끝에 그를 감복시키고 드디어 남만을 평정했다.

남쪽 정벌에 성공한 제갈량의 군사들이 성도에 돌아오자, 후주는 어가를 타고 성 밖 30리까지 나가서 맞이하고 연회를 베풀어 모든 군사에게 큰 상을 내렸다. 이때부터 먼 변방에서까지 조공을 바치는 곳이 200여 곳이나 되었다. 이에 많은 사람이 즐거워했으며 조정과 백성이 모두 평화로웠다.

제갈량이 남쪽을 정벌하는 동안 위나라의 조비는 감기에 걸려 치료를 받았는데 백약이 무효했다. 그는 임종을 앞두고 조진, 진군, 사마의를 침궁으로 불러 아들 조예曹睿를 부탁했다.

"이제 짐은 병이 깊어서 다시 살지 못할 것이오. 이 아이가 아직 어리니 경들이 잘 보좌해주시오."

세 사람이 전력을 다해 어린 임금을 보좌하겠다고 다짐하자 조비는 눈물을 흘리며 숨을 거뒀다. 그의 나이 40세, 재위 기간은 7년이었다.

얼마 후 신하들은 조예를 위나라의 황제로 옹립했다. 조예는 조진을 대장군으로, 조휴를 대사마로, 화흠을 태위로, 왕랑王朗을 사마로, 진군을 사공司호으로 삼고 사마의는 표기 대장군에 임명했다. 이때 사마의가 표문을 올려서 관원이 비어 있던 옹주雍州와 양주涼州를 지키겠다고 청하자, 조예는 그 뜻을 받아들여 그를 제독提督으로 봉하고 그곳의 병마를 통솔하게 했다. 사마의는 칙명을 받들어 임지로 떠났다.

이 소식을 전해들은 제갈량은 지모가 뛰어난 사마의가 옹주와 양주의 병권을 잡았으니 곧 촉나라의 화근이 될 것이라고 판단했다.

"아무래도 우리가 먼저 위나라를 치는 것이 낫겠소."

이때 마속이 간했다.

"차라리 계책을 써서 조예가 사마의를 죽이게 하는 편이 낫지 않겠습니까?"

"무슨 계책으로 그렇게 한단 말인가?"

"낙양이나 업군으로 사람을 보내서 사마의가 모반을 꾀한다는 소문을 퍼뜨리고, 그가 이를 천하에 알리는 거짓 방문을 만들어 곳곳에 붙이는 겁니다. 조예가 그 방문을 보면 의심이 생겨 그를 죽일 것입니다."

제갈량은 곧 각지로 사람을 보내 마속의 계책대로 행하게 했다. 과연 조예는 사마의가 모반을 꾀하는 줄 알고 크게 놀라서 신하들을 불러 상의했다. 화흠이 말했다.

"사마의가 옹주와 양주를 지키겠다고 자청한 것이 바로 이 때문입니다. 예전에 태조(조조)께서도 '사마의는 매처럼 쳐다보고 이리처럼 돌아보니 병권을 주지 말아야 한다. 병권을 오래 맡기면 반드시 나라에 큰 화를 미칠 것이다'라그 하셨습니다."

조예는 군사를 이끌고 사마의에게 가서 모반 여부를 추궁했다. 사마의는 촉과 동오의 간계라고 펄쩍 뛰면서 스스로 먼저 촉을 격파하겠다고 나섰다. 조예가 망설이고 있을 때 화흠이 또 나섰다.

"병권을 주지 말고 즉시 파직하여 고향으로 돌려보내십시오."

결국 조예는 사마의의 관직을 박탈하여 고향으로 돌려보내고 옹주와 양주의 병권은 조휴에게 맡겼다.

사마의가 쫓겨난 사실을 알고 저갈량은 크게 기뻐하며 수하들에게 말했다.

"나는 위나라를 치려 한 지 오래지만, 사마의가 옹주와 양주를 감독하고 있어서 그동안 움직이지 못했소. 이제 우리의 계략으로 그가 쫓겨났으니 또 무슨 근심이 있겠소?"

다음 날 그는 후주에게 아래와 같은 출사표를 올렸다.

신 제갈량은 아룁니다. 신은 본래 남양 땅에서 논밭이나 갈며 난세에 목숨을 보존하고자 했을 뿐 출세하길 원하지 않았습니다.

그러나 선제께서는 신을 비천하게 여기지 않으시고 스스로를 낮춰 세 번이나 몸소 초가집을 찾아오셨으니 신은 감격하여 선제께 신명을 바칠 것을 맹세했습니다. 그 후 나라가 기울고 싸움에 패하는 어려움 중에 소임을 받고 동분서주한 지 벌써 21년이 지났습니다.

선제께서는 신의 신중함을 아시고 붕어하시기 전에 대사를 맡기셨습니다. 명을 받은 이래 아침저녁으로 근심하면서 명을 잘 받들지 못해 선제의 명철함을 훼손할까 두려웠습니다. 이제 남방도 평정했고 군사와 무기도 충분하니 응당 삼군을 인솔하여 북으로 중원을 평정해야 하나니, 노둔하나마 전력을 다해 간사한 무리를 없애고 한나라 황실을 부흥시켜 옛 도읍으로 돌아가야 합니다. 이것만이 선제께 보답하고 폐하께 충성하는 신의 직분입니다. 그리고 손익을 가늠해서 충언을 다하는 것은 곽유지郭攸之, 비위費褘, 동윤董允의 소임입니다.

원컨대 폐하께서는 신에게 역적을 정벌하고 한나라 황실을 부흥시키라 명하시고, 그 일을 이루지 못하면 신의 죄를 다스려 선제의 영전에 고하소서. 만약 황실을 부흥시키는 충언이 없다면 곽유지, 비위, 동윤의 허물을 질책해서 그 태만함을 밝혀내십시오. 폐하께서도 스스로 헤아려 올바른 방도를 취하시고 신하들의 좋은 말을 받아들여 선제의 유지를 깊이 따르십시오.

신은 그동안 받은 은혜에 감격을 금할 수 없습니다. 이제 멀리 떠나면서 표문을 올리자니 눈물이 앞을 가려 무슨 말씀을 드려야 할지 모르겠습니다.

후주는 표문을 읽고 제갈량에게 말했다.

"이제 막 남방을 정벌하고 돌아오셨는데 다시 북방 정벌을 가신다니 염려가 됩니다."

"남방이 평정된 이때 역적을 토벌해서 중원을 회복해야지, 다시 또 어느 때를 기다리겠습니까?"

이때 태사太史 초주譙周가 나서서 간류했다.

"천문을 살펴보니 지금은 때가 아닌 듯한데, 누구보다 천문에 밝은 승상께서 어찌하여 출정을 강행하려 하십니까?"

"천문이란 변하는 것이니 어찌 구애를 받겠소? 내가 한중에 주둔하면서 동정을 살펴 움직이겠소."

제갈량은 곽유지, 비위, 동윤을 남겨 궁중의 일을 총괄케 하는 한편 문무백관에게도 각기 소임을 맡겼으며, 이엄 등에게는 서천의 입구를 지켜 동오를 막게 했다.

건흥 5년 2월, 제갈량은 마침내 위나라 정벌에 나섰다. 조자룡을 전위부대의 선봉으로 삼고 등지로 하여금 그를 돕게 하여 한중으로 진군했다. 들판은 휘날리는 깃발로 뒤덮이고 창과 칼이 숲을 이루었다.

제갈량이 30만 대군을 이끌고 쳐들어온다는 소식이 위나라에 전해지자 조예는 크게 놀라서 말했다.

"누가 촉군을 물리치겠는가?"

하후무夏侯楙가 한중에서 죽은 아버지 하후연의 복수를 하겠다고 출정을 자청했다. 그러나 왕랑은 하후무가 전투 경험이 없다는 이유로 반대했다. 이에 하후무가 크게 노해서 말했다.

"나를 어린애 취급하지 마시오. 내가 제갈량을 사로잡지 못하면 맹세코 돌아오지 않을 것이오!"

결국 하후무가 장안에서 군사 20만 명을 뽑아 제갈량의 군사와 맞서는 것으로 결정이 되었다.

한편 제갈량이 군사를 인솔하여 면양沔陽에 이르자 연락병이 와서 급보를 알렸다.

"조예가 하후무를 이곳으로 보냈답니다."

이때 위연이 계책을 올렸다.

"하후무는 부잣집 자제로 유약하고 무능합니다. 저에게 정병 5천 명을 주시면 산길을 따라 열흘도 되지 않아 장안에 도착할 수 있습니다. 그럼 하후무는 필경 성을 버리고 도망칠 겁니다. 이때 제가 동쪽에서 진군하고 승상이 야곡에서 진군해오시면 함양咸陽 서쪽 지역을 단번에 평정할 수 있습니다!"

제갈량이 웃으며 대답했다.

"그건 완벽한 계책이 아니오. 적군이 산속 외진 곳에 매복했다가 공격하면 정병 5천 명이 다칠뿐더러 전군의 사기도 크게 꺾일 것이오."

제갈량이 자신의 계책을 받아들이지 않자 위연은 심기가 불편했다.

이때 하후무가 장안에서 군마를 모으는데 서량의 장수 한덕韓德이 군사 8만 명을 인솔하여 찾아왔다. 그는 도끼를 잘 쓰고 장정 1만 명을 혼자 힘으로 감당할 만큼 용맹했다. 하후무는 그를 선봉으로 삼고, 한덕의 네 아들도 무예가 뛰어난 것을 보고 합류시켰다.

한덕은 네 아들과 서량 군사 8만 명을 이끌고 봉명산鳳鳴山으로 가서 촉나라 군사와 대치했다. 그는 네 아들을 양쪽에 거느리고 나와서 꾸짖었다.

"나라를 배반한 역적아! 어찌 감히 우리 경계를 침범하느냐?"

조자룡이 화를 내며 창을 들고 달려들었다. 한덕의 네 아들이 차례로 나와 접전을 벌였지만 모두 조자룡의 창에 목숨을 잃었다. 서량의 군사들은 금세 대패하여 도주했다. 조자룡이 창 한 자루로 종횡무진 적군을 무찌르는데 마치 무인지경에 들어선 듯했다. 등지도 그 기세를 타고 촉군을 휘몰아서 서량의 군사들을 크게 무찔렀다. 이번에는 하후무가 직접 군사를 이끌고 와서 조자룡과 싸우려 했지만 한덕이 먼저 나서며 말했다.

"내 아들 넷을 죽인 원수이니 내가 어찌 복수하지 않을 수 있겠소!"

그러나 3합도 버티지 못하고 한덕 또한 조자룡의 창에 찔려 죽었다. 이를 본 하후무는 황급히 자기 진영으로 달아났다.

이튿날 하후무가 재차 북과 깃발을 정비해 오자 등지가 조자룡에게 말했다.

"엊저녁에 대패해 도주했는데도 오늘 또 온 걸 보니 틀림없이 속임수가 있습니다. 노장군께서는 대비하십시오."

그러나 조자룡은 등지의 말을 가볍게 여겼다. 위나라 장수들과 차례로 싸우면서 승세를 타고 추격하다가 적진 깊숙한 곳까지 들어가고 만 것이다. 이때 사방에서 함성이 크게 울리더니 왼쪽에서는 동희董禧가, 오른쪽에서는 설측薛則이 군사를 이끌고 쳐들어왔다. 조자룡은 가운데에 갇혀서 좌충우돌했지만 위나라 군사들의 포위는 갈수록 두터워졌다. 이때 하후무는 산 위에서 삼군을 지휘하며 조자룡이 동쪽으로 도주하면 동쪽을, 서쪽으로 포위를 뚫으려 하면 서쪽을 가리켰다. 조자룡은 견디다 못해 군사들을 인솔하여 산에 오르려고 했지만 산중턱에서 나무와 돌이 마구 쏟아졌다.

진시(辰時, 아침 8시)부터 유시(酉時, 저녁 6시)까지 싸웠지만 끝내 포위를 뚫지 못한 조자룡은 잠시 말에서 내려 쉬면서 달이 밝기를 기다려 다시 싸울 계획이었다. 그러나 달이 떠올라 밝게 비추자, 갑자기 사방에서 불길이 솟구치면서 북소리가 진동하고 화살과 돌이 비 오듯 쏟아졌다. 위나라 군사들이 일제히 몰려오며 소리를 질렀다.

"조자룡은 빨리 항복하라!"

조자룡은 하늘을 우러러 탄식했다.

"내가 늙었다고 여기지 않았는데 이제 여기서 죽는구나!"

바로 그때 동북쪽에서 함성이 크게 일더니 위나라 군사들이 뿔뿔이 흩어졌다. 장포가 제갈량의 명을 받들어 조자룡을 구하러 온 것이다. 뒤이어 관흥도 제갈량의 명을 받아 조자룡을 구하러 왔다. 세 사람은 함께 군사를 인솔하여 하후무를 뒤쫓았다.

그날 밤 위군은 대패하여 들판에 온통 그들의 시체가 뒤덮이고 피가 냇물처럼 흘렀다. 하후무는 남안성南安城으로 도망쳐 문을 굳게 닫아걸었다. 조자룡, 장포, 관흥이 성을 포위하고 공격했지만 열흘이 지나도 함락하지 못했다. 이때 제갈량이 작은 수레를 타고 와서 장수들에게 말했다.

"남안성은 성이 견고해서 공략하기가 쉽지 않소. 여기에 오래 매달려 있다가는 위군의 반격을 받을 수 있으니 내가 계책을 실행해보겠소."

제갈량은 심복 두 명에게 지시를 내려 Z각 근처의 천수군天水郡과 안정군安定郡으로 보냈다. 먼저 한 심복이 안정성으로 가서 자신이 하후무의 장수 배서裵緒라고 하면서 남안성의 형세가 위급하니 원군을 보내달라고 한 뒤 황급히 그곳을 빠져나왔다. 그 말을 믿은 안정 태수 최량崔諒은 서둘러 군사를 이끌고 남안성으로 떠났지만 중간에 관흥과 장포를 만나 간신히 안정성으로 되돌아왔다. 그러나 안정성은 이미 의연에게 점령당한 뒤였고 최량은 제갈량에게 붙잡혔다. 제갈량은 그에게 남안성에 들어가서 남안 태수 양릉楊陵과 손잡고 하후무를 잡아달라고 회유했다. 이에 최량은 양릉과 몰래 연락하여 저략을 꾸몄다.

"양릉은 부하 군사가 많지 않아 하후무를 잡기 어렵답니다. 대신 승상께서 대군을 이끌고 들어와 직접 하후무를 잡을 수 있도록 성문을 열어주겠다고 했습니다."

제갈량은 그 말을 몹시 반기며 달했다.

"그럼 그대가 휘하의 군사 100여 명 속에 우리 관흥과 장포 장군을 숨겨 성으로 들어간 뒤 한밤중에 불로 신호하고 성문을 열어주면 되겠군."

최량은 두 장수를 죽이고 나중에 불로 신호해서 제갈량을 성 안으로 끌어들여 죽일 작정이었다. 그러나 그가 군사들을 인솔해 성 안으로 들어가고 양릉이 영접을 나왔을 때 관흥과 장포가 큰 소리로 외쳤다.

"이놈들, 우리 승상이 너희의 얕은꾀에 당할 것 같으냐!"

두 장수는 각기 양릉과 최량을 죽이고 바로 불을 올렸다. 이를 보고 사방에서 촉군이 쏟아져들어오자 하후무는 남쪽 성문을 열고 허둥지둥 달아났지만 얼마 못 가 왕평王平에게 붙잡혔다.

한편 제갈량의 명을 받고 천수성으로 떠난 다른 한 심복도 거짓으로 배서인 척하면서 말했다.

"하후무 도독께서 밤새 달려와 구원하라고 하셨습니다."

천수 태수 마준馬遵은 아무 망설임 없이 군사를 일으키려고 했다. 그때 한 사람이 들어오며 말했다.

"태수께서는 제갈량의 계책에 걸려들지 마십시오."

사람들이 쳐다보니 바로 강유姜維였다. 효성이 지극하기로 유명하며 병법과 무예에 밝은 그는 천수성의 군사軍師 업무를 맡고 있었다.

"하후무 도독은 남안성에 포위되어 있다고 하는데 무슨 수로 이곳에 수하 장수를 보냈겠습니까? 이것은 우리의 군사를 빼낸 다음 그 틈에 우리 성을 빼앗으려는 제갈량의 계책입니다."

강유는 자신에게 군사 3천 명을 주면 제갈량의 계책을 깨뜨릴 수 있다고 장담했다. 마준은 그의 계책대로 군사 3천 명을 먼저 떠나게 한 뒤 성은 성대로 방비를 튼튼히 했다. 과연 미리 근처 산골에 매복해 있던 조자룡은 마준의 군사들이 성을 떠나는 것을 보고 곧장 군사 5천 명을 이끌고 천수성 아래에 와서 외쳤다.

"일찌감치 성을 바치고 죽음을 면하라!"

조자룡이 막 성을 공략하려는데 갑자기 함성이 크게 일어나면서 한 젊은 장수가 달려나오며 외쳤다.

"네가 천수의 강유를 보았느냐!"

조자룡이 강유를 맞아 몇 합을 싸우는데 싸울수록 기세가 날카로워졌다. 그는 크게 놀라 속으로 생각했다.

'여기서 이런 인물을 만나다니!'

이때 다른 장수들까지 협공을 해오는 바람에 조자룡은 겨우 길을 뚫고 패잔병을 수습해 도주했다. 그가 돌아와서 적의 계책에 빠진 상황을 자세히 고하자 제갈량이 놀라서 물었다.

"누가 나의 계책을 알아챘단 말이오?"

"강유입니다. 문무를 겸비하고 지혜와 용기가 출중한 당대의 영걸입니다."

제갈량은 직접 군사들을 이끌고 천수성으로 갔다. 밤까지 기다렸다가 공격하려는데, 밤이 되자 거꾸로 사방에서 불길이 치솟고 함성이 천지를 진동하면서 적의 군사들이 쳐들어왔다. 제갈량이 황급히 포위를 뚫고서 문득 고개를 돌려 보니 동쪽에 한 무리의 군사가 긴 뱀처럼 늘어서 있었다. 제갈량이 누구의 군사인지 알아보라고 하자 관흥이 살펴보고 와서 보고했다.

"바로 강유의 군사입니다."

제갈량은 탄식했다.

"군사는 많은 것이 다가 아니고 어떻게 지휘하느냐가 중요하다. 이 사람은 정말 훌륭한 인재로구나!"

제갈량은 새로운 계책에 착수했다. 먼저 강유의 모친이 사는 기성을 친다는 소문을 흘려 강유가 다급히 군사를 이끌고 기성으로 달려가게 했고, 그 다음에는 강유를 설득해 데려온다는 조건으로 하후무를 풀어주었다. 그러나 하후무는 곧장 천수성으로 달려갔는데, 가는 도중에 또 강유가 제갈량에게 항복했다는 소문을 들었다. 그리고 그날 저녁 성 밖에 강유가 나타나 마준과 하후무에게 촉에 항복할 것을 권했다. 그러나 사실 그는 진짜 강유가 아니라 강유로 변장한 촉의 병사였다.

그즈음 제갈량은 기성의 강유를 공격하고 있었다. 양식이 떨어진 강유는 촉군의 군량을 빼앗으러 성 밖에 나왔다가 그만 위연에게 성을 쉽게 내주고 말았다. 이에 어쩔 수 없이 천수성으로 돌아갔는데, 뜻밖에도 마준이 화살을 쏘게 해서 성 안에 들어오지 못하도록 했다. 근처의 상규성上邽城도 마찬가지였다. 결국 강유는 장안을 향해 말을 달리다가 촉의 군사들에게 포위되어 제갈량 앞에 무릎을 꿇었다. 제갈량은 그를 후대하고 그의 계책에 따라 손쉽게 천수, 기성, 상규 세 성을 얻었다. 그러고 나서 다시 촉군을 인솔해 기산祁山으로 향했다.

때는 위나라 태화太和 원년, 조예가 조정에서 조회를 여는데 급보가 들어왔다.

"하후무가 성 셋을 잃고 서량으로 달아났으며 촉군은 이미 기산을 지나 위수에 다다랐다고 합니다."

조예가 깜짝 놀라 신하들을 돌아보며 물었다.

"누가 짐을 위해 촉군을 물리치겠는가?"

사도 왕랑이 조진을 추천하자 조진은 곽회를 부도독으로, 왕랑을 군사로 삼아서 군마 20만 명을 이끌고 위수 서쪽에 진영을 세웠다.

이날 밤 곽회와 조진은 제갈량이 군영을 급습하리라고 생각해, 군사를 네 갈래로 나눈 뒤 두 갈래는 빈틈을 타서 촉군의 영채를 급습하게 하고, 나머지 두 갈래는 영채 밖에 매복해서 적군이 습격할 때 좌우로 나누어 공격하게 했다. 조진과 곽회는 각각 한 갈래의 군사를 인솔하여 영채 밖에 매복했다. 영채에는 나무와 풀을 쌓아놓고서 촉의 군사가 오기만 하면 불을 질러 신호로 삼기로 했다.

과연 제갈량은 조자룡과 위연에게 위나라 영채를 급습하라는 지시를 내리고 있었다. 이때 위연이 제갈량에게 말했다.

"조진은 병법을 잘 알고 있습니다. 필시 우리 군이 위군의 영채를 급습하리라는 걸 알고 있을 터이니 군사께서는 태만하지 마십시오!"

제갈량이 웃으며 말했다.

"일부러 우리가 영채를 급습하리라는 걸 알리려는 거요. 조진은 필시 복병을 기산 뒤에 두었다가 우리 군사가 나가면 우리 영채를 공격할 겁니다. 이때 두 사람은 영채를 나가서 위나라 군사를 유인하고는 산기슭에서 멀리 떨어진 곳에 진을 치시오. 그리고 위나라 군사들이 와서 영채를 급습할 때 불길이 일어나면 즉시 군사를 둘로 나누어 위연은 산 입구를 막고 조자룡은 군사를 인솔하여 돌아오시오. 오는 길에 필시 위나라 군사를 만날 터인데 일단 놔주었다가 승세를 타서 추격하면 저희들끼리 죽고 죽일 것이오.”

제갈량은 관흥과 장포에게도 지시했다.

“기산의 중요한 길목에 매복해 있다가 위나라 군사가 우리를 치러 나오면 그냥 놓아보낸 뒤 그들이 온 길을 따라가 위나라 영채를 공격하라.”

그러고는 빈 영채를 세우고 그 안에 장작과 마른풀을 가득 쌓아, 언제든 불을 질러 신호를 보낼 수 있도록 준비했다.

위군의 선봉장인 조준曹遵과 주찬朱讚은 황혼 무렵에 영채를 떠나 천천히 전진했다. 2경 무렵이 되자 산 앞에서 촉군의 병사들이 움직이는 모습이 설핏설핏 보였다. 조준은 속으로 생각했다.

‘곽회는 정말로 신기묘산의 경지로군!’

그는 급히 군사를 재촉하여 전진했다. 촉군의 영채에 이르렀을 때는 3경이 가까워지고 있었다. 조준은 앞장서서 촉군의 영채로 쳐들어갔다. 그런데 영채는 텅 비어 사람 하나 찾아볼 수 없었다. 조준은 계책에 빠진 것을 깨닫고 급히 군사를 퇴각하려 했다. 그런데 이때 영채에서 불길이 솟구치면서 주찬의 군사들이 도착했다. 어둠 속에서 위나라 군사들은 자기들끼리 싸우면서 인마가 크게 어지러웠다.

조준과 주찬은 한참 만에 자기들끼리 싸우고 있는 걸 알고 급히 군사를 모아 수습하려 했다. 그런데 갑자기 사방에서 함성이 크게 일어나더니 촉의 군사들이 쳐들어왔다. 조준과 주찬은 겨우 심복 100여 명을 데리고 급히 큰길을 따라 도주했다. 그러나 얼마 못 가서 다시 북과 징소리가 일제히 울리더니 한 갈래의 군마가 앞길을 막았다. 바라보니 그 대장은 바로 조자룡이었다. 두 사람은 죽기살기로 다시 길을 찾아 도망쳤지만 또다시 위연이 나타나 공격해왔다.

조준과 주찬은 대패하여 본채로 도주했다. 이때 본채를 지키던 군사들은 촉의 군사가 급습하는 줄 알고 불을 질러 신호했다. 그러자 왼쪽에서는 조진, 오른쪽에서는 곽회가 쳐들어와서 또 자기들끼리 한바탕 싸움이 벌어졌다. 그때 배후에서 촉의 군사들이 쳐들어오는데 가운데는 위연, 왼쪽은 관흥, 오른쪽은 장포였다. 이 싸움에서 위의 군사는 대패하여 10여 리를 퇴각했고, 그 와중에 죽은 자가 부지기수였다. 마침내 제갈량은 크게 승리해 물러났다.

조진과 곽회는 패한 군사들을 수습해 영채로 돌아와서 앞일을 상의했다. 곽회가 말했다.

"나에게 좋은 계책이 있소. 서강西羌 사람들은 태조(조조) 때부터 조공을 바쳤고 문제(조비)께서도 그들에게 은혜를 베푸셨소. 우리가 험준한 지세를 의지해 버티는 한편 서강에 도움을 청해서 앞뒤로 협공한다면 촉군을 물리칠 수 있을 것이오."

조진은 당장 서강에 사신을 보냈고, 서강의 왕은 요청을 받아들여 군사 15만 명을 일으켰다. 서강에는 전차의 일종인 쇠로 만든 철거鐵車라는 것이 있었는데, 낙타나 노새로 끌고 그 안에

양식과 무기 등을 싣고 다녔다. 그래서 이들을 '철거병'이라고
불렀다.

서강의 대군이 서평관으로 쳐들어온다는 소식을 듣고 제갈량
이 좌우를 돌아보며 물었다.

"누가 강병을 물리치겠는가?"

장포와 관흥이 나섰다. 그들은 군사 5만 명을 이끌고 출발해
서 며칠 만에 서강의 군사와 만났다. 서강의 군사들은 철거를 앞
뒤로 길게 연결하고 그 안에 영채를 세웠으며, 철거 위에 병기를
가득 배치한 모습이 멀리서 보면 마치 성곽 같았다. 관흥과 장포
는 그들을 깨뜨릴 만한 계책이 마땅히 떠오르지 않았다.

이튿날 촉군은 군사를 세 갈래로 나누어 일제히 공격했다. 그
런데 갑자기 서강의 군사들이 양쪽으로 갈라지더니 그 가운데에
서 철거가 물결처럼 밀려나오며 화살을 비 오듯 퍼부었다. 촉군
은 대패해 달아나려 했지만 철거가 겹겹이 포위하니 그 견고함
이 마치 성과 같았다. 촉의 병사들은 죽기살기로 포위를 뚫고 겨
우 도주했다.

관흥과 장포가 돌아와 그간의 경과를 보고하자 제갈량은 직접
3만 명의 군사를 이끌고 가서 높은 둔덕에 올라 적진을 관찰했
다. 철거가 끝없이 이어져 있고 인마가 종횡으로 달리고 있었다.
제갈량이 말했다.

"격파하기 어렵지 않다!"

그러고는 장익과 마대를 불러 계책을 일러주고는 강유에게 말
했다.

"먹구름이 밀려들고 삭풍이 부는 걸로 보아 곧 눈이 내릴 테니 내 계책을 쓸 수 있으리라."

제갈량은 또 관흥과 장포에게 매복을 지시하고 나서 강유에게 당부했다.

"철거병이 공격해오면 철수하고, 영채 입구에는 거짓으로 깃발만 꽂아두고 군마는 두지 말게."

때는 12월 말이었고 곧 하늘에서 큰눈이 내렸다. 강유는 군사를 인솔하여 출전했지만 서강의 군사들이 철거병을 앞세우고 응전하자 작전대로 퇴각했다. 서강의 군사들이 촉군의 영채까지 들이닥쳤지만 그 안은 텅 비어 있었다.

그때 제갈량이 거문고를 안고 수레에 올라 기병 몇 명을 데리고 영채 뒤로 도망치는 모습이 보였다. 서강의 군사들은 영채를 지나쳐 산어귀까지 뒤쫓았지만 제갈량의 작은 수레는 가물가물 숲 속으로 사라졌다. 서강의 군사들이 한참을 뒤쫓다 보니 앞에서 강유의 군사들이 눈보라를 뚫고 서둘러 달아나고 있었다. 이미 눈에 뒤덮인 산길을 달려 계속 쫓아가는데, 갑자기 하늘이 무너지고 땅이 꺼지는 듯한 소리와 함께 한꺼번에 함정에 빠지고 말았다. 뒤따르던 철거들도 미처 멈추지 못하고 줄지어 떨어지면서 병사들을 깔아뭉겠다. 이어 급히 퇴각하려는 후위부대를 향해 오른쪽에서는 장포, 왼쪽에서는 관흥이 돌격해오면서 화살을 비 오듯 쏘았고 뒤에서는 또 강유, 마대, 장익의 군사들이 들이닥쳤다. 서강의 병사들은 크게 혼란에 빠져 사방으로 도망쳤다.

한편, 위나라 대장 조진은 연일 서강의 소식을 기다리고 있었다. 그러던 어느 날, 연락병이 와서 촉군이 영채를 거두어 떠난다는 소식을 전했다. 곽회는 크게 기뻐하며 말했다.

"서강군의 공격으로 퇴각하는 것이오!"

위나라 군사는 즉시 두 갈래로 나뉘어 촉군의 뒤를 쫓았다. 조준이 한창 뒤쫓고 있는데 갑자기 북소리가 크게 울리면서 위연이 군사들을 인솔해 앞을 가로막았다. 조준이 달려들어 싸웠지만 3합도 못 견디고 칼에 찔려 죽었다. 뒤에 오던 주찬도 조자룡의 창에 찔려 죽었다. 촉군은 이 승세를 타고 위수까지 쫓아가 위나라의 영채를 빼앗았다. 출정한 후로 이처럼 몇 차례 대승을 거둔 제갈량은 매우 흡족해했다.

반면 조예는 위군이 연달아 패하고 장수도 둘이나 죽었다는 소식에 몹시 놀랐다. 이때 종요鍾繇가 나서서 말했다.

"조진은 제갈량의 적수가 되지 못하니 제가 한 사람을 천거하려 합니다. 그라면 촉군을 물리칠 수 있을 것입니다."

"어떤 인재이기에 촉군을 물리칠 수 있다는 것이오? 빨리 불러서 짐의 걱정을 덜어주시오."

"지난번에 파직된 표기 대장군 사마의입니다."

"짐도 그때 일을 후회하고 있소. 어서 그를 부르시오."

조예는 즉시 사마의를 복직시키고 각지의 군마를 동원하여 장안으로 오게 하는 한편, 자신도 장안에 가서 직접 정벌에 나설 준비를 했다.

제갈량이 중원 정벌을 고집한 이유

　제갈량은 최초의 중원 정벌을 앞두고 후주 유선에게 올린 출사표에서 '전력을 다해 간사한 무리를 없애고 한나라 황실을 부흥시켜 옛 도읍으로 돌아가야 한다'는 이상론을 펼친다. 그러나 이미 한나라 황실이 조비에게 찬탈당하고 위, 촉, 오의 주인들 모두 황제를 칭하고 있던 그때, 이런 이상론이 여전히 시의성이 있었는지 의심스럽다. 후주와 당시 촉 조정의 대신들조차 적극적으로 찬동한 것 같지 않다.

　그래서 후대의 많은 학자는 제갈량의 중원 정벌이 실제로는 촉 자체의 정치적 목적을 위해 진행되었다고 주장한다. 위, 촉, 오 삼국 중 가장 약소국이었던 촉은 계속 부국강병을 도모해야 생존을 확보할 수 있었고, 또한 정권 안에서 외래 세력과 토착 세력 간의 모순이 상존했기 때문에 전쟁을 통해 내부의 응집력을 강화할 필요가 있었다는 것이다. 그러나 당시 촉은 전체 인구가 겨우 90만 명이었는데도 병력은 10만 명, 관리는 4만 명에 달했다. 비대한 군사·행정 조직과 잦은 원정으로 인해 백성들의 생활은 나날이 피폐해졌고, 이는 국가에 대한 민심의 이반으로 이어질 수밖에 없었다.

22

오장원에 떨어진 별

완성에서 한가롭게 지내던 사마의는 위군이 몇 번이나 촉군에게 패했다는 소식을 듣고 하늘을 바라보며 길게 탄식했다. 그의 맏아들 사마사司馬師와 둘째아들 사마소司馬昭는 모두 품은 뜻이 크고 병법에 밝았는데, 이날 사마사가 곁에 있다가 물었다.

"무슨 일로 탄식하십니까?"

"너희가 어찌 대사大事를 알겠느냐?"

"혹시 황제께서 다시 중용하지 않아 그러십니까?"

사마소가 웃으며 끼어들었다.

"조만간 반드시 아버님을 부르실 겁니다."

과연 곧 사신이 와서 황제의 조서를 전했다.

사마의가 각지의 군마를 불러서 정비하고 있는데, 금성 태수 신의申儀와 상용 태수 신탐申耽이 신성新城의 맹달이 모반을 꾀한다는 첩보를 전해왔다. 지난날 관우의 죽음에 원인을 제공한 후 조비에게 투항했던 맹달이, 조비의 죽음으로 입지가 위태로워지

492

자 다시 제갈량과 손을 잡으려고 한다는 것이었다. 사마의는 이마를 쓰다듬으며 말했다.

"제갈량은 기산에 주둔해 벌써 몇 번이나 우리 군사를 무찔렀다. 이 때문에 황제께서는 장안으로 가셨는데, 이때 나를 다시 쓰시지 않았다면 맹달은 아마도 단숨에 낙양과 장안을 다 격파했을 것이다. 내가 보기에 맹달은 필경 제갈량과 내통했을 터이니, 내가 먼저 맹달을 격파하면 제갈량도 겁을 먹고 군사를 철수할 것이다."

사마사가 말했다.

"그렇다면 즉시 천자에게 표문을 올려 군사를 움직이십시오."

"조서를 기다려 움직이려고 하면 왕복 한 달이 걸려 일을 그르치고 말 것이다."

사마의는 신의와 신탐에게 맹달의 모반에 가담하는 척하라고 서신을 보낸 뒤, 즉시 군사를 일으켜 신속하게 진군했다. 그리고 도중에 서황의 군사를 만나 그를 선봉장으로 삼았다. 서황은 군사를 이끌고 신성 밑에 가서 외쳤다.

"반역자 맹달은 일찌감치 항복하라!"

맹달은 대노하여 급히 화살을 쏘아서 서황의 머리를 맞혔다. 이어서 성문을 열고 뒤를 쫓으려는데 사방에서 깃발이 날리며 하늘을 뒤덮었다. 사마의의 군사가 도착한 것이다. 맹달은 할 수 없이 성문을 굳게 닫아걸었다. 이날 서황은 영채로 실려가서 치료를 받았지만 끝내 숨을 거두었다. 그의 나이 59세였다.

이튿날 사마의는 다시 성을 포위하고 공격했다. 맹달이 안절

부절못하고 있는데 갑자기 서쪽에서 군사들이 다가왔다. 깃발에는 신탐, 신의라는 글자가 크게 씌어 있었다. 맹달은 금성 태수 신의와 상용 태수 신탐이 자신을 구원하러 온 줄 알고 급히 성문을 열고 맞이하러 나갔다. 그런데 신의가 큰 소리로 외쳤다.

"반역자는 도망하지 말고 일찌감치 죽음을 받아라!"

맹달은 일이 잘못된 줄 알고 성으로 도주하다가 신탐의 창에 찔려 죽었다.

얼마 후 장안에 도착한 사마의는 조예에게 자신이 황제의 조서 없이 출병한 것은 시일을 지체하다가 일을 그르칠까 두려웠기 때문이라고 보고했다. 조예는 몹시 기뻐하면서 말했다.

"내가 금도끼 한 쌍을 내릴 터이니, 앞으로도 급하고 중대한 일을 만나면 짐의 허락 없이도 알아서 행하시오."

그러고는 사마의에게 다시 출전하여 촉나라를 격파하라고 명했다. 사마의는 장합을 선봉장으로 삼아 장안성을 떠났다. 장합이 사마의에게 물었다.

"장군께서는 어디로 진군하시겠습니까?"

"가정街亭은 한중을 지키는 요충지이자 양평관과도 멀지 않소. 가정을 취하고 그 길목을 끊으면 적의 보급로가 차단되어 한중 전체가 위태로워질 테니, 기산의 제갈량은 서둘러 한중으로 돌아갈 것이오."

한편 제갈량도 이미 사마의가 출정하면 필경 가정을 취할 거라고 짐작하고 있었다. 이때 마속이 가정을 지키겠다고 자원하자 그에게 말했다.

"가정을 잃으면 우리 군사는 끝장이오. 더구나 그곳은 성곽도 없고 험준한 요새로 지키기가 매우 어렵소."

"어려서부터 병법에 익숙한 제가 어찌 가정 하나 못 지키겠습니까?"

마속이 군령장을 써서 바치자 제갈량은 2만 5천 명의 군사를 주어 왕평과 함께 가정으로 보냈다. 그러나 마속은 왕평의 간언을 듣지 않고 산 위에 영채를 세웠다가 사마의의 군사들에게 포위되었고, 물이 떨어지는 바람에 패하여 도주하고 말았다.

가정을 얻은 사마의는 계속해서 서성西城 공략에 나섰다. 서성은 촉군이 군량을 저장해둔 곳일뿐더러 그곳을 얻으면 남안, 천수, 안정까지 탈환할 수 있기 때문이었다.

제갈량은 가정을 빼앗겼다는 소식을 듣고 직접 군사 5천 명과 함께 서성으로 가서 군량과 마초를 옮기고 있었다. 그런데 갑자기 급보가 날아들었다.

"사마의가 15만 대군을 이끌고 지금 서성으로 쳐들어오고 있습니다."

이때 제갈량 주위에는 쓸 만한 장수가 없었다. 대부분 문관이고 군사들도 절반은 군량과 마초를 싣고 떠난 뒤였다. 제갈량은 성 위에 올라가서 쳐들어오는 위나라 군사들을 지켜보다가 명을 내렸다.

"성 위의 깃발을 모두 숨기고 군사들은 성 안의 길목을 지키면서 함부로 드나들지 말라. 그리고 네 개의 성문을 모두 열되 군사 20명을 백성으로 꾸며서 물을 뿌리고 거리를 쓸도록 하라.

위의 군사들이 와도 절대로 동요하지 말라."

그러고는 두 동자와 함께 성루에 올라가서 향을 사르고 거문고를 뜯기 시작했다. 이 광경을 본 사마의의 군사들은 감히 진격하지 못하고 사마의에게 보고했다. 15만 대군을 보고도 전혀 개의치 않는 제갈량의 태도에 사마의는 부쩍 의심이 들어 군사를 퇴각시키기 시작했다.

이에 제갈량은 다시 명을 내렸다.

"사마의가 반드시 돌아올 것이니 서성의 백성들을 신속히 한중으로 옮기시오."

제갈량은 인마를 수습하여 한중으로 떠났다.

나중에 다시 서성으로 쳐들어온 사마의는 제갈량에게 속은 것을 깨닫고 탄식했다.

"내가 제갈량에게 미치지 못하는구나!"

그는 장수들에게 요충지를 지키도록 명하고 자신은 군사를 이끌고 낙양으로 돌아갔다.

제갈량은 한중에 돌아온 후, 아끼던 마속을 울면서 참수하고 자신도 처벌해줄 것을 후주에게 청했다. 후주는 그 뜻을 헤아려 제갈량을 승상에서 우장군으로 강등했지만 예전처럼 승상의 일을 맡아보며 군사를 총괄하라는 조서를 내렸다. 그 후 제갈량은

읍참마속泣斬馬謖 : 사사로운 감정을 버리고 엄정히 법을 지켜 기강을 바로 세운다는 의미로 쓰인다.

제갈량, 울면서
마속을 참수하다.

제갈량, 울면서
마속을 참수하다.

한중에 머물면서 군사를 기르고 병장기를 만들고 식량과 마초를 비축하면서 다시 위를 정벌하기 위해 만반의 준비를 갖춰나갔다.

같은 해 9월, 위의 도독 조휴는 동오를 공략하다가 석정石亭에서 육손에게 대패해 군마와 군량을 거의 잃었다. 이 소식을 듣고 제갈량은 때가 되었다고 판단해 다시 후주에게 출사표를 올렸다. 후주는 바로 출병을 허락했고, 제갈량은 위연을 선봉으로 삼아 30만 대군을 이끌고 진창陳倉 어귀를 향해 출발했다.

촉군이 진창 어귀에 이르렀을 때 정탐병의 보고를 받은 강유가 제갈량에게 말했다.

"진창 어귀는 적군의 대장 학소郝昭가 이미 지키고 있습니다. 방어용 성벽을 쌓고 깊은 해자와 높은 보루를 만들었으며 성곽 어디에나 울타리를 세워 삼엄하게 경비하고 있습니다. 이 성은 내버려두고 샛길을 통해 기산으로 가십시오."

"진창의 북쪽이 바로 가정이니 반드시 이 성을 얻어야 진군할 수 있소."

제갈량은 위연을 시켜 성을 공격했지만 함락하지 못했다. 그래서 직접 명하여 구름사다리를 세워서 공격하게 했지만, 성 위에서 불화살이 비 오듯 쏟아지는 바람에 실패했다. 땅굴을 파서 성 안으로 진격하는 작전도 학소가 성 안에 방어용 해자를 파놓아 역시 실패로 돌아갔다. 제갈량은 어쩔 수 없이 강유의 계책을 받아들여 진창 어귀는 위연에게 지키게 하고, 자신은 샛길을 통해 야곡으로 빠져나가 기산으로 진군했다.

한편, 위의 신임 도독 조진은 장수들에게 여러 요충지를 굳게 지키라고 독려하던 중에 뜻밖에도 강유의 밀서를 받았다. 밀서에서 강유는 투항의 뜻을 밝히고 조진이 촉군과 싸우다 패한 척물러나면 자신이 촉군의 배후를 치겠다고 했다. 조진은 크게 기뻐하며 비요費耀에게 군사 5만 명을 주어 야곡으로 보냈다. 하지만 강유의 밀서는 거짓이었고, 비요는 촉군에 포위되어 군사를 모두 잃은 채 자결했다. 조진은 어쩔 수 없이 군사를 거두어 영채를 굳게 지키면서 출전하지 않았다.

촉군은 비록 크게 승리했지만 군량이 부족하여 더 이상 머물수가 없었다. 제갈량은 어쩔 수 없이 위군이 패하여 움츠리고 있는 틈을 타서 한중으로 퇴각했다.

오왕 손권이 조정에서 조회를 하고 있는데 정탐꾼이 와서 보고했다.

"제갈량이 두 번 출정하여 위의 도독 조진이 장수와 병사를 크게 잃었다고 합니다."

그러자 신하들은 이 기회에 군사를 일으켜 위를 정벌하고 중원을 도모해야 한다고 권했다. 손권이 망설이고 있을 때 장소가 아뢰었다.

"주공의 명망은 이미 조조와 조비에 못지않습니다. 먼저 황제의 자리에 오른 다음 군사를 일으키십시오."

다른 관리들도 하나같이 호응하자 손권은 마침내 무창 남쪽교외에 단을 쌓고 황제의 자리에 등극했다. 그는 연호를 황무黃

武에서 황룡黃龍으로 고치고, 아들 손등孫登을 태자로 삼았다.

손권은 동맹을 맺기 위해 촉에 사신을 보냈다. 후주가 한중에 사람을 보내 의견을 묻자 제갈량이 대답했다.

"동오에 축하 선물을 보내면서 육손으로 하여금 위를 치도록 청하십시오. 육손이 군사를 일으키면 위에서는 사마의를 시켜 막을 겁니다. 사마의가 동오를 막는 틈을 타서 신이 다시 기산으로 진출하면 장안을 도모할 수 있습니다."

촉의 사신이 동오에 가서 이러한 뜻을 전하자 육손이 손권에게 말했다.

"일단 군사를 일으켜 촉을 돕는 척하다가 제갈량의 공격으로 위의 형세가 위급해지면 그 틈을 타서 중원을 공략하겠습니다."

이때 제갈량은 진창성을 지키던 학소가 병이 깊다는 소식을 듣고 장포와 관흥을 데리고 은밀히 진창으로 갔다. 그리고 진창성 안에 정탐꾼을 들여보내 불을 놓고 소리를 지르게 했다. 병석에 있던 학소는 이를 보고 놀라 숨을 거뒀고, 장수를 잃은 군사들이 우왕좌왕하는 틈을 타서 촉군은 쉽게 진창성을 점령했다. 그 후 제갈량은 파죽지세로 밀고 나가 다시 기산에 진출해서 영채를 세웠다.

위의 황제 조예는 제갈량의 촉군이 기산에 도착했다는 소식을 듣고 깜짝 놀랐다. 조진이 병에 걸려 돌아와 자리에 누워 있었기 때문에 그는 사마의를 불러 상의했다. 사마의가 말했다.

"동오는 옛 원한이 있어서 촉을 돕지 않을 겁니다. 육손은 군사를 일으키는 척하면서 승패를 관망하겠지요. 따라서 동오는 방비할 필요가 없으니 촉만 막으십시오.”

“경의 견해는 정말 탁월하오!”

조예는 사마의를 대도독으로 삼아 조진 대신 촉군을 상대하게
했다. 사마의는 제갈량과 결전을 벌이기 위해 곧장 군사를 이끌
고 장안으로 떠났다.

장안에 온 사마의는 장합을 선봉으로, 대릉戴凌을 부장으로 삼
고서 기산으로 나아가 위수 남쪽어 영채를 세웠다. 그는 제갈량
의 책략이 자신보다 훨씬 뛰어남을 알고 우선 영채를 굳게 지키
며 출전하지 않았다. 제갈량은 사마의가 출전하지 않자 열흘에
30리씩 세 차례나 영채를 뒤로 물렸다. 이에 장합이 참지 못하
고 사마의에게 말했다.

“공명은 이런 식으로 천천히 한중으로 퇴각하려는 겁니다. 왜
저들을 추격하지 않으십니까? 제가 가서 한판 싸워보겠습니다.”

“공명은 계략이 뛰어난 자이니 섣불리 군사를 움직여서는 안
되오.”

“제가 패하면 기꺼이 벌을 받겠습니다.’

사마의는 어쩔 수 없이 장합에게 군사의 반을 주어 출전하게
하고 자신도 군사 5천 명을 이끌고 그 뒤를 따랐다. 촉군은 장합
의 군사들과 맞붙어 싸우다가 달아나고 또 달아나다 싸우기를
몇 번이나 반복했다.

때는 6월이라 날씨가 무더워서 위군이 계속된 추격에 지쳤을
무렵, 갑자기 관흥이 쳐들어와 일전을 벌이고, 뒤이어 왕평과 장
익의 군사들이 밀려와 위군의 퇴로를 끊었다. 장합이 외쳤다.

“지금이 바로 목숨을 걸고 일전을 벌일 때다!”

이 말에 힘입어 위군은 결사적으로 싸웠지만 촉군의 포위를 뚫지는 못했다. 이때 사마의가 군사를 몰고 와서 거꾸로 왕평과 장익의 군사를 포위하고 접전을 벌였다. 왕평은 즉시 장합의 군사와 맞서고 장익은 사마의의 군사와 맞서 싸웠다.

이때 산 위에서 전투를 관망하던 강유와 요화는 제갈량이 이미 일러준 대로 사마의의 영채를 급습하러 떠났다. 이 소식을 듣고 사마의는 크게 놀랐다.

“장합이 내 말을 안 듣고 촉군을 쫓다가 이 지경이 되었구나!”

그는 급히 군사를 돌렸고, 이 틈에 촉군이 반격을 가해 위군은 크게 패한 채 영채로 달아났다. 영채에 도착하니 촉군은 이미 물러간 뒤였다.

그런데 제갈량이 대승을 거두고 영채에 돌아왔을 때 성도에서 비보가 전해졌다. 낙마해 부상을 입고 돌아간 장포가 죽었다는 소식이었다. 제갈량은 대성통곡하다가 그만 피를 토하고 혼절했다. 병석에 누운 제갈량은 은밀히 영채를 거둬 한중으로 돌아갔다. 사마의는 닷새나 지나서야 이 사실을 알고 탄식했다.

“제갈량의 계책은 신출귀몰해서 내가 당해낼 수가 없구나!”

그는 장수들에게 각 요충지를 지키게 한 뒤 자신은 낙양으로 돌아갔다.

건흥 8년 7월, 위의 도독 조진은 병세가 차도를 보이자 조예에게 촉나라를 정벌해 후환을 없애자고 주청했다. 이에 조예는

조진을 대도독에, 사마의를 부도독에 봉해서 40만 대군을 이끌
고 한중을 정벌하게 했다.

이때 제갈량은 병이 완쾌된 지 오래였고, 매일 군사를 조련하
며 중원 정벌을 준비하고 있었다.

위의 군사가 진창성에 이르렀을 때 가을비가 내리기 시작했
다. 조진이 계속 진군하려고 하자 사마의는 큰비가 내릴 조짐이
있다며 진군을 멈추자고 건의했다. 조진은 사마의의 말에 따랐
다. 과연 한 달이 지나도 비는 그치지 않았다. 평지에 물이 석 자
나 고이니 무기가 물에 젖고 군사들은 밤새 잠을 잘 수가 없었
다. 결국 식량과 마초까지 떨어져 위군은 철수할 수밖에 없었다.

위군의 철수 소식을 들은 제갈량이 장수들에게 말했다.

"사마의는 용병에 능해서 함부로 추격하다간 그의 계책에 빠
지고 말 테니 그가 멀리 간 뒤에 다시 야곡으로 출병해 기산을
취해야 하오."

장수들이 물었다.

"장안으로 가는 길은 여러 갈래가 있는데 어찌하여 기산만 취
하려 하십니까?"

"기산은 장안의 머리에 해당하오. 한중 각지에서 군사가 오려
면 반드시 이곳을 지나야 하오. 게다가 앞으로는 위수에 임해 있
고 뒤로는 야곡에 기대 있어 매복하기가 좋소. 이런 지리적 이점
때문에 먼저 기산을 취하려는 것이오."

마침내 제갈량은 대군을 인솔하여 네 번째로 기산을 향해 진
군했다. 그는 앞서가는 장수들에게 사마의가 반드시 기곡箕谷에

매복을 해놓았을 테니 경솔하게 진군하지 말라는 군령을 내렸다. 그러나 진식과 위연은 이를 가벼이 여기고 기곡을 지나다가 위군의 매복에 걸려 크게 패하고 말았다. 뒤따라온 제갈량은 승세를 타고 돌격해오는 조진의 군사를 역시 매복 작전을 써 격퇴시킨 뒤 군령을 어긴 진식을 참수했다. 그러나 위연은 훗날 쓸모가 있다고 판단해 살려두었다.

제갈량이 장수들과 함께 앞으로 진군할 일을 상의하고 있는데 조진이 화병에 걸려 다시 자리에 누웠다는 소식이 들려왔다. 그는 당장 위군을 우롱하는 편지를 써서 위군의 영채로 보냈다. 그 편지를 읽고 조진은 일시에 화가 치밀어서 그날 저녁 숨을 거뒀다. 이 보고를 받은 조예가 속히 싸우라는 조서를 보내자, 사마의는 제갈량에게 편지를 보내 싸움을 청했다. 제갈량은 즉시 내일 싸우자는 답신을 보냈다.

다음 날, 제갈량은 기산에 있는 군사를 이끌고 위수로 나아가 진을 쳤다. 이어서 북이 세 번 울리자 사마의가 직접 장수들을 거느리고 나타났다. 양 진영의 군사들이 막 싸우려는데 갑자기 서남쪽에서 관흥이 군사를 이끌고 쳐들어왔으며, 매복해 있던 강유도 소리 없이 군사를 이끌고 와서 세 갈래로 협공했다. 사마의는 크게 패하여 위수 남쪽 기슭으로 군사를 퇴각시키고 영채를 굳게 지키며 출전하지 않았다.

대승을 거둔 제갈량이 기산으로 돌아오자 영안성永安城에 있던 이엄이 구안苟安을 시켜 군량을 보내왔다. 그런데 실은 구안이 술을 너무 좋아해서 도중에 지체하다가 열흘이나 늦게 도착한 것이었다. 제갈량은 크게 노해서 그에게 곤장 80대를 치게 했다. 이 일로 구안은 제갈량을 원망해 위군의 영채로 가서 항복했다. 사마의는 그에게 넌지시 지시를 내렸다.

"당장 성도로 가서 제갈량이 황제 자리를 빼앗으려 한다고 유언비어를 퍼뜨려라."

구안은 즉시 성도에 가서 환관들에게 유언비어를 퍼뜨렸고, 이를 전해듣고 놀란 후주는 조서를 보내 제갈량을 소환했다. 조서를 받은 제갈량은 하늘을 우러러 길게 탄식했다.

"주상이 어리신데 주변에 간신들이 날뛰는구나. 이제 막 공을 세우려는 참에 어찌하여 회군하라고 하시는가? 앞으로 다시는 이런 기회를 잡을 수 없을 것이다!"

대군을 이끌고 한중으로 돌아온 제갈량은 성도로 가서 후주에게 자신의 충성심을 확인시킨 뒤, 구안의 혀에 놀아난 환관들을 모조리 처형했다.

건흥 9년 2월에 제갈량은 다시 위를 정벌하러 나섰다. 사마의도 장합을 선봉으로 삼아 촉군과 대치했다. 다섯 번째로 기산에 진출한 제갈량은 이엄의 군량 운송이 늦어지자 은밀히 주변의 밀을 베어 노성鹵城에서 타작하게 했다. 이를 안 사마의는 옹주와 양주의 군마 20만을 불러 싸우게 했다. 그러나 촉군은 이틀 길을 달려오느라 지친 옹주와 양주의 군사들을 숨 돌릴 틈도 주지 않고 공격했다. 그들이 당해내지 못하고 달아나자 촉군이 그 뒤를 쫓으며 무차별 사살하니 들판에는 시체가 가득하고 흐르는 피가 냇물을 이루었다.

　제갈량이 군사들에게 상을 내리며 노고를 치하할 때 이엄에게서 급한 서신이 왔다. 동오와 위가 화친을 맺었고 위가 동오에 촉을 취하라고 요청했다는 내용이었다. 제갈량은 급히 장수들을 불러 말했다.

　"정말 동오가 쳐들어오면 큰일이니 신속히 돌아가야 하오."

　제갈량은 기산의 군사를 서천으로 퇴각시켰다. 이때 사마의는 장합을 내세워 촉군을 추격하게 했지만, 장합은 제갈량의 계책에 말려들어 100명의 군사와 함께 계곡 한가운데서 화살 세례를 받고 죽음을 당했다. 이 소식을 들은 사마의는 전의를 잃고 군사를 거두어 낙양으로 돌아갔다.

　한중으로 돌아온 제갈량은 이엄의 서신이 거짓이었음을 알아냈다. 군량 보급을 맡은 그가 기한 내에 군량을 마련하지 못해 혹시 벌을 받을까 두려워 그런 짓을 한 것이었다. 크게 노한 제갈량은 당장 이엄의 목을 베려 했지만, 선대의 충신이니 용서해 달라는 대신들의 만류에 관직을 박탈하는 데 그쳤다.

　3년 후인 건흥 12년 2월, 제갈량은 조정에 들어가 후주에게 아뢰었다.

　"3년이나 군사를 보살펴서 군량과 마초가 풍족하고 무기도 갖추었으니 이만하면 위를 정벌할 수 있습니다. 이번에 간사한 무리를 쓸어버리고 중원을 회복하지 못하면 맹세코 폐하를 뵙지 않겠습니다."

후주가 대답했다.

"지금 천하는 정족지세라 동오와 위도 서로 침범하지 않는데 어찌하여 승상은 태평을 누리지 않으십니까?"

"신은 위 정벌을 한시도 잊은 적이 없습니다. 폐하를 위해 중원을 회복하고 한나라 황실을 부흥하는 것이 신의 염원입니다!"

태사 초주가 천문을 보니 상서롭지 않다고 거듭 만류했지만 제갈량은 듣지 않았다. 그는 유비의 묘 앞에서 눈물을 흘리며 고했다.

"신은 다섯 번이나 기산에 출전했지만 한 치의 땅도 얻지 못했으니 지은 죄가 결코 가볍지 않습니다! 신은 다시 대군을 통솔하여 기산으로 출전하겠습니다. 맹세코 한나라의 역적을 멸하고 중원을 회복할 때까지, 나라를 위해 죽을 때까지 온 힘을 바치겠습니다."

이때 병으로 누워 있던 관흥이 죽었다는 소식이 전해졌다. 제갈량은 슬피 울다가 기절해서 한참 뒤에야 깨어났다.

며칠 뒤, 제갈량은 강유와 위연을 선봉으로 삼아 34만 대군을 이끌고 다섯 갈래로 나누어 진군했다.

위의 황제 조예는 제갈량이 여섯 번째로 기산에 출전했다는 소식을 듣고 사마의를 대도독으로 임명하여 장수들과 각지의 군마를 통솔하게 했다. 사마의는 40만 대군을 이끌고 위수에 이르러 영채를 세웠다. 그는 참호를 깊이 파고 보루를 높이 쌓은 채 군사를 움직이지 않았다. 촉군의 식량이 떨어질 때를 기다렸다가 싸울 작정이었다. 그러나 제갈량은 나무로 목우木牛와 유마流

馬라는 편리한 운반 기구를 만들어 검각劍閣부터 기산까지 늘어
선 열네 개의 영채에 빈틈없이 식량을 운반했다.

　처음 계획이 수포로 돌아가자 사마의는 몇 번이나 출전해 싸
웠지만 번번이 제갈량의 계책에 걸려들어 패전을 면치 못했다.
이때 조예의 조서가 도착했는데, 그 내용은 아래와 같았다.

　동오의 군사가 세 갈래로 침범하여 조정에서는 그들을 물리칠
일을 논의하고 있으니 그대는 진영을 굳게 지키기만 하고 나가서
싸우지 마시오.

　그 후로 사마의가 진지를 굳게 지킬 뿐 움직이지 않자 제갈량
은 기산에 오래 주둔할 생각으로 군사들에게 명을 내려 위나라
백성들과 함께 농사를 짓게 했다. 그 수확은 군사들이 3분의 1,
백성들이 3분의 2를 나눠갖도록 했다. 이에 위나라 백성은 모두
안심하고 생업에 종사했다.

　제갈량이 둔전을 실시한다는 소식을 듣고도 사마의는 여전히
진지만 굳게 지키고 있었다. 제갈량은 은밀히 마대에게 명하여
상방곡上方谷이라는 골짜기에 영채를 짓고 나무 울타리를 둘러치
는 한편, 영채 안에 깊은 구덩이를 파고 마른나무처럼 타기 쉬운
물건을 쌓아놓게 했다. 또한 근방의 산에는 임시로 초막들을 짓
고 안팎으로 지뢰를 묻어두게 했다. 사마의를 골짜기로 유인하
여 불을 지르려는 것이었다.

　사마의는 과연 제갈량의 계책에 빠졌다. 그는 제갈량이 기산

의 본채를 떠나 상방곡에 새 영채를 짓고 군량을 모은다는 첩보를 받자마자 군사를 그쪽으로 몰고 갔다. 이때 위연이 나타나 사마의와 싸우다가 패한 척하고 달아났다. 사마의가 추격하자 위연은 500명의 군사를 이끌고 골짜기 안으로 달아났다. 사마의가 의심이 들어 골짜기 안을 살펴보게 했더니 정탐꾼이 살펴보고 와서 보고했다.

"복병은 없고 산 위에는 초막만 있습니다."

"필경 양식을 쌓아두는 장소일 것이다."

사마의는 급히 군사를 몰아 골짜기로 들어갔다. 순간 산 위에서 수많은 횃불이 떨어지면서 골짜기 어귀를 가로막았다. 아울러 불화살이 비 오듯 쏟아지고 지뢰가 일제히 터지면서 초막의 마른나무에 불이 붙어 굉음이 나고 불길이 하늘로 치솟았다. 사마의는 놀라서 어쩔 줄 몰라했다. 사색이 되어 두 아들을 끌어안고 대성통곡을 할 뿐이었다.

"우리 삼부자가 모두 여기서 죽는구나!"

한참을 울고 있는데 갑자기 광풍이 불더니 먹구름이 하늘을 덮었다. 이어서 굵은 빗방울이 떨어지면서 거침없이 번지던 불길이 잡혔다. 세 사람은 가까스로 골짜기를 벗어나 위수 북쪽의 영채에 틀어박혀 나오지 않았다.

사마의가 소나기 덕분에 위기를 모면했다는 소식을 듣고 제갈량은 길게 탄식하며 말했다.

"일을 도모하는 것은 사람이나 일을 이루는 것은 하늘이니, 억지로 할 수 있는 것이 아니다."

제갈량은 오장원五丈原에 새 영채를 짓고 주둔하면서 자주 군사를 보내 싸움을 걸었지만 위군은 꼼짝도 하지 않았다. 제갈량은 여인들이 쓰는 두건과 치마저고리를 보내서 사마의를 격분시키려고 했지만 사마의는 애써 평정을 유지하며 사신에게 제갈량의 근황을 물었다. 사신이 말했다.

"새벽부터 밤까지 작은 형벌까지 다 처리하시지만 드시는 음식은 겨우 몇 홉뿐입니다."

"공명이 먹는 것은 적고 하는 일은 번잡하니 어찌 오래 살 수 있겠는가?"

사신에게 이 말을 전해들은 제갈량은 길게 탄식했다.

"사마의가 나를 깊이 아는구나."

사소한 일까지 직접 관여하다 보니 제갈량은 피로가 쌓여 몸이 점점 야위었다. 양옹楊顒이 번거로운 일은 피하라고 권하자 그는 눈물을 흘리며 말했다.

"나 역시 그대의 뜻을 알고 있소. 하지만 선제의 유지를 남에게 맡겼다가 나만큼 힘을 다하지 않을까 염려되어 그럴 수가 없구려."

안정을 취하지 못하면서 병세는 갈수록 심해졌다. 제갈량은 서둘러 강유에게 병법을 전수하는 한편, 활 하나로 화살 열 발을 동시에 쏠 수 있는 연노법連弩法도 그림으로 알려주었다. 이어 다른 장수들에게도 일일이 뒷일을 부탁한 뒤 갑자기 정신을 잃었다가 저녁이 되어서야 깨어났다.

이 소식을 들은 후주는 크게 놀라서 급히 이복李福을 오장원으로 보내 위문하게 했다. 제갈량은 눈물을 흘리며 후주의 문안을 받든 뒤, 억지로 병든 몸을 일으켜 수레를 타고 각 영채를 돌아보았다. 가을바람이 얼굴을 스치자 찬 기운이 뼛속까지 스며들었다. 제갈량은 길게 탄식했다.

"다시는 출전하여 역적을 토벌할 수 없게 되었구나! 유유한 푸른 하늘이여, 어찌하여 이렇게 끝내십니까!"

막사로 돌아온 제갈량은 부하들에게 군사를 철수할 때는 천천히 해야지 서둘러서는 안 된다고 일렀다. 그리고 침상에 기대어 후주에게 올리는 마지막 표문을 썼다.

생사에는 일정한 이치가 있어 정해진 수명을 벗어나기 힘들다고 하니, 이제 신은 죽음에 임하여 어리석은 충성이나마 다하고자 합니다. 신은 천성이 어리석고 졸렬한데도 어려운 때를 만나 승상직을 맡았습니다. 군사를 일으켜 북벌에 나섰지만 아직 성공하지 못한 채 병이 깊어지고 목숨이 아침저녁에 달려서 폐하를 끝까지 섬기지 못할 줄 어찌 생각이나 했겠습니까! 엎드려 아뢰오니 폐하께서는 마음을 깨끗이 하시고, 욕심을 줄이시고, 스스로를 단속하시고, 백성을 아끼셔서 선제께 효도를 다하고 어진 은혜를 천하에 베푸소서. 또 숨은 인재를 발굴허 등용하고 간사한 무리를 물리쳐서 풍속을 돈독하게 하소서.

제갈량은 표문을 쓰고 나서 다시 부하들에게 지시했다.

"내가 죽으면 발상發喪을 하지 마라. 군중을 평소처럼 안정시

키고 결코 애도를 올리지 못하게 하여 적이 내가 죽었는지 모르
게 하라. 그리고 군사들을 한 영채씩 차례로 천천히 철수시키되,
혹시 사마의가 추격해오거든 내 목상木像을 수레에 싣고 적진 앞
으로 밀고 나가면 분명 놀라서 달아날 것이다.”

말을 마치고 숨을 거두니, 그의 나이 54세였다.

제갈량이 죽은 뒤 촉군은 서서히 질서정연하게 퇴각했다. 이
때 사마의는 제갈량이 죽었음을 확신하고 직접 군사를 이끌고
쫓아왔지만 난데없이 수레가 튀어나오는 것을 보고 가슴이 철렁
내려앉았다. 그 수레 위에 제갈량이 부채를 든 채 단정히 앉아
있었던 것이다.

“내가 또 공명의 계략에 빠졌구나!”

사마의는 혼비백산해서 50여 리를 정신없이 달아났다.

이틀 뒤 자신이 본 것이 제갈량의 목상이었다는 것을 알고 다
시 촉군을 추격했으나 촉군은 이미 멀리 가버린 뒤였다. 사마의
는 군사를 이끌고 돌아와서 장수들에게 말했다.

“공명이 죽었으니 우리는 이제 베개를 높이 베고 잘 만하오!”

그리고 군사를 인솔해 낙양으로 돌아오는데 도중에 제갈량이
세운 영채를 지나게 되었다. 그것이 전후좌우로 어떤 빈틈도 없
이 정연한 것을 보고 사마의는 거듭 감탄했다.

“공명이야말로 천하의 기재였다!”

제갈량은 마속을 꼭 죽여야 했을까?

　가정을 잃어 중원 정벌을 좌절시킨 마속에게 제갈량은 서슴없이 사형을 선고했다. 이에 대해 대신 장완은, 대업을 이루는 데 꼭 필요한 준걸을 죽였다고 아쉬워했다. 촉에는 쓸 만한 인재가 부족했으니 한 번의 패전을 문제 삼아 장수를 죽인 것은 어쩌면 무리한 처사였다. 더구나 마속은 제갈량과 호형호제하던 마량의 아우였고, 제갈량 자신도 그를 아껴서 때때로 밤을 새며 함께 토론하곤 했다. 마속을 동정하는 사람도 많아서 그가 죽은 뒤 눈물을 흘린 이가 10만여 명에 이르렀다.

　하지만 제갈량은 무엇보다도 '법치의 원칙'에 따랐다. 설사 고관이라도 잘못을 저지르면 서민과 똑같이 법을 집행해야만 대사를 도모할 수 있다고 생각했다. 이때 처벌을 받은 것은 마속만이 아니었다. 장군 장휴와 이성도 죽임을 당했고 조자룡도 강등을 당했다. 심지어 제갈량 자신조차 스스로 3등급을 강등해 우장군이 되었다. 마속을 잘못 기용한 책임을 인정한 것이다. 요컨대 '읍참마속'으로 제갈량은 공평무사한 법 처리에 관한 천고의 모범을 세웠다고 할 수 있다.

23

삼국통일

촉한 건흥 13년은 위나라 조예의 청룡 3년이자 오나라 손권의 가화嘉和 4년이었다. 이 해에 세 나라는 모두 군사를 일으키지 않았다.

위나라 황제 조예는 사마의를 태위로 삼아서 군마를 다스려 변방을 지키게 했다. 그러고는 낙양에서 궁전을 짓는 등 토목공사를 크게 벌여 백성들을 부역에 시달리게 했으며, 또 신선이 되기를 갈구하고 환관을 총애하면서 무고한 사람을 멋대로 죽였다. 그러나 신하들은 감히 간하지 못했다.

어느 날 변방에서 급보가 들어왔다. 요동의 공손연公孫淵이 연왕燕王을 자칭하고 군사를 일으켰다는 소식이었다. 조예는 사마의를 궁중으로 불러서 대책을 논의했다. 사마의가 말했다.

"반드시 공손연을 사로잡아 폐하의 기대를 저버리지 않겠습니다. 요동은 이곳에서 4천 리 길이니 왕복 1년이면 평정할 수 있습니다."

사마의는 과연 요동의 난을 평정하고 공손연 부자와 그 일족, 관료 등 70여 명을 죽였다.

이때 조예는 낙양에서 병을 얻어 병상에서 일어나지 못했다. 그래서 조진의 아들 조상曹爽을 대장군으로 삼아 조정을 총괄, 섭정하게 하다가 병이 위급해지자 급히 사마의를 허도로 불렀다. 그는 태자 조방曹芳, 대장군 조상, 시중 유방劉放 등을 부른 후 사마의의 손을 잡고 말했다.

"예전에 유현덕은 백제성에서 병이 위중하자 어린 아들 유선을 공명에게 부탁하니 공명은 죽을 때까지 충성을 다하였소. 짐의 아들 방은 이제 여덟 살로 사직을 관장해 다스리기에는 너무 어리오. 부디 여러분이 힘을 다해 보필해서 짐의 뜻을 저버리지 마시오."

조예는 또 조방을 앞에 불렀다.

"사마의는 짐과 한 몸이니 너는 마땅히 공경해야 한다."

그러면서 사마의에게 조방을 데리고 가까이 오게 했다. 조방은 사마의의 목을 끌어안고 놓지 않았다. 조예가 말했다.

"태위, 어린 태자가 보인 오늘의 정을 잊지 마시오."

말을 마치고 하염없이 눈물을 흘리다가 끝내 손가락으로 태자를 가리키며 숨을 거뒀다. 사마의와 조상은 태자 조방을 받들어 옹립하고 연호를 정시正始로 고쳤다. 이후 사마의와 조상은 함께 정무를 보좌했다. 조상은 모든 일을 먼저 사마의에게 고한 뒤 처리했다.

한편, 조상이 매우 신뢰하는 측근으로 하안何晏과 환범桓範이 있었는데, 당시 사람들은 이 둘을 '꾀주머니'라고 불렀다. 어느 날 하안이 조상에게 말했다.

"주공께서는 대권을 남에게 맡기면 안 됩니다. 후환이 두렵지 않으십니까?"

"사마의는 나와 함께 어린 황제를 잘 보살피라는 선제의 부탁을 받았는데 어찌 배반할 수 있겠소?"

"옛날 주공의 선친께서는 촉군과 싸울 때 사마의에게 몇 번이나 견제를 받다가 화가 치밀어 돌아가셨습니다. 주공께서는 어찌하여 그 사실을 살피지 않으십니까?"

조상은 문득 깨닫고서 모사들과 상의한 끝에 황제 조방을 찾아가 아뢰었다.

"사마의의 공이 높고 덕이 무거우니 부디 그를 태부太傅로 삼으십시오."

조방은 그의 말에 따랐고, 이로써 나라의 병권은 전부 조상의 수중에 떨어졌다. 이때부터 조상의 문하에는 빈객이 갈수록 많아졌지만 사마의는 병을 핑계로 조정에 나오지 않았다. 두 아들 사마사와 사마소도 벼슬을 내놓고 한가롭게 지냈다. 안심한 조상은 날마다 하안 등과 술을 마시며 온갖 향락을 즐겼다.

정시 10년, 조방은 연호를 가평嘉平 원년으로 고쳤다. 조상은 권력을 전횡하면서도 늘 사마의의 동태가 궁금했다. 그래서 청주 자사로 떠나는 측근 이승李勝에게 사마의의 집에 들러 하직 인사를 하면서 동정을 살피게 했다. 하지만 사마의는 이승의 의도를 간파하고서 두 아들에게 말했다.

"이는 필경 조상의 지시로 내가 정말 병이 났는지 알아보러 온 것이다."

그는 즉시 머리를 풀어헤치고 침상에 올라 이불을 끌어안았다. 그리고 두 시비에게 부축하도록 한 후 이승을 들어오게 했다. 이승이 침상 앞에 다가와 말했다.

"그동안 태부를 못 뵈었는데 이렇게 병이 심하신 줄 누가 알았겠습니까? 오늘 폐하의 명을 받아 청주 자사로 부임하러 가는 길에 특별히 하직 인사를 드리러 왔습니다."

사마의는 짐짓 잘못 들은 척했다.

"병주幷州는 북방에 가까우니 잘 지켜야 하네."

"병주가 아니라 청주입니다."

"그대는 병주에서 오는 길인가?"

"산동의 청주라니까요!"

"오, 청주에서 오는 길이군!"

이승은 답답해서 혼잣말을 했다.

"태부께서 어쩌다 병이 이렇게 심해지셨나?"

사마의의 시종들이 대답했다.

"태부께서는 귀가 어두우십니다."

그래서 이승은 붓으로 하고 싶은 말을 적어서 사마의에게 올렸다. 사마의가 보고 나서 웃으며 말했다.

"오래 앓다 보니 귀가 멀었네. 이번에 가거든 몸조심하게."

말을 마친 뒤 손으로 입을 가리키자 시비가 얼른 탕약을 먹였다. 하지만 국물이 줄줄 흘러 옷깃이 흠뻑 젖었다. 그는 목멘 소리로 말했다.

"내 이미 늙고 병이 심해서 죽음을 앞두고 있네. 두 아들이 미숙하니 그대가 많이 가르쳐주게. 대장군을 만나면 내 두 아들을 잘 부탁해주게나."

사마의와 작별한 후 이승은 조상을 만나서 경과를 보고했다. 조상이 크게 기뻐하며 말했다.

"이 늙은이만 죽으면 나는 걱정이 없다!"

이로써 사마의에 대한 조상의 경계심은 대부분 사라졌다.

그러나 이승이 돌아가자마자 사마의는 자리에서 벌떡 일어나 사마사와 사마소에게 말했다.

"이승의 말을 들으면 조상은 더 이상 나에게 신경을 쓰지 않을 것이다. 이제 조상이 성 밖으로 나가기를 기다려 대사를 도모하자!"

얼마 후 조상은 어린 황제 조방을 호위하여 성 밖으로 사냥을 나갔다. 사마의는 크게 기뻐하며 두 아들과 수십 명의 가신을 동원해 대사를 도모했다. 먼저 고유高柔에게 대장군 직책을 맡겨 조상의 군영을 점거하게 하고, 후궁으로 들어가서 태후에게 아뢰었다.

"조상이 선제께서 부탁한 은혜를 저버리고 간사한 무리와 함께 나라를 어지럽히니 그 죄를 물어 작위를 폐해야 합니다."

"황제께서 밖에 나가 계신데 어찌하란 말이오?"

"황제께 표문을 올리고 간신을 죽일 계책이 신에게 있으니 태후께서는 걱정하지 마십시오."

태후는 두려워서 따를 수밖에 없었다. 사마의는 곧 장제蔣濟에게 표문을 써서 성 밖에 있는 황제에게 올리도록 했다. 그리고 직접 대군을 인솔하여 무기고를 점거했다.

한창 사냥을 하던 조상은 사마의가 변란을 일으키고 표문을 보냈다는 소식을 듣고 하마터면 말에서 떨어질 뻔했다. 그가 대책을 묻자 환범이 말했다.

"황제를 모시고 허도로 돌아가서 외부의 병사를 불러 사마의를 토벌하셔야 합니다."

"내 가족들이 성 안에 있는데 어찌 외부에 구원을 청한단 말이오?"

조상은 목멘 소리로 말한 뒤 하루 밤낮을 고민하다 결국 사마의에게 투항하는 길을 택했다. 병권을 버리고 항복하면 죽음을 면할 수 있다고 생각한 것이다. 환범은 크게 실망하여 눈물을 흘리며 막사 밖으로 나왔다.

"과거에 조진은 그 지모가 천하의 으뜸이었거늘 그 아들은 돼지새끼나 다름없구나!"

조상이 성 안의 집에 돌아오자 사마의는 큰 자물쇠로 문을 잠근 후 주민 800명에게 집을 둘러싸 지키게 했다. 그리고 환범과 하안 등을 문초하여 3개월 안에 반란을 일으키기로 약속했었다는 진술서를 받아낸 뒤 조상을 참수하고 그 삼족을 멸했다.

조상이 죽은 뒤 황제 조방은 사마의를 승상으로 삼고 그 삼부자가 국사를 총괄하게 했다. 이때 사마의에게 문득 한 가지 생각이 떠올랐다.

'조상의 일족을 모두 죽이긴 했지만 아직 그자의 친족인 하후패夏侯霸가 옹주 일대를 지키고 있으니 반란을 일으키면 어떻게 방비한단 말인가?'

그래서 상의할 문제가 있다는 핑계로 하후패를 즉시 낙양으로 불렀다. 하후패는 이 소식을 듣고 반란을 일으켰지만 군사를 태반이나 잃고 결국 촉에 투항했다.

강유는 하후패에게 연회를 베풀어주면서 은근히 물었다.

"사마의 부자가 권력을 장악했는데 혹시 우리 촉을 넘볼 뜻이 있겠소?"

"그 늙은 도둑놈은 반역을 도모하느라 밖의 일은 생각할 겨를이 없습니다. 그러나 위의 젊은 두 사람은 미리 방비해야 합니다. 한 사람은 종회鍾會고 다른 한 사람은 등애鄧艾입니다. 이 둘이 병마를 인솔하면 오와 촉에 큰 재난이 닥칠 겁니다."

강유가 웃으며 대답했다.

"그런 어린애들이 무슨 염려거리나 되겠소!"

그러고는 하후패를 데리고 성도에 가서 후주를 뵙고 말했다.

"사마의 부자가 권력을 전횡하고 조방은 나약하니 지금이야말로 중원을 정벌할 때입니다."

그러자 비위가 반대하고 나섰다.

"최근에 장완과 동윤이 모두 죽어 내정을 다스릴 사람이 없습니다. 일단 시기를 기다리고 경거망동하지 마십시오."

그러나 강유는 그 말을 듣지 않고 중원 정벌에 나섰다. 처음에 옹주 자사 곽회를 만나서 접전을 벌였지만 보급로가 끊겨 퇴각하다가 적의 추격에 크게 패하고 말았다. 강유는 패잔병들을 이끌고 양평관으로 달아나는 도중에 또 사마사의 군사를 만났다. 그는 급히 성 안에 들어가서 제갈량이 전수한 연노법으로 활 하나에 화살 열 발씩을 쏘았다. 게다가 그 화살촉에는 독약이 묻어 있었다. 비처럼 퍼붓는 독화살에 사마사의 군사들은 말과 함께 떼죽음을 당했다. 그러나 강유도 이미 수간 명의 군사를 잃은 뒤여서 패잔병을 수습해 한중으로 돌아갔다.

사마사가 낙양으로 돌아왔을 때 사마의는 중병을 얻어 병석에 누워 있었다. 마침내 죽음이 닥치자 그는 두 아들을 불러서 당부했다.

"내가 죽은 후 너희 둘은 국정을 다스리되 신중하고 또 신중해야 한다."

사마의가 죽은 후 황제 조방은 사마사를 대장군으로, 사마소를 표기 상장군으로 삼았다.

오나라 태원太元 2년, 손권도 병에 걸려 죽으니 그의 나이 71세였다. 육손과 제갈근도 이미 죽은 뒤였다. 권신 제갈각諸葛恪을 비롯한 신하들은 태자 손량孫亮을 황제로 옹립하고 연호를 대흥大興으로 고쳤다. 사마사는 이 소식을 듣고 오나라 정벌을 상의했다. 부하傅嘏가 말했다.

"동오는 물길이 험해서, 선제께서도 몇 번이나 정벌에 나섰지만 성공하지 못했습니다. 차라리 변경을 굳게 지키는 것이 상책입니다."

그러나 사마소는 의견이 달랐다.

"지금 손권이 죽고 손량은 나이가 어리니 이 기회를 이용하면 승리할 수 있습니다!"

그리하여 사마소는 군사 30만 명을 세 갈래로 나누어 오나라로 진군했다. 그는 먼저 요충지 동흥東興을 공략했지만 성이 높고 견고해 끄덕도 하지 않았다. 이때 정봉이 3천 수군을 30척의 배에 나누어 싣고 와서 방심하고 있던 위군 진영을 무차별로 유린했다. 이 패배에 놀란 사마소는 군사를 재촉해 퇴각했다.

사마사는 동생 사마소와 함께 위나라 조정의 권력을 멋대로 휘둘렀다. 신하들 중 어느 누구도 감히 불복하지 못했고 황제 조방도 사마사가 조정에 들어올 때마다 부들부들 떨었다.

어느 날, 조방이 조회를 여는데 사마사가 칼을 차고 어전에 올라왔다. 조방이 급히 용상에서 내려와 맞이하자 그는 껄껄 웃으며 말했다.

"임금이 이렇게 내려와 신하를 맞는 예의가 어디 있습니까? 폐하께서는 마음을 편히 하십시오."

이윽고 여러 신하가 갖가지 일을 주청하자 사마사는 조방에게 아뢰지도 않고 직접 결정을 내렸다. 조회가 끝나자 사마사는 가슴을 쭉 내밀고 궁전에서 나와 수레에 앉았다. 그리고 궁궐을 빠져나가는데 앞뒤로 옹위하는 인마가 수천 명이나 되었다.

조방은 장집張緝, 하후현夏侯玄, 이풍李豐을 밀실로 불러 울면서 말했다.

"사마사가 짐을 어린애로 보고 문무백관을 초개처럼 여기니 조만간 그자에게 사직이 넘어갈 거요!"

조방은 그들에게 피로 쓴 조서를 내려 사마사를 처단할 것을 모의했지만 사전에 발각되고 말았다. 사마사는 즉각 세 사람의 허리를 잘라 죽이고 삼족을 멸한 뒤 신하들을 불러 말했다.

"지금 주상은 황음무도하며 창기娼妓를 가까이하고 간사한 말을 들으면서 유능한 인재의 길을 막고 있으니 어찌 천하의 주인이 될 수 있겠소? 이제 새 임금을 세워 사직을 보호하고 천하를 안정시키려 하는데, 다들 어떻게 생각하시오?"

신하들이 감히 반대하지 못하자 사마사는 고귀향공高貴鄕公 조모曹髦를 황제로 옹립했다. 조모는 사마사에게 조정에 들어올 때 허리를 굽히지 않고, 천자에게 아뢸 때 이름을 말하지 않고, 칼을 찬 채 어전에 오를 수 있는 특전을 주었다.

위나라 정원正元 2년 정월, 관구검毌丘儉과 문흠文欽이 사마사가 멋대로 황제를 폐한 일을 응징한다는 명분으로 반란을 일으켰다. 당시 사마사는 왼쪽 눈에 종양이 생겨 수술을 한 뒤였기 때문에 다른 사람을 보내 진압하려고 했지만 종회가 반대하고 나섰다.

"그들의 세력이 강하니 다른 사람을 보내면 대사를 그르치기 쉽습니다."

이 말에 사마사가 벌떡 일어나며 말했다.

"내가 가지 않으면 역적을 격파할 수 없겠다!"

사마사는 사마소에게 조정 일을 맡기고 아픈 몸으로 수레를 타고 동쪽으로 출병했다.

낙가樂嘉에 영채를 세운 사마사는 수술한 상처가 곪아서 막사 안에 앓아누워 있었다. 그런데 3경 무렵 함성소리와 함께 영채 안이 시끄러워졌다. 놀란 사마사가 무슨 일이냐고 묻자 한 사람이 막사 안에 들어와 보고했다.

"한 무리의 군사가 영채 북쪽에서 쳐들어왔습니다. 그런데 앞장선 장수가 너무나 용맹해서 막을 수가 없습니다!"

그 장수는 바로 문흠의 아들 문앙文鴦이었는데, 열여덟 살에 불과했지만 키가 8척에 쇠채찍을 잘 썼다. 사마사는 화가 치밀어 곪은 데가 터지면서 눈알이 튀어나오고 말았다. 상처에서 피가 흘러 땅을 질펀하게 적셨다.

문앙은 쇠채찍으로 수많은 위나라 병사를 때려죽였지만 등애의 원군이 오는 바람에 중과부적으로 후퇴할 수밖에 없었다. 등애는 곧 문흠을 격파해 오나라에 투항하게 만들고 관구검까지 죽여 반란을 진압했다.

대군을 인솔해 허도로 돌아가는 와중에 사마사는 병세가 더 심해졌다. 스스로 수명이 다했음을 느낀 그는 낙양으로 사람을 보내 사마소를 불러서 말했다.

"내 권력이 너무 무거워 내려놓으려 해도 그럴 수가 없구나. 네가 이 권한을 이어받아 일을 해나가되 큰일은 절대로 남에게 맡기지 마라."

마침내 사마사가 숨을 거두니 정원 2년 2월의 일이다. 조모는 사마소가 모반할까 두려워 그를 즉시 대장군에 봉했다. 이때부터 위나라 안팎의 모든 일이 사마소의 수중에 들어갔다. 그는 출입할 때 늘 군사 3천 명의 호위를 받았고 조정의 정사를 자기 저택에서 독단적으로 처리했다. 이후로 그는 은밀히 제위를 찬탈할 생각을 품었다.

한편, 촉한의 강유는 이미 네 차례나 중원 정벌에 실패했음에도 한중에서 날마다 군마를 조련하며 호시탐탐 중원을 넘보고 있었다. 이때 회남의 제갈탄諸葛誕이 반란을 일으켜 사마소를 토벌하려 하고, 동오의 대장군 손침孫綝이 이를 돕는다는 소식과 함께, 사마소도 낙양과 장안의 군사를 일으켜 출정했다는 보고가 들어왔다. 강유는 크게 기뻐하며 말했다.

"이번에야말로 큰일을 이루겠구나!"

강유가 다섯 번째 중원 정벌에 나서겠다고 표문을 올리자, 이 소식을 들은 중산대부中散大夫 초주가 탄식하며 말했다.

"요즘 황제는 주색에 빠져 환관 황호黃皓만 신임할 뿐 국사를 돌보지 않고 있다. 이런데도 강유는 자꾸 전쟁만 하려 하고 군사들을 불쌍히 여기지 않으니 장차 나라가 위태롭겠구나!"

초주가 서신을 보내 만류했지만 강유는 듣지 않고 군사를 인솔하여 중원으로 진군했다. 그러나 장성長城에서 등애가 가로막고 촉군의 군량이 떨어질 때까지 싸움을 끄는 가운데 사마소가 제갈탄과 동오의 군사를 격파하고 등애를 도우러 온다는 소식이 전해졌다. 이에 강유가 놀라서 말했다.

"이번 정벌도 결국 그림의 떡◆이 되고 말았으니 회군하느니

525

만 못하겠구나!"

그는 어쩔 수 없이 군사를 퇴각시켰다.

이때 오나라의 권력은 대장군 손침이 좌지우지하고 있었다. 오나라 황제 손량은 비록 총명하긴 했지만 아직 나이가 어려 기를 펴지 못했다. 손량은 황후의 오라버니 전기全紀와 손을 잡고 손침을 죽이려다 비밀이 새나가는 바람에 도리어 제위에서 쫓겨나 회계왕으로 강등되었다. 이후 손침은 낭야왕琅邪王 손휴孫休를 황제로 옹립했다. 그러나 손휴도 손침의 횡포가 두려워 노장 정봉을 불러 상의했다. 정봉이 말했다.

"내일은 나라의 제사가 있는 날이니 신하들을 모두 부르십시오. 손침이 오면 신이 알아서 처리하겠습니다."

이튿날 손침이 궁에 들어와 손휴와 다른 신하들과 함께 술을 마시고 있을 때 정봉이 그를 붙잡아 처형하고 그 일족 300여 명도 저잣거리에서 참수했다.

정권을 장악한 손휴는 설후薛珝를 촉나라에 사신으로 보내 동태를 살펴보게 했다. 설후가 돌아와 보고했다.

"환관 황호가 권력을 잡고 있어서 바른말을 하는 신하가 없고 백성들은 굶주려서 얼굴이 노랗습니다."

손휴가 탄식했다.

화병畵餠 : 그림 속에 있는 떡이라는 뜻으로, 실용적이지 못함을 비유한다.

"제갈량이 살아 있었다면 어찌 이 지경이 되었으랴!"

그러고는 성도로 편지를 보냈다 장차 사마소가 황제 자리를 빼앗으면 반드시 촉과 오를 정벌할 터이니 서로 힘을 합쳐 물리치자는 내용이었다.

이 소식을 들은 강유는 다시 표문을 올려 위나라 정벌을 주청했고, 촉한 경요景耀 원년 겨울 마침내 20만 대군을 이끌고 여섯 번째 중원 정벌에 나섰다. 이에 닺선 위의 군사는 역시 등애가 인솔했다. 강유의 군사들이 기산에 도착해 세 곳에 영채를 세우자 등애는 그 위치를 확인하고 몹시 기뻐했다.

"내가 땅굴을 파놓은 곳에 영채를 세웠구나!"

원래 등애는 위군의 영채로부터 촉군이 영채를 세울 만한 곳까지 땅굴을 파놓고 기다리고 있었던 것이다. 땅굴은 촉군의 세 영채 중 왼쪽 영채 밑으로 나 있었다. 등애는 한밤중에 땅굴을 통해 촉군의 왼쪽 영채를 급습하게 하고 밖에서도 공격을 가했다. 안팎으로 협공을 당한 촉군은 큰 혼란에 휩싸였다.

그러나 강유는 당황하지 않고 가운데 영채와 오른쪽 영채의 군사들을 안정시키고 접근하는 적군에게 오히려 화살 세례를 퍼붓게 했다. 결국 위군은 더 이상 공략하지 못하고 자기 진영으로 돌아갔다.

그 후 강유는 제갈량의 팔진법八陳法에 따라 등애의 군사를 포위해 격퇴시키고 아홉 개의 영채를 모두 빼앗았다.

궁지에 몰린 등애는 성도로 사람을 보내서 강유가 황제를 원망해 머지않아 위나라에 투항할 것이라는 유언비어를 퍼뜨리게 했다. 또 환관 황호를 매수해 이 소문을 후주에게 전하도록 했다. 후주는 즉시 칙령을 내려 강유를 소환했다. 성공을 앞두고 퇴각하게 된 강유는 실망을 금치 못했다.

위나라 감로甘露 5년 4월, 사마소가 칼을 찬 채 어전에 오르자 황제 조모는 일어나서 그를 맞이했다. 여러 신하가 아뢰었다.

"대장군의 공덕이 크니 진공晉公으로 봉해야 합니다."

조모가 응하지 않자 사마소가 소리를 질렀다.

"내 아버지와 우리 형제가 큰 공을 세웠는데 내가 진공이 되는 게 타당치 않단 말이오?"

조모는 사마소의 뜻을 따르지 않을 수 없었지만, 울분을 참지 못해 스스로 호위병과 하인 등 300여 명을 모아 북을 울리며 사마소를 치러 궁궐을 나섰다. 그때 무장을 한 중호군中護軍 가충賈充이 수천 명의 철갑 금위군을 이끌고서 함성을 지르며 다가왔다. 조모가 검을 들고 외쳤다.

"나는 황제다! 너희가 제멋대로 궁정에 뛰어들어 황제를 시해하려는 것이냐?"

가충은 부장 성제成濟에게 외쳤다.

"사마 공이 너를 길러 어디에 쓰려 했겠느냐? 바로 오늘의 일을 위해서니라!"

성제는 조모에게 달려들어 창으로 가슴팍을 찔렀다. 창끝이 등을 뚫고 나오면서 조모는 즉사하고 말았다. 이 소식을 전해들은 사마소는 짐짓 놀란 척하면서 머리를 수레에 박고 우는 척했다. 그리고 이 해 6월에 조환曹奐을 황제로 옹립했다. 조환은 사마소를 승상 겸 진공에 봉하고 큰 상을 내렸다.

　촉한의 강유는 황제를 시해한 사마소를 벌한다는 명분으로 군사 15만 명을 일으켜 일곱 번째 증원 정벌에 나섰다. 이때 기산에 있던 등애는 촉군이 온다는 소식을 듣고 장수들을 모아 상의했다. 참군 왕관王瓘이 말했다.

　"제가 군사 5천 명을 거느리고 거짓 투항하여 적진을 어지럽히겠습니다."

　등애의 허락을 받은 왕관은 즉시 촉군에 투항했다. 강유는 크게 기뻐하며 말했다.

　"네가 진심으로 항복해온 것이 분명한 듯하니 서천에서 기산으로 군량을 옮기는 일을 맡아라!"

　서천으로 떠나면서 왕관은 등애에게 8월 20일에 촉의 군량을 보낼 테니 군사를 담산墰山 골짜기로 보내라고 편지를 보냈다. 하지만 이미 왕관이 거짓 투항한 줄 알고 있던 강유는 그 편지를 가져가던 자를 죽이고 날짜를 8월 15일로 고쳐 위군 진영으로 보냈다. 등애는 이 편지를 보고 8월 15일에 군사 5만 명을 이끌고 담산 골짜기로 갔다. 과연 무수한 수레가 산골짜기로 오고 있었다. 등애가 군사를 재촉해 달려가는데, 갑자기 양쪽 산에서 촉군이 쏟아져나오며 큰 소리가 울려퍼졌다.

　"누구든 등애를 잡으면 상으로 천금과 장원을 내리겠다!"

　혼비백산한 등애는 말과 투구를 버리고 보병 속에 섞여 줄행랑을 놓았다.

한편 기산으로 군량을 싣고 오다 이 소식을 들은 왕관은 즉시 모든 군량을 불태우고 기산으로 통하는 모든 다리와 관문에 불을 질렀다. 이 때문에 강유는 어쩔 수 없이 한중으로 돌아가 재정비한 다음 다시 기산으로 나아가 등애와 접전을 벌였다.

그런데 이때 성도에서 우장군 염우閻宇가 환관 황호를 설득해 후주에게 아뢰었다.

"강유가 몇 차례 싸웠지만 공이 없으니 돌아오게 하소서!"

이 말을 믿고 후주는 세 번이나 조서를 내려 강유를 불러들였다. 할 수 없이 군사를 한중으로 퇴각시킨 강유는 성도에 가서 후주를 만나 간했다.

"폐하, 황호를 죽이지 않으면 머지않아 화가 닥칠 것입니다!"

"그는 짐의 잔심부름꾼에 불과한데 어찌 그런 일이 있겠는가?"

후주가 들은 척도 않자 강유는 자신에게 화가 닥칠까 두려워 군사 8만 명을 데리고 답중沓中으로 가서 밀을 심고 둔전을 하면서 앞날에 대비했다.

한편, 사마소는 강유의 소식을 듣고 장수들에게 말했다.

"지난 6년간 나는 군사를 조련하고 병장기를 비축하여 촉을 정벌할 준비를 마친 지 오래요. 이제 촉을 평정한 후 그 여세를 몰아 수륙으로 병진하여 동오를 공략하려 하오. 나는 이미 등애에게 명하여 군사 10만 명으로 강유를 공격해서 묶어놓고, 종회에게는 20~30만 명을 이끌고 한중을 습격하게 했소. 촉나라 후주 유선은 어리석어서 변경의 성읍이 함락되고 백성들이 두려움에 떨면 반드시 자멸할 것이오."

장수들은 저마다 사마소의 전략에 탄복했다.

위나라 경원景元 4년 7월, 종회는 촉나라 정벌에 나섰다. 그는 동오를 친다고 소문을 내 오나라가 군사를 움직이지 못하게 한 뒤 촉의 양평관, 낙성樂城, 한성漢城을 연속으로 격파했다.

이때 등애는 종회가 공을 세웠다는 소식을 듣고 속으로 불쾌했다. 그래서 제갈서諸葛緖 등을 시켜 답중의 강유를 상대하게 하고, 자신은 아들 등충鄧忠과 함께 먼저 성도를 공략하기로 했다.

등애는 군사를 인솔하여 음평陰平의 샛길로 진군했다. 산을 뚫어 길을 내고 다리를 만들어가면서 약 700리를 행군했다. 사람 하나 없는 험한 벼랑과 골짜기를 20여 일이나 걸었다. 마천령摩天嶺에 이르렀을 때는 말이 더 가지 못했다. 그는 군사들에게 무기를 절벽 아래로 떨어뜨린 다음 이불을 감고 굴러내려가거나 나무에 밧줄로 허리를 묶게 하여 가까스로 마천령을 넘었다.

등애는 군사를 이끌고 밤을 새워 진군해 강유성江油城과 부성을 차례로 함락한 뒤 후주가 있는 성도로 나아갔다. 촉나라에서는 제갈량의 아들 제갈첨諸葛瞻이 성도의 병사 7만 명을 이끌고 나와 중간의 면죽성에서 적과 싸웠지만 중과부적이었다. 제갈첨이 스스로 목을 찔러 죽자 등애는 면죽성을 넘어 마침내 성도를 취하러 나아갔다.

성도에서 이 소식을 들은 후주는 크게 놀라서 급히 문무백관을 불러 상의했다. 관리들은 대부분 항복할 것을 주장했다. 그리

하여 후주는 초주에게 항복 문서를 만들어 등애에게 전하도록
했다. 등애가 더할 나위 없이 기뻐하며 대군을 이끌고 성으로 들
어갈 때 성도의 백성들은 저마다 향과 꽃을 준비하여 맞이했다.
　이때 종회와 검각에서 맞서고 있던 강유는 후주의 항복 소식
을 전해듣고 깜짝 놀랐다. 수하 장수들도 검을 들고 외쳤다.
　"우리가 결사적으로 싸우고 있는데 어찌하여 먼저 항복한단
말인가?"
　일시에 병사들의 통곡 소리가 수십 리 밖까지 울려퍼졌다. 강
유가 그들을 위로하며 말했다.
　"걱정 마라. 나에게 한나라 황실을 부흥시킬 계책이 있다."
　그러고는 곧바로 항복 깃발을 걸고 종회에게 투항했다. 그는
반가이 맞는 종회에게 말했다.
　"위나라의 번성은 모두 장군의 공이므로 이 강유는 기꺼이 항
복합니다. 만약 등애였다면 죽으면 죽었지 결코 항복하지 않았
을 겁니다."
　이 말에 종회는 그와 의형제를 맺고 예전처럼 군사를 거느리
게 했다. 하지만 이 소식을 듣고 등애는 더욱 종회를 미워하게
되었다.
　강유는 계속 종회와 등애 사이를 이간질했다. 마침내 종회는
사마소에게 서신을 보내 등애에게 반역의 뜻이 있다고 고했다.
사마소는 종회에게 조서를 내려 등애를 견제하게 하고, 따로 위
관衛瓘을 사마에 봉해 종회와 등애의 군마를 감독하게 했다. 사
마소는 종회 또한 전적으로 믿지는 않았던 것이다.

조서를 받은 종회는 강유를 불러 등애를 잡을 계책을 논의했다. 강유가 말했다.

"먼저 등애가 반역했다고 조정에 알린 다음, 위관에게 등애를 잡아들이라고 명하십시오. 만약 등애가 위관을 죽이면 그게 오히려 반역의 증거가 되니 장군은 그때 토벌할 수 있습니다."

종회는 즉시 등애가 촉의 관리들을 결집해 반역을 꾀하고 있다고 사마소에게 알리고 위관을 시켜 등애를 사로잡아 낙양으로 압송하게 했다. 강유는 종회가 등애의 근마까지 얻어서 위세와 명망을 크게 떨치자 다시 충동질했다.

"근래 곽태후가 세상을 떠났다고 하니 거짓으로 태후의 유서를 만들어, 장수들에게 사마소를 쳐서 황제를 시해한 죄를 바로잡으라고 하십시오. 공의 현명한 능력이면 중원을 석권할 수 있습니다."

하지만 장수들은 종회의 말을 따르지 않고 은밀히 반란을 일으켰다. 결국 종회는 그들의 화살에 맞아 죽고, 강유도 촉을 재건하려는 꿈을 이루지 못한 채 스스로 목을 베어 자결했다. 이때 강유의 나이 63세였다.

사마소는 촉의 후주 유선을 낙양으로 불러 안락공安樂公으로 봉한 뒤 저택을 주고 매달 생활비를 댔다. 그러나 환관 황호는 나라를 해쳤다는 죄목으로 저잣거리에 끌어내 참수했다. 이에 유선은 직접 사마소를 찾아가 절을 하고 감사의 뜻을 표했다. 사마소는 연회를 열어 유선을 환대하면서 먼저 위나라의 음악과 춤을 보여주었다. 촉나라 관리들은 슬픔을 감추지 못하는데 유독 유선만은 얼굴에 기쁜 빛을 띠었다. 다음에는 촉나라 악사에게 명하여 촉나라 음악을 연주하게 했다. 촉나라 관리들은 모두 눈물을 흘리는데 유선은 즐거워하며 웃음을 지었다. 술이 반쯤 거나해지자 사마소가 가충에게 말했다.

"사람이 저렇게 무정하다니! 제갈공명이 살았어도 저런 자는 오래 보좌할 수 없었을 텐데 하물며 강유가 어찌 보좌할 수 있었겠나?"

그러고서 유선에게 물었다.

"촉나라가 생각나시오?"

"이렇게 즐거우니 촉나라가 생각나지 않습니다."

얼마 후 유선이 몸을 일으켜 변소로 가는데 극정郤正이 복도까지 따라와서 낮은 소리로 말했다.

"폐하께서는 어찌하여 촉나라가 생각나지 않는다고 답하십니까? 혹시 다시 물으면 눈물을 흘리면서 '선조의 묘가 멀리 촉땅에 있어서 비통한 마음에 하루라도 생각나지 않는 날이 없습니다'라고 하십시오. 그러면 반드시 폐하를 돌려보낼 겁니다."

유선은 이 말을 명심하고 자리로 돌아왔다. 술이 좀더 취하자 사마소가 다시 물었다.

"촉나라가 생각나지 않소?"

유선은 극정의 말대로 대답하고 나서 울려고 했지만 눈물이 나오지 않았다. 그래서 눈을 감고 있는데 사마소가 껄껄 웃으며 말했다.

"어찌하여 극정의 말을 듣는 것이오?"

유선이 깜짝 놀라 두 눈을 번쩍 뜨더니 말했다.

"맞습니다. 원래 그의 말입니다."

사마소와 좌우의 사람들이 모두 크게 웃었다. 사마소는 이날 이후로 더 이상 유선을 의심하지 않았다.

촉이 항복한 뒤 위나라 황제 조환은 사마소의 공로를 인정하여 진왕으로 봉했다. 사마소에게는 두 아들이 있었는데 맏아들 사마염司馬炎은 총명하고 용감했으며 둘째아들 사마유司馬攸는 겸손하고 온화했다. 형인 사마사가 아들이 없었기 때문에 사마소는 사마유를 사마사의 양아들로 보내 뒤를 잇게 했다. 사마소는 늘 사람들에게 이렇게 말하곤 했다.

"천하는 우리 형의 것이오!"

그리하여 진왕이 된 후 사마유를 세자로 삼으려 했지만, 동생을 앞세우면 나라가 어지러워진다는 신하들의 반대로 결국 맏아들 사마염을 세자로 확정했다. 얼마 후 사마소는 중풍에 걸려 말을 못하게 된 채 손가락으로 사마염을 가리키며 숨을 거뒀다.

장례를 치른 후 사마염은 가충과 배수裵秀 등을 불러 말했다.

"조비조차 한나라의 대통을 이어받았는데 내가 어찌 위나라의 대통을 이어받을 수 없겠소?"

가충과 배수가 황급히 절하며 아뢰었다.

"전하께서는 조비를 본받아 수선대(受禪臺, 황제의 지위를 이양하는 의식을 치르는 대)를 세우고 천하에 널리 알린 뒤 황제의 자리에 오르소서."

이에 사마염은 크게 기뻐했다.

이튿날 사마염이 칼을 차고 입궁하자 위나라 황제 조환이 황급히 자리에서 내려와 맞이했다. 사마염이 물었다.

"위나라가 천하를 얻었는데, 누구의 공로가 제일 큽니까?"

"모두 진왕 그대의 부친과 조부 덕택이오."

"내가 보건대, 폐하는 문장으로는 도를 논할 수 없고 무예로는 나라를 다스릴 수 없는데, 어찌하여 덕망 있는 사람에게 황제의 자리를 양보하지 않습니까?"

조환은 너무 놀라서 입을 딱 벌린 채 아무 말도 하지 못했다. 궁지에 몰린 조환은 결국 가충에게 수선대를 세우게 했다. 진왕 사마염은 그 위에 올라 황제의 자리에 등극했다. 그리고 국호를 대진大晉으로 바꾸고 연호를 태시太始로 하였다.

사마염이 위나라를 찬탈했다는 소식을 듣고 오나라 황제 손휴는 사마염이 필경 오나라를 칠 것이라고 근심하다가 병에 걸려 죽었다. 신하들은 손호孫皓를 다음 황제로 옹립했지만, 손호는 갈수록 난폭해지고 주색에 빠졌으며 환관을 총애했다. 신하들이 간언을 하면 무조건 참수하고 삼족을 멸했으니 나중에는 아무도 간하는 사람이 없었다. 더구나 사치벽이 극심해서 백성들은 그를 위해 물자를 대느라 고생이 이만저만이 아니었다.

진나라 함녕咸寧 4년, 사마염은 두예杜預를 대장군으로 삼아서 오나라 정벌을 준비했다. 오나라 전역에 손호에 대한 백성들의 원망이 흘러넘치는 것을 알고 두예는 군사 10만 명으로 강릉을

손호의 항복으로 삼국이 통일되다.

공격해 점령했다. 이어서 오나라의 수도 건업을 치기 위해 수군을 이끌고 거침없이 진격했다. 오나라 수군은 제대로 싸워보지도 못하고 번번이 패하여 흩어졌다. 이 소식에 깜짝 놀란 오나라 장수 제갈정諸葛靚이 승상 장제張悌를 찾아가 물었다.

"오나라가 위급한데 어찌하여 달아나지 않습니까?"

장제가 눈물을 흘리며 말했다.

"오나라에 멸망이 임박했음은 현명한 자든 어리석은 자든 누구나 아는 일이오. 이제 임금과 신하가 모두 항복할 텐데 한 사람이라도 국난國難에 죽지 않는다면 이 또한 수치가 아니겠소!"

결국 장제는 홀로 군사를 이끌고 적군과 싸우다가 죽었다.

진나라 대군의 질풍 같은 기세에 오나라 사람들은 순순히 항복했다. 두예는 그들을 위로하고 추호도 해치는 일이 없었다. 궁지에 몰린 오나라 황제 손호는 촉나라 후주를 본받아 문무백관을 데리고 항복했고, 오나라의 4개 주와 83개 군이 전부 진나라에 귀속되었다. 이렇게 삼국이 진나라 황제 사마염의 수중에 들어가면서 천하는 비로소 하나로 통일되었다. 이것이 이른바 '천하의 대세는 분열이 오래면 반드시 통합되고 통합이 오래면 반드시 분열된다'는 것이다.

촉은 왜 그렇게 쉽게 멸망했을까?

촉은 본질적으로 외래 정권이었다. 유비와 제갈량 등이 형주에서 데려온 인물들과 촉의 토착 세력이 함께 권력집단을 이뤘지만 제갈량은 줄곧 형주 세력을 우선시하고 토착 세력을 억눌렀다. 제갈량을 계승한 장완, 비위, 강유 역시 촉 출신이 아니었다.

이렇게 권력 중심부에서 배제된 토착 세력은 점점 정권에 등을 돌렸고 나라가 위기에 처해도 걱정하기는커녕 적에게 투항하기를 원했다. 그 대표적인 인물이 바로 후주 유선에게 위에 투항할 것을 강권한 대신 초주였다. 그는 "적군이 성 밑까지 쳐들어왔지만 일반 백성과 관리들은 하나도 믿을 수가 없습니다"라고 하여, 이미 백성들이 촉의 외래 정권에 등을 돌렸음을 강조함으로써 후주의 항복을 유도했다.

아울러 촉 말기 정권을 농단했던 환관 황호의 황당무계한 처사도 촉의 멸망을 부채질했다. 그는 위의 침입을 경고한 강유의 상소문을 숨기고 별일 없을 것이라는 무당의 예언을 믿었다. 이로 인해 촉의 대신들은 위군의 침략이 발등에 떨어진 불이 될 때까지도 대부분 그 사실을 알지 못했다. 바로 이런 이유들로 인해 촉은 허무한 멸망을 맞이하고 말았다.

- 천하의 대세는 분열이 오래면 반드시 통합되고, 통합이 오래면 반드시 분열된다.

  《삼국지》 서두에 나오는 명언. 역사는 분열과 통합, 난세와 치세가 번갈아 반복된다는 의미.

- 비록 같은 해, 같은 달, 같은 날에 태어나지는 못했지만 같은 해, 같은 달, 같은 날에 죽기를 바란다.

  유비, 관우, 장비가 의형제를 맺을 때 맹세한 말로 '도원결의'를 상징한다.

- 당신은 태평성대에는 유능한 신하가 되겠지만 난세에는 간교한 영웅이 될 것이다.

  관상을 잘 보기로 이름난 허소許劭가 조조의 관상을 보고 한 말. '간교한 영웅'이라는 말은 칭찬이 아닌데도 조조는 이 말을 듣고 기뻐했다고 한다.

- 훌륭한 새는 나무를 가려서 깃들고, 어진 신하는 주인을 가려서 섬긴다.

  이숙이 여포에게 지금 섬기고 있는 정원丁原을 버리고 동탁을 받들라는 뜻으로 한 말. 여포는 정원을 죽이고 동탁의 양자가 되지만, 나중에는 동탁도 살해하고 떠돌다가 조조에게 죽는다.

- 제비나 참새 따위가 어찌 기러기나 고니의 뜻을 알겠는가?

소인이 어찌 영웅의 뜻을 알 수 있겠느냐는 의미다. 왜 동탁을 죽이려는지 질문을 받았을 때 조조가 한 대답이다. 원래는 진나라 말엽 진승이 반란을 일으킬 때 일찍이 자기를 업신여겼던 주인에게 한 말이다.

● 사람 중에는 여포, 말 중에는 적토마.

여포는 인물이 출중한 장부 중의 장부였고, 그가 탄 적토마는 명마 중의 명마였기에 나온 말이다.

● 백성들은 거꾸로 매달린 듯 위험에 처해 있고, 임금과 신하는 누란의 위기에 놓여 있다.

왕윤이 초선을 설득할 때 한 말. '누란'은 층층이 위태롭게 쌓은 알을 뜻한다. 결국 초선은 미인계로 여포를 유혹한 뒤 그로 하여금 동탁을 죽이게 한다.

● 남다른 일을 해야 남다른 공로를 세우는 법이다.

입지가 불안한 헌제를 낙양에서 허도로 옮겨야 한다고 하면서 동소가 조조를 설득할 때 한 말이다.

● 우리는 죽어서 묻힐 곳조차 없겠다.

진궁은 여포에게 조조의 군사가 지쳤을 때 공격하라고 했지만, 여포는 아내의 만류로 그의 말을 듣지 않는다. 이에 진궁이 탄식하며 한 말이다.

● 쥐를 잡겠다고 그릇을 깨지는 말라.

조조가 사냥을 나가서 헌제를 무시하는 행동을 하자 관우는 분노하여 그를 죽이려 한다. 그러자 유비가 이 말을 인용하며 관우를 말린다.

● 장수가 외지에 있을 때는 임금의 명령이라도 받지 못할 때가 있다.

《삼국지》에 자주 나오는 말. 원래는 《사기》 〈손자오기열전〉에서 유래했다.

● 사람을 얻는 나라는 번창하고, 사람을 잃는 나라는 망한다.

손책에게 대권을 물려받은 손권에게 주유가 한 말. 주유는 이렇게 유능한 인재의 등용을 역설하면서 노숙을 추천했다.

● 충언은 귀에 거슬리고, 어린애와는 대사를 도모할 수 없다.

허유가 조조를 격파할 수 있는 멋진 계책을 올렸는데도 의심 많은 원소는 받아들이지 않는다. 이에 실망한 허유가 한 말이다.

- 사태가 위급하면 서로 돕다가 여유가 생기면 서로 다툰다.

  원소가 죽고 원담과 원상이 그 세력을 이어받자 조조의 참모 곽가는 그들을 공격하기보다는 그들이 분열되기를 기다리는 게 낫다고 하면서 위와 같이 말했다.

- 죽음이 두려워 의리를 잊는다면 어찌 세상에 입신할 수 있겠는가?

  원담의 부하 왕수는 원담이 죽자 그의 시체 앞에서 곡을 한다. 조조가 죽음이 두렵지 않느냐고 묻자 왕수는 위와 같이 말하면서 원담의 시체를 인수해 매장할 수만 있다면 죽어도 좋다고 말한다. 조조는 그의 의기를 높이 사서 매장을 허락했다.

- 지금은 오래 말을 타지 않아서 허벅지에 살이 붙었다. 세월이 가면서 나이만 먹고 공을 세우지 못하는 것이 슬플 뿐이다!

  유표와 대화하던 유비가 자기도 모르게 눈물을 흘리자 유표가 그 모습을 보고 이상해서 이유를 묻자 유비가 대답한 말이다. '비육지탄髀肉之嘆'이라는 고사성어로 알려져 있다.

- 내가 공명을 얻은 것은 물고기가 물을 만난 것과 같다.

  젊은 제갈량을 스승으로 우대한다고 관우와 장비가 불평하자 유비가 대답한 말이다. 서로의 마음까지 알아주는 친구 사이를 '수어지교水魚之交'라고 하는데, 바로 여기서 유래했다.

- 장막 안에서 계책을 꾸며 천 리 밖의 승리를 결정한다.

  관우와 장비가 제갈량의 작전 지시에 대해 불평하자 유비는 이 말로 그들에게 제갈량의 역할을 설명한다. 이 구절은 원래 《사기》 〈고조본기〉에 나오는 "장막 안에서 계책을 꾸며 천 리 밖의 승리를 결정하는 일에 관한 한 나 유방이 참모 장량에 미치지 못한다"는 말에서 유래했다.

- 부서진 둥지 아래 어찌 온전한 알이 있겠는가?

  공융의 두 아들이 한 말이다. 조조가 공융을 체포하라고 명했을 때 공융의 두 아들은 장기를 두면서 가신이 재촉하는데도 달아나지 않았다. 결국 그들도 처형을 당한다.

- 많은 말로 이익을 얻는 것은 입을 다물고 침묵하느니만 못하다.

  제갈량이 손권의 문관들과 설전을 벌일 때 황개가 문관들을 윽박지르며 한 말이다. 황개는 곧바로 제갈량을 손권에게 안내한다.

- 강물이 쏟아지듯 도도하게 유세하고 칼날처럼 날카롭게 혀를 놀린들
  어찌 내 마음을 움직일 수 있겠는가?

  장간이 자신을 설득하기 위해 찾아오자 주유는 이미 그의 의도를 알고 취한
  척 가장하며 이렇게 말한다. 어떤 논객도 자기 마음을 바꿀 수 없다는 뜻이다.

- 장수로서 천문을 통달하지 못하고, 지리적 이점을 알아채지 못하고,
  기문을 알지 못하고, 음양에 밝지 못하고, 진세를 살피지 못하고, 군
  사의 세력에 밝지 못하면 용렬한 재능에 불과하다.

  제갈량이 조조의 진영에서 10만 대의 화살을 얻었을 때 노숙이 "오늘 새벽에
  안개가 낄 줄은 어떻게 아셨습니까?" 하고 묻자 제갈량이 답한 말이다. 현대
  적인 관점에서는 전쟁에 작용하는 모든 변수를 꿰뚫고 있다는 뜻으로 해석할
  수 있다.

- 주인을 배반하고 도적질을 할 때는 시기를 정할 수 없다.

  감택이 조조를 찾아가 황개의 항복 편지를 전하자 조조는 황개가 '고육계'를
  쓴다고 하면서 편지에 항복 날짜가 없다고 지적한다. 그러자 감택은 이렇게
  말하면서 배신의 날짜를 정해두면 착오가 있을 경우 대처할 수 없다고 말한
  다. 조조는 결국 고육계에 걸려들고 만다.

- 대장부는 신의를 중시한다.

  적벽대전에서 대패하고 도주하던 조조는 마지막에 관우를 만나는데 그에게 이
  렇게 말하면서 목숨을 구걸한다. 관우는 제갈량의 당부에도 불구하고 마음이
  흔들려 조조를 놓아주고 만다.

- 대장부가 나라의 녹을 먹는 이상 전장에서 죽어야 마땅하니, 말가죽
  에 시체가 싸여 돌아오기만 해도 다행이다.

  주유는 남군을 공격하다가 화살을 맞는다. 이때 정보가 즉시 퇴각하자고 권하
  자 주유가 한 말이다.

- 마씨 5형제 중 눈썹에 흰 털이 난 사람이 가장 낫다.

  유비가 형주를 차지하자 이적은 그에게 형주의 인재를 초빙하라고 권한다. 이
  때 이적은 첫 번째로 마량을 추천하며 이렇게 말한다. '흰 눈썹'이라는 뜻의
  고사성어 '백미白眉'가 여기서 유래했다.

- 장수의 길은 이겼어도 기뻐하지 않고 패했어도 근심하지 않는

것이다.

합비 전투에서 손권을 격퇴한 장요가 승리를 거두고 자기 진영으로 돌아와 한 말이다. 승리했다고 방심하지 말고 경계를 삼엄히 하라는 뜻이다.

● 병법에서는 속임수를 꺼리지 않는다.

마초가 조조에게 사자를 보내 화평을 요구하자 조조의 모사 가후가 화평을 받아들이는 척하며 반간계를 쓰라고 하면서 한 말이다. 결국 마초는 조조에게 대패한다.

● 먼저 채찍을 잡아야 한다.

유비에게 환대를 받은 장송이 무능한 유장을 몰아내고 촉을 취하라고 하면서 한 말이다. 구체적으로는 "대장부라면 반드시 공적과 대업을 이루기 위해 노력해야 하며 먼저 채찍을 잡아야 합니다. 지금 취하지 않고 남에게 빼앗긴다면 그때는 후회해도 늦습니다"라고 했다.

● 인생의 괴로움은 만족할 줄 모르는 것이다. 한중을 막 얻었는데 또 촉 땅을 바라다니!

한중을 함락한 조조에게 사마의는 여세를 몰아 촉으로 쳐들어가야 한다고 건의했는데 이때 조조가 한 말이다. 욕망의 끝없음을 말한 것이다. 여기서 '득롱망촉得隴望蜀'이라는 고사성어가 나왔다.

● 용맹한 장수는 죽음이 무서워 구차하게 살려고 하지 않으며, 장사는 절개를 굽히면서까지 살기를 바라지 않는다.

관우의 군사와 필사적으로 싸우면서 방덕이 부하에게 한 말이다. 부하를 모두 잃고 생포된 방덕은 끝까지 항복을 거부하다가 죽음을 맞는다.

● 옥은 부술 수는 있어도 그 흰 빛깔은 바꿀 수 없으며, 대나무는 태울 수는 있어도 그 마디를 훼손할 수는 없다.

손권의 명을 받은 제갈근이 맥성으로 항복을 권하러 오자 관우가 한 말이다. 결국 관우는 관평을 비롯한 부하들과 함께 탈출하다가 생포되어 처형당한다.

● 여러 사람의 말을 들으면 명철해지지만, 한쪽 말만 들으면 우매해진다.

육손이 지구전을 펼치며 출전하지 않자 초조해진 유비는 각 영채를 숲이 무성하고 계곡이 가까운 곳으로 옮긴다. 이때 마량은 이 일을 제갈량에게 묻자고 하면서 이렇게 말했다. 결국 유비는 자기 생각을 고집하다 육손의 화공에 대패하고 만다.

- 상대의 마음을 공격하는 것이 상책이고, 상대의 성을 공격하는 것은 하책이다.
  남만 정벌에 나서면서 제갈량이 그 핵심을 묻자 마속이 대답한 말이다.

- 일을 도모하는 건 사람이지만, 일을 이루는 건 하늘이다.
  제갈량은 사마의를 유인하여 화공으로 거의 죽음 직전까지 몰아가지만, 때마침 내린 비로 불이 꺼지면서 사마의와 그의 자식들은 구사일생으로 목숨을 건진다. 이를 보고 제갈량이 탄식하며 한 말이다.

- 인정과 세태는 예나 지금이나 마찬가지다.
  동탁이 자기를 구해준 유비, 관우, 장비에게 무슨 벼슬을 하고 있는지 묻자 유비는 아직 벼슬이 없다고 말한다. 그러자 동탁은 그들을 업신여겼는데 이 장면을 묘사한 시의 첫 구절이다.

- 명분이 올바르고 말이 이치를 따라야 큰일을 도모할 수 있다.
  낙양으로 올라오라는 조서를 받고 동탁이 군사를 이끌고 떠날 때 그의 참모인 이유가 한 말이다. 대의명분을 밝힌 뒤 행동하라는 뜻이다.

- 인생이 얼마나 되겠는가? 응당 멀리 보고 도모해야 한다.
  황조가 감녕을 제대로 쓰지 못하자 황조의 부하 소비가 감녕에게 앞일을 잘 생각하라는 뜻에서 한 말이다. 이로 인해 감녕은 강동의 손권에게 귀순하여 그의 맹장이 된다.

- 하늘을 따르는 자는 편안하고 하늘을 거역하는 자는 수고롭다.
  유비가 처음 제갈량을 찾아갔을 때, 천하를 안정시킬 방책을 구하는 유비에게 최주평이 한 말이다.

- 천하를 움직이기는 아주 쉬워도 안정시키기는 너무나 어렵다.
  이유가 동탁에게 낙양 천도를 권하자 양표가 반대하면서 한 말이다. 그러나 동탁은 돈과 식량이 부족했기 때문에 이유의 말을 받아들였다.

- 악한 일은 작더라도 하지 말아야 하며, 착한 일은 작더라도 하지 않

을 수 없다.

유비가 태자 유선을 비롯한 아들 형제에게 남긴 유서에 있는 말이다.

- 안전한지 위태로운지 그 기미를 살피지 않을 수 없다.

  순욱이 조조에게 유비를 일찌감치 없애라고 하자 조조는 곽가에게 이 문제를 묻는다. 그때 곽가가 천하 사람들의 인망을 잃지 않기 위해서는 유비를 죽이면 안 된다고 하면서 이렇게 말한다.

- 현명한 군주는 위기를 헤아려 변화를 다스리고, 충신은 어려운 고비를 걱정하여 권위를 확립한다.

  조조를 치기 위한 명분을 세우기 위해 원소는 진림에게 격문을 쓰게 한다. 진림은 그 자리에서 조조를 통박하는 격문을 지었는데 그 글의 첫머리에 나오는 내용이다.

- 예로부터 교만한 병사는 많이 실패한다.

  파서를 지키는 장비를 장합이 막무가내로 잡아오겠다고 하자 조홍은 군령장을 받아놓고 출전을 허락한다. 그러나 장합은 그 교만함의 대가로 참담한 패배를 당하고 마는데, 이 장면을 읊은 시의 첫 구절이다.

- 기밀이 한번 누설되면 도리어 남의 술책에 놀아나게 된다.

  방통이 유장을 죽이라는 계책을 올리자 유비는 같은 한나라 황실의 종친인 유장을 차마 죽일 수 없다고 말한다. 그때 법정이 시기를 놓치면 오히려 역습을 받는다는 뜻으로 이렇게 말한다.

- 충직한 말은 감춤이 없고 청렴한 지조는 탐냄이 없었다.

  원소가 죽고 그의 아들 원담과 원상도 조조에게 격파당하자 신하인 심배는 '살아서는 원씨의 신하였고 죽어서도 원씨의 귀신'이라고 하면서 항복을 거부하고 참수당했다. 이 말은 심배를 기린 시의 한 구절이다.

- 말은 백락을 만나야 울고, 사람은 자기를 알아주는 사람을 위해 목숨을 바친다.

  유장의 사신으로 유비를 만나러 온 법정은 이렇게 말하면서 은근히 귀순의 뜻을 밝힌다. 그는 유비에게 서천을 취하라고 역설했다.

- 말이 실제 내용보다 앞서니 크게 쓸 수는 없다.

  죽음을 앞둔 유비가 제갈량에게 마속의 됨됨이를 묻자 제갈량은 탁월한 인재라고 답한다. 그러나 유비는 이렇게 말하면서 큰 인재는 아니니 심사숙고해서 쓰라고 주의를 준다.

- 위엄이 군주를 누를 정도이니 오래갈 수 없다.

  장즙은 사마사에게 제갈각이 일찍 죽을 거라고 달한 적이 있는데 사마사가 그 이유를 묻자 이렇게 답한다. 과연 제갈각은 오만하게 처신하다가 손준에게 피살되고 만다.

- 부드러움으로 능히 강함을 이기니 대적할 수 없는 영웅이다.

  서천을 지키기 위해 유장이 유비에게 구원을 청하려 하자 황권이 반대하고 나서면서 유비를 평가한 말이다. 그는 유비가 서천에 들어오면 한 나라에 주인이 둘인 셈이니 막아야 한다고 주장했다.

- 사람의 화와 복은 아침저녁으로 바뀌고, 하늘의 풍운은 예측할 수 없다.

  아파서 누워 있는 주유에게 제갈량이 위문을 오자 주유는 "사람의 화와 복은 아침저녁으로 바뀐다고 하니 어찌 스스로를 보존할 수 있겠습니까?"라고 했고, 제갈량은 "하늘에는 예측할 수 없는 풍운이 있다고 했으니 사람이 어찌 짐작할 수 있겠습니까?"라고 답했다.

- 새가 죽을 때면 그 울음이 슬프고, 사람이 죽을 때면 그 말이 착하다.

  임종할 때 유비는 제갈량에게 뒷일을 부탁하면서 성인의 이 말을 인용했다.

- **(서기) 184년 | 한 영제靈帝 광화光和 7년, 중평中平 원년**

  황건적이 난을 일으키다. 조조, 유비, 손견 등이 황건적 진압에 나선다.

- **189년 | 한 영제 중평 6년, 한 헌제獻帝 영한永漢 원년**

  4월에 영제가 붕어, 어린 황제가 즉위했다. 하진이 권력을 전횡하다 환관에게 죽고 원소가 환관들을 몰살한다. 9월에 동탁이 어린 황제를 폐하고 진류왕을 황제로 옹립하니 바로 헌제다. 원소는 기주로 달아나고 조조도 진류로 돌아가서 군사를 일으킬 준비를 한다.

- **190년 | 한 헌제 초평初平 원년**

  1월에 원소가 맹주가 되어 조조, 유비, 손견 등과 함께 동탁 토벌에 나선다. 2월에 동탁이 헌제를 핍박해 장안으로 수도를 옮긴다. 이때부터 군벌의 혼전이 시작된다.

- **191년 | 한 헌제 초평 2년**

  2월에 손견이 동탁군을 격파한다. 7월에는 원소가 기주를 빼앗아 스스로 기주목이 되고 조조는 동군 태수가 된다. 유비는 공손찬에게 몸을 의탁한다.

- **192년 | 한 헌제 초평 3년**

1월에 손견이 양양을 포위하고 유표를 공격하던 중 화살에 맞아 죽는다. 4월에 왕윤이 여포와 손잡고 동탁을 죽인다. 청주의 황건적이 연주 자사 유대를 죽이자 조조가 황건적을 격파하고 연주목이 된다. 6월에 동탁의 장수인 이곽, 곽사가 장안에 들어와 왕윤을 죽인다. 여포는 관동으로 달아나고 이곽과 곽사가 조정을 장악한다.

- **194년 | 한 헌제 흥평興平 원년**

봄에 유비가 도겸을 구원해 소패에 주둔한다. 여름에 조조가 다시 도겸을 공격하지만, 진류 태수 장막과 전궁이 배반하고 여포를 맞이하자 조조는 군사를 철수한다. 이어서 조조는 업양에서 여포와 100여 일을 대치한다. 한편, 익주목 유언이 죽고 유장이 그 뒤를 잇고, 도겸이 죽고 유비가 서주목이 된다.

- **195년 | 한 헌제 흥평 2년**

조조가 여포를 대파하고 다시 연주를 장악한다. 여포는 유비에게 투신한다. 손책은 원술을 떠나 남하하여 강동에서 기틀을 닦는다.

- **196년 | 한 헌제 건안建安 원년**

유비와 원술이 싸우고, 여포는 그 틈을 타서 서주를 취한다. 9월에 조조는 헌제를 맞이하여 허도를 도읍지로 정한다. 여포의 공격으로 유비가 투신해오자 조조는 표문을 올려 유비를 예주목으로 삼는다.

- **197년 | 한 헌제 건안 2년**

원술이 수춘에서 스스로 황제라 칭하지만, 9월에 조조가 그를 크게 격파한다. 조조는 표문을 올려 손책을 토역 장군으로 삼고 오후로 봉한다.

- **198년 | 한 헌제 건안 3년**

9월에 조조는 서주 정벌에 나서고 12월에는 여포를 포획하여 죽인다. 주유와 노숙은 장강을 건너서 손책에게 몸을 의탁한다.

- **199년|한 헌제 건안 4년**

원소가 공손찬을 죽이고 기주, 청주, 유주, 병주를 차지한다. 유비는 동
승과 함께 조조 암살을 모의하지만 실패로 끝나자 원술을 치겠다고 자
원하여 서주를 차지한다. 6월에 원술이 병으로 죽고 원소는 허도를 공
격한다. 이에 조조는 군사를 나누어 허도와 관도를 지킨다. 손책은 여강
태수 유훈을 격파하고 여강의 여섯 지역을 차지한다.

- **200년|한 헌제 건안 5년**

조조가 서주를 공략해 유비를 격파한다. 유비는 원소에게 달아나고 관
우는 투항한다. 이후 관우는 백마 전투에서 조조를 위해 안량과 문추를
죽인 뒤 유비에게 돌아간다. 손책은 허도를 공격하려 하지만 실패하고
창에 찔려 죽는다. 손권이 그 뒤를 잇는다. 10월에 조조는 원소의 군량
과 마초를 불태워 대승을 거둔다.

- **201년|한 헌제 건안 6년**

4월에 조조는 창정 전투에서 원소를 격파하고, 9월에는 여남에서 유비
를 격파한다. 유비는 형주 목사 유표에게 의탁하고 유표는 그를 신야에
주둔하게 한다.

- **202년|한 헌제 건안 7년**

5월에 원소가 죽는다. 9월에 조조가 원담을 공격하자 원상이 원담을 구
원하러 나서지만 계속 패한다.

- **203년|한 헌제 건안 8년**

원담과 원상이 기주를 두고 서로 다툰다. 패배한 원담은 조조에게 구원
을 요청한다. 10월에 조조가 여양에 이르자 원상은 패퇴하여 업성으로
돌아간다.

- **204년|한 헌제 건안 9년**

조조는 업성을 공략해 스스로 기주목이 된다. 원상은 원담에게 패한 뒤

형인 원희에게 의탁한다. 이어 조조에게 패한 원담은 물러나서 남피를
지킨다.

● **205년 | 한 헌제 건안 10년**

1월에 조조가 남피를 공략하여 원담을 죽인다. 원희와 원상은 요서 지
역의 오환으로 달아난다.

● **206년 | 한 헌제 건안 11년**

1월에 조조는 고간을 공격하여 병주를 평정한다. 오환의 우두머리가 원
상 형제를 돕고자 여러 차례 변경을 침범한다.

● **207년 | 한 헌제 건안 12년**

여름에 조조가 오환을 크게 격파하자 원씨 형제는 요동으로 달아난다.
그러나 요동 태수 공손강은 그들을 참수해서 조조에게 수급을 바친다.
이때 유비는 삼고초려로 제갈량을 얻었다.

● **208년 | 한 헌제 건안 13년**

봄에 손권은 황조를 토벌해 참수한다. 유표는 맏아들 유기를 강하 태수
로 삼는다. 6월에 승상이 된 조조는 7월에 남쪽 정벌에 나선다. 유표가
죽고 유종이 그 지위를 잇는다. 번성에서 남쪽으로 달아나다가 당양에
서 크게 패한 유비는 한수를 건너 유기와 만난 뒤 함께 하구에 도착한
다. 제갈량은 강동으로 가서 손권을 설득해 조조에게 대항하도록 한다.
그리하여 겨울에 손권의 군대는 적벽에서 화공으로 조조의 군대를 크게
격파한다. 유비는 강남의 무릉, 장사, 영릉, 계양을 차지한다.

● **209년 | 한 헌제 건안 14년**

주유가 강릉을 점거하고 손권은 그를 남군 태수로 삼는다. 조조가 장간
을 보내 주유를 설득하지만 주유는 응하지 않는다. 유비는 스스로 형주
목이 되어 공안에 주둔하고, 손권은 그에게 누이동생을 시집보낸다.

- **210년 | 한 헌제 건안 15년**

주유가 죽고 노숙이 대신 군사를 지휘하면서 유비에게 남군을 빌려달라고 청한다. 겨울에는 조조가 업성에 동작대를 짓는다.

- **211년 | 한 헌제 건안 16년**

3월에 마초와 한수 등이 조조에게 반기를 들고 동관에 주둔하지만, 7월에 조조의 공격을 받고 양주로 달아난다. 유장은 법정을 보내서 유비를 촉 땅으로 맞아들여 한중의 장로를 공격하고자 한다. 제갈량과 관우는 뒤에 남아 형주를 지킨다. 유장은 부성에서 유비를 만난 후 성도로 돌아가고 유비는 가맹관에 주둔한다.

- **212년 | 한 헌제 건안 17년**

손권은 석두성을 지은 뒤 말릉으로 천도하여 이름을 건업으로 고친다. 10월에는 조조가 남하하여 손권을 공격하고 유비는 부성을 취한다.

- **213년 | 한 헌제 건안 18년**

조조는 업성으로 돌아와 위공에 책봉된다. 유비가 면죽을 함락하고 낙성을 포위하자 유장의 장수 오의와 이엄이 투항한다. 마초는 기성을 공격해 차지한다.

- **214년 | 한 헌제 건안 19년**

방통이 낙성을 공격하다 화살에 맞아 죽는다. 제갈량은 관우를 형주에 남겨두고 장비와 조자룡을 인솔해 촉으로 들어간다. 여름에 유비는 낙성을 함락하고 성도를 포위한다. 마초가 촉에 들어와 유비에게 항복하고, 뒤이어 유장이 항복하자 유비는 익주목이 된다. 손권이 완성을 함락했고, 복황후와 그녀의 아버지 복완이 조조에게 죽임을 당했다.

- **215년 | 한 헌제 건안 20년**

7월에 조조가 한중을 공격해 장로에게 항복을 받는다. 손권은 유비가 형주를 돌려주지 않자 군사를 일으킨다. 유비는 조조가 한중을 취하자

손권과 화친을 맺는다. 8월에 손권이 합비를 공격하지만 장요 등에게
패한다.

● **216년 | 한 헌제 건안 21년**

조조는 위왕의 작위를 받고 겨울에 남하하여 손권을 공격한다.

● **217년 | 한 헌제 건안 22년**

조조가 수유를 공격하자 손권은 화친을 청한다. 유비가 장비, 마초, 오
란 등을 하변에 주둔시켜 한중을 공략하자 조조는 조홍을 보내 대적한
다. 노숙이 죽고 여몽이 그를 대신해 군사를 지휘한다.

● **218년 | 한 헌제 건안 23년**

조홍이 오란과 장비를 격파하고 마초도 패퇴한다. 조조는 서쪽으로 유
비를 공격하기 위해 장안에 도착한다.

● **219년 | 한 헌제 건안 24년**

1월에 유비는 정군산으로 진군하고 황충은 하후연을 참수한다. 3월에
조조는 한중에서 유비와 대치하다가 장안으로 퇴각한다. 유비는 마침내
한중을 차지하고 7월에 스스로 한중왕이라고 칭한다. 관우는 번성으로
가서 조인을 치고 우금을 사로잡았으며 방덕을 참수했다. 10월에는 손
권의 명을 받은 여몽이 형주를 습격해 함락하고 관우의 가족을 포로로
잡는다. 관우는 맥성으로 피신하지만 포위를 뚫지 못하고 사로잡혀 죽
는다.

● **220년 | 한 헌제 건안 25년, 위 문제文帝 황초黃初 원년**

1월에 조조가 병으로 죽고 조비가 뒤를 이어 승상과 위왕의 자리를 잇
는다. 10월에 조비는 한나라를 대신해 위나라를 세우고 스스로 문제가
되어서 연호를 황초로 고친다. 따라서 동한은 멸망했다.

- **221년** | 위 문제 황초 2년, 촉 소열제昭烈帝 장무章武 원년

  4월에 유비도 스스로 황제를 칭한다. 국호는 한이었지만 역사에서는 촉한이라 한다. 6월에 장비가 부하들에게 피살되었다. 7월에 유비가 동오를 침공하자 손권은 육손을 대도독으로 삼아 대적한다. 8월에 손권은 위나라의 신하를 자칭하여 오왕으로 책봉된다.

- **222년** | 위 문제 황초 3년, 촉 소열제 장무 2년, 오왕 황무黃武 원년

  육손이 이릉 전투에서 촉군을 크게 격파하여 유비는 백제성으로 피신한다. 9월에 위나라가 동오를 침공하고, 12월에 손권은 유비에게 사신을 보내 우호관계를 맺으려 한다.

- **223년** | 위 문제 황초 4년, 촉 소열제 장무 3년, 후주後主 건흥建興 원년, 오왕 황무 2년

  동오의 장수 주환과 주연이 수유와 강릉을 지키면서 위나라 군대와 대적한다. 유비가 4월에 죽고 태자 유선이 5월에 즉위하면서 연호를 건흥으로 고친다. 11월에 제갈량은 등지를 동오로 보내서 화친을 맺는다.

- **224년** | 위 문제 황초 5년, 촉 후주 건흥 2년, 오왕 황무 3년

  8월에 조비가 동오를 공격하여 광릉에 이르지만 장강을 앞에 두고 돌아간다.

- **225년** | 위 문제 황초 6년, 촉 후주 건흥 3년, 오왕 황무 4년

  제갈량이 남쪽 정벌에 나서 맹획을 일곱 번 사로잡고 남중을 평정한다.

- **226년** | 위 문제 황초 6년, 촉 후주 건흥 4년, 오왕 황무 5년

  5월에 조비가 죽고 아들 조예가 뒤를 이으니 바로 위 명제다. 7월에 손권이 직접 군사를 이끌고 위나라의 강하군을 공격하지만 성공하지 못하고 돌아간다.

- **227년** | 위 명제明帝 태화太和 원년, 촉 후주 건흥 5년, 오왕 황무 6년

봄에 제갈량이 출사표를 올리고 한중으로 진군한다. 6월에 위나라는 사마의를 형주와 예주를 관할하는 도독으로 삼아 완성에 주둔하게 한다. 12월에 맹달이 촉나라에 귀순하자 사마의가 그를 포위한다.

- **228년 | 위 명제 태화 2년, 촉 후주 건흥 6년, 오왕 황무 7년**

  1월에 사마의가 신성을 공격해 맹달을 참수한다. 봄에는 제갈량이 북벌을 위해 기산으로 진출하지만 마속이 장합에게 패해 가정을 잃는다. 제갈량은 한중으로 돌아와 마속을 참수한다. 9월에는 위나라의 조휴가 동오를 공격하지만 육손에게 패한다. 12월에 제갈량은 두 번째 위나라 정벌에 나서 진창을 포위하지만 양식이 떨어져 돌아온다.

- **229년 | 위 명제 태화 3년, 촉 후주 건흥 7년, 오 대제大帝 황룡黃龍 원년**

  봄에 제갈량은 세 번째 위나라 정벌에 나서서 무도와 음평을 취한다. 4월에는 손권이 황제에 즉위하여 연호를 황룡으로 고치고 오나라의 대제가 된다. 6월에 오와 촉은 연맹을 맺고, 9월에 손권은 무창에서 건업으로 천도한다.

- **230년 | 위 명제 태화 4년, 촉 후주 건흥 8년, 오 대제 황룡 2년**

  가을에 위나라의 조진과 사마의가 촉나라를 공격하지만 큰비를 만나 퇴각한다.

- **231년 | 위 명제 태화 5년, 촉 후주 건흥 9년, 오 대제 황룡 3년**

  2월에 제갈량이 네 번째 위나라 정벌에 나서서 기산으로 진군하자 사마의가 장합 등을 거느리고 대항한다. 촉군이 여러 차례 승리를 거두지만 식량이 떨어져 퇴각한다. 이때 장합이 추격하다가 화살에 맞아 숨진다.

- **232년 | 위 명제 태화 6년, 촉 후주 건흥 10년, 오 대제 가화嘉禾 원년**

  제갈량은 황사에서 병사를 쉬게 하고 농사를 권장해 무력과 식량을 비축한다. 10월에는 요동 태수 공손연이 오나라에 사신을 보내 신하로 칭한다.

- **233년 | 위 명제 청룡靑龍 원년, 촉 후주 건흥 11년, 오 대제 가화 2년**

  1월에 손권은 사신을 요동으로 보내 공손연을 연왕에 봉하지만, 공손연은 사신을 죽여 그 수급을 위나라로 보낸다. 손권은 합비를 공격하지만 성공하지 못하고 귀환한다.

- **234년 | 위 명제 청룡 2년, 촉 후주 건흥 12년, 오 대제 가화 3년**

  봄에 제갈량이 다섯 번째 위나라 정벌에 나서서 오장원에 주둔해 사마의와 대치한다. 사마의는 군사를 거두고 출전하지 않는다. 8월에 제갈량이 병으로 죽는다. 한편, 오나라 군사가 세 갈래로 위나라를 공격하자 위 명제는 직접 합비를 구원하러 가서 오나라 군사를 격파한다. 촉나라는 장완이 승상이 되어 국사를 관장한다.

- **238년 | 위 명제 경초景初 2년, 촉 후주 연희延熙 원년, 오 대제 적조赤鳥 원년**

  1월에 사마의는 요동을 정벌하고 공손연을 참수한다. 11월에는 촉의 장완이 한중에 주둔한다. 12월에 병이 심해진 위 명제는 조상을 대장군으로 삼고 사마의를 조정으로 불러들인다.

- **239년 | 위 명제 경초 3년, 촉 후주 연희 2년, 오 대제 적조 2년**

  1월에 위 명제가 죽고 조방이 즉위하지만 겨우 여덟 살이어서 조상과 사마의가 보좌역을 맡는다. 2월에 조상은 사마의를 태부로 삼아 실권을 박탈한다.

- **244년 | 위 제왕齊王 정시正始 5년, 촉 후주 연희 7년, 오 대제 적조 7년**

  1월에 오나라는 상대장군 육손을 승상 겸 형주목으로 삼는다. 2월에는 위나라 조상이 대거 군사를 일으켜 촉나라를 공격하지만 실패한다.

- **246년 | 위 제왕 정시 7년, 촉 후주 연희 9년, 오 대제 적조 9년**

  오나라는 보즐이 승상이 되고 주연이 좌대사마, 전종이·우대사마가 된다. 11월에는 촉나라의 승상 장완이 죽고 환관 황호가 권력을 전횡하기 시작한다.

- **247년 | 위 제왕 정시 8년, 촉 후주 연희 10년, 오 대제 적조 10년**

  5월에 위나라의 사마의는 조상과 사이가 벌어지자 병을 사칭하고 조정에 나가지 않는다. 오나라에서는 승상 보즐이 사망한다.

- **249년 | 위 제왕 가평嘉平 원년, 촉 후주 연희 12년, 오 대제 적조 12년**

  1월에 사마의가 정변을 일으켜 조상 형제를 죽이고 조정을 장악한다. 3월에는 오나라의 좌대사마 주연이 죽는다. 가을에 촉나라의 강유는 위나라의 옹주를 공격하지만 성공하지 못하고 귀환한다. 이것이 강유의 첫 번째 위나라 정벌이다.

- **250년 | 위 제왕 가평 2년, 촉 후주 연희 13년, 오 대제 적조 13년**

  손권은 8월에 태자 손화를 폐하고 11월에 어린 아들 손량을 태자로 삼는다. 강유는 또 위나라의 서평을 공격하지만 성공하지 못하고 귀환한다. 이것이 강유의 두 번째 위나라 정벌이다.

- **251년 | 위 제왕 가평 3년, 촉 후주 연희 14년, 오 대제 태원太元 원년**

  8월에 사마의가 죽고 맏아들 사마사가 국정의 전권을 잡는다. 겨울에 촉나라의 비위가 한수에 주둔하고, 12월에 오나라의 대장군 제갈각이 전권을 장악한다.

- **252년 | 위 제왕 가평 4년, 촉 후주 연희 15년, 오 회계왕會稽王 건흥建興 원년**

  4월에 오나라 대제 손권이 죽고 태자 손량이 즉위하자, 제갈각이 열 살에 불과한 손량을 보좌한다. 11월에 위나라가 공격해오지만, 제갈각은 위나라의 동로군을 크게 격파한다.

- **253년 | 위 제왕 가평 5년, 촉 후주 연희 16년, 오 회계왕 건흥 2년**

  1월에 촉나라 대장군 비위가 죽고, 3월에는 오나라의 제갈각이 위나라를 공략했다가 전염병으로 인해 퇴각한다. 4월에는 강유가 위나라를 공격하지만 양식이 떨어져 퇴각한다. 이것이 강유의 세 번째 위나라 정벌이다. 10월에 오나라의 손준이 제갈각을 죽이고 국정을 장악한다.

- **254년** | 위 고귀향공高貴鄕公 정원正元 원년, 촉 후주 연희 17년, 오 회계왕 오봉五鳳 원년

  위나라의 사마사가 조방을 폐하고 대신 고귀향공 조모를 황제로 옹립하여 연호를 정원으로 고친다. 촉나라의 강유는 농서로 진출해서 세 개의 고을을 빼앗고 돌아온다. 이것이 강유의 네 번째 위나라 정벌이다.

- **255년** | 위 고귀향공 정원 2년, 촉 후주 연희 18년, 오 회계왕 오봉 2년

  사마사를 토벌하기 위해 관구검과 문흠이 군사를 일으키지만, 사마사의 반격으로 관구검은 죽고 문흠은 오나라로 달아난다. 이후 사마사가 허도에서 죽자 동생 사마소가 국정을 장악한다. 2월에는 오나라의 손준이 수춘을 공격하다가 위나라의 장수 제갈탄에게 격파당한다. 여름에 강유는 적도로 진군하여 옹주 자사 왕경을 대파하지만, 위나라 장수 진태가 적도를 되찾으러 오자 종제로 물러난다. 이것이 강유의 다섯 번째 위나라 정벌이다.

- **256년** | 위 고귀향공 감로甘露 원년, 촉 후주 연희 19년, 오 회계왕 태평太平 원년

  대장군이 된 강유가 상방으로 출전하지만 위나라 장수 등애에게 패하여 성도로 돌아온다. 이것이 강유의 여섯 번째 위나라 정벌이다. 9월에 오나라의 손준이 죽고 동생 손침이 국정을 장악한다.

- **257년** | 위 고귀향공 감로 2년, 촉 후주 연희 20년, 오 회계왕 태평 2년

  4월에 위나라 장수 제갈탄이 수춘에서 모반을 일으켜 오나라의 신하로 칭하자 사마소는 군사를 이끌고 오나라를 공격한다. 오나라의 손침은 문흠, 전단, 주이 등을 보내 수춘을 구하게 했는데, 주이는 양식이 부족해 퇴각하다 피살당하고 전단은 위나라에 항복한다. 강유는 이 틈을 타 낙곡으로 출군하지만 등애에게 가로막힌다. 이것이 강유의 일곱 번째 위나라 정벌이다.

- **258년** | 위 고귀향공 감로 3년, 촉 후주 경요景耀 원년, 오 경제景帝 영안永安 원년

  2월에 수춘성이 격파되고 제갈탄이 죽는다. 9월에는 오나라 황제 손량

이 전상, 유승과 모의하여 손침을 죽이려 하지만, 오히려 손침이 전상과 유승을 죽이고 손량을 회계왕으로 폐한 뒤 손휴를 황제로 옹립하니 바로 경제다. 12월에 경제는 장포, 정봉과 함께 손침을 죽인다. 한편 촉나라는 환관 황호가 조정을 장악한다.

- **260년 | 위 원제元帝 경원景元 원년, 촉 후주 경오 3년, 오 경제 영안 3년**

  5월에 위나라 황제 조모가 사마소를 토벌하려다가 오히려 사마소의 측근인 가충의 부하 성제에게 죽임을 당한다. 6월에 사마소는 조환을 황제로 옹립하니 바로 위 원제다.

- **262년 | 위 원제 경원 3년, 촉 후주 경요 5년, 오 경제 영안 5년**

  10월에 강유가 후화로 진군했다가 등애에게 패하여 답중으로 물러나 주둔한다. 이것이 강유의 여덟 번째 위나라 정벌이다.

- **263년 | 위 원제 경원 4년, 촉 후주 경요 6년, 오 경제 영안 6년**

  5월에 위나라는 등애, 종회, 제갈서를 앞세워 군사를 세 갈래로 나누어 촉나라를 공격한다. 8월에 촉나라의 후주는 연호를 염흥으로 고치고, 강유는 검각으로 퇴각하여 종회와 대치한다. 오나라는 촉나라를 돕기 위해 정봉 등을 파견하여 위나라를 공격한다. 하지만 등애는 11월에 제갈첨의 군사를 격파하고 곧바로 성도를 핍박한다. 결국 후주의 항복으로 촉한은 멸망한다. 강유는 종회에게 거짓 항복하여 나라의 수복을 꾀한다.

- **264년 | 위 원제 함희咸熙 원년, 오 말제末帝 원흥元興 원년**

  1월에 종회가 등애에게 반란 혐의를 씌우자 사마소는 직접 군사를 이끌고 장안으로 가서 종회에게 성도로 진군하여 등애를 토벌하라고 명한다. 등애를 가두고 그의 군사까지 겸병한 종회는 강유와 손잡고 촉을 거점으로 반란을 일으키려 하지만 장수 호열의 반격을 받아 죽임을 당한다. 이때 강유도 스스로 목숨을 끊는다. 3월에 사마소는 진왕의 작위를 받는다. 그리고 7월에 오나라 경제 손휴가 죽자 승상 복양흥과 좌장군 장포가 손호를 황제로 옹립하니 바로 오 말제다. 11월에 손호는 복양흥과 장포를 죽인다.

- **265년 | 위 원제 함희 2년, 진 무제武帝 태시泰始 원년, 오 말제 감로甘露 원년**
8월에 사마소가 죽고 맏아들 사마염이 뒤를 이어 상국과 진왕이 된다. 9월에 오나라 말제는 무창으로 천도한다. 12월에 사마염은 위 원제에게 양위를 압박해 진나라를 세우고 연호를 태시로 고치니, 이 사람이 바로 진나라 무제다. 이로써 위나라는 멸망한다.

- **266년 | 진 무제 태시 2년, 오 말제 보정寶鼎 원년**
과도한 부역으로 오나라 백성들 사이에 원성이 자자해진다. 12월에 오 말제는 건업으로 천도한다.

- **279년 | 진 무제 함녕咸寧 5년, 오 말제 천기天紀 3년**
11월에 진나라는 군사를 여섯 갈래로 나누어 대거 오나라를 침공한다. 대도독 가충이 모든 군사를 통솔한다.

- **280년 | 진 무제 태강太康 원년, 오 말제 천기 4년**
진나라 군사가 파촉으로부터 강을 따라 남하하여 서릉, 악향, 강릉, 강안을 점령한다. 오나라 군사는 그대로 와해되고 만다. 3월에 진나라 군사가 건업에 진입하고 손호가 항복하면서 오나라는 멸망한다. 이로써 삼국은 마침내 하나로 통일되었다.